林继中文集

文化建构文学史纲

文学史新视野

四

第四册目录

文化建构文学史纲

上卷（196—755）

1

文学史新视野

文化建构文学史纲

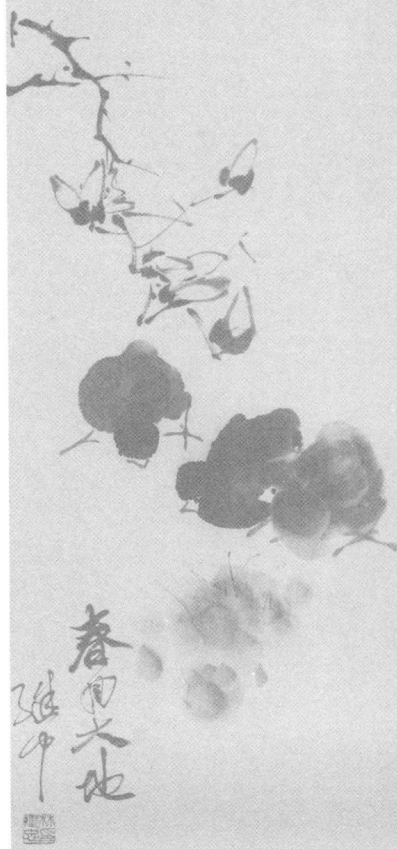

序 一

赵昌平

　　与继中君相识,还是因缘于二十世纪八十年代中期他的古籍整理大著作《杜诗赵次公先后解辑校》,当时颇感佩于他旧学功底的深厚,不愧为萧涤非先生高足。后来交往渐深,更知他能诗善画,书法遒丽有古风,是一位今天已不多见的大雅君子。也因此,约十年前,收到他的《文化建构文学史纲》中唐至北宋部分时,甚为诧异。当时,学术界自八十年代初开始的西化热浪已经退潮,甚至被讥为浅泛无知,而他竟仍然坚持着用这一有些"犯忌"的书名而不理会师友中人改题的劝告,可谓事出意外。转而一想,大凡真正的读书人,必有一股倔劲儿,当众人趋骛之际,未必随俗;而至举世皆非之时,却往往背时依前,以见独立不羁的精神。这在继中也是有迹可循的。就说他的书体吧,不就在法度森严中透现出一种狂放的气质吗?又是一个十年过去了,不意又收到了他的同题著作魏晋至盛唐部分。这次我才真正感到,事情并非那么简单。古人说"十年磨一剑",而继中竟以先后近二十年的时间完成此书全编,可见他绝非意气用事,而是真正在呕心沥血地探寻着一条文学研究中的中西方法会通的道路。于是我终于怀着一种敬佩的心情,连同前帙,将全稿认认真真地读了一过。我说敬佩,是因为本稿连同书名,体现了继中的学术勇气,即寅恪老人所谓"独立之人格,自由之精神";我说认真,则是由于,尽管我现在未必有勇气如他般标而题之,但一直以来,我

3

总认为,中西会通,是二十世纪一切重大的学术思想成果的根因,也将是新世纪中国文化发展的主流趋势。以继中之功力,他的此一路向的研究,必有创获。

八十年代那次中西碰撞之所以成果不彰,远不及"五四"前后那一次,原因不在中西会通路向的本身,而在于我们这一辈学人功底不逮,尤其是旧学修养难望前辈项背,这甚至比另一原因,外语及西学的"搭浆"更为主要。所谓穿靴戴帽,强中从西等现象,无不根源于此。继中是我们这一辈中旧学修养的佼佼者,这既得力于名师熏陶,更取自于闽中厚重的学术传统。这些,都已由《杜诗赵次公先后解辑校》作了最好的注脚。因此他确实有"资本"从事这项以中西会通之方法,梳理并建构民族诗学体系的宏大工作。而读罢全稿,我更深感,此想不虚。

回顾二十多年来古代文学史中西会通的研究,大抵有一个核心问题与三个影响最著的理论节点。一个核心问题是韦勒克、沃伦在《文学概论》中所提出的文学的外部因素是如何转化为文本内涵的。三个节点,一为文学的文化研究,二为文学的心理学研究,三为文学的语言学研究。目前的趋势则是试图将这分别注重于文化、主体与文本的三个方面融合起来。继中此稿正是此种趋势中做得较成功的一种。相对而言,新成的上卷,较十年前的下卷更为成熟,这是势之所至,也是他学术累积的体现。

我们尤其当重视上卷各章的布局与标题。第一章《士族文化的建构与文学》,可视作全稿的总论,提出了作者核心的理论架构——文化史与文学史双向同构的观念,有云:

> 文化不仅是文学与客观世界或经济基础之间的中介,它与文学还是互涵互动的系统与子系统的关系……文化的中介作用及其与文学的系统、子系统关系,最深刻地体现为文化自身

的建构,制约、驱动着文学的建构,促成其演进;而文学又以其
自身的变革参与文化建构,二者形成双向同构的运动。由于文
化构型是随着经济基础和社会生活方式的变迁而变迁的,不断
处于转型的运动之中,作为文化有机组成部分的文学势必随之
运动。在整个运动过程中,文化整合作用是关键……

继中这一核心理论的意义,首先在于突破了数年前多以文化作为背
景氛围的"历史文化背景"论的局限而由文化与文学之系统、小系统
的互动关系着眼,通过文化目的、文化选择、文化心理的系列分析,
将文化直接作为文学的因子来体认,从而避免了视文学为文化附庸
的弊病,而对文化为文学内外部因素的中介说,作出了富于启发性
的解说。其次,作为文学史研究者,继中更可贵地把握住了文学的
本体地位。他进而以文质、雅俗、传统与时尚,个体与群体、创作与
接受等文学内部因素,在文化目的驱动下的整合、因革、通变为主
线,而以作者的"情感结构"为文化与文学的交汇点,以文本的意象
流变为归要,来展开自己对魏晋以来文学史演进轨迹的认识,从而
如他所说:"使纷至沓来的文学现象呈现出一种有序的总体趋势",
其图式是:

> 由经济基础所决定的文化目的,通过传承、时尚及外来文
> 化之影响,形成文化心理,同时作用于作者的情感结构与读者
> 的期待视野,二者交汇于文本而共构作品,并因二者的交往而
> 使期待视野发生演变,反过来又对文学进行选择与整合,形成
> 以形式嬗变为标志的文学史运动(按:意谓演进)。

请尤其注意这段引文的最后一句——"形成以形式嬗变为标志的文
学史运动"。这里的"形式"与"文化目的"、"文化心理"、"文化选
择"相联系,也就呈现出结构主义文学批评所说的"有意味的形式"

的品格。于是继中的理论构架,就不仅以文学的文化研究融通了文学的心理研究与语言学研究,甚至社会学研究,更以"形式嬗变为标志的文学运动"为落脚点,体现了这一融通之文学本位性质,这是他对于一般文学的文化研究的超胜处,而上卷二、三两章《生存焦虑唤醒文学》与《文学的独立战争》,更进而由"情志"与"语言形式"亦即意与辞,这文学的相互含摄的两端着眼,展开了对汉魏六朝文学史的解析,这又是他与仅以"情"的觉醒为汉魏六朝文学自觉标志的传统观念的不同处,而真正扪摸到了所谓"文学自觉"的真谛。关于这一点,我们还当仔细品味这两章各两节,凡四个小节的安排。

　　这四节以《情志的离合》(二章首节)起,以《酿造独特的语言形式》(三章次节)结,中间为《人生诗意化的追求》(二章次节)与《培养独特的诗性思维》(三章首节)二节。这一架构隐隐透现出作者是以"诗意化追求"与"诗性思维"两个层次作为情志与语言形式之转换枢机的。同时,这一架构又与对魏晋至齐梁文学史流变的解析同步展开。总体写法颇接近于《文心雕龙》中《时序》以下数篇的论析;而涉及具体的文体时,又可见同书《诠赋》、《明诗》等文体论篇章的影踪。这绝非简单的摹仿。按《文心雕龙》是一部集前代大成而开后世先河的中国文章学著作。它的根本精神是,在传统(见《原道》以下三篇)与时变(见《时序》以下四篇)所构成的场域中(大系统),阐发:以心性一元为根本,以意辞征实形虚,主从互摄为核心与红线,以通变定势为枢机的,对文学依托于一定文体的文学语言形式的,与时推移、复古通变的不懈追求。它的许多观念,实际上已先期地与现当代西方文论,尤其是文学的语言形式批评有暗合处,却又体现了鲜明的民族特色,而绝非任何一种西方美学文艺学理论所能牢笼。我不敢说继中对《文心雕龙》的看法与我相合,但从此稿,尤其是新成的上卷的论析中可以看出他对以《文心雕龙》为杰出代表的中国古代文论的谙熟与深刻理解。他那看似西化意味甚浓的《文化建构文学史纲》,在骨子里却体现了希望建构起中国民族文学理论体系的艰苦努力并自始至终贯串着民族的文学思辨的红线。也因此他对诸多西方文论采取了不主一家、兼取并融的态度。王元化先生在论中西会通时曾说，不能以西学为坐标，而应当以之为参照系。我想继中此稿正体现了这一科学精神。

　　继中此稿的具体论述也尤多精彩，比如上卷对魏晋至盛唐文人心路及其相关历史文化因素的论析，下卷对中唐后雅俗文学交流态势的阐发等等都很有创意。囿于篇幅，不能列述详论，而只能略挈其主要理论架构如上。当然，任何理论体系都如同框架，框住了理论视角所及的部分，而可能失落了其他一些也较重要的部分。对于继中的理论架构，我也有几点意见供参考。
　　我完全同意以中唐为界划分魏晋至北宋文学发展史为两大阶段，且十分赞许这种打破朝代界划的勇气。然而其中又以"士族文学"与"世俗地主文学"为两阶段文学特质的标志，并以士庶之判与雅俗之分作大体对应的联系，却颇可商榷。这里尤须注意二点。其一，士族与庶族的对待，虽是特定历史阶段的现象；然而它所体现的贵族与寒族相对待的实质，却是通代的一般现象，而此稿所举士族、贵族（似指唐代新士族）、世俗地主（似指庶族），又处于一种推移升降的流动形态之中。反映于文化层面，私以为贵族文化与寒族文化的对待交流，是与文质对待、雅俗对待一样贯串于整个中国文化史、文学史的，似当放在同一层面来综合考察。同时贵族文化，它通常衍化为中朝文化氛围而以主流意识形态的地位与在野文化氛围相对待。同样的，这也是一个流动不居相互渗透的历史过程。其二，似应注意，雅俗对待与士、庶对待不存在对应关系。前者是通代现象，后者是阶段现象。而"俗文化"之"俗"与所称"俗族地主"之"俗"，又非同一概念。士、庶、贵、寒，对"俗文化"的吸纳是不分前后彼此的，而他们的创作又在总体上属于雅文学的范畴。比如鲍照、李白的作品，尽管多吸纳俗文学营养，但仍属雅文学，但如果以之为士族文化的重要代表,总感到牵强。

前已说明,以文化与文学作为互动同构的系统与子系统,且以文学为经济等社会因素与文化的中介,是富于建设性的。然而,此"中介"应当只是社会因素宏观地反映于文学的中间形态,它在创作之前业已存在,而不能直接成为文本的内涵。继中在"中介"问题上的表述似乎存在着一种矛盾。在文字上,"中介"的界义如前;但在首章表列的文化与文字互动同构的图式中,他其实是以所称"情感结构"为文化与文本(还有所称"客观世界")的交汇点的。私以为后一种相对而言更接近"中介"的事实。然而情感结构尚不足以反映问题的全部。私以为《文心雕龙·体性》篇所称凝铄了才、气、学、习的"成心",亦即作者天赋与后学浑然一体的个性化的心性——它在文学创作中通过即时即地的意(情意)辞主从互摄的活动来体现——方是真正意义上的中介。继中的上述矛盾似乎反映了在他的总体观念中,对于文化驱动(目的)与文学样式自身演进态势的关系,群体意识(或集体无意识)与作者个性的关系,一般趋势与创作情境的关系,意与辞的关系等等,都过于强调了前者而对后者的重视略嫌不足。在我看来每种文学样式都有其发挥自身潜能的内在冲动,而"成心"各异的作者则是开掘此种潜能的最活跃的因素。他们每一次即时即地临境结构的创作所形成的文体与个性风格混一的文本,都逐渐地改变着某种文学样式,而往往在特定的机缘与天才作家的手中,量的积累终于引发质的飞跃。由此而言,相对于本位的文学,文化,诸如政治、哲学、思想、习俗、艺术等文化因素仍然只是文本的外部的因素,即相对于创作主体的客体。继中在这一问题上似乎存在又一种犹疑,在他的表述中"客观世界"与作为文化温床的"经济基础"是作为并列的二元来看待的,而对于文化也尚未有较明晰的界义。其实对于创作主体而言,客观世界本来既包括自然的,也包括人文的。这些都是可以再进一步探讨的。继中的观点启发了我对中介问题的认识深化。似乎存在着两个相关层次的中介,即继中所主的"文化中介"——第一层次,与我所主的"成心"中介——第二层次。"疑义相与析",也许二说可以互补短长。

以黑格尔正—反—合的思辨模式与"通变"相联系也待再榷。私以为通变的内含远非正反合所能包容。简言之,通变在刘勰的创作论系统中并非一个孤立的概念。它首先与"定势"相对待,又上连"体性"、"风骨"的对待并探赜于"神思",下接"情采"与"熔裁"的对待而引发以下论文病、文术诸篇。从而描述出以成心一元为本,意辞主从互摄的意匠作用为红线的,从诗思发动到情经辞纬,结彩凝辞于一定文体的文本形成的创作全过程,当然这个小系统还与文统、时变所形成的历史文化场域相联系而变化万端。以正反合释通变,迫使继中只能择取若干文学因子如质文、雅俗的代变来展开论述,而其实这些还不足以较全面地解释复杂的文化现象,特别是以心体活动为主体的文学现象的。我总感到继中原本相当宏阔的文化与文学关系的视野被正反合狭窄化了。具体论述中偶见的牵强处,盖源于此。我还认为每一种文学现象形成的原因往往是多元的,而诸多因素的比重位置也因具体情境而不同,有时,甚至外部因素也会成为主要动因。因此,恐怕很难用任何一种哲学思辨模式来贯通远为复杂的文学史流变。至少在目前阶段,还应更多地"具体问题具体分析"。

以上三点为一孔之见,未必的当,对于这部富于建设性的文学史纲兼文学理论著作来说,也只是吹毛求疵。愿与继中共勉,也希望引起进一步的讨论。

序　二 *

陈伯海

　　继中同志《文化建构文学史纲（中唐—北宋）》一书终于问世了，我为他欢庆鼓舞。据我所知，他在这部书稿上确实倾注了大量的心血。1987 年初，我们在一次学术会议上初次相遇时，他对书稿已有了完整的构想。此后几年间，我们见面虽少，但通信里不时谈起这部稿子，从他发表的一系列论文中我也了解到书稿的某些梗概。我曾答应为之推荐出版，始终没有成功。所以当继中同志告知即将梓行的消息，并嘱我写几句话，我也就打破历来怕给人作序的顾虑，勉力谈一点读后的感想。

　　坦率地说，对于"文化建构文学史"这个名称，乍听之下，我感到有几分生涩。好像还建议过继中同志换个书名，他没有听从，他是有道理的，因为这一提法概括了他对文学史的基本认识。在他看来，任何时代的文学现象都不是孤立自足的，而是整个社会文化构型的一个有机组成部分，它和总体文化构型之间存在着互涵互动的关系。至于文化构型也不是静止不变的，而是随着经济基础和社会生活方式的变迁，处在逐步转型、不断建构的过程之中；于是文学史就成了文化建构的一个方面，它受建构过程中的整合作用所驱动，而又以自身的变革参与了文化的建构。这样一种双向同构的运动，

---

*　此序系《文化建构文学史纲（中唐—北宋）》（即本书下卷旧稿）之原序，该稿由海峡文艺出版社 1993 年 5 月出版，三秦出版社 1994 年 8 月重版，现经修订编为下卷。

便名之曰"文化建构文学史"。

依据这个观点,书稿着重论述了中唐至北宋这一段文学的历史发展,作者认为这是中国传统文化构型的一个重要转变时期,即由士族地主文化构型向世俗地主文化构型的过渡。全书从剖析唐中叶以后土地制度的变革和社会阶级关系的变动入手,具体论证了这一变化如何促进科举制度的沿革和政教一体化的趋向,并由前者带动世俗地主的知识化和文学由雅入俗再化俗为雅的回旋,更由后者造成儒学的复兴和伦理入主文学的局面,而两方面的演进则都归结为文学创作中新规范、新图式的构成。就这样,继中同志用他独特的文学史观理清了这一段文学演变的线索,又通过文学历史轨迹的综合考察生动地演示了他的文学史观。

当然,对于书中的论断会有不同意见,甚至它所表达的基本观念也可能引起商榷,但我相信,认真读过这本书的人,是能够从思想方法上得到某种启示的。

长期以来,我们的文学史著述形成了固定的格套,即首先叙述一下社会背景和文学概况,然后就一个个作家分别作介绍。前面的背景教材由于是总括性的,往往不贴切具体的文学现象;而后面的作家介绍又多拘囿于个别状况,容易游离出社会历史潮流之外。这样一来,前后两部分的配置,就好比在一个大镜框里嵌进了一幅幅小照片,镜框做得再精致,也只是照片的外表装饰,不能赋予其内在的生命。于是我们所见到的文学发展图景,便被割裂为零散的板块,不复构成相互联系、相互转化着的活生生的整体,这应该说是文学史景观上的一大缺陷。

本书的特点正在于超越了单纯从事作家述评的界限,而把中唐以至北宋的文学运行作为一个流程,更将文学史的运动纳入总体文化建构的框架内加以审视,找出其外部和内部的动因,进而把握住它随同文化建构的步伐一起波动震颤的脉息,这就使各种分散的文学现象得以串联、组合起来,而文学与社会经济、政治、思想文化诸因子间的交互作用也才能充分揭示。试看书中用由雅入俗再化俗为雅的回旋来归纳唐宋文学风气的嬗递,以及从政教一体化的要求推导出士大夫人格机制与文学倾向的转变,特别是末章所展示的在宋人期待视野作用下,杜甫被选择为诗歌典范及其由"诗史"到"诗圣"以至最终蜕化为内观照的"山谷模式"的过程,更是写得丝丝入扣,令人拍案叫绝。这除了归功作者学植深厚外,其得力于识见的超卓是毋庸置疑的。

众所周知,史家传统有史学、史才、史识之说,而史识尤为难能可贵。中国历史之父司马迁在《太史公自序》里以"究天人之际,通古今之变,成一家之言"相标榜,说的就是史识。后来的正统史家大多欠缺司马迁的识力,所著史书不免下《史记》一等。这个道理对于文学史研究也应该是合适的。遗憾的是,古典文学领域多年养成的习惯是重史料而轻观念,甚至有以理论探讨为空疏无学的偏见,这不能不影响到文学史的著述,往往满足于杂陈事象、毛举细部,难以从大处着眼,把握其内在贯通的精神血脉,而太史公的期望也便落了空。近年来,人们对于这方面的缺陷开始有了认识。关于文学史观的讨论中,鲜明地提出文学史研究的当代性和主体性问题,实际上就是主张用今人的历史观念去烛照过去的历史,使死去的历史重新获得活力,成为当前理论建设的有用材料。我以为,在尊重历史客观性的前提下来看待这一要求,是无可非议的。与此同时,我们确也见到若干种有识见、有理论的文学史著作(多属断代史),能够透过对现象的缜密分析,逐步显示出其深藏的规律性,读来赏心惬意,本书即其中之一。这类著述并不匮乏史学、史才,而突出的优点则在于史识。尽管史识的发展完备有待于艰苦的锤炼,但努力用宏通的识力来熔铸史料,驱遣史笔,将历史研究提升到理论概括的层面上来,仍然是建设真正具有科学意义的文学史的必备条件。这一点我是确信不疑的,愿与继中同志共勉!

1992 年 10 月于上海

上卷（196—755）

第一章　士族文化的建构与文学

第一节　蔓状生长的文学史模式

文学史有趋势,但这个趋势并非"命定",而是随着与文学史相关的诸因素之变化而变化。其中文学传统、外来文化、社会时尚这一组相关因素对文学史演进趋势影响最为直接。

我国先民很早就具有"通变"的史观,《周易·系辞》有云:"变通者,趋时者也。"又云:"《易》穷则变,变则通,通则久。"由是产生"正变"的文学史观。《毛诗序》云:

> 治世之音安以乐,其政和;乱世之音怨以怒,其政乖;亡国之音哀以思,其民困……上以风化下,下以风刺上,主文而谲谏,言之者无罪,闻之者足以戒,故曰风。至于王道衰,礼义废,政教失,国异政,家殊俗,而变风、变雅作矣。

汉儒虽承认变的合理性,却又认为变还要归乎正,所以又说:

> 国史明乎得失之迹,伤人伦之废,哀刑政之苛,吟咏情性,以风其上,达于事变,而怀其旧俗者也。故变风发乎情,止乎礼义。发乎情,民之性也;止乎礼义,先王之泽也。

　　这就是所谓的"风雅正变"。汉儒将诗歌正变与国家治乱的时序联系起来,从外部原因解释文学史演变,是中国文学史观之滥觞。同时也触及文学的最根本要素:"发乎情,民之性也。"变,是因为民情变;民情之变,是因为民感受到世之变。外部原因通过"情"的渠道进入文学内部,促成文学史之嬗变,是其合理内核,为后人留下广阔的可拓展空间。然而汉儒是在"变归乎正",即"止乎礼义"的前提下承认变的合理性的,主张"伸正黜变",不同程度地压抑新风气而有明显的复古倾向。

　　六朝人在不断变化出新的创作实践中,提出相应的"新变"论。萧子显《南齐书·文学传论》称:"若无新变,不能代雄。"明确指出,只有新变才能推动文学史前进。然而由于六朝文风趋于浮华,流而忘返,与传统造成断裂,故未能达到"变则通,通则久"的目的。能总结前人得失,较辩证地看待正与变这对矛盾,并将"通变"作为文学史理论提出的,是刘勰《文心雕龙》,其《通变》篇云:

> 　　夫设文之体有常,变文之数无方,何以明其然耶?凡诗赋书记,名理相因,此有常之体也;文辞气力,通变则久,此无方之数也。名理有常,体必资于故实;通变无方,数必酌于新声:故能骋无穷之路,饮不竭之源。

　　刘氏指出,文章体制如诗赋书记,属代代相因的不变因素,而行文修辞等形式则属变的因素。后者是在前者基础上变化的,不变则衰,变而忘返则讹[1]。故赞曰:"望今制奇,参古定法。"今与古,传统与新风,互相制约,流而复返,"斟酌乎质文之间,而櫽括乎雅俗之际",由是产生"质文代变"的文学史观。《时序》篇云:"时运交移,质文代变。"刘氏高明处就在不但继承《易》关于通变的观念,从文

---

[1]　参看詹福瑞《中古文学理论范畴》,河北大学出版社 1997 年版,第 236 页。

学内部寻找变的依据,同时又接受汉儒关于变风变雅与民情变、世情变有关的观点,明确提出"文变染乎世情,兴废系乎时序",并在该篇赞中总结道:

> 蔚映十代,辞采九变。枢中所动,环流无倦。质文沿时,崇替在选。终古虽远,旷焉如面。

刘勰自信已摸到文学史规律,所以远古亦如在目前了然可知。文学史的主要矛盾可以说是内容与形式的矛盾。"质"与重内容有关,"文"与重形式有关,故质文代变虽不能说便是明确认识到内容与形式的矛盾促进文学史演进,但可以说是已接触到这一问题。"子曰:质胜文则野,文胜质则史。文质彬彬,然后君子。"(《论语·雍也》)"文质彬彬"一直是中国人的审美理想,而文学史在这一追求中呈现钟摆式运动,是符合中国古代文学演进的实际的。周作人曾经将中国文学史概括为"言志派"与"载道派"两种潮流的起伏,并制成如下图式:

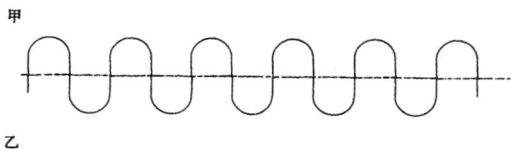

他将晚周、魏晋六朝、五代、元、明末、民国定为"言志派"为主潮的时代,而两汉、唐、两宋、明、清为"载道"派为主潮的时代。中国文学史就这样"从甲处流到乙处,又从乙处流到甲处","图中的虚线是表示文学上的一直方向的,但这只是可以空想得出来,而实际上并没有的"①。如果去掉周氏的具体内容,这一图式倒是适用于"文质代变"的轨迹。文学史就在"斟酌乎质文之间,而櫽括乎雅俗之

---

① 周作人《中国新文学的源流》,华东师范大学出版社 1995 年版,第 18 页。

际"运动着,不断矫正近来或当前的缺失,追求"文质彬彬"的理想
（即"图中的虚线"）,永不休止。从这一直观的图式中我们不难领
悟何以文学批评史总是呈现出对相邻时代否定而对隔代或古代复
归的"复古"倾向。这正是"矫正"之功,也就是通变中变与不变两
种因素相互作用的结果。故《物色》篇云:"古来辞人,异代接武,莫
不参伍以相变,因革以为功。"以复古为通变由是成为中国文学史演
进的通则,不无合理之处。成功者如唐人,以恢复传统来整合新风,
是盛唐人殷璠《河岳英灵集·集论》所云:"既闲新声,复晓古调;文
质半取,风骚两挟;言气骨则建安为传,论宫商则太康不逮。"唐人于
恢复建安诗歌言气骨的传统之同时,也整合了六朝人的讲究声律辞
藻的新变,这是否定之否定。元稹《唐故工部员外郎杜君墓系铭并
序》称赞杜甫有云:"上薄风骚,下该沈宋,言夺苏李,气吞曹刘,掩颜
谢之孤高,杂徐庾之流丽,尽得古今之体势,而兼人人之所独专矣。"
事实上唐人在复古的旗帜下,总是兼收并蓄,将"新变"纳入传统,造
就新传统。即使是批判六朝不遗余力的陈子昂、李太白,也莫不如
此。以今人的眼光看,唐人的"正、变、复"之"复",已有整合义,在
相当大的程度上超越了汉儒言正变的循环论路数。可惜唐人的实
践与理论有时并不相称,以复古为通变的路线在理论上尚未明确,
究其深层原因,还在于面对南、北、胡、汉融一的唐文化,唐人未能提
出相应的新思想、新思维,故尔传统与新变关系之探究也止于此。
应当承认,这是中国文论往往只是点到辄止的弊病。

对正变的关系,还是钱锺书说得圆活:

　　一时期的风气经过长时期而能持续,没有根本的变动,那
就是传统。传统有惰性,不肯变,而事物的演化又迫使它以变
应变,于是产生了一个相反相成的现象。传统不肯变,因此惰
性形成习惯,习惯升为规律,把常然作为当然和必然。传统不
得不变,因此规律、习惯不断地相机破例,实际上作出种种妥

协,来迁就演变的事物。它一方面把规律定得严,抑遏新风气的发生;而另一方面把规律解释得宽,可以收容新风气,免于因对抗而地位摇动。①

以上云云,可视为正变论的现代阐释。"正"(传统)与"变"(新风气)不是一前一后的关系,而是同时并进、双向建构的互动关系。由于传统具有"收容新风气"的弹性,所以能"通",通则久。但这种"收容"并非主动式,而是"不得已而为之"的被动式。所以新变固然来自文学内部的活力,而这内力却往往需要通过外部契机来激活。特别是中国长期封建社会形成的超稳定结构,愈到后期就愈要依靠外来因素的大力撞击,才能使之"出轨"。如中国文化中的"伦理本位",就具有超常的统摄功能,几次外来文化的冲撞,只能使其稍作移位,但不久又黄河复故道般地依然故我,直至"五四"新文化运动借助"德先生"与"赛先生"之大力,才有了改变的希望②。作为文化的子系统的文学,自然也受文化模式的统摄,其新变往往出现在文化转型与外来文化涌入期,也就不奇怪了。对此乐黛云教授有一段言简意赅的论述:

"离异"则表现为批判的扬弃,即在一定时期内,对主流文化否定和怀疑,打乱既成规范和界限,对被排斥的加以兼容,把被压抑的能量释放出来,因而形成对主流文化的批判,乃至颠覆。这种"离异"作用占主导地位的阶段就是文化转型时期。在这种时期,人们要求"变古乱常",在一定程度上中断纵向的聚合,而以横向开拓为特征。横向开拓也就是一种文化外求,外求的方向大致有三:第一是外求于他种文化,如文艺复兴时期西欧文化对希腊文化的借助,唐之际中国对印度、西域文化

---

① 钱锺书《七缀集·中国诗与中国画》,上海古籍出版社 1985 年版,第 2 页。
② 王宏维《社会价值:统摄与驱动》,人民出版社 1995 年版,第 218 页。

的吸收;第二是外求于同一文化地区的边缘文化(俗文化、亚文化、反文化),如中国文学发展史中,词、曲、白话小说的成长都是包容了俗语文化的结果;第三是外求于他种学科,如弗洛伊德学说与达尔文进化论对文学观念的刷新。[①]

第三种外求姑置勿论,第一种外求如汉唐之际,第二种外求如词、曲、白话小说,的确是中国文学史之显例,为文学史家所普遍认同。然而值得一议的是:无论外来文化或俗文化,往往要通过时尚,这才能迫使"不肯变"的传统"以变应变",作出妥协。须知"时尚"如风,横扫一时社会心理,可谓所向披靡;另一方面,外来文化、俗文化等,则通过时尚大规模打入旧传统,改造旧传统。容我以小说变迁为例,稍事说明。

小说缘起,无论脱胎神话传说,出自巫者方士,抑街谈巷语,稗官寓言,俳优戏谑,总之是与诗教相平行的另一支,先天的与主流相乖,其谐谑性、娱乐性、叙事性,正与抒情的、表现的、严肃的诗文相辅而行。更要紧的是它与社会下层有天然的联系,其服务对象总是倾向大众,所以通俗性一直是它内在的生命。

六朝时出现大量志怪小说,一开始就表现出"不经"的特点,"子不语怪力乱神",它却偏偏要专门来"志怪"!《神异经》、《搜神记》、《列仙传》等等,都是要"发明神道之不诬",与当时道教、佛教之兴盛有直接关系。这是"发乎情,止乎礼义"的儒家诗教以外的另一传统。这一传统至唐而为"传奇",传奇小说继承六朝传统,也是讲些奇人异事,仍是驳杂无实之说,但重点已从海外仙窟转向人间巷陌,尤其是通俗性一面非常突出。正是这一特征促成唐传奇摆脱史传杂说,独立出来,成为真正意义上的小说体裁。

时至两宋,传奇一脉虽对散文如《岳阳楼记》、《醉翁亭记》等犹

---

① 叶舒宪主编《文化与文本·序二》,中央编译出版社 1998 年版。

有内在的影响,但自身则已衰竭,而"说话"一脉经五代至南宋则蔚成大宗。"说话"的底本"话本",其创作主体与传奇不一样,不是文人士大夫,而是"说话人",往往即兴发挥,众手而成,经文人润色编定。创作者因职业关系,其重点放在引起"看官"的兴趣之上,也就是说,我们要从读者群所从属的文化系统去把握创作动向。不是"以意逆志",而是"从俗"。事实上自此后,这一路线成为小说的新传统。元代外族入主中原,对中原传统文化又是一次大冲击。元代统治者喜欢戏曲,戏曲形式在元代发展迅猛。儒家诗教对当时文坛失去控制,"离经叛道"的思想及非传统手法得以解放。尤其是文人沦为社会下层,剧作家乃至粉墨登场,与艺人相处无间,其审美趣味更接近听众了。这段文学史对后来包括小说在内的文学创作有内在的深刻影响。就形式而言,章回小说的出现便是说书人的职业需要;是为"看官"做出的时间安排。章回的结构反过来使内容庞大化,诸多头绪、众多人物情节,可以从容地穿插进行。《三国演义》、《水浒传》的章回结构所容纳的复杂内容与情节变化、人物头绪,实在是西方小说所难能者。这股思潮运行至晚明,已成燎原之势。明后期俗文艺之繁荣,可谓空前。民歌、评弹、戏曲、小说咸有大师。《今古奇观》、"三言二拍"、《西游记》、《三国演义》,特别是《金瓶梅》的出现,标志着小说与"雅文艺"已能分庭抗礼。其时士大夫文人普遍喜欢俗文学,徐渭、李贽、汤显祖、公安三袁,无不与俗文学有缘。至如冯梦龙、凌濛初,更是以整理俗文学为事业。这里接触到文学史的一个总趋势。万历汤评本《花间集》汤显祖序中说:

> 自三百降而骚、赋,骚赋不便入乐,降而古乐府;古乐府不入俗,降而以绝句乐府;绝句少宛转,则又降而为词。

事实上词还要降为曲,降为明传奇,降为小说演义,降为电影电视。通俗化与"文化传播最大化"通过文化选择之手,驱动了从俗的总趋势。而这一趋势并非直线而下,而是与雅文学的干预、提升夹缠而行。朱自清《论雅俗共赏》中有一段关于宋人"新标准"形成的论述:

> 原来唐朝的安史之乱可以说是我们社会变迁的一条分水岭。在这之后,门第迅速的垮了台,社会的等级不像先前那样固定了……王侯将相早就没有种了,读书人到了这时候也没有种了;只要家里能够勉强供给一些,自己有些天分,又肯用功,就是个"读书种子"……到宋朝又加上印刷术的发达,学校多起来了,士人也多起来了,士人的地位加强,责任也加重了。这些士人多数是来自民间的新的分子,他们多少保留着民间的生活方式和生活态度。他们一面学习和享受那些雅的,一面却还不能摆脱或蜕变那些俗的。人既然很多,大家是这样,也就不觉其寒碜;不但不觉其寒碜,还要重新估定价值,至少也得调整那旧来的标准与尺度。"雅俗共赏"似乎就是新提出的尺度或标准,这里并非打倒旧标准,只是要求那些雅士理会到或迁就那些俗士的趣味,好让大家打成一片。当然,所谓"提出"和"要求",都只是不自觉的看来是自然而然的趋势。①

对知识的控制总是不断地由少数人流向多数人,由士族转向庶族,由贵族走向平民。宋朝以后这一步子更加快了。文学史在这一层意义上可以说是"雅人多少得理会到甚至迁就着俗人"的历程。"俗"有复杂的内涵,但它总是站在"多数"这一边。"从俗"也就是文学流向多数人这一边。

向俗的方向降的实质是向多数人一边靠拢,这又有什么深层的意义呢? 文化进化论的一些观点对我们很有启迪。如果我们能接

---

① 朱自清《论雅俗共赏》,生活·读书·新知三联书店 1983 年版,第 1 页。

受"文化是人类为生存而利用资源的有效方法"这一观点,那么下列意见就不再是难于理解的了:

> 进化是朝使总能量最大化地流通过[有生命]系统的发展过程。
>
> 文化像生物那样向能源开发量的最大限度运动。
>
> 达尔文的"趋异原则"(即结构变异越大,生命总量也就愈大),亦可相应地用于文化。
>
> 文化通过适应而变异成多种文化使得人类有可能利用地球上的各种资源。①

无论是"最大化流通",还是"变异成多种文化",文化进化的总原则是为人类更好地生存与发展。文学作为文化的敏感部位,也必然具有文化的这种品格。反映于文学演进史,便是不断向俗处降,朝多样化发展。

不过我们仍要提请注意者,一是在这一过程中,雅化是不可或缺的。没有"雅化要求"的不断提升,"俗"的品格就会落至"庸俗"的线下,流连忘返,如南朝一些宫体诗,晚唐一些打油诗;二是这一过程并非一种风格或文学样式取代另一种风格或样式,而是"大家打成一片",雅与俗不断调整、不断融合。所以,这里面也仍然有个"斟酌乎质文之间,而檃括乎雅俗之际"的"正、变、复"问题。

顾颉刚曾提出"层累地造成的中国史"一说,从某种意义上说,中国文学史也是"层累"地造成的。也就是说,当前的"正"是由历来的"变"所层累而成的。为了说清这层意思,我想先引用 T. S. 艾略特《传统与个人才能》中的一段话:

---

① 上引文咸见[美]托马斯・哈定等《文化与进化》,韩建军译,浙江人民出版社 1987 年版,第 6、7、41 页。

传统是一个具有广阔意义的东西。传统并不能继承。假若你需要它,你必须通过艰苦劳动来获得它。首先,它包括历史意识……这种历史意识包括一种感觉,即不仅感觉到过去的过去性,而且也感觉到它的现在性。这种历史意识迫使一个人写作时不仅对他自己一代了若指掌,而且感觉到从荷马开始的全部欧洲文学,以及在这个大范围中他自己国家的全部文学,构成一个同时存在的整体,组成一个同时存在的体系……当一件新的艺术品被创作出来时,一切早于它的艺术品都同时受到了某种影响。现存的不朽作品联合起来形成一个完善的体系。由于新的(真正新的)艺术品加入到它们的行列中,整个完美的体系就会发生一些修改。在新作品来临之前;现有的体系是完整的。但当新鲜事物介入之后,体系若还要存在下去,那么整个的现有体系必须有所修改,尽管修改是微乎其微的。于是每件艺术品和整个体系之间的关系、比例、价值便得到了重新的调整;这就意味着旧事物和新事物之间取得了一致。①

好作品应当具备这样的品格:一是历时性,好作品往往能体现"从荷马开始的全部欧洲文学,以及在这个大范围中他自己国家的全部文学";二是共时性,历史存在的与现存不朽作品构成一个同时存在的整体。一部好作品就是一部"层累造成的"文学史。典型如《红楼梦》,可以说就是中国古典诗歌、戏曲、小说"层累造成的",是文学史的当代体现。然而,当《红楼梦》出现后,加入现存的体系时,"这个完美体系就会发生修改",《红楼梦》创造了新传统。这也就是好作品的第三种品格:变异性。传统虽说是相对稳定的因素,但它毕竟是个变量。所谓"继承",其实是"获取"。你必须用"现在"去溶解它,才能吸收到作品中去。"层累"这个词的"物理"倾向不

---

① [英]托·斯·艾略特《艾略特文学论文集》,李赋宁译,百花洲文艺出版社1994年版,第2—3页。着重号为笔者所加。

足以显示文学史动态。海外学者喜用"创化"、"化成"来表达这类动态,颇有意味。但我认为文学传统更像是生命的遗传。生命基因本身包含有变异与保守两种因子,保守使之不绝如缕,变异使之能适应新环境。二者使生命得以遗传。"正"与"变"同体共命,相反相成。"过去决定现在,现在也会修改过去",二者的互动也是作品内部与外部的互动。钱锺书选宋诗时曾有过这样一条规矩:"当时传诵而现在看不出好处的也不选,这类作品就仿佛走了电的电池,读者的心灵电线也似的跟它们接触,却不能使它们发出旧日的光焰来……假如僻冷的东西已经僵冷,一丝儿活气也不透,那么顶好让它安安静静的长眠永息。"①这段妙语再生动不过地道出历时性的生命力来自共时性,不被"现时"所接受者无异死去。然而文本与读者的关系并非电池与电线也似的单向直接沟通的关系:接受美学的研究表明,读者并非随心所欲地接受文本,"现在修正过去"正是借读者之手完成的;文本也有其被动中的主动,那就是它由其多层面的未完成的图式结构所决定的多义性及其"召唤功能",对读者产生不同程度的影响,调整其"期待视野",这就是"过去决定现在"的途径。我们观察文学史不能不引进新的主体:读者。历时性与共时性的转化关键乃在读者的期待视野。

所谓期待视野,可以说就是一种"成见",即读者由全部经验所形成的感知文本的主观性。它包括读者的观念、教养、直觉、趣味等等。这是一个开放的体系,传统、时尚、外来文化等外部因素循此渠道而影响读者的审美判断。对一般读者而言,这种影响还往往是"二手货"。也就是说,他们在许多情况下是从评选家那里感受到传统、时尚、外来文化的影响的。批评家、选家,往往通过评价、阐释、选本、树典范等手段来培养读者的趣味,塑造其期待视野。而作者则通过其文本的"召唤功能"、"意义空白"等策略,磁石般吸引读

① 钱锺书《宋诗选注·序》,人民文学出版社1982年版,第25页。

者,不让他们离文本太远,从而传递作者的情感信息,打破"成见",形成新的期待视野。然而一个个的读者,一部部作品,都有其自身的个别性,在文学交往中势必呈现出各各不尽相同的倾向,面对不可克服的差异性,这些恒河沙数的作品与读者,其交往将是一场混乱的无序的运动,又如何形成合力,表现出某种有序的总体倾向呢?恰恰是后者,才是对文学史有意义的运动。恩格斯有一段著名的"合力论",可以帮助我们理解个人情志是如何汇入文学史进程的:

> 历史是这样创造的:最终的结果总是从许多单个的意志的相互冲突中产生出来的,而其中每一个意志,又是由于许多特殊的生活条件,才成为它所成为的那样。这样就有无数互相交错的力量,有无数个力的平行四边形,而由此就产生出一个总的结果,即历史事变,这个结果又可以看做一个作为整体的、**不自觉地**和不自主地起着作用的力量的产物。[①]

这里提示了认识论的一个真理:在历史因与果之间有一个不容忽视的中介环节,这就是交互冲突产生合力的诸多因素。而这些因素"又是由于许多特殊的生活条件,才成为它所成为的那样"。固然,历史是人创造的,但并不是随心所欲地创造,每一个的意志都受制约于所处的"特殊的生活条件",即政治地位、经济地位、社会环境、文明程度,乃至婚姻、家族、交游、学养、性格、病情,甚至地理环境等等。而这些因素大部分可用"大文化"的概念概括。诸多因素在文化大容器中碰撞,产生合力。这就是文化趋势,也就是一个社会在情感和理智上的主导潮流。处于潮流核心地位的是价值取向。观念与价值取向是构成一种文化独特风格的要素,也是影响审美趣味与判断的要素。这是文化史与文学史同构运动最关键的契合点。

---

① 《马克思恩格斯选集》第 4 卷,人民出版社 1972 年版,第 478 页。

丹纳曾用"精神气候"说解释文艺的演进,举中世纪欧洲风行四百年的哥德式建筑为例,认为当时战争和饥荒频仍,苦难使人厌世而耽于病态的幻想。哥德式建筑形式上的富丽、怪异、大胆、纤巧与庞大,正好投合了人们病态的审美趣味,成为苦闷的象征而发展为教堂、宫堡、衣着、桌椅、盔甲的共同风格特征①。这是静态的选择。本尼迪克特进一步动态地解释:哥德式建筑起初只不过是地方性的艺术和技巧中一种稍带倾向性的偏好——如对高度与光亮的偏好,而由于这一偏好投合了中世纪社会情感与理智上的主导潮流,所以被确定为一种鉴赏规范,愈来愈有力地表现出来,并剔除那些不融贯的元素,改造其他元素以合乎文化目的,最后整合为一种愈益确定的标准而形成哥德式艺术②。在文化目的的驱动下,文化选择与文化整合形成艺术史的选择、修正、适应的全过程。这就是文化与文艺的同构运动。

这种文化与文学的同构运动有着胎儿与母体般的亲密关系。也就是说,文化不仅是文学与客观世界或经济基础之间的中介,它与文学还是互涵互动的系统与子系统的关系。于是文学便具有系统的特性,即既受文化大系统的制约,服从文化的总体规律,与其他各文化因素交互作用而产生整体效应,同时又相对地独立,有自身的发展规律。这就是文学同时具备的开放性与封闭性。如果不看到这一特性,只强调文化对文学的影响,就会将文学视同其他文化因素,只看到一般而忽视特殊,不可能发现文学自身真正的发展规律;反之,只强调文学"自身"的主体性,甚至排斥其他文化因素的介入,力图进行"纯文学"的研究,也同样要犯片面性的错误而不可能发现文学真正的自身规律。兹以五言律诗之建构为例说明文学这一既开放又封闭的两面性。

五言律大致经历了这样的历程:诗经、楚辞中已有五言句,至

① [法]丹纳《艺术哲学》,傅雷译,人民文学出版社1983年版,第39页。
② [美]鲁思·本尼迪克特《文化模式》,张燕译,浙江人民出版社1987年版,第46—47页。

汉出现五言古诗,六朝始逐渐讲究声律对仗,至唐则定型为五言八句的讲究粘对的格律形式。这一进程是按文学形式内部规律进行的,并不因王朝治乱而进止,可视为封闭系统。但它又是开放的系统,受制于文化大系统,诸多文化因子交互作用介入五言律的建构过程。如对偶,由于中国语言的特点,字词与音节的同步关系,所以两句诗之间要整齐对称是容易的。《诗经》中就有这样的句子:

　　溱与洧浏其清矣,士与女殷其盈矣。(《溱洧》)

　　鳣鲔发发,葭菼揭揭。(《硕人》)

　　也许这只是一些对语言特别敏感的诗人"妙手偶得",可是一旦这种趣味与华夏"和而不同"的美学原则结合,就会成为一种倾向。这种倾向要求捉对儿表现事物或心象,要求相似或相反的对称美。在对称中求变化,同中有异,异中有同,得和谐之美。汉赋将这种倾向推向极致,整齐、对称形成一种建筑般堆砌之美。不过,堆砌毕竟板滞少变化,远未达到"和而不同"的境界。东汉末逐渐流行五言古诗,为这种倾向提供了新形式。五言隔行押韵,两句成一联,成为相对独立的对称的整体,这是很重要的变化。第一,五言诗"二—三"节奏比四言诗"二—二"节奏富有变化,而两句对称又使之同步而整齐;第二,两句并列容易造成时空对应,使十个字之间的容量最大化。这又为诗人在整齐、对称中提供了腾挪跳掷的可能。也就是说,五言诗对联形式是与和而不同美学原则相适应的。至如声律,则与佛教传播有关,正是随着佛教东渐,在中印文化交流中,印度语言学启发了中国诗学家对声律之研究,才有"四声八病"说①。声调

---

① 　陈寅恪认为"四声"实依据及摹拟中国当时转读佛经之三声创造的,详见《金明馆丛稿初编·四声三问》,上海古籍出版社1980年版,第328—341页。

与对偶是五律两大经纬,唐人以此交织出锦绣般完整的美的形式。
兹举一式为例:

仄仄平平仄,平平仄仄平。平平平仄仄,仄仄仄平平。
仄仄平平仄,平平仄仄平。平平平仄仄,仄仄仄平平。

不难看出规律是:一句内平仄交替;一联间对应字平仄相反;
两联间互"粘",不至于雷同;全篇则由两组相"粘"的四联诗句组
成,后四句的平仄格式与上四句的平仄格式是重复的。这正暗合了
中国文化"和而不同"的美学精神,平仄交替、对立、回旋,形成对抗
过程间的复杂平衡,造成一种中国文化特有的整体的和谐,而为中
国人所喜闻乐见,终于发展为中国古典诗歌的主流模式。由此可
见,五律形式之构建有文化因素的介入。其过程固然由声韵音节等
规律当家,但其所处时代的文化心理还要当你的家。五言八句声律
的安排并非随意,而必须是符合于中国人当时的文化心理,这就是
封闭与开放并存的两面性。

文化的中介作用及其与文学的系统、子系统关系,最深刻地体
现为文化自身的建构制约、驱动着文学的建构,促成其演进;而文学
又以其自身的变革参与文化建构,二者形成双向同构的运动。由于
文化构型是随着经济基础和社会生活方式的变迁而变迁的,不断处
于转型的运动之中,作为文化有机组成部分的文学势必随之运动。
在整个运动过程中,文化整合作用是关键。

所谓构型,就是各种因素的综合整体。文化构型指文化的内在
整体结构。文化构型内部诸多因素是变量,它们交互作用,产生合
力,驱动文化构型的嬗变。本尼迪克特认为:

一组最混乱地结合在一起的行动,由于被吸收到一种整合
完好的文化中,常常会通过不可思议的形态转变,体现该文化

独特目标的特征。①

这就是说,每种文化构型内部产生的合力,具有整合的作用,选择或强化某些行为因素,排除或抑制其他因素,从而给"最混乱"的文化行为予某种秩序。对文艺来说,也就是确立某种鉴赏规范。而纷呈杂陈的诸多文艺形态则在新鉴赏规范的制导下接受文化整合的选择、淘汰,并因之或适应或消灭,或强化或蜕变,而个体的创造性亦将因文化整合之力而融入主流。

作为社会网络中的个体,个人行为无疑受制于所处社会的制度与习俗,然而并非该社会中千千万万种个体行为都——从属于那些制度与习俗,许多个体行为并不符合该社会秩序的规范要求。也可以这么说,文化目的代表了该时代社会在情感和理智上的主导潮流,但并不囊括所有的个体的情感与理智上的倾向。合力只是矛盾斗争的结果。文学史表明,任何时期总有一些人不肯入俗,老要出轨,甚至成为"异端"。事实上,这些人都是些富有创造性的变异的种子。然而,个人行为必须成为影响某一群体的现象才是有意义的,纯粹的个人行为只是个人行为而已,与社会并无干涉。群体,可以是某个圈子,或社会某阶层,乃至民族。一旦个体行为被社会某阶层所接受,就有可能扩大其影响,为文化选择所吸收,融入新传统。反之,不为社会所接纳的个体行为,将很快为潮流、时尚所湮灭,虽然它或许仍将作为一种历史的价值而存留在历史材料之中。

必需强调的是,个体在接受文化整合的过程中仍有其主动性。优秀作家好比多面体的水晶,具有丰富性与多向性,能以其不同的面为不同时代读者所接受,如杜甫、如韩愈。一旦他们被文化选择确立为典范,则反过来成为一种整合力——学杜诗者势必多少仿佛杜之面目,学韩文者势必多少仿佛韩之面目,包括那些不尽合乎文

① ［美］鲁思·本尼迪克特《文化模式》,张燕译,浙江人民出版社 1987 年版,第 45 页。

化目的的诸多方面。个体于融入文化总趋势之际,对文化总趋势同样发生影响,其影响大小则视个体生命力而定。这也就是个体以其丰富性、多向性影响于文学史的主动性的一面。

如上所论,在以价值观为核心的文化目的驱动下,文化整合使个别的作品与读者退居次要地位,而整体大于部分之和的原则使文化选择、文化整合制导下的具有时代的普遍意义的文学鉴赏规范上升到主导地位,使纷至沓来的文学现象呈现出一种有序的总体趋势。其图式是:由经济基础所决定的文化目的通过传统、时尚及外来文化之影响,形成文化心理,同时作用于作者的情感结构与读者的期待视野①;二者交汇于文本而共构作品,并因二者的交往而使期待视野发生演变,反过来又对文学进行文化选择与整合,形成以形式嬗变为标志的文学史运动。其间不同时代的文化构型又有其不同的文化目的追求,于是形成落差,增大文化选择与整合的力度。对以抒情为主的中国古代文学而言,作家的情感结构是以"情志"为核心,而文本与读者的交往,则体现为意象、意境的共构,由此形成符号化追求。于是我们便有了如下图式:

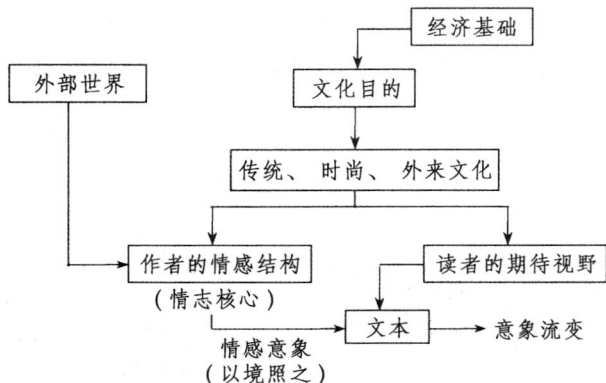

① 所谓"情感结构",是指"缘心感物"创作过程中,心物之间的中介环节,约略似刘勰《文心雕龙·明诗》所言"人禀七情,应物斯感;感物吟志,莫非自然"之"七情",是感物的心理基础,但它是一个双向的结构。详见拙作《文学史新视野》第二章第二节,北京大学出版社 2000 年版,第 30—31 页(收入本《文集》第四册)。

有人将形式比作河床,作者的心理形式便是河水;河水冲刷出河床,河床使河水长流。我们也不妨套用一下:文学史是河床,文学作品是河水;文学作品"冲刷"出文学史,文学史使作品永存。河水趋下,文学史则趋俗(通俗化、最大化传播)。然而经过沙地的河水会渗漏,走红一时的作品也会湮没。可它并非消灭,也许只是成了伏流,在某个历史空间会突然冒出来。如赋这一形式,从两汉直走红到六朝,至盛唐却只是科举考试的"练习题",至晚唐又一度走红。甚至汉代"巨赋",也并非"小品化"以后就成为绝响,在历千百年之沉寂后,于明代又跰突泉也似地涌现出来。这种间歇性的发作令直线上升的"进化论"头痛。某些"精神气候"的相似性与社会需求的重复性使文学史路线更趋复杂。文学史似乎更像藤蔓,其延伸带有很大的随机性。它有许多芽骨朵,都可能生长为分支,每个分支也都可能发展为主干。主干呢,则由于内部病变或外部干扰而生命衰竭,由主干萎缩为无足轻重的分支,甚至死亡。类此,文学史上的各种形式、风格、流派,都可能发展成为文学史上某种分支,其自身的生命在文化整合作用下,选择、淘汰、适应、强化、变异,一种形态引出另一种形态,或存或亡,或停滞或猛长,或异化或孪生,各领风骚若干年,做着如下图所示的蔓状延伸:

让我们具体地演示一下宋以前的文学主流形式生长的轨迹:

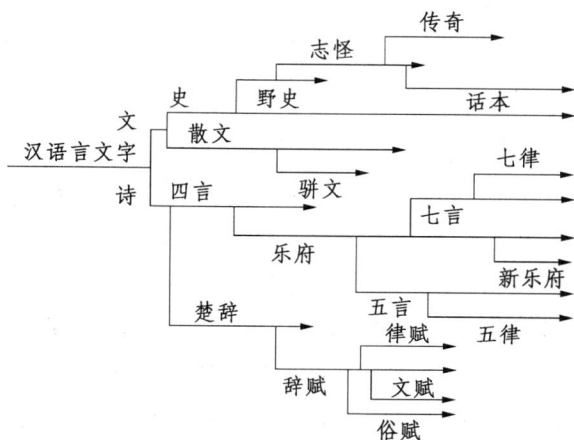

如果我们单独抽出其中诗形式嬗变的轨迹,以蔓状图式表示,则如下图:

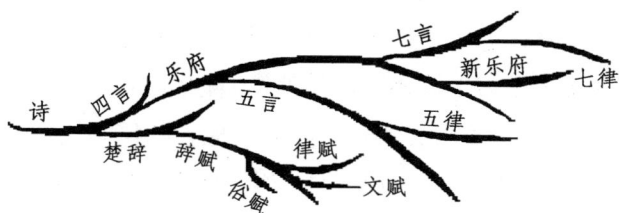

这就是我所理解的文学史生态。

当然,任何现象总是要比理论生动得多、丰富得多、复杂得多。就说随机性与必然性的关系吧,它好比优良品种的培育,某颗变异的种子有着某些优势,被发现了——这纯属偶然,接着被专家所培育,不断强化其变异的部分,直至满意,然后推广,于是成为主流。这培养过程就是"必然"了。《诗经》沉寂三百年后,"自铸伟辞"的屈赋如平地一声雷,突然出现了,它是传统比兴手法与楚文化奇异的结合,对中原诗教无疑是变异,是偶然性。这种神奇瑰丽的风格随着汉帝国的建立而风靡一代。如果建立汉帝国的不是酷爱楚辞的楚人，那么屈赋能否风靡一代是很可怀疑的。然而时尚又改造了屈赋，橘过淮则为枳，汉帝国时空中的楚辞终于衍生为汉赋。这一过程则由文化整合所制约，属"必然"性了。值得注意的是，屈原所创生的"香草美人"的比兴手法与意象，以及极富想象的意境，则成为一种文学"基因"，流传下来。不但李白、李贺乃至鲁迅、毛泽东诗词中有这种"基因"，诸如散文、戏曲、小说等门类的文学作品中，也有这种"基因"。诚如陈植锷《诗歌意象论·引言》所指出，它是属于"一些决定文学内部基本构成及发展的共同因子"[①]，也是文学史中流衍不息的生命之所在。这些包孕着文学生命的种子，随风飘落，在某种"精神气候"下它萌发了，在"某种气候"下它又"冬眠"了，这就是文学史上何以有间歇现象的根本原因。再如陶渊明诗，其特有的旷逸风格在当时并不引人注目，如果不是被《文选》主编萧统的慧眼相中了，陶诗要穿越茫茫时空，至宋代经苏轼之手广为流传，恐怕也无从谈起了。许多作家、作品未能如此幸运，他们被湮没了，在文学史上没留下痕迹。可是他们所创造的意象、意境却与屈、陶的作品所创造的意象、意境一样，化入他人的作品之中，成为意象流变中的一分子而永存。这也是"作家、作品加背景"的文学史模式无法代替意象流变研究的一条重要理由。

　　然而，文学与文化诸因子间的关系远非描述中那么清晰明了而且确定。不断变幻着的文学外部条件与幽微眇妙的文学内部条件错综复杂、即此即彼的关系远远超过一棵大树发达的根系。而且从现代的观点看，事物性质的显现，是由参照系决定的。不同的参照系可以使事物显示不同的性质；参照系的不断引入，能使事物不断显现新的性质，使我们对事物的认识不断深入。从这一层意义上看，任何文学史模式都注定要死亡，但总会有新模式出现。文学史

---

① 　陈植锷《诗歌意象论》，中国社会科学出版社1990年版，第9页。

研究的视野永无边界。

　　以上为笔者面对本课题所要展开的思路。

第二节　文化贵族与贵族文化

　　文学只有与文化成为一个复合整体,其文化文本的潜在意义才得以展开。为了便于作这样的整体研究,我将魏晋至北宋这段历史划分为"士族文化"与"世俗地主文化"二种文化构型,魏晋南北朝(含建安年间)至盛唐(196—755)属前者,中唐至北宋(756—1126)属后者。

　　所谓文化模式,按我的理解,就是文化各种因子的整体性,包容各种外部行为及深藏其中的思考方法,其整体性结构赋予各个行动以意义。魏晋南北朝是中国历史上颇独特的历史时期,处于该时期政治、经济、文化中心地位的士族,是中国古代贵族在特定历史时期的表现形态,与皇权相制衡,由此形成该时代特有的"士族文化构型"。

　　史学界的研究表明,士族的前身是东汉末的大姓名士,士与宗族的一体化萌生了士族①。魏晋士族确立的主要依据有官爵、婚姻、文化(教养)三项,前二项为外部条件,后一项则是士族自身的内部条件,与士族文化之建构关系尤为直接。"经明行修"不但是东汉取士的标准,也是一般名士的文化价值理想,特别是在汉末大动乱之后,有其现实意义。日人谷川道雄论该时代乱世中的坞村,认为那不是纯粹的血缘集团,而是以高尚品德的统帅者为中心的共同体集团。他认为:

---

① 唐长孺《魏晋南北朝史论拾遗·东汉末期的大姓名士》,中华书局 1983 年版。

　　士大夫对于钱财和权势等世俗欲望之自我抑制的道德观念,实现了诸如家族、宗族、乡党,甚至所谓士大夫世界那样的共同体。而且,从这种道德观念的对象世界反弹过来的人格评价亦即乡论,赋予他们作为社会领导者的资格①。

　　士族这种品格,在乱世的"共同体"中总是或多或少被保持着。尤其在北朝,战乱与民族冲突使士族不得不以其人格力量团结乡党以求生存。直到隋、唐,北方士族的这股贞刚之气甚至成为整合南北文化的一个重要因素。然而总体上看,在士族发展过程中,儒学是日渐被边缘化,因之对士族文化之建构发生重大的影响。

　　儒学的边缘化典型地体现在人才观的变化上。"经明行修"是儒学占主导地位的两汉最基本的人才观。汉末动乱使社会更切实地需要应用型的人才,所以曹操提出"唯才是举"的新人才观:无论"盗嫂受金"、"不仁不孝",只要"有治国用兵之术",都要举用(《三国志·魏书·武帝纪》)。所以曹氏政权中既有以士族为主的"汝颍集团",又有以事功起家的强宗大姓为主的"谯沛集团"。这是一个新、旧用人制交替的时代。《世说新语·文学》"钟会撰四本论"条刘孝标注云:

　　　　《魏志》曰:"会论才性同异,传于世。"四本者,言才性同、才性异、才性合、才性离也。尚书傅嘏论同,中书令李丰论异,侍郎钟会论合,屯骑校尉王广论离,文多不载。

　　陈寅恪《书世说新语文学类钟会撰四本论始毕条后》认为:言才性同、才性合的傅、钟皆司马氏之死党,其持论与东汉士大夫理想相合,则儒家体用合一之旨;言才性异、才性离的李、王乃司马氏之

---

① 　[日]谷川道雄《中国的中世》,见刘俊文主编《日本学者研究中国史论著选译》第2卷,中华书局1993年版,第138—139页。

政敌,其持论与曹操"唯才是举"之旨合①。其实,许多理论的产生只是某些社会利益集团的需要。代表士族门阀利益的司马氏集团倡才性同、合,未必是要去实现东汉士大夫的理想,更多的还是为士族世袭政治、经济特权找依据——出身高贵的士族自然是高人一等,其"才"是与生俱来的,故曰:才性同、才性合。梁代沈约就这么说:

> 汉末丧乱,魏武始基,军中仓卒,权立九品,盖以论人才优劣,非为世族高卑。因此相沿,遂为成法,自魏至晋,莫之能改。州都郡正,以才品人,而举世人才,升降盖寡,徒以凭借世资,用相陵驾。都正俗士,斟酌时宜,品目少多,随事俯仰。刘毅所云"下品无高门,上品无贱族"者也。(《宋书·恩幸传》)

历史与曹操开了个玩笑,"军中仓卒,权立九品"恰好成了后来士族门阀保持其世袭既得利益之工具,走向"唯才是举"的反面。当然,州都郡正们依然打着"以才品人"的旗号,实际上只是"随事俯仰"。其"俯仰"的重要手段是:不再把"人才优劣"的考察重点放在"立功兴国"、"堪为将相"的才能上,而是放在风貌、谈吐、神情的"才情"上。汤用彤《言意之辨》指出:"月旦品题,乃为士人之专尚。然言貌取人,多名实相乖,由之乃忽略'论形之例'而竞为'精神之谈'(《抱朴子·清鉴篇》),其时玄风适盛,乃益期神游,轻忽人事.而理论上言意之辨,大有助于实用上神形之别。"②"轻忽人事"正是清谈与品藻人物之要害。品藻而轻忽人事,自然要使清谈流于空谈,士风倾向浮华,辩才、文才、怪才取代了经邦、治国、堪为将守之才。于是我们在《世说新语》中看到名士形象,更多的是他们的才貌、才藻、才情:

---

① 参见陈寅恪《金明馆丛稿初编》,上海古籍出版社 1980 年版,第 41—47 页。
② 《汤用彤学术论文集》,中华书局 1983 年版,第 226 页。

裴令公有俊容仪,脱冠冕,粗服乱头皆好。时人以为玉人,见者曰:"见裴叔则如玉山上行,光映照人。"(《容止》)

支道林、许掾诸人共在会稽王斋头。支为法师,许为都讲。支通一义,四坐莫不厌心;许送一难,众人莫不抃舞。但共嗟咏二家之美,不辨其理之所在。(《文学》)

孙兴公、许玄度皆一时名流。或重许高情,则鄙孙秽行;或爱孙才藻,而无取于许。(《品藻》)

这便是"魏晋风度",是超脱礼法观点对个性美的欣赏。宗白华先生认为:"中国美学竟是出发于'人物品藻'之美学。"①品藻、清谈、玄风,是建构士族文化重要的一维。这种审美观反过来又促成士族子弟将"经明行修"的文化教养转化为高雅的精神气质,以及对文艺(琴棋书艺及文学)的爱好,使之成为一种行为模式,文学活动不能不接受其直接的影响。

潘多拉的匣子既已打开,儒学边缘化使个体思想从两汉经学与儒家教条狭小的天地中冲决出来,各种受儒家正统文化压抑的能量被释放出来,又以更大的力度推进儒学的边缘化。儒、墨、名、法、释、道、纵横、兵家都应运而出,"神灭论"、"无仙说"、"笑道论"乃至"无君论"蓬然而起,的确是一次个体思想的大解放,由此形成朱大渭《魏晋南北朝文化的基本特征》所说的"自觉趋向型文化特征"②。这就是人们所乐道的"人的自觉",是"文学自觉"之母。在此过程中,玄学的影响最为深远。面对乱世普遍的生存焦虑,玄学给出了"超越"的人生观、价值观,人们耽于玄远精神境界之追求,使该文化构型由是呈现出异彩。从风神潇洒、不滞于物的"魏晋风度",到点画自如、情驰神纵的书法艺术;从《兰亭叙》到田园山水诗,无不透出

① 宗白华《美学散步》,上海人民出版社1981年版,第178页。
② 朱大渭《六朝史论·魏晋南北朝文化的基本特征》,中华书局1998年版。

玄学空灵的精、神与个体的价值。就在一俯一仰之间，自然山水景物摆脱儒家"比德"的社会伦理束缚，成为人的审美对象。在生命形式的感应中，山水景物使人获取身心的自由、精神的超越。这就是宗白华所说的："晋人向外发现了自然，向内发展了自己的深情。山水虚灵化了，也情致化了。"①田园山水诗的出现有力地推动了中国文学意象化的进程。

然而，无论个体如何解放，在那个时代里，"个人与乡里与家族不可分割"②，所以个体的研究必须放在士族文化这一大网络中进行。朱大渭《魏晋南北朝文化的基本特征》又云：

> 士族门阀统治时期，以士族为首的宗族乡里组织集经济、政治、军事、文化于一体，在士族特权的保护下有着强大的凝聚力，并对当时社会政治尤其是文化影响颇深。可以说，区域文化的许多重要内容，便是在高门士族为首的宗族乡里集团的基础上构筑起来的。③

士族就是"文化堡垒"，就是文化贵族。在此基础上构建的文化，只能是贵族文化。刘师培《中国中古文学史》第五课总论已注意到家族与文学之关系云：

> 自江左以来，其文学之士，大抵出于世族；而世族之中，父子兄弟各以能文擅名。如《南史》称刘孝绰兄弟及群从子侄，当时有七十人，并能属文，近古未之有（《孝绰传》）；又王筠与诸儿论家门文集书谓："史传所称，未有七叶之中，人人有集如吾门者。"（《筠传》）此均实录之词。（当时文学之盛，舍琅邪王

① 宗白华《美学散步》，第183页。
② 唐长孺《魏晋南北朝史论拾遗》，第235页。
③ 朱大渭《六朝史论》，第34—35页。

氏及陈郡谢氏、吴郡张氏外,则有南兰陵萧氏、陈郡袁氏、东海王氏、彭城到氏、吴郡陆氏、彭城刘氏、东莞臧氏、会稽孔氏、庐江何氏、汝南周氏、新野庚氏、东海徐氏、济阳江氏,均见《南史》。)①

　　士族与文化的关系好比双人舞,是一种互动的关系:士族要维系其"文化世家"的地位就必须随着文化之演变而演变,而文化以士族为载体就必然染上浓重的士族气味。田余庆《东晋门阀政治》评士族与玄学之关系云:

　　　　西晋朝野玄风吹扇,玄学压倒了儒学而成为意识形态的胜利者,连昔日司马氏代魏功臣的那些儒学世家,多数也迅速玄学化了。两晋时期,儒学家族如果不入玄风,就产生不了为世所知的名士,从而也不能继续维持其尊显的士族地位。②

　　可见士族要维护其世袭的特权,就必须随着文化转。以士族名门琅邪王氏为例,其先祖王吉以经学起家,至魏晋之际,王祥、王览辈迎合司马氏"以孝治天下"的旨意,以孝行著称,且紧跟世风,儒玄双修。王氏至东晋王导一代称极盛,他们不但积极参与政治、军事,且尚玄谈、好文艺,跟上当时玄学生活化、艺术化的文化潮流。书法可以说是王家的"族徽"。王导"行草见贵当世"(《书断下》),王敦"笔势雄健"(《宣和书谱》),王廙"工书画,过江后为晋代书画第一"(《历代名画记》)。后来王羲之、王献之父子更是书艺圣手。反过来,书艺在这群优游不迫的士族文人手中,就要带上贵族气。以二

① 刘师培《中国中古文学史》,人民文学出版社1984年版,第88页。
② 田余庆《东晋门阀政治》,北京大学出版社1989年版,第356页,着重号为引者所加。

王为代表的洒脱的晋人书法,正是"魏晋风度"的体现。①

我们对文学当然更感兴趣。陈郡谢氏恰好是个家族、文化、文学形成"生态关系"的典型。谢家对子弟的教养是很自觉的,《晋书·谢玄传》载:

> (谢)安尝戒约子侄,因曰:"子弟亦何豫人事,而正欲使其佳?"诸人莫有言者。玄答曰:"譬如芝兰玉树,欲使其生于庭阶耳。"

谢家培养"芝兰玉树"主要是从玄谈、音乐、文学诸方面着手。就文学方面看,《世说新语》载:

> 谢公(安)因子弟集聚,问《毛诗》何句最佳。遏(玄)称曰:"昔我往矣,杨柳依依;今我来思,雨雪霏霏。"公曰:"讦谟定命,远猷辰告。"谓此句,偏有雅人深致。(《文学》)
>
> 谢傅(安)寒雪日内集,与儿女讲论文义。俄而雪骤,公欣然曰:"白雪纷纷何所似?"兄子胡儿(朗)曰:"撒盐空中差可拟。"兄女(道韫)曰:"未若柳絮因风起。"公大笑乐。(《言语》)

此类文学活动是有意识进行的:

> (安)又于土山营别墅,楼馆林竹甚盛,每携中外子侄往来游集,肴馔亦屡费百金。(《晋书·谢安传》)
>
> (谢)混风格高峻,少所交纳,唯与族子灵运、瞻、晦、曜、弘微以文义赏会,常共宴处,居在乌衣巷,故谓之乌衣之游。(《南

---

① 关于东晋门阀士族与东晋文艺之关系,参考张可礼《东晋文艺综合研究》第三章,山东大学出版社 2001 年版。

史·谢弘微传》）

此类封闭式的家族文化使谢家文学创作打上家族的"个性"。如谢家自谢鲲以"一丘一壑"自许，谢安、谢万、谢玄亦有山水情怀，寄情山水便成了谢氏家风。这种文化积累至谢混、谢灵运终于开创了山水诗，而带有浓重的庄园味。反过来，谢家的文学造诣又为家族抬高了门槛，《宋书·谢弘微传》于"乌衣之游"后又云："其外虽复高流时誉，莫敢造门。"

如果我们放宽视界，则整个士族总是以文艺作为标识，抬高士族门槛，以严士庶之别。尤其是宋、齐以后，士族由于自身的无能而采取"嗤笑徇务"的不现实态度，而皇室与士族有着与生俱来的不可克服的利益矛盾，有意抑制士族，这就使非世族性地主（所谓"寒人"）趁机钻进权力圈子，甚至"竞行奸货，以新换故，昨日卑细，今日便成士流"（《南史·王僧孺传》），改头换面也挤进士族圈子。于是一方面士族要严士庶之别，有意凭借其文化优势，在诗文上则讲究用典隶事提高难度——盖乱世教育不易，多由家学承传，士族借此以博学相炫耀而自别于庶族、武宗。裴子野《雕虫论并序》就举过这样的例子：宋明帝宴集命朝臣作诗，"其戎士武夫，则托请不暇，困于课限，或买以应诏焉"，真是窘态百出。所以士族愈是危机愈要严士庶之别，愈要逞博。故士族与寒人、武宗对抗尤甚的宋、齐时代，也正是钟嵘《诗品·序》所谓"文章殆同书抄"的时代。反过来，寒人武宗想要挤进士族行列，就得学习士族的"风度"，学会写诗作赋用典隶事，宋末齐初沈约凭才学成功地推动了吴兴沈氏从武力强宗向文化士族转化，便是典型的事例[1]。另一方面士族衰败的现实使士族中人对个体存在价值之追求变得愈来愈"实用"，不再浪漫地追求什么精神上的超越，只想落实现世的享受，与世俗合流，愈是能引

---

[1]　参见刘跃进《门阀士族与永明文学》附录《从武力强宗到文化士族》，生活·读书·新知三联书店1996年版。

起感官愉快的东西愈是受欢迎。在这种新口味面前，"淡乎寡味"的玄言诗一降为"山水"，再降为"宫体"，就是一个直感化的过程。士族与文化、文学的这种"生态关系"于南朝为显著，而北朝更突出的则是"汉化"与"胡化"问题。陈寅恪有云："我国历史上的民族，如魏晋南朝时期的民族，往往以文化来划分，而非以血统来划分……在研究北朝民族问题的时候，不应过多地去考虑血统的问题，而应注意'化'的问题。"①这是历时久远的民族大融合，自汉末至盛唐，汉化与胡化交流电也似地为该时代的文化建构提供能源，显示出一种前所未有的包融与吸收的积极的文化精神，也就是上引朱大渭《六朝史论》所说的"开放融合型文化特征"。这种开放融合型文化经长期的"蓄势"，终于在大一统的唐代有力地驱动了文坛巨变。

这里涉及何以将隋、唐纳入"士族文化构型"的问题。固然，士族门阀制的典型态在东晋，此后便走向衰落。至隋唐科举制开始全面取代九品中正制，对士族制无异是釜底抽薪。然而，贵族化倾向在中国长期的"封建社会"中，好比是烧不死的野草，"春风吹又生"。盛唐均田制瓦解，又为贵族化倾向提供了肥沃的土壤。均田制出现在北魏中叶，旨在削弱士族地主所有制下的私家佃农的人身依附关系，与之争夺人口赋税，强化国家权力。《魏书·食货志》讲得明白："魏初不立三长，故民多荫附。荫附者皆无官役，豪强征敛，倍于公赋。"唐承北魏推行均田制，有力地打击了士族地主所有制。私家佃农人身依附关系的强化，往往使国家政权不稳定，导致分裂割据；私家佃农人身依附关系的削弱，则中央集权随之形成。实行均田制乃是儒学未能占统治地位的大唐帝国之所以能实现中央集权的根本保证。但是，统治者的穷奢极欲，特别是繁重的兵役，使国家佃农负担太重而相率逃亡。唐玄宗开元年间，均田制及与之关连的府兵制瓦解。《册府元龟》卷一二四载开元二十五年诏"召募取

---

① 万绳楠整理《陈寅恪魏晋南北朝史讲演录》，黄山书社 1999 年版，第 292 页。

丁壮"。募兵制的实行证明劳役地租形式的均田制的消亡。其后果是双方面的：一方面，均田制的瓦解使国家佃农人身依附得以减轻，从而发展生产力，释放出的能量造成"开元盛世"；另一方面，自给自足的庄园经济又隐伏着分裂割据的不安定因素。《册府元龟·田制》载天宝十一载诏："闻王公百官及富豪之家，比置庄田，恣行吞并，莫惧章程。"从中可窥见国家与豪强之间的争夺战。《新唐书·卢从愿传》称卢为"多田翁"；《旧唐书·李憕传》称李"别业相望"，与吏部侍郎李彭年"皆有地癖"。从中又可窥见国家官吏的贵族化倾向。唐王朝多次修订谱牒，正是贵族化倾向的一种表现。

　　唐王朝曾多次修订谱牒，以满足朝贵们的需求——挤进士族队伍。唐太宗朝修《氏族志》，太宗亲自明确制定"止取今日官爵高下作等级"的修谱原则，将山东旧族的崔氏从一等降为三等，其用意是很明白的（《旧唐书·高士廉传》）[1]。至高宗朝，又由李义府奏改《氏族志》为《姓氏录》，将武则天、李义府这班寒门尽行挤入。"当时军功入五品者，皆升谱限，搢绅耻焉，目为'勋格'。"（《新唐书·高俭传》）玄宗时复撰《姓氏录》，至宪宗时又再修《元和姓纂》。此外尚有许多私修谱牒，如韦述《开元谱》，柳冲《姓族系录》等。无论官修私修，都是为了调节新贵与旧族之间的关系。每次修订，公修者都增列一批新贵，而私修者则往往剔除之，以保持原有士族的"纯洁性"[2]。新贵希企挤入士族队伍，正是庶族门阀化倾向的明证。《新唐书·高俭传》称：唐代"王妃主婿，皆取当世勋贵名臣家，未尝尚山东旧族"。这自然是加固皇族的有效手段，但又奈亲贵大臣对门阀士族的向往何！他们不顾太宗对山东旧族的"禁婚令"，"后房玄龄、魏徵、李勣复与婚，故望不减"。（《新唐书·高俭传》）后来玄

---

① 唐长孺《士族的形成和升降》一文认为，九品中正制"实质上就是保证当朝显贵的世袭特权"，从这一点上说，唐太宗重修谱牒的用意与魏晋同。见《魏晋南北朝史论拾遗》，第54页。
② 如黄氏修《姓氏录》，比太宗时所修《氏族志》多出六百三十多家，玄宗、宪宗所修者又比前显著增多。私修谱牒如孔至《百家类例》则剔去新贵。

宗朝名相张说也"好求山东婚姻,当时皆恶之。及后与张氏为亲者,乃为甲门"。(《唐国史补》卷上)由于新贵不断加入士族行列,对士族进行"输血",而士族自身也能参与仕途奔竞(包括参加科举),试用新形式,因之尽管唐代的士族已失去人身依附程度很强的部曲佃客制的经济基础,仍然能似百足之虫,死而不僵,成为政治的势力。问题还在于,与新贵门阀化相应的是土地制的变化。如上引天宝十一载所表明,均田制瓦解后,土地兼并愈演愈烈。如任其发展,势必走上与日本大化改新相似的路子①。以上现象表明了盛唐与士族文化深层的连续性。当然,对文化构型而言,更重要的是魏晋南北朝所形成的一些基本文化特征至盛唐犹一贯且愈明显,表明这是一个割不断的整体。盖文化模式的关键在文化整合,也就是说,文化行为是趋于整合的,一些文化特征是通过文化选择与文化整合而不断地得到强化,形成一种融一的形态。上引朱大渭《六朝史论·魏晋南北朝文化的基本特征》一文归纳该时代文化特征是:(一)自觉趋向型文化特征;(二)开放融合型文化特征;(三)宗教鬼神崇拜型文化特征;(四)区域型文化特征。除末项外,其他三项仍是盛唐时代的文化特征,而且表现愈突出,尤其是盛唐人个体的意气与整个文化所呈现的南北胡汉文化之融一要比魏晋南北朝更典型。宗白华《美学散步·论〈世说新语〉和晋人的美》称,魏晋南北朝"是中国人生活史里点缀着最多的悲剧,富于命运的罗曼司的一个时期,八王之乱、五胡乱华、南北朝分裂,酿成社会秩序的大解体,旧礼教的总崩溃、思想和信仰的自由、艺术创造精神的勃发,使我们联想到西欧十六世纪的'文艺复兴'。这是强烈、矛盾、热情、浓于生命彩色的一个时代"②。没有比这一时代特征的相似相续更能说明魏晋至

① 日本孝德天皇的"大化改新",是日本皇室效法唐王朝实行"班田制"、"空田亩"、"行租庸调之法"。但由于国家官员的贵族化,门阀化,赋税不入庄园,终于出现分裂的局面。如果"安史之乱"推迟,是否也会发生与"大化改新"类似的情况很难说,历史虽然不能重新来过,但这毕竟是一种可能。

② 宗白华《美学散步》,第177页。

盛唐是同一文化类型的了。是的,盛唐仍然是一个"强烈、矛盾、热情、浓于生命彩色"的时代。日人内藤湖南《概括的唐宋时代观》称:"六朝至唐中叶,是贵族政治最盛的时代。"[①]陈寅恪《论韩愈》一文称:"唐代之史可分前后两期,前期结束南北朝相承之旧局面,后期开启赵宋以降之新局面,关于政治社会经济者如此,关于文化学术者亦莫不如此。"[②]而文学史家闻一多亦以汉建安五年至唐天宝十四年(200—755)为一阶段[③]。前贤所见如此,正是考虑到文化与文学的特殊性,不以朝代为鸿沟耳。

任何事物的传承总是同时饱含着遗传与变异的种子,盛唐文化既是魏晋南北朝之花结的硕果,同时又已酝酿着对士族文化构型的解构。特别是开放融合型文化特征至盛唐已发展为一种南北胡汉融一的新文化,旧的框架已容纳不下它那伟岸的身躯。变,何时变,如何变,便提上日程。

本卷乃止于盛唐。

---

① 见刘俊文主编《日本学者研究中国史论著选译》第 1 卷,中华书局 1992 年版,第 10 页。
② 陈寅恪《金明馆丛稿初编》,第 296 页。
③ 郑临川记录、徐希平整理《笳吹弦诵传薪录——闻一多、罗庸论中国古典文学》,上海古籍出版社 2002 年版,第 75 页。

第二章　生存焦虑唤醒文学

第一节　情志的离合

罗庸讲魏晋南北朝文学,断自建安初年逮唐高宗景龙三年,约五百年。但又申明:"应加建安前三十年。盖为党锢时代,而影响后之清谈甚大。"①肇自党锢,诚见几之论。所谓"党锢",乃指东汉桓帝延熹九年、灵帝建宁三年对士大夫群体的两次大镇压。这是东汉末年士大夫知识阶层与专制君权(及其操纵者宦官或外戚集团)间的"话语权力"之争。盖中国所谓的"封建社会",其实是建立在宗法社会基础上的官僚体制,基本特征是"人治"与"礼治"的结合。因之作为"经世之术"的"儒教"与政治的一体化,是官僚体制的支柱,士扮演着"王者师"与僚属的二重角色:一方面他们是"道"的阐释者,作为终极真理的"道"的解释权归士所有;另一方面,士又必须具备一定的行政能力,是专制君权意志的执行者,处于"政从上"的雇员地位。特殊角色造成士似乎超越任何特定阶级的利益之表象,同时也造成"道"与"势"的冲突,不时地引发士与专制君权之间的话语权力之争。在中国官僚政治的进程中,东汉是一大关捩。

东汉士的官僚化、文吏化值得注意。儒生兼习经术与法律成

---

① 郑临川记录、徐希平整理《箫吹弦诵传薪录——闻一多、罗庸论中国古典文学》,第189页。

风,其参政欲望与自我评价日高①。这一情势与汉末外戚、宦官把持朝政使士大夫日益边缘化的现实相激成变。《后汉书·党锢列传》称:"逮桓灵之间,主荒政缪,国命委于阉寺,士子羞与为伍,故匹夫抗愤,处士横议,遂乃激扬名声,互相题拂,品核公卿,裁量执政,婞直之风,于斯行矣。"余英时将这种党人以舆论干政诸现象称为"士之群体自觉"②。究其实质,应是士为了维护其"王者之臣,其实师也"的理想地位而大规模群起力争③。正由于所争者在乎本阶层、集团之地位、权力,所用之法不是"清君侧、辨忠奸",而是结党、清议,诚如王夫之《读通鉴论》卷八所云:

> 侯览也,张让也,蟠踞于桓帝之肘腋,而无能一言相及也。杀人者死,而诛及全家;大辟有时,而随案即杀;赦自上颁,而杀人赦后;若此之为,倒绥巨奸以反噬之名,而卒莫能以片语只词扬王庭以祛祸本。然则诸君子与奸人争兴废,而非为君与社稷捐躯命以争存亡乎!

"为君"与为士大夫自身权益,何者为第一义? 此为后世"忠臣"与"党锢诸贤"之大别。且党人清议声势浩大,《后汉书·党锢列传》称"自公卿以下,莫不畏其贬议,屣履到门"。这种破坏王权一统的异己力量,不能不引起君主的警惕。所以党锢实出于君主之手:"于是天子震怒,班下郡国,逮捕党人,布告天下。"(同上)士大夫则由此产生与君主离异之心,是朱熹《答刘子澄书》所说:"建安以后中州士大夫只知有曹氏,不知有汉室,却是党锢杀戮之祸有以

---

① 参看阎步克《士大夫政治演生史稿》第十章《儒生与文吏的融合:士大夫政治的定型》,北京大学出版社 1996 年版。
② 参看余英时《士与中国文化》第六篇《汉晋之际士之新自觉与新思潮》,上海人民出版社 1987 年版。
③ 参看葛兆光《中国思想史》第一卷《七世纪前中国的知识、思想与信仰世界》第四编第一节《汉晋之间:固有思想与学术的演变》,复旦大学出版社 1998 年版。

驱之也。"(《朱文公文集》卷三十五)总之,由党锢"驱之","群体自觉"的结果是走向自己的反面——"个体的自觉"。自此而后,中国士大夫不再作为一个自觉的群体为本阶层争权益,而是作为"皮之不存,毛将焉附"的细小个体附属于君权或其他势力。

所谓的"个体自觉",与西方文艺复兴时代人文主义者的"人格的觉醒"有某些相类乃至相通之处,又有着根本性的差异①。二者都追求个体的精神自由,却有着截然不同的路径与归宿。在宗法官僚社会中,个体存在以等级与人伦为坐标。所谓"个体自觉",也只能是将重心由"国"挪向"家"(家族)一边而作精神上之自由追求耳,并无抛弃现存秩序另建社会新秩序之行为。故群体自觉幻灭之后,党人解体,一部分有力者由名士而门阀,以家族利益为第一义;一部分则疏远朝廷,走上隐逸之路;更多的下层文士则成了无根之蓬草,在惶恐中游走。正是这些人首先将"个体自觉"表现为对生命意义的追问,对文学史有直接的影响。

我赞成如是说:生存焦虑是魏晋文学的心理基础。痛苦激活生命力,生命的价值在死亡面前现身。汉末大动荡使死亡阴影笼罩每一个人,将生存焦虑这根弦拧紧欲断,弹奏了非常之音。"惊心动魄,一字千金"的《古诗十九首》是为中古文学之序曲开篇。

"古诗"系东汉末年文人拟乐府之作②。朱自清谓其"用一般人所喜欢的调子,歌咏一般人所喜欢的题材"③,"这种作品,文人化的程度虽然已经很高,题材可还是民间的,如人生不常,及时行乐,离别,相思,客愁等等"④。正因其具有最大的普遍性,所以《文选》虽

---

① [瑞士]雅各布·布克哈特《意大利文艺复兴时期的文化》第二篇《个人的发展》是这样描述"人格的觉醒"的:"对政治漠不关心,一边忙于他自己的正当事业,一边对于文学艺术有极大的兴趣,这样的私人,似乎已经在十四世纪的这些暴君专制制度下初次完整地形成了。"何新译,商务印书馆1979年版,第127页。
② 关于《古诗十九首》产生之年代,古称"人世难详",本文采用徐中舒、朱自清、马茂元诸人意见,认定为东汉末之作。
③ 朱自清《朱自清古典文学论文集》,上海古籍出版社1981年版,第692页。
④ 朱自清《古诗歌笺释三种》,上海古籍出版社1981年版,第220页。

仅存十九首,却颇能看出整整一个时代的心理。且从其取材多自民间看,可推知应出自下层文人之手。论者或以为东汉末"游士"之作,很有道理。东汉游学之盛,《后汉书·儒林传》有云:

> 自光武中年以后,干戈稍戢,专事经学,自是其风世笃焉。其服儒衣,称先王,游庠序,聚横塾者,盖布之于邦域矣。若乃经生所处,不远万里之路,精庐暂建,赢粮动有千百,其耆名高义开门受徒者,编牒不下万人,皆专相传祖,莫或讹杂。

如此万里负粮游学之徒,动辄万人(史称仅梁太后当政时太学生已达三万之众),能成功入仕者又有几个? 徐幹《中论·谴交》曾慨叹这些填门塞道的宦游人:"或身殁于他邦,或长幼而不归,父母怀茕独之思,思人抱东山之哀,亲戚隔绝,闺门分离。无罪无辜,而亡命是效!"党锢之祸对这些士子无异雪上加霜,那点济国活民之"志",早被轰出九天云外。士类精英殄灭,"群体自觉"又从何说起? 陈祚明《采菽堂古诗选》卷三乃云:"志不可得而年命如流,谁不感慨?"

> 人生天地间,忽如远行客。(《青青陵上柏》)
>
> 人生寄一世,奄忽若飙尘。(《今日良宴会》)
>
> 人生忽如寄,寿无金石固。(《驱车上东门》)
>
> 思君令人老,岁月忽已晚。(《行行重行行》)

"忽"字凸现了对生命意义的焦灼,各色人等都要被带到它的面前接受拷问。由是,生命的追问成为世纪的主题。不同时期、不同类型的人对此有不同的回答,缤纷多彩的中古文学亦由是而生。

非常时期有非常之音。在那"世积乱离,风衰俗怨"的东汉末年,所谓"乱世之音怨以怒",挽歌这一种特殊的形式却以其哀怨的情调投合乱离人特殊的审美趣味,成为时人喜闻乐见的形式!《后汉书·周举传》载大将军梁商大会宾客,"酣饮极欢,及酒阑倡罢,续以《薤露》之歌,座中闻者皆为掩涕"。又应劭《风俗通》称:"时京师殡、婚、嘉会,皆作傀儡,酒酣之后,续以挽歌。"风尚如此,难怪曹丕《与朝歌令吴质》会说:"高谈娱心,哀筝顺耳。"连大英雄曹操言志,也采用"泣丧歌也"的《薤露》、《蒿里》等形式。其《短歌行》云:"对酒当歌,人生几何?譬如朝露,去日苦多。"完全是《古诗十九首》口吻。然而与"志不可得"的下层文人不同,结尾一转:"山不厌高,海不厌深。周公吐哺,天下归心!"求贤建业之志昂然挺出。不仅身为贵胄的曹氏父子,被称为"建安七子"的孔融、王粲诸人,也多有慷慨之音。兹举三例,以概其余:

> 吕望老匹夫,苟为因世故。管仲小囚臣,独能建功祚。人生有何常?但患年岁暮。幸托不肖躯,且当猛虎步。安能苦一身,与世同举厝。(孔融《杂诗》)

> ……骋哉日月逝,年命将西倾。建功不及时,钟鼎何所铭?收念还寝房,慷慨咏坟经。庶几及君在,立德垂功名。(陈琳《诗》)

> ……许历为完士,一言犹败秦。我有素餐责,诚愧《伐檀》人。虽无铅刀用,庶几奋薄身。(王粲《从军诗》)

诗之外,如刘桢《遂志赋》、陈琳《移豫州檄》之类,也颇多风云之气。总之,"悲怆"的社会情绪与"慷慨"的个体情志,合成建安文学集团为代表的一批文人的总体风格,即《文心雕龙·时序》所揭示的:"观其时文,雅好慷慨,良由世积乱离,风衰俗怨,并志深而笔长,故梗概而多气也。"而"志深"二字正是建安作者有别于彷徨中的

《古诗十九首》作者之关键。

明知人生有限，而雄心不减。这是汉末一批强势文人面对死亡的选择。如前所论，党人云散后，一批名士走上门阀、军阀之路，具有更强的独立性，其"志"也就不再拘于"帝王师"，"周公吐哺，天下归心"便是一例①。唐长孺《东汉末期的大姓名士》一文曾以大量史实举证布列中外的官僚基本上是这一类大姓、名士，他们处于左右政局的重要地位，在文化上更是几乎处于垄断地位②。这些人及其周围的大小文人保留着东汉名士的习气，如赵翼《廿二史札记》卷五"东汉尚名节"条所云：

> 盖其时轻生尚气已成风俗，故志节之士好为苟难，务欲绝出流辈，以成卓特之行，而不自知其非也。

"雅好慷慨"与此尚气之风是相承接的。当然，曹氏父子以其地位与创作实践引领潮流，将此风尚导入文坛，推为一代新风，功不可没。尤其是"唯才是举"的政策振奋士人，使之无论得志不得志，多"慷慨以任气，磊落以使才"，从及时行乐的情绪中自拔，文人创作之品格亦因此而提升。不妨说，是曹氏父子缔造了个体之情溶入关心群体利益之志的"情志合一"时代。其中，曹丕文论的深远影响尤值得注意。

首先是"文章经国之大业"一说。须知执着于现世间的士大夫文人，更多的不是向往那来生再世的幸福，或木乃伊、舍利子之类的永恒，而是化入历史即"时间人"的永存。所以立德、立功、立言为士大夫所重。而"人生飘忽"、"功名难求"的心理又使立言成为其时士大夫文人的首选。处高位且领袖文坛的曹丕，应时提出："盖文

---

① 曹操《让县自明本志令》有云："设使国家无有孤，不知当几人称帝，几人称王！"虽是自我开脱的话，但也是群雄逐鹿的实情。
② 唐长孺《魏晋南北朝史论拾遗》，第33—41页。

章,经国之大业,不朽之盛事。年寿有时而尽,荣乐止乎其身,二者必至之常期,未若文章之无穷。"(《典论·论文》)一转语,便将生存焦虑转换为创作热情,文学于此立定脚跟①。

然而能将个体生命力键入文章,使二者一气相通而存乎不朽者,在"文气"说。《典论·论文》又云:

> 文以气为主,气之清浊有体,不可力强而致。譬诸音乐,曲度虽均,节奏同检,至于引气不齐,巧拙有素,虽在父兄,不能以移子弟。

创作主体的个性因"气"而直贯其创作个性,由是完成了"个体的自觉"向"文学的自觉"之转换。东汉朦胧渐至的文学自觉意识,至是有了一个理性化的"凝结核":文气说。

然而文气说的底蕴还在于传统的"诗言志"。试看前此有孟子曰:"夫志,气之帅也。"(《孟子·公孙丑》)后此有刘勰云:"故思理之妙,神与物游,神居胸臆,而志气统其关键。"(《文心雕龙·神思》)再将文气说与"文章经国之大业"整体视之,不难把握此说内在精神乃在"情志合一"。所谓"情志合一",是指个人情感与追求,能同"对社会的关怀"融而为一。而士"入世精神"之价值,亦尽在于斯。建安诸人出入"几乎一字千金"的古诗之间,却能挺出而别立门庭,亦在于斯。曹操《蒿里》、曹植《送应氏》、王粲《七哀》、刘桢《赠从弟三首》、阮瑀《驾出北郭门行》诸作,莫不如此。至若王粲《登楼赋》,情志交愤,亦颇为典型。其赋有云:

---

① 曹丕所云"文章",虽不专指文学,但此论为建安七子而发,故其文学之比重定不在小。盖其时文体初分,诗赋为"四科"之一,文学界定未明,后来乃有文笔之辨,不足为怪。又有学者指出,早于曹氏,有王粲《荆州文学记官志》云:"夫文学也者,人伦之首,大教之本也。"杨修《答临淄侯笺》亦云:"若乃不忘经国之大美,流千载之英声,铭功景钟,书名竹帛,斯自雅量,素所蓄也,岂与文章相妨害哉!"然则王氏所谓"文学",实指儒学;杨氏只是以为文章与经国大美不相妨害而已,不若曹丕直指文章为经国大业、不朽盛事之明确有力。然而文学自觉非一家所倡,亦由此可见。

悲旧乡之壅隔兮,涕横坠而弗禁。昔尼父之在陈兮,有归欤之叹音。钟仪幽而楚奏兮,庄舄显而越吟。人情同于怀土兮,岂穷达而异心? 唯日月之逾迈兮,俟河清其未极。冀王道之一平兮,假高衢而骋力。惧匏瓜之徒悬兮,畏井渫之莫食。步栖迟以徙倚兮,白日忽其将匿。风萧瑟而并兴兮,天惨惨而无色。兽狂顾以求群兮,鸟相鸣而举翼。原野阒其无人兮,征夫行而未息。心凄怆以感发兮,意忉怛而憯恻。循阶除而下降兮,气交愤于胸臆。夜参半而不寐兮,怅盘桓以反侧。

王粲凄怆之情感发出来的是"冀王道之一平",恐人不我用之志。情与志交愤胸中,是为"气"。正是这种情志交愤之气的运作,形成建安文学最耀眼的特色——后人将其总结为"建安风骨"。《文心雕龙·风骨》云:

故辞之待骨,如体之树骸;情之含风,犹形之包气。结言端直,则文骨成焉;意气骏爽,则文风清焉。若丰藻克赡,风骨不飞,则振采失鲜,负声无力。是以缀虑裁篇,务盈守气;刚健既实,辉光乃新。

略后的钟嵘《诗品·序》亦提出"建安风力",并以此品评曹植、刘桢的创作。乃知"建安风骨"是经历一段文学史曲折之后,时人对建安文学创作与文气说的再认识。因之,它更贴近文学的本质。黄侃《文心雕龙札记》称:"风即文意,骨即文辞。"就倾向上说,大体如是,但古人并不像今人将内容与形式两个概念界定得那么泾渭分明。风骨连用,取其义有交叉,都是就内容感人而言,是由内容到形式的感发过程。钟嵘《诗品》评刘桢云:"其源出于《古诗》。仗气爱奇,动多振绝。真骨凌霜,高风跨俗。但气过其文,雕润恨少。"尚气的个性、高尚的情志、刚健的语言风格,一气相贯,是"风骨"的体现。

此后,"风骨"成为中国文学的一个重要的审美尺度,在文学史"正变"过程中起着稳定传统、矫正偏离的作用。盛唐文学之盛,在很大程度上是得力于对"汉魏风骨"的复归。从这一角度看,文气说与风骨论的意义还不在乎"一锤定音",而在乎它所留下的巨大演绎空间,在被接受、被解读过程中释放出的能量,显示出文学史进程的内在逻辑。

　　总之,建安诸贤从实践到理论,为"雅文学"定下基调,此后文人创作无论如何摆动,其中轴线仍在情志之离合。

　　然而在专制的等级社会中,"情志合一"并非易事。事有不得已,志有不可得。在曹操、曹丕旗下的建安文学集团中人,后期已颇感受到这种压抑①。尤其是与曹丕争继承权失败后的曹植,因其深遭疑忌的特殊处境,"一叶知秋"般感应到未来那股肃杀之气。在创作上则表现为以叙事为主直接反映社会现实的作品少了,以比兴为手段抒一己之情志者多了。如《美女篇》,将叙事的民间乐府《陌上桑》改写为比兴体的五言抒情诗,以美女盛年处室喻士之怀才不遇。且不说其中以赋的手法写五言诗、借叙事来抒情等形式的创新增强了五言诗的表现力(下章另述);就其对传统比兴的继承而言,也有重大的意义。盖两汉以"美刺"论诗,视比兴同解经,是"应用"的立场;至汉魏之际,始重视比兴的文学性,是从应用转向审美的关键时期。曹植以其成功的创作实践促成这一转向。试读其《七哀诗》:

　　　　明月照高楼,流光正徘徊。上有愁思妇,悲叹有余哀。借问叹者谁?自云宕子妻。君行逾十年,孤妾常独栖。君若清路

---

① 曹操收罗的邺下文士以百数,可谓"彬彬之盛",但大多位卑任轻,属"控制使用"。而称"文章经国之大业"的曹丕,也只是领一班文人写些游宴诗赋。吴质《答魏太子笺》云:"陈徐应刘,才学所著,诚如来命。惜其不遂,可谓痛切。凡此数子,于雍容侍从,实其人也。若乃边境有虞,群下鼎沸,军书辐至、羽檄交驰,于彼诸贤,非其任也。"实在是看透曹操的用心。至若曹丕,则云其"昔侍左右,厕坐众贤。出有微行之游,入有管弦之欢。置酒乐饮,赋诗称寿"。父子对待文士之心何其相似乃尔!难怪刘桢《赠徐干》会露出一点郁闷:"我独抱深憾。"

尘,妾若浊水泥。浮沉各异势,会合何时谐? 愿为西南风,长逝
入君怀。君怀良不开,贱妾当何依?

开头两句是《诗经》式的"见物起兴",全首以弃妇喻逐臣,是
《骚》式比兴。由是将诗骚"比兴"之魂植入五言,传统在新形式中
获得再生。然而更值得注意的是曹植创作对形式美的倾注,使美在
文学作品中获得独立的意义。如"明月照高楼,流光正徘徊"二句,
是"兴",但那高楼月色给人的印象是永久的,不可取代的。《美女
篇》中"长啸气若兰"的美女,《杂诗》"高台多悲风,朝日照北林"的
兴象,《杂诗》"转蓬离本根"那转蓬的意象,莫不如是。事实上建安
文人在某种程度上说,对美的追求更倾心、更专注。如曹丕《燕歌
行》,未必有多少寄托,但那谐婉的声调,夺目的文采,给人美的印象
是深刻的。至如曹植的《洛神赋》,由于"铺采摛文"的形式特征,反
而更能凸显曹植化叙事为抒情的创作特色:

> 于是洛灵感焉,徙倚彷徨。神光离合,乍阴乍阳。竦轻躯
> 以鹤立,若将飞而未翔……陵波微步,罗袜生尘。动无常则,若
> 危若安。进止难期,若往若还。转眄流精,光润玉颜。含辞未
> 吐,气若幽兰。华容婀娜,令我忘餐。

与曹丕的《燕歌行》一样,曹植此赋也未必影射什么(如旧说
"感甄"之类)[①],更多的只是对美好事物的向往之情,对传统的比兴
说来,是某种超越。然而,这一变动,在"情志"的天平上,已不觉将
重心倾向"情"的一边了。

曹植后期还写了一些如《升天行》、《仙人篇》、《远游篇》、《桂之
树行》之类"游仙"的作品,更能表明其"志"的转移。其《求通亲亲

---

① 《文选》卷十九李善注云感甄后之作。

表》自诉禁锢之孤独云:"每四节之会,块然独处,左右唯仆隶,所对唯妻子,高谈无所陈,发义无所展,未尝不闻乐而拊心,临觞而叹息也。"孤寂逼使他以文学创作之利器,于现实世界之外另辟灵境。无论是《洛神赋》式对比兴的超越,还是《游仙》式"排雾陵紫虚",都是对文学虚构特质的强化。应当说,这是"文学觉醒"在曹植创作上更为本质的体现!而《桂之树行》"要道其省不烦,淡泊无为自然",已透露玄言诗的倾向。曹植的文学创作不愧为文学史的指路标。

魏正始至咸熙(240—265)是曹氏与司马氏夺权的大震荡年代,一切似乎都随之两分为带有对抗性质的矛盾:真与伪、心与迹、出与处、忠与孝、名教与自然、超越与妥协、帝室与豪门、商品经济与庄园经济……反映到士大夫内心,便归结为"现实与理想"之间的矛盾。盖东汉以来土地兼并的大趋势有利于士族阶层的形成与发展,而曹操以非士类的宦官家庭出身,凭借个人杰出的才能建立了曹魏政权,造成大一统的趋势,不能不说带有一定的历史偶然性。其"用人唯才"的政策,给当时士子带来许多幻想,促成"邺下文人"与曹氏父子的遇合,也造成"建安风骨"那"情志合一"的文坛奇观。然而,土地兼并仍在进行,士族仍在发展,曹丕颁行的"九品中正"制适为司马氏为代表的士族豪门与皇室争夺用人权的有力工具。司马氏政权使"用人唯才"政策成为泡影。史学家陈寅恪指出:"西晋篡魏亦可谓之东汉大族之复兴。"①历史之河回到故道。然而儒学世家出身的司马氏虽然以"名教"为旗帜,却并无东汉士人的人格理想,为夺权不择手段。又由于地位的改变,使之对士族采取又拉又打的手段,与地方豪门有深刻的矛盾。这种两面性,使司马氏的大伪本质充分暴露。诚如哲学家余敦康所说:司马氏"带给人们的不是理想的实现,而是理想的破灭"②,使士子"在现实中看不到理想,

① 陈寅恪《金明馆丛稿初编》,第29页。
② 余敦康《何晏王弼玄学新探·自序》,齐鲁书社1991年版。

在理想中看不到现实"①。现实与理想脱节,意味着情与志不得不分离。也就是说,入世、济世之志成了飘浮在空中的理想,几乎只是一种空谈,人们不得不将注意力转向个体周遭的喜怒哀乐。而就士族方面言之,门阀士族自其成为相对独立的利益集团起,就先天地带来两重性格。盖其所代表的自给自足的地域宗法性庄园经济的利益,与皇权所代表的大一统中央集权的利益是不可能基本一致的,二者互相争斗又互相利用,由此引发历时久远的统治阶级内部尖锐的斗争,形成六朝的杀夺政治。士族与皇室之间必须保持某种若即若离的适当距离,否则随时会祸起萧墙。这就使士族中人在追求个体存在价值时,往往要处于两难的境地,即一面在精神上追求无限的超越,一面不得不顾及其现实利害关系,由此造成士族中人普遍存在的人格分裂,是所谓的"心迹不一"。这在《世说新语》中不乏例证,如与嵇康同倡"越名教而任自然"的阮籍,无论如何做"白眼",如何佯狂任诞,也不能不在维护纲常的"名教"的钳制下"至慎"。名教一直是士人身上脱不下的一件湿内衣。于是晋人标一个"情"字,自称"情之所钟,正在我辈"(《世说新语·伤逝》),无非只是想从"志于道"的传统价值取向中找一道缝,透一口气耳。然而大多数人只能在"情"的旗帜下做到行为上的任诞,少有人能将其矛盾扭曲的心态形诸文学创作。其中能将其矛盾杂糅心境以诗的形式淋漓尽致地表露出来的,只有阮籍的五言组诗《咏怀》八十二首。沈德潜《古诗源》评曰:

> 阮公《咏怀》,反复凌乱,兴寄无端,和愉哀怨,杂集其中,令读者莫求归趣,此其所以为阮公之诗也。

组诗反复吟唱的还是那世纪的主题:对生命的追问。但阮籍

---

① 余敦康《中国哲学论集》,辽宁大学出版社1998年版,第215页。

的思绪是凌乱无端,情感是杂糅的。这是迷途者的歌。《晋书·阮籍传》:

> 时率意独驾,不由径路。车迹所穷,辄恸哭而反。

这一事迹很有象征性。在魏晋杀夺政治中,士人无不为自己的生存而焦虑:或攀龙附凤,或依违两间,或秽迹深藏……阮籍、嵇康为代表的一批济世之志尚存的士人,则以"越名教而任自然"为旗帜,力图超越残酷的现实重建其人格理想。然而他们又痛感到实现这样的理想是不可能的。嵇康《太师箴》云:

> 季世陵迟,继体承资。凭资恃势,不友不师,宰割天下,以奉其私。故君位益侈,臣路生心。

离开这样的现实言志,无异于空谈。因此在阮籍《咏怀》中,虽然也有类似建安人以立功立言来体现人生价值之倾向(第三十九、六十首)①,但对儒者的立言却又表示:"烈烈褒贬辞,老氏用长叹!"黄节引《庄子》:"老聃曰:下有桀跖,上有曾史,而儒墨毕起,于是乎喜怒相疑,愚知相欺,善否相挑,诞言相讥,而天下衰矣!"对立功立言不无疑虑。求仙如何?"可闻不可见,慷慨叹咨嗟。自伤非俦类,愁苦来相加。"(《咏怀》第七十八首)那么隐逸高举呢?第九首云:"步出上东门,北望首阳岑。下有采薇士,上有嘉树林。"羡慕之情不能自已。然而他又清醒地意识到,他的名士身份使他已经摆脱不了政治旋涡,故怅然曰:"良辰在何许?凝霜沾衣襟!"甚至对庄子,阮籍竟也不无疑惑:"夸谈快愤懑,惝慌发烦心……谁云玉石同?泪下不可禁。"(《咏怀》第五十四首)齐物论只能抒一时之愤懑,却解决不了

---

① 本文所引阮籍《咏怀》诗,咸用黄节《阮步兵咏怀诗注》,人民文学出版社1984年版。

现实中任何一个实实在在的问题。在这里，阮籍显露出诗人的本性。

世有诗人哲学家者，有别于生活在形而上世界中的"哲人"。《诗》云："士之耽兮，犹可说也；女之耽兮，不可说也。"哲人犹前者，诗人哲学家似后者：摆脱不了情感的纠缠①。阮籍因其对现实有敏锐感受的诗人气质，拒绝了形而上的逃遁，理性的化解适得其反加深了无所适从的痛苦。《咏怀》事实上宣告了"越名教而任自然"的失效②。幻灭之后是无奈：

> 出门望佳人，佳人岂在兹？三山招松乔，万世谁与期？存亡有长短，慷慨将焉知？忽忽朝日隤，行行将何之？不见季秋草，摧折在今时！（《咏怀》第八十首）

这就是"反复凌乱，兴寄无端，和愉哀怨，杂集其中"的穷途之哭。"情伤一时，而心存百代"（黄节语），嵇康以死，阮籍以诗。

钟嵘《诗品》称阮籍诗："其源出于《小雅》。"胡应麟《诗薮》则曰："阮嗣宗《咏怀诗》，其源本诸《离骚》。"平章二说，就其对乱世之忧愤言之，《诗大序》有云："至于王道衰，礼义废，政教失，国异政，家殊俗，而变风变雅作矣。"《咏怀》与变雅可谓血脉相贯；就其引类譬喻、忧愤深广言之，则《咏怀》得《离骚》之精神。尤其是作为文人的个体创作，《咏怀》是《离骚》的重大进展。一个明显的事实是：《咏怀》不但摆脱乐府民歌乃至古诗之影响，甚至比曹植"化叙事为抒情"更进一步确立了文人创作的特色，即开始有意于意境的创构与事象的虚化、情感的非个人化。典型莫过其《咏怀》第一首：

---

① 刘师培《中国中古文学史》将正始文人分两派，一为王弼、何晏之文，近名、法家言；一为嵇康、阮籍之文，近纵横家言。见人民文学出版社 1959 年版，第 35 页。两派之别，笔者以为即哲人与诗人哲学家之别，前者与文学相远也。
② 余敦康对此有透彻的看法："表面上看来，'越名教而任自然'是一个坚定的充满了自我确信的战斗口号，实际上其中蕴含着极为深沉的时代忧患感，是以痛苦矛盾、彷徨无依、内心分裂为心理背景的。"（《中国哲学论集》，第 219 页）

夜中不能寐，起坐弹鸣琴。薄帷鉴明月，清风吹我襟。孤鸿号外野，翔鸟鸣北林。徘徊将何见？忧思独伤心。

中间四句以外景之变迁摹写心境之变化。或者说是将心境化为外在的意境，为情造文。反观《咏怀》诸多事相，多为虚指，即隐去具体之事件，只写真情实感，是所谓"微而显"的风格——"厥旨渊放"难以坐实，而其情绪却易于感知。这就为读者的参与留下偌大的想象空间，诗人独特感受亦因之化为普遍存在的情感，是为抒情的非个人化。阮籍创造的这种"响逸而调远"的内心独白形式，成为文人创作的重要形式，突破性地丰富了以比兴为内在线索的中国抒情文学的传统。此后，不但五言组诗如左思《咏史》八首、陶渊明《饮酒》二十首、陈子昂《感遇》三十首、张九龄《感遇》十二首、李白《古风》五十九首继承了阮籍《咏怀》的精神，其他诗歌形式如鲍照《拟行路难》十八首（一说十九首）、杜甫《秋兴八首》，乃至柳宗元那些情感杂糅的山水诗，也都有一个"咏怀"的灵魂在，这就是理想与现实、情与志互动的情感旋涡。

内容之于形式，当如牡蛎与其贝壳一般无间然。然而作者禀性各异，于诸文体适应程度不一样，也就所长不同。阮籍之文，虽多玄音，却"才藻艳逸"，重骈偶，近辞赋，是诗人之文。其《大人先生传》最精彩，以虱譬诸礼法君子，讽刺辛辣，同时也失去《咏怀》诗那反映理想与现实、情与志之冲突的复杂性与深度①。至于嵇康，刚肠疾恶，长于辩难，故为诗略嫌质直，而为文则壮丽清峻，极见个性。如《声无哀乐论》，《文心雕龙·论说》称其"师心独见，锋颖精密，盖人伦之英也"。其文有曰：

---

① 诚如吉川幸次郎所指出，阮籍《大人先生传》、《达庄论》，以齐物论为一贯内容，不像《咏怀诗》留下一些矛盾，这是论文形式的要求。参看［日］吉川幸次郎《中国诗史》，章培恒等译，安徽文艺出版社1986年版，第174—175页。

> 声音自当以善恶为主,则无关于哀乐;哀乐自当以情感,则
> 无系于声音。

> 夫五色有好丑,五声有善恶,此物之自然也。至于爱与不
> 爱,喜与不喜,人情之变。

文中极力突出自我意识,对以音乐观风俗、行教化的正统观念
而言,是出位之思。而《与山巨源绝交书》更是强调自己"必不堪者
七"、"甚不可者二"的个性,塑造了一个"长而见羁,则狂顾顿缨,赴
蹈汤火;虽饰以金镳,飨以嘉肴,愈思长林而志在丰草"的狂狷者形
象,饱含作者的人格力量。显然嵇康之"志"已由对社会的关怀转向
对个性与人格理想的坚持,毋宁说具有更多的"情"的成分。他个性
简亢清高,却又不得不自我压抑,以"心不措乎是非,而行不违乎道"
(《释私论》)自律,乃至学阮籍"口不论人过"居然达到王戎所称"与
嵇康居二十年,未尝见其喜愠之色"(《世说新语·德行》)的境地。
然而在具体人事面前,到底还是呈露其刚肠疾恶的个性,招来杀身
之祸。可惜的是,其诗文尚未能尽情体现这一理性与个性的深刻矛
盾(虽然《幽愤诗》多少透露一点消息)。无论如何,嵇与阮之创作,同
为理想与现实碰撞之产物,最典型地反映该时代士大夫扭曲的心灵。

情志分立已渐成趋势。《文心雕龙·明诗》评晋诗云:"采缛于
正始,力柔于建安。"后者正关系到情志的核心问题。首先是"志"
内涵的蜕变。孔颖达《左传·昭公二十五年》疏曰:"在己为情,情
动为志,情、志,一也。"应当说,志只是情的一种,与个体的志向、襟
抱有关。但长期以来经儒家的阐释,"志"已有颇强的伦理政教意
味,与关心群体利益的忧患意识结下不解之缘①。建安时曹孟德倡
"唯才是举",虽"不仁不孝"而能经邦治国用兵者往往举而用之,所

---

① 情与志在古人心目中是有区别的,如诸葛亮《诫外甥书》称"若志不强毅,意不慷慨,徒碌
碌滞于俗,默默束于情,永窜伏于凡庸"云云,情志区分颇显豁。徐正英《"诗言志"复议》
也曾详证春秋及以前时期的限"志"不含情,可资参考。文见《中州学刊》1999年第6期。

以此期士子多"慷慨以任气,磊落以使才",个体之情与关心群众利益之志颇相融洽,是之谓"情志合一"。然而,"志"的伦理意味已被弱化。至司马氏篡权,不得不于"忠"字之外另标一"孝"字,又进一步淡化了士人讲究气节的意识。对当时许多文人而言,"志"只是"志向",疏离了"志节"的内涵。不妨说,自嵇康之死,不但《广陵散》绝响,并敢于坚持个体理想人格者亦绝之。这正是"力柔于建安"的根本原因。

罗庸论西晋文士,有云:"前期为依权臣而生活者,后期为依诸王而生活者","个性更无由发展",诚为笃论①。检《晋书·贾谧传》,有所谓"二十四友",其中石崇、欧阳建、潘岳、陆机、陆云、挚虞、左思、刘琨,咸为当时一流文士,难怪刘勰《文心雕龙·时序》会说:"晋虽不文,人才实盛。"这些依权臣而生活者为后人所诟病,但平心而论,在这点上"二十四友"与"邺下文人"并无本质上的不同。去掉"成者王,败者寇"的偏见,应当说,依附权臣并非二十四友问题之所在。问题乃在"无持操",也就是求仕不择手段,不讲人格。历来视潘岳《闲居赋》为虚情之标本,如元好问《论诗绝句》云:"心画心声总失真,文章宁复见为人? 高情千古《闲居赋》,争信安仁拜路尘!"然而出与处一直以来就是士子两可的选择,《晋书·潘岳传》载:"岳频宰二邑,勤于政绩。"又云:"既仕宦不达,乃作《闲居赋》。"得志则"勤于政绩",失意则赋《闲居》,以此缓解心中的不平衡,亦是一时之情,未必作伪。其伪在"志"。盖史言"岳性轻躁,趋世利",为仕进不惜构陷他人,如此人品断断无关怀群体社会利益之志可言,"勤于政绩"只是为了更"得志"。其"志"不过是"名利"之代号耳,早已疏离了志节的内涵。

这里有个人的原因,也有时代的原因。盖司马氏政权属皇室与豪族联合统治之政权,先天地缺乏整合力。如司马炎与贾充二家之

---

① 参看郑临川记录、徐希平整理《笳吹弦诵传薪录——闻一多、罗庸论中国古典文学》,第215—217页。

联姻,种下贾后专权而引发"八王之乱"的祸根,便是明证。由此形成有晋一代政坛瞬息万变的"多头政治"。士子处如此多变之世,而有躁进之心,则易生投机心理,从政一似赌博,气节又从何讲起? 人格焉得不双重? 这在当时是颇为普遍之现象①。陆机情况更复杂也更为典型。《晋书》本传称:"时中国多难,顾荣、戴若思等咸劝机还吴,机负其才望,而志匡世难,故不从。"终难免华亭鹤唳之叹。陆机的悲剧在于虽有"匡世难"之志,却以"好游权门"为手段,是多变之时势与躁进之心态相触,政治上自然多反复,其"志"实际上也只能是个空壳。所以陆机诗文、演连珠多有涉及政教之作,属传统的"言志"范围,却多是些伦理观念的演绎,颇乏感发力。其精彩之作,多属思乡怀土之类,如《怀土赋》、《述思赋》、《思归赋》、《叹逝赋》、《赴洛道中作诗》等。其中《叹逝赋》云:

> 嗟人生之短期,孰长年之能执? 时飘忽其不再,老晼晚其将及,怼琼蕊之无征,恨朝霞之难挹。望汤谷以企予,惜此景之屡戢。悲夫! 川阅水以成川,水滔滔而日度。世阅人而为世,人冉冉而行暮。人何世而弗新,世何人之能故? 野每春其必华,草无朝而遗露。经终古而常然,率品物其如素。

综观陆机诸作,隐隐然使人感到其中总弥漫着一层《叹逝赋》式的对人生期短的哀思。《吊魏武帝文》是一篇情志交汇的少有佳作,也是一份对生命追问的答卷。选题之妙,在乎以英哲宏达如曹公,面对死亡于弥留之际也不能忘情:

> 伊君王之赫奕,实终古之所难。威先天而盖世,力荡海而

---

① 王瑶《中古文学史论集·论希企隐逸讽》第四小节曾论及晋人"心迹不一"诸现象,可参看。上海古籍出版社 1982 年新 1 版,第 64—68 页。徐公持《魏晋文学史》第三章第一节石崇论,也认为石崇人格有二重性,详见人民文学出版社 1999 年版,第 328 页。

拔山……委躯命以待难,痛没世而永言。抚四子以深念,循肤体而颓叹。迫菅魄之未离,假余息乎音翰。执姬女以畷瘁,指季豹而漼焉。气冲襟以呜咽,涕垂睫而汍澜。

志与情之分立于此可见。《世说新语·伤逝》载王戎丧儿,乃曰:"圣人忘情,最下不及情。情之所钟,正在我辈。"晋人于"志"外另标一"情"字,正是士大夫处大伪之世欲坚持个体人格理想而不能,转而寻求个体内心平衡的一条逃路。好比瞎子的耳朵总是特别灵,晋人乏气却多情,也是对其"双重人格"的一种补偿。《诗品》称张华诗"儿女情多,风云气少",具有相当的普遍性。所以不但潘岳的哀诔文伤逝诗写得好,《世说新语》亦以《伤逝篇》所载晋人言行最为逼真动人。《文心雕龙·明诗》称:"晋世群才,稍入轻绮,张潘左陆,比肩诗衢,采缛于正始,力柔于建安;或析文以为妙,或流靡以自妍。"力柔的原因如上所论主要在于"志"的弱化。陆机在这一文学史的转捩点上提出"诗缘情而绮靡",就不是偶然了。

陆机《文赋》云:"诗缘情而绮靡,赋体物而浏亮。"或以为"缘情"只是为了与下句的"体物"相对成文耳。然而陆机喜用"缘情",如《思归赋》云"悲缘情以自诱";《叹逝赋》云"哀缘情而来宅"。其"缘情"二字岂"言志"所能取代? 又《吊魏武帝文》序云:"雄心摧于弱情,壮图终于哀志。""弱情"与"哀志"对举,取其虽有交叉并不重合的某种互补关系。盖先秦"诗言志",本是从"用诗"的立场出发,借《诗》以言己"志"[①];汉儒又强化其"教化"的功能,故"言志"有特定的涵义。陆氏《文赋》从创作者的角度看,则诗之作,实"缘"乎"情",于该时代诗多抒个体之情怀看,"言志"诚不如"缘情"贴切。虽然在陆机文中"缘情"与"言志"并非对立的关系,但它的确代表

---

① 参看《文艺研究》2002 年第 2 期"新出土文献《战国楚竹书·孔子诗论》与先秦诗学研讨"专栏诸文。其中认为"诗言志"一理论实质上是针对献诗、采诗、用诗的理论,不是文学意义上的本事诗论的观点,很有启迪性。

了某种疏离的倾向。而这种倾向一旦为南朝士族所接受,并形成文化选择,则成为一股与"言志"对立的思潮。故清人纪昀看出"诗缘情而绮靡"与传统诗教离异处在于只知"发乎情"而不知"止乎礼义",其《云林诗抄序》遂将宫体诗之形成归咎于陆机,乃云:"自陆平原'缘情'一语引入歧途。"

　　"诗缘情而绮靡",虽然"绮靡"如注家所释,只是"细好"之意;但历史地看,仍与浮艳侈丽不无关联。如上所引《文心雕龙》所云:"采缛于正始,力柔于建安;或析文以为妙,或流靡以自妍。"所谓"采缛"与"流靡",与陆机"缘情绮靡"便有其深层的联系。盖以"铺采摘文,体物写志"为特征的汉赋,其"钜丽"的形式在魏晋时已开始瓦解,而其穷变声貌讲究辞采的精神在"文学的自觉时代"却得到发扬。人们更有意识地追求语言形式美及文学的表现力。所以,符合汉语特点的对偶、声律被推向极致,而"体物写志"也更加精细化,并因情志的分离而由"体物"偏向"咏物","缘情"走向"寄情",从客体获取灵感转而借客体以喻情怀,"兴"转向"比",因而"巧构形似"要比"神似"更普遍地成为当时作者的追求。这一过程容另章讨论,这里想探讨的是:追求"缛采"与"巧构形似"一旦成为一种时尚,一种文人普遍的文化心理,则与情志之分离交织而形成文化选择,影响文学史进程。

　　然则,文化选择之形成是缓慢的,非直线的。西晋诗坛虽以"结藻清英,流韵绮靡"为主线,但仍然是多元化的,情、志虽并举却相去不远,"缘情"未必"绮靡"。如陆云重缘情却又崇"清省",重要诗人如潘岳之"情调悲苦",张协之"巧构形似",左思、刘琨之不失建安梗概之气等等,都表明文学史正处于"十字路口"。东晋南渡的士族由于处于门阀政治之巅峰,士族文人部分地恢复自信心,其情志有其特殊的表现形式(下一节讨论),所以并未马上选中"诗缘情而绮靡"的路子,而是"江左篇制,溺乎玄风,嗤笑徇务之志,崇盛忘机之谈"(《文心雕龙·明诗》)。然而,正是这"嗤笑徇务之志",播下"雕藻浮艳"而情志两伤的种子。

自士族南迁，元气大损，而政治上的"近亲繁殖"用人只在"上品"小圈子内打转，又使其生命力日见衰退。《颜氏家训·涉务》云：

> 晋朝南渡，优借士族，故江南冠带有才干者，擢为令仆已下，尚书郎、中书舍人已上，典掌机要。其余文义之士，多迂诞浮华，不涉世务……所以处于清高，盖护其短也。

《陈书·后主纪》史臣论亦云：

> 自魏正始、晋中朝以来，贵臣虽有识治者，皆以文学相处，罕关庶务，朝章大典，罕参议焉。文案簿领，咸委小吏，浸以成俗，讫至于陈后主，因循未遑改革。

以上二则材料可为"嗤笑徇务之志"的注脚。须知"徇务之志"是与关心群体社会的"志"之传统内涵相关联的，士族作为一个群体，失此志便无风力可言。更有甚者，士族中人日以"平流进取，坐致公卿"为荣，而立功升迁反以为耻。《南齐书·张岱传》载岱之弟有功当升太守，岱耻之，乃云："若以家贫赐禄，臣所不辞；以功推事，臣门之耻！"以建功立业为耻，走向"唯才是举"的反面，当士族之价值取向滑落到如此地步之时，"才情"又何以自托？士族中人对人生眷恋之情终于失去了最后的光彩。准确地讲，并非"陆平原'缘情'一语"将南朝诗"引入歧途"，而是南朝士族之衰败将"陆平原'缘情'一语引入歧途"。历史，要到盛唐才会走完由建安"情志合一"经六朝而"情志分离"终至盛唐"情志复合"这一"正、变、复"的全过程，此为后话。

生存焦虑不仅引发上述古诗一脉对生命的追问，同时还引发志怪小说之类对生死幽明的想象，魏晋南北朝志怪小说重点在写鬼，便是明证。在这一点上,与《古诗十九首》站在死看生的精神也是一致的。志怪小说产生的内因当是人们求知的好奇心,即王充《论衡·奇怪》所称:"世好奇怪,古今同情。"如"语怪之祖"的《山海经》,便是一部古人对外部世界的探究混合想象之作。汉末乱世,迷信风行,宗教家又利用世人之所好以志怪小说"张皇鬼神,称道灵异"①;民则发为街谈巷议,是聊天的好资料。然而值得注意的还在于:何以其时有许多达官名士也卷入其中,"领衔"写这许多志怪小说? 如曹丕著《列异传》,张华著《博物志》,郭璞著《玄中记》、《外国图》,干宝著《搜神记》,葛洪著《神仙传》,陶渊明著《搜神后记》,甚至科学家祖冲之也有《述异记》之作。尽管这些"著作权"的归属尚有争议,但无论如何士大夫积极参与是个不争的事实。诚如李剑国所说:"操觚者多有饱学之士和一代文豪。"②固然这与当时谈风之盛有关(如《世说新语·排调》记桓玄、殷仲堪诸人共作危语,有"盲人瞎马"之喻,又《言语》篇记诸名士共至洛水戏,谈名理之外还论《史记》、《汉书》,说延陵、子房云云),而更为内在的原因还在于以此逞博见才藻。《三国志·魏书·王卫二刘傅传》注引《魏略》载:

> 淳(邯郸淳)一名竺,字子叔,博学有才章……植(曹植)初得淳,甚喜,延入坐,不先与谈。时天暑热,植因呼常从取水自澡讫,傅粉。遂科头拍袒,胡舞五椎锻,跳丸击剑,诵俳优小说数千言讫,谓淳曰:"邯郸生何如耶?"

面对"博学有才章"的邯郸生诵小说数千言,正与在诗中多用典同意——逞博。在士族社会中,"学问"与"礼教"一样,往往被视为是世家门阀的文化标志,故无论出身如何,士大夫总是以博学相标榜,所以连贵公子曹植也要向邯郸淳示博。以上文所引志怪小说

---

① 《鲁迅全集》第9卷《中国小说史略》,人民文学出版社1995年版,第43页。
② 李剑国《唐前志怪小说史》,南开大学出版社1984年版,第220页。

作者为例,《三国志》本纪裴注引《魏书》称曹丕"博贯古今经传诸子百家之言";《晋书》本传称张华"雅爱书籍……天下奇秘,世所稀有者,悉在华所。由是博物洽闻,世无与比";《晋书》本传称郭璞"洽闻强记,在异书而毕综,瞻往滞而咸释";至于干宝、葛洪诸人,也都是有名的博学家,著志怪小说示博,是情理中事。也就是说,逞博是张皇鬼神、街谈巷议的志怪小说登上士族文化"大雅之堂"的阶梯。因其志在逞博,所以搜集的故事远大于"张皇鬼神"的范围。以晋人干宝的《搜神记》为例,就保存许多优美的传说故事,甚至有"李寄斩蛇"、"张助砍树"一类的破除迷信的故事,刘叶秋《魏晋南北朝小说》认为:"魏晋志怪的辑录者,只要遇到异闻,不管是迷信的还是不迷信的,一齐写进书里,也由此可见。"①而其动机也就在于逞博而已。正是这种态度,使许多超越士族观念的民间故事得以保存,提高了志怪小说的文学价值。如《列异传》中"三王冢"故事,《搜神记》中"韩凭夫妇"故事,都是以死抗暴又有很强的文学性的代表作。

对志怪小说的兴趣还引发文人自己的创作,如上引曹丕、郭璞诸志怪小说作者,大都也写游仙诗,从志怪小说中取材与得到启发是明显的②。而陶渊明《桃花源记》对志怪小说的改写,更是个典型。

据《隋书·经籍志》及此后史志所载,陶渊明曾著《搜神后记》(又名《续搜神记》)。《四库提要》卷一四二云是"赝撰嫁名",鲁迅《中国小说史略》亦称"陶潜旷达,未必拳拳于鬼神,盖伪托也"③。鲁迅之辨虽无确证,理证却颇有力。不过,"不拳拳于鬼神"是一回

① 刘叶秋《魏晋南北朝小说》,上海古籍出版社 1978 年版,第 44 页。　.
② 邓中龙《六朝诗的演变》曾指出:"我们看到的魏晋时代诗歌,就几乎与神仙结下了不解缘。在这些诗中,一说到诗的背景,不是昆仑,就是蓬莱;说到仙人,不是王子乔就是河上公、西王母……《淮南子》、《山海经》,就变成了他的经典。"见卢兴基选《台湾中国古代文学研究文选》,人民文学出版社 1988 年版,第 230 页。
③ 鲁迅《中国小说史略》,第 46 页。

事,对志怪小说有浓厚的兴趣又是一回事。陶氏曾著《自祭文》及《形影神》诗,对生死问题有深刻的思考,且有《读山海经十三首》,表明对志怪小说有浓厚的兴趣。其名作《桃花源记》便是从理想与现实的双视角对志怪小说的改造与创作。刘敬叔《异苑》卷一载:

> 元嘉初,武陵蛮人射鹿,逐入石穴,才容人。蛮人入穴,见其旁有梯,因上梯,豁然开朗,桑果蔚然,行人翱翔,亦不以怪。此蛮于路斫树为记,其后茫然,无复仿佛。

在当时志怪小说中有不少类似的故事,单《搜神后记》中就有七八个。显然,这是当时老百姓避乱、避税现实的反映。历史学家陈寅恪便认为《桃花源记》属"寓意之文,亦纪实之文",是晋人避苻秦入壁坞之事实与刘遴入山采药传说的结合①;唐长孺也指出桃花源故事是流传于南方的百姓避寇入山的传说,陶渊明或结合当时百姓避赋役入山的事实,加以理想化之作②。然而最重要的还在于:陶渊明《桃花源记》已经是纯粹的文学创作。其结构颇引人注目——作者将幻境镶进一个首尾似纪游的结构之中,亦真亦幻:

> 晋太元中,武陵人捕鱼为业,缘溪行,忘路之远近。忽逢桃花林,夹岸数百步,中无杂树,芳草鲜美,落英缤纷,渔人甚异之。复前行,欲穷其林。林尽水源,便得一山。山有小口,仿佛若有光;便舍船从口入。③

幻象由此产生。桃花林是一道美的屏障,将桃源与苦难的现实隔离开来。渔人入洞,也就是读者进入一个经验的虚幻世界。虽然

---

① 陈寅恪《金明馆丛稿初编·桃花源记旁证》,上海古籍出版社 1980 年版。
② 唐长孺《魏晋南北朝史论丛续编》,生活·读书·新知三联书店 1959 年版。
③ 王孟白《陶渊明诗文校笺》,黑龙江人民出版社 1985 年版,第 203 页。

洞中良田桑竹、阡陌鸡犬、男女种作,似乎只是现实农村常见的细节,然而这是一些经过选择的细节,删除了现实社会中无处不在的压迫与剥削,以及在当时生产水平下自然灾害的威胁。这是一个被简化而远离现实因果秩序之网的淳朴的"自然社会"。

我们不能忽视桃花林那道美的屏障。这不仅仅是氛围的渲染,桃树的意象对农业立国的汉民族具有特殊的象征意义,这已为许多论者所阐明。桃林,勾起我联想的首先是"夸父追日"远古传说中那片"邓林"①。如论者所云,那是一个先民的部族首领带领人民寻找水源,终于安居于一片桃林的寓言。这是一个农业社会的远古的记忆。作为一个优秀作家,其作品蕴含的思想感情不应当是个人化的,而应当是具有相当的普遍性,代表时代甚至是历史的文化精神。桃花源正是这样一个源于原始意象的蕴含着历史文化精神的艺术幻境。汉民族的农业社会文明,追求的是和谐、稳定、和平的生存环境。于是,"三代"以往那远古原始公社的记忆成为构筑理想社会的模式。《庄子·胠箧》称上古至德之世云:"当是时也,民结绳而用之,甘其食,美其服,乐其俗,安其居,邻国相望,鸡狗之音相闻,民至老死而不相往来。"《韩非子·五蠹》则云:"古者丈夫不耕,草木之实足食也;妇人不织,禽兽之皮足衣也。不事力而养足,人民少而财有余,故民不争。是以厚赏不行,重罚不用而民治。"这些远古的记忆在陶渊明《桃花源诗》中梦一般再现:

> 相命肆农耕,日入从所憩。桑竹垂余荫,菽稷随时艺。春蚕收长丝,秋熟靡王税。荒路暖交通,鸡犬互鸣吠。俎豆犹古法,衣裳无新制。童孺纵行歌,斑白欢游诣。

"童孺纵行歌,斑白欢游诣","黄发垂髫,并怡然自乐",从中我

---

① "夸父追日"故事见袁珂《山海经校注》,上海古籍出版社 1980 年版,第 238 页。

们依稀看到孟子对"小康"社会的描述："五亩之宅,树之以桑,五十者可以衣帛矣;鸡豚狗彘之畜,无失其时,七十者可以食肉矣。"(《孟子·梁惠王》)陶渊明只是从"集体无意识"对理想化的公社式农业社会的向往中提取意象,让这一具有原始生命力的意象嵌入那片绯红的桃花林,让自然美与顺应自然之社会生活叠印,氤氲一片,引发了纷纷扰扰的乱世中人超然之思。蛮人射鹿或刘子骥入山采药之类的传说只不过为陶渊明提供了镶嵌这颗理想之珠的框架,也正是《桃花源记》结构成功之处。

《桃花源记》是志怪小说中蕴藏的集体无意识所孵化的凤凰,是生存焦虑所促成的审美超越,是对文学净化与"移置"功能的一次深化,也是魏晋以来长期形成的人生诗意化追求的体现。

第二节　人生诗意化的追求

东晋在中国历史上是个颇为特殊的时期,不妨说是门阀政治的典型态。在文学史上,东晋同样也很特殊,虽然历来对其文学成绩评价不高①,但将它放在整个文学史上估量,却有其不容忽视的重要性,就好比蛹化为蝶,在丑陋中酝酿着美的突变,而促变的内力则是儒道会通的文化精神。

何谓儒道会通的文化精神? 由于人之为人,既是自然的存在,又是社会的存在,这正是儒家与道家各执一端的内在依据。故天人关系一直是儒、道两家论辩的焦点:儒家强调名教,往往是蔽于人而不知天;道家则强调自然,往往是蔽于天而不知人。二者对立矛盾、交替互补,在士大夫内心造成一种钟摆式的动态平衡,失去这一

---

① 如刘勰《文心雕龙·时序》称其时"诗必柱下之旨归,赋乃漆园之义疏";钟嵘《诗品》亦谓玄言诗"皆平典似《道德论》,建安风力尽矣"。此后论者多持保留态度,直至近年徐公持《魏晋文学史》、张可礼《东晋文艺综合研究》诸著,始较全面分析并肯定其价值。

平衡便有难名的痛苦。以阮籍、嵇康为代表的竹林玄学,提出"越名教而任自然",无非是想超越苦难的现实。然而作为现实社会秩序的名教是不可超越之现实,离开现实的个性自由之理想,又好比海市蜃楼,终究虚妄。尤其是与名教对立,遭到现存社会秩序的报复,士大夫面对魏晋以来名士大批沦亡的现实,不得不另谋出路。《世说新语·德行》载:"王平子、胡毋彦国诸人,皆以任放为达,或有裸体者。乐广笑曰:'名教中自有乐地,何为乃尔?'"乐广下一转语,使自然与名教相妥协,促成西晋玄学中理想与现实对抗的内涵向东晋玄学追求理想与现实调和的内涵转化。儒道会通的玄学品格,一旦与东晋偏安的现实相拍合,终于养成东晋颇具特色的文化精神,体现于各个政治文化层面,诸如:玄言对佛理的接纳,皇室与士族的妥协,北方士族与江左士族之兼容,徇务与逍遥之并存,出与处之转换等等。用郭象的话,叫做:"会通万物之性而陶铸天下之化。"(《庄子注·逍遥游》)正是这种会通的文化精神重塑了士人的理想人格。

东晋现实中有三大相关联的因素左右着重塑的过程:一是门阀政治及其偏安心态,一是"罕关庶务"的士族本性。东晋是士族全盛期,"王与马,共天下"(《晋书·王敦传》),王权与士族取得某种均势,士族自信心增强,心态趋于平衡,使其扬弃名士以放诞为通达的极端行为,而在人格上推重雅量与气度。另一方面,王室颓弱与士族对既得利益的维护又使偏安心态蔓衍,不思进取。此风反过来助长了"安流平进"的士族中人"罕关庶务"的本性,以不徇庶务为高。

"罕关庶务"又是一把双刃刀:一方面它与玄学结合,耽于空谈,昏昏聩聩,一再放弃北伐机会,苟延残喘,终至肤脆骨柔,使士族成为一群无能之辈;另一方面它与玄学结合,游外以弘内,即世间而出世间,不为物累,淡化士族中人功利之心,颇利于审美主体之建立。徐复观《中国艺术精神》有云:

竹林名士,在思想上实系以庄子为主,并由思辨而落实于生活之上;这可以说是性情地玄学。他们虽形骸脱略,但都流露出深挚地性情。在这种性情中,都会有艺术的性格……到了元康名士(即中朝名士),则性情地玄学已经在门第的小天地中浮薄化了,演变而成为生活情调地玄学。这种玄学,只极力在语言仪态上求其合于"玄"的意味,实即求其合于艺术形态的意味,于是玄学完全成为生活艺术化的活动了。①

这是审美主体建立的重要线索。"门第的小天地"孵化了"生活情调地玄学"。经长期酝酿,在东晋门阀政治的气候下,此种"生活情调地玄学"乃转化为"玄学的生活情调",即东晋士人崇尚的一种从容萧散、牛车麈尾、宴坐清谈的生活模式。《世说新语·赏誉》载:

> 许椽尝诣简文,尔夜风恬月朗,乃共作曲室中语。襟怀之咏,偏是许之所长。辞寄清婉,有逾平日。简文虽契素,此遇尤相咨嗟,不觉造膝,共叉手语,达于将旦。

所谓"襟怀之咏",这里指的是清谈。与西晋末名士任诞乃至与群猪共饮相比,无疑有雅俗之分,是乐广所谓的"名教乐地"。事实上东晋士人心态日趋稳定之后,其欲望追求也日渐移置哲学、文艺的更高层次,其情志也日见非功利化。其间佛理为玄言注入新义所起的催化作用不容忽视。《文学》篇又载:

> 《庄子·逍遥篇》,旧是难处,诸名贤所可钻味,而不能拔理于郭、向之外。支道林在白马寺中,将冯太常共语,因及《逍

---

① 徐复观《中国艺术精神》,春风文艺出版社 1987 年版,第 129—130 页。

遥》。支卓然标新理于二家之表,立异义于众贤之外,皆是诸名贤寻味之所不得。后遂用支理。

刘孝标注引支遁《逍遥论》云:"至人乘天正而高兴,游无穷于放浪;物物而不物于物,则遥然不我得,玄感不为,不疾而速,则道然靡不适。此所以为逍遥也。"支遁比适性为逍遥的旧义更唯心些,认为只要内心平定,"物物而不物于物",则无往而非逍遥。《言语》篇又载:

> 竺法深在简文坐,刘尹问:"道人何以游朱门?"答曰:"君自见其朱门,贫道如游蓬户。"

这就是《维摩诘经》示人的"不二法门"。只要"世间性空,即是出世间",所以维摩诘居士即使是"入诸淫舍",也是"示欲之过"(《方便品》)。出与处的矛盾被化解了,"理想"与现实被沟通了。这就为"罕关庶务"而又不肯放弃特权的士族打开方便之门,由此产生一种与现实不即不离不粘不脱的"情志"——清虚的志尚与哲理意味的情致。

东晋人"志尚清虚"之"志",当然不是传统的"社会关怀"之内涵,而只是一种非实践性的"隐逸"情怀,是对萧条高寄的企慕。《世说新语·简傲》载:

> 王子猷作桓车骑参军。桓谓王曰:"卿在府久,比当相料理。"初不答,直高视,以手版拄颊云:"西山朝来致有爽气。"

这就是东晋人不徇庶务的清虚志尚了。它改变了东汉以来希企隐逸之风的性质,使本是忧患曲避明哲保身的隐逸,嬗变为萧条高寄的行为模式,体现的正是其"嗤笑徇务之志"。至如《伤逝》篇所载:

王长史病笃,寝卧灯下,转麈尾视之,叹曰:"如此人,曾不得四十!"及亡,刘尹临殡,以犀柄麈尾箸柩中,因恸绝。

这又是何等情致!生存焦虑已被"生活情调地玄学"化解为一种具有哲学意味的生命情调,而与世俗生离死别异音。以此志此情,发为玄言诗,自然是别一种境界。诚如张可礼教授所揭示:"突破了先前人们所推崇的悲慨之音和穷苦之作以及哀怨感伤的基调,拓展了诗歌的领域,同时也是后来在更高层次上的哲理和情感相融合的诗歌的先导。"[1]不妨说,这也是《古诗十九首》以来文人不是得自民间文学启示的首次自家创造,是士族雅化进程的一次重要提升[2]。问题仅在于如何使玄理的内容与诗歌的艺术形式相适应。或者说,让士族文人清虚高寄之情志找到一个合适的载体。这也是一个文化选择的过程。

首先,是传统的"因物感兴"的诗性思维使具有诗人气质的玄学中人采用"以玄对山水"的感悟方式。《世说新语·容止》载:

庾太尉在武昌,秋夜气佳景清,使吏殷浩、王胡之之徒登南楼理咏。音调始遒,闻函道中有屐声甚厉,定是庾公。俄而率左右十许人步来,诸贤欲起避之。公徐云:"诸君少住,老子于此处兴复不浅!"因便据胡床,与诸人咏谑,竟坐甚得任乐。后王逸少下,与丞相言及此事。丞相曰:"元规尔时风范,不得不小颓。"右军答曰:"唯丘壑独存。"

刘孝标注引《庾亮碑文》云:"公雅好所托,常在尘垢之外。虽

① 张可礼《东晋文艺综合研究》,山东大学出版社2001年版,第13页。
② 虽说玄言诗是文人"自家创造"的新体,但仍得到西来佛教之佛偈形式的启发。详参张伯伟《禅与诗学》"玄言诗与佛教"一节,浙江人民出版社1996年版;陈允吉《古典文学佛教溯缘十论·东晋玄言诗与佛偈》,复旦大学出版社2002年版。

柔心应世,蝼屈其迹,而方寸湛然,固以玄对山水。""丘壑独存"也好,"以玄对山水"也罢,都是指其超然物外的风神。湛然的心境与秋夜清景相对,最能引发清谈佳兴。玄言最终选择山水为"明道"的载体,有其内在的感应关系。《文学》篇又载:

> 郭景纯诗云:"林无静树,川无停流。"阮孚云:"泓峥萧瑟,实不可言。每读此文,辄觉神超形越。"

郭璞《幽思篇》全篇已不可见,其代表作是《游仙诗十九首》。然而阮孚所赏却在此等充满生命情调与哲理之诗句。《晋书·阮籍传》附《阮孚传》载:"或有诣阮,正见自蜡屐,因自叹曰:'未知一生当著几量屐!'神色甚闲畅。"阮对生命热爱却又超脱的态度,是与郭璞诗句共鸣处。关键就在这里:东晋士人长期接受玄言追求超越的品格的浸润,对包括生命在内的客观事物取静照的玄学态度,能动情却不溺于情,化特殊事件为普遍哲理。汤用彤《魏晋玄学流别略论》称:"及至魏晋乃常能弃物理之寻求,进而为本体之体会。舍物象,超时空,而研究天地万物之真际。"[1]这种品格使晋人能以大观小,于感喟中往往见其宇宙意识[2]。《文学》篇又载:

> 孙兴公作《天台赋》成,以示范荣期,云:"卿试掷地要作金石声!"范曰:"恐子之金石非宫商中声。"然每至佳句辄云:"应是我辈语。"

孙绰是东晋玄言诗的代表诗人。其《游天台山赋》,徐公持认

---

① 《汤用彤学术论文集》,中华书局1983年版,第234页。
② 《世说新语·言语》载:"卫洗马初欲渡江,形神惨悴,语左右云:'见此芒芒,不觉百端交集。苟未免有情,亦复谁能遣此!'"又:"桓公北征经金城见前为琅邪时种柳,皆已十围,慨然曰:'木犹如此,人何以堪!'攀枝执条,泫然流泪。"都是情志因物而感动,却又不泥于事件本身,发为具有哲理性的感喟,充满生命性调与宇宙意识。

为:"于崇尚玄风之外更增添神仙遐想,成为玄学与游仙文学之结合体。"①故赋中胜景与佛老义理交织,结句乃云:"浑万象以冥观,兀同体于自然。"佛学禅宗的静照与道家的与自然同一,正是时尚所在,范荣期不得不云:"应是我辈语。"然而不应忽视的是:二例中山水景物所起的中介作用。它们引发主体哲理之思,为情志之所寄。这就是所谓的"以玄对山水"的感悟方式,是最具时代特色的诗思。在这种感悟方式中,山水景物渐见突出,玄理与情志遂隐入意象之中。正是这一意象化的进程,使"老庄告退"——退入幕后,而"山水方滋"——走到前台。《言语》篇载:

> 王子敬云:"从山阴道上行,山川自相映发,使人应接不暇,若秋冬之际,尤难为怀。"

> 道壹道人好整饰音辞。从都下还东山经吴中。已而会雪下,未甚寒。诸道人问在道所经。壹公曰:"风霜固所不论,乃先集其惨淡。郊邑正自飘瞥,林岫便已皓然。"

情志与哲理在叙事过程中已消融于意象。尤其"惨淡"二字,情景两喻,不觉溢出诗意。东晋人在日常生活中无心培植起来的诗性,成为日后田园山水诗人着意感兴的利根。经过东晋百余年"集其惨淡",终于在晋宋之际诞生了田园诗人陶潜与山水诗人谢灵运。

然而,山水由附庸蔚成大国,还有其社会需求的原因。钱锺书《管锥编》有云:

> 诗文之及山水者,始则陈其形势产品,如《京》、《都》之赋,或喻诸心性德行,如《山川》之颂,未尝玩物审美。继乃山川依傍田园,若茑萝之施松柏,其趣明而未融……终则附庸蔚成大

---

① 徐公持《魏晋文学史》,人民文学出版社 1999 年版,第 514 页。

国,殆在东晋乎。①

　　"山川依傍田园"是一个重要信息。山川景物入诗,早见诸《诗经》,至魏武乃有《观沧海》整篇之作。然而从附庸蔚成大国,"殆在东晋"。盖士族南渡,纷纷求田问舍,重建其经济基础。广占山泽,置立庄园,成为士族之日常事务。以陈郡谢氏家族为例,《宋书·谢灵运传》载:"父祖并葬始宁县,并有故宅及墅,遂移籍会稽,修营别业,傍山带江,尽幽居之美。"谢灵运《游名山志》仍云:"夫衣食,人生之所资;山水,性分之所适。"又《山居赋》引仲长统《乐志论》云:"欲使居有良田广宅,在高山流水之畔。"山川可资衣食,且可"乐志",正处于士大夫理想与现实的结合点上,山水之游不能不成为士族文化的重要成分。故《晋书》中屡见传主"好游山水"之类,如称孙绰"居于会稽,游放山水",称郭文"少爱山水",称王羲之与东海人士"尽山水之游",称桓秘"好游山水"云云。诚如谢灵运《与庐陵王义真笺》称:"会境即丰山水,是以江左嘉遁,并多居之。"会稽山水田园是南朝士族聚居之所,与其山水之美,田原之沃不无关系。更由于士族以不徇庶务为高,故山水田园成为"希企隐逸"的一种象征。《世说新语·品藻》载谢鲲自比于庾亮,乃曰:"端委庙堂,使百僚准则,臣不如亮;一丘一壑,自谓过之!"其中不无"嗤笑徇务"之意。世风所及,"一丘一壑"竟成为士族文化品位的一种标识。所以士族不但从政治、经济上争取自己的社会地位,也极重视从文化品位上提升家族的地位。即以"新出门户"陈郡谢家论,其家族地位的提升不但与谢安、谢玄的政治军事方面的业绩有关,还与其尚玄谈、好游山水有关系。如果说书法成了琅琊王家的"族徽",则山水之游几成陈郡谢家的"家珍"了。谢鲲以下,谢安就好游山水,《晋书》本传称其"放情丘壑"。谢安弟谢万,也有浓重的山水情怀,王羲之称

_____

① 钱锺书《管锥编》,中华书局 1979 年版,第 1037 页。着重号为引者所加。

其"在林泽中为自遒上"(《世说新语·赏誉》),诗赋常有山水之描绘。再下一代的谢玄,也在会稽营庄园。至谢混,又是一位改变诗风的人物,其《游西池诗》云:"景昃鸣禽集,水木湛清华。"情景交融,是写景抒情技巧的一大进步。谢混还直接培养了宋初的山水大家谢灵运。而谢灵运眼中笔底,山水与其庄园往往是一回事。名句如"白云抱幽石,绿筱媚清涟"(《过始宁墅》)、"崖倾光难留,林深响易奔"(《石门新营所住》),所写山水可与其《山居赋》相参。灵运外又有惠连、谢朓,模山范水几成谢氏世业。总之,山水之游已成为与家族利益息息相关的士族文化的组成部分,成为士族的一种社会需求,这应是"山川依傍田园"的实质①。犹如"丝不如竹,竹不如肉"是由于"渐近自然";山水田园诗从游仙、玄言诗中脱颖而出,是由于它使士大夫的理想更贴近生活实际,与东晋士人从"越名教而任自然"滑落至"名教即自然"的文化选择是一致的。从这层意义上说,庄园文化是山水诗的接生婆。

作为山水由"附庸蔚成大国,殆在东晋"的临界线,乃在《兰亭诗》《三月三日诗》。其中大量为王羲之主持的兰亭之会中的即兴之作。兰亭,在东晋士族庄园集中地会稽郡。参与者如谢安、孙绰、支遁、孙统诸人,皆一时名士。当场创作今存已有三十七首之多,同题同时之作可谓盛况空前。此前此后一些春禊诗,亦可归入此类,而王羲之名文《兰亭集序》不妨视为此类作品之总序:

> 永和九年,岁在癸丑,暮春之初,会于会稽山阴之兰亭,修禊事也。群贤毕至,少长咸集。此地有崇山峻岭,茂林修竹,又有清流激湍,映带左右,引以为流觞曲水,列坐其次。虽无丝竹管弦之盛,一觞一咏,亦足以畅叙幽情。是日也,天朗气清,惠风和畅,仰观宇宙之大,俯察品类之盛,所以游目骋怀,足以极

---

① 关于士族门阀与文艺之关系,参阅张可礼《东晋文艺综合研究》第三章。

视听之娱,信可乐也。

　　夫人之相与,俯仰一世,或取诸怀抱,晤言一室之内;或因寄所托,放浪形骸之外。虽趣舍万殊,静躁不同,当其欣于所遇,暂得于己,快然自足,不知老之将至;及其所之既惓,情随事迁,感慨系之矣！向之所欣,俛仰之间,已为陈迹,犹不能不以之兴怀;况修短随化,终期于尽。古人云:"死生亦大矣",岂不痛哉！每览昔人兴感之由,若合一契,未尝不临文嗟悼,不能喻之于怀。固知一死生为虚诞,齐彭殇为妄作。后之视今,亦犹今之视昔,悲夫！故列叙时人,录其所述,虽世殊事异,所以兴怀,其致一也。后之览者,亦将有感于斯文。

　　此叙有两点值得注意,一是重视环境即山水之美,强调其"游目骋怀,足以极视听之娱",从而感发"畅叙幽情"之作,可概括为:山水可乐志畅情;一是将"仰观宇宙之大,俯察品类之盛"与个体的生命过程联系起来,一反庄子"一死生"之论,肯定生命只是一个过程,从而热爱这一过程。《晋书》本传载:"羲之既去官……遍游东中诸郡,穷诸名山,泛沧海,叹曰:'我卒当以乐死！'"将山水与个体生命联系起来,改变传统"比德"的眼光,用的正是上文提及的"以玄对山水"的感悟式诗性思维。由山水起兴,以乐志畅情,感悟生命之价值,其中已有审美的成分。在这种感悟中,审美对象山水仍是一个独立的客体,虽然与后来山水诗注重情景交融相对而言,属"其趣明而未融",却有助于山水摆脱玄言之附庸而蔚成大国。序中表露的这两种意向,在《兰亭诗》中可以得到印证。如王玄之云:"消散肆情志,酣畅豁滞忧。"王蕴之云:"散豁情志畅,尘缨忽已捐。仰咏挹余芳,怡情味重渊。"王肃之云:"嘉会欣时游,豁尔畅心神。"诸多春禊诗都带有玄言的特征,但总体上已倾向山水的描写:

　　肆眺崇阿,寓目高林。青萝翳岫,修竹冠岑。谷流清响,条

鼓鸣音。玄崿吐润，霏雾成阴。（谢万《兰亭诗》）

地主观山水，仰寻幽人踪。回沼激中逵，疏竹间修桐。因流转轻觞，冷风飘落松。时禽吟长涧，万籁吹连峰。（孙统《兰亭诗》）

心结湘川渚，目散冲霄外。清泉吐翠流，渌醽漂素濑。悠悠盼长川，轻澜渺如带。（庾阐《三月三日诗》）

玄言与山水的消长，表明这正是临界线之所在。其中最典型的仍是王羲之的兰亭之作：

三春启群品，寄畅在所因。仰望碧天际，俯瞰绿水滨。寥朗无崖观，寓目理自陈。大矣造化功，万殊莫不均。群籁虽参差，适我无非新。

一种萧然高寄之情与大化流衍之理，汇为天成隽句，在审智中审美，将"情志"这一生命的形态灌注到山水之中；而山水自然之理亦不觉与人的自然之性相沟通，形成对话式的"以玄对山水"。此即宗白华所云"晋人向外发现了自然，向内发现了自己的深情。山水虚灵化了，也情致化了"[1]。

然而文学史并非"自古华山一条路"。士族文化不但滋养了贵族文学，同时也从中蜕变出非贵族文学——陶渊明的田园之作。蜕变的根本原因就在于化"企慕"为实践。陶潜的"回归自然"，既不是王子猷式"以手版拄颊"，对远山行注目礼；也不是谢安式只是回到东山庄园别墅，或隐士高僧式遁入深山。他是直接回归农村，"躬耕自资"（《宋书·隐逸传》）。如此生存方式，决定了他在价值取向与心态上与贵族有重大差别。这种差别集中体现在对生命价值的

---

[1]　宗白华《美学散步》，上海人民出版社1981年版，第183页。

认知与对理想同现实关系的处理上。陶集有《形影神（并序）》，可以看作是对《古诗十九首》以来生命追问的一次总体回答。其序云：

> 贵贱贤愚，莫不营营以惜生，斯甚惑焉。故极陈形影之苦，言神辨自然以释之。好事君子，共取其心焉。

诗人对"惜生"持怀疑的态度，《形赠影》中则更明确指出："我无腾化术，必尔不复疑。"对血肉之躯来说，死亡是不可避免的，"得酒莫苟辞"是无奈之举。于是又有《影答形》。影，虚也，用喻身外之物如名位等。然而，"身没名亦尽，念之五情热。立善有遗爱，胡为不自竭"？影提出"立善"来取代饮酒，对生命追求而言，无疑是上一个层次。最后是《神释》：

> 大钧无私力，万理自森著。人为三才中，岂不以我故？与君虽异物，生而相依附。结托既喜同，安得不相语。三皇大圣人，今复在何处？彭祖爱永年，欲留不得住。老少同一死，贤愚无复数。日醉或能忘，将非促龄具。立善常所欣，谁当为汝誉？甚念伤吾生，正宜委运去。纵浪大化中，不喜亦不惧。应尽便须尽，无复独多虑！

承认必然，站在死看生，了然通达："纵浪大化中，不喜亦不惧。"这种态度，袁行霈《陶渊明研究》称之为"顺化"，"以自然的态度对待生，以泰然的态度对待死"[1]。这种旷达的态度与上文所论东晋人动情却不溺于情的玄学情调（特别是王羲之重视生命过程的人生态度）是一脉相承的。陶氏独得之处乃在于由形、影、神构成向上的

---

[1]　袁行霈《陶渊明研究》，北京大学出版社1997年版，第15页。

生命台阶,是感性到理性的感悟,属叶嘉莹《汉魏六朝诗讲录》所称的"自我实现"①。也就是说,陶渊明的"委运"并非随波逐流。相反,它强调的"质性自然"有很强的个性,主要表现为:一是安贫乐道,保全人格;一是以审美超越去同化现实环境。

安贫乐道、仁者不忧是儒家倡导的人生境界,它并不回避现实,只是它偏重的是人的精神生活而不是物质生活。陶作《与子俨等疏》云:

> 吾年过五十,少而穷苦,每以家弊,东西游走。性刚才拙,与物多忤。自量为己,必贻俗患。僶俛辞世,使汝等动而饥寒。余尝感孺仲贤妻之言,败絮自拥,何惭儿子。此既一事矣……少学琴书,偶爱闲静,开卷有得,便欣然忘食。见树木交荫,时鸟变声,亦复欢然有喜。常言五六月中,北窗下卧,遇凉风暂至,自谓是羲皇上人……病患以来,渐就衰损,亲旧不遗,每以药石见救,自恐大分将有限也。汝辈稚小家贫,每役柴水之劳,何时可免? 念之在心,若何可言!

疏中展示诗人在实践其人格理想过程中复杂的内心世界:有痛苦,有冲突,有彷徨,有愧疚,也有自在与欣然,都统一在"安贫乐道"的人格理想之中。事实上这正是陶作的特色,如《饮酒二十首》、《读山海经十三首》、《杂诗十二首》等,都从生命不同的层面表现其全人,有极大的丰富性,是所谓"质而实绮,癯而实腴"风格的发生根源。

论者多注意到陶渊明"质性自然"与郭象"独化"自然观之关系。《庄子·齐物论》:"夫吹万不同而使其自己也。"郭象注曰:

> 然则生生者谁哉? 块然而自生耳。自生耳,非我生也。我既不能生物,物亦不能生我,则我自然矣。自己而然,则谓之天

---

① 叶嘉莹《汉魏六朝诗讲录》有云:"在中国诗歌史上,只有陶渊明是真正达到'自我实现'境界的一个诗人。"(河北教育出版社 2000 年版,第 394 页)

然。天然耳，非为也。

这种思想无疑是在强调个体的尊严。它一旦与陶渊明安贫乐道的实践相结合，便扬弃了"委运"中消极的成分，使之进入"独化于玄冥之境"的审美超越。具体说，就是陶渊明在质性自然价值取向的主导下，在农村生活实践中，心物互动，整合了儒家安贫乐道仁者不忧的人生境界与道家"山林与！皋壤与！使我欣欣然而乐与！"（《庄子·知北游》）的审美态度①，形成独特的"傲然自足，抱朴含真"（《劝农》）的情感结构，将"人生实难，死如之何"（《自祭文》）的了然化为"居常待其尽，曲肱岂伤冲"（《五月旦作和戴主簿》）的欣然。这一情感结构具有很强的同化力与亲和力，使主体不但善于发现平凡中的美，还具有林语堂所说"去获得他所特有的能产生和谐的那种感觉"②，从而使现实中未必能使人感到欢愉的事物，经其心理净化而蓬蓬然有无限生机与诗意。一篇《归去来兮辞》，便是一曲陶渊明纵浪大化的超越之歌：

> 倚南窗以寄傲，审容膝之易安。园日涉以成趣，门虽设而常关。策扶老以流憩，时矫首而遐观。云无心以出岫，鸟倦飞而知还。景翳翳以将入，抚孤松而盘桓。归去来兮，请息交以绝游。世与我而相违，复驾言兮焉求？悦亲戚之情话，乐琴书以消忧。农人告余以春及，将有事于西畴。或命巾车，或棹孤舟。既窈窕以寻壑，亦崎岖而经丘。木欣欣以向荣，泉涓涓而始流。善万物之得时，感吾生之行休。已矣乎，寓形宇内复几时，曷不委心任去留？

---

① 事实上山川之好并非庄子的专利。农业社会决定了人与自然的亲和关系，所以孔子闻曾皙之志云："莫春者，春服既成，冠者五六人，童子六七人，浴乎沂，风乎舞雩，咏而归"喟叹曰："吾与点也！"（《论语·先进》）这正是儒、道整合的契合点。

② 《林语堂名著全集》第21卷《生活的艺术》，东北师范大学出版社1994年版，第124页。

　　将此篇与《桃花源记(并序)》对读,就会体悟到二者之间血脉贯通,理想中有现实,现实中有理想,二者都融入美的大自然。这就是诗人陶渊明带有生命理想之审美实践。读渊明田园诗(如《归园田居五首》),无不充满农家生活经验之细枝末节,但都因其"久在樊笼里,复得返自然"的心理净化与情感灌注而富有情趣,散放出桃源的理想气息。《饮酒二十首》有云:

　　　　结庐在人境,而无车马喧。问君何能尔?心远地自偏。采菊东篱下,悠然见南山。山气日夕佳,飞鸟相与还。此中有真意,欲辩已忘言。

　　方东树《昭昧詹言》卷四评曰:"此但书即目即事,而高致高怀可见。"陶氏的"高致高怀"正是将"即目即事"的现实生存转化为"心远地偏"的审美生存之关键。"采菊东篱下,悠然见南山"已然成为一种萧条高寄的理想人格与审美生存的符号。也就是说,其情志已比东晋人进一步意象化了,可谓"其趣明而圆融"矣!

　　"夫导达意气,其唯文乎?"(《感士不遇赋》)自今而后,陶渊明的诗文已成为与"权力话语"并存的另一种在野的弱势话语,在君权日甚的封建社会中为处于逆境的士子所接受,发生深远的影响。(详下卷第七章第二节)而在当时,作为文学史主流的士族文学却沿着原来的路子继续蔓衍。

　　南朝宋以后大地主庄园经济依然盛行,而山水诗也仍然沿"依傍田园"、"以玄对山水"的路子发展。其间卓成大家而成规范的是谢灵运。以今日眼光视之,陶之艺境要在谢之上。然而由于谢诗从内容、形式到手法,都与该时代文化、文学主流趋势相一致,是诗歌形式演进过程中重要的一环,故尔反比陶诗具有更典型的时代性,在唐有大影响。这就是文化选择的力量。

　　在谢灵运身上及其作品中,集中体现了当代文化与文学嬗变的多种倾向。首先是士族豪门的边缘化。明张溥编《汉魏六朝百三家集》为《谢康乐集》题辞有云：

> 宋公受命,客儿(指谢灵运)称臣。夫谢氏在晋,世居公爵,凌忽一代,无其等匹。何知下伍徒步(指刘裕),乃作天子,客儿比肩等夷,低头执版,形迹外就,中情实乖……以衣冠世族,公侯才子,欲倔强新朝,送龄丘壑,势诚难之。

张溥一针见血指出谢灵运的悲剧不但是个性的悲剧,更是世族的悲剧。由于世族高门自身的腐败与"嗤笑徇务"使自己日见无能,终于让"次等士族"刘裕辈掌握了政权。自此,"皇帝恢复了驾驭士族的权威,士族则保留着很大的社会政治影响。这就是具有南朝特点的皇权政治"①。处于转折点上的客儿"以衣冠世族,公侯才子,欲倔强新朝",非悲剧而何? 失去东晋人那种相对稳定平和的心态,而以"倔强"的态度出之,正是谢灵运山水诗一大特色。日人吉川忠夫《六朝士大夫的精神生活》有云:"六朝士大夫的精神,在隐逸的思想方面有特长,习惯于现实世界的随遇而安,但却欠缺借理智克服现实的实践意志,时常陷入起伏的情感世界。这也是此时代艺术兴盛的一个原因。"②这实在是有得之言。一方面,由于谢灵运"欠缺理智克服现实的实践意志",所以只能是东晋士人一般,只停留于"希企隐逸",而不能陶渊明似地实践其理想,安贫乐道,融入大自然;另一方面,正是这股"倔强"的不平之气注入山水诗中,使"澄怀观道"的静照有了生命的跃动。其代表作《登池上楼》云:

> 潜虬媚幽姿,飞鸿响远音。薄霄愧云浮,栖川怍渊沉。进

---

① 田余庆《东晋门阀政治》,北京大学出版社1989年版,第349页。
② 刘俊文主编《日本学者研究中国史论著选译》第7卷,中华书局1993年版,第102—103页。

德智所拙,退耕力不任。徇禄反穷海,卧疴对空林。衾枕昧节候,褰开暂窥临。倾耳聆波澜,举目眺岖嵚。初景革绪风,新阳改故阴。池塘生春草,园柳变鸣禽。祁祁伤豳歌,萋萋感楚吟。索居易永久,离群难处心。持操岂独古,无闷征在今。

这是谢灵运被排挤出朝、外放永嘉之作。诗中表达的正是自己归隐不甘、进取无着的复杂心情。这段牢骚直发到"倾耳聆波澜"才得到暂时的消解。是窗外春天的景色使他悟到一点人生穷通的道理:"初景革绪风,新阳改故阴。池塘生春草,园柳变鸣禽。"新旧交替,一切都在变化,这就是自然之理。"生"字犹白居易名句"春风吹又生"之"生",有很顽强的生命力,正是谢灵运"倔强"性格之对应物。"革"、"改"、"生"、"变"接连几个动词强化了我们这一印象①。观灵运一生,这种犟脾气至死不改,而诗中抒情主体对山川景物气指颐使、万象在旁的态度也一直不改。其《游赤石进帆海诗》有云:"扬帆采石华,挂席拾海月。溟涨无端倪,虚舟有超越。"《登江中孤屿诗》云:"乱流趋孤屿,孤屿媚中川。云日相辉映,空水共澄鲜。"此类句最为李白所心仪,原因就在于主体对客体的把握与超越,客体对主体的俯服("媚")。谢灵运这一特色被李白发挥到极致,只不过李诗跃动的是"布衣"不平之气,非谢诗"衣冠世族"不平之气耳。

谢灵运的文学创作还体现了佛学的进一步中国化,尤其是山水诗中玄学自然观向禅学自然观的过渡。道家的自然观是追求与自然的融合(物化)来"体道";释家自然观则视万物为"法身"的体现,山水是悟道的跳板,也就是说,山水仍然是外在的独立之物,诗人只是通过对山水的静观默察以体验"冥合自然"的宗教快乐——"对于中国文人士大夫来说往往就是一种沉浸于内思的体验时心灵中

---

① "变鸣禽",北宋唐庚《三谢诗》作"双鸣禽"。李文初《汉魏六朝六学研究》认为"双"字讹,甚是。广东人民出版社2000年版,第380页。

的超越感与适意感。"①这种"超越感与适意感"正是处于两难境地的谢灵运所急需的"解药"。应提请注意的是,谢灵运虽然玄禅双修,且注过《金刚般若》经,主"顿悟"说,有颇深的佛学修养,但他主要还是一位文学家而不是哲学家,所以他的"冥合自然"所得,往往更多的是美感,是审美的快乐!即《山居赋》所云:"研精静虑,贞观厥美。"所以他的超越感、适意感就在"模山范水"、"巧构形似"的过程中。试读《石门新营所住四面高山回溪石濑茂林修竹》诗:

　　跻险筑幽居,披云卧石门。苔滑谁能步,葛弱岂可扪。袅袅秋风过,萋萋春草繁。美人游不还,佳期何由敦。芳尘凝瑶席,清酲满金樽。洞庭空波澜,桂枝徒攀翻。结念属霄汉,孤景莫与谖。俯濯石下潭,仰看条上猿。早闻夕飙急,晚见朝日暾。崖倾光难留,林深响易奔。感往虑有复,理来情无存。庶持乘日车,得以慰营魂。匪为众人说,冀与智者论。

与谢氏其他山水诗一样,使之有"超越感与适意感"的并不是什么玄理,而是一路"贞观厥美"的过程。所以谢灵运总是在寻新探奇:"江南倦历览,江北旷周旋。怀新道转迥,寻异景不延。"(《登江中孤屿》)只有不断地游乎山水,才使他感到适意与某种超越。所以他总是习惯按照时空顺序一路写下,让山水自身呈现"厥美",从而营造出某种氛围而与自家心情对应。如上引诗,"俯濯"以下六句流转如弹丸:山行遇潭而濯,见潭底猿影乃"仰看";因感山高蔽日,崖倾而日光似水流逝;林深风疾,涛响如万马奔腾。只写眼前景,而时光易逝感慨系之之情自在圈中。如果说陶渊明以其审美实践将"以玄对山水"的创作方法推向情景交融,使其情志融入美的大自然之中而意象化;那么谢灵运则导体也似将玄学"澄怀观道"、"以玄对

---

① 　葛兆光《中国禅思想史》,北京大学出版社1995年版,第70页。

山水"与禅学"静观默察"、"冥合自然"衔接贯通起来,整合为"研精静虑,贞观厥美"的创作方法。随着佛学进一步中国化、禅学走向成熟阶段的盛唐,谢灵运这种创作方法在唐人手中更见圆融。如精通南、北禅宗的王维,便将这种不露声色以景示情的手法推向极致。尝海一勺,试读王维《鸟鸣涧》:

> 人闲桂花落,夜静春山空。月出惊山鸟,时鸣春涧中。

不着半字议论,只以意象略作渲染,更呈现一个"动静不二"的空灵境界,从整体到整体,与读者发生心灵的感应,圆满自足。《文镜秘府论》南卷"论文意"条引王昌龄的意境论,涉及的正是谢灵运这一路数的创作经验。事实上谢诗的芜杂往往掩盖了一些带有规律性的东西。黄节先生曾去芜存菁总结道:"大抵康乐(指谢)之诗,首多叙事,继言景物,而结之以情理。"①这种程式至盛唐逐渐定型为律诗的一种常见格式,即方回《瀛奎律髓》卷二九评陈子昂《晚次乐乡县》诗所说的:"起两句言题,中四句言景,末两句摆开言意,盛唐诗多如此。"②层次分明而突出景物的中心地位,以最省俭的文字表达最丰富的情感,正符合近体诗以少总多、和而不同的美学原则;其中一个重要的经验来源,便是谢灵运的创作。然而在南朝,随着士族的衰落,对人生诗意化的追求已悄然转向更具感性的享乐型的追求了。但无论如何,东晋士族审美主体的建立,对人生诗化的追求,已为中国雅文学注重人性自我体认的诗思定了调。

---

① 萧涤非《乐府诗词论数·读诗三札记》,齐鲁书社1985年版,第365页。
② 参看周勋初《魏晋南北朝文学论丛·论谢灵运山水文学的创作经验》,江苏古籍出版社1999年版。

第三章　文学的"独立战争"

第一节　意象化：培养独特的诗性思维

唐君毅《中国文化之精神价值》有云："中国民族之精神，由魏晋而超越纯化，由隋唐而才情汗漫，精神充沛。"①晋宋之际文学意象化追求，正是其超越纯化的体现，由此培养了独特的诗性思维，是文学自立之根本。

魏晋南北朝处于文学由自觉走向自立，而人生始与审美相贯通的文学史特定时期。好比铁水将凝未凝之际，所处的空间便可能成为塑造其丕样的铸模。由是，该时代的主流意识、价值取向、行为模式、审美趣味、文学思潮等，无不对中国雅文学基本特征之形成及其发展前景产生深远的影响。或者说，该时代的文化模式对中国雅文学起着某种规定性的作用。从上章所述，我们也多少已感触到汉末以来文人创作在文化建构过程中已形成二种较为明显的倾向：一是情感世界的意象化；一是情感世界的形式化。本节讨论前者。

文人创作与民间文学，首先在创作动机的主要倾向上有"缘情"与"缘事"之别。班固《汉书·艺文志》云："（乐府）皆感于哀乐，缘事而发。"何休《春秋公羊传·宣公十五年解诂》云："男女有所怨恨，相从而歌。饥者歌其食，劳者歌其事。"这是民间文学主要的创

---

① 唐君毅《中国文化之精神价值》，台北正中书局 1953 年版，第 70 页。

作动机;西汉庄忌《哀时命》云:"志憾恨而不逞兮,抒中情而属诗。"这是文人创作主要的动机。歌其事,重在外部世界(主要是社会生活),故尚实,多叙事;抒中情,则重在内部世界(主要是个体的情志),故尚虚,以抒情为中心。因之,文人创作之题材、形式、手法之变化无不因情志之变化而变化。然而,士大夫文人之情志,有其特定的文化内涵。有人认为,对生命价值的追问,在哈姆雷特是:"活着还是死去?"在中国士大夫,则是"出"(仕)还是"处"(隐)?出仕与归隐构成封建时代知识分子生命之二重奏。鲁迅曾尖锐地将此二元直指为"帮忙"与"帮闲"①。帮不上忙的不平,便谓之"失志"。班固《汉书·艺文志》有云:

> 传曰:"不歌而诵谓之赋,登高能赋,可以为大夫。"……春秋之后,周道坏,聘问歌咏不行于列国,学《诗》之士逸在布衣,而贤人失志之赋作矣。

看来,"失志"是文人创作更为直接的动力(用现代语言表述,即:被抑制的心理需求升华为一种创作的心理驱力)。屈原作《离骚》如是,汉末作《古诗十九首》亦如是。而魏晋文人之"失志",更有其时代的内涵,是"言志"走向"缘情"的一个重要过渡。谨以图式示意如下:

言志→(失志)→缘情→绮靡

言志,言"济世"之志,建安诸子是也;失"志",出处两难,彷徨无着,乃以企慕隐逸为"志",嵇阮潘陆辈是也;缘情,因失志不得不只关心个体生存方式,即一己之情耳,东晋宋初诸公是也;绮靡,情

---

① 参看《鲁迅全集》第6卷《且介亭杂文二集·从帮忙到扯淡》,人民文学出版社1981年版,第344—345页。

志日减,唯形式是好,齐梁以后众人是也。其间,以企慕隐逸为志的两晋,对雅文学实在是起着"扳道岔"的转向作用①。正是作为士族文化"特产"的玄言,培养了士大夫文人追求感悟/超越的诗性思维,赋予以田园山水诗为典型的雅文学意象化的品格。而这一雅文学的基本特征是在对传统"比兴"手法进行再认识的过程中完成的。

葛兆光《道教与中国文化·序》认为,早期人类的心理世界与物理世界混成一团,往往"推己及物",自然、社会与人互相感应。"尤其是在中国,中国的历史使中国的文明过于'早熟',原始血缘关系、原始人道遗风与原始思维方式残存的现象十分严重,人们还没有来得及区分心理世界与物理世界,却凭着体验、玄想与感觉、经验,以一种似是而非的方式建立了一个包括自然、社会、人在内的'同源共构互感'的宇宙系统理论……不同门、类、种、属,甚至毫不相干的事物却由于某种'感觉上的相似'彼此系连又有互相感应的作用。"②葛氏无意间已带出"全无巴鼻"不可捉摸的"兴"的根底。自然、社会与人的互相感应是"兴"所凭借的认识论基础。从功能上看,"兴"有一个从多角度都可以指认的特性,即因联想而产生的动情力,或称感发力。原始诗歌创作以物象引发对某些观念内容的习惯性联想,如以繁殖力强的鱼、鸟引发有关配偶的联想,是站在作者、读者的立场;儒家则以"兴"促进社会规范(礼)的内化,是孔子所谓"兴于诗,立于礼,成于乐"(《论语·泰伯》)。汉儒《诗大序》将比兴等同于"美刺",但还是注重其联想的功能,只是汉儒是站在"用诗"的立场(即"登高能赋,可以为大夫");魏晋是一个文学摆脱了两汉功利主义与经学附庸的时代,士大夫因"失志"又回到作者与读者的立场上来(即"贤人失志之赋作矣"),从创作的角度对赋比

---

① 不难想象,如沿着东汉士大夫讲究"气节",或建安诸子讲究"风骨"的路子走,六朝文学史当不至于与诗骚的传统错位,或能顺延。可惜历史不可重复,无从验证,这只能是推测之辞。但六朝文学之变,却是一个现实的存在。

② 葛兆光《道教与中国文化》,上海人民出版社1987年版,第3—4页。着重号为引者所加。

兴作再认识。晋挚虞《文章流别论》首称："赋者,铺陈之称也;比者,喻类之言也;兴者,有感之辞也。""有感之辞"虽嫌宽泛,但已是从创作者的立场言之。事实上《古诗十九首》以来文人创作已相当自觉地综合运用了《诗》"起情"的比兴手法与屈《骚》"引譬连类"的整体性比兴的手法。故《文心雕龙》于"兴",一则云"兴者,起也"(《比兴》篇),再则云"兴则环譬以记讽"(《明诗》篇)。然而刘勰深刻处还在于揭示了心与物之间"兴"的关系是互动的感应关系。《物色》篇乃云:

> 春秋代序,阴阳惨舒,物色之动,心亦摇焉……是以诗人感物,联类不穷。流连万象之际,沉吟视听之区;写气图貌,既随物以宛转;属采附声,亦与心而徘徊。

物动则心摇,或顺物推移,或用心驭物,心物互动,在双向建构中起情。刘氏对兴的认识已建立在全新的感应论的认识基础之上。《物色》又云:

> 是以四序纷回,而入兴贵闲……使味飘飘而轻举,情晔晔而更新……物色尽而情有余者,晓会通也。若乃山林皋壤,实文思之奥府,略语则阙,详说则繁。然屈平所以能洞鉴风骚之情者,抑亦江山之助乎?
>
> 赞曰:山沓水匝,树杂云合。目既往还,心亦吐纳。春日迟迟,秋风飒飒。情往似赠,兴来如答。

将感物起情称为"入兴",之间关系是"情往似赠,兴来如答"的双向建构关系,"山林皋壤"成为"文思之奥府"(事实上就是双向建构的枢纽),其审美效果是"物色尽而情有余",且以"味"拟之。这些已构成刘氏"兴"的新义系统,对兴义是实质性的开拓,成就了以感应论为基础的"情景说"——这正是有别于西方"摹仿说"、"表现说"的诗性思维。其要点乃在于将玄言"言意之辨"引入兴义,即重视"言"与"意"之间的中间环节"象"的跳板作用。我之所以说"跳板"而不说"桥梁",是想强调"象"的"起兴"功能(引发联想和动情)的飞跃性特征。对此梁代钟嵘《诗品》已颇加关注,其序曰:

> 气之动物,物之感人,故摇荡性情,形诸舞咏……若乃春风春鸟,秋月秋蝉,夏云暑雨,冬月祁寒,斯四候之感诸诗者也。嘉会寄诗以亲,离群托诗以怨。至于楚臣去境,汉妾辞官……凡斯种种,感荡心灵,非陈诗何以展其义,非长歌何以聘其情?……至乎吟咏情性,亦何贵于用事?"思君如流水",既是即目;"高台多悲风",亦唯所见;"清晨登陇首",羌无故实;"明月照积雪",讵出经史?观古今胜语,多非补假,皆由直寻。

"直寻"说显然与刘勰的"心物"说同样是建立在感应论的基础上,而钟氏之"物"不但指春花秋月之类的自然物,也指楚臣汉妾之类的社会人事。关键是"凡斯种种",都必须是能"感荡心灵"、"摇荡性情"者。也就是说,"直寻"的目的还在于让心与物毫无遮蔽地面对面地相激而起情。在这一点上,钟嵘与刘勰"起情,故兴体以立"的看法是有内在的一致性的。不过钟氏更注重兴起的跳板——"象",也就是"直寻"更重视内在感发力与外在的形象世界的碰撞。这种对物象中介作用的重视既来源于"尽意莫若象"的"言意之辨",也来源于长期(尤其是魏晋以来)的创作经验。作为玄言的"言意之辨",是把双刃刀。一方面,它指出"尽意莫若象,尽象莫若言",明确了象与言的重要性。"目击道存"、"山水明道"的意识更是使山水成了道的载体,腾冲超拔,从点缀、附庸的地位独立出来。嵇康、郭象诸人明确指出"心物为二"、"我既不能生物,物亦不能生我"，万物自生自化①。由是，山水从"比德"中解放出来，成为与心灵对应的自在之物。这就是所谓的"以玄对山水"。另一方面，言意之辨又强调要"忘言忘象"，使外物仅仅成为以譬喻为致知之具而已，从而又取消了象的独立意义。忘言忘象无异取消文学。唯有依象成言、歌斯哭斯，才能消解言意之辨对文学创作的负面作用。站在文学立场上的钟嵘，其"直寻"说正是在这一意义上强调了"形似之言"的重要性。《诗品》评张协有云：

> 文体华净，少病累。又巧构形似之言。雄于潘岳，靡于太冲。风流调达，实旷代之高才。

《诗品集注》引车柱环云："案，'形似之言'，为齐、梁所重，故每见称道。沈约《宋书·谢灵运传论》'相如巧为形似之言'，《颜氏家训·文章第九》'何逊诗，实为清巧，多形似之言'，皆此类也。"李徽教云："仲伟谓鲍照诗出于二张，而评文有'善制形状写物之词'，'贵尚巧似'等语；又谓谢灵运诗杂有景阳之体，而评文有'故尚巧似'之言。形似，即写形浑似之简称也；巧似，即巧构形似之简称也。"②齐、梁人重形似之言，正是基于对物象自在性的认识。然而钟嵘所谓形似，并非"雕虫之巧"，而是"言在耳目之内，情寄八荒之表"（评阮籍诗）。他明确地将写物与比兴联系起来，序曰：

> 故诗有六义焉：一曰兴，二曰比，三曰赋。文已尽而意有余，兴也；因物喻志，比也；直书其事，寓言写物，赋也；弘斯三义，酌而用之，干之以风力，润之以丹彩，使咏之者无极，闻之者动心，是诗之至也。

---

① 如郭象《庄子注·齐物论》云："我既不能生物，物亦不能生我，则我自然矣。"
② 曹旭《诗品集注》，上海古籍出版社 1994 年版，第 152 页。又评颜延之云"尚巧似"；评谢灵运云"故尚巧似"；评鲍照云"贵状巧似"。

钟嵘正是以此为标准,肯定了新兴五言诗的优势:

> 五言居文词之要,是众作之有滋味者也,故云会于流俗。岂不以指事造形,穷情写物,最为详切者邪!

五言比四言容量更大,节奏更灵活,更适合于"写物详切",所以易收"文已尽而意有余"的"兴"的效果,所以是"众作之有滋味者也"。文学自觉自立之初,体现为对"象"的主体性的重视,故先讲究"写物"、"形似之言"。所以自晋张协(事实上是太康诸人)开其端,后来南朝无论山水、咏物、宫体之类,遂与"巧构形似之言"有不解之缘,一时蔚成风尚。大略言之,"形似之言"一端与比兴相连,走的是由形似而神似的意象化之路,至晚唐"象外之象"之论出,后世遂不贵形似。然而与西方文学相比较,中国文艺无论如何超然写意,总是不离实相而以"形神兼备"为贵,此应是六朝种下的基因;"形似之言"的另一端则与缘情绮靡互接,下节自当别论。至于前者,《文心雕龙·物色》云:

> 自近代以来,文贵形似。窥情风景之上,钻貌草木之中;吟咏所发,志惟深远;体物为妙,功在密附。

刘氏虽言形似,但同时强调"志惟深远",体物钻貌曲写毫芥,也还是为了发兴。钟嵘《诗品·序》更明确指出了赋与兴之间的依存、转换的关系:

> 若专用比兴,则患在意深,意深则词踬。若但用赋体,则患在意浮,意浮则文散,嬉成流移,文无止泊,有芜漫之累矣。

具体批评不妨以居上品的谢灵运为例:

其源出于陈思,杂有景阳之体。故尚巧似,而逸荡过之。颇以繁芜为累。嵘谓:若人学多才博,寓目辄书,内无乏思,外无遗物,其繁富,宜哉!然名章迥句,处处间起;丽曲新声,络绎奔发。譬犹青松之拔灌木,白玉之映尘沙,未足贬其高洁也。

谢氏的"尚巧似"是很典型的,如"初篁苞绿箨,新蒲含紫茸"(《于南山往北山经湖中瞻眺》),真所谓"曲写毫芥",状物入神。钟嵘还认为,只要"寓目则书,内无乏思,外无遗物"则繁富也"宜哉"。也就是说,只要心物能发生感应,里应外合,则外物无不可入诗,而学多才博也不为累。关键在心物间是否相感发。谢有名句云:"池塘生春草,园柳变鸣禽。"正是所谓"直寻"所得,并未"创造"或"想象"出什么非人间的东西。春草鸣禽只是"眼前景",但与"心中情"猝会,便有对前所未有的生命之真趣的感悟,而与西方文论强调的"创造"、"想象"异趣,是禅宗话头所谓"见山还是山,见水还是水"①。只是这山这水已是"直接扪摸世界"后带有感性与理性双重认识的山水;而看山看水之人,也已是受到山水属性感染与启发而调整了心态之人。故谢氏自称"此语有神助,非吾语也",排除自神其作的成分,正道出心物碰撞的顺化一面。虽然钟嵘尚未对此作理论阐述,但六朝诗人却的的确确已将双脚踩在这条诗性思维之路上了。创作大于理论。未引起刘、钟足够重视的陶潜,其实在此道上已走得很远了。其《时运》诗云:

迈迈时运,穆穆良朝。袭我春服,薄言东郊。山涤余霭,宇暧微霄。有风自南,翼彼新苗。

南风款款吹来,禾苗如注家所云,"因风而舞,若羽翼之状"。不

---

① 《青源惟信禅师语录》云:"老僧三十年前来参禅时,见山是山,见水是水;及至后来亲见知识,有个入处,见山不是山,见水不是水;而今得个休歇处,依然见山是山,见水是水。"

但"工于肖物",且一"翼"字表达了诗人春游舒畅的心情,可以说是凝聚了全诗的情感。对平凡的田园事物,陶潜总是能发现其清新之美,如"平畴交远风,良苗亦怀新"、"狗吠深巷中,鸡鸣桑树巅"等,都不是什么奇特的风光。在这里,同化要大于顺化。也就是说,诗人主观情感起主导作用。《庚戌岁九月中于西田获早稻》诗云:"田家岂不苦?弗获辞此难。四体诚乃疲,庶无异患干。"没有如此"安贫乐道"的心境,就不可能体悟田家平凡事物之美。陶诗所谓"质而实绮,癯而实腴"风格,其内核就是对生活深刻的体验。陶、谢为"直寻"提供了二种不同的表达模式。放在文学史演进的大背景下看,陶潜提升了"玄言诗"的文学品格,使"象"具有多重启发性;而谢灵运则以极貌写物、穷力追新的手段,使"象"更趋圆满自足。总之,传统儒、道既讲"天人合一",又讲"神游物外",新兴佛教禅宗既讲"静照"、"冥合",又讲"顿悟",都以其颇为辩证的思维方式赋予"兴"以超越"比附"的品格。它并不企图改变事物,而是尊重事物原貌,只是通过感受、同化、顺化、联想、审美的一连串反应,逗出情趣、理趣。此之谓:"生气灌注。"①这才能化质直为虚灵,将形似提升到神似的境界,达到体物以抒情的目的。这些经验在刘、钟以后虽然未能继续在理论上加以深化,但在许多优秀作家的实践中仍有所发展。大略言之,一条是鲍照开创的向民间乐府学习的路子,发扬与言志挂钩的比兴传统;一条是沿着谢灵运"兴会标举"之路,向清新细腻发展。这一拨人往往以汉魏古诗为学习对象。

　　刘宋文坛曾兴起拟古之风。此亦文人创作的规律,每当求变之际,先从传统或民间寻求突进的力量。鲍照处士族始衰而寒人欲起之际,得风气之先,奋其智能言志,故以入世为宗的汉乐府成为首选的利器。现存鲍诗二百首,其中乐府八十余,多属拟汉乐府之古调。《文心雕龙·比兴》云"日用乎比,月忘乎兴,习小而弃大",是对"巧

①　《诗品》卷下载袁嘏曰:"我诗有生气,须人捉着,不尔便飞去。"此为南朝人重"生气灌注"之一例。

构形似之言"负面效应的批评。然而魏晋以来并非没有"兴"类创作,阮籍《咏怀》便是突出的例子。《诗品》将阮籍列在上品,评云:

> 其源出于《小雅》。无雕虫之巧。而《咏怀》之作,可以陶性灵,发幽思。言在耳目之内,情寄八荒之表。洋洋乎会于《风》、《雅》,使人忘其鄙近,自致远大。颇多感慨之词。厥旨渊放,归趣难求。颜延注解,怯言其志。

何焯《读书记》云:"《咏怀》之作……其源本诸《离骚》,而钟记室以出于《小雅》。"这一批评是对的,阮作继承的是《骚》的比兴。不过钟氏是看出这种"兴"的"言在耳目之内,情寄八荒之表"正符合其"文已尽而意有余,兴也"的标准。可惜这种"归趣难求"的兴作,不符合钟氏"三义"并作的审美理想而未作深论。《诗品·序》有云:"若专用比兴,则患在意深,意深则词踬。"这意见也是对的。鲍照正是从矫正"巧构形似之言"潜在的"形式主义"倾向与阮诗"意深则词踬"的偏颇二方面凸显其优势。最能代表其跌宕凌厉之风格的当推十八首七言《拟行路难》。兹录二首,以见其余:

> 泻水置平地,各自东西南北流。人生亦有命,安能行叹复坐愁!酌酒以自宽,举杯断绝歌路难。心非木石岂无感?吞声踯躅不敢言!

> 对案不能食,拔剑击柱长叹息。丈夫生世会有时,安能蹀躞垂羽翼?弃置罢官去,还家自休息。朝出与亲辞,暮还在亲侧。弄儿床前戏,看妇机中织。自古圣贤皆贫贱,何况我辈孤且直!

用《诗经》起句发兴的手法,直抒性情,是《南齐书·文学传》所谓的"发唱惊挺,操调险急"。这种手法对七言是重大的改革,诚如萧涤非先生所云:"七言至此,盖已别创一新境界,由板滞迟重变而为流转奔放。"①然而走向文弱乃至"肤脆骨柔"的南朝士人,更欣赏的是《南齐书·文学传》指出的另一面:"雕藻淫艳,倾炫心魂",故将鲍诗比为"八音之有郑、卫"。从《玉台新咏》所选鲍诗看,也的确有这一面。从评者、选者的眼光中,我们感知时代的文化选择。学习民间乐府这一路终于走向宫体,与鲍诗相乖,容下节另议。

学谢灵运"兴会"一路,同样要受文化选择的左右。由于刘宋以后君主多出身非士族的军门,对士族采取抑制的政策,更由于士族自身的腐败,由"罕关庶务"走向无能,使士族中人虽仍可"安流平进",养尊处优,却在政治上由中心迅速走向边缘。齐武帝曾不留情面地说:"学士辈不堪经国,唯大读书耳。经国,一刘系宗足矣!沈约、王融数百人,于事何用!"(《南史·恩幸·刘系宗传》)心志萎缩的南朝士大夫不再有王导、庾亮、谢安辈的自信,甚至不敢有谢灵运的狂傲。他们的兴趣不能不日趋狭小琐细。邃密的观察、细腻的描绘成为该时代主流文学的特征。诗如:

> 鱼戏新荷动,鸟散余花落。([齐]谢朓《游东田》)
>
> 疏树翻高叶,寒流聚细文。([梁]何逊《九日侍宴乐游苑》)
>
> 蝉噪林逾静,鸟鸣山更幽。([梁]王籍《入若耶溪》)

观察入微,追求"毫发无遗憾"的表达,这对增强诗语言的表现力是很有必要的。更重要的是,由于讲究"兴会",所以在体物钻貌过程中能将"情"如盐入水般化入"景"中。被《诗品》称为"极兴会论诗"的谢朓《之宣城出新林浦向板桥》云:

> 江路西南永,归流东北惊。天际识归舟,云中辨江树。旅

---

① 萧涤非《汉魏六朝乐府文学史》,人民文学出版社1984年版,第268页。

思倦摇摇,孤游昔已屡。既欢怀禄情,复协沧洲趣。嚣尘自兹隔,赏心于此遇。虽无玄豹姿,终隐南山雾。

旅思摇摇,江景亦摇摇。谢朓从谢灵运的"寓目即书"式的"直寻",迈向精心寻求心物之契合点的"直寻"。江景之朦胧与心态的恍惚相叠合,造成笼罩全诗的氛围。在这一气氛中,我们整体地感受到诗人出京无奈而远祸且喜的复杂心情。故论者或云兴会者,能造新意境;或云兴会者,融情于物而生景。谢朓于此已有所感悟,乃改变大谢理句、景句错杂写来的手法,有意识地从局部描写进而重视将景象组合为一个有机的整体。试读其《晚登三山还望京邑》诗:

瀌涘望长安,河阳视京县。白日丽飞甍,参差皆可见。余霞散成绮,澄江静如练。喧鸟覆春洲,杂英满芳甸。去矣方滞淫,怀哉罢欢宴。佳期怅何许,泪下如流霰。有情知望乡,谁能鬒不变?

"白日"以下六句集中写景,使景物产生整体效应,氤氲出一种气氛。如果将"去矣"以下六句压缩为一联,则湘瑟铿然,近唐音矣!陈代阴铿《和傅郎岁暮还湘州》诗云:

苍茫岁欲暮,辛苦客方行。大江静犹浪,扁舟独且征。棠枯绛叶尽,芦冻白花轻。戍人寒不望,沙禽迥未惊。湘波各深浅,空轸念归情。

局部描写如"大江静犹浪"、"芦冻白花轻",体物贴切;而全景整合和谐无痕,乃见清新。陈祚明《采菽堂古诗选》卷二九评:"阴子坚诗声调既亮,无齐、梁晦涩之习,而琢句描思,务极新隽;寻常景物,亦必摇曳出之,务使穷态极妍,不肯直率。"事实上自谢灵运以来,对山水景物穷态极妍之意,不仅是为了"悟道",它更表明时人审美趣味之所在。"兴会标举"已成为一种具有普遍意义的"诗思",即以审美情感为核心的诗性思维,流衍至各文体中。形成文学的意象化趋势。诸如谢灵运《山居赋》、释惠远《庐山记》、鲍照《登大雷岸与妹书》,都在写景之中抒发其山水情怀。至梁代之书信,更是将山水之兴会纳入日常生活之中,可谓"不可一日无此君"了。梁简文帝萧纲《答湘东王书》云:"暮春美景,风云韶丽,兰叶堪把,沂川可浴。"片言只语,寻常景物,"亦必摇曳出之"。丘迟《与陈伯之书》有云:"暮春三月,江南草长,杂花生树,群莺乱飞。"寥寥数语,以兴会动情,对动摇敌将陈伯之的信心,强化其"见故国之旗鼓,感生平于畴昔"的情缘,起了很大作用。而吴均更是此中高手,其《与施从事书》、《与顾章书》、《与宋元思书》诸作,皆可传世。《与宋(一作朱)元思书》描写富春江的景色云:

> 风烟俱净,天山共色,从流飘荡,任意东西。自富阳至桐庐,一百许里,奇山异水,天下独绝。水皆缥碧,千丈见底,游鱼细石,直视无碍。争湍甚箭,猛浪若奔。夹岸高山,皆生寒树,负势竞上,互相轩邈,争高直指,千百成峰。泉水激石,泠泠作响。好鸟相鸣,嘤嘤成韵。

意象叠出,时空转换,都成一片清境,使人沉浸在审美的愉悦中,而"感飞戾天者,望峰息心;经纶世务者,窥谷忘返"云云,几成多余。

无独有偶,约略与吴均同时的北魏郦道元《水经注》,以地理专著而描写自然山水,虽然意不在寓理抒情,但得意处往往是"语有全不及情而情自无限"(王夫之《古诗评选》卷五)。如《江水注》云:

> 春冬之时,则素湍绿潭,回清倒影。绝巘多生怪柏,悬泉瀑

布,飞濑其间,清荣峻茂,良多趣味。每至晴初霜旦,林寒涧肃,常有高猿长啸,属引凄异,空谷传响,哀转久绝。故渔歌曰:"巴东三峡巫峡长,猿鸣三声泪沾裳!"

散文而盈诗意,莫此为甚。梁代此类作品所展现的物象与情志之间这种磁场般的感应关系,表明梁代作者对于"象"的直觉性的了悟,以及对"象"的整体性的把握能力。可惜,由于当时南朝士大夫颇溺于声色,纤情弱志,使"体物"偏向"咏物","缘情"走向"寄情",从客体获取灵感转而为借客体以喻情怀,山水走向宫体,"兴"转向"比",与魏晋以来的意象化倾向错位,但有"小结裹",难为"大判断"。其间,由南入北的庾信,却以其特殊的经历突破局限,在意象化方面做出贡献。

庾信之于文学史,有两点值得一书:一是让情志再主文学,为美文安上灵魂;一是有意于隶事用典的意象化,使之成为特殊的文学语言。庾信本是梁代"徐庾体"的代表人物,于形式技巧造诣甚深,而亲历动乱之惨痛与北地贞刚之气的熏陶又使之能化浮艳为沉郁,诚如钱基博论齐梁文学所说:"雕画奇辞,日竞于繁采;而能为之,殊别在气,干之以风力,藻耀高翔,大雅不群,是则庾信、徐陵其人也。"[1]庾信代表作《哀江南赋》并序,可谓在形式技巧上尽六朝人之能事,而再现血泪现实与沉痛的情感内容则前无古人,创造了庾信自家沉郁秾丽的风格。这就是笔者所谓"让情志再主文学,为美文安上灵魂"。六朝文学的转机,关键就在于此。从某种意义上说,唐文学之成功,举其大纲,就是情志再主文学,挽回南朝文学滑落的颓势。庾信因此成为转折点上标志性的人物。

至于隶事用典,一直是雅文学中的夹生饭。士大夫文人往往兼有作者与学者的身份,特别是士族文化占统治地位的年代里,如第

---

① 钱基博《中国文学史》(上),中华书局1993年版,第222页。

一章第二节所论,学术是家族与个人身份、地位的标志,在文学作品中逞博蔚成风气。《诗品·序》批评道:"故大明、泰始中(457—471),文章殆同书抄。近任昉、王元长(融)等,词不贵奇,竞须新事。尔来作者,寝以成俗。"如何化消极为积极,是个老大难,庾信有会心焉。庾信激活事典的手段是:"古事今情。"陈寅恪《读哀江南赋》中有一段深刻的论述云:

> 兰成作赋,用古典以述今事。古事今情,虽不同物,若于异中求同,同中见异,融会异同,混合古今,别造一同异俱冥,今古合流之幻觉,斯实文章之绝诣,而作者之能事也。①

用典虽是"古已有之"的手法,但善用古典以述今事,使古事注入今情,有意通过古典与今事的异同对比,别造一同异俱冥的完整的艺术世界,应自庾信始,而《哀江南赋》则堪为典范。试读下文:

> 下江余城,长林故营。徒思拑马之秣,未见烧牛之兵。章曼支以毂走,宫之奇以族行。河无冰而马渡,关未晓而鸡鸣。忠臣解骨,君子吞声。章华望祭之所,云梦伪游之地。荒谷缢于莫敖,冶父因于群帅。硎谷折拉,鹰鹯批攒。冤霜夏零,愤泉秋沸。城崩杞妇之哭,竹染湘妃之泪。

前四句引用田单守即墨反败为胜故事,"徒思"、"未见",反用其事也。征诸史实,梁将王琳所部甚盛,又得众心,为元帝所忌,迁于岭外。故武宁之战,征王琳赴援不及,遂失江陵。倪注云:"言此武陵郡下江、长林本可固守,惜无良将,所以见败也。"反用田单故事亟见叹惋之情。接下来又用一连串典故摹拟了江陵败亡之日,士大

① 陈寅恪《金明馆丛稿初编》,第209页。

夫及无辜百姓奔走、受杀戮的惨状。其中用章曼支、宫之奇流亡故事,不但指世家大族难逃此劫,更是抒发"忠臣解骨,君子吞声"之愤懑,对梁元帝猜忌王琳、陆法和、谢答仁诸人,拒谏孤行,致使国事不可挽回,表示了强烈的不满与愤恨!"折拉"、"批擤"更是活现了当日的人间地狱。倪注引《元帝纪》,载当时帝王将相被俘被戮之惨状,且魏军"乃选百姓数万口,分为奴婢,小弱者皆杀之"。荒谷之缢,冶父之囚,拉胁折齿云云,就不再是古人受难,而是千百万当时百姓的受难!如果我们联系到庾信《伤心赋序》中提及的二男一女死于金陵丧乱,而其老母妻子亦在被掳北上的难民流中,则"冤霜夏零,愤泉秋沸。城崩杞妇之哭,竹染湘妃之泪"所迸发的就不是什么典故,而是自家的血泪之情!尤能见庾氏"别造一同异俱冥,今古合流"之境界者,当推下面一段文字:

　　水毒秦泾,山高赵陉。十里五里,长亭短亭。饥随蛰燕,暗逐流萤。秦中水黑,关上泥青。于时瓦解冰泮,风飞电散。浑然千里,淄、渑一乱。雪暗如沙,冰横似岸。逢赴洛之陆机,见离家之王粲。莫不闻陇水而掩泣,向关山而长叹。况复君在交河,妾在青波。石望夫而逾远,山望子而逾多。才人之忆代郡,公主之去清河。栩阳亭有离别之赋,临江王有愁思之歌。别有飘飘武威,羁旅金微。班超生而望返,温序死而思归。李陵之双凫永去,苏武之一雁空飞。

　　北地之黑水白山与古事今情浑然一体,绵丽之辞,哀怨之情,虚虚实实,恍兮惚兮,是一艺术幻境,却使人感到真实。自"逢赴洛之陆机"以下,种种生离死别之典故层见迭出,似十面埋伏,又似铁网珊瑚钩,疏而不漏,务使不可方状之情绪在博喻中显现。诸多故典从不同视角照明同一心理形象,或夫妻离散,或才人下嫁,或公主落难,或壮士去国;班超、温序,生生死死;陆机、王粲,有家难回;李陵更是屈身事敌有国难奔。庾氏正是以这些不同视角的诸多典故，极力摹拟了自身在亡国破家时那万端的愁绪与矛盾心态。而由这些典故构筑的"圜中"，又引发读者各自的联想，就其本质意义上讲，这些事典在溶入"今事"之际便已经意象化了。至如"水毒秦泾，山高赵陉"、"饥随蛰燕，暗逐流萤"之类，似用典又似写实景，清词丽句，使读者如置身黑水白山，感受亲切。而"石望夫而愈远，山望子而愈多"，既用典故，又具形象。另如《小园赋》云："龟言此地之寒，鹤讶今年之雪。"用典叙今事不但贴切，且具鲜明的形象性。倪注："龟言"用苻坚事。"客龟"言："我将归江南，不遇，死于秦。"解梦云为亡国之征。"鹤讶"，用《异苑》寓言，二鹤语于桥下："今兹寒不减尧崩年也。"言梁元帝死，若尧崩。从中我们既感受到庾信之处境与情绪，又感受到北地之寒气。这些都是庾信将事典意象化的成功例子，为近体诗"以少总多"的美学理想提供了宝贵的经验。在《拟咏怀诗二十七首》中，庾信也大量用典，却未能做到像《哀江南赋》一般得心应手，可谓明而未融。原因在于诗自有体，贵在"不隔"，与读者相感应而共构意境，太多的事典易窒息读者的想象力。如何使古事溶于今情，典故化为意象，这一课题还有待唐人杜甫来解决。

高友工《律诗美学》对盛唐晚期杜甫之宇宙观做了研究，认为：

> 简单意象的叠置不再适于表达复杂的意义。他（指杜甫）有意通过用典来建造一个意象世界，因为事典可以引入简单意象无法表达的复杂的意义维度。[1]

认为这正是杜诗对庾赋进行改造的出发点，在敷陈事典之外，更着力于用古典述今事，古事今情，化为具有丰富的历史文化内涵的意象、意境。且读其《禹庙》诗：

---

[1]　乐黛云等编选《北美中国古典文学研究名家十年文选》，江苏人民出版社1996年版，第99页。

禹庙空山里,秋风落日斜。荒庭垂橘柚,古屋画龙蛇。云气嘘青壁,江声走白沙。早知乘四载,疏凿控三巴。

浦起龙笺曰:

三、四,孙莘老云:苞"橘柚"、驱"龙蛇",皆禹事。愚按:妙在只是写景,有意无意。"青壁",谓庙外崖壁,正在"白沙"之上。"嘘"之"走"之,造物之气势,即神禹之气势也。神理与结联叹颂禹功一片。

浦注云云,无非是说杜诗已将大禹事迹化入实景中。高友工对此有精辟的见解,他认为此诗有两层意义:"第一层,每句诗都是围绕禹庙或其周围景物的描写,并以这种对具体事物的描写统一全诗;第二层,每句诗都提到了禹王那些流传至今的丰功伟绩,在这些业绩的衬托下,禹王的形象显得格外高大,因此而成为统一全诗的另一个中心。"[1]他将这种现象称为"整体性典故"。我认为这种"整体性"意味着事典已完成其意象化。也就是说,杜甫以特殊的用典方式实现了艺术幻象的创造。事典的意象化典型地体现了以"兴"为核心的诗性思维,使语言由工具性走向构建性,由"明象"进而"造象",乃至"造境"。而杜甫的成功,是与借鉴庾信的经验分不开的。

综上所述,魏晋南北朝人生与审美贯通的文化培植出该时代独特的诗性思维。所谓诗性,其重要特征在乎直觉力与想象力。晋、宋人以庄子为宗,继承、发扬其以情感体验与审美想象的方式观照世界、介入生活,是为该时代独特的诗性思维。这种思维是以传统的"比兴"为接口进入文学的,是在玄、释的滋润下演生出来的,是一

---

① [美]高友工、梅祖麟《唐诗的魅力》,上海古籍出版社1989年版,第165页。

个历史的过程。玄学是其枢纽。

会通儒、释是玄学的重要品格。魏晋玄学本属儒道兼宗的一种哲学思潮,后来又有玄佛合流的趋势,其内容复杂,有很强的兼容性。冯友兰《中国哲学简史》将魏晋玄学称为"新道家",并分为"主理派"与"主情派"①。玄学所谓"应物而无累于物"的情,事实上是对具体事物的诗化,隐去功利目的的超越,是一种哲理化了的情绪。然而容易被忽视的是,玄学——尤其是倡"越名教而任自然"的"激进派",却保留了儒学的"入世"精神,他们的愤激、放诞,只是对"世道人心"热切关怀的一种变相;而他们的"飘逸",也只是牟宗三《才性与玄学》所说的"精神溢出通套,使人忘其在通套中,则为逸……是则逸者解放性情,而得自在,亦显创造性"②,仍是对现实的某种意义上的抗争,并非一味地逃入虚无。同样,玄学在与佛教交汇互渗过程中也有力地影响了佛教,将原本注重出世"割断尘缘"的佛教拉向现实,折衷为既讲出世,又不得不讲入世,走向"即世间求解脱"的禅宗。于是,在"出世"与"入世"的关键问题上,儒、道、释取得某种妥协,溶于玄学,形成方东美《中国形上学中之宇宙与个人》一文所说的中国本体论立论之特色:"一方面深植根于现实界,另一方面又腾冲超拔,趋入崇高理想的胜境而点化现实。"③这种入世的超越精神是建构该时代艺术境界的思想基础。它典型地体现在田园山水诗创作的"兴会标举"上。

吴中杰主编《中国古代审美文化论》曾准确地拈出"俯"、"仰"这两个关键词,以见该时代人们审美视角的变化:

> 俯视清水波,仰看明月光。(曹丕)

> 目送归鸿,手挥五弦,俯仰自得,游心太玄。(嵇康)

---

① 详冯友兰《中国哲学简史》第十九、二十章,北京大学出版社1996年版。
② 牟宗三《才性与玄学》,台湾学生书局1988年版,第43页。
③ 该文收入刘小枫编《中国文化的特质》,生活·读书·新知三联书店1990年版。

俯仰皆宇宙,不乐复何如?(陶潜)

仰观宇宙之大,俯察品类之盛,所以游目骋怀,足以极视听之娱,信可乐也。(王羲之)

该文认为,"俯"、"仰",既是对外部自然宇宙的探求,又是心灵世界的颖悟①。一俯一仰,已将"腾冲超拔"而又"往而复返"地回归现实的精神表露无余。诗思,已从儒家"比德"的伦理模式中脱出,开始"以人的整个生命形式去感应和同构大自然"②。唐诗人乃将此诗思升华为宇宙生命意识,成为雅文学之优秀传统③。佛学于此有特殊的贡献:一是其言修养的"境界"启发了诗人心物融一之思,"兴会标举"已是诗学上的境界说之端倪;一是其"悟"的修养方法,支持并强化了传统"兴"的会意特征,诗人始将知觉性与感发力有意结合专注于心与物互相感应之瞬间,作飞跃式联想。唐以后的"情景说",是这一诗思的延伸。不妨说,文学史的链接,更深层的还是诗思的链接。它使文学史具有了当代性,也使文学有了自己内在无形的"史"。

第二节　律化:酿造文学独特的语言形式

朱光潜先生曾极其明快地指出:中国诗的转变只有两大关键,一是乐府五言的兴盛,从十九首起到陶潜止;二是律诗的兴起,从谢灵运和"永明诗人"起,一直到明清止,词曲只是律诗的余波。它的最大特征是趋向精妍新巧④。真所谓"老吏断狱",直道出魏晋南北

---

① 吴中杰主编《中国古代审美文化论》第 1 卷第四章第三节,上海古籍出版社 2003 年版,第 186—187 页。
② 同上书,第 185 页。
③ 参看拙作《时空寂寞》,《天府新论》1994 年第 5 期(收入本《文集》第六册)。
④ 《朱光潜美学文集》第 2 卷《诗论》第十一章,上海文艺出版社 1981 年版,第 180—181 页。

朝文学发展史的动脉所在。六朝文学之功过种种,尽在此创构文学独特的语言形式的过程中。而汉赋的嬗变在这一过程中所释放的能量,便成为文学史发展的一股不容忽视的内驱力。

汉赋,首创韵文、骈文、散文合一的体制,有利于各种艺术手段之尝试与新形式之创构,使赋不期然而然地成为文学的"实验室"(事实上直至唐代,赋依然是文人练习各种技巧的最佳形式)。汉人在这一实验室中做了许多尝试,如利用双声叠韵,采用大量华丽词藻,俪偶排比,四六句式等等,总归是要增强文字的声色,达到"巨丽"的效果,是为文学自觉之先声。如果说"巨"的精神来自汉帝国的强大,是展现人"对物质世界的直接的巨大征服和胜利"[1];那么"丽"则具有文学自身更为深刻久远的意义。不妨说,正是汉赋所造成的人们对"丽"的偏好,积淀为一种审美意识。曹丕《典论·论文》区分四体云:"奏议宜雅,书论宜理,铭诔尚实,诗赋欲丽。"至是,"欲丽"已成为"文学自觉"初级阶段人们对文学之为文学的认识。丽,耦也。丽本来有偶对义,偶对正是汉赋用以造就巨丽的重要手段。故《文心雕龙·丽辞》乃云:

> 造化赋形,支体必双,神理为明,事不孤立……自扬马张蔡,崇尚丽辞,如宋画吴冶,刻形镂法,丽句与深采并流,偶意共逸韵俱发。

近譬诸身的思维(如"支体必双"云),以及从正反(阴阳)两方面认识事物的习惯("事不孤立"云),都合乎"天人合一"的哲思。而心与物合拍造成一种平衡、和谐的美感,即格式塔心理学所谓外在对象与内在情感的"同构感应",以及汉字单音节易于进行意义的对偶与声音的对仗,乃使骈俪早在《诗经》的时代就自发地进入文

---

[1] 李泽厚《美的历程》,文物出版社 1981 年版,第 81 页。

学。然而有意地大量集中使用骈俪句式,使"丽句与深采并流,偶意
共逸韵俱发",却是汉赋的功绩。

　　赋之丽,还隐含着对语言的音乐性的追求。有学者认为,文学
自觉之核心乃在自觉地摆脱政教的附庸地位,甚是。我认为不但政
教,任何附庸的地位,如经史、音乐之附庸,也是文学所力求摆脱的
地位。文学一旦获得其主体地位,则政教仍可作为重要内容进入文
学,音乐也不失为互相发明的盟友。"不歌而诵谓之赋"(《文心雕
龙·铨赋》),汉赋因其不入乐,更要追求其讽诵音节所造成的乐感,
建立自家的节奏美。作为赋体渊源之一的《离骚》,已有意识地变
《诗》整齐的短句为错落的长短句,间之以"兮"字,使语气纡徐跌
宕,造成文字自身之音乐节奏的效果。汉赋更是普遍采用四六骈偶
为基本句型,长短句穿插,以造成既整齐又有变化、铺张扬厉的美文
形式。闻一多说:"节奏便是格律。"①格律化当自赋始。

　　汉末五言诗异军突起,造成诗、赋二种体裁奔竞的态势,引发二
者互相渗透,即"诗化"与"赋化"的双向建构,直贯六朝,横溢各文
体,是为该时期文学语言形式发展的"交流电"。所谓赋化,我指的
是由汉赋积淀下来的审美经验及其语言形式的泛化,诸如藻采、骈
俪、用典等手段的集中使用,"铺采摛文"以追求丽的效果。所谓诗
化,我指的是抒情化、意象化。有两种现象值得注意:一是魏晋南
北朝诗人往往兼善作赋,以铺排整饰、穷态极妍见长②;一是汉魏之
际诗赋多同题并作的现象,在取材方面(如景物与妇女题材)趋同。
此类现象表明该时代文人已有意于形式之探索,通过两种文体的实
践比较,不断双向建构,从而推进文体之自觉。晋人挚虞《文章流别
论》开始从形态、特征、功能诸方面区分众体,而对"诗赋欲丽"作出

---

① 《闻一多全集》第3卷,生活·读书·新知三联书店1982年版,第413页。
② 诚如李文初《诗与赋》一文所指出:"魏晋南北朝时代的著名诗人,大多以善铺排和'巧言切状'见称。如王夫之说曹植诗'铺排整饰';叶燮说陆机诗'缠锦俪丽';刘克庄说谢灵运诗如'锦工之织锦,极天下之工巧组丽'……"见李文初《汉魏六朝文学研究》,广东人民出版社2000年版,第459页。

深刻的反思。其批评"今之赋"的一段论述引人注目：

> 今之赋，以事形为本，则言富而辞无常矣。文之烦省，辞之险易，盖由于此。夫假象过大，则与类相远；逸辞过壮，则与事相违；辩言过理，则与义相失；丽靡过美，则与情相悖。此四过者，所以背大体而害政教。

所谓今之赋，也就是"丽以淫"的"辞人之赋"，事实上也就是司马相如以来积淀而成的"巨丽"特征。"四过"虽然是因其"害政教"而发，有因循汉儒诗教的因素，但指出夸饰过度便会使赋失去文学的真，降低其感动力，却是切中时弊。"铺采摛文"与"四过"构成一对矛盾，是"变"的内因。注意到"丽"与情志相配合的"度"，这是一大贡献。但明确地将丽与情挂上钩，是同代的陆机。《文赋》云："诗缘情而绮靡，赋体物而浏亮。"一在缘情，一在体物，诗赋功能之别甚明。至于绮靡、浏亮，属声、色方面对丽的共同追求，应属互文。这应当也是诗化与赋化要掌握的"度"，"越位之思"太甚，就会变体。如一些咏物诗一味铺陈而乏情，几同于赋，另一些抒情小赋则意象化直如歌行。然而从六朝文学进展之大势看，五言诗主情，故更多地得益于"赋化"而不失其主体性；赋则随抒情化的大潮不断"诗化"，虽然保留了赋"吐无不畅"的优势，终因偏离"体物"的原轨道，自己模糊了赋体特征，日渐由中心走向边缘。所以行家虽或认为"唐赋应是赋的发展高峰"，但毕竟不是赋体的典型态了。

经魏晋长期积累，五言诗已兼备赋体在藻采、骈偶、隶事诸方面之长，于是要求有大的突破，以建立独特的语言形式。文学自身的规律在涌动。明代陆时雍《诗镜总论》称："诗至于宋，古之终而律之始也，体制一变，便觉声色俱开。"事实上，东晋在"淡乎寡味"的玄言诗的掩盖下，早就在酝酿着一场新变。首先是对诗歌功能认识的转向。《文心雕龙·明诗》云："江左篇制，溺乎玄风，嗤笑徇务之志，崇盛忘机之谈。"如上章第二节所论,士族中人"嗤笑徇务之志"是把双刃刀,虽然淡化士族功利之心,利于审美主体之建立,却又与其偏安心态结合,不断弱化其情志。兰亭诸作中或云"消散肆情志,酬畅豁滞忧"(王玄之《兰亭诗》),或云"仰咏挹余芳,怡情味重渊"(王蕴之《兰亭诗》),嘉会吟咏,娱情适性,已隐伏向娱乐性发展之倾向。再者,东晋吴声歌曲盛行,此种"名曰民间,实出京畿"的南朝乐府,有着浓郁的市井兴味,适与上述娱乐倾向合拍,当时文人多有仿作,又为来日诗乐合体、声色俱开种下因缘。

新变,终于在晋宋之际浮出水面。萧子显《南齐书·文学传论》有云:

　　　　今之文章,作者虽众,总而为论,略有三体。一则启心闲绎,托辞华旷,虽存巧绮,终致迂回。宜登公宴,本非准的。而疏慢阐缓,膏肓之疾,典正可采,酷不入情。此体之源,出灵运而成也。次则缉事比类,非对不发,博物可嘉,职成拘制。或全借古语,用伸今情。崎岖牵引,直为偶说。唯睹事例,顿失清采。此则傅玄五经,应璩指事,虽不全似,可以类从。次则发唱惊挺,操调险急,雕藻淫艳,倾炫心魂,亦犹五色之有红紫、八音之有郑卫,斯鲍照之遗烈也。

"三体"之外,其实还有陶渊明一大宗。陶、谢的田园山水诗虽然飘逸超迈,体现了晋宋间人对人生诗意化的追求,但宋以后随着士族的衰落,上层社会乃至市井庶民的审美趣味已转向更具感性的享乐型文艺上来,所以谢灵运一脉与玄言诗相比"虽存巧绮",而较之齐梁时风仍属"典正",故"酷不入情",只"宜登公宴"——更不用说质朴的陶诗了。此之谓:"竹不如丝,丝不如肉。"不过,谢之清新巧绮,使景物虚灵化,毕竟成就了时风之流丽。

颜延之在"缉事比类"方面比傅玄、应璩更有代表性。萧子显虽然批评此体"唯睹事例,顿失清采",但其影响至骨,挥之不去。盖汉赋积淀下来的审美经验大略言之无非藻采、骈俪、隶事数端,这几方面的技巧在士族社会的精神气候下都得到长足的发展。特别是刘宋以后,士族被排挤出权力中心,更要以文学为门槛,自高其门户。故《陈书·文学传》称:"夫文学者,盖人伦之所基欤。是以君子异乎众庶。"文学成了有别于"众庶"的标志。所以不但士族以文学自保,"次等士族"乃至"寒人"亦以之为敲门砖挤入士族行列①。刘师培《中国中古文学史》已注意到士族与文学之间的密切关系,其《总论》有云:

> 自江左以来,其文学之士,大抵出于世族,而世族之中,父子兄弟各以能文擅名。如《南史》称刘孝绰兄弟及群从子侄,当时有七十人,并能属文,近古未之有。②

刘氏还举王筠为例,与诸儿夸耀曰:"史传所称,未有七叶之中,人人有集如吾门者。"(《南史·王筠传》)家族世代有文集,在南朝是常有的事。问题在于关系文学特质的"文气",却是"虽在父兄,不能以移子弟"(曹丕《典论·论文》)。将"才藻"视为士族象征的人,自然要在藻采、偶对、用典等"可操作"的语言形式上用功了。特别是能显示"博学"的隶事用典方面,最易见效。盖其世教育不易,多由家学承传,士族利用此学问之优势,以博学相炫耀而自别于众庶,也是情理中的事。故愈是危机,愈要严士庶之别,也就愈要逞博。所以士族与庶人对峙尤其的宋、齐时代,也正是钟嵘《诗品》所谓"文章殆同书抄"的时代。而隶事一旦与对偶、藻采、"巧构形似"相胶合,便凝为中国古典诗歌形式的一个特色。因此,铺锦列绣、错

---

① 刘跃进《门阀士族与永明文学》附录以吴兴沈氏为由武力强宗到文化士族的个案研究,堪为佳例。生活·读书·新知三联书店1996年版,第325—340页。

② 刘师培《中国中古文学史》,人民文学出版社1984年版,第88页。

采镂金本不足病,病在雕凿不自然、繁密致板滞,不符合崇尚自然、追求意象化的时代精神①。钟嵘《诗品》评颜延之诗曰:"又喜用古事,弥见拘束,虽乖秀逸,是经纶文雅才。""用古事"毕竟属"文雅才",问题出在"拘束"。《诗品·序》说得更明白:"颜延、谢庄、尤为繁密……近任防、王元辰等,词不贵奇,竞须新事,尔来作者,浸以成俗。遂乃句无虚语,语无虚字,拘挛补衲,蠹文已甚。"无虚语、虚字,太板实拘挛,才是其病灶。萧子显也是这个意思,认为缉事比类"博物可嘉",只是"唯睹事例","崎岖牵引",这才"顿失清采"。

　　后起的"鲍照之遗烈"与鲍照之关系,还得费番口舌。如上节所论,鲍照上承建安,向乐府古诗学习,风格刚健俊逸,"发唱惊挺"诚有之,"雕藻淫艳"似未也。不过鲍氏作《吴歌》三首、《采菱歌辞》二首、仿《子夜》制《中兴歌》十首等,开学习南朝乐府之风气,其诗轻灵婉妙者对颜、谢是个补救。故清人贺贻孙《诗筏》云:"明远与颜、谢同时,而能独运灵腕,尽脱颜、谢板滞之习。"不过鲍照主要学习对象是汉魏乐府,得其精华,反过来对俗文学有整合、提升之作用。诚如缪钺《诗词散论》所称:"但鲍照仿作吴歌,仍能融入自己之风格,如《采菱歌》'弭榜搴蕙荑,停唱纫薰若。含伤拾泉花,营念采云萼'。用字造句,遒劲警炼,皆鲍照之特色。"②真可谓"不雅不俗"。同时的汤惠休也学乐府,但主要对象是南朝"委巷中歌谣",流而不返,故《诗品》称:"惠休淫靡,情过其才。"刘师培《中国中古文学史》说:

　　　　晋、宋乐府,如《桃叶歌》、《碧玉歌》、《白纻词》、《白铜鞮歌》,均以淫艳哀音,被于江左。迄于萧齐,流风益盛。其以此

---

① 唐代杜甫、李商隐也多用典,但往往能流转奔放而不觉其用典。可见经意象化了的用典仍可以入诗。
② 缪钺《诗词散论》,上海古籍出版社 1982 年版,第 16 页。

体施于五言诗者,亦始晋、宋之间,后有鲍照,前则惠休。①

看来,刘氏也认为摄取南朝民歌情调入五言诗,应是汤惠休首创。诗至宋以后而"声色俱开",主要得力于文人向南朝民歌学习,最终将促成乐府与赋的合流。《南史·循吏传》论宋齐之世有云:

> 未及曩时,而人有所系,吏无苟得,家给人足,即事虽难,转死沟渠,于时可免。凡百户之乡,有市之邑,歌谣舞蹈,触处成群,盖宋世之极盛也……永明继运,垂心政术,杖威善断,犹多漏网,长吏犯法,封刃行诛。郡县居职,以三周为小满。水旱之灾,辄加振恤。十许年中,百姓无犬吠之惊,都邑之盛,士女昌逸,歌声舞节,祛服华妆。桃花渌水之间,秋月春风之下,无往非适。

涤非师《汉魏六朝乐府文学史》第五编第一章指出:南朝乐府与两汉采于穷乡僻壤之民间乐府不同,乃以城市都邑为策源地,其所谓"民间",实即城市。并进一步分析说:

> 城市生活,本近声色,而当南朝时,因官吏之贪聚,世家之挥霍,与夫伽蓝之建设,城市经济,益形膨胀。是以四方虽穷,而城市恒富,百姓虽流离痛苦,而城市避留者则正不妨于"桃花渌水之间,春风秋月之下",度其爱恋生活。其发为情词艳曲,盖亦理所固然。则初不必如《南史》所称,有待于宋、齐之盛世也。②

---

① 刘师培《中国中古文学史》,第90页。
② 萧涤非《汉魏六朝乐府文学史》,人民文学出版社1984年版,第198—199页。

　　萧先生指出南朝乐府民歌本属市井之艳曲,是城市经济之产物,并非"宋齐之盛世"的产物。然而,何以要待到齐、梁才发生大影响,鼓荡为一股雅俗合流之新潮?此则文化选择之力也。

　　宋以后,上层社会结构发生巨变,寒门武宗盘据权力中心,稍涉宫廷政治斗争之士族文人如谢灵运、范晔、王融、谢朓辈,无不遭难。然而士族只要安享富贵,不徇政务,则仍可保身固宠,有很高的社会地位。《梁书·谢朓传》载谢朓弟致酒并写信劝他:"可力饮此,勿豫人事。"故"朓居郡每不治"。谢氏兄弟的态度很有代表性,在生命追问面前,士族交出的答卷是:及时行乐。这样一来,失志士族将精力转向文学,并且只是以之为娱乐工具,也就顺理成章了。何况士族中人,自魏晋以来,多有精于音律者,用之于歌诗,也算是有了用武之地。《南史·王俭传》载:

　　　　帝幸乐游宴集,谓王俭曰:"卿好音乐,孰与朕同?"曰:"沐浴唐风,事兼比屋,亦既在齐,不知肉味。"帝称善。后幸华林宴集,使各效伎艺,褚彦回弹琵琶,王僧虔、柳世隆弹琴,沈文季歌《子夜来》,张敬儿舞。

　　皇室与士族在乐游这点上又有了共同语言,可谓"其乐也融融"。更要紧的是:"王侯将相,歌妓填室;鸣商富贾,舞女成群。竞相夸大,互有争夺。"(《太平御览》卷五六九引裴子野《宋略》)的士风,与上引"士女昌逸,歌声舞节,袨服华妆。桃花渌水之间,秋月春风之下,无往即非适"的市井情调拍合,鼓荡为文坛一股强劲的新潮。"鲍照之遗烈"终于弃鲍照之习汉魏,转从汤惠休辈之学"委巷歌谣",文化选择与有力焉。

　　齐梁文学之成功者,端在雅文学对俗文学的整合。唐人元稹《唐故工部员外郎杜君墓系铭并序》称:

晋世风概稍存,宋齐之间,教失根本,士以简慢歘习舒徐相尚,文章以风容色泽放旷精清为高,盖吟写性灵、流连光景之文也,意义格力无取焉。陵迟至于梁陈,淫艳刻饰、佻巧小碎之词剧,又宋齐之所不取也。

元氏所论颇中肯綮。"吟写性灵"又曰"吟咏性情"。以性情取代情志,本是齐梁之变一大关节。性情说肇自《诗大序》之"吟咏性情,以风其上",但中经陆机缘情说之过度,已淡化了言志之功能。至齐梁言性情者,则各有偏重。揆之有二类:一以钟嵘为典型,一以萧纲为代表。钟嵘《诗品·序》云:

> 气之动物,物之感人,故摇荡性情,形诸舞咏……若乃春风春鸟,秋月秋蝉,夏云暑雨,冬月祁寒,斯四候之感诸诗者也。嘉会寄诗以亲,离群托诗以怨。至于楚臣去境,汉妾辞宫,或骨横朔野,或魂逐飞蓬;或负戈外戍,杀气雄边,塞客衣单,霜闺泪尽;又士有解佩出朝,一去忘返;女有扬娥入宠,再盼倾国;凡斯种种,感荡心灵,非陈诗何以展其义,非长歌何以骋其情?

从所举诸例看,钟氏所谓"性情",与"情志"并无本质的差异,只是更强调个体真切的感受而已。故其"性",近"才性"之"性",是个体之禀性。所以钟氏是以抒写个体真切之感受作为诗的根本。《诗品·序》又云:

> 夫属词比事,乃为通谈,若乃经国文符,应资博古,撰德驳奏,宜穷往烈。至乎吟咏情性,亦何贵于用事?

钟氏直以"吟咏情性"作为诗区别于众体的本质特征,所以主张不贵用事,于声律但求流畅,"文多拘忌,伤其真美"(《诗品·

序》),有所遮蔽则妨碍性情直往。钟氏之论,贵在对该时代追求形式美的新变之潮既是个解放,又是个约束,使之在注重个体真切感受的轨道上放情直往,去融会赋与乐府的种种技巧。不过,上引"属词比事"一则,将"经国文符"、"撰德驳奏"与"吟咏情性"对举,容易给人将"言志"与"吟咏情性"对立起来的印象。稍后的裴子野即作如是解。其《雕虫论》云:

> 自是闾阎少年,贵游总角,罔不摈落六艺,吟咏情性。学者以博依为急务,谓章句为颛鲁,淫文破典,斐尔为功,无被于管弦,非止乎礼义,深心主卉木,远致极风云,其兴浮,其志弱,巧而不要,隐而不深,讨其宗途,亦犹宋之风也。

裴氏干脆将"吟咏情性"放逐出"言志"之外,而等同于"流连光景"之类。被论者划归"折衷派"的昭明太子萧统,或有鉴于此,于其后又提出一个更全面的意见。其《答湘东王求文集及诗苑英华书》云:

> 夫文典则累野,丽则伤浮,能丽而不浮,典而不野,文质彬彬,有君子之致。吾尝欲为之,但恨未逮耳。

这种"文质彬彬"的审美理想,不但萧统自知难以企及,在当代作者中也少能达标。所以他又主编了一部《文选》,以历代的优秀文学作品来体现这一理想。萧统提出的这一审美理想无疑提升了文学之品位,有利于对俗文学之整合,其影响是深远的。当唐人魏徵再次提出"文质彬彬"的审美理想时,文学史已进入一个空前辽阔的新视野,《文选》要到那个时代才真正成为楷模。

参编《文选》的刘孝绰在《昭明太子集序》中说:"能使典而不野,远而不放,丽而不淫,约而不俭,独擅众美,斯文在斯。"萧统并未如所说"独擅众美",但力图综合各种美为一体的确是时代的要求。

萧子显《南齐书·文学传论》于辨析上文引及的"三体"之后乃云：

> 三体之外,请试妄谈。若夫委自天机,参之史传,应思悱来,勿先构聚。言尚易了,文憎过意,吐石含金,滋润婉切。杂以风谣,轻唇利吻,不雅不俗,独中胸怀。轮扁斫轮,言之未尽,文人谈士,罕或兼工,非唯识有不周,道实相妨,谈家所习,理胜其辞,就此求文,终然翳夺。故兼之者鲜矣!

日人铃木虎雄《中国诗论史》认为此论"推寻其主旨,可归纳为：诗歌创作虽重在天赋之情性,但亦无妨参用史传;应待情兴自来,而不可预先构定;言辞贵在易解,不可以文害意;音调须谐润婉切,杂以歌谣风味,利于诵读;不拘于雅,不流于俗等几方面"。据此,铃木氏称此论"可说是其由对各种理论的领悟并加以实验而形成的见解,因而也自然成为以前各家理论的折衷之说"①。所论甚是。不过我认为萧子显云云,更直接的是从宋、齐以来的创作经验中感悟得来,与其说是各派理论之"折衷",不如说是对所谓"三体"为代表的创作经验之综合,则所云之"兼工"。如前所述,"三体"各有长短,谢之标举兴会,颜之参用事典,汤、鲍之杂以风谣,诸体兼工,再调以永明诗人所倡之声律,使之言尚易了,吐石含金,滋润婉切,便是理想之范式。事实上早于萧子显的理论,齐"永明体"已具备该范式之雏型,示意如下：

藻采+骈俪+隶事+声律→流丽

前三事于宋前经长期"赋化",已成为诗中稳定的要素,到"声律"的正式加盟才算是画龙点睛,使律化的新体诗破壁而出。

---

① ［日］铃木虎雄《中国诗论史》,许总译,广西人民出版社 1989 年版,第 76—77 页。

关于四声之发现，袁行霈主编《中国文学史》第二卷的看法颇通达："四声得以在这个时期（指齐永明间）发现，原因是多方面的，如传统音韵学的自然发展、诗赋创作上声调音韵运用的经验积累等，均对四声的发明有促进的作用。而更为重要的原因，则是与当时佛经翻译中考文审音的工作有着直接的关系。"①虽然以前也讲究声韵，但属自然的声韵。"其实问题的关键即在于是否将声律的知识自觉地运用到实际创作之中。"②故《南史·庾肩吾传》乃云："齐永明中，王融、谢朓、沈约文章始用四声，以为新变，至是（指梁简文帝时）转拘声韵，弥为丽靡，复逾往时。"其中最具自觉性者，首推沈约。《梁书》本传载约撰《四声谱》，"以为在昔词人，累千载而不寤，而独得胸襟，穷其妙旨，自谓入神之作"。自得之态可掬。不过要将声韵之学运用于诗，是件难事。沈氏在自家创作实践中深深感到这一难度，所以在《南史·陆厥传》所载《答陆厥书》中说：

宫商之声有五，文字之别累万。以累万之繁，配五声之约，高下低昂，非思力所学，又非止若斯而已也。十字之文，颠倒相配，字不过十，巧历已不能尽，何况复过于此者乎？……老夫亦不尽辨此。

因此，在实际操作中必须进行必要的简化。沈氏《宋书·谢灵运传》论曰："欲使宫羽相变，低昂互节，若前有浮声，则后须切响。一简之内，音韵尽殊；两句之中，轻重悉异。妙过此旨，始可言文。"所谓宫羽低昂、浮声切响云云，说到底就是声调之抑与扬，即后人所谓之平与仄两类而已。这一来，原本相当复杂的声律之学就变得较好掌握了，人人可习而用之。这也与沈氏"三易"的精神相一致。所谓"三易"，即《颜氏家训·文学》所引沈约云："文章当从三易：易见

① 袁行霈主编《中国文学史》第2卷，高等教育出版社1999年版，第122页。
② 同上书，第121页。

事,一也;易识字,二也;易读诵,三也。"文化选择总体上必须是有利于文化不断地朝最广泛传播这一方向演进,文学作为文化的有机部分,也具有这一品格,雅文学也总是要向俗文学转化。齐梁新变的精神就是在雅俗合流过程中以雅文学提升俗文学,同时接受俗文学的影响,在双向建构中形成不雅不俗(不拘于雅,不流于俗)的时代风格。沈约、谢朓、何逊、阴铿的诗歌堪称代表。试读沈约《登玄畅楼》诗:

> 危峰带北阜,高顶出南岑。中有陵风榭,回望川之阴。岸险每增减,湍平互浅深。水流本三派,台高乃四临。上有离群客,客有慕归心。落晖映长浦,焕景烛中浔。云生岭乍黑,日下溪半阴。信美非吾土,何事不抽簪?

前半是赋式的铺排,上下里外,形成一个具有景深的立体视域,避免了平面化。"上有离群客,客有慕归心"用民歌常见的"顶真格"。全诗通体流畅,取势自然。不过,能上承谢、鲍,将山水与乡思结合,出入骈俪、藻采而又深得民歌之风情,创造出深入浅出之流丽风格者,当推谢朓其人。《江上曲》云:

> 易阳春草出,踟蹰日已暮。莲叶何田田,淇水不可渡。愿子淹桂舟,时同千里路。千里既相许,桂舟复容与。江上可采菱,清歌共南楚。

其清新与深情得益于南朝乐府民歌自不待言。谢朓可贵之处还在于能将民歌这种清新流畅的情调进一步与雅文学讲究藻采、骈俪、熔裁警句的传统结合起来,有意识地调以声律,使之和谐流畅,形成"调与金石谐,思逐风云上"(沈约《伤谢朓》)的新风格。试读其《游东田》诗:

戚戚苦无悰,携手共行乐。寻云陟累榭,随山望菌阁。远树暧阡阡,生烟纷漠漠。鱼戏新荷动,鸟散余花落。不对芳春酒,还望青山郭。

全诗一气流转,是"圆美流转如弹丸"的手段了。而最能综合体现其将山水景致与游子情思结合起来,吟咏性情,化"雕缋满眼"为清新流丽之美的,是《晚登三山还望京邑》:

灞涘望长安,河阳视京县。白日丽飞甍,参差皆可见。余霞散成绮,澄江静如练。喧鸟覆春洲,杂英满芳甸。去矣方滞淫,怀哉罢欢宴。佳期怅何许,泪下如流霰。有情知望乡,谁能鬒不变?

在谢朓手中,声律就好比是溶剂,将藻采、骈俪、隶事融为一体,且性情自在其中。《文镜秘府论·天卷·四声论》引沈约云:"作五言诗者,善用四声,则讽咏而流靡。"谢氏已做到这一点,且以自家之性情很好地处理了雅俗之间的矛盾,创造出深入浅出的语言风格,为唐诗之先导。后来深受永明体影响的诗人如何逊、阴铿诸人又沿路前行,在意象化方面有所发展(见上节所述),琢句描思更觉隽永。

以上范式不但于诗,于辞赋骈文也有大影响。首先是魏晋以来赋的抒情化,至是因律化之风而腾飞,赋与乐府遂趋合流。试读沈约《悯衰草赋》:

悯衰草,衰草无容色。憔悴荒径中,寒荄不可识。昔时兮春日,昔日兮春风。衔华兮佩实,垂绿兮散红。岩陬兮海岸,冰多兮霰积。布绵密于寒皋,吐纤疏于危石。凋芳卉之九衢,贾灵茅之三脊。风急崤道难,秋至客衣单。既伤檐下菊,复悲池上兰。飘落逐风尽,方知岁早寒。流萤暗明烛,雁声断裁续。霜夺茎上紫,风销叶中绿。秋鸿兮疏引,寒乌兮聚飞。径荒寒草合,草长荒径微。园庭渐芜没,霜露日沾衣。

马积高《赋史》认为:"沈约这篇赋在语句形式上糅合骚体句式、骈赋句式与五言诗句三者。"[1]会通之迹尤著。从总体看,去掉"兮"字则颇近于乐府杂言。程章灿《魏晋南北朝赋史》举后来徐陵《鸳鸯赋》,认为以口语入赋,更呈现南朝民歌之影响[2]。其赋云:

> 山鸡映水那自得,孤鸾照镜不成双。天下真成长合会,无胜比翼两鸳鸯……特讶鸳鸯鸟,长情真可念。许处胜人多,何时肯相厌。闻道鸳鸯一鸟名,教人如有逐春情。不见临邛卓家女,只为琴中作许声。

藻采、骈俪、隶事、声律于此岂不融合无痕而趋乎流丽?至如萧悫《春赋》、庾信《春赋》、《荡子赋》等,则几于歌行。事实上赋的诗化太甚,如前所论,则自身模糊了自身的特征,其成果反而落在诗上,成就了唐代十分活跃的歌行。不过在宋、齐间,赋的诗化尚不至此,如鲍照《芜城赋》、江淹《别赋》、《恨赋》,其诗化恰到好处。其他文体至齐梁亦"声色俱开",无论记序书启,乃至诏令碑铭,无往不然。兹举数例,以概其余:

> 芳林园者,福地奥区之凑……飞观神行,虚檐云构。离房乍设,层楼间起;负朝阳而抗殿,跨灵沼而浮荣。镜文虹于绮疏,浸兰泉于玉砌。幽幽丛薄,秩秩斯干。曲拂澶回,潺湲径

---

① 马积高《赋史》,上海古籍出版社1987年版,第214页。
② 程章灿《魏晋南北朝赋史》,江苏古籍出版社2001年版,第243页。

复;新萍泛沚,华桐发岫。杂天采于柔荑,乱嘤声于绵羽。(王融《三月三日曲水诗序》)

零雨送秋,轻寒迎节。江枫晓落,林叶初黄。登舟已积,殊足劳止……白云在天,苍波无极。瞻之歧路,眷慨良深!(梁简文帝《与萧临川书》)

况三农务业,尚看夭桃敷水;四人有令,犹及落杏飞花。化俗移风,常在所急。劝耕且战,弥须自许。岂直燕垂寒谷,积黍自温;宁可堕此元苗,坐餐红粒。不植燕颔,空候蝉鸣。(梁元帝《课耕令》)

昔人遨游洛汭,会遇阳台。神女仿佛,有如今别。虽帐微笑,涉想犹存。而握里余香,从风且歇。(何逊《为衡山侯与妇书》)

山各行雨,地异阳台。佳人无数,神女羞来。翠幔朝开,新妆旦起。树入床头,花来镜里。草绿衫同,花红面似……天丝剧藕,蝶粉多尘。横藤碍路,垂柳低人。谁言洛浦,一个河神。(庾信《东宫行雨山铭》)

东晋以来的诗性思维与永明铸成的美文模式至斯可谓里应外合,将雅文学的形式美推向极致。然而,无论如何完美的躯体,都需要有一个健全的灵魂。不幸的是,纤情弱志恰恰是永明诗人乃至整个南朝贵族文人的"阿基里斯之踵"。赵翼《廿二史札记》卷十二"江左世族无功臣"条,谓南齐士族王俭辈"与时推迁,为兴朝佐命以自保其家世。虽市朝革易,而我之门第如故,以是为世家大族,异于庶姓而已"。道出南齐士族的普遍心态。作为世族中人的沈约,就曾亲口说过:"今与古异,不可以淳风期万物。士大夫攀龙附凤者,皆望有尺寸之功,以保其福禄。"(《梁书·沈约传》)此际士大夫之"性情"已远离汉魏之际士大夫之"情志"甚明。正是如此纤情弱志使此辈但能打造新的文学范式却无力达成"文质彬彬"之理想①，而有待于唐人以毕其功。在永明诗人的咏物题材中，其弱点更为明显。

咏物，本是赋的"世袭领地"，至永明间因命题酬唱而漫及五言。虽或微有兴寄，也多是些少个人恩怨，而隶事转成热门，退至"缉事比类"一路，难免为文造情。其题材之琐屑，从沈约诗题中可略见一斑：《十咏二首》（《咏领边绣》、《脚下履》）、《咏竹槟榔盘》、《咏竹火笼》、《咏苔》、《咏帐》、《咏篪》……正应着杜甫《戏为六绝句》所批评者："或看翡翠兰苕上，未掣鲸鱼碧海中！"咏物之风至梁、陈愈炽，延及闺阁，遂成宫体，南朝乐府所歌"男女之情"竟变味成"男女之事"。此间枢纽，端在皇室之领袖文坛。

齐梁文坛形势最大的变化是皇族与士族文化优势的颠倒。南朝皇室多由武宗出身，对士族又忌又羡，既将其排挤出权力中心，又颇尊崇其社会地位，艳羡其世代相承的文化素养。自萧齐始，皇族已颇重视自身的文化积累，出现豫章王萧嶷一门三代并长文笔的现象。至萧梁一代，皇族更是文才辈出，善文者数以十计，萧衍、萧统、萧纲、萧绎父子兄弟相继为文坛真正意义上的领袖。萧衍的文化建设甚至得到敌国的首肯，《北齐书·杜弼传》载高欢云："江东有一吴儿老翁萧衍，专事衣冠礼乐，中原士大夫望之以为正朔所在。"萧氏父子大似三曹气象，却未能再造建安昔日的辉煌。何以故？要在皇室促成士人的"纯文人"化，以及相链接的文学与社会关怀之剥离，日趋于"纯文学"化。《颜氏家训·勉学篇》云：

梁朝全盛之时，贵游子弟，多无学术……无不熏衣剃面傅

---

① 诚如陈庆元教授所指出，谢朓《和江丞北戍琅邪城》情调直通子建的《赠王粲》。可见只要有风骨，用此模式是可以写出文质彬彬的好诗的，只因当时乏气，故此类诗在齐可谓凤毛麟角。陈文见《中古文学论稿》，天津人民出版社1992年版，第99页。

粉施朱,驾长檐车,跟高齿屐,坐棋子方褥,凭斑丝隐囊,列器玩于左右。从容出入,望若神仙。明经求第,则顾人答策;三九公宴,则假手赋诗。

士族之无能、腐败,是皇家长期以来因势利导的结果。士族腐败无能一至于斯,还有什么社会责任心可言?此际士族,已失却作为"士"的文化内涵。文化内涵空壳化的士族又使其手中之"文学"与"人学"疏离,凸显其娱乐功能而趋于"纯文学"。在士大夫中,以数典隶事竞胜取乐早已成风,便是一证①。而在皇帝眼中,原本兼备学术、经济、文学的士族文人,其文化价值已消失殆尽,"文士"成了"纯文人"。齐武帝萧颐说得透彻:"学士辈不堪经国,唯大读书耳。经国,一刘系宗足矣!沈约、王融数百人,于事何用?"(《南史·刘系宗传》)又说:"文章诗笔固佳事,然世务弥为根本,可常忆之。"(《南齐书·萧子懋传》)既然文章与"经国之大业"无干,皇帝眼中之文学,自然也就是凸显其娱乐功能而趋于"纯文学"了。皇家与士族于此相视而笑。萧梁皇族更是沉溺其中,《梁书·庾肩吾传》载萧纲与湘东王书:"吾辈无所游赏,止事披阅,性既好文,时复短咏。虽是庸音,不能阁笔。有惭伎痒,更同故态。"文学简直成为"游赏"的替代物了。说到底,皇族并非自创一种非士族的新文化,他们沉溺的,仍是士族文化。所以在削弱士族意志的过程中,皇族也削弱了自己的意志。萧纲在《答新渝侯和诗书》中说:

　　垂示三首,风云吐于行间……双鬓向光,风流已绝;九梁插花,步摇为古。高楼怀怨,结眉表色;长门下泣,破粉成痕。复有影里细腰,令与真类;镜中好面,还将甸等。此皆性情卓绝,新致英奇。

① 《南史·王谌传》、《南齐书·陆澄传》咸载尚书令王俭使宾客、学士隶事赌胜取乐之事迹,可为佳例。

新渝侯和诗已佚,但从"风流"云云看,自然是宫体无疑。萧纲将这些轻艳的内容称之"此皆性情卓绝"者,其所谓"性情"非复谢灵运、谢朓辈所谓性情甚明。彼二谢之性情,讲究个性,去"情志"未远;此"宫体"之"性情",不但与"言志"几乎绝缘,只是为文造情,事实上也无真情可言。此与齐梁间盛行的佛教一事有关。齐梁间"佛性"说甚为流行,皇族与士大夫文人深受影响,内在地改变了对"性情"的认识。萧衍《净业赋序》云:

> 《礼》云:"人生而静,天之性也。感物而动,性之欲也。"有动则心垢,有静则心净。外动既止,内心亦明。始自觉悟,患累无所生也。

儒家讲"性",指人的本性,与善、恶相关联,有其社会性;佛教讲"自性清净",指的是抽象的本体,与染、净相关联,将人的本体存在归于超越现实社会的"佛性"。萧衍这里显然是用染(垢)、净取代善、恶。一转语便将儒学的社会指向拨转向内心的"自觉",其"治身"已不再有儒家"修身、齐家、治国、平天下"的内涵。所以梁武帝史载其勤于政事,豆羹粝食,一冠三载,不饮酒,不近女色云云,却从来不恤民生,佞佛破财,哀鸿遍野而充耳不闻!《资治通鉴》卷一五九梁武帝大同十一年条载贺琛上陈民不堪命、官吏贪残、风俗侈靡数事。帝怒,竟自列"绝房室","不饮酒"诸"苦行","理直气壮"地作了反诘。他认为只要"治身",便可置国计民生于不顾而无愧。这种立身与社会责任隔绝的行为模式,影响于文学观念,便是萧纲《诫当阳公大心书》所倡:"立身之道与文章异,立身先须谨重,文章且须放荡。"萧纲所谓"放荡",指的虽然是作文之无拘束,但这种放任必然有其个人与时代之内涵。据史载,萧纲立身还算"谨重"。但所谓谨重,只是一种节制,并非无欲。正是这种"立身谨重"使其有恃无恐,放笔去写《娈童》、《咏内人昼眠》之类衽席题材而无余愧。就其时代而言,诚如詹福瑞教授所言,南朝存在着一种特殊的"军伍文化",以恣意追求感官刺激为特征,礼教观念十分淡薄①。出身军伍寒族的皇室深受其影响,所以在那样的时代,那样的圈子里,"文章放荡"只能导引出与该种生活方式相似的轻艳风格。就文学独立而言,该时代文学的确已摆脱了作为政教附庸之地位,"文章且须放荡"一说自有其合理性。然而"文学独立"只能是摆脱其作为文化诸因子的附庸地位,并非割断与诸因子(政教、历史、音乐、宗教等等)之有机联系。处于"大文化"一室之内的各种文本,也只能是相对独立的互文关系。真理走过头,便是谬误。南朝文学独立之战,当以此分界。唐人魏徵撰《隋书·文学传序》曰:

> 暨永明、天监之际……文雅尤盛。于是作者,济阳江淹、吴郡沈约、乐安任昉……并学穷书圃,思极人文。缛彩郁于云霞,逸响振于金石。英华秀发,波澜浩荡,笔有余力,词无竭源。方诸张、蔡、曹、王,亦各一时之选也。闻其风者,声驰景慕。然彼此好尚,互有异同。江左宫商发越,贵于清绮;河朔词义贞刚,重乎气质。气质则理胜其词,清绮则文过其意,理深者便于时用,文华者宜于咏歌,此其南北词人得失之大较也。若能掇彼清音,简兹累句,各去所短,合其两长,则文质斌斌,尽善尽美矣。梁自大同之后,雅道沦缺,渐乖典则,争驰新巧。简文、湘东,启其淫放,徐陵、庾信,分路扬镳。

魏徵准确地截取永明、天监之际的新变,为唐人找到与六朝的合适接口,并进而提出要与河朔文风互补,"各去所短,合其两长,则文质斌斌,尽善尽美矣"! 然而永明律化好比划过夜空的彗星,有一

————————————
① 参看詹福瑞《走向世俗——南朝诗歌思潮》第四章第一节,百花文艺出版社 1995 年版。

条长长的美丽的尾巴。也就是说,永明诗人关注的藻采、骈俪、声律、隶事诸要素,应如何整合为一个和谐的相对固定的模式,仍是个长期的课题。从这一角度看,齐梁间兴盛的咏物诗颇值得重视,其中胎孕着"近体诗"的"丕样"。

大凡一种文体的嬗变,总是蕴含着该时代的文化意味。咏物诗既是齐梁贵游文学的宠儿,又是长期以来赋化与诗化两股力量互动的结果,是清人李重华《贞一斋诗说》所说:"咏物一体,就题言之,则赋也;就所以作诗言之,则兴也、比也。"因此,此体易于实现钟嵘《诗品·序》提出的要求:赋、比、兴三义并用,以"指事造形,穷情写物"。如果说齐梁以前咏物几乎是赋的专利,至是则咏物诗已成夺席之势,可见此体的生命力。咏物诗有四句、六句、八句、十句及十句以上者不等,其中四韵八句者尤值得重视。以谢朓、沈约为例,谢氏咏物计十六首,其中八句者十首;沈氏咏物计三十六首,八句者八首。兹各举一例:

> 发翠斜溪里,蓄宝宕山峰。抽茎类仙掌,衔光似烛龙。飞蛾再三绕,轻花四五重。孤对相思夕,空照舞衣缝。(谢朓《灯》)

> 纤手制新奇,刺作可怜仪。萦丝飞凤子,结楼坐花儿。不声如动吹,无风自移枝。丽色倘未歇,聊承云鬓垂。(沈约《领边绣》)

五言八句的体式并非齐梁人的发明,也不是咏物诗所特有。早在阮籍《咏怀》八十二首中,已有七首是五言八句。尤其第一首"夜中不能寐",首二句叙事,中四句集中写景,末二句结情,已体现出此体式之优点:布局合理,突出借景抒情手法,能以少总多,要言不烦。此体对谢灵运山水诗叙事写景、议论错杂繁芜之弊,是副良药。故此体式逐渐为齐梁人所认识,在咏物诗及其他唱和抒情之作中乐为所用①。尤其是在咏物诗中,其心物对应的特点更得到强化:中四句以对仗的形式,使之藻采映发,画面两两相摄,有力地拓宽了内空间;声调抑扬交替,化空间为时间,使之获得一种"声色俱开"的形式美。特别是阑入"艳情"之后,更是情景交融,尽心物徘徊之能事。如萧纲《咏中妇织流黄》:

> 翻花满阶砌,愁人独上机。浮云西北起,孔雀东南飞。调丝时绕腕,易镊乍牵衣。鸣梭逐动钏,红妆映落晖。

是乐府,是赋体;是咏物,是艳情;在萧纲手中浑然无别,皆声情婉转,逸韵动心。藻采、隶事、骈俪、声律整合和谐,可谓拍地无痕。更重要的是:此体式内在地体现着该时代的某些审美理想。《文心雕龙·物色》有云:

> 是以诗人感物,联类不穷;流连万象之际,沉吟视听之区。写气图貌,既随物以宛转,属采附声,亦与心而徘徊。故"灼灼"状桃花之鲜,"依依"尽杨柳之貌,"杲杲"为出日之容……并以少总多,情貌无遗矣。虽复思经千载,将何易夺?及《离骚》代兴,触类而长,物貌难尽,故重沓舒状,于是"嵯峨"之类聚,"葳蕤"之群积矣。及长卿之徒,诡势瑰声,模山范水,字必鱼贯,所谓诗人丽则而约言,辞人丽淫而繁句也……是以四序纷回,而入兴贵闲;物色虽繁,而析辞尚简;使味飘飘而轻举,情晔晔而更新。古来辞人,异代接武,莫不参伍以相变,因革以为功,物色尽而情有余者,晓会通也。若乃山林皋壤,实文思之奥府,略语则阙,详说则繁。然则屈平所以能洞监《风》、《骚》之情者,抑亦江山之助乎?

---

① 以谢朓为例,据陈庆元教授统计,谢氏五言141首,其中八句者43首,四句者24首,约占全部诗作的一半。见陈庆元《中古文学论稿》,第107页。

刘勰建构的正是最具中国特色的感应论①。对文学而言,心、物双向建构是透过形式进行的。形式在这里是积极的,而不是被动的。好的形式能促成心物感应化合而为意象,构成意境,以达成丽则约言、以少总多、情貌无遗的审美理想。比照上面的例析,乃知以意义与声调双重对仗为特色的五言八句律化诗,其结构已具此潜能。一旦经唐人着意开发,遂凝定为"近体诗",诗史于此一大变。

① 关于感物吟志,请参看拙作《诗可以兴》,《文艺理论研究》2003 年第 3 期(收入本《文集》第六册)。

第四章　多元和谐的盛唐气象

第一节　士的回归与情志合一

盛唐,是魏晋以来四百年历史灾难的巨大补偿。盛唐气象,是中华民族再历痛苦的民族大融合之后焕发出的生命力,是其博大兼容的文化精神之展现。这种精神影响于文学,便是树立起高昂的民族自信心,并与其他因素(如人才环境、诗歌形式的成熟等)相结合,形成唐代特有的开朗、多激情的文人集体性格,从而促成"情志合一"(即个体的情性与群体、民族的利益融一),并能以臻美的形式表达出来。其深,其广,其高,其滔滔无际,足称诗国之狂澜!

魏徵以其史学家、政治家之眼光,展望了唐文学的前景:"江左宫商发越,贵于清绮;河朔词义贞刚,重乎气质……各去所短,合其两长,则文质斌斌,尽善尽美矣。"(《隋书·文学传序》)这一展望代表了唐人在建国伊始的审美理想,使风格似乎杂沓无章的初唐诗于多元乃至对立之中有了一个潜在的共同趋向,形成"集体无意识",使唐诗自立过程成为魏晋以来文学传统的整合过程。在第三章第二节我们曾提出:"唐文学之成功,举其大纲,就是情志再主文学,挽回南朝文学的颓势。"从这层意义上说,"河朔词义贞刚,重乎气质"不仅是文辞风格上的范式,而且具有整合南北文风,使之走向"文质半取,风骚两挟"的主导意义。

河朔,本来是指黄河以北地区,后人则往往以"河朔"称北朝,而以"江南"称南朝。所谓"河朔文化",事实上就是以北方汉文化为主体,在长期民族斗争中与北方各民族文化之交融。从均田制、府兵制,到释、道、儒并列,乃至胡床、胡坐,无不体现这一胡汉混合型文化的理念。可以说,隋唐倚以统一中国之文化,是以融冶胡汉为一体的河朔文化为基础的。按照以河朔称北朝的惯例,则河朔文化应包括中国西北隅的河陇地区的文化。陈寅恪曾对此偏隅之地而能保存中原文化学术历长期战乱而不坠,给予高度的评价①。究其底蕴,就在于东汉以后学术中心移于家族,而北方士族仍能于艰难的环境中坚守汉文化之本位。钱穆《两汉经学今古文平议》曾这样论述道:

> 北方诸儒,挣扎在异族蹂躏下,他们不能忘情古代的王官学,他们仍然凭孔子经典来在政治上争地位,来为北方与北方社会谋转机。通观北方儒学,显然在他们中间存在一种共同的·大趋势·,他们也如西汉儒生般,大家想·通经致用·,把经学来变成当代兴王致治之学的那一种趋势。②

这种致用的精神与南学大异其趣,显然是北方特殊的生存环境所致。在那样的环境下,北方士族为拓展生存空间,不但力图凭借文化优势"以夏变夷"(如北魏著名士族崔浩),或如《北史》所载,儒生频频献策,企图参政;而且北方士人注重身体力行,亲务农桑,接受游牧民族挑战,也尚武能征战。这与南朝士族"罕关庶务"、"未尝目观一拨土,耕一株苗"、"肤脆骨柔"形成强烈的对比。试读《李波小妹歌》:

---

① 详陈寅恪《隋唐制度渊源略论稿》第二章《礼仪》,上海古籍出版社 1980 年版。
② 钱穆《两汉经学今古文平议·孔子与春秋》,台湾东大图书公司 1983 年版。着重号为笔者引用所加。

李波小妹字雍容,褰裙逐马如卷蓬,左射右射必叠双。妇女尚如此,男子那可逢!

《魏书·李孝伯附李安世传》:"广平人李波,宗族强盛。"则李波原是北方豪族,其家族雄强如此。至如《敕勒歌》、《木兰诗》等,更展现了北地人民刚健的气质。在这种风气的熏陶下,北朝文人才能写出一些"词义贞刚"的好诗,如北魏温子升《白鼻驹》,邢邵《冬日伤志篇》等。而由南入北的王褒、庾信更是因此而文风大变,体现了合南北文风之优势。至若北魏郦道元《水经注》、杨衒之《洛阳伽蓝记》,更体现了北方士人"致用"之精神,非南朝人所能企及。可见要改造文风,首要在改造文人的气质。隋、唐统一中国,皆以北方文化为本位,对文学史而言无疑是件幸事。

隋是个短命的王朝,南北文风尚处于混而未融的状态。虽然杨素、卢思道、薛道衡等北方文人创作了一些堪称"词义贞刚"的作品(如杨素《赠薛播州诗》十四首、薛道衡《人日思归》、卢思道《从军行》及其《劳生论》文等),但总体成就不大,对初唐尚未造成大影响。而隋炀帝周围一些南朝入隋的文人,更是形同俳优,不足言①。倒是在文学批评方面,李谔投隋文帝之所好,其《上隋高祖革文华书》指斥"竞一韵之奇,争一字之巧。连篇累牍,不出月露之形;积案盈箱,唯是风云之状"的文风,在齐梁文风蔓延的情况下——北方文人往往艳羡南朝文风——这种文评客观上起着"防火墙"般的作用,使隋代得以保留北方刚健文风而不至于很快就被南朝文风所吞噬。而王通《中说·事君篇》以"德行"论文,"谢灵运小人哉,其文傲,君子则谨;沈休文小人哉,其文冶,君子则典"云云,几乎是"门外文谈",但以人品论文品,对萧纲"立身之道与文章异",割断文学与为人之关系的文论,则是一种矫正。事实上唐文学的自立,首先是

① 隋炀帝以北方雄强之主而学南朝诗风,则尚能独立特出,如其《望海诗》"远水翻如岸"云云,气势阔大,自当别论。

人格上的自立,由"意气"而灌注于文学。然而,这些都仅仅是消极的应对。对唐人有积极而深刻影响的是隋文化。要而言之,一是建立新型的用人体制;一是"三教并用",对六朝多元而不和谐的文化进行整合,为建立多元而和谐的唐文化打基础。

首先是隋文帝开皇年间实行科举,分秀才、明经、进士三科考试取士。这是为结束贵族世袭门荫特权所采取的有力措施,是中央集权用人的需要,也为非世族高门的士人带来希望。它必然同时带来士人广泛参政的激情,是"情志合一"的重要前提。

与士人解放相应的是"三教并用"的思想解放。隋代皇帝有选择地利用儒、道、释三教,如《剑桥中国隋唐史》所称:"如果要确定何种主题占支配地位,那就应推万物有机的和谐这一基本的中国价值观念——这是隋朝在几个世纪的战乱和分裂的背景下必须努力争取的目标。"①允许人们在"三教"的框架内思想放松,是造成多元文化和谐的重要前提。

唐太宗正是继承隋以上政策,才能顺利地在一统的大背景下再造新的人才环境,促成了"士的回归"。

所谓"士的回归",首先是指士大夫关心群体利益那种弘毅精神的回归。自"党锢"以来,士大夫(尤其是南朝士族中人)在恶劣的政治环境中,这种精神日渐失落,需要有新鲜血液的输入,才能重新振起。北朝胡汉混杂的文化促成隋代上述政策,至唐而始见成效。这里有唐代统治集团明智的选择。任继愈《从佛教到儒教》一文有段话很深刻:

> 秦汉建立了中央集权的大一统的国家。从结构上看,存在着一对矛盾:一方面中央政府要有高度集中的权力,政权不集中,这样广大的领域就无法统一;另方面广大小生产者要有生

---

① [英]崔瑞德编《剑桥中国隋唐史》,中国社会科学出版社1990年版,第79页。着重号为引者所加。

产的能力和兴趣,否则政权集中统一无从说起。政治上,中央拥有高度集中的权力;经济上是极端分散的个体小农经济。高度集中的政治,极端分散的经济,构成贯串二千年对立统一的矛盾。中央集权,总希望越集中越好,小农经济、自给自足,它的本性是分散自主,它不要求政府过多的干预。这两者互相离不开。历代政治家、思想家都要面对这种现实提出因时制宜的方案。两者关系处理得好,天下就太平,号称治世;反之,就是乱世。①

　　魏晋南北朝就是两者关系处理得很糟的乱世。作为身份性地主的士族,有庄园经济为后盾,"封略山湖,妨民害治"(《宋书·蔡兴宗传》),"百役不及,高卧私门"(《通典·乡党》),形成与中央对抗的离心力,如《南齐书》卷二三萧子显所说:"世禄之甚,习为旧准;羽仪所隆,人怀羡慕。君臣之节,徒致虚名。""九品中正制"事实上成为士族巩固其地位的工具。因此,从根本上说,士族的"人才"是难为皇室所用的。而士族在主观上因"平流进取"而缺乏竞争,养成"轻忽人事"的风尚,使自身走向无能,终于成为"治官则不了,营家则不办"的废物。

　　反之,大一统的唐朝,因"均田制"而加强中央集权,从经济上带根本性地粉碎旧社会结构,让整个士族阶级失去依存条件,缓慢地走向死亡。继之,均田制瓦解又使新兴地主及部分生产者对生产感兴趣,将盛唐经济推向顶峰,反过来又加强中央集权,强大的国力不但增强皇家的自信心,敢于放手用人;而且增强了整个民族的自信心,爱国主义情绪高涨,形成对作为国家象征的王朝的向心力。明智的唐中央政府通过科举、从军、入幕、为吏、征隐、门荫、荐举等多门纳用人才,广泛调动了各阶层(包括南、北士族)士人的积极性。

---

① 《中国文化》1990 年第 3 期。

武则天用人之滥,至有"补阙连车载,拾遗平斗量"之讥,正从反面说明中央"政由己出",可以随意用人而不受地方的牵制①。盛唐以前历届皇帝均能用人,而"英贤亦竟为之用",绝非偶然。《唐语林·赏誉》载:

> 贞观中,蜀人李义府八岁,号神童。至京师,太宗在上林苑便对,有得乌者,上赐义府。义府登时进诗曰:"日里扬朝彩,琴中伴夜啼;上林多许树,不借一枝栖。"上笑曰:"朕今以全树借汝。"后相高宗。

这则故事中的比喻很生动地表现了士大夫主动靠拢皇室,皇室亦有意礼遇士大夫的"君臣相得"关系,即士子"借一枝栖"的心态与皇室"全树借汝"的政策默契,使"用人"与"被用"二者在封建宗法社会的历史条件下取得难得的协调。这正是士子"情志合一"所必需的社会环境。

由于打破六朝以来"徒以凭借世资"的人才僵局,所以唐代士子的性命情调更多地体现为建功立业。在当时,"布衣干政,平步青云"并非纯属幻想。马周"少孤贫","落拓不为州里所敬",却因代主人家上书言政合旨,"太宗即日召之,未至间,遣使促者数四",终成名臣(《旧唐书》本传)。魏元忠"志气倜傥,不以举荐为意,累年不调",后赴洛阳上封事,为高宗所赏识,"甚叹异之,授秘书正字,令直中书省",武则天时为相(《旧唐书》本传)。姚崇为"濮州司仓,五迁夏官郎中,时契丹寇陷河北数州,兵机填委,元崇剖析若流,皆为条贯。则天甚奇之,超迁夏官侍郎",后为玄宗时名相(《旧唐书》本传)。我们不难从正史中列出长长一份名单,来说明"布衣卿相"在唐代已不是什么白日梦。这一事实彻底改变了六朝以来士子的精

———————
① 参看《资治通鉴·唐纪二十一》。

神面貌。所谓"布衣",强调的不是门第,而是进取中"士"(包括"微官")的身份。士子自信靠自家本事就能争得一席之地。于是"布衣"成为士族与庶族交混时期的一个特殊阶层。他们近取"竹林七贤"、谢安、陶潜,远绍管仲、范蠡、鲁仲连辈,作为一种认同,着手塑造一代有独立人格与理想的士子形象。这一"集体人格"的确立,耗去了初唐百年的岁月。

在这一过程中,王勃所在的王氏家族具有典型意义。吕才《东皋子集序》称,王绩先世"历宋、魏,迄于周、隋,六世冠冕"。则王氏家族是中原士族无疑。然而王氏家族凭借的不是门第,是才能。王勃的祖父王通为隋名儒,秉承汉儒诗教,而力主以道德论文,在当时属开风气的人物。从其收徒讲学,仿《论语》作《文中子》,在上引《中说·事君篇》中对历代文人进行苛评诸迹象看,王通应是个心高气傲之人。其弟王绩,由隋入唐,两朝三次入仕,皆短期内挂冠归田。在《自作墓志文》中王绩自称"才高位下",是"天子不知,公卿不识"的"有唐逸人"。正是这样的人,才会重新发现沉寂多年的陶渊明诗文的美学意义。这一"发现",其实质是士寻回个体的自尊。它不是乱世的退避,而是"才高"与"位下"之间的心理不平衡。试读王绩代表作《野望》:

> 东皋薄暮望,徒倚欲何依?树树皆秋色,山山唯落晖。牧人驱犊返,猎马带禽归。相顾无相识,长歌怀采薇。(《东皋子集》卷中)

此诗气格遒健,"猎马"一联在安定中已透出盛唐诗那无处不在的"意气",为盛唐田园诗开创了明朗开阔的独特意境。从"个体的自尊"这一角度看,王绩田园诗表达的也是一种"情志"。王勃及其并称"四杰"的杨炯、卢照邻、骆宾王诸人的登场,标志着新一代文士"集体人格"之确立。王勃虽然秉承其家传的博学崇儒——其兄弟六人皆能文——且心高气傲,但已适应士庶混同的新形势,参与仕途奔竞,在他身上已完成文化世族到唐代"布衣"的转型。试读其《送杜少府之任蜀川》:

> 城阙辅三秦,风烟望五津。与君离别意,同是宦游人。海内存知己,天涯若比邻。无为在歧路,儿女共沾巾!(《王子安集》卷三)

这已是一首严格意义上的五律,句中平仄交替与句间粘对造成全诗往而复返的旋律之美。只要与曹植《赠白马王彪》比照,就会凸显其讲究声律对仗的优越性来。曹诗云:

> 丈夫志四海,万里犹比邻。恩爱苟不亏,在远分日亲。(《文选》卷二四)

曹诗略显散缓重沓。王诗则洗炼而流畅,且借助对仗造成空间感。首联"城阙"的严重厚实与"风烟"之虚无缥缈相映成趣,整峻中有空灵。而上句言长安,下句望蜀川,则句间腾出巨大的空间,与颈联"海内"、"天涯"呼应。如果说"海内"与"天涯"推开距离,则"知己"、"比邻"又拉得贴近,十字之间形成跌宕的气势。当然此气势之造成还在于诗人已跳出曹植之于曹彪那样的血缘亲情,在初唐社会结构大调整的背景下,反映一种新型的人际关系。如前所论,唐代打破"九品用人制",仕出多门:科举、入幕、军功、征召等等,新的生存方式驱使大量士人走出家族圈子,在"四海"求"知己"。现存王诗送别之作竟占五分之一,可见新风尚对王勃的影响有多大!《别薛华》云:"心事同漂泊,生涯共苦辛。"(《王子安集注》卷三)共同的追求与遭际使"友人"成为"同志"。王诗中反复出现"穷途惟有泪","俱是梦中人","同是宦游人"等诗句,表达的正是这种同志之情。然而王勃所处时代毕竟是向上的时代,所以透出的仍是昂扬的意气。于是将"海内存知己"与"同是宦游人"相联系便具有特殊的文化内涵。内涵的最大化与形式的简约化正合乎"以少总多"的原则,使五言八句的律体在王勃手中"一锤定音"。

新的人际关系使王勃走出家族圈子,与杨炯、卢照邻、骆宾王"组合"成"四杰"。这不是风格一致的组合,而是性格相近的组合——他们都是"恃才傲物"者。刘肃《大唐新语》卷七载吏部侍郎裴行俭评四人曰:"士之致远,先器识而后文艺也。勃等虽有才名,而浮躁浅露,岂享爵禄昔!"恃才傲物的确是四杰共同处。《唐才子传》称勃"倚才陵藉,僚吏疾之";杨炯则"恃才凭傲,每耻朝士矫饰,呼为'麒麟楦'"。卢照邻《五悲文》叹才难云:"以方圆异用,遭遇殊时,故才高位下,咸默默以迟迟。"(《幽忧子集》卷四)自然也是个恃才傲物者。而骆宾王则由失志乃不惜造反,走得更远。从四杰身上体现出来的"情志合一"并非个体对社会规范的无条件投合,而是抑郁不得伸之志激发出不平之气,化作诗文中浓烈之情,即王勃《秋日游莲池序》所谓:"志之所之,用清文而销积恨;我之怀矣,能无情乎!"(《王子安集》卷五)情、志、文三位一体。

"四杰"确立的集体性格带有相当普遍的意义。如员半千在《陈情表》中自恃才高,乃称:"请陛下召天下才子三五千人,与臣同试诗、策、笺、表、论,勒字数。定一人在臣先者,陛下斩臣头,粉臣骨,悬于都市,以谢天下才子!!"(《全唐文》卷一八〇)又,杜审言《新唐书》本传称其"恃才高,以傲世见疾",尝语人曰:"吾文章当得屈宋作衙官,吾笔当得王羲之北面。"又,《唐才子传》称王翰"恃才不羁"、"自比王侯",而《封氏闻见记》卷三《诠曹》载翰于吏部东街自张榜称第一,"观者万计,莫不切齿"。此类例比比皆是。重要的是,这种普遍存在于唐才子中的"恃才傲物"的"集体性格",不但可视为"布衣"群体对重才能价值观之认同,且其深层往往隐藏着强烈的用世之志。如诗坛巨子李白,其恃才傲物已达到"一醉累月轻王侯"的地步,但其志却在"申管晏之谈,谋帝王之术,奋其智能,愿为辅弼,使寰区大定,海县清一"(《代寿山答孟少府移文书》)。而"性褊躁傲诞"的杜甫(《新唐书·文艺传》),其志亦在"致君尧舜上,再使风俗淳"(《奉赠韦左丞丈二十二韵》)。"四杰"、陈子昂、王昌龄、高适、岑参辈莫不如是。这些现象表明唐士子用以体现其个性的才情意气,已在很大程度上是与建功立业、关心社会群体利益的"情志"相联系。然而唐人并非一开始就能自觉地将这股体现情志的"意气"找出路径有效地导入文学。能之者谁? 蜀人陈子昂也。

文学史是一个复杂的系统,其发展规律往往不是简单的线性因果之链,其发展的连续性也往往不是依次递进的。事实上各种形式的发展是此起彼伏,或顿或渐,或风从时尚,或超越同代而远绍前人;各流派诗人的活动也是在同一时空中交错参差乃至相互碰撞,呈非线性的网络关系。以卢照邻卒年的公元 689 年为例,同存此时空中的代表诗人有如下表:

姓名	卢照邻	杨炯	李峤	苏味道	杜审言	崔融	张若虚	张说	沈佺期	宋之问	陈子昂
岁数	52	39	44	41	41	36	29	22	33	33	28

从表上可看到,"四杰"、"文章四友"、沈宋、陈子昂,乃至盛唐诗人张说都曾在同一时空中并存,而且都属创作期。他们之间互相影响,未必有前后相承的关系。我们为表述方便往往抽绎出单线,以此继彼,如以沈宋继四杰,以子昂承沈宋之类,这就难免引起误会。事实上,这种序列只是从事物发展由初级到高级,由生涩到成熟,由简单到复杂,由个别到普遍等等的过程而言之,未必就是时间的严格顺序。在这些并至纷呈的文学史现象中,我们首先要关注的是:哪些才是引发突变的关键因素? 好比水的沸点,是质变的标志。陈子昂即处其时其地者也。故韩愈《荐士》诗曰:"国朝盛文章,子昂始高蹈。"(《韩昌黎诗系年集释》卷五)

　　历时百年的初唐，虽然有这样那样的发展为盛唐"热身"，却一直缺少一个鲜明有力的口号与相应的创作示范，将各种推动力凝聚起来，产生合力，促成质的飞跃。须知中国传统上对某种文学主张的提倡，是要靠正面的榜样为示范才能奏效的。子昂高明之处就在于适时地将魏、晋与南朝的诗风作出区别，从内容到形式、风格，都提出正面的榜样：

　　　　文章道弊五百年矣！汉魏风骨，晋宋莫传，然而文献有可征者。仆尝暇时观齐梁间诗，彩丽竞繁而兴寄都绝，每以咏叹……一昨于解三处见明公《咏孤桐篇》，骨气端翔，音情顿挫，光英朗练，有金石声。遂用洗心饰视，发挥幽郁；不图正始之音，复睹于兹，可使建安作者，相视而笑。（《陈伯玉文集》卷一《与东方左史虬修竹篇序》）

　　"兴寄"的提出，是对传统比兴的某种扬弃——突出"兴"而不用"比"，是针对长期以来巧构形似之言而彩丽竞繁的文坛现实，促进齐梁以来"咏物精神"向"咏怀精神"转化。事实上阮籍《咏怀》对子昂《感遇》影响最大，而子昂《感遇》又是实践其"兴寄"主张的力作。

　　要解读《感遇》，必须先了解忧患意识在中国士大夫心目中及其作品中的位置与作用。我民族早在远古时代就以农业求生存，而农业在当时的条件下显得如此脆弱，任何天灾人祸都能使它遭到毁灭。人们不能不如履薄冰。长期的忧患渐渐积淀为文化心理，形成所谓的"集体无意识"。一部《老子》早已老气横秋地将这种忧心忡忡提升到理性化的高度。自以为"无恒产而有恒心，唯士为能"的士大夫更是以天下为己任，自觉地将个人的情感与民族安危、生民哀乐联系起来。《史记·屈原贾生列传》称：

余读《离骚》、《天问》、《招魂》、《哀郢》,悲其志。适长沙,观屈原所自沉浦,未尝不垂涕想见其为人!

屈原作品并不以悲壮的情节、高度集中的矛盾冲突等西方典型的悲剧性来感动、震撼读者,而是以如茧抽丝般不可排遣的深沉博大的忧思来折磨读者心灵。感人垂涕的是以个人哀乐与国家民族安危融一的情志。屈原之后,阮籍是第一个反复咏唱由忧患而寂寞之心境的诗人。八十二首五言《咏怀》首次如此大量而集中地以心灵为审美观照的对象,如此多角度地捕捉充满矛盾冲突且不断转化的心绪。不过阮籍处于历史的特定时期,有意用玄学那无量的虚无来溶解人生这无穷的忧患,与唐代士子讲究"意气"的心境毕竟不同。陈子昂之《感遇》不再是个体心灵封闭式的沉思,而是打开心扉,与社会,与历史,与自然贯通。所以这组抒情之作内容非常丰富,有写边塞、歌侠客、羡幽居、思亲友、刺祥瑞、愤酷吏、谏拓边种种不一而足。汇总起来是一位高瞻远瞩的士大夫对生命价值的思考,其深广的忧患体现了"士"的历史责任感。其三五云:

本为贵公子,平生实爱才。感时思报国,拔剑起蒿莱。西驰丁零塞,北上单于台。登山见千里,怀古心悠哉。谁言未忘祸?磨灭成尘埃。(《陈子昂集》卷一)

子昂生于豪富之家,何为当小官出塞舍生忘死?他还清醒地知道官场险恶,横祸飞来,但他有更高的人生追求,他真正恐惧的是碌碌无为,"磨灭成尘埃"。三十八篇凝为一篇,便是《登幽州台歌》:

前不见古人,后不见来者,念天地之悠悠,独怆然而涕下。(《陈子昂集》补遗)

极度的简化，使诗只剩下三个元素：时、空、孤独感。"空故纳万物"，古、今、人、己，种种因缘尽行纳入，得无量充实——从屈《骚》、《古诗十九首》、阮籍《咏怀》等，前人无限忧患已成为一种文化积淀而显得如是之厚实，这就是"伟大的孤独感"，是传统"士"的回归。"咏怀"与"感遇"，为中国抒情诗安上灵魂。可以说，在子昂手中诗歌才真正完成了由齐梁"咏物"为中心向盛唐张扬个体意识的"咏怀"为中心之转化。或者说，是"从形式返回内容"。唐诗无论山水田园、边塞闺情、咏物写景，无不饱含着"咏怀"之精神。盛唐批评家殷璠《河岳英灵集》将这种主体精神归结为"气来"，确立了创作之核心。而毋庸讳言，子昂诗乏意象，有质直之弊，殷璠则另标"兴象"，对子昂"兴寄"说作了重大调整，容下节另议。

盛唐气象的标志之一，是人们的眼界与胸襟空前地拓展。经太宗、高宗与武后长期的进取，唐帝国国力强盛，充满自信地向世界敞开胸怀。西北至西域、中亚，并转入南亚；东北至高丽、日本；南至东南亚，外来文化如潮涌入。这是一次汉民族主动地与各民族的大融合，其规模比北朝时期更大，且文化交流的层次更高，文化色彩更斑斓，为唐人提供了一个无比广阔的文化视野。更重要的是，外来文化对中国长期宗法社会所形成的"伦理本位"形成强力冲击，将被排斥的非主流文化那被压抑的能量释放出来。其中"胡心"与本土的游士、游侠精神之结合，对唐文人之影响尤著。

外来文化对唐文化的影响，学界已有深入的研究，兹引向达《唐代长安与西域文明》一段文字，以见其概：

> 开元、天宝之际，天下升平，而玄宗以声色犬马为羁縻诸王之策，重以蕃将大盛，异族入居长安者多，于是长安胡化盛极一时，此种胡化大率为西域风之好尚：服饰、饮食、宫室、乐舞、绘画，竞事纷泊；其极社会各方面，隐约皆有所化，好之者盖不仅

帝王及一二贵戚达官而已也。①

其实唐人自己早有这个意见："今北胡与京师杂处,聚妻生子;长安少年有胡心矣!"(陈鸿《东城父老传》)所谓"胡心",无非就是那些与"伦理本位"颇相左的东西,那些有乖原来的社会规范的东西。尤其是唐代商业发达,长安、洛阳、扬州、洪州、广州乃外商集中之地,此辈胡商"载货行贾,冒雪霜,犯危险,经年累岁,不获利不归"(《西域闻见录》),是人类中最富冒险精神者,其"逐利"的观念对传统也是个大冲击。盖中国传统以农为本,以商为末,抑末兴本是基本国策。至斯时,去农经商却时有发生。如杜甫《最能行》称:"峡中丈夫绝轻死,少在公门多在水。富豪有钱驾大舸,贫穷取给行艕子。小儿学问止《论语》,大儿结束随商旅。"乱世僻地尚如此,太平都市则更是可想而知。商人的市井气与"胡气"结合,世风不能不变。武则天时崔融上《谏税关市疏》云:"若乃富商大贾,豪宗恶少,轻死重义,结党连群,喑呜则弯弓,睚眦则挺剑。"(《全唐文》卷二一九)这种作风通过各种渠道影响着文人。《太平广记》卷二四三"李邕"条,就说大文豪李邕做海州刺史时曾打劫商船,取珍货百万云云。而李白则自称"混游渔商,隐不绝俗"(《金陵与诸贤送权十一序》),以"商钓"取代"渔樵",说明此际商人与文人已结下不解之缘了。无论如何,"胡心"、"市井气"这些非主流的东西至是从边缘日渐趋向中心。在这种氛围下,被《韩非子》列为"五蠹"的游侠、辩士再度为强调个性自由的唐文人所看好,于是范蠡、荆轲、鲁仲连之流在唐诗中复活,成为重塑"布衣"形象的模特儿。事实上无论胡气、胡心,游侠、游士,都以个性自由发为高昂的意气为契合点。而侠客拯物济世的精神则是对"恃才傲物"的一种提升。诚如陈伯海先生所指出:"任侠已被唐代士大夫视作一种英雄气质。"②"济人然后拂

① 向达《唐代长安与西域文明》,生活·读书·新知三联书店 1957 年版,第 41 页。
② 陈伯海《唐诗学引论》,知识出版社 1988 年版,第 60 页。

衣去,肯作徒尔一男儿!"(王维《不遇咏》)"气高轻赴难,谁顾燕山铭!"(王昌龄《少年行》)"万里奉王事,一身无所求。"(岑参《初过陇山途中逞宇文判官》)在盛唐文人中流行的"侠客精神"使个体在某种意义上超越功利主义,也使得各具面目、性情的盛唐文人能形成"集体性格"。如果我们将"情志"理解为"在人的内心中所反映的时代精神"①,那么盛唐人带强烈个性的才情意气一旦与具有拯物济世英雄气质的建功立业之志相联系,便反映了时代精神,便是情志之复合。这一复合无疑是对齐梁"性情说"最彻底的改造,从根本上改变了"刚健不闻"的局面。"情志合一"是盛唐强大的整合力之所在。

盛唐文人的"集体性格"的内涵大略言之有二:其一是自信、自尊、自重乃至傲岸不羁,在此条件下,强烈进取②;其二,作为上项之延伸或退路,追求内心之平衡,逍遥自在,功成不居。王维《不遇咏》所谓"济人然后拂衣去",颇为经济而完满地表达了这种理想人格的两个方面。正是这种内在的集体人格外化为两种总体风格不同的"诗派":田园与边塞。田园诗(更准确地说是"园林诗")更多地体现唐人自在的、志趣稳定的内心;边塞诗则更多地体现唐人激昂的、意气飞扬的情绪。二者反映了盛唐人内心世界的一体两面。所以"边塞诗人"如高、岑,也难免要写田园诗,而"田园诗人"如王、孟,也时有边塞之作。盛唐田园诗、边塞诗也因此显露出与他时代不同的特色。要而言之,盛唐边塞诗写边塞而志不在战争,只是以边塞艰险的场景展示"男儿一片气"那激昂飞扬的情绪。所以边塞诗往往将负气而行的侠客形象与建功立业的边塞生活相结合。从《全唐诗》所收盛唐时期边塞诗看,让游侠出塞的写法已相当普遍。从这

---

① 王元化《思辨随笔》,上海文艺出版社 1994 年版,第 233 页。
② 盛唐诗人孟浩然年四十仍游京师,应进士举,曾写下"不才明主弃"的句子,但机会来时却依然傲岸不羁。宋蜀刻本《孟浩然诗集》王士源序载:"山南采访使太守昌黎韩朝宗……因入秦,与偕行,先扬于朝,约曰引谒。后期,浩然叱曰:'业已饮矣,身行乐耳,遑恤其他!'遂毕,久不赴,由是闻罢。"唐人自重如此。

个角度说,最得盛唐边塞诗神髓的不是李颀,不是高适,也不是岑参,而是李白。

再就田园诗看,盛唐士子"归隐"与魏晋人大有区别。如果说魏晋时隐逸还带有藏声远害的悲剧色彩,那么唐代"终南捷径"式的"隐逸"就近乎喜剧了。《新唐书·隐逸传》指出:时人谋隐为的是"使人君常有所慕企","假隐自名,以诡禄仕"。也就是说,隐逸动机已由藏声一变为扬名。王昌龄在《上李侍郎书》中说:"昌龄岂不解置身青山,俯饮白水,饱于道义,然后谒王公大人,以希大遇哉?每思力养不给,则不觉独坐流涕!"(《全唐文》卷三三一)看来归隐的目的还是为了"饱于道义"造成名声,以便"谒王公大人,以希大遇"。从这一角度看,最成功而典型的人物也还不是孟浩然、王维,而是以"飘逸"著称的李白①。

李白是个奇迹,也是个巨大的偶然。李白的籍贯一直闹不清,但无论他的家世是汉化的胡人还是胡化的汉人,在他身上充分体现胡汉文化交流是无可置疑的,也许可称之为"边缘人"。这种特殊的身世使李白虽然自称"五岁诵六甲,十岁观百家"(《上安州裴长史书》,《李白集校注》卷二五②)却很容易脱离"正统"的轨道,在处世上尤其天真不合时宜。也许,这是又一种"客寓意识"。罗庸有一段对李白的评述甚为精辟:

> 其一生行迹,多与国人伦理观念不甚一致,故身世极为可疑。前此相类者有陈子昂,二人生活习俗均不受中原传统之束

---

① 李阳冰《草堂集序》称:"天宝中,皇祖(指玄宗)下诏,征就金马,降辇步迎,如见绮、皓。以七宝床赐食,御手调羹以饭之,谓曰:'卿是布衣,名为朕知,非素蓄道义,何以及此?'"所谓"素蓄道义"就是王昌龄所说的"置身青山,俯饮白水,饱于道义"云云。李白不走科举之路,由隐逸造成名声,直取宫廷,颇带戏剧性。当然,除"终南捷径"之外,归隐还有其他的功能,如入仕者借"亦官亦隐"以调节身心等。请参看拙著《唐诗与庄园文化》,漓江出版社1996年版(收入本《文集》第五册)。

② 本节所引李白诗文,咸用瞿蜕园、朱金城《李白集校注》本,下引不另注。

缚，故能任使其气而独步一代。^①

"多与国人伦理观念不甚一致"是李白成功、也是李白失败的主因。

先言其成功。"多与国人伦理观念不甚一致"，故李白最少受传统伦理本位的约束，"任使其气"，特别容易接受非主流文化如道教、辩士游侠、贾客胡商之流的影响，最广泛地吸收异量之美而与盛唐博大兼容的文化精神一气相通，在文学上扬弃（不是抛弃）六朝风尚，大刀阔斧地改造旧形式，成为一个旧文学时代的终结者。其《古风五十九首》之一云：

> 大雅久不作，吾衰竟谁陈？王风委蔓草，战国多荆榛。龙虎相啖食，兵戈逮狂秦。正声何微茫，哀怨起骚人。扬马激颓波，开流荡无垠。废兴虽万变，宪章亦已沦。自从建安来，绮丽不足珍。圣代复元古，垂衣贵清真。群才属休明，乘运共跃鳞。文质相炳焕，众星罗秋旻。我志在删述，垂辉映千春。希圣如有立，绝笔于获麟。

《毛诗序》云："雅者，正也，言王政之所由废兴也。"唐人孔颖达《正义》认为，言诸侯之政谓之风，言天子之政谓之雅。李白"愿为辅弼，使寰区大定"（《代寿山答孟少府移文书》），自然是要言天子之政，自然是要发"大雅正声"。裴斐《李白与历史人物》称："这是一首论诗诗，又是一首言志诗。"^②甚是。整首诗是在通过论诗来明志。李白认为大雅正声是与王道盛世相依存的，时之不来，连孔圣人也要叹气："甚矣，吾衰也！久矣，吾不复梦周公！"（《论语·述

---

① 郑临川记录、徐希平整理《笳吹弦诵传薪录——闻一多、罗庸论中国古典文学》，第299页。着重号为引者所加。
② 裴斐《李白与历史人物》，《文学遗产》1990年第3期。

而》)大唐盛世是元古盛世之再现,倡大雅,适其时矣!殷璠《河岳英灵集序》称:"开元十五年后,声律风骨始备矣。实由主上恶华好朴,去伪从真,使海内词场翕然尊古,南风、周雅,称阐今日。"实在是李诗的好注脚。其中"主上恶华好朴"云云,当指唐玄宗、张说等对礼义雅颂的大力倡导,但李白、殷璠只言雅不言颂,并不约而同地提出"真"字与之联系,正是"布衣"对"大雅正声"有自家的理解。至于所谓"我志在删述",詹锳主编《李白全集校注汇释集评》注云:

> 《尚书序》:"先君孔子……删《诗》为三百篇,约史记而修《春秋》,赞《易》道似黜《八索》,述职方以除《九丘》。"

据上注,则李白所说的"删述",事实上就是现代人所说的整理、总结的意思。骚人、扬马、建安以来诸创作,都在"删述"之列。如"建安来"就得删其"不足珍"的部分——"绮丽";而"蓬莱文章建安骨"(《宣州谢朓楼饯别校书叔云》)之建安风骨,则又在绍述之列。李白要倡导的是"清真"。政治上的清明无为,人格上的本性真情,以及文学风格上的"清水出芙蓉,天然去雕饰"(《经乱离后天恩流夜郎忆旧游书怀赠江夏韦太守良宰》),是有内在联系的——至少对李白来说是统一的。这也是李白从"魏晋风度"继承来的主要遗产。李白将谢灵运、谢朓一脉的清新自然的审美趣味纯化到极致,并将其"任使其气"灌注其中,直抒胸臆,形成特有的"清真"风格,以此作歌行、唱乐府、写绝句,无往而非创新。事实上"清真"便是李白整合六朝之利器(容下节另述)。结句乃云:"希圣如有立,绝笔于获麟。"此句不必泥于作《春秋》。《春秋公羊传》鲁哀公十四年:"(《春秋》)何以终乎哀十四年?曰:'备矣!'"李白重点在"有立",要像孔子那样成为该历史时期最完备的总结者。文学史已证明,李白实现了这一愿望,他是六朝文学最完美的总结者,经他的整合才发露了六朝文学的精彩!

　　再言其失败。"多与国人伦理观念不甚一致",故李白处世难免天真不合时宜,老吃不准理想与现实之距离而一脚踩空。事物的发展总是辩证的。李白这颗天才种子恰好落在盛唐这片充满幻想的土地上,这才得以"任使其气"。如前所论,盛唐是士子寻回自信与自尊的时代,唐帝国前期的统治者的确造就了中国官僚政治社会并不多见的人才环境,是士子有理由充满幻想与傲气的时代。卢象《赠程秘书》云:"忽从被褐中,召入承明宫。圣人借颜色,言事无不通!"颇为淋漓尽致地发露了布衣得志相。这就造成一种错觉,似乎士子游说万乘的时代又复返了! 所以李颀也会说:"一沉一浮会有时……业就功成见明主,击钟鼎食坐华堂。"(《缓歌行》)王昌龄则幻想有朝一日"明光殿前论九畴,簏读兵书尽冥搜。为君掌上施权谋"(《箜篌引》)。而年轻的王维也曾心仪"身为平原客,家有邯郸娼。使气公卿座,论心游侠场"(《济上四贤咏》)。这些都说明盛唐人的的确确一度沉浸在一个"游士"的氛围中。在这样的氛围中李白有"申管晏之谈,谋帝王之术,奋其智能,愿为辅弼"(《代寿山答孟少府移文书》)的理想也就不奇怪了。奇怪的是他要实现这一目标,却以"不屈己,不干人"(《代寿山答孟少府移文书》)为前提。他无视中国官僚政治体制业已定型的君臣尊卑不可逾越的伦理关系,想要"平交王侯"、"为帝王师",以实现其济世的理想。李白的天真在这里,其悲剧也在这里。

　　盛唐,是中国封建社会颇奇特的一个历史时期,如论者所云,所谓"开天盛世"其实是个走向极盛的同时逐渐包孕了危机的历史过程。这就造成这个时代的许多悖论现象,如:既强大又虚弱,既开放又保守,既富足又贫乏,既昌盛又平庸,等等。就人才环境而言,则是个既尊崇人才又"不需要"人才的时代。说是尊崇人才,那是由于庶族地主正在崛起,唐政府顺应形势打破"下品无高门,上品无贱族"(《宋书·恩幸传序》)的僵局,使一批士子得以吐气扬眉,养成一种士子"恃才傲物"、人们崇尚才子的社会风气。说是不需要人才,则唐王朝此时已历长期的太平,李隆基也早坐稳了龙椅,无丝毫危机感。他曾老气横秋地说:"朕不出长安近十年,天下无事,朕欲高居无为,悉以政事委林甫。"(《通鉴》卷二一五)既然林甫一人足矣,又何需人才!大凡统治者一旦没有忧患意识,便不会去握发吐哺地重视人才。当时的现状是:牛仙客、李林甫掌用人大权,而"二人皆谨守格式,百官司迁除,各有节度,虽奇才异行,不免终老常调"(《通鉴》卷二一四)。后来的杨国忠,则建议"文部选人,无问贤不肖,选深者留之,依资据阙注官"(《通鉴》卷二一六)。循资排辈取代了"唯贤是举",开元以前崇尚人才的社会风尚至此只剩个空壳,只属历史的惯性。当时士子已深有所悟:"明主岂能好,今人谁举贤?"(祖咏《送丘为下第》)如果从大格局来鸟瞰历史,则"游士"的时代早已一去不复返,隋、唐的大一统,士族的破落与科举用人制,使中央牢牢掌定用人权,"士"的依附性更增强了。(唐代士子盛行"干谒"的风气便是明证。)在这样的形势下,还想"不屈己,不干人",与帝王建立"非师则友"的关系,无乃太天真!然而李白之为李白正在于此。执着的人世追求与顽强的保持士子个体尊严二者激烈地碰撞,往往是其灵感之源。在李诗中有两个重要的意象群,一个是游士侠客的世界,活跃其中的尽是鲁仲连、范蠡、郭隗、朱亥、剧辛、乐毅、张仪,及后来的韩信、张良、朱家、剧孟者流。李白还将诗中的世界认同现实的世界:当唐明皇召他为文学侍从时,他"仰天大笑出门去",以为可了"为辅弼"之愿而以"游说万乘苦不早"为憾(《南陵别儿童入京》);当安史乱起,他又比之为"原尝春陵六国时"(《扶风豪士歌》),并以此种心态入永王璘幕,自许"但用东山谢安石,为君谈笑静胡沙"(《永王东巡歌》),导致政治上的大失败。甚至在浔阳狱中为人作荐书,也还是无视当时斗争的实质,仍是满脑子"楚汉相争":

秦帝沦玉镜,留侯降氛氲。感激黄石老,经过仓海君。壮

士挥金锤,报仇六国闻。智勇冠终古,萧陈难与群。两龙争斗时,天地动风云……(《送张秀才谒高中丞》)

可见他对游士侠客是认真的,甚至有点唐·吉诃德的意味;另一个便是玉帝、王母、赤松子之类的神仙世界。而这两个世界是对称的,可以转换的,名篇《梦游天姥吟留别》写出这种转换关系。诗的主体部分描画了一幅炫惑心目的神仙世界图景,但醒后的独白云:"安能摧眉折腰事权贵!"透露其中消息:强烈的出世愿望其实是更为强烈的入世愿望之反弹。由于其入世被挫,尤其是"不屈己,不干人"的原则在现实中被践踏,由此产生逆反心理。从现存李白文《上安州李长史书》、《上安州裴长史书》、《与韩荆州书》等干谒之作看来,要干人就不能不屈己:

伏惟君侯贵而且贤,鹰扬虎视,齿若编贝,肤色如凝脂,昭昭乎若玉山上行,朗然映人也。而高义重诺,名飞京师,四方诸侯闻风暗许……愿君侯惠以大遇,洞开心颜,终乎前恩,再辱英盼。白必能使精诚动天,长虹贯日,直度易水,不以为寒。若赫然作威,加以大怒,不许门下,逐之长途,白即膝行于前,再拜而去,西入秦海,一观国风,永辞君侯,黄鹄举矣。何王公大人之门,不可以弹长剑乎?(《上安州裴长史书》)

不管话说得多么有气势,总归是留下了一痕强作洒脱的苦涩。无情的现实践踏了李白"不屈己,不干人"的入世原则,他不得不将个体自由的追求移向神仙的世界。

虽然李白的"情志合一"只是一厢情愿,即自我实现与社会选择并不一致,但他好似过河卒子,总要到鱼死网破才罢休。其《梁甫吟》充分表露了这种英雄品格中的悲剧精神。诗云:

长啸《梁甫吟》，何时见阳春？君不见朝歌屠叟辞棘津，八十西来钓渭滨。宁羞白发照清水，逢时壮气思经纶。广张三千六百钓，风期暗与文王亲。大贤虎变愚不测，当年颇似寻常人。君不见高阳酒徒起草中，长揖山东隆准公。入门不拜骋雄辩，两女辍洗来趋风。东下齐城七十二，指挥楚汉如旋蓬。狂客落魄尚如此，何况壮士当群雄！我欲攀龙见明主，雷公砰訇震天鼓。帝旁投壶多玉女，三时大笑开电光，倏烁晦冥起风雨。阊阖九门不可通，以额叩关阍者怒。白日不照吾精诚，杞国无事忧天倾。猰貐磨牙竞人肉，驺虞不折生草茎。手接飞猱搏雕虎，侧足焦原未言苦。智者可卷愚者豪，世人见我轻鸿毛。力排南山三壮士，齐相杀之费二桃。吴楚弄兵无剧孟，亚夫咍尔为徒劳。《梁甫吟》，声正悲。张公两龙剑，神物合有时。风云感会起屠钓，大人峣屼当安之。

李白在此诗中重新编织了历史与现实，他让现实与幻境并存，记忆与想象齐飞，自己就穿插在古人与神灵当中。恰恰是这个"自己"，成了天上、地下、过去、未来的中心。自"我欲攀龙见明主"至"以额叩关阍者怒"一段，是屈原《离骚》的仿作：

吾令帝阍开关兮，倚阊阖而望予。时暧暧其将罢兮，结幽兰而延伫。

然而与屈原的多怨怼不同，李白表现得"布衣气"十足，他要"以额叩关"，对命运进行抗争。在这里，李白"不屈己，不干人"的生命原则又顽强地探出头来！是的，李白的悲剧精神就在于此：他也曾有过"名动京师"的机遇，也有"文窃四海声"的文坛地位，但他仍要不满于士主体失落的现状，仍要追求"上为王师，下为伯友"的理想。他这是在"自己与自己过不去"，是现代心理学所说的"自我实现"的追求,而生命的本质就在于自我超越。李白的痛苦不是简单的"怀才不遇",李白的痛苦正是时代的痛苦。面对士族解体、外来文化对本土文化的促变、个性解放,不但是李白,整个盛唐思想界都拿不出相应对的思想。开元年间的"文治"与"吏治"之争似乎已接触到这个问题①,可是"文治"的提倡者张说、张九龄辈,只是以恢复旧礼教为武器,而李林甫辈的"吏治"也并非"法治"。对此,葛兆光教授尖锐地指出:

> 毕竟礼法并不能约束越来越放纵的人心,而传统也无法对新的社会变动给以解释与批评。当传统的宇宙观念对礼法的支持与对国家秩序的规范、传统的夷夏论对民族混融问题的处理、传统道德观念对士族瓦解之后人际关系的调整,都已经不合时宜的时候,仅仅用原有的知识与思想已经无力回天。②

的确,面对胡汉南北融一新文化的盛唐未能及时找到精神上的支撑点,乃是历史的遗憾!"安史之乱"过早的冲击又使中国文化转机似黄河回故道般地回到以儒学为主流的旧传统的轨道上——尽管是错位的衔接,这已是后话了。李白的悲剧演示了一个文化梦想的破灭。

第二节　"声律风骨始备"

文学是文化文本的文学,其形式的演生是在文化的整体网络中

① 参看汪篯《汪篯隋唐史论稿·唐玄宗时期吏治与文学之争》,中国社会科学出版社1981年版。
② 葛兆光《中国思想史》第二卷《七世纪至十九世纪中国的知识、思想与信仰》,复旦大学出版社2000年版,第113页。着重号为引者所加。

进行的。也就是说,文学是在文化的演进中不断重构其形式的。从文化大格局上看,隋唐大一统的文化与南北朝割裂式的文化大不相同,它正酝酿着一场质的变化。面对南、北、胡、汉融一的新文化,以及士族瓦解、人才解放等的新形势,与文化作同构运动的文学必需建构与之相适应的形式。首先是重构作者、作品、读者之间的关系。

闻一多的敏锐就表现在迅速地捉住类书与初唐诗之关系,认为"我们若要明白唐初五十年的文学,最好的方法也是拿文学和类书排在一起打量"①。闻先生还指出,此期大量的类书如《北堂书抄》、《艺文类聚》之类不过是"博学的《兔园册子》"(杜嗣先《兔园策》)。所谓《兔园册子》,是一种包括各种知识的小型类书,属"普及读物"——这才是问题要害之所在。《大唐新语》卷九载:

> 玄宗谓张说曰:"儿子等欲学缀文,须检事及看文体。《御览》之辈,部帙既大,寻讨稍难。卿与诸学士撰集要事并要文,以类相从,务取省便。令儿子等易见成就也。"说与徐坚、韦述等编此进上,诏以《初学记》为名。

可见编此类书是为了"易见成就"。同样的道理,大乱后百废待举的初唐,想要"易见成就"造就一大批文人儒士,就得编大大小小的《兔园册子》②,而由帝王出面来诏令编此类书也就不奇怪了。如果我们放宽视界,结合初唐各种诗格如《笔札华梁》、《诗髓脑》之类的出现,便可感触到普及读本与类书之流行背后隐藏着的文化意

---

① 《闻一多全集》第 3 卷《唐诗杂论·类书与诗》,生活·读书·新知三联书店 1982 年版,第 4 页。
② 除存书、存目外,敦煌文书中有不少此类小型类书抄本也可证明该时期启蒙式读物流行之广。又据《新唐书·选举志》载,自唐高祖时,京师至州县皆令置生员,而唐代的选举科目繁多,除秀才、明经、进士外,又有俊士、明法、明算、道举、童子等等。可见唐统治集团急需人才,而战乱后士人文化水准不高,连粗通文理者也颇难得。唐太宗《遗萧德言书》曾感叹:"自隋季板荡,庠序无闻。儒道坠泥涂,诗书填坑阱。眷言坟典,每用伤怀。"这种情况至高宗时还未得到彻底改变。

义了。葛兆光论唐人理论兴趣衰退时说："首先,是贵族知识阶层的
瓦解与普通知识层的兴起,这些充满了实用精神和进取精神的士人
阶层的崛起,使整个社会不再有脱离实用的纯学术兴趣,他们那种
为改变身份与存在状况的知识把握,导致了知识的简约和实用风
气。"①这一见解是很深刻的,也可以解释以上的文化现象。盖新兴
的"普通知识层"——非士族豪门的各色士子——缺乏士族那种世
代相承的文化积累,仕途奔竞不容其从容、非功利性地读书、作文。
于是有利于文化最大化传播的"简约和实用"自然要成为一种文化
精神了。对思想界来说,理论兴趣衰退也许是个不幸;而对于文学
而言,处于南朝文论达到高峰之后,面对魏晋南北朝极其丰富多元
的创作经验,唐人更迫切需要的恐怕还在于学习与实践。赵昌平
《上官体及其历史承担》认为:"唐初中朝诗坛面临的根本问题,其
实并非为质与文,明道与六朝声辞的对立;而恰恰是如何南北融合,
更好地吸取六朝声辞之美,来表现李唐新气象的问题。"②这实在是
破的之言。用本书的话讲,就是:魏晋南北朝各种文学形式必需在
南、北、胡、汉融一的新文化面前接受选择。

　　大体说来,建构与新文化相适应的形式有二条主要的途径:一
是对魏晋南北朝文学之认同与扬弃;一是以文化外求刷新与改造旧
形式,把被压抑的能量释放出来。容下文分述之。

　　魏晋南北朝文学多变,有许多创新的因素未充分展开,更有待
于整合。人们总为一代英主李世民未能留下像刘邦、曹操那样大气
磅礴的诗作深感遗憾,其实太宗为唐诗定下基调自有其深远的影
响。《全唐诗》开卷赫然在目的便是太宗十首《帝京篇》:

　　　　秦川雄帝宅,函谷壮皇居。绮殿千寻起,离宫百雉余。连

---

① 　葛兆光《中国思想史》第二卷《七世纪至十九世纪中国的知识、思想与信仰》,复旦大学出
　　版社 2000 年版,第 134 页。着重号为引者所加。
② 　赵昌平《赵昌平自选集》,广西师范大学出版社 1997 年版,第 48 页。着重号为引者所加。

甍遥接汉,飞观迥凌虚……

开唐君主在政治上踌躇满志之余,又将这股开创者壮大之气注
入南朝遗留下来的宫廷诗形式之中,具有示范的意义。诚然,单独
抽出其中词句,或许可以认为只是六朝诗赋的组装,但十首《帝京
篇》整体所焕发出的气势,是新帝国创业者才可能拥有的一种气
势。如果我们进一步将一大批初唐诗人歌吟都市的篇章合订起
来,便可从中倾听到前所未有的新纪元之合唱!这种合唱正与汉
帝国大赋的出现一样,有其整体的美学意义,这也正是唐太宗的
立意:

> 予追踪百王之末,驰心千载之下,慷慨怀古,想彼哲人。庶
> 以尧舜之风,荡秦汉之弊;用咸英之曲,变烂熳之音。(《全唐
> 诗》卷一《帝京篇序》)

“以尧舜之风,荡秦汉之弊”,这一理想正是整合力之所在。
闻一多曾提出“宫体诗的自赎”那著名的命题,如果我们将“宫体
诗”的义界放宽,便不难理解闻先生的深意。套用上引太宗序的
句式,就是:用“宫体”之曲,变盛唐之音。在上引赵昌平《上官体
及其历史承担》一文中,又认为上官仪、虞世南、李百药、杨师道诸
宫廷诗人在实际创作中“完成了使南北诗风合而能融,以表现李
唐新气象的历史承担”云。这无疑是一种看初盛唐宫廷诗的新眼
光。大凡雅颂之音,只要所颂对象有一定的真实性,就有其存在
的合理性,汉大赋便是其证。《隋唐嘉话》录上官仪凌晨入朝咏
诗云:

> 脉脉广川流,驱马历长洲。鹊飞山月晓,蝉噪野风秋。

乃曰："音韵清亮,群公望之,犹神仙焉。"的确,这是与南朝宫体诗气
象迥别的初唐宫廷诗。自宋之问的"不愁明月尽,自有夜珠来"
(《奉和昆明池应制》),到王维的"九天阊阖开宫殿,万国衣冠拜冕
旒"(《和贾舍人早朝大明宫》),中间多少宫廷诗,虽非上乘之作,却
也自具一派皇唐气象。回头再看李白《古风五十九首》其一所云
"大雅久不作",李白不言"颂",不言"风",偏拈出"雅",自有一番深
意①。而这种"雅",既涉及表现手法与内容方面的"兴寄"与"风
骨",也涉及表现形式方面的声律与语言结构。二者本是血肉一般
的有机联系,但为叙述方便,只能分别言之。上节我们已对前者作
了简要描述,后者容下文探讨。

　　初唐声律之进展,主要体现为对齐梁声律之认同。而主导此文
化选择进程的便是上文提及的"简约和实用"这一文化精神。初唐
人据此标尺来决定对六朝文学中各因素或认同,或扬弃,或强化,或
改造。五律之定型颇典型地展示了该文化选择的过程。

　　唐五律定型的关键乃在将齐梁"四声八病"之类的繁琐规定简
约为平仄有规律的交替,这已是学界的共识。问题是简约的美学原
则还在于"以少总多"(《文心雕龙·物色》),即以最经济的文字构
建最大化空间以容纳最丰富的意蕴。对声律而言,同时必须服从传
统的"和而不同"的审美追求,尽量体现声律变化和协之美。总之,
文化选择还必须通过文学的内部规律起作用。在齐梁以后五言诗
律化的过程中,四句、八句、十句、十二句的形式最常见,而五言律句
的平仄变化只有四个基本类型,即:

　　　　仄仄平平仄,平平仄仄平;
　　　　平平平仄仄,仄仄仄平平。

---

① 薛天纬《李太白论·黄河落天走东海》曾历举李白诗中对唐王朝盛世的直接反映,表明
盛世对李白的影响。太白文艺出版社 2002 年版。

四句式恰好完整地完成了这四个基本型的变化，而八句式则错综地完成一次反复，可谓是同时符合上举"以少总多"与"和而不同"二条原则之"最经济"的形式了。五言律定型于八句（四句式则定型为绝句），当与此有关。

还有一个关键，那就是唐人注重整体的变化和协，讲究联与联之间的"粘"。如上节所论，由于唐人重意气，以畅情言志为诗魂，所以一反齐梁以来"有句无篇"、"酷裁八病，碎用四声"追求"巧构形似之言"的表现方式，更着重于通篇的"整体感知"，在简约中追求和谐流畅、浑然一体的效果。从这一层意义上讲，五律的基本模式已完成于"四杰"之手，无待后来的沈、宋。试取王勃《送杜少府之任蜀川》、骆宾王《在狱咏蝉》，一读可知。二诗皆合律，讲粘对，对仗工稳，通体流畅浑成。更重要的是，二诗或境象开阔，或比兴深沉，各具个性，且情志并作，有力地以其充实的情感内容向世人展示了这一形式的优势。虽然这样的作品在四杰创作中尚属少数，但要紧的是：新范式毕竟已经诞生！而后人所诟病的"四杰"未脱尽六朝习气云云，却道出突破正是从对六朝律化的认同中来这一事实。这是唐诗自立不容回避的问题。唐诗一开始就不放弃对完美的艺术形式之追求。如唐太宗赞陆机"文藻宏丽，独步当时；言论慷慨，冠乎终古"（《晋书·陆机传论》）。姚思廉称徐陵"其文颇变旧体，缉裁巧密，多有新意"（《陈书·文学传序》）。他们追求的是"文质斌斌"的完美形式。虽然，因资质的关系他们的创作实践远未达此目的，但在一些诗作中已透出壮丽的风格。值得庆幸的是，这种较为僵直的"壮丽"风格为后来诗家所消化，如"四杰"将壮丽化为刚健、雄阔，宫廷诗人将壮丽化为雍容、华丽、典雅。沈佺期、宋之问、杜审言乃至文坛宿将李峤诸人，都是在这层意义上作出贡献。（顺便提一句，唐代的宫廷诗人绝非梁、陈的文学弄臣，他们站在"丝绸之路"发端的长安龙首山上的视野，也绝非南朝人所能梦见者。）事实上无论"四杰"、陈子昂，都写过"宫廷诗"，甚至盛唐大家李、杜以及王维也都留下对"宫廷诗"摹拟的作品①。他们都是通过以此类诗为对象的学习、训练,熟悉写作规范,从而改造、消化了宫廷诗。不妨说,宫廷诗是盛唐诗人的底色,盛唐诗也因此而不同于中唐诗,总有一股贵族气息氤氲其间②。

唐诗对魏晋南北朝诗之认同,更内在地还在诗化语言方面。尤其是那些向民歌回归,倡"三易"(易见事、易识字、易读诵),创化出流丽风格的齐梁诗,更合乎初唐"简约和实用"的文化精神,唐人于此找到与六朝诗的接口。这一选择很重要,它不但水到渠成地承接了约四百年的诗化进程,而且以此为生长点,建构了最富特色的语言风格,即历来人们为之倾倒的"如旦晚脱笔砚者"一般的新鲜感与"明朗不尽,而不是简单明了"的深入浅出③。

我们似乎有必要从"原创性"的高度来看待唐诗语言的建构。因为在诗歌中,感情必须体现为诗语言,情感内容由此直接转化为形式。有些时候,是与情感内容相依存的语言风格及其节奏的突破驱动了诗歌形式的嬗变。以备受推崇的张若虚《春江花月夜》为例,诚如涤非师所指出:此诗与李白《长干行》皆从南朝乐府《西洲曲》脱胎而来④。《西洲曲》虽是民歌风味,但篇幅既长,又极流丽清雅,似是文人拟作⑤。至如:"日暮伯劳飞,风吹乌臼树。树下即门前,门中露翠钿。开门郎不至,出门采红莲。采莲南塘秋,莲花过人头。低头弄莲子,莲子清如水。置莲怀袖中,莲心彻底红。"《古诗选》陈胤倩评曰"语语相承,段段相缒,应心而出,触绪而歌"云云。张若虚《春江花月夜》虽然也颇受隋炀帝同题之作那开阔意境的启迪,但其

---

① 如李白《宫中行乐词八首》、杜甫《郑驸马宅宴洞中》,都可视为宫廷诗一类。
② [美]高友工《律诗的美学》就指出:"王维的美学在于将田园诗与初唐律诗的正宗美学融而为一。""杜甫对六世纪的许多大师深致推崇,他是以写作六朝晚期风格的律诗开始其创作生涯的,对初唐的美学深谙其道。"见[美]倪豪士编《美国学者论唐代文学》,上海古籍出版社 1994 年版,第 64—65 页。
③ 林庚《唐诗综论·唐诗的语言》,人民文学出版社 1987 年版,第 81 页。
④ 萧涤非《汉魏六朝乐府文学史》,人民文学出版社 1984 年版,第 251 页。
⑤ 此诗郭茂倩《乐府诗集》作"古辞",《玉台新咏》则题江淹。

写法却直承《西洲曲》："江畔何人初见月？江月何年初照人？人生代代无穷已，江月年年只相似。不知江月待何人，但见长江送流水！"虽然此诗已不再沉溺于感性，能从历史的思考中产生"更夐绝的宇宙意识"①，但在语言形式上仍采用民歌顶针、排比、层递、重叠、回环的句法，造成缀锦贯珠、宛转摇曳的效果。事实上初唐至初、盛唐之交，大量乐府歌行都有这种语言风格，如卢照邻《长安古意》、刘希夷《白头吟》等。然而唐人并不满足于流丽，他们要进一步寻求语言的超越。同是脱胎于《西洲曲》的李白《长干行》，虽保留其摇曳轻扬的民歌风，却已出现时空急剧切换的图像语言："十六君远行，瞿塘滟滪堆。五月不可触，猿声天外哀。门前迟行迹，一一生绿苔。"情即景，景即情，这就是那种能在我们内心引发出图像的语言。"五月不可触，猿声天外哀。"是杜夫海纳《美学与哲学》说的那样："词摆脱了常用规则，互相结合起来，组成最意想不到的形式。同时，意义也变了，它不再是通过词让人理解的东西，而是在词上形成的东西，就像在刚被触动过的水面上所形成的波纹一样。"②正是这种偏向"兴"的语言系统逐渐取代了南朝那偏向"比"的"巧构形似之言"的语言系统，盛唐诗才最本质地成其为盛唐诗。也就是说，唐诗之为唐诗，并不取决于五律的定型或歌行乐府的通变，而是由于更内在地有了自己畅情言志的诗语言。唐诗，就存在于其中。王夫之评唐诗有曰：

> 如："君家住何处？妾住在横塘。停船暂借问，或恐是同乡。"墨气所射，四表无穷，无字处皆其意也。（《薑斋诗话》卷二）

卸开一步，取情为景。诗文至此，只存一片神光，更无形

---

① 《闻一多全集》第 3 卷《唐诗杂论·宫体诗的自赎》，生活·读书·新知三联书店 1982 年版，第 20 页。
② 转引自鲁枢元《超越语言》，中国社会科学出版社 1990 年版，第 156 页。着重号为原文所有。

迹矣。(《唐诗评选》卷一)

　　前一则评崔颢《长干行》,后一则评李白《采莲曲》①。这种充满生活气息的诗语言促使读者在阅读中形成"整体感知",即不是让读者去"理解"章句,而是去"领会"意境。这就是所谓的"墨气所射,四表无穷"、"只存一片神光,更无形迹"云云。这就是"兴"的语言,而不是"巧构形似"的"比"的语言。所谓"兴寄",所谓"兴象",都具有如是的指向。是故能以最经济的文字兼具声律、兴象的绝句,更是借助音乐的翅膀,成为盛唐诗坛之骄子!

　　唐诗进入盛唐,乃称"盛唐之音",音乐与盛唐诗之关系至关重要。葛晓音《初盛唐七言歌行的发展》指出,初唐后期已出现一些较少使用重叠反复句式和虚字句头钩连的乐府歌行,如李峤《汾阴行》、郭震《古剑篇》、张说《时乐鸟篇》等。至盛唐则依靠大量意义相近的虚字句头钩连句意的特征几乎消失,基本句式已由偶句为主转向以散句为主,不再以悠扬宛转见长,而以气势劲健跌宕取胜②。七言歌行语言形式之变,并非孤立现象,它只是盛唐音乐文化"冰山一角"。

　　自北朝以来,胡乐胡舞不断传入本土,至唐则随着国力强大而剧增。宋人郭茂倩《乐府诗集》卷七九近代曲辞序云,隋文帝置七部乐,炀帝扩为九部,至唐太宗乃增至十部:

　　　　太宗增高昌乐,又造燕乐,而去礼毕曲。其著令者十部:一曰晏乐,二曰清商,三曰西凉,四曰天竺,五曰高丽,六曰龟兹,七曰安国,八曰疏勒,九曰高昌,十曰康国,而总谓之燕乐。声辞繁杂,不可胜纪。凡燕乐诸曲,始于武德、贞观,盛于开元、

① 李白《采莲曲》二首原文:"若耶溪傍采莲女,笑隔荷花共人语。日照新妆水底明,风飘香袖空中举。""岸上谁家游冶郎,三三五五映垂杨。紫骝嘶入落花去,见此踟蹰空断肠。"
② 参看葛晓音《诗国高潮与盛唐文化》,北京大学出版社1998年版,第394—396页。

天宝。其著录者十四调,二百二十二曲。又有梨园,别教院法歌乐十一曲,云韶乐二十曲。肃代以降,亦有因造。僖、昭之乱,典章亡缺,其所存者,概可见矣。

十部中多外来之乐,已是不争的事实。然则对外来文化唐帝国并非被动接受,而是形成文化选择,并在与本土文化结合的过程中产生巨大的创造力。我很赞成王昆吾这样的观点:"民族成分及民族精神的改变,才是西域乐舞所以大大影响内地文化的最重要的原因。"①盛唐博大的文化精神,其实就是得到高度发扬的汉民族"和而不同"的传统文化精神。《旧唐书·音乐志》称:"又自开元已来,歌者杂用胡夷里巷之曲。"所谓"胡夷里巷"之乐,包括道教、佛家音乐,都属俗乐,与"雅乐"混用互渗,雅郑莫分,甚至改变了"雅乐"的内涵。典型如表现"圣朝"武功、文治的《破陈乐》、《庆善乐》,就是由胡乐、俗乐改造而成的"大雅正声"②。这一精神与唐诗深入浅出、雅俗混一的精神是贯通的,是二者的契合点。

这里有一则公案须理会。朱光潜《中国诗何以走上律的路》说:

> 齐、梁时代,乐府递化为文人诗,到了最后的阶段,诗有词而无调;外在的音乐消失,文字本身的音乐起来代替它。永明声律运动就是这种深化的自然结果……音乐是诗的生命,从前外在的乐调的音乐既然丢去,诗人不得不在文学本身上做音乐的工夫。这是声律运动的主因之一。(《国学季刊》五卷四号)③

---

① 王昆吾《隋唐五代燕乐杂言歌辞研究》,中华书局1996年版,第35页。对于文化选择,该书也有精彩的论述。第38页引刘觊《太乐令璧记》"自周、隋以来,管弦杂曲数百,多用西凉乐,鼓舞曲多用龟兹乐",然后推断:"它意味着统一了中国的周、隋,已开始从众多少数民族音乐中进行选择。"西凉乐与龟兹乐是胡、汉融合的音乐,是吸收外来音乐的基础。"事实上,唐代人所说的'龟兹乐'、'龟兹乐部',也常常是作为中国北方(不仅是西域)少数民族音乐的泛称出现的。"
② 参看吴相洲《唐代歌诗与诗歌》,北京大学出版社2000年版,第120—121页。
③ 后来这段文字收入《朱光潜美学文集》第2卷,上海文艺出版社1981年版,第205—206页。

朱先生对"音乐是诗的生命"的揭示是深刻的,不过将它与"外在的音乐"对立起来是不必要的,因此引来任半塘《唐声诗》的批评①。事实上诗的音乐代替不了音乐的诗,近体诗可入乐,古体诗也可入乐。合律的诗入乐,则内在、外在之音乐相得益彰。何况在唐代,诗人不入乐的大权还往往操在乐工、歌者之手②,为了调和,不但诗可断章,曲也有弹性③,诗人只管畅情言志,自歌自舞也是常有的事。音乐与诗歌乃至书法、绘画诸艺术之间的内在联系乃在情感节奏。杜甫《观公孙大娘弟子舞剑器行序》有云:"昔者吴人张旭善草书书贴,数尝于邺县见公孙大娘舞河西剑器,自此草书长进,豪荡感激,即公孙可知矣!"(《杜少陵集详注》卷二十)剑器,是唐代健舞曲之一,据杜甫诗中描写:"㸌如羿射九日落,矫如群帝骖龙翔。来如雷霆收震怒,罢如江海凝清光。"该舞曲节奏与张旭草书表现的"豪荡感激"的情感节奏是一致的,所以会引起文艺交感。甚至杜甫这首诗也写得"浏漓顿挫",与当年公孙大娘舞剑器浑脱的风格也是一致的。广而言之,音乐首先是以其旋律、节奏激发观众情绪的,而西域传来的胡乐胡舞更是以其强烈的节奏感与唐人奔放高昂的情绪合拍。王谠《唐语林》卷四载:

> 玄宗性俊迈,不好琴。会听琴,正弄未毕,叱琴者曰:"待诏出!"谓内官曰:"速令花奴将羯鼓来,为我解秽!"

羯鼓、拍板、琵琶这些繁音急节的乐器代表了盛唐人新的节奏观念,盛唐乐府歌行句式化整为散,飞动超忽的变化当与此有直接

---

① 任半塘《唐声诗》上编,上海古籍出版社 1982 年版,第 52—53 页。

② 罗庸曾指出:"大曲曲词入乐在乐工而不在诗人作者……但由此遂影响诗之音乐化,唐诗音调之美,大曲实有间接协助之力焉。"举《凉州词》第三叠为例:"开箧泪沾襦,见君前日书。夜台空寂寞,犹是紫云车。"此高适《哭单父梁少府》诗,且不止四句,并改原文"臆"作"襦","子云"作"紫云"。详见郑临川《箭吹弦诵传薪录》,第 294 页。

③ 关于隋唐曲子本有音乐的伸缩性之论述,请参看王昆吾《隋唐五代燕乐杂言歌辞研究》第 110—111 页。

的关系。唐人南卓《羯鼓录》称玄宗："制作诸曲,随意即成,不立章度,取适短长,应指散声,皆中点拍。"玄宗作曲的创造性与盛唐诗人作乐府歌行的创造性实在是有相通之处。萧涤非先生笺注杜甫《观公孙大娘弟子舞剑器行》就认为:"为了更好的描写这种'豪宕感激'的剑器舞并表达这种激动的感情,所以他使用了歌行体。"①就在律诗已趋成熟的时候,乐府歌行与七古诗崛起,并绝句为盛唐诗坛之骄子,并非意在复古,而在乎乐府歌行此类形式更具弹性,更易传达盛唐人那激烈多变的情感节奏。所以"胡夷里巷之曲"不但影响声诗的题材与创作,更内在地激发了声诗与非声诗语言"本身的音乐"之创造。岑参、高适、李颀、李白、杜甫皆为此中高手,自不待言,兹举李白数例以见其概。

《乐府诗集》卷四十收有梁简文帝《蜀道难》二首,其二云:

> 巫山七百里,巴水三回曲。笛声下复高,猿啼断还续。

看来不过是首五言绝句。至唐张文琮《蜀道难》,增为五言八句,仍是整齐的句式。至乎李白《蜀道难》,则洋洋大观,且以七言为主,间以三、四、五、九、十一字句,变化莫测。且时空切换是如此迅疾:"四万八千岁"一跃而过;百步九折,一句一景;或惊呼,或屏息,或愁叹,或长嗟,情感节奏同样变化莫测。新的节奏观念与诗歌画面及情感产生蒙太奇式的跳跃,二者之间竟如此合拍!这种跳跃式的抒情语言与南朝那线式的叙事语言有着质的区别。至如李白《远别离》:

> 远别离,古有皇英之二女,乃在洞庭之南,潇湘之浦。海水直下万里深,谁人不言此离苦? 日惨惨兮云冥冥,猩猩啼烟兮

---

① 萧涤非《杜甫诗选注》,人民文学出版社 1979 年版,第 307 页。着重号为引者所加。

鬼啸雨。我纵言之将何补？皇穹窃恐不照余之忠诚,雷凭凭兮欲吼怒。尧舜当之亦禅禹。君失臣兮龙为鱼,权归臣兮鼠变虎。或云尧幽囚,舜野死,九疑联绵皆相似,重瞳孤坟竟何是？帝子泣兮绿云间,随风波兮去无还。恸哭兮远望,见苍梧之深山。苍梧山崩湘水绝,竹上之泪乃可灭。

诗写得很急促紧张,似乎诗人只顾驾着感觉奔驰,而无暇顾及格律音韵语法与情节之连贯。或三言、四言,或五言、七言,乃至六言、八言、十言,参错变化极其突兀,诚如范梈《李翰林诗选》所云:"断如复断,乱如复乱,而辞意反复行乎其间者,实未尝断而乱也。"如果我们不斤斤于语法逻辑,而是全面地去把握诗中特殊的氛围,则我们无异面临一场情感的风暴! 这种以情感节奏带动的诗歌语言,有着"本身的音乐",直接鼓点般敲击人们的心扉。

如上所述,综观初、盛唐诗歌演进的历程,并非单线独进,而是多元并进,体现着与融合南北胡汉的大一统文化相一致的综合精神,唐人的创造力就蕴涵其中。(注意:我们强调的是融合、整合、综合,不是统合与整齐划一。整合的结果应当是多元并存却又能交互影响,形成"和而不同"的一种整体的和谐。)这种精神体现于作者,无过李、杜;体现于批评家,则无过殷璠。其《河岳英灵集》叙曰:

夫文有神来、气来、情来,有雅体、野体、鄙体、俗体。编纪者能审鉴诸体,委详所来,方可定其优劣,论其取舍。

又论曰:

璠今所集,颇异诸家,既闲新声,复晓古体,文质半取,风骚两挟,言气骨则建安为传,论宫商则太康不逮。

"三来"、"四体"齐审，声律、风骨并举，可谓周匝无弊。初唐元兢《古今诗人秀句序》有云："以情绪为先，直置为本，以物色留后，绮错为末；助之以气，润之以流华，穷之以形似，开之以振跃。或事理俱惬，词调双举，有一于此，罔或孑遗。"当为其先声。殷氏生于盛唐，后来居上，更能把握盛唐精神。殷氏不言"神、气、情"，特标出"神来、气来、情来"，正是要强调把握诗文的主导方面，注意总体倾向及创作方法，而不是尽行罗列构成诗作的质素。殷氏虽"三来"并举，但三者都指向作者的主体性，也就是我们上一节着重讨论的"情志"问题。其中"神来"更是强调总体效应及其整体效果。

何谓"气来"？《集论》云："言气骨则建安为传。"从刘勰的"风骨"到殷氏"气骨"，已有所演进，各具时代的内涵。我认为，《文心雕龙》的一些文艺思想是通过陈子昂而影响于盛唐作者的，就《河岳英灵集》而言，三者之间的关系可以下式表示：

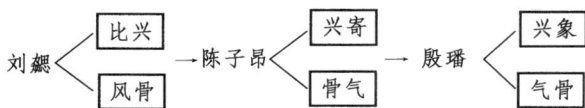

刘勰 ← [比兴 / 风骨] ← 陈子昂 [兴寄 / 骨气] → 殷璠 [兴象 / 气骨]

殷氏"气骨"上承子昂"骨气"，前追建安之"风骨"，又有自己特定时代的内涵。《文心雕龙·时序》说："观其时文，雅好慷慨，良由世积乱离，风衰俗怨，并志深而笔长，故梗概而多气也。"在刘勰看来，"建安风骨"是发生于文士经国济世之"志"的。《明诗》篇又说："暨建安之初，五言腾踊，文帝陈思，纵辔以骋节；王徐应刘，望路而争驱；并怜风月，狎池苑，述恩荣，叙酣宴，慷慨以任气，磊落以使才。"可见只要有经国济世之志，"酣宴"之际也可以"慷慨任气"的，不一定要在乱离之中。盛唐太平景象与建安乱离景象有着天渊之别，但盛唐人却还是高唱"建安风骨"，其原因就在这里。盛唐人继承的已不是建安时代那种感伤乱世的具体内容，而仅仅是建安诗人那点"慷慨陈志"的才情，即"慷慨以任气"的那股子"气"。试举几个例子：高适《淇上酬薛三据兼寄郭少府微》："故交负灵奇，逸气抱謇谔。隐轸经济具，纵横建安作。"高适将"建安作"与"经济具"直接联系起来了。又《宋中别周梁李三子》诗："周子负高价，梁生多逸词。周旋梁宋间，感激建发时，白雪正如此，青云无自疑。"这里又是与三子的高逸志向相联系的。而李白《宣州谢朓楼饯别校书叔云》诗："蓬莱文章建安骨，中间小谢又清发。俱怀逸兴壮思飞，欲上青天揽明月。"更明白无误地将"逸兴"看作建安风骨内在的质素。至若王维《别綦母潜》诗："适意偶轻人，虚心削繁礼。盛得江左风，弥工建安体。高张多绝弦，截河有清济……荷蓧几时还，尘缨待君洗。"这里的"建安体"实在是距感伤乱离的建安文学的时代内容太远了！但盛唐人认为这点"逸志"，是直承"建安风骨"的。也就是说，保持个体尊严的"逸志"是"情志"的重要组成部分。殷璠代表的正是这种看法，所以《序》云："粤若王维、昌龄、储光羲等二十四人，皆河岳英灵也。"卷中评储光羲诗说："格高调逸，趣远情深，削尽常言，挟风雅之迹，浩然之气。""璠尝睹公正论十五卷，九经外义疏二十卷，言博理当，实可谓经国之大才。"由深远的志趣，形成诗的语言，表现为高逸的格调，这就是由"志"到"气"的"气来"。

　　还想着重指出的是：作为"三来"之一的"气来"，与"气骨"的风格论并不全等，就在于"气来"说侧重了以"志"为内在力所流出的那种劲健风格这一过程本身，已涉及创作方法。所以评薛据说："据为人骨鲠有气魄，其文亦尔。"评崔颢尤精到："颢年少为诗，名陷轻薄。晚节忽变常体，风骨凛然，一窥塞垣，说尽戎旅。"直接将风格的改变归之生活实践，发人之所未发，称得上八世纪中国文艺思想中的瑰宝！这一思想虽惜未加阐明，但从短论中，从诗作去取上，还是留下了宝贵的线索。《序》云："自萧氏以还，尤增矫饰。武德初，微波尚在。贞观末，标格渐高。景云中，颇通远调。开元十五年后，声律风骨始备矣。"殷氏对盛唐诗坛的这一观照是相当准确的，符合盛唐诗的发展过程。开元中期，由于政治、经济的安定、繁荣，民族自信心空前高涨,产生一批有才华的诗人,通过诗歌自身的发展规律,达到"声律风骨始备"的境界。殷氏"气来"说重视作家气质与社会风气之间的内在联系,所以能比较准确地把握这一段诗史的规律,高唱饱含时代、民族、个人高昂情绪的"气骨",达到当时历史条件下所允许的较高水平。殷氏眼光所及,不只是王维的田园诗,还顾及《寄崔郑二山人》一类抒愤之作,与《少年行》、《陇头吟》一类边塞之作,使我们看到王维"清雄"的一面。对王昌龄,也强调其"声峻"的一面。这比起后来只鼓吹二王"清空"一面的选家来,无疑要高明得多,在当时引领诗人走向上一路,也是可以想见的。"气来"说是"三来"的核心,是上节所论"士的回归与情志合一精神"在文论上的体现。

再说"情来"。如果说"气来"与"慷慨言志"有关,那么"情来"则与"兴趣幽远"有关。试看集中评语:

> 慎虚诗,情幽兴远,思苦语奇。
>
> 储公诗,格高调逸,趣远情深,削尽常言。
>
> 建诗似初发通庄,却寻野径百里之外,方归大道,所以其旨远,其兴僻,佳句辄来,唯论意表。

显然,殷氏是上承谢灵运"兴会标举"一脉,(主要是其极富情感体验的诗性思维)下悟王、孟田园山水一派的创作经验(特别是那构建性的诗歌语言),才提出"兴象"说。综观集中相关评议及所举例句,乃知"兴象"是诗人幽远情趣与实景的遇合,是"对景即兴"的创作过程及其富有意味的艺术效果①。兴象之活力,首先来自"兴"与"象"的并列,两端固定,之间关系则不确定,从而留下很大空间,

---

① 有关"兴象"的分析,请参看拙作《兴象发挥》,《文艺理论研究》1992 年第 3 期(收入本《文集》第六册)。

有很大的容量。与子昂"兴寄"相比,则"兴寄"易流于比附,忽略形象的独立性。殷氏对此作重大调整,拈出"兴象"二字,既保留了"兴",又独立了"象",有物我遇合义,因此《文心雕龙·比兴》所云"诗人比兴,触物圆览",与《诗品》所云"文已尽而意有余,兴也",二家独到之说在"兴象"说中圆融通贯。

总之,"气来"、"情来"基本概括了盛唐之音的"所从来",抓住盛唐诗的基本特征,至今我们犹可通过它窥见盛唐诗坛概况。值得一提的是,殷氏不但重视王、孟一派创作表现出来的"新",对其他新出现的审美意识也很敏感,如赞赏"爱险务奇,远出常情之外"的王季友与"属思既苦,词乐警绝"的常建。常建诗如"战余落日黄,军败鼓声死。今与山鬼邻,残兵哭辽水"与《昭君墓》诸作,已逗中唐险怪一派之先声。可惜殷氏却未发现杜甫那巨大的身影!

杜甫的确是传统文化的托命人。他的创作植根于盛唐,却开花在中唐,其藤蔓触须伸向未来,攀缘于历代,触处成春。而其生命之源,就在于"集大成"。中唐元稹《唐故工部员外郎杜君墓系铭并序》曰:

> 至于子美,盖所谓上薄风骚、下该沈宋、古傍苏李、气夺曹刘、掩颜谢之孤高、杂徐庾之流丽,尽得古今之体势,而兼人人之所独专矣。(《元氏长庆集》卷五六)

萧涤非、廖仲安《别裁伪体,转益多师》一文更具体地对杜甫全面继承文学传统作了详尽的论析①。程千帆、莫砺锋《杜诗集大成说》则进一步认为:杜甫对传统题材内容兼收并蓄,"而且使它们互相渗透、融合,从而组成了一个有机的整体"②。这是一个很值得深思的问题。是的,"集大成"的本质就在于使之整体化。原本是支支

---

① 萧涤非《杜甫研究》,齐鲁书社 1980 年版,第 258 页。
② 程千帆等《被开拓的诗世界》,上海古籍出版社 1990 年版,第 22 页。

节节零零碎碎的东西，之间缺乏有机的联系，一经整合为有机整体，就会成为一个具有自组织的生命力那样一种活系统。这种活的系统就会产生创造力，在"互相渗透、融合"的过程中再造传统。这也是杜诗何以能长时期地"启后"的原因。

上引《杜诗集大成说》又认为：

> 在杜诗中，从朝政国事到百姓生计，从山川云物到草木虫鱼，整个外部世界都与诗人的内心世界融合无间，而且都被纳入儒家的政治理想、伦理准则、审美规范的体系之中。

这就是杜诗对传统题材内容于兼收并蓄的过程中所进行的整合，是清人浦起龙《读杜心解》所谓："少陵之诗，一人之性情而三朝之事会寄焉者也"（《目谱》），"老杜天姿醇厚，伦理最笃。诗凡涉君臣、父子、兄弟、夫妇、朋友之间，都从一副血诚流出"（《发凡》）。也就是说，客观世界是经由诗人情感结构的过滤，酝酿，才进入文学的形象世界，杜诗所表现的不仅是客观世界本身，更是主体对客体的经验。试读其《凤凰台》：

> 亭亭凤凰台，北对西康州。西伯今寂寞，凤声亦悠悠。山峻路绝踪，石林气高浮。安得万丈梯，为君上上头。恐有无母雏，饥寒日啾啾。我能剖心出，饮啄慰孤愁。心以当竹实，炯然忘外求。血以当醴泉，岂徒比清流。所重王者瑞，敢辞微命休！……再光中兴业，一洗苍生忧。深衷正为此，群盗何淹留。

浦注："是诗想入非非，要只是凤台本地风光，亦只是老杜平生血性，不惜此身颠沛，但期国运中兴，刳心沥血，兴会淋漓。"（《读杜心解》卷一之三）诗中悲天悯人的意味正是从杜甫"平生血性"中来，而这种"血性"又当传自孔孟"仁学"为基础的古代人道主义的文化基因。这正是本文讨论的"情志合一"最个性化、最具典型意义的体现①。翻检杜诗，不难发现——凡涉及九庙焚、万民疮者，往往沉郁顿挫意味最厚。如《自京赴奉先县咏怀五百字》、《春望》、"三吏"、"三别"、《有感五首》、《又呈吴郎》、《登岳阳楼》等等，无不如此。而这种个性化又与文化传统血脉相承，大凡中国文学史上能将个人情志与民族国家群体之忧患血肉相连的优秀作品，无不不同程度地得沉郁之美，如陈子昂《感遇》、庾信《哀江南赋》、司马迁《史记》、屈原《离骚》等。杜甫在民族文化/心理积淀过程中有其不可替代的贡献，也是其所以能影响我民族文化于千百年之后的主要原因。

在体裁、手法、语言诸方面，"集大成"同样是体现在"互相渗透、融合"的过程中产生出无限的创造力。严羽《沧浪诗话·诗评》云：

> 少陵诗宪章汉魏，而取材于六朝。至其自得之妙，则前辈所谓集大成者也。

杜之"集大成"不在乎具人人之风格手段，而在乎随心所欲杂用所长，形成有机整体，在错综中生变，超越诸家而有"自得之妙"。如《北征》，洋洋七百言，用的是最传统的早已成熟了的五古体裁。以之反映广阔的社会生活场景，抒发复杂矛盾的思想感情，抒情、议论、叙事并发，可谓波澜老成，前无古人。其中手段万变，是所谓"武库"，却浑然一体：既得乐府叙事之精神，又兼汉赋铺排之手法，且"似骚似史，似记似碑"（《唐诗快》），"言理近经，叙事兼史"（《诗薮》），甚至有意仿谏草体式，将各种诗与非诗，文学与非文学之手段

---

① 所谓杜诗"情志合一"的"个性化"，是指其情感结构对外部刺激所作的独特反应。如叶嘉莹《杜甫〈秋兴八首〉集说·代序》所指出：杜甫是一位感性与知性兼长的诗人，他一方面具极强的感性，另一方面有极清明周至的理性，故能面对悲苦的现实而表现出巨大的担荷的力量。此正是杜甫对外部刺激反应独特之处。详见叶嘉莹《杜甫〈秋兴八首〉集说》，上海古籍出版社1988年版，第4—5页。

熔为一炉,铸自家面目,是王安石所说"非人所能为而为之者,惟其甫也"(《临川先生文集》卷八四《杜工部后集序》)。根据情感内容的需要使用旧形式、改造旧形式,乃至创造新形式,这就是杜甫"集大成"所蕴含"情志合一"的情感力量。改造旧形式,杜甫往往由改变其功能入手,七律为显例。诚如萧先生《杜甫研究》所说:"杜甫以前,几乎没例外,七律一般都是用来作'奉和'或'应制'这类阿谀的官样诗体的,杜甫却大大扩充了七律的领域,往往用来感叹时事,批评现实,这是一个很大的演进。"①可以说,七律到杜甫手中,才成为中国诗歌的重要体裁。胡震亨《唐音癸签》云:"少陵七律与诸家异者有五:篇制多,一也;题数首不尽,二也;好作拗体,三也;诗料无所不入,四也;好自标榜,即以诗入诗,五也。此皆诸家所无。其他作法之变,更难尽数。"其中"一题数首不尽"是指"连章体",如《诸将五首》、《秋兴八首》等。"连章"好比"拐子马",将几首七律组合起来,每首都具有七律严整典丽之长,又能数首如一首,从不同角度表现同一主题,色阶丰富,灵活而又有整体组织,无排律之弊,有古体诗之长,是杜甫长期潜思实践的杰构!而自创音节,打破旧谱的"拗格律诗",也有效地增强了律诗的表现力。至于本是"官样文章"的排律,杜甫也赋予新的功能,如《秋日夔府咏怀一百韵》、《偶题》、《清明》、《风疾舟中伏枕书怀三十六韵奉呈湖南亲友》等,可叙事,可抒情,可议论,可歌,可泣,成了杜甫手中的长枪大戟。而向来以短小空灵取胜的绝句,在杜甫手中或驱之发议论,或贯之成组诗,手法上则打破唐人熟见的第三句一转的格式,往往四句皆对偶,画面平列,使人耳目为之一新。

最具冲击力的改造与创新自当推其乐府歌行之作,"率皆即事名篇,无复依傍",是"量"新内容之体"裁"出的新形式。然而这种新题乐府比同代人写的任何旧题乐府都更贴近汉乐府之本质——

① 萧涤非《杜甫研究》,第 131 页。

"缘事而发"。客观的叙事,以时事入诗,是其生命之所在。它以典型的素材、逼真的描写、深沉的思考,使时事凝定为永恒而鲜活的历史瞬间。尤其是"三吏"、"三别",以组诗的多角度,全方位而多层面,深度地反映了特殊历史时期的社会生活,在尖锐的冲突中展示人的复杂而矛盾的内心世界,刻画了老妪老翁、新婚女子、应征少年诸色人等的形象,交织成波澜壮阔的社会生活长卷,是中国式的史诗,历史而又超越历史,"直显出一时气运"!而且这种叙事精神在杜诗中泛开来,长如《自京赴奉先县咏怀五百字》,短如《三绝句》,律如《示獠奴阿段》等各种体裁,无不充满这种"缘事而发"的精神。

至于杜甫"晚节渐于诗律细"的同时,又着意运古入律,寓变化于严整之中,以尽其极;于古体百无禁忌之际偏讲究"三平调"、平仄换韵等声律问题等等,都表明杜甫的"集大成"乃有意让诗的形式敞开,打破体裁与体裁之间、诗与非诗之间,乃至文学与非文学之间的壁垒,使之成为一个活的系统——这正是杜诗在后世乃有无穷适应性与生命力的重要原因。

对诗歌语言的构建,是杜甫另一个不容忽视的成就。文学语言之所以有余味,就在乎能构建艺术之幻象,以象尽意,感发出读者整体直观的意会思维,通过在场者("直寻"来的"象"),逗出隐蔽者("意义整体")。自《文选》明确提出"事出于深思,义归乎翰藻"的标准以来,语言的文学意味一直是作者的自觉追求。尤其在唐,唐人生活的诗化与语言的生活化互动,有力地促进了诗歌语言的构建。如杨炯《骢马》"夜玉装车轴,秋风铸马鞭",李白《长相思》"昔日横波目,今作流泪泉"等,都是诗国特有的语言①。杜诗的语言,更是一种构建情感意象的典型的诗语言。中国诗与直觉思维有着不解之缘,从来就不想离开这感性世界而去。杜甫用力处,也就在追求语言的感觉化,对个别事物的具体表达。"山豁何时断?江平不

①　林庚《唐诗综论》,第86页。

肯流。"(《陪王使君晦日泛江》)"不肯流"是诗人此时此地对"江平"的特殊感觉。杜甫用词下字总是尽量将词语的指称功能隐去，凸现表现功能，使之感觉化。"古墙犹竹色，虚阁自松声。"(《滕王亭子》)"犹"、"自"二字，情景相因，诗人于安史乱世面对盛世遗物，自然有"风景不殊，正自有山河之异"的慨叹见于言外。"碧瓦初寒外"(《冬日洛城北谒玄元皇帝庙》)，无象无形之"初寒"，如何置诸有形有质的"碧瓦"之"外"？仰视巍巍玄元寺，觉碧瓦之高，已超然乎充塞天地人间之寒气，则非下"外"字不可。此乃"呈于象，感于目，会于心"者也，是"兴"的语言。

关于杜甫诗语言，是个说不尽的话题。而对本章的意义，就在于魏晋以来诗语言的意象化，又有了一个新起点。

岂止是诗语言，整个盛唐文学都将站在一个新起点上。

下卷 (756—1126)

第五章　嬗变中的文化构型

第一节　两种文化构型的交接处

叶燮《己畦集》卷八《百家唐诗序》称：贞元、元和之际，后人称诗，谓为"中唐"，"不知此'中'也者，乃古今百代之'中'，而非有唐之所独得而称'中'者也"。的确，中唐是中国古代史，也是文化史前后分期的支点，诚如第一章第二节所引陈寅恪《论韩愈》所指出："唐代之史可分前后两期，前期结束南北朝相承之旧局面，后期开启赵宋以降之新局面，关于政治社会经济者如此，关于文化学术者亦莫不如此。"[1]为此，我们将前此的魏晋至盛唐的文化类型称为士族文化，后此的中唐至北宋的文化类型称之为世俗地主文化。

然而，盛、中唐士族文化与世俗地主文化急速交替，并非历史的命定。黑格尔曾将历史辩证法理解为"正、反、合"三段式的依次展开，并不断重复，每一合题都成为新的更高级进程的正题。这一过程就是历史的必然性。但是黑格尔并没有认为这种必然性只是简单的线式因果，是冥冥中的历史命运。他也曾惊呼过：世界历史的命运悬在颤抖的天平上！

---

[1] 二十世纪初，日人内藤湖南曾提出这一问题："唐宋时期一词虽然成了一般用语，但如果从历史特别是文化史的观点考察，这个词其实并没有什么意义……但从学术上来说，这样的区划法有更改的必要。"又说："六朝至唐中叶，是贵族政治最盛的时代。"详见［日］内藤湖南《概括的唐宋时代观》，此文收入刘俊文编《日本学者研究中国史论著选译》第1卷，中华书局1992年版，第10页。

　　在发生"安史之乱"的公元755年,中国历史便是悬在这样颤抖的天平上。如第一章第二节所论,盛唐由于均田制瓦解,为贵族化倾向提供了肥沃的土壤,任其自然生长,士族制死灰复燃并非不可能。事实上,当时土地买卖盛行,是所谓"有百年人无百年地",土地兼并愈演愈烈,农民通过租佃依附田园主,形成许多半家族性的社会集团,而司署长官与地方节度使的"辟召制"又与中央分享了用人权,这一切与汉末颇为相似,显露了中晚唐社会贵族化的倾向。然而历史并没有倒退,士族门阀制反而更趋式微,终于一去不复返。这要归因于唐人的文化选择。

　　历史的必然性总是体现在经济因素通过无数个偶然事件发生作用。王亚南《中国官僚政治研究》曾以深刻的眼光注意到隋唐统治者面临的历史新课题,即:"到了这一阶段,中国社会不但在经济方面已经在既有基础上有了更广阔的更多方面的更有流动性的发展,而且由于领土开始和与异族更多接触,使对外关系也变得复杂了。"经长期尝试努力,唐化统治者有了适应办法,"在经济上提出两税制,在思想训练与仕途控制上提出科举制,而在对内对外的武力上提出了府兵制"①。王亚南认为,两税制与科举制是支持官僚政治高度发展的二大杠杆。问题是:二者本身仍是个变数。

　　唐德宗建中元年(780),为解决财政危机,宰相杨炎施行两税法应急。如王夫之所云:"两税之法,乃取暂时法外之法,收入于法之中。",②可以说属一偶然事件。然而两税法的施行却使中唐的田园经济区别于魏晋南北朝的田园经济,由是而带有某种必然性。韩国磐《隋唐五代史论集》认为:

　　　　两税法可说是分界点,以前系属力役地租形态,此后为实物地租形态。等级的划分也由此而发生变化,由自耕农分化出

---

① 　王亚南《中国官僚政治研究》,中国社会科学出版社1981年版,第91页。
② 　王夫之《读通鉴论》卷四"唐德宗"条。

来的庶族地主,由于九品中正制的废除和科举制度的建立和发展,跻身于封建统治的上层。这正如唐人柳冲(按,当作柳芳)所说:"士族乱而庶人僣矣。"①

两税法标志着庶族地主从此跻身于统治阶级的上层,使中、晚唐社会成为"士族乱而庶人僣"的士庶交混的时代。庶族地主之兴起,引起经济生活、社会生活的一系列变化,是我们注目之所在。英国学者崔瑞德《剑桥中国隋唐史》则从商品经济兴起的角度把握历史的新趋势。他认为:

> 中央权威的丧失以及随之而来的分权和权力的地方化具有重要的社会和经济意义。把政治权力分到各镇治所,这意味着许多这样的城市成了地区性大都会——有大批富裕官户和从事服务行业的人的大规模行政中心……城市化的总过程以生产力的全面发展为基础。人口的普遍南移不但提高了农业生产力水平,而且工业和手工业也开始在长江流域发展起来。结果,交易和商品流通迅速增加。八世纪后期和九世纪是商人阶级大展宏图的时代……贸易的空前迅速的发展、商人的日益富裕和生产力的全面提高,逐渐导致官方对经济的态度的根本转变,而这种转变再次标志着八、九世纪是一个时代的结束②。

这是一个重要的提示。事实上,自盛唐以来,商品经济就有长足的发展,传统"重本抑末"的政策开始松动。民经商、官经商日渐成为普遍现象。杜甫《最能行》称:

①　韩国磐《隋唐五代史论集》,生活·读书·新知三联书店1979年版,第183页。着重号为引者所加。
②　[英]崔瑞德编《剑桥中国隋唐史》第一章《导言》,中国社会科学出版社1990年版,第29—31页。着重号为引者所加。

峡中丈夫绝轻死,少在公门多在水。富豪有钱驾大舸,贫穷取给行艓子。小儿学问止《论语》,大儿结束随商旅。(《杜诗详注》卷一五)

姚合《庄居野行》亦称:

客行野田间,比屋皆闭户。借问屋中人,尽去作商贾。(《全唐诗》卷四九八)

"无商不富"的观念侵蚀士大夫,富商与士大夫之间的鸿沟开始填平。《旧唐书·玄宗本纪》开元二十九年条载:"禁九品已下清资官置客舍邸店车坊。"正从反面表明当时连"清资官"也颇热衷于经商。商人当官,官员经商,且同时兼有庄园主成分,这是一个官僚、地主、商人三位一体的特殊角色。崔瑞德又认为:

由于摆脱了初唐施加的严厉的制度约束,商界开始缓慢地发展,到了晚宋(晚宋,中文译本如此,疑为晚唐之讹),已产生了一个富裕、自觉并对自己的鲜明特征和特殊文化有强烈意识的城市中产阶级。同时,以前富商和士大夫之间不可逾越的社会障碍开始崩溃,因为商人当官,官员也投资商业和参加经商的活动。①

事实上中、晚唐新兴的这个"中产阶级",其核心正是上述那个官僚、地主、商人三位一体的特殊阶层,它兼容而富有弹性,具有官僚、地主、商人的多面性格,能适应商品经济之新潮,形成一个颇为自觉的、带有浓重世俗市井气息的特殊文化圈,在中、晚唐曾掀起一

————

① [英]崔瑞德编《剑桥中国隋唐史》,第30页。着重号为引者所加。

股俗化的文化潮（容下章详述）。它与传统意义上的"庶族地主"合流，共构了一个日后蓬勃发展、最终彻底取代了身份性士族地主的新兴地主阶级。笔者姑称之为"世俗地主"。

有唐一代，旧士族处守势，为维护其"纯正"而抗争着。《新唐书·孔若思传》附《孔至传》载：

> （至）明氏族学，与韦述、萧颖士、柳冲齐名。撰《百家类例》，以张说等为"近世新族"，去之。说子垍方有宠，怒曰："天下族姓何豫若事，而妄纷纷邪？"垍弟素善至，以实告……及闻垍语，惧，欲更增损。（韦）述曰："止！丈夫奋笔成一家书，奈何因人动摇。有死，不可改！"遂罢。①

新贵与旧族间之斗争剧烈于此可见。但世俗地主新贵毕竟是挤进来了，谁也挡不住。《唐摭言》卷七载："元和十一年，岁在丙申，李凉公下三十三人皆取寒素。"不少"寒族"通过科举入仕，往往位至宰相，如元载、牛僧孺、白敏中辈。《唐摭言》卷七载王播孤贫，尝依佛寺随僧斋食。"诸僧厌怠，播至，已饭矣。"后来王播进士及第，位至宰相，有诗记往事云："上堂已了各西东，惭愧阇黎（指诸僧）饭后钟。"这是寒素通过科举跻身政治舞台颇生动的一例。在庶族地主日渐发达的事实面前，那些不肯变通的旧士族很快没落了，而那些肯与新贵结合者，则得以苟延。如上引玄宗朝新贵张说与山东旧族联姻，"及后与张氏为亲者，乃为甲门"。又，后来的杜让能欲娶清河崔姓女，而崔程谓人曰："崔氏之门，若有一杜郎，其何堪矣！"（《唐语林》卷四）于是崔程乃将一娣侄嫁杜。后杜让能贵盛，崔程之女反不显。一正一反的事例说明唐代士族依靠世俗地主新贵"输血"的事实。士族由于"九品中正"制的取消，不再能垄断仕途，不

_____
① 《封氏闻见记》卷十亦载孔至撰《百家类例》："以燕公张说为近代新门，不入百家之数。"

187

得不参加科举竞争,是《唐摭言》卷九所谓:"草泽望之起家,簪绂望之继世。孤寒失之,其族馁矣;世禄失之,其族绝矣。"这场角逐在科举场屋中此起彼伏地展开。《册府元龟》卷六五一《贡举部·谬滥》载唐宣宗大中十四年"中第者皆衣冠士子,是岁,有郑义则,故户部尚书翰之孙;裴弘,故相休子;魏当,故相扶之子;令狐滈,故相绹之子;余不能遍举,皆以门阀取之,惟陈河一人孤平负艺,第于榜末"。与上引"三十三人皆取寒素"恰成对比。最生动一例当推《唐摭言》卷十所载:唐王孙李洞屡困科场,赋诗:"公道此时如不得,昭陵痛哭一生休!"王孙龙种尚且如此,庸论他哉! 科举几成仕宦之独木小桥。士族与新贵的结合,新贵的加入士族队伍,固然使士族得以苟延,但酒不断兑水便会日见其淡,世俗地主新贵不断加入士族队伍势必改变士族的原结构。因之,士庶斗争不再是魏晋时代那样鸿沟日深,中晚唐之际的士庶斗争的结果反而是模糊了二者之间的界限,日见混同。士庶熙熙攘攘地拥挤在科举的独木桥上;魏晋时士庶间隔同天壤的现象打破了。在竞争中,士族与世俗地主所属的"庶族"为了自身的利益,通过门生座主及姻亲诸关系,或分或合,在摩肩擦臂之中日趋混一,"士族乱而庶人僭",不再有很分明的阵线。"牛李党争"便是一例。

　　自沈曾植倡言"唐时牛、李两党以科第而分,牛党重科举,李党重门第"①,陈寅恪《唐代政治史述论稿》又力证成之,几十年来以"牛党"代表庶族,"李党"代表士族之论颇盛②。然而,这一论证却充满了矛盾,故是者是其所是而非者非其所非,都难以自圆其说。这恰恰证明,当时无论牛、李,都已经不可能代表纯粹的庶族或士族的利益了,他们都只能根据自身的利益,以"士庶联营"的形式,结成

---

① 见张采田《玉谿生年谱会笺》大中二年条所引。
② 虽云"颇盛",并非"一统"。岑仲勉则认为"李德裕无党"(《隋唐史》第四十五节);或虽承认有"牛李党争",但不以牛党代表进步的庶族势力也大有人在,如傅璇琮《李德裕年谱》则力主李德裕代表进步势力。

不稳定的小集团。

现在来看看问题的焦点：谁重科举？谁重门第？《旧唐书·武宗纪》会昌四年末载李德裕（所谓"李党"之魁）言：

> 臣无名第，不合言进士之非。然臣祖（李栖筠）天宝末以仕进无他伎，勉强随计，一举登第，自后不于家置《文选》，盖恶其祖尚浮华，不根艺实。然朝廷显官，须是公卿子弟。何者？自小便习举业，目熟朝廷间事，台阁仪范班行准则不教而自成。寒士纵有出人之才，登第之后始得一班一级，固不能熟习也。

《新唐书·选举志》：

> 武宗即位，宰相李德裕尤恶进士。初，举人既及第，缀行通名，诣主司第谢，又有曲江会、题名席。至是，德裕奏："国家设科取士，而附党背公，自为门生。自今一见有司而止，其期集参谒、曲江题名，皆罢。"

这二条是"李党"重门第、恶进士科举的最重要材料依据。然而，如着重号所示，李德裕并非泛泛反对科举，而是"恶其祖尚浮华"、"而附党背公"。所以《玉泉子》称：

> 李相德裕抑退浮薄，奖拔孤寒。于时朝贵朋党，德裕破之，由是结怨，而绝于附会，门无宾客。

《唐语林》卷七《补遗》亦称：

> 李卫公（德裕）颇升寒素。旧府解有等弟，卫公既贬，崔少保龟从在省，子殷梦为府解元。广大诸生为诗曰："省司府局正

绸缪,殷梦元知作解头。三百孤寒齐下泪,一时南望李崖州。"

据正史所载,李德裕奖拔的寒门人才有刘三复、石雄等①。而被列为
"李党"人物的李绅、李回、李让夷及名诗人李商隐,也都是进士出
身。又,《唐会要》卷七六载,李德裕执政的武宗朝,非但未废止科
举,且于会昌三年有敕:"礼部所放进士及第人数,自今后,但据才堪
与,不要限每年止于二十五人。"会昌五年即取士三十七人,可见对
进士科的重视。综上反映角度不同的材料,大致可得出较完整的印
象:政治家李德裕从"致用"出发,反对进士"浮华"与"背公"的有
关表现;同样,从"致用"出发,主张任用"目熟朝廷间事"的公卿子
弟,同时也奖拔有才能的"孤寒"。其出发点是为加强皇权,加强中
央集权,客观上符合中唐以后重建大一统中央集权制的封建帝国的
历史走向。

如果说"李党"以反对朝贵朋党"背公",体现了世俗地主重建
一体化的中央集权封建帝国的文化目的;那么牛党则恰恰从加强朝
贵朋党的反方向体现了该时期世俗地主的眼前利益。如上所引,李
德裕称公卿子弟"自小便习举业,目熟朝廷间事",说穿了不过是他
们有一张关系网,毋需另结朋党便已有相当于朋党的势力在。新进
的世俗地主官僚则不然,他们靠科举偶然跻身上层,面对严阵以待
的原有的门阀势力,急需建立自己的阵营。这就促使他们利用科举
之便,以门生、座主间的感情联络,结成朋党,与士族门阀分庭抗礼。
王定保《唐摭言》颇详尽地记录了进士们如何通过干谒、谢恩、曲江
会、题名等系列形式结成利益集团。《旧唐书·杨嗣复传》称:

嗣复与牛僧孺、李宗闵皆权德舆门生,情义相得,进退取
舍,多与之同。

---

① 刘三复事见《旧唐书·刘邺传》及《唐语林》卷三《赏誉》"刘侍郎"条。石雄事详《新唐
书·石雄传》。

又,《旧唐书·杨虞卿传》称:

> 虞卿性柔佞,能阿附权幸以为奸利。每岁铨曹贡部,为举选人驰走取科第,占员阙,无不得其所欲,升沉取舍,出其唇吻。而李宗闵待之如骨肉,以能朋比唱和,故时号党魁。

这伙人把持科举的目的就在“能朋比唱和”,如唐穆宗诏书所指明的:“擢一官,则曰恩皆自我;黜一职,则曰事出他门。”(《旧唐书·钱徽传》)这就是“附党背公”,是李德裕之所以要罢去进士期集参谒、曲江题名的原因。然而,实践证明门生、座主的组织形式是世俗地主新贵集团用以对抗士族地主所拥有的门荫、地胄的最佳形式。“恩”,这一座主、门生之间的感情因素具有很大的凝聚力,迅速地将分散的,甚至是互不相识的庶族地主胶合成一个新的集团,如《玉泉子》所说:“杨希古(牛党),靖恭诸杨也。朋党连结,率期以死,权势熏灼,力不可拔。”这种来自下层的行会意识正是庶族集团保护自身利益的体现。感情因素于是乎具有了伦理道德的力量。《独异志》载:

> 崔群为相,清名甚重。元和(中),自中书舍人知贡举。既罢,夫人李氏尝劝其树庄田,以为子孙之业。笑答曰:“余有三十所美庄良田,遍在天下,夫人何忧?”夫人曰:“不闻君有此业。”群曰:“吾前年放春榜三十人,岂非美田耶?”夫人曰:“若然者,君非陆贽相门生乎?然往年君掌文炳,使人约其子简礼,不令就春闱之试。如以为良田,则陆氏一庄荒矣!”群惭而退,累日不食。

显然这种座主门生间的私恩已被视为一种德行,有恩不报便要受舆论的谴责,这就是崔群内惭的原因。原为“牛党”的李商隐,因被人认为"投靠李党",终身坎坷,这已是为人熟知的文史故事了。既然朋党作为庶族地主跻身上层维护自身利益的一种有效形式,那么只要有士庶竞争,就有朋党存在。难怪唐文宗要感叹:"去河北之贼非难,去此朋党实难。"(《旧唐书·李宗闵传》)因此唐代进士集团具有两面性:一则结朋党削弱了皇权的专制;一则结朋党加强庶族地主竞争力。而出身士族的李德裕,并不一味排斥"庶族",而是重礼教、重致用,反对浮华、背公。无论其出发点还是客观效果,都是为了加强中央集权,因之与牛党加强世俗地主进士集团力量二者都是有利于世俗地主重建宗法一体化的结构,都符合该时期的历史走向,亟待结合。

《唐语林·企羡》称,唐宣宗爱羡进士,尝于禁中自题"乡贡进士李道龙"。同时,他也崇尚士族礼法。《唐语林·德行》称,宣宗常以礼教诲公主,"故十五年间戚属缩然,如山东衣冠之法"。可见礼教、进士科举二者咸为君主所重,是建立中央集权的君主体制不可或缺的工具。"牛李党争"虽以牛党取胜告终,但由于党争而显得突出了的科举取士的形式如何与"礼教"、"经术"的内容结合起来为封建专制服务的时代课题并未解决。唯有政教合一,稳定的绝对皇权的封建帝国才能出现。这就是历史留给宋人的课题。而宋人坚定地承接了中唐古文运动一脉对儒学的选择,由是决定了政教合一的总体趋势成为历史必然。

第二节　科举：文化建构的杠杆

科举对文学发生过重大影响,这是近乎直观的事实。然而,正因其近乎直观,也就容易因此而得出似是而非的结论。宋人严羽《沧浪诗话·诗评》称:"唐以诗取士故多专门之学,我朝之诗所以不及也。"将宋诗不及唐诗的原因归结为"唐以诗取士",未免失之简单。后来的王世贞、杨慎就曾指出科举省试诗大都不佳。事实上严羽之说是倒因为果。赵翼《陔余丛考》卷二八《进士》条载：永隆二年诏进士试杂文二篇。有些人误以试杂文诗赋，徐松《登科记考》卷二永隆二年条按语说：

> 杂文两首，谓箴、铭、论、表之类。开元间始以赋居其一，或以诗居其一，亦有全用诗、赋者，非定制也。杂文之专用诗、赋，当在天宝之季。

进士试杂文由永隆年间的箴、铭之类到开元间或以赋，或以诗参之，终至天宝末的"专用诗、赋"，这一过程并非偶然[①]。盛唐人殷璠在《河岳英灵集叙》中说："开元十五年后，声律风骨始备。""盛唐之音"正是在开元年间起飞的，孟浩然、王维、王昌龄、储光羲诸人也是在此期间如星斗之于河汉，在诗坛上发出熠熠之光的。进士科渐加入诗赋的考试，乃是世人好诗之反映，不可倒因为果，以"唐人好诗故以诗取士"为"以诗取士故唐诗好"。现当代学者陈寅恪、冯沅君、程千帆、傅璇琮诸家始对唐人以诗取士这一现象做了细致深入的探讨，并发现科举对文学发生积极影响之中介实在"行卷"这一特殊的风尚[②]，显示了从社会学角度研究文学史的优势。然而，由于该范式仍将科举与文学二者放在一个封闭思路之中，只在二者之间考索其因果，因之尽管在资料汇集、分析上前无古人，也难免只有"小结果"而未有"大判断"，从而对自己的研究成果认识不足。设使我们把历史思维放在文化构型这一辽阔的视野中，将会发现：科举对文学史发生综合的影响，远非兴于唐而止于宋的"行

[①]　据《唐摭言》卷一《试杂文》条知，调露二年刘思立已奏请加试杂文："至神龙元年乃行三场试，故常列诗赋题目于榜中矣。"所谓"常列"云云，当尚未成为定式，故徐松有"当在天宝"之说。

[②]　如陈寅恪《唐代政治史述论稿》、《元白诗笺证稿》，冯沅君《唐传奇作者身份的估计》（《文讯》第9卷第4期，1948年），程千帆《唐代进士行卷与文学》。

卷"之风所能囿者①。

　　中国封建社会后期官僚体制之所以形成超稳定结构,与新兴的世俗地主选择了科举的形式作为参政的津逮有重大关系。历史老人有时也会徘徊于十字路口,可以东,可以西,可以南,可以北。此时,某些带有偶然性的因素的出现,便会影响历史的选择。如坐失良机,失之交臂,历史便可能继续徘徊不前。当我们回顾这段历史时,这些偶然因素便具有必然性。必由之路是由许许多多偶然现象铺成的。这,也许就是曾处在同一条起跑线上的各民族,却有着不同的行程与速度的缘故吧? 它曾使多少哲人与诗人沉思、扼腕、浩叹! 中国的世俗地主选择了科举为其参政之路,这对从此埋头走完这段漫长的"封建社会"的下坡路的中华民族,有着怎样深刻的意义啊!

　　然而,世俗地主对科举制的选择也并非一拍即合,而是经历了很长的历史过程,在新文化构型的无意识选择规范中不断被整合,使科举制度从内容到形式日渐与世俗地主重建一体化的努力相适应,才由偶然走向必然。

　　科举制首创于隋,是六朝士族门阀衰落,中央集权势力强化的产物。诚然,它是以血统为基础的"九品中正"选人制度的反拨,但终唐之世一直并未能成为国家官僚机构用人的主渠。在相当长的时期内,它只是中央政权用人的一途而已。唐代士子出仕,或走边塞以求军功,或依藩镇以充幕府,或隐终南以取捷径,或作吏以期渐进,还有大量来自荫任。仕出多途,熟为人知。开元中杨玚《谏限约明经进士疏》讲得明白:"诸色出身,每岁尚二千余人,方于明经、进士,多十余倍。"(《全唐文》卷二九八)明经与进士之比,又以进士科为少,故贵。"三十老明经,五十少进士。"中、晚唐以文词取士的进

---

① 邓广铭序陈植锷《北宋文化史述论》一书有云:"科举在两宋期内所发挥出来的进步作用,所收取到的社会效益,都是远非唐代之所可比拟的。"中国社会科学出版社 1992 年版,第 3 页。

士科声价极高,不仅明经科被视为"杂色",甚至皇帝老子对进士科也有所企羡。但即使如此,进士科举也并未真正成为宗法一体化的中国封建社会超稳定结构完善而有力的调节机制。究其原因,一是唐代科举取士数量甚少;二是就内容而言,唐代科举尚未与儒家国家学说自觉地结合,使之成为政教合一有效的组合机制,所以对旧政府体制未能发生质的影响。张希清曾据《文献通考》与《登科记考》统计,有唐290年间,共开科取士268榜,其中进士6646人,平均每榜25人,每年为23人①。正如晚唐诗人李山甫《赴举别所知》称:"桂树只生三十枝。"(《全唐诗》卷六四三)在庞大的国家机器中,无疑只是九牛一毛②。横在世俗地主面前的只是一道独木小桥,不可能由此大量涌入官僚机构,从而进入世俗地主全面取得统治地位的新局面。更重要的还在于:科举由形式到内容,终唐之世仍未能与世俗地主重建一体化的文化动机相契合。就考试内容而言,明经科固然以儒家经典为内容,但主要是死记硬背,如所谓"贴经",掩蔽经书前后两边,中间留一行,用纸贴其中三字,让考生答出。这样的考试,实无助于考生对儒家教义的教学与理解,的确是贾至所说的"以贴字为精通,不穷旨义"者。这样"贴"出来的儒生当然要受冷落。康骈《剧谈录》载,明经出身的元稹去拜会李贺,"仆者谓曰:'明经及第,何事看李贺'"?元稹及第时,李贺尚幼小,此事自属荒诞不经,却颇传神地反映了当时人对明经科的蔑视。再者,进士科虽然也有三场考,据《唐会要》卷七六《贡举》中载,是为"试诗赋、贴经、时务策五道"。然而重点在文词。据《封氏闻见记》卷三载,自达奚珣、李岩主考以后,就有"作诗赎贴"的通融办法,读不读经就更无足轻重了。因此参加科举的士子与儒家学说的钻研之间,并无必然的

---

① 详见张希清《论宋代科举取士之多与冗官问题》,《北京大学学报》1987年第5期。
② 台北文史哲出版社《江西诗社宗派研究》第82页引有关资料称:"通考安史乱后传人物,由进士上达者,凡二六八人,其中属名族及公卿子弟者,达二〇五人,占总数百分之七十;且科举出身而任官者,最多仅止百分之六而已,余百分之九四皆来自其他途径。"足资参考。

联系可言。也就是说,科举制度此时尚未能成为大量生产政教合一的官僚体制所必需的人才的有效机器。代宗朝曾经掌过贡举的杨绾就尝上疏攻击隋炀帝置进士科以来的积弊,说:"幼能就学,皆诵当代之诗;长而博文,不越诸家之集。"这些人的注意力集中在"递相党与",心根本不在儒家的道理,"六经则未尝开卷,三史则皆同挂壁。况复征以孔门之道,责其君子儒者哉"(《旧唐书·杨绾传》)!话说得够沉痛的。这种政教分离的情况我们在上节论及"牛李党争"时已有所触及。所谓"牛李党争",在很大程度上是政教未能合一的矛盾。牛党固然极力维护科举取士的形式,但它与标举"经术"、"礼教"的新式士族(与六朝讲究血缘婚宦的旧式士族相对而言)对立,便意味着政教尚未能合一。反之,"李党"以致用之学反对进士浮华,要求取士与"经术"、"礼教"相联系,而不排除士族与寒门入仕,倒是预示了政教合一的方向。再就录取形式看,唐试卷没糊名制度,所以声望、地位、行卷、请托都起重要作用①。这就使旧族、新贵有垄断科举的可乘之机。就以最重进士科的宣宗朝为例,大中十四年考生千余人,及第三十人,据《册府元龟》卷六五一载,其中"皆衣冠士子","惟陈河一人孤平负艺,第于榜末"。又,《南部新书》卷丙载:"大中(宣宗年号)以来,礼部放榜,岁取三二人姓氏稀僻者,谓之'色目人',亦谓曰'榜花。'"据萧涤非先生的推定,皮日休正是叨了"尊姓"之光,以"榜花"于咸通八年"榜末及第"②。可见世俗地主在中晚唐尚不可能通过科举大量涌入官僚机构。反之,尚存活力的旧士族与门阀化了的庶族新贵,却可以利用科举加强其门第与政治地位的结合。《唐语林》卷四载范阳大族卢氏自兴元二年至乾符二年"九十年中,登进士者一百一十六人,诸科在外"。可见科举制在中晚唐并未能成为新兴世俗地主实现政教合一之利器。

① 王夫之《读通鉴论》卷十指出:"唐之举进士也,不以一日之诗赋,而以名望之吹嘘,虽改九品中正之制,犹其遗意焉。宋以后,糊名易书,以求之于声寂影绝之内,而此意殆绝。"
② 详见萧涤非等《皮子文薮·前言》,中华书局上海编辑所1959年版。

然而,科举的形式毕竟孕育着涉及整个文化构型嬗变的因子,在历史条件成熟时,就会释放出巨大的能量。

科举制真正成为世俗地主参政的主要渠道,当在北宋。宋代科举首先是纠正了上述唐人的两个主要偏差(即取士少、未能与儒家国家学说自学自觉相结合),才成为世俗地主重建宗法一体化的杠杆。北宋君臣在利用科举这一利器时,有着相当的自觉性。宋太祖有鉴于唐末五代武人的割据专横,曾对宰相赵普说:“五代方镇残虐,民受其祸,朕今选儒臣干事者百余,分治大藩,纵皆贪浊,亦未及武臣一人也。”(《续资治通鉴长编》卷一三“开宝五年”条)兴文抑武成赵宋王朝的国策。宋太宗曾对侍臣说:“朕欲博求俊乂于科场中,非敢望拔十得五,止得一二,亦可为致治之具矣。”(《续资治通鉴长编》卷一八,“太平兴国二年”条)是年取进士及诸科共五百人。据曾巩《元丰类稿》卷四九知,淳化二年进士一万七千三百人,仅此一年所取之进士,竟然已大大超过了有唐整整一代的进士科取士总额六千六百余人之数!据张希清《论宋代科举士之多与冗官问题》的统计与推算,两宋贡举共取士十万人以上。宋代科举取士之多,空前绝后。又,据《文献通考》知,唐高宗时,与宋太宗时的官僚数目,都在十三万人左右。然而,如上所述,在两代的官僚机构中,进士出身者所占之比例是十分悬殊的。这无疑意味着世俗地主在宋代可通过科举大量地涌入官僚机构,“朝为田舍郎,暮登天子堂”,实现纵向的人才流动,由量到质地产生飞跃,从而改变原有的政治体制。在这一飞跃过程中,北宋中期范仲淹、王安石对学校与科举内容的改革起了关键性的作用。改革的重点是将科举、学校、经义一体化,也就是通过科举,务使儒学国家学说与绝对皇权的政治体制一体化。

据《文献通考·学校考》知,汉代学校是以“劝学、修礼、崇化、厉贤”为宗旨,只要“通一艺以上”就有官当。也就是说,教学内容与仕宦是配套的。唐初也还是如此,国子学、太学、四门学仍是仕宦之途径,如《旧唐书·儒学传序》所称,贞观初"学生能通一大经已上,咸得署吏",故"是时四方儒士,多抱负典籍,云会京师",济济洋洋,颇成大观。当时国子学"取三品已上子孙",太学"取五品已上子孙",四门学"取七品已上子孙",无疑是贵族子弟学校。诚如《唐摭言》卷一论曰:"永徽(唐高宗年号)之后,以文儒亨达,不由两监都稀矣。"贵族子弟把持仕途与当时庶族兴起的历史潮流是格格不入的,更由于天宝年间考试内容扁重诗赋,使学校以儒经为内容的教学与科举考试错位,学校在科举考试中失去优势,于是学校骤衰。《唐摭言》卷一《广文》称:"天宝九年七月,诏于国子监别置广文馆,以举常修进士业者,斯亦救生徒之离散也。"《两监》又云:"天宝十二载敕天下举人不得言乡贡,皆须补国子及郡学生。广德二年制度京兆府进士,并令补国子生,斯乃救压复者耳。奈何人心既去,虽拘之以法,犹不能胜。"都从反面说明学校的没落是形势的必然。"安史之乱"后,如何将兴儒与科举结合起来,逐渐为统治者所考虑。唐穆宗《南郊改元德音》称:"将欲化人,必先兴学,苟升名于俊造,宜甄异于乡闾。各委刺史县令,招延儒学,明加训诱。名登科第,即免征摇。"(《全唐文》卷六六)但在皇权无力、士庶之争尚存的历史时期,这只能是一纸具文。

北宋大政治家范仲淹、王安石针对取士与儒学脱节之弊,对科举与学校进行了改革。这场改革事关重大,它从文化—心理结构的深层,闹了一次地震。范仲淹"庆历新政"的内容之一,是在各州郡设置学校,讲授"经济"之业。钱穆氏《中国近三百年学术史》称:

　　盖自唐以来之所谓学者,非进士场屋之业,则释道山林之趣,至是而始有意于为生民建政教之大本。(《引论》)

钱氏指出唐时"进士场屋之业"不过是敲门砖,并不曾与儒家的"修齐治平"联系起来。"至是",也就是到北宋,这才"有意于"政教合

一,将科举取士与推行儒教结合起来。开始这项工作的是范仲淹。首先,他重视学校的建设。《宋史·选举志》称:

> 庆历四年,范仲淹参知政事,意欲复古劝学,数言兴学校,本行实。诏近臣议。于是宋祁等奏:"教不本于学校,士不察言观色于乡里,则不能核名实。有司束以声病,学者专于记诵,则不足尽人才。参考众说,择其便于今者,莫若使士皆土著而教之于学校,然后州县察其履行,则学校修饬矣。仍诏州县立学,士须在学三百日,乃听预秋试。由是州郡奉诏立学,而士有所劝矣。"

欧阳修《吉州学记》称,庆历四年"诏天下皆立学,置学官之员,然后海隅缴塞,四方万里之外,莫不皆有学"。可见学校之兴盛。更重要的还在于范氏不但将学校作为科举预备班,还将学校作为儒学训练班。其《上时相议制举书》说:

> 夫善国者莫先育材,育材之方莫先劝学,劝学之道莫尚崇经。(《范文正公集》卷九)

在这里,范氏已明确地将"育材"与"崇经"相结合作为治国之本。他起用"以道德仁义教东南诸生"的儒学大教育家胡瑗,在学校推行讲授儒学。《安徽通志·松滋县学记》载胡氏的观点:

> 致天下之治者在人才,成天下之才者在教化,教化之所本在学校。

胡氏的办学思想对宋代教育有深巨的影响,故钱穆氏称:"盖自朝廷之有高平(范仲淹),学校之有安定(胡瑗),而宋学规模遂建。"(《中

国近三百年学术史·引论》)

进一步将科举与学校、经义三位一体作为制度固定下来的,是王安石。熙宁四年,朝廷下令改革科举,说是"古之取士,皆本于学校",下令兴建学校。而进士考试则"罢诗赋贴经墨义",改以儒学经典为考试内容,"务通义理,不须尽用注疏"(《神宗实录》)。这就把学人从注疏中解放出来,改变了唐代科举"帖经"、"不穷旨义"的学风。王安石还奉命撰写"义理归一"的儒学《新经义》,作为统编教材。王氏引《周礼》"一道德以同俗"的观点,认为"古之取士皆本于学校,故道德一于上,而习俗成天下"(《临川先生文集》卷四二《乞改科举制札子》)。将"一道德"作为治国的根本性方针,务使儒家学说与绝对皇权的政治体制结合起来。经过改革的科举制度,具有使政教合一的功能,于是乎成为士族文化构型向世俗地主文化构型嬗变这一历史之路上的一道桥梁。"读读读,书中自有黄金屋。"此语以漫画的笔触,揭示了科举制使读经与参政在经济的模板上凝为一体的全过程,要比孔子门人子夏所云"学而优则仕"更觉深入浅出。如果说孔、孟时代的士是"无恒产而有恒心者";那么,标榜"以天下为己任"的后期封建社会之士,却是"有恒心且有恒产"了。他们政教合一实现之日,便是取得经济特权之时。他们不再是"入楚楚重,出齐齐轻"的游离阶层,而是世俗地主利益的体现者了。

科举既然成为世俗地主参政的桥梁,是中国封建社会由前期进入后期的杠杆;那么,它也就是打开两种文化构型转换奥秘的一把钥匙。现在先让我们把探针伸向科举与文学思潮之间的关系。至少有两点值得我们注意:一是科举吸引了大量世俗地主及其他阶层的知识分子;二是科举考试以儒学经典为内容以后,影响了世俗地主的价值系统的转换。此二者对文学史发展有着最直接而有力的影响。容下文分述之。

首先,科举日渐成为官僚机构用人的重要的、乃至最主要的渠

道,是取得经济特权的手段,它日益吸引了大量的世俗地主投身于举业。沈既济《词科论》称天宝年间文词科之盛云:

> 父教其子,兄教其弟,无所易业。大者登台阁,小者任郡县。资身奉家,各得其足。五尺童子耻不言文墨焉。(《全唐文》卷四七六)

话虽说得夸张了些,但"耻不言文墨"因科举而成为风气,由此可见。这对那些无门荫可凭而又想跻身上层的世俗地主尤其有重大的意义。他们在这一强大的吸引力下,不得不"言文墨"。不过,唐科举取士为数不多,据沈氏上文所称:"应诏而举者,多则二千人,少犹不减千人,所收才百一。"《唐摭言》卷一《散序进士》门亦称"岁贡常不减九百人"。所谓"天府之盛,神州之雄"的京兆府试,《元和元年登科记京兆等第榜叙》门称,也才"选才以百数为名,等列以十人为首"。如与两宋科举相较,真少得可怜! 宋孝宗淳熙元年仅福州举人就有二万之多。全国应举与准备应举者之众可以推见。宋代世俗地主读书应举之普及可谓波澜壮阔矣! 其影响所及比起沈氏所言又进了一层。苏辙《请去三冗疏》形容说:"凡今农工商贾之家,未有不舍其旧而为士者也。"(《历代名臣奏议》卷二六七)简直是"全民皆士"了。这是世俗地主通过科举跻身上层建筑所引起的一场知识化运动,是该社会情感与理智的主潮,体现了世俗地主文化构型的独特目标。

现在让我们回头用"世俗地主知识化"的观点观照一下行于唐而止于宋的"行卷"之风。所谓"行卷",乃是唐代应试的举子将自己的一些作品呈献给有声望地位的人以求荐举的一种手段。程千帆《唐代进士行卷与文学》对此进行了颇为详尽的研究,足资参考。然而,大多数研究者都从行卷者这方面入手,而于受行卷者因之对文学史发展起了怎样的影响,则语焉不详。事实上科举是支指挥棒,而受行卷者便是执棒人。他们的好恶当然要视其影响大小而左右一批举子的文风。略举数例以明其余。孙光宪《北梦锁言》卷七载陈诏行卷,卷首有对语云:"隔岸水牛浮鼻渡,傍溪沙鸟点头行。"这样的俗句为什么置于卷首? 他说是"曾是朝贵见赏,所以刻于首章"。同卷又记卢延让二十五举方登第,是得力于行卷有句云"狐冲官道过,狗触店门开"为租庸张濬所赏,又有"饿猫临鼠穴,馋犬舐鱼砧"为成中令沕见赏。又卷十记李昌符行卷用《婢仆诗》。可见当时一些达官贵人鉴赏力低下,但指挥棒在手,就有举子投其所好。中晚唐诗风趋怪,不能不考虑这一因素。作为反例的是罗隐的行卷《馋书》。他不愿趋时所好,不跟指挥棒转,结果是十年不第,如其序中所云:"他人用是(指行卷)以为荣,而予用是以为辱;他人用是以富贵,而予用是以困穷。"(《全唐文》卷八九五)可见指挥棒在当时的威力。像罗隐这样倔强的毕竟不多,须知来行卷者无非是为了取功名,而不是"为艺术而艺术"呵! 当然,持指挥棒的也大有行家在。如韩愈、张籍、杨敬之等,就曾奖拔过优秀人才。就总体上看,尤热心于进士科举并借以结成新势力的是如前所论的世俗地主,如"牛党"之流。这些来自下层的暴发户,自然比执礼教之牛耳的士族地主要俗气得多。上引那些"猫儿狗儿"诗、《婢仆诗》的赞赏者,多为此辈。这就使中晚唐世俗地主知识化运动呈现出"俗"的趋势,即"由雅入俗"的文学思潮。这就是统治者通过科举的指挥棒将他们的政治要求化为习尚,化为某种合于他们趣味的美学倾向,形成无意识选择的过程。除了行卷,科举对省试诗的一些要求,如一定用五言排律,一般只能用六韵,不许骂题、做反面文章等,这些清规戒律的形式有助于中唐以后由个体自由的追求转向个体规范化的建立这一新文化型的建构。虽然它还有后来的"八股文"那样钳制人的个性发展,但毕竟是其滥觞。随着北宋政教合一的实现,科举对规范化起的作用就更大了。北宋科举对文风的影响不但体现在如北宋文学革新领袖人物欧阳修曾利用科举考试打击"太学体"艰涩的文风,强力推行平易的新文风①,更深刻地体现在科举以读经为内容,且要求"务通义理",从而使世俗地主知识分子普遍地接受儒学教育,形成新的价值系统,以"文章务本"为主体,将北宋世俗地主知识化运动从"由雅入俗"引向"化俗为雅"。于是中唐—北宋的文学运动基本上形成一个呈螺旋形的图式。

现在让我们看看科举考试经北宋改革后,以儒家经典为内容,引起世俗地主价值系统的转换,对文学史发展所起的作用。这个问题应当与中唐以后"新儒教"的日渐成形,至宋代理学的出现结合起来看。宋代的理学将伦理学提高为本体,在重建人伦秩序过程中强调个体遵从道德律令的自觉性,以适应人身依附性减弱而君主专制强化的社会现实。这是与世俗地主知识化运动相表里的世俗地主由反思转入内省的运动。这是一个新价值系统形成的过程。姑称之为"人的再自觉"。从此,北宋以后人便以一种新的标尺来衡量文学,导致伦理学入主文学,左右了大部分作家的创作,从而完成了整合客体于主体的士大夫文学新图式。它标志着一种与"魏晋—盛唐"士族地主文化构型不同的后期封建社会世俗地主文化构型的确立。我们将在第七章详论。

综上所论,科举对文学的影响不止体现于严羽所谓的"唐以诗取士",更体现为两种文化构型的嬗变,科举是其杠杆。就这点意义上说,北宋文学史发展受科举的制约要比唐代深刻得多。

---

① 韩琦《安阳集》卷五《欧阳少师墓志铭》载欧阳修嘉祐初权知贡举(主考),对"务为险怪之语"者一切黜去,而拔擢"平淡造理者",引起一场风波。详第六章第二节。

第六章　世俗地主知识化运动中的文学

第一节　由雅入俗的新浪潮

对文学史而言,世俗地主取道科举跻身封建统治的上层,其重要性首先在于:处于较下层的世俗地主将"俗气"带进文坛,使士族文化也染上"俗气",这是个同化过程;同时由于进士科举要求参与的世俗地主必然学会写诗作赋帖经,面对原有的士族文化使自己"雅"起来,这又是个顺化的过程。由是推转了中唐—北宋时期"由雅入俗"又"化俗为雅"的双向文学运动。

如果说这一运动的内驱力是世俗地主知识化的要求,那么外在现实社会的推动力则是"安史之乱"。它将大批有高度艺术修养的盛唐作家驱向民间,如李白、杜甫、高适、岑参、元结等,无不饱经忧患,不同程度地接触到下层社会。其中杜甫与底层人民共过生死,自觉地由雅入俗,以摩天巨刃划时代地创造了全新的诗风。元稹《酬孝甫见赠》指出这一特点说:"怜渠直道当时语,不著心源傍古人。"萧涤非师认为:"什么是'当时语'呢?那就是当时通行的人民的语言了。"[1]"由雅入俗"是杜甫中后期创作精神之所在。如果说,《丽人行》《兵车行》与"三吏"、"三别"更多的是汉魏以来乐府的味

---

[1]　萧涤非《杜甫研究》,第 163 页。

道;那么,入蜀以后杜诗则有意别开生面,以方言俗语作诗。宋人吴可《藏海诗话》有:

> 老杜诗云:"一夜水高二尺强,数日不可更禁当。南市津头有船卖,无钱即买系篱傍。"与《竹枝词》相似,盖即俗为雅。

事实上杜甫不是将俗语雅化了,而应当说是有意将"雅"诗引向"俗"世间。试看《遭田父泥饮美严中丞》诗:

> 步屣随春风,村村自花柳。田翁逼社日,邀我尝春酒。酒酣诗新尹,畜眼未见有。回头指大男,渠是弓弩手……今年大作社,拾遗能住否?叫妇开大瓶,盆中为吾取。感此气扬扬,须知风化首。语多虽杂乱,说尹终在口。朝来偶然出,自卯将及酉。久客惜人情,如何拒邻叟。高声索果栗,欲起时被肘。指挥过无礼,未觉村野丑。月出遮我留,仍嗔问升斗。(《杜诗详注》卷十一)

明代王嗣奭《杜臆》卷四评得真切:"妙在写出村人口角,朴野气象如画。"的确,杜甫有意用"当时语"造成这种"朴野气象",与陶、谢、王、孟那种传统田园诗的典雅雍容不同,是诗国新开拓之疆土。北宋杨亿骂杜甫是"村夫子",可谓歪打正着道出杜甫后期诗"由雅入俗"的特质。此期杜诗,不必说是乐府歌行,七古五古,就连一向被视为典雅端庄体制宏丽的七律形式,也经杜甫之手而由雅入俗了。略举三首,可见一斑:

> 童稚情亲四十年,中间消息两茫然。更为后会知何地?忽漫相逢是别筵。不分桃花红胜锦,生憎柳絮白于绵。剑南春色还无赖,触忤愁人到酒边。(《送路六侍御入朝》)

　　　白帝城中云出门,白帝城下雨翻盆。高江急峡雷霆斗,古
　　木苍藤日月昏。戎马不如归马逸,千家今有百家存。哀哀寡妇
　　诛求尽,恸哭秋原何处村?(《白帝》)

　　　堂前扑枣任西邻,无食无儿一妇人。不为困穷宁有此,只
　　缘恐惧转须亲。即防远客虽多事,便插疏篱却甚真。已诉征求
　　贫到骨,正思戎马泪盈巾!(《又呈吴郎》)①

不但是"生憎"、"无赖"之类的"当时语"跻入"大雅之堂","白帝城
中云出门,白帝城下雨翻盆"的民歌风也成为七律佳句;而过去多用
应制、祝寿之类"社交场合"的七律,如今竟也用于写身旁小民"细
事"。从形式到内容,杜甫以前无古人的气魄由雅入俗地开辟了诗
歌的新天地!

　　诗歌通俗化至中唐而大盛。李肇《国史补》卷下称元和(宪宗
年号)以后歌行"学浅切于白居易"。事实上"浅切"是时代走向,不
一定就是学白居易。如白氏的前辈诗人顾况便是一位写通俗诗的
高手,其《上古之什补亡训传十三章》,直追《风》、《雅》,其中《囝》一
章云:"囝别郎罢,心摧血下。隔天绝地,及至黄泉,不得在郎罢前!"
(《全唐诗》卷二六四)纯用方言俗语,这样的"上古之什"称得上是
由雅入俗语了。与白氏同时的李绅,首著乐府新题二十首,是白居
易《新乐府》五十首的先声。又元稹《乐府古题序》亦称"昨梁州见
进士刘猛、李余,各赋古乐府诗数十首,其中一二十章,咸有新意"。
从元稹的和诗看,刘、李二进士之作也大致可推知,是浅切一类作
品②。可见时尚如此,故一时如张籍、王建、刘禹锡诸人也颇有通俗
之作。彭乘《墨客挥犀》记白居易作诗求老妪能解,虽然不知其依
据,所云至少是符合时代心理,应非浪传。不过,白居易诗在当时发

────────────
①　上引三首依次见《杜诗详注》卷十二、卷十五、卷二十。
②　元氏和诗十首见《全唐诗》卷四一八《梦上天》等。

生大影响乃至形成风气的,恐怕不在"浅切",也不在"讽喻"而在"轻俗"。

苏轼曾以"元轻白俗"品题元稹、白居易这二位中唐诗人(见《祭柳子玉文》)。所谓"轻"、所谓"俗",当与传统的"雅"相对而言。所以白居易曾称"诗到元和体变新",自注云:"众称元、白为千字律诗,或号元和体。"(《余思未尽加为六韵重寄微之》)关于"元和体",有多种解释,如宋人王谠《唐语林》引李珏奏语:"当时轻薄之徒摛章绘句,聱牙崛奇,讥讽时事。尔后鼓扇名声,谓之元和体。"可见"元和体"包括"摛章绘句"之作,也包括"聱牙崛奇"的非元、白一派之作,还主要地指"讥讽时事"之作。不过李珏的话属"奏语",是有其明显的政治目的,故分类笼统,要在归罪于"讥讽"。白氏自己认为元和新体诗当指那些"千字律",则属"摛章绘句"之流。元稹《上令狐相公诗启》也承认这一点:

> (稹)诗向千余首,其间感物寓意,可备朦瞽之讽达者有之,词直气粗,罪戾是惧,固不敢陈露于人。唯杯酒光景间,屡为小碎篇章,以自吟畅。然以为律体卑痹,格力不扬,苟无姿态,则陷流俗……江湘(一作"湖")间多有新进小生,不知天下文有宗主,妄相仿效,而又从而失之。遂至于支离褊浅之词,皆目为元和体。(《全唐文》卷六五三)

不管元、白愿意不愿意,他们开创的新体诗"轻"、"俗"的一面得到"新进小生"们的发挥,愈演愈烈,因此招来非议。连自称"十年一觉扬州梦,赢得青楼薄幸名"的杜牧也借李戡之口抨击:

> 尝痛自元和以来,有元、白诗者,纤艳不逞,非庄士雅人,多为其所破坏。流于民间,疏于屏壁,子父女母,交口教授,淫言媟语,冬寒夏热,入人肌骨,不可除去。(《全唐文》卷七五五)

时尚如此,实在是元、白始料之所未及。故皮日休《论白居易荐徐凝屈张祜》一文说:

> 凡言之浮靡艳丽者,谓之元、白体。二子规规攘臂解辩,而习俗既深,牢不可破。(《全唐文》卷七九七)

如果说盛唐的审美理想是"清水出芙蓉,天然去雕饰"(李白诗句),属于"雅文学";那么,中唐以后"天马行空"式的美的追求便为"笔补造化天无功"(李贺诗句)的人工美的追求所取代。"乌膏注唇唇似泥,双眉画作八字低"的"时世妆"取代了杨贵妃姐妹的"淡扫蛾眉";市井俗讲,里巷传奇,村陌竹枝,取代了李诗、张草、裴剑。浅切与俗艳正是由雅入俗的新浪潮。因之,中晚唐文学具有典型意义的不是"质而径"的"讽喻诗",也不是元、白自赏的"千字律",而是"小家数、馺馀气"(毛奇龄语)的轻、俗体诗;是"自颈下遍刺白居易舍人诗"的"白舍人行诗图"[①];是"以秾致相夸"的骈文"三十六体"(《唐才子传》李商隐条[②])。元稹《白氏长庆集序》称白诗之流布是"二十年间,禁省、观寺、邮候墙壁之上无不书,王公妾妇、牛童马走之口无不道。至于缮写模勒衒卖于市井,或持之以交酒茗者,处处皆是"(《元氏长庆集》卷五一)。时人之所好,竟至女子只要诵得《长恨歌》,"遂索值百万"(《诗薮》内编卷三)!晚唐司空图斥"元、白力勍而气孱,乃都市豪估耳"(《与王驾评诗书》)。可谓一语破的,点明元和诗风的底子在"俗"。这是一股由世俗地主带进文坛的"俗气"所掀起的由雅入俗之新浪潮!

诗歌各种体格至盛唐而大备,要有所发展就必须化熟为生,另辟蹊径。李肇《国史补》一面说是元和以后歌行"学浅切于白居

---

① 见段成式《酉阳杂俎》卷八。从所举句例看,所刺的元、白诗,当属那些"杯酒光景间,屡为小碎篇章"者,可配图,通俗易懂。

② 文史家往往以"三十六体"指某种诗体,误。详见本节下文辨析。

易",又一面说是"元和之风尚怪"。可见元和诗风"变新"有二途:
元、白一派走的是简化旧法的平易浅切一途,韩、孟一派走的是出奇
制胜趋奇走怪一途。与"浅切"相反,韩诗喜欢写得佶屈聱牙,他
"以文为诗"甚至"以不诗为诗"①,无异是把诗从典雅神圣的殿堂内
拖出来。在"入俗"这一点上,元白与韩孟二派诗人殊途而同归,打
了个照面。时人或以白居易《长恨歌》为"目莲变"②,或以卢仝《萧
宅二三子赠答诗》如传奇《元无有》,二派诗人在接受当时市民文艺
之影响上是一致的。关于这一点,陈贻焮先生《唐诗论丛·从元白
和韩孟两大诗派略论中晚唐诗歌的发展》一文剖析详尽,笔者认为
毋庸发挥,以免画蛇添足。这里要着重分析的是:与元和诗风大变
相平行的文体大变,即"古文运动"在由雅入俗新浪潮中的作用。陈
寅恪《论韩愈》一文指出:

> 退之(韩愈字)之古文乃用先秦、两汉之文体,改作唐代当
> 时民间流行之小说,欲藉之一扫腐化僵化不适用于人生之骈体
> 文,作此尝试而能成功者,故名虽复古,实则通今,在当时为最
> 便宣传,甚合实际之文体也。(《金明馆丛稿初编》)

"名虽复古,实则通今"是"古文运动"精神所在。韩氏于儒学创见
不多,功绩主要在文体的改革。宋人梅尧臣就曾以其《原道》的话反
赠韩氏其人:"愈者择焉而不精,语焉而不详,而健于言。"如何改革
文体? 陈氏所云"用先秦、两汉之文体,改作唐代当时民间流行之小
说"是一条重要的线索。"韩门弟子"张籍在《上韩昌黎书》中就曾

① 赵秉文《闲闲老人滏水集》卷十九《答李天英书》称:"杜陵知诗之为诗,未知不诗之为诗。
而韩愈又以古文之浑灏溢而为诗,然后古今之变尽矣。"
② 孟启《本事诗·嘲戏》载:"诗人张籍,未尝识白公。白公刺苏州,祜始来谒。才见白,白
曰:'久钦籍,尝记得君款头诗。'祜愕然曰:'舍人何所谓?'曰:'鸳鸯钿带抛何处? 孔
雀罗衫付阿谁? 非款头何邪?'张顿首微笑,仰而答曰:'祜亦尝记得舍人目连变。'白曰:
'何也?'祜曰:'上穷碧落下黄泉,两处茫茫皆不见。非目连变何邪?'"

说过:"比见执事多尚驳杂无实之说,使人陈之于前以为欢。"①陈寅恪认为"设韩愈所好'驳杂无实之说',非如'幽怪录'、'传奇'之类,此外亦更无可指实"。又说:"贞元、元和为古文之黄金时代,亦为小说之黄金时代,韩集中颇多类似小说之作,《石鼎联句诗并序》及《毛颖传》,皆其最佳例证。"②李嘉言《评龚书炽〈韩愈及其古文运动〉》一文又从而广之,认为陈鸿《长恨歌传》兼取元和体之内容与《新乐府》的讽喻精神作古文小说,元稹变骈俪的《游仙窟》而为古文的《会真记》③。由是看来,中唐的"古文运动"虽可上溯李华、萧颖士、陈子昂乃至李谔、苏绰,但与这些古文学不同之处,就在于中唐韩、柳古文运动不但继承了先秦、两汉的古文传统,还接受了当时流行的传奇小说的影响。鲁迅《六朝小说和唐代传奇文有怎样的区别?》一文曾指出唐人传奇"文笔是精细、曲折的,至于被崇尚简古者所诟病;所叙的事,也大抵具有首尾和波澜"(《且介亭杂文二集》)。从韩愈的碑文传记中,从《毛颖传》、《送穷文》乃至《祭鳄鱼文》、《石鼎联句诗并序》中,都可感受到与传奇笔法波澜相近之处。不必说《毛颖传》,就中如《国子助教河东薛君墓志铭》,写薛公达"射三发,连三中,的坏不可复射。中辄一军大呼以笑,连三大呼笑。帅益不喜,即自免去"(《全唐朝文》卷五六五),以小说笔调写墓志,直是前无古人! 后来杜牧《上泽潞刘司徒书》颂其功:"是以赵一摇,燕一呼,争来汗走,一日四海廓廓然无事矣!"(《全唐文》卷七五一)还有许多人的"厅壁记",都用这种小说笔调。正是这点革新,使韩柳古文运动不同于前此的复古作家,而具有"名虽复古,实则通今"的生命力。柳宗元曾在《读韩愈所著毛颖传后题》一文中为韩愈的《毛颖传》辩护说:"且世人笑之也,不以其俳乎? 而俳又非圣人之所弃

---

① 见《五百家注音辨昌黎先生文集》卷十四附录。
② 陈寅恪撰、程会昌译《韩愈与唐代小说》,转引自汕头大学中文系编《韩愈研究资料汇编》,第506页。
③ 《李嘉言古典文学论文集》,第506页。

者。"(《全唐文》卷五八六)他还将《毛颖传》与太史公司马迁的《滑稽列传》相提并论,力图抬高其地位,以证其存在的合理性。其实俳谐更是民间文学常见的文体,只要将"俳"与上引韩门弟子张籍批评韩愈"多尚驳杂无实之说"联系起来看,便可证韩愈的《毛颖传》更多地受到传奇文学的影响,正体现了由雅入俗的时代精神。可惜皇甫湜、樊宗师辈未能体会这一点,致使古文运动未循此以进,取得更大的进展,反因其片面追求"陈言务去",以"凌纸怪发"为美,以艰深文浅陋,终于日趋式微。一直到宋人手里,才又从平易入手,使散文取得巨大的成就。《后山诗话》:

> 范文正公(仲淹)为《岳阳楼记》,用对语说时景,世以为奇。尹师鲁读之,曰:"传奇体尔。"《传奇》,唐裴铏所著小说也。

范仲淹《岳阳楼记》中间二段"用对语说时景",正是民间文学常见的文白兼用,诗文相间,有说有唱的形式。试看敦煌话本《庐山远公话》一段描写:

> 远公迤逦而行,将一部《涅槃》之经,来往庐山修道。是时也,春光扬艳,熏色芳菲,绿柳随风而舞婀娜,望云山而迢递,睹寒雁之归忙。自为学道心坚,意愿早达真理。远公行经数日,便至江州。(《敦煌变文集》所载斯字2073号)

所用手法正是以单行散文记述,而"用对语说时景"。欧阳修《醉翁亭记》也采用这种手法,似骈非骈,似散非散,同样取得成功。尹师鲁因范氏文"用对语说时景",便讥为"传奇体",无意中道出宋代散文日近市井的成功之秘。此是后话,且按下不表。

　　"古文运动"与俗文学之间的联系毕竟只是草蛇灰线,真正体现文体由雅入俗的是传奇创作本身。传奇,是士大夫文学面对民间文学的最前沿阵地。元稹《元氏长庆集》卷十《酬翰林白学士代书一百韵》诗:"翰墨题名尽,光阴听话移。"下注:"乐天每与予游,从无不书名屋壁。又尝于新昌宅(听)说《一枝花》话,自寅至巳犹未毕词也。"寅末至巳初,约在早晨六点钟至九点钟。如果不是雅兴正浓,何以这么七早八早就来听说书,又听这么久呢?"光阴听话移"说尽当时士大夫的好尚。而唐代进士以传奇小说来"行卷"(考试前投献考官或名公以冀推荐的诗文),也说明处于上层的达官贵人也爱好这一形式,进士们正是投其所好才撰写传奇投献的。更有些士大夫撰写传奇并非功利目的,而是一种爱好。如白居易的弟弟白行简,贞元末登进士第,其名作《李娃传》写于大中九年,是登第后的事,与行卷无关。宋罗烨《醉翁谈录》与明人梅鼎祚《青泥莲花记》中《李娃传》附注都说李娃"旧名一枝花"。元、白都听过说书《一枝花话》,那是元和五年的事,在白行简写《李娃传》之前。白行简可能是听过这一故事后才改写成《李娃传》的。此例之重要,首先在于它勾画出俗文学侵入雅文学的路线:俗文学以其生动性首先从心态上征服了士大夫,进而成为他们乐于采用的形式。因此,俗文学对雅文学的影响首先是好尚。后来盛行于宋的话本小说则因缺少士大夫自觉的普遍的参与,而成为"纯俗文学",对"正统"的雅文学的影响反而不如唐代。为此,无论元和诗风的浅切、俗艳与尚奇,无论韩愈所倡言的"文从字顺"、"陈言务去",都不应停留在形式上或题材上与俗文学的某种相似去推求,更应进一步从深层的心理意识上的沟通去把握。也就是说,所谓的"由雅入俗",是与市井俗人(包括为求仕而长期混迹其间的进士们)的文化修养、审美意识、好奇心理——总之,一句话:与市井俗人的"期待视野"息息相关①。以笔者

① 这里所谓的"期待视野",是采用姚斯的文学史理论中的概念,即读者阅读作品的思维定向。它包括读者已有的思想观念、审美趣味、道德情操与接受水平等等。参看[德]姚斯、[美]霍拉勃《接受美学与接受理论》,周宁等译,辽宁人民出版社1987年版。

管见,中晚唐市井俗人通过"好尚"的心理渠道,对雅文学发生内在的深刻影响,大致可归纳为二条:一是重叙事,二是重感官。

重叙事。中晚唐通俗文学主要品种有讲经、变文、话本、词文、俗赋等。之间虽有题材、形式之别,但重视故事性却颇为一致。据敦煌保留下来的唐代俗文学如《大目乾连冥间救母变文》、《韩朋赋》、《维摩诘经变文》、《张仪潮变文》、《韩擒虎话本》、《叶净能话》、《季布骂阵词文》等大量资料,可看出无论艺术性之高下,都能重视故事情节的组织安排与描写。这些讲唱还经常配有画图,随时展现,使听者易于理解故事之情节。因此,这类讲唱吸引了大量听众。韩愈《华山女》诗曾形容讲经之盛况:"街东街西讲佛经,撞钟吹螺闹宫廷。"[1]佛教徒讲经的成功,说明市井小民这一文化层次对讲唱形式的喜爱。引起我们注意的还在于:不但士庶男女尘杂于寺观听俗讲,甚至深宫中的统治者也来到市井欣赏这种通俗文艺。《资治通鉴》卷二四三载唐敬宗于宝历二年也"幸兴福寺,观沙门文淑俗讲";卷二四八又载万寿公主于大中二年"在慈恩寺观戏场"。看来,俗讲加上当时盛行的傀儡戏、参军戏,俗文艺风靡一时,已从市井漫向朱门,漫向宫廷。俗文艺已不是什么街头流浪汉,它是一股新浪潮,文艺的新浪潮!在它的冲击下,传统文学也不得不偏离原来惯性的轨道,从传统清空的抒情笔调摆脱出来,转向较为写实的叙事的笔调,以适应当时读者的期待视野。李嘉言《古诗初探·词的起源与唐代政治》一文指出:"诗至中唐即由言志而入于写实",我想原因就在这里。而所谓的"写实",未必皆写实事,更确切地说,是"叙事的笔调"。《长恨歌》《秦妇吟》作为文人叙事长篇,是文学史上少有的杰构,它们出现于俗文艺繁荣的中、晚唐,绝非偶然。每个巨浪都由无数的粼粼细波堆起。中晚唐诗人在叙事功夫上是经过长期实践的。白居易《卖炭翁》、《缚戎人》之章,元稹《连昌宫

---

[1]　钱仲联《韩昌黎诗系年集释》卷十一。

词》、《会真诗》之类自不必说;像元稹的《梦游春七十韵》、白居易的
《和梦游春诗一百韵》之类,也都是用繁褥之词铺排敷演情事,用叙
事笔调言情。宋人苏辙《诗病五首》曾批评白居易"拙于纪事,寸步
不遗,犹恐失之"①。殊不知"寸步不遗"正是合乎当时俗文艺富于
铺叙的新型的叙事笔调,而作为已经处于由雅入俗转而化俗为雅阶
段的后来人苏辙,也就不能表示赞赏了。张戒《岁寒堂诗话》说:
"元、白、张籍、王建乐府,专以道得人心中事为工。"所谓"道得人心
中事",便是合于人之心理,合于读者的期待视野。《唐音癸签》卷
九就认为张籍是"就世俗俚浅事做题目",又如名噪一时的王建《宫
词一百首》,个别地看,艺术性高的并不太多,但总体地看,它反映了
神秘的宫廷生活,满足了人们的好奇心。正因其神秘,所以有宦官
王守澄云"禁掖深邃,何以知之"而准备奏劾的传说②。与此相映成
趣的是《北梦琐言》卷十的一段记载:"唐咸通(懿宗年号)中,前进
士李昌符有诗名,久不登第,常岁卷轴,怠于装修。因出一奇,乃作
婢仆诗五十首,于公卿间行之……浃旬,京城盛传其诗篇,为姹姤辈
怪骂腾沸,尽要捆其面。是年登第。"这婢仆诗五十首,虽写的是下
里巴人,但与深宫秘事一样,都展现了社会生活中陌生的一角,同样
满足了人们的好奇心。这些例子是其显者,至如王建《新嫁娘词三
首》(《全唐诗》卷三○一),只是几件琐事的点缀,便富有生活的情
趣。诗不长,录于下:

　　邻家人未识,床上坐堆堆。郎来傍门户,满口索钱财。

　　锦幛两边横,遮掩待娘行。遣郎铺簟席,相并拜亲情。

　　三日入厨下,洗手作羹汤。未谙姑食性,先遣小姑尝。

①　《栾城三集》卷八。
②　见《苕溪渔隐丛话》前集卷二二。

如是将注意力从意气功业转到身旁富有情趣的琐事上来;兴趣也从借自然景物兴讽抒情稍稍转到对具体事件的描写上来,他们从内省的角度咀嚼自己的生活,而这正是世俗地主文化的新面目。因此,不但是诗,文与赋也有相同的倾向。首先值得注意的是柳宗元的寓言,以及相类性质的大量后起的中晚唐小品文。在先秦寓言寂寞千年之后,中晚唐时这一形式又热闹起来了。要说二者的区别,大抵与唐传奇与六朝志怪之区别相似:一则叙述宛转,一则粗陈梗概。试看《战国策》中"江乙对楚宣王"条虎与狐的形象:

> 虎求百兽而食之,得狐。狐曰:"子无敢食我也! 天帝使我长百兽,今子食我,是逆天帝命也。子以我为不信,吾为子先行,子随我后,观百兽之见我而敢不走乎?"虎以为然,故遂与之行;兽见之皆走。虎不知兽畏己而走也,以为畏狐也。

再看柳宗元《三戒·黔之驴》中虎与驴的形象:

> 虎见之,庞然大物也,以为神。蔽林间窥之,稍出近之,慭慭然莫其知。他日,驴一鸣,虎大骇远遁,以为且噬己也,甚恐。然往来视之,觉无异能者。益习其声,又近出前后,终不敢搏。稍近益狎,荡倚冲冒,驴不胜怒,蹄之。虎因喜,计之曰:"技止此耳!"因跳踉大㘎,断其喉、尽其肉乃去。(《全唐文》卷五八五)

后者比前者描写细,铺垫足,是一目了然的。后来小品文作者有用寓言形式的,也大都注重形象的描写。如皮日休的《悲挚兽》[①],罗隐的《说天鸡》[②],其中形象无不栩栩如生。又有林简言的《纪鸮鸣》(《全唐文》卷七九〇),叙事已小有波澜。其中阑入巫者的鬼话,颇

---

① 见萧涤非等整理《皮子文薮》卷七。
② 见雍文华校辑《罗隐集·谗书》卷二。

具情节。虽然这只是略施传奇笔法之小技,却已是先秦寓言所缺乏的了。大体说来,寓言的复兴与时人的爱听故事的风尚有关,而时代的不同又使技法有所进步。总之,重"事",并因之而重叙事的技巧,这便是中晚唐"雅文学"屈从于"俗文学"的第一步。而那第二步,该是审美趣味上的改变了。

重感官。如前论,由于"安史之乱"后新的生产关系的拓进,使世俗地主得以跻身于上层社会,并带来与世代讲究礼教的士族地主截然不同的新风尚。晚唐人孙棨《北里志序》云:

> 自大中皇帝(宣宗)好儒术,特重科第……故进士自此尤盛,旷古无俦。然率多膏粱子弟,平进岁不及三数人。由是仆马豪华,宴游崇侈,以同年俊少者为两街探花,使鼓扇轻浮,仍岁滋甚。

这些"鼓扇轻浮"者,也就是元稹所说的那伙"新进小生",司空图所疾首的"都市豪估"。这些人已经没有由盛唐跌入中唐的士大夫的失落感。随着唐中央政权的日趋衰落而江南经济命脉依然搏动的新形势,这些人没有"中兴"梦,有的只是对现实中声色犬马的追求。林庚《中国文学简史》(上卷)一直未得到应有的重视。事实上这是一部颇具特色的文学史,不乏高明的识见。如第十四章曾以诗人特有的敏锐指出,像孟郊的"春芳役双眼,春色柔四支"(《古离别》)一类诗,"开始了晚唐感官的彩绘的笔触"。我认为真正开始此种"感官的彩绘的笔触"的大力者,是李贺。而脱颖而出的李贺诗的意义,首先就在于以此种笔触开启了文学形式发展的新方向。

自从杜牧《李长吉歌诗叙》说李贺诗"盖《骚》之苗裔,理虽不及,辞或过之"①,则李贺诗乏"理"几成定论。事实上李贺有李贺的

---

① 《三家评注李长吉歌诗》卷首杜牧序。

“理”，不在“感怨刺怼，言及君臣理乱”，而在生与死。一方面是对生的执着与追求，于是写下许多恋情闺怨之诗；另一方面是对死的恐惧，写下许多牛鬼蛇神哀愤孤激之诗。浪与石的撞击产生美丽的浪花；生与死的思考产生凄艳的李贺诗。贫穷细瘦而多愁善感的李贺时常感到死神的召唤（在幻觉中死神美化为“绯衣仙子”，见李商隐《李长吉小传》），因而尽情地以其感官拥抱这短促的人生。读其诗，便会惊叹诗人对客观世界纤细的感觉，对其声、色、香、味的高度敏感，及其特殊的综合感受能力。可以说，他不是以一种感官去感受，而是用各种感官，用整个身心去感觉世界。他能听到人们听不见的音响：“银浦流云学水声”（《天上谣》）、“雀步蹙沙声促促”（《黄家洞》）、“羲和敲日玻璃声”（《秦王饮酒》）；他能觉察到人们不易觉察到的微细事态：“一编香丝云撒地，玉钗落处无声腻”（《美人梳头歌》）、“黄蜂小尾扑花归”（《南园》）；他喜欢浓重的色彩，如《雁门太守行》中的黑、紫、胭脂，同处一个画面；他喜欢坚硬锐利的东西，如“昆山玉碎凤凰叫”（《李凭箜篌引》）、“夜天如玉砌”（《十二月乐词》）、“隙月斜明刮露寒”（《剑子歌》）；无论什么东西。他都可以感到它的重量与体积：“虫响灯光薄”（《昌谷读书》）、“忆君清泪如铅水”（《金铜仙人辞汉歌》）；他的感应神经打通了，视觉、触觉、味觉在心灵中交汇：“松柏愁香涩”（《王濬墓下作》）、“玉炉炭火香冬冬”（《神弦》）、“杨花扑帐春云热”（《蝴蝶舞》）[1]。这种“通感”正基于对感官的重视。继承李贺这种“感官的彩绘的笔触”的，还有李商隐、温庭筠、段成式诸人。李商隐《牡丹》诗：

> 锦帏初卷卫夫人，绣被犹堆越鄂君。垂手乱翻雕玉佩，折腰争舞郁金裙。石家蜡烛何曾剪？荀令香炉可待熏。我是梦中传彩笔，欲书花叶寄朝云。（《玉谿生诗集笺注》卷一）

---

[1]　以上所引李贺诗，均用中华书局上海编辑所《三家评注李长吉歌诗》本。

方东树《昭昧詹言》卷十九引其先君云："七律中，以文言叙俗情入妙者，刘宾客（禹锡）也；次则义山（李商隐），义山资之以藻饰。"刘禹锡不但直接以《竹枝词》一类的民歌体写俗情，还将此情引入七律，但语言还是比较接近口语。李商隐则不同，"资之以藻饰"，用传统的典雅的语言来写俗情，上引诗正是典型。大概为了典雅，他不但以美女喻花，还用了一些"男士"的典故喻花。"雅"是"雅"了，但华丽词藻下埋伏着病态。吉川幸次郎曾精确地称这类形象是"有力的病态形象"①。之所以"病态"而"有力"，就在作者并非心死，而是心哀，如李贺所谓"神血未凝"。这也是晚唐"感官的彩绘的笔触"与齐梁"感官的彩绘的笔触"不尽相同之处。晚唐士风与南朝风应有区别。晚唐士子并非糜烂，而是对没落不可救药的唐帝国的失望："夕阳无限好，只是近黄昏！"（李商隐句）吉川幸次郎将李商隐热衷于病态手法和题材的原因归诸"对没有希望时代的失望"②，可谓精绝！李商隐清词丽句所构筑的艺术之宫好比西方中世纪哥德式建筑，"形式的富丽，怪异，大胆，纤巧，庞大，正好投合病态的幻想所产生的夸张的情绪与好奇心"③。李商隐那些迷宫似的无题诗最典型地反映了晚唐士子那种怅惘的情绪。然而，初涉政界的世俗地主士人，在重建一体化的历史潮流中毕竟是属于向前进的阶层，所以他们不像南朝腐败没落的士族那样不可救药，晚唐诗文于追求形式美的同时不乏剥非补失指陈时病之作这一事实，便是明证。然而，唐帝国的没落与当时战乱的现实又使他们绝望，从而自暴自弃，追求声色之乐。杜牧"十年一觉扬州梦，赢得青楼薄幸名"（《遣怀》）④，并不是自甘没落，而应当看作是巨大的感慨，可与陈子昂

---

① ［日］吉川幸次郎《中国诗史》，章培恒等译，安徽文艺出版社 1986 年版，第 262 页。着重号为引者所加。
② 同上。
③ ［法］丹纳《艺术哲学》，傅雷译，人民文学出版社 1983 年版，第 52 页。
④ "十年一觉"，或作"三年一觉"，今仍依上海古籍出版社冯集梧注本《樊川诗集注·樊川外集》及《全唐诗》卷五二四作"十年一觉"。

"前不见古人,后不见来者"先后呼应。因此,史称"士行尘杂,不修边幅,能逐弦吹之音,为恻艳之词"(《旧唐书》本传)的温庭筠仍有《过五丈原》、《过陈琳墓》等沉郁悲壮之作,而以《香奁集》得名的韩偓也有"谋身拙为安蛇足,报国危曾捋虎须"(《安贫》)一类深沉的感慨①。晚唐咏史、感时之作数量之多,前代所无,可见士子对国事依然关心。也正因为这样,在晚唐一塌糊涂的烂泥潭中,才有放射光芒的小品文出现。对晚唐作家常见的人格分裂应作如是观。正因为绝望的灰烬下掩盖着一颗燃烧的心,所以梁陈宫体诗的结局是衰亡,而晚唐绮艳诗却在新诗体——词这一形式中得到涅槃。容下文另述。

综上所述,重视叙事的笔调与重视感官的彩绘的笔触是中唐到晚唐"由雅入俗"的体现。而作为反例的,则是雅文学"正宗"的骈体文在晚唐的"中兴"。任何潮流都有相应的逆流,但这些逆流都与正潮相辅相成。骈体文及与之平行的赋,在中晚唐兴盛,首先与科举制、官方提倡等有关。唐政府将骈文规定为官方标准应用文的形式,将律赋作为进士考试的科目。而试赋的目的恐怕还在于测验士子是否具备写作官方应用文的能力的一种有效方法而存在。《旧唐书·文苑传》载李商隐"能为古文,不喜偶对。从事令狐楚幕,楚能章奏,遂以其道授商隐,自是始为今体章奏"。明白无误地记述了李氏弃所好之古文而从学骈文的目的与过程。说到底,士人习骈文作律赋,主要是进行当官的基本功训练。一般士人考上进士成了名,就不再写赋。如皮日休一共写了四篇赋,其中三篇写于及第前,及第后便专意写诗了②。当然也有写成癖好了,及第后"敲门砖"还拿在手上不肯放的。晚唐有人存赋至十余卷者(如薛逢赋十四卷),我疑心便是这号人。又如李商隐,因"博学强记,下笔不能自休",竟成了骈文大家,"中兴"干将。现在有些文史研究者将"三十六体"当

① 《全唐诗》卷六八一。
② 参看萧涤非等整理《皮子文薮》1959年版"前言"第二节。

作李商隐、段成式、温庭筠三个排行"十六"的人的诗体,这是很错误的。"三十六体"应指这三个人的文体。这只要将《旧唐书·文苑传》与《唐才子传》中李商隐传的上下文仔细瞧瞧就会明白的。如:

> 商隐能为古文,不喜偶对。从事令狐楚幕,楚能章奏,遂以其道授商隐,自是始为今体章奏。博学强记,下笔不能自休,尤善为诔奠之辞。与太原温庭筠、南郡段成式齐名,时号"三十六"。文思清丽,庭筠过之。(《旧唐书·文苑传》)

> 商隐工诗,为文瑰迈奇古,辞难事隐。及从楚学,俪偶长短,而繁缛过之。每属缀多检阅书册,左右鳞次,号"獭祭鱼"。而旨能感人,人谓其横绝前后。时温庭筠、段成式各称致相夸,号"三十六体"。(《唐才子传》卷七)。

> 李商隐佐令狐楚,授以章奏之学,遂得名一时,当时工章奏者,如温庭筠之徒,相夸号"三十六体"。(《全唐文纪事》卷五十五)

可见"三十六体"是指当时颇为流行的骈文体。这些人的骈文特点是工丽繁缛,故"各以称致相夸"。虽取骈文之形式,而叙情宛转,无板滞之病,与他们的律诗一样是以雅言叙俗情之具。李商隐《祭小侄女寄寄文》(《全唐文》卷七八二)凄婉绵邈,可谓沁人心脾,骨子里倒是与晚唐那种重视叙事与感官的彩绘的笔触的诗风相近呢!至于律赋,也像清人李调元《赋话》所说:"逮乎晚季,好尚新奇,始有《馆娃宫》、《景阳井》,及《驾经马嵬》、《观灯西凉府》之类,争妍斗巧,章句益工,而《英华》所收,顾从其略,取舍自有定则,固以雅正为宗也。"可见晚唐律赋虽盛,也还是与元和后诗风一样尚奇求工,仍与"雅正"相乖,入于俗。而这些时文律赋的语言,也大都明白晓畅。王运熙《韩愈散文的风格特征和他的文学好尚》一文就曾经指出黄滔《明皇回驾经马嵬赋》"其语言的通俗流美,很像白居易的《长恨歌》"①。还颇有点"拿来主义",无论形式是新兴的传奇还是传统的骈律,都可用来表达其思想意绪。而作为世俗地主文人自创的新体制,大概要算词这一形式了。

明万历汤评本《花间集》汤显祖叙云:"自三百篇降而骚赋,骚赋不便入乐,降而古乐府;古乐府不入俗,降而以绝句为乐府;绝句少宛转,则又降而为词。"汤氏以其实践者的直觉把握了中国文学文体流变的一条规律:文体总是不断地往"俗"的方向降落。许学夷《诗源辩体》卷二六说:"李贺乐府七言,声调婉媚,亦诗余之渐。"卷三〇说:"商隐七言古,声调婉媚,太半入诗余矣。"又说:"庭筠七言古,声调婉媚,尽入诗余矣。"所谓"诗余"就是词。许氏指出由李贺到李商隐、温庭筠,诗中词的情调递增的过程。可见李贺以来"重感官的彩绘的笔触"一派诗人促成了文人词的发达②。经过相当时间的探寻,世俗地主文人发现:词这一形式配乐舞(诚如《四库全书总目·词曲类》所称,其体乃介于文章、技艺之间),要比诗、骈文更能直接满足时人对声色的追求。故词之滥觞虽可追踪至六朝《五更转》之类民间曲子词,但为文人所选定,并大力发展,蔚成大国,必在中晚唐"重感官的彩绘的笔触"一派诗人出现之后。于是乎取材本来十分广阔的民间曲子词,经晚唐的文化整合,其"声调婉媚"的特征逐渐突出,乃至出现题材狭隘的典范之作——《花间集》。欧阳炯《花间集叙》说:"则有绮筵公子,绣幌佳人,递叶叶之花笺,文抽丽锦;举纤纤之玉指,拍按香檀。不无清绝之词,用助娇娆之态。"既然词只是"用助"乐舞以表现更直接的声色,那么它不必再倾全力于"感官的彩绘的笔触"的追求,而是在"声调婉媚"

---

① 复旦学报增刊《古典文学论丛》第 98 页。下引董迺云云亦转引该刊第 97 页。
② 关于这派诗人与词之关系,前贤已有论及。如刘永济《词论》卷上《通论》:"又张炎《词源》谓贺方回、吴梦窗之字面多从李长吉、温飞卿诗中来,此语最能道出词与诗之关系。"又,缪钺《诗词散论·论词》:"用五七言诗表达最精美深微之情思,至李商隐已造极,过此则为诗之所不能摄,不得不逸为别体,亦如水之脱故流而成新道,乃自然之势。"

上下功夫①。于是出现了陆游所说的"诗愈卑而倚声辄简古可爱"
(《花间集》跋)的矛盾现象。在"开山词人"温庭筠词中可看到"蛹
化蛾"的过程。试读其名作《菩萨蛮》：

> 水精帘里颇黎枕,暖香惹梦鸳鸯锦。江上柳如姻,雁飞残
> 月天。　　藕丝秋色浅,人胜参差剪。双鬓隔香红,玉钗头上
> 凤。(《花间集》卷一)

其色泽,仍李贺一脉之笔触;其声音,则为世俗宴乐之本色："'藕丝'
二句,'丝'、'色'、'浅'、'参'、'差'、'剪'诸字,声音皆相似,多为
齿头音,读之恍如见其纤美参差之状。"②词,作为与音乐紧密结合
的文体,其"入俗"或"雅化",当与诗有其不同的标准。词的雅俗之
辨不但在乎"言志"或"缘情",还在乎是否用"俗腔俗乐"。所以仍
用"胡夷里巷"之乐的李后主词也尚未尽脱"俗",真正的"士大夫之
词",有待北宋人来做。

　　文人作俗词至北宋中期的柳永称极盛。李清照《词论》："逮至
本朝,礼乐文武大备,又涵养百余年,始有柳屯田永者,变旧声作新
声,出《乐章集》,大得声称于世。"③何以要待到"礼乐文武大备,又
涵养百余年"才能产生一个写俗词的柳永? 首要的一条原因是社会
的需求。欧阳炯《花间集叙》曾明言《花间集》的结集是为了满足
"西园英哲,用资羽盖之欢"。在兵荒马乱的晚唐、五代,"西园英
哲"只是些小圈子。北宋长期的相对安定与经济上的繁荣,使世俗
地主、市井平民具备了条件,与当年"西园英哲"们有了同样的"用
资羽盖之欢"的需求,柳永是应运而生的天才词人。柳词之俗,体现

---

① 任二北《郭煌曲初探》："敦煌曲,乃唐代一种配合乐舞之歌辞也。配合乐舞之歌辞,所以
　刺激人之灵感或官能者,首在其所寄托之声乐与舞容。"(上海文艺联合出版社 1954 年
　版,第 397 页)
② 叶嘉莹《迦陵论词丛稿》,上海古籍出版社 1980 年版,第 25 页。
③ 《苕溪渔隐丛话》后集卷三三引。

在词的本文及其选用的腔调。《艺概》卷四:"耆卿(柳永字)词,细密而妥溜,明白而家常,善于叙事,有过前人。"《四库全书提要》:"盖词本管弦冶荡之音,而永所作旖旎近情,使人易入,虽颇以俗为病,然好之者终不绝也。"正好从文本的叙事性与腔调的旖旎近情两方面说出柳词俗的特色。而最能体现这两方面特色的是占柳词十之七八的慢词。慢词当起源于民间词,如敦煌《云谣集》中有百字以上的慢词《倾杯乐》等。有一条未经证明的规律:雅文学往往喜欢简古,而俗文学倒往往喜欢铺叙而倾向于长篇,如《古诗为焦仲卿妻作》。柳永喜欢将小令改造为慢词(如将《浪淘沙》衍为三叠的《浪淘沙慢》),正表明其"入俗"的倾向。而宋人对音乐的审美趣味的改变,也使慢词受欢迎。唐人好胡乐,伴奏多用羯鼓、羌笛与琵琶,因此《花间集》中小令音节促碎多变。两宋则渐入啴缓而趋于平整,如宋翔凤《乐府余论》所说:"北宋所作多付筝琶,故啴缓繁促而易流,南渡以后半归琴笛,故涤荡沉渺而不杂。"柳永慢词正是化促碎为平整的桥梁①。加上"明白而家常"(《艺概》卷四)的语言,且"序事闲暇,有首有尾"(王灼《碧鸡漫志》卷二),所以深得人们的喜爱,传播远近。叶梦得《避暑录话》卷下称:"余仕丹徒,尝见一西夏归朝官云:'凡有井水饮处,即能歌柳词。'言其传之广也。"《碧鸡漫志》卷二则云:"今少年十有八九不学柳耆卿,则学曹元宠。"甚至对柳词表示鄙视的宋代士大夫,作词也深受其影响。如"婉约之宗"的秦观,曾被苏轼讥为"学柳七作词"(《唐宋诸贤绝妙词选》卷二),而精音律、多创调的周邦彦词句如"拼今生对花对酒,为伊泪落"(《解连环》)与柳永深受晏殊讥讽的"彩线慵拈伴伊坐"(《定风波》)又相去有几? 难怪有人会认为"周词渊源全自柳出"(《柯亭词论》)。实

---

① 参看施议对《词乐论》"由'促碎'变'缓'归'平整'"一节。《中国首批文学博士学位论文选集》,山东大学出版社 1987 年版,第 211 页。

际上柳词从句法到章法,沾溉后人不少①。特别是所谓的"婉约派",都有柳永词的"俗"的底子。诚如《四库全书总目提要·东坡词提要》所说:"词自晚唐五代以来……至柳永而一变,如诗家之有白居易。"②

当然,文人词最终还是要"雅"起来的。一方面是乐腔的雅化,如提举大晟府的周邦彦所作的努力;一方面是词本文的雅化(或者说是"学问化"),如苏东坡、辛弃疾诸人所作的努力。关于这一点,下节另述。问题还在于:在词"化俗为雅"的过程中,与诗的轨迹不同的是,柳永一派仍能流行不衰。如徐度《却扫篇》卷五所说:

> 耆卿(柳永字)以歌词显名于仁宗朝,官为屯田员外郎,故世号柳屯田。其词虽极工致,然多杂以鄙语,故流俗人尤喜之,其后欧(阳修)、苏(轼)诸公继出,文格一变,至为歌辞,体制高雅。柳氏之作,殆不复称于文士之口,然流俗好之自若也。

岂但"流俗好之自若",连那些鄙柳词而辱之的雅士,其俗人口吻也要常常从自家笔底流出。张舜民《画墁录》卷一载,晏殊曾与柳永有一段问答:

> 晏公曰:"贤俊作曲子么?"三变(柳永原名)曰:"只如相公亦作曲子。"公曰:"殊虽作曲子,不曾(一作会)道'彩线慵拈伴伊坐'。"柳遂退。

然而,这位晏公就不写这类词了吗?《苕溪渔隐丛话》前集卷二六引《诗眼》:

---

① 清末况周颐《蕙风词话》卷三就认为"柳屯田《乐章集》为词家正体之一",正是承认柳词的深远的影响。
② 王国维《人间词话》也称:"耆卿似乐天。"

晏叔原(殊之子)见蒲传正,云:"先公平日小词虽多,未尝作妇人语也。"传正云:"绿杨芳草长亭路,年少抛人容易去。岂非妇人语乎?"晏曰:"因公之言,遂晓乐天诗两句,云:'欲留年少待富贵,富贵不来年少去。'"传正笑而悟。(赵与时《宾退录》卷一亦引《诗眼》,异文作:"晏曰:'因公之言,遂晓乐天诗两句,盖欲留所欢待富贵,富贵不来所欢去。'")

晏几道有意将晏殊词中的"年少"混同白居易诗中的"年少",却抹不掉晏殊也写"艳词"的事实,这只要读其原词《玉楼春》便知①。人类总是为自身安排一个感情宣泄的渠道,而词作为专制日甚的封建社会中宣泄"儿女之情"的孔道,对北宋士大夫文人几乎是个不可或无的存在(关于这一点,请参看第七章第二节)。"人生自是有情痴,此恨不关风与月。"(欧阳修《玉楼春》)文人词之所以难以彻底"雅化"的原因在此,而"秦七"难免要"学柳七作词"的原因也在此。

中唐以来的"由雅入俗"运动至此可告一段落。

第二节　化俗为雅的回旋运动

唐帝国的没落并未带来文艺女神的衰老。明人许学夷《诗源辩体》卷三一称:"予尝以唐律比闺媛,初唐可谓端庄,盛唐足称温惠,大历失之轻弱,开成过于美丽,而唐末则又妖艳矣。"妖艳,则入俚俗。自中唐以来,世俗地主虽日渐跻身上层,并取得"士庶混一"的局面,但重建宗法一体化,使世俗地主全面取得政权的历史条件尚未成熟,割据力量继续膨胀,唐帝国这数百年的"大马厩"有待于黄

---

① 晏殊《玉楼春》原文:"绿杨芳草长亭路,年少抛人容易去。楼头残梦五更钟,花外离愁三月雨。　　无情不似多情苦,一寸还成千万缕。天涯地角有穷时,只有相思无尽处。"

巢这样的大力者来清扫。在这一情势之下的士大夫文人，缺乏中唐人那种汲汲于"中兴"的志气，也就理所当然了。因此，晚唐虽不乏皮日休、杜荀鹤、聂夷中乃至韦庄这样反映时代灾难的诗人；不乏许浑、郑谷、吴融乃至韩偓这样富有才情的诗人，但总的说来格调要比中唐卑下。诚如许学夷之言晚唐七律："故于鄙俗村陋之中，间有一二可采，然声尽轻浮，语尽纤巧，而气韵衰飒殊甚。"（《诗源辩体》卷三二）由于一批看不到出路的士子境界低下，难免出现一些打油、钉铰之类的作品。《苕溪渔隐丛话》前集卷五五引蔡宽夫说："唐末五代，俗流以诗自名者，多好妄立格法，取前人诗句为例，议论蜂出，甚有师子跳掷、毒龙顾尾等势，览之，每使人拊掌不已。"唐末、五代的俗化已趋极端，宋初人孙光宪《北梦琐言》卷七所载甚多。如卢延让"狐冲官道过，狗触店门开"、"栗爆烧毡破，猫跳触鼎翻"为权贵所赏；包贺多为粗鄙之句，如云"石榴树挂小瓶儿"、"风动竹揹胸"之类。此风至宋初未泯，如《唐诗纪事》卷六五所载："杨大年（亿）云：（卢）延让诗至今存，人亦有绝好之者。"欧阳修《六一诗话》亦说："仁宗朝，有数达官以诗知名，常慕'白乐天体'，故其语多得于容易。尝有一联云：'有禄肥妻子，无恩及吏民。'有戏之者云：'昨日通衢遇一辎轴车，载极重，而赢牛甚苦，岂非足下"肥妻子"乎？'闻者传以为笑。"唐末以来这种俚俗的诗风是温李一派纤巧秾丽诗风的反动，正如许学夷《诗源辩体》卷三二所指出：

　　或问："唐人七言律，自钱（起）、刘（长卿）变至唐末，而声韵轻浮，辞语纤巧，宜也。今观诸家（指晚唐诸家）又多鄙俗村陋，何耶？"曰：唐人既变而为轻浮纤巧，已复厌其所为，又欲尽去铅华，专尚理致，于是意见日深，议论愈切，故必至于鄙俗村陋耳。此上承元和而下启宋人，乃大变而大敝矣。

晚唐一些人想将"妖艳"的晚唐文艺女神的形象改变一下，"尽去铅华",这就是唐末诗坛曾出现的向轻清发展的趋势。轻清,是俗艳的纠偏。宋人祖无择《都官郑谷墓表》云郑诗"不俚不野",正道出唐季有识之士淡化俗艳文学所作的努力。然而,这仅仅是轻度掺水而已,其下者则又坠入恶趣,以丑陋代妖艳了。这出戏到北宋又演了一回,后来经苏轼之手,才算使文艺女神"浓妆淡抹总相宜",这已是后话了。

　　方回《送罗寿可诗序》称:"宋刬五代旧习,有白体、昆体、晚唐体。"(《桐江续集》卷三二)所谓"白体",指白居易浅切一路的诗风。然而,除了王禹偁等少数几个人能得其浅切而有味的精华,大多数只是学到经晚唐人改造过的失之鄙俚的"白体"。这种浅近易晓的诗风左右着近半个世纪的宋初诗坛,它表明中唐—北宋的文化是一板块的整体结构,旧王朝的崩溃、新王朝的建立,并不能使自中唐开始的"由雅入俗"的文学运动为之中止。世俗地主在北宋通过科举大量涌入官僚机构,同时也统治了文坛。自中唐经晚唐、五代而入宋的"白体"诗左右初宋诗坛这一文学史现象,活画出世俗地主至是扬眉吐气的得意劲儿。宋初士子多不读书,据《宋史·路振传》载,淳化年间试题为《卮言日出赋》,就试者皆不知语出《庄子》。然而,北宋的世俗地主已成为统治阶级,官僚化本身就要求世俗地主知识化,向历史索取本阶级的文化遗产。这就有了"雅化"的要求。钱锺书曾生动地将新风气向旧传统攀亲比作"野孩子认父母,暴发户造家谱"(《七缀集》页2),无非是想表示自己大有来头,完全站得住脚。于是乎自发的无教养的"野孩子"世俗地主转而为自觉的有教养要求的贵族化趋势的新兴士大夫阶层。请看下面一条材料:

　　　　晏元献公(殊)虽起田里,而文章富贵,出于天然。尝览李庆孙《宝贵曲》云"轴装曲谱金书字,树记花名玉篆牌",公曰:"此乃乞儿相,未尝谙富贵者。"故余每吟咏富贵,不言金玉锦绣,而惟说其气象。若"楼台侧畔杨花过,帘幕中间燕子飞"、

"梨花院落溶溶月,柳絮池塘淡淡风"之类是也。故公自以此
句语人曰:"穷儿家有这景致也无?"(吴处厚《青箱杂记》)

就是这位"起田里"的达官,曾无情地讽刺过词人柳永,为的是柳词
太俗。他自己也写艳词,但已作了"雅化"的处理:"此情拼作,千尺
游丝,惹住朝云。"(《诉衷情》)这当然要比柳永的"彩线慵拈伴伊
坐"委婉多了。吟富贵而不言金玉,写艳情而力避直露;晏殊的这一
态度内在地体现了北宋世俗地主"雅化"的要求。

第一次雅化运动是"西昆体"的风行。有二条似乎是对立的
材料:

国朝接唐、五代末流,文章专以声病对偶为工,剽剥故事,
雕刻破碎,甚者若俳优之辞。如杨亿、刘筠辈,其学博矣,然其
文亦不能自拔于流俗,反吹波扬澜,助其气势,一时慕效,谓其
文为"昆体"。(《欧阳文忠公集》附录卷四)

杨亿在两禁变文章之体,刘筠、钱惟演辈皆从而学之,时号
"杨、刘"。三公以新诗更相属和,极一时之丽,亿复编叙之,题
曰《西昆酬唱集》。当时佻薄者谓之"西昆体"。其他赋、颂、章
奏虽颇伤于雕摘,然五代以来芜鄙之气,由兹尽矣。(田况《儒林
公议》卷上)

陈植锷对上二条材料进行了辨析,指出前者批评的是杨、刘的
"以声病对偶为工"的骈文,后者则称杨、刘之诗能去五代以来"芜
鄙之气"[1]。这一看法是很精到的。同是讲究声病对偶,用于文,则
有悖于北宋散文趋于平易的精神;用于诗,则颇合于北宋诗歌"雅
化"的要求。所以同一个欧阳修,于杨、刘之文则说:"是时天下学

---

[1]　陈植锷《宋初诗风续论》,《中国社会科学》1983年第1期,第206—207页。

者,杨、刘之作,号为'时文',能者取科第,擅名声,以夸荣当世,未尝有道韩(愈)文者。"①于杨、刘之诗则曰:"先朝杨、刘风采,耸动天下,至今使人倾想。"②欧阳修是北宋诗文革新的挂帅人物,其意见不容忽视。《六一诗话》:

> 杨大年(亿)与钱、刘数公唱和。自《西昆集》出,时人争效之,诗体一变;而先生老辈,患其多用故事,至于语僻难晓。殊不知自是学者之弊。如子仪(刘筠字,"子仪"一作"大年")《新蝉》云:"风来玉宇乌先转,露下金茎鹤未知。"虽用故事,何害为佳句也! 又如(一有"大年"二字):"峭帆横渡官桥柳,叠鼓惊飞海岸鸥。"其不用故事,又岂不佳乎? 盖其雄文博学,笔力有余,故无施而不可,非如前世号诗人者,区区于风云草木之类,为许洞所困者也。

"西昆体"的弊病,后人多认为是剽剥典故,至有优伶掮扯之戏③,欧阳修却认为这"自是学者之弊"。西昆体始创者无论用不用典故,都有佳句,"无施而不可"(注意,欧阳修在《六一诗话》中又以此语赞韩愈),是"雄文博学"的表现,是唐末五代以来"区区于风云草木之类"诗的纠偏,所以西昆体一出,"诗体一变"。事实上杨亿诸人选取李商隐作为学习对象是有其深意的,杨亿本人前期的《武夷新集》,风格犹近白居易体,后来得李商隐诗集(《旧唐书》成书于五代,志传皆不载李集,可见其沦落当世),羡其富于才调,兼极雅丽,始刻意学习李商隐,与刘筠、钱惟演诸人创出新体。只要将《西昆酬唱集》与前此的唱和诗作一比较,不难看出西昆体

---

① 《欧阳文忠公集》卷七三《外集》二三《记旧本韩文后》。
② 刘克庄《后村诗话》前集卷二。
③ 《苕溪渔隐丛话》前集卷二二引《古今诗话》:"杨大年,钱文僖……为诗皆宗义山(李商隐),号西昆体,后进效之,多窃取义山诗句。尝内宴,优人有为义山者,衣服败裂,告人曰:'吾为诸馆职掮扯至此。'闻者大噱。"

"雅化"的倾向①。其所以能酬唱不出馆阁而风行动乎天下者,正为其能除"五代以来芜鄙之气",是对宋初左右文坛"语多得于容易"的"白体"诗的矫正。但是这一雅化运动又何以在短短的二年内,由真宗一纸禁浮靡文风的诏令便偃旗息鼓了呢②? 此无他,就在于杨、刘诸人不明白宋代世俗地主的雅化运动是建立在"俗"的底子上的。谢榛《四溟诗话》卷一引《霏雪录》:"唐诗如贵介公子,举止风流;宋诗如三家村乍富人,盛服揖宾客,辞容鄙俗。"排除其中对宋诗的成见,"三家村乍富人"倒挺合于世俗地主入宋后要"化俗为雅",而"俗"是其底子——犹如小儿身上去不尽的乳臭——的形象。"西昆体"因其脱离"以俗为底子"这一实际,不为"三家村乍富人"所认同,是必然的。然而,这毕竟是在教世俗地主"盛服揖宾",毕竟是一次审美教育,其"以学问为诗"的倾向已积淀为后人的期待视野。黄庭坚《次韵杨时叔见饯》称:"元之(王禹偁)如砥柱,大年(杨亿)若霜鹗;王杨立本朝,与世作郛郭。"(《山谷诗内集》卷十四)王禹偁是白体诗健将,杨亿是西昆体主帅,一"俗"一"雅",方为宋诗之表里。黄庭坚算是参透宋诗的几微③。

要找到"俗"与"雅"之间合适的结合方式并不是一件容易的事。继西昆体之后进行"雅化"探索的有梅尧臣、苏舜钦与欧阳修诸人。欧阳修《梅圣俞墓志铭》说梅氏作诗的历程是:

> 其初喜为清丽、闲肆、平淡,久则涵演深远,间亦琢刻以出怪巧,然气完力余,益老以劲。(《欧阳文忠全集》卷三三)

---

① 这一工作陈植锷《宋初诗风续论》已做了一些,参看《中国社会科学》1983 年第 1 期,第 209—311 页。与杨大年时代相接的张方平《题杨大年集后》称其"典纯追古昔,雅正合周南"(《乐全集》卷二),可见当时人已承认其雅化的倾向。
② 杨亿编序《西昆酬唱集》成于大中祥符元年,宋真宗下诏禁浮靡在大中祥符二年。
③ 《苕溪渔隐丛话》后集卷二三引另一宋人蔡絛《西清诗话》:"白乐天诗,自擅天然,贵在近俗;恨如苏小虽美,终带风尘。"也是意识到"雅"、"俗"之间微妙关系的人。

　　这真是所谓的"愈老愈剥落"了。梅氏早年为西昆体健将钱惟演所奖拔,诗风多少受点影响,故"清丽";由于景祐年间北宋政府对外战争不利,暴露其腐朽的一面;更由于科举的完善使世俗地主参政之途畅通,一改唐人叹穷嗟卑的热点,易兴"天下兴亡匹夫有责"的主体意识,以忧天下为己任,诗文的社会功能性再一次被认识,表现为庆历前后的新形势:有识之士呼吁革新,范仲淹、韩琦诸人改革政治,使欧、梅等有志之士以诗文为改造社会之利器,故"涵演深远",也就是对诗文的内容拓宽与加深。梅尧臣有一首颇为人引用的《答裴送序意》诗:"我于诗言岂徒尔,因事激风成小篇。辞虽浅陋颇剀苦,未到二《雅》未忍捐。安取唐季二三子,区区物象磨穷年。"(《宛陵先生集》卷二五)从中可见其有别于在朝的西昆体与在野的"晚唐体"的自立精神。他撷取白居易浅切而讲究"美刺"的诗风,在宋人内省意识的作用下,升华为一种"古淡"的风格。梅氏曾自称:"因吟适情性,稍欲到平淡。"(《依韵和晏相公》)"作诗无古今,唯造平淡难。"(《读邵不疑学士诗卷杜挺之忽来因出示之……》)可见这种"平淡"与"造语容易"的宋初"白体"不同,是内在"无欲"的修养功夫的外化,又是《六一诗话》所称引的"诗家虽率意而造语亦难。若意新语工,得前人所未道者,斯为善也"。不但要"意新",还要"语工",故又云:"诗句义理虽通,语涉浅俗而可笑者,亦其病也。"成功之作如《鲁山山行》:

　　适与野情惬,千山高复低。好峰随处改,幽径独行迷。霜落熊升树,林空鹿饮溪。人家在何许?云外一声鸡。

字句朴素,却造境清新可喜,只是感情似乎冷淡了些。欧阳修《水谷夜行寄子美圣俞》诗评:

　　梅翁事清切,石齿漱寒濑。作诗三十年,视我犹后辈。文

> 词愈清新,心意虽老大。譬如妖韶女,老自有余态。近诗尤古硬,咀嚼苦难嗗。初如食橄榄,真味久愈在。(《宋诗抄·欧阳文忠诗抄》)

梅氏与西昆体走的是不同的路子,他是在"俗"的底子上画图的。与唐末有意洗去铅华却坠入老丑的那些诗人一样,梅氏虽洗去西昆体的华丽,却露出"古硬"的皱纹来。而进入"封建社会"后期的宋代的现实也只能是"徐娘半老",不再是个"妖韶女"了。钱锺书《宋诗选注》评梅诗"平"得常常没有劲,"淡"得往往没有味。"他要矫正华而不实、大而无当的习气,就每每一本正经地用些笨重干燥不很像诗的词句来写琐碎丑恶不大入诗的事物,例如聚餐后害霍乱……之类。可以说是坑里跳出来,不小心又恰恰掉在井里去了。"说到底是梅尧臣的创作实践尚未能做到"意新语工",将"俗"升华为"雅"。这是西昆体之后的另一偏颇。不过"古淡"这一特色从此也就积淀为宋人"雅化"的特色,犹如宋代的青瓷、白瓷之有别于唐代的三彩陶器。苏舜钦诗风与梅尧臣不同,但其《赠释秘演》诗称其"不肯低心事镌凿,直欲淡泊趋杳冥"。《诗僧则晖求诗》又说"会将趋古淡,先可去浮嚣"(《沧浪集抄》)。古淡,正是梅、苏诸人共同的审美理想。诚如《宋诗钞》梅尧臣小序引龚啸所说:"去浮靡之习于昆体极弊之际,存古淡之道于诸大家未起之先,此所以为梅都官诗也!"①

与此相平行的北宋"古文运动",也同时向"古淡"的方向推进。由于北宋世俗地主知识分子"政教合一"自我意识的加强,主张文章"务本"与"致用"(详第八章第一节),这就使北宋古文运动先驱者能比较一致地主张为文的平易,不事怪怪奇奇。如柳开《应责》云:

> 古文者,非在辞涩言苦,使人难读诵之;在于古其理,高其

---

① 南宋大诗人陆游《剑南诗稿》卷五四《书宛陵集》(梅尧臣人称宛陵先生)后云:"突过元和作,巍然独主盟。诸家义皆堕,此老话方行。"讲的也是梅尧臣诗风的超前性。

意,随言短长,应变作制,同古人行事,是谓古文也。(《河东先生集》卷一)

王禹偁《答张扶书》:

> 夫文传道而明心也。古圣人不得已而为之……既不得已而为之,又欲乎句之难道邪? 又欲乎义之难晓邪? ……姑(当作"如")能远师六经,近师吏部(指韩愈),使句之易道,义之易晓,又辅之以学,助之以气,吾将见子之文显于时也。(《小畜集》卷一八)

然而无论柳开或王禹偁,都未能造成风气。能以其特出的平畅的创作风格实践其理论开一代新风的人物,是欧阳修。欧阳修虽然极力推崇韩愈,但对其文风,却毫不客气地摒弃其艰深、好奇且排奡的一面,使文风一归于平畅敷愉,而卓然自成一家。在《张秀才第二书》一文中,欧阳修说:"其道易知而可法,其言易明而可行。"(《欧阳文忠集》卷六六)他用易知、易明来处理道与言之间的关系,体现了当时士大夫"致用"的精神。这就使欧阳修能自立于韩愈之外,另建宋文独特的风格。另一古文家苏洵曾经将韩愈文与欧阳修文的风格作一比较,说:

> 韩子之文,如长江大河,浑浩流转,龟鼋蛟龙,万怪惶惑,而抑遏蔽掩,不使自露,而人望见其渊然之光,苍然之色,亦自畏避,不敢迫视;执事(指欧阳修)之文,纡徐委备,往复百折,而条达疏畅,无所间断,气尽语极,急言竭论,而容与闲易,无艰难劳苦之态。(《嘉祐集》卷十《上欧阳内翰第一书》)

苏洵认为韩文虽好,但"抑遏蔽掩",使人读之而畏其难。显然,这与

233

世俗地主的文化层次有距离,不利于"致用"。反之,欧阳氏之文
"条达疏畅",最适合于"急言竭论",是"致用"之利器。苏氏的确点
明了欧阳修文的好处。如果说韩愈诗文都有难、易的双面,其弟子
皇甫湜(传来无择、孙樵一脉)发展了矜奇尚险的难的一面,而另一
弟子李翱则发展了平易畅达的一面;那么,欧阳修便是沿李翱的方
向拓进①。这不但指欧阳修的理论——创作实践,还指欧阳修用铁
腕强力推行了平易的文风。韩琦《欧阳少师墓志铭》载:

> 嘉祐初,(修)权知贡举。时举者务为险怪之语,号"太学
> 体";公一切黜去,取去平淡造理者,即预奏名。初虽怨谤纷纭,
> 而文格终以复故者,公之力也。(《安阳集》卷五〇)

欧阳修充分利用了手中科举的指挥棒,演奏了平易文风"进行
曲"。他还继承了韩愈"师道"的精神,师弟子共同努力,造成风气。
王安石、苏轼、苏辙、曾巩这些北宋古文大家都受过他的奖拔,形成
学海波澜,势不可遏。尤其是苏轼,不但以其天才的创作使北宋诗
文革新运动取得决定性的胜利,而且将"古淡"的诗风与"闲易"的
文风提高到美学的高度来认识,同化了传统雅文学中"美文"的观
念,从而妥善地处理了"俗"与"雅"之间的关系,使"致用"与"务本"
的精神有了美的载体,提出了"绚烂归于平淡"这一合乎北宋文化目
的的审美理想。而这一天才思想的发生,首先是对司空图诗论的感
悟。《书黄子思诗集后》是段重要文字:

> 予尝论书,以谓钟(繇)、王(羲之)之迹,萧散简远,妙在笔
> 画之外。至唐颜(真卿)、柳(公权),始集古今笔法而尽发之,
> 极书之变,天下翕然以为宗师。而钟、王之法益微。

① 欧阳修对李翱更倾心,可参看《欧阳文忠公集》卷七三《外集》二三《读李翱文》。

　　至于诗亦然。苏（武）、李（陵）之天成，曹（植）、刘（桢）之自得，陶（潜）、谢（灵运）之超然，盖亦至矣。而李太白、杜子美以英玮绝世之姿，凌跨百代，古今诗人尽废；然魏、晋以来高风绝尘亦少衰矣。李、杜之后，诗人继作，虽间有远韵，而才不逮意。独韦应物、柳宗元发纤秾于简古，寄至味于淡泊，非余子所及也。唐末司空图崎岖兵乱之间，而诗文高雅，犹有承平之遗风，其论诗曰："梅止于酸，盐止于咸，饮食不可无盐梅，而其美常在咸酸之外。"盖自列其诗之有得于文学之表者二十四韵，恨当时不识其妙，予三复其言而悲之。（《经进东坡文集事略》卷六〇）

苏轼由谈艺进而谈文，可见其有意从哲学的高度来把握文艺的规律。事实上，他的目的是达到了。由于苏轼是个文艺全才，诗、词、文与书、画都有很深的造诣，且其父嗜画，亲友如文同、李公麟、米芾辈皆一代画师；苏轼又自觉"诗画本一律"（《书鄢陵王主簿所画折枝》），因之文艺交感使之比他人更易直观把握其间的共同规律。不容忽视的是：历代统治者都颇注意诗坛动向，甚至直接干预之，这是传统"诗教"的缘故；而对画坛，则往往视为"雕虫小技"，控制相对要松懈得多。因此，画论发展比文论要自由些，如"逸格"的提出便是一例。"逸格"于唐张怀瓘《画品》首见，至宋代苏轼的前辈文人黄休复的《益州名画录》复推重之，终于超越神、妙、能三品之上。黄氏说：

　　画之逸格，最难其俦。拙规矩于方圆，鄙精研于彩绘。笔简形具，得之自然。莫可楷模，出于意表，故目之曰逸格尔。

这段文字堪称是画论中的《诗品》，将司空图"韵外之致"的审美趣味引入画论。唐代水墨及淡彩山水出现，至宋代文人画盛行，都标志着一种新的审美情趣的成熟。绘画艺术实践更成功地为"韵外之致"提供了创作经验，如黄氏以"笔简形具"作为"出于意表"的表现形式便是。徐复观《中国艺术精神》指出：山水画至北宋已普及于一般文人，而北宋古文运动"与当时的山水画，亦有其冥符默契"①。证以欧阳修以"覃思精微，以深远闲淡为意"评诗②，以"萧条淡泊，此难画之间……闲和严静趣远之心难形"论画③，信然。淡远，淡泊方能闲远。淡与远皆来自人生态度。《世说新语·德行》："晋文王称阮嗣宗至慎，每与之言，言皆玄远。"至慎故言远，是为生存而追求一种人际间的距离。类推之，宋人以"淡远"为美，多少是封建文化专制在审美意识上投下的阴影。容下一章详论之。苏轼能将"古淡"的诗风与"闲易"的文风提高到美学的高度上来认识，与当时文艺交感不无关联。上引《书黄子思诗集后》正是从论书法入手，指出规范化对各种自然发展的抑制作用。颜、柳二体"集古今笔法而尽发之"，使书法达到"顶峰"，起着规范作用——"天下翕然以为宗师"。这就必然会抑制他种风格的自然发展。苏氏《答张文潜县丞书》："王氏（安石）之文，未必不善也，而患在于好使同己……地之美者，同于生物，不同于所生。惟荒瘠斥卤之地，弥望皆黄茅白苇，此则王氏之同也。"（《苏轼文集》卷四九）苏轼认为，哪怕再好的风格，也不宜"使人同己"，以免"弥望皆黄茅白苇"。苏轼于颜、柳之外，又提出钟（繇）、王（羲之）。他推崇二家"萧散简远"的笔法。苏轼并不反对规范（"法度"），而是主张"浩然听笔之所之而不失法度，乃为得之"（《苏轼文集》卷六九《书所作字后》）。这就是所谓"出新意于法度之中，寄妙理于豪放之外"（《苏轼文集》卷七十《书吴道子画后》）。基于同一观点，苏氏认为"于诗亦然"。李白、杜甫臻善臻美，但同时使"古今诗人尽废"，同样是规范的抑制效应。他

---

① 徐复观《中国艺术精神》第九章第一节，春风文艺出版社 1987 年版。
② 欧阳修《六一诗话》。
③ 《欧阳文忠公文集》卷一三〇《鉴画》。

认为李、杜之后能自立的是韦应物、柳宗元,他们能"发纤秾于简古,寄至味于淡泊"。如前所论,中晚唐诗风日趋俗艳,韦应物、柳宗元那种质朴自然而又有味的诗风的确在当时是独树一帜的。更重要的还在于:这种风格合乎苏轼乃至北宋人的审美理想。苏轼《书唐氏六家书后》曰:"永禅师书,骨气深稳,体兼众妙,精能之至,反造疏淡。如观陶彭泽(潜)诗,初若散缓不收,反复不已,乃识奇趣。"(《苏轼文集》卷六九)无论智永书法、陶潜诗歌,都是"精能之至,反造疏淡",也就是"绚烂归于平淡"之美。《评韩柳诗》云:"所贵乎枯淡者,谓其外枯而中膏,似淡而实美,渊明、子厚(宗元)之流是也。若中边皆枯淡,亦何足道!"(《苏轼文集》卷六七)纤秾发于简古,至味而寄于淡泊;外枯而中膏,淡而实美。两种对立的艺术风格得到辩证的统一,这就解决了宋初以来一直未能调整恰当的人工美与自然美之间的关系。西昆之失,在雕缋满眼;梅尧臣之失,在"中边皆枯淡"。苏氏的处理方法是:让纤秾归诸简古,使"枯"的外表有丰富的内蕴。为此,苏氏于李、杜诗之外又推出陶、柳;于吴道子画之外,又推出王维;于颜、柳书法之外,又推出钟、王。因为后者要比前者更符合苏氏的审美趣味。事实上,苏轼自己的创作如《赤壁赋》,诚如徐复观所评:"一变原系浓丽的赋体,为萧疏雅淡之文"(《中国艺术精神》页322),更直接地体现其"绚烂之极,归于平淡"的审美意识。周紫芝《竹坡诗话》引苏轼语云:"大凡为文,当使气象峥嵘,五色绚烂,渐老渐熟,乃造平淡。"绚烂归于平淡,就是"多"归于"一"的过程。对此,我们的先民早有觉悟。《易·贲卦》有所谓"白贲",贲是斑纹华彩之美;白贲就是绚烂复归于平淡之意了[1]。孔子也说过:"绘事后素"[2];《老子》则云:"五色令人目盲。"都是意在提倡一种内蕴的质的美。这成为中国历代艺术家所追求的审美理想。

---

[1]　参见宗白华《美学散步》,第38页。
[2]　《论语·八佾》。"后素"有多种解释。从子夏所引的"素以为绚兮"一语看来,有素可代绚之意,故余采用"后素"即绚后为素,即素高于绚的解释。

中唐以后出现的水墨画是个典型,以抽象色(黑、白、灰)取代概括色
(原色、光谱色),从此成为中国画的趋向。从敦煌壁画看,唐代的画
以绚烂的平涂色彩为主。自所谓王维的破墨、王洽的泼墨出现后,
水墨山水画便日渐与金碧辉煌的青绿山水画分庭抗礼,于是有"墨
分五色"之说。张彦远《历代名画记》:

> 草木敷荣,不待丹绿之采;云雪飘扬,不待铅粉而白。山不
> 待空青而翠,凤不待五色而粹。是故运墨而五色具。

运墨,即墨借笔尽皴、擦、斫、点之能事,借水尽渲、染、烘、托之幻化,
于是乎运墨而有无限之色阶,无尽之表现力,墨即是色,绚烂于是乎
归平淡。苏轼是与文与可、米芾并立的北宋同时代的文人画大师,
他能首先悟出"多归于一"的文艺共通规律也就不奇怪了。如果说
墨分五色要靠水的幻化,那么诗文中的"纤秾"要化为"简古",就必
须讲究韵味。这就使苏轼记起了司空图。

司空图《二十四诗品》堪称是唐季的"未来学",对宋乃至整个
后期封建社会的美学思想有深远的影响。苏轼对这位身处"崎岖兵
乱之间"的唐季诗人竟然能保持高雅的趣味,"犹有承平之遗风",
颇表示惊异。事实上司空氏"高雅"是针对晚唐妖艳俚俗的诗风而
发。《与王驾评诗书》:

> 国初,主上好文雅,风流特盛。沈(佺期)宋(之问)始兴之
> 后,杰出于江宁(王昌龄),宏肆于李(白)、杜(甫),极矣!右丞
> (王维)、苏州(韦应物)趣味澄敻,若清风之出岫。大历十数
> 公,抑又其次。元(稹)、白(居易)力勍而气孱,乃都市豪估耳。
> 刘公梦得、杨公巨源,亦各有胜会。阆仙(贾岛)、东野(孟郊)、
> 刘得仁辈,时行佳致,亦足涤烦。厥后所闻,逾褊浅矣。(《全唐
> 文》卷八〇七)

从"国初"直数到贾岛之后,攻击重点是元、白。何也？因其"力勍而气孱,乃都市豪估耳"。如前所论,元、白诗有时人称为"元和体"的俚浅俗艳的一面,这正是司空图攻击之处,"都市豪估"四字可证。与之相对的,司空氏标举王维、韦应物,因其"趣味澄敻"云。《与李生论诗书》又称:"王右丞、韦苏州澄淡精致,格在其中。"清人许印芳《与李生论诗书跋》解释道:"唐人中,王、孟、韦、柳四家,诗格相近,其诗皆从苦吟而得。人但见其澄淡精致,而不知其几经淘洗而后得澄淡,几经熔炼而后得精致。"(《诗法萃编》卷六下)司空图试图以王、柳诸人"几经淘洗而后得澄淡"的"雅体"来"镇浮而劝用",改变唐季绮缛、俚俗两种文风;不意近二百年后,又被苏轼重新拾起,作为改造"西昆体"与梅尧臣"古淡"诗风的利器。由于历史条件的成熟,经苏轼改造后的司空图诗论,竟卓有成效地促成了宋人"绚烂之极归于平淡"的审美理想。由牡丹到梅花,由唐三彩到哥窑瓷,由嗜酒到品茶,由大青绿山水到文人画……无一不体现这一审美理想的胜利。

如果说梅尧臣以"古淡"为宋诗放下第一块奠基石,那么苏轼则以"才学"、"议论"开始为宋诗构筑自家风格。严羽《沧浪诗话·诗辨》云:"近代诸公乃作奇特解会,遂以文字为诗,以才学为诗,以议论为诗。"又云:"梅圣俞学唐人平淡处,至东坡、山谷(黄庭坚)始自出己意以为诗,唐人之风变矣。"苏轼正是以才学为诗、以议论为诗而独立于唐人之外的。欧阳修、梅尧臣、王安石也都有这种倾向,但尚未能消化,诗中之"才学"与"议论"还显得疙疙瘩瘩的,有些简直不成诗。苏轼则主张"从心所欲,不逾矩",虽横放杰出,终要有韵味,有理趣。与梅尧臣相反,其诗平得带劲,淡而有味。他虽推崇陶、王、韦、柳,却并不走他们"澄淡精致"一路。他要"出新意于法度之中,寄妙理于豪放之外"(上引),一方面又"常行于所当行,常止于所不可不止",但从"气象峥嵘,五色绚烂"中求得"味外味"。这种在规矩中取得极大自由的独特风格,便是苏轼"豪放"的风格。以文字为诗、以才学为诗、以议论为诗在这一风格中往往能（并非全都能）融会贯通，达到"一滚说尽"却有回味的奇特效果（读者如果有兴趣，不妨找来《石鼓》诗一读）。《宋诗钞》小序称："子瞻（苏轼字）诗，气象洪阔，铺叙宛转，子美之后一人而已。然用事太多，不免失之丰缛，虽其学问所溢，要亦洗削之功夫未尽也。"殊不知黄河气势壮大，不但来自浩浩之水，还来自俱下的泥沙。对苏诗来说，丰缛之用事与滔滔之议论，怕也是"气象洪阔"中不可洗削之泥沙。苏轼"化俗为雅"功夫，相当部分在其"学问化"。这点在其词的创作中表现更明显，待下文再叙。

苏轼文与诗同，都如"万斛泉源，不择地而出"。他将柳开"随言短长，应变作制"的主张化作"随物赋形"的创作实践；将欧阳修开创的"平易"一途，拓展为"壮阔"——爽朗明快，行云流水，无施不可。庄如《表忠观碑》，辩如《上皇帝书》，杂如《志林》，镌如《记承天夜游》，无不各尽其趣，皆成妙笔。古文于是乎取得最富生命力的形式。古文在宋代未陷入模式化，是苏氏一大功绩。另一功绩在词。

令人奇怪的是："俗词"集成的柳永，同时又是北宋"雅词"之滥觞者。综观北宋词"雅化"的全过程，不外二途：一是以苏轼为代表，将"感情走私"的词改造为与诗一样的"言志"之具；一是以周邦彦为代表，偏重在将"俗腔"改造成"雅调"——相应地对词的语言也做了些调整与规范化。二者皆可在柳词中寻其端倪。

柳词之俗自不待言，柳词之雅容我说几句。柳永固然接受里巷瓦子流行歌曲的影响而填写俗词，但因其生长于仕宦世家①，接受儒学陶冶，尚有儒家入世的理想（其诗《鬻海歌》关心民病可证），因此以士大夫的情趣同化部分俗词，有"雅"的一面。夏敬观《手评乐章集》称："耆卿（柳永字）词当分雅、俚二类。雅词用六朝小品文赋作

① 柳永之曾叔祖柳冕是中唐古文家，其祖父柳崇、父柳宜，都当过官，兄弟也都是科举出身。

法,层层铺叙,情景兼融,一笔到底,始终不懈。"后来士大夫对最能体现这种"层层铺叙,情景兼融"的写羁旅行役之"雅词"相当推重。如赵令畤《侯鲭录》卷七引苏轼称赏柳永《八声甘州》"渐霜风凄紧,关河冷落,残照当楼"的气象是"唐人佳处,不过如此"。柳词写羁旅行役的确能情景兼融,寄托自身深沉的感慨,与"诗言志"有相通之处。苏轼正是极力发展了柳词中这一倾向,将"诗言志"引进词这一形式。言志,一直被认作文学最高价值之所在,因此词的地位也就随之提高:"词体之尊自东坡始。"(陈洵《海绡说词》)

然而,传统观念是:诗庄词媚。这是专制日甚的后期封建社会中,士大夫在专制压力下人格分裂的反映。他们一面是"砥砺名节",要"灭人欲",以效忠于王朝,故以诗"言志";一面又要让毕竟灭不掉的七情六欲有个安排处,故以词"言情",实际上是感情欲望的排泄孔(详第七章第二节)。这正是"婉约派"维护词之"本色"的深层意识之所在。旧题陈师道的《后山诗话》云:

> 退之以文为诗,子瞻以诗为词,如教坊雷大使之舞,虽极天下之工,要非本色。

这里只是提出问题:词要保留当行本色,不宜以诗为词。如何是当行本色? 大词人李清照是从声律的角度来论证词"别是一家"的。《苕溪渔隐丛话》后集卷三三引李清照《词论》:

> 逮至本朝,礼乐文武大备,又涵养百余年,始有柳屯田永者,变旧声作新声,出《乐章集》,大得声称于世,虽协音律,而词语尘下……至晏元献(殊)、欧阳永叔(修)、苏子瞻(轼),学际天人,作为小歌词,直如酌蠡水于大海,然皆句读不葺之诗尔,又往往不协音律者。何耶? 盖诗文分平侧,而歌词分五音,又分五声,又分六律,又分清浊轻重。且如近世所谓《声声慢》、

《雨中花》、《喜迁莺》，既押平声韵，又押入声韵。《玉楼春》本押平声韵，又押上去声，又押入声。本押仄声韵，如押上声则协，如押入声，则不可歌矣。王介甫（安石）、曾子固（巩），文章似西汉，若作一小歌词，则人必绝倒，不可读也。乃知别是一家，知之者少。后晏叔原（几道）、贺方回（铸）、秦少游（观）、黄鲁直（庭坚）出，始能知之。又晏苦无铺叙。贺苦少典重。秦则专主情致，而少故实，譬如贫家美女，非不妍丽，而终乏富贵态。黄即尚故实，而多疵病，譬如良玉有瑕，价自减半矣。

看来，词的"当行本色"至少有两条：一是协律可歌，二是要典重尚故实。然而，苏轼词不协律者有之（如《念奴娇·赤壁怀古》），"不可歌"则未①。陆游《老学庵笔记》卷五载晁以道说："绍圣初，与东坡别于汴上。东坡酒酣，自歌《古阳关》。"苏轼《与鲜于子骏书》亦自称：

近却颇作小词，虽无柳七郎（永）风味，亦自是一家。呵呵。数日前，猎于郊外，所获颇多。作得一阕，令东州壮士抵掌顿足而歌之，吹笛击鼓以为节，颇壮观也。（《苏轼文集》卷五三）

苏词无疑可歌，只是以何种方式歌之？俞文豹《吹剑续录》载：

东坡在玉堂（翰林院），有幕士善讴，因问："我词比柳词何如？"对曰："柳郎中词只好十七八女孩儿，执红牙拍板唱'杨柳岸晓风残月'；学士词须关西大汉，执铁板，唱'大江东去'。"公为之绝倒。（《说郛》卷二四）

---

① 《苕溪渔隐丛话》后集卷二六："子瞻自言，平生不善唱曲，故间有不入腔处，非尽如此。"

看来，苏词的"典重尚故实"，甚至"掉书袋"都不成问题；成问题的是不以传统的唱法，即《花间集叙》所谓"举纤纤之玉指，拍按香檀"，让十七八妙龄女郎"执红牙拍板唱"，而是让"东州壮士抵掌顿足"，"吹笛击鼓"，让"关西大汉执铁板唱"。可见李清照"句读不葺之诗"、"不协音律"、"歌词分五音，又分五声，又分六律，又分清浊轻重"云云，无非是要人细细地唱，不许高腔大嗓地唱而已。因此，"婉约派"对柳永"协音律"方面不但没意见，还继承而发展之。代表作家是精音律、善铺叙，提举大晟府音乐机关的周邦彦。沈义父《乐府指迷》称：

　　　　凡作词当以清真（周自号清真居士）为主。盖清真最为知音，且无一点市井气，下字运意，皆有法度，往往自唐、宋诸贤诗句中来，而不用经史中生硬字面，此所以为冠绝也。

这一段话大可寻味。周邦彦不但在创作实践上契合李清照的词论，波澜莫二，且创出一套化俗为雅的具体办法。从音律上说，他继承了柳永的特长，知音、有法度，"长调尤善铺叙，富艳精工"（《直斋书录解题》），且保留教坊俗腔，如王国维所指出："先生之词，文字之外，须兼味其音律，惟词中所注宫调，不出教坊十八调之外。"（《清真先生遗事》）同时，他又做了些调整，使"啴缓"之音归于"平整"，有规范化的倾向①。再则从词的本文上说，他仍喜用柳永常写的儿女之情的题材，也仍用柳永那样新鲜的口语直抒情怀。如："天便要人，霎时厮见何妨！"（《风流子》）"拼今生，对花对酒，为伊泪落。"（《解连环》）风情不减柳七。同时，他又注意用语的含蓄洁净，不落市井气。试读《少年游》：

①　详见施议对《词乐论》，《中国首批文学博士学位论文选集》，山东大学出版社，第211—219页。

并刀如水,吴盐胜雪,纤指破新橙。锦幄初温,兽香不断,相对坐调笙。　　低声问向谁行宿? 城上已三更。马滑霜浓,不如休去,直是少人行。(《词综》卷九)

以细腻之心理活动与体贴入微之口吻见昵狎温柔之情深,可谓不俚不俗,且俗且雅。难怪"学士、贵人、市侩、妓女,皆知其词为可爱"(《藏一话腴》)。周济《宋四家词选》评此词:"此亦本色佳制也,本色至此便足,再过一分,便入山谷恶道矣!"由此可悟出"婉约派"所谓"本色",乃在雅俗之间。综观秦观、李清照之词,何尝不如此? 南宋吴文英则未免"何其太雅"了。至于沈义父指出的用字"往往自唐、宋诸贤诗句中来",则是文人词比较普遍的现象。苏、周区别处,只在苏轼及后来的辛弃疾一派不避经史子集生硬字面入词,"婉约派"诸公则多用轻灵细巧之意象,如缪钺《论词》所说:"又经史子及佛书中辞句,皆可融化于诗,而词则不然。"古书辞句熔铸入词如辛弃疾,"终非词中当行之作。宋代词人多用李长吉、李商隐、温庭筠诗,盖长吉、温、李之诗,秾丽精美,运化于词中恰合也。六朝人隽句,用于词中,乃有时嫌稍重"[1]。"婉约派"用语之典型,当在雅俗之间,如清人田同之《西圃词说》所说:

词中本色语,如李易安(清照)"眼波才动被人猜",萧淑兰"去也不教知,怕人留恋伊",孙光宪"留不得、留得也应无益"……盖词中雅俗字原可互相胜负,非文理不背,即可通用。

语在雅俗之间,便是所谓"真色生香"。以俗见其真,以雅见其典。总而言之,苏、辛一派雅化道路,在言志,在放歌,不避生硬,可称之为"硬"雅化;"婉约"一派仍在缘情,后则以"香草美人"稍事

---

① 　缪钺《诗词散论》,上海古籍出版社 1982 年版,第 59 页。

"比兴",讲究音律、"本色"——沈德符《顾曲杂言》说得透彻:"盖本色者,妇人态也。"可称之为"软"雅化。我们不忙于为二者判定是非与贡献之大小,我们只是指出二者存在的合理性与雅化词共同倾向。尤其必须强调的是:"婉约派"保留词作为士大夫泄情的渠道,在"灭人欲"呼声日高的宋代,有其合理性。关于这一点,下文第七章第二节将作详析。

第七章　反思转入内省
过程中的文学

第一节　一体化及其个体规范化的要求

汉帝国与唐帝国气象颇相似,唐人也喜欢以汉喻唐:"汉家烟尘在东北,汉将辞家破残贼"(高适句);"君不闻汉家山东二百州,千村万落生荆杞"(杜甫句);"汉皇重色思倾国,御宇多年求不得"(白居易句)。然而这两个大帝国除了统一、昌盛的外貌相似之外,在文化构型、政治体制、思想潮流等上层建筑诸方面,都有很大的差异性。其中最显目的是汉定儒学于一尊,是意识形态结构与政治结构一体化;而唐则"三教并用",政、教处于分离的状态。汉武帝重用儒生公孙弘、董仲舒,"推明孔氏,抑黜百家",儒学成为汉帝国的精神支柱。汉帝国瓦解,人们对儒学也失去信心。自魏晋以还,儒学一直处在低潮,至唐朝未能恢复其独尊的地位。盛唐时,"政教分离"更严重,诚如陈寅恪《唐代政治史述论稿》中篇所说:"东汉学术之重心在京师之太学,学术与政治之关锁则为经学,盖以通经义、励名行为仕宦之途径,而致身通显也……实与唐高宗、武则天后之专尚进士科,以文词为清流仕进之唯一途径者大有不同也。"陈氏指出东汉通过"通经义、励名行为仕宦之途径",将儒教与政治结合起来,而唐代却"以文词为清流仕进"之途,使儒教与政治相分离。唐帝国的创业者并未意识到"三教并用"对稳定等级社会结构的重要性,却意识到"三教并用"对当前的统治有利。道教在李姓王朝是"国教"，李渊与李耳攀了亲。佛教则在武则天时很是荣耀了一番。儒学在唐虽不能独尊，但仍然是统治者所倚重的国家学说。值得注意的是，在释、道二教甚嚣尘上的初、盛唐，儒生们默默地搞了一些基本建设。首先是儒学教义的规范化。自东汉以来，儒学宗派纷纭，各行其是，如今、古文之争，郑学、王学之争，纠缠于自身的繁琐的训诂名物之中，与释、道的竞争力更削弱了。唐初孔颖达撰《五经正义》，颜师古定《五经定本》，由朝廷正式颁行，废弃东汉以来诸儒异说，使儒学经典从文字到义理得到统一。这就为中唐以后内部统一的儒学加强了与释、道的竞争力①。当然，儒学由训诂名物的汉学系统转向穷理尽性的宋学系统，关键在中唐。

　　马克思在《黑格尔法哲学批判导言》中说："理论在一个国家的实现程度，决定于理论满足这个国家的需要的程度。"②儒学在中唐的复兴，正是由于这个国家对它急切的需要。如开篇所论，中唐是新土地制度与地租形式确立的时代，它需要一种理论来保证这种新确立的经济生活，而儒家宗法伦理的多功能性正合其选。首先，无论是士族地主为主体的，或是以庶族地主为主体的宗法社会，都是以血缘亲属关系为单位的社会结构，二者都可以用儒家的"三纲五常"作为稳定统治秩序的行为规范。"修身、齐家、治国、平天下"的儒家学说仍然可以成为新兴庶族地主稳定等级社会的程序。特别是中唐时期的土地制与地租形态的变化减轻了人身的依附关系，带有奴隶制残余的宗族组织进一步向封建家族制转变。一方面是士民对贵族地主人身依附关系的减弱，另一方面是君主集权的专制的强化，新的社会秩序对个体更具约束力。这种新的人际关系与社会生活要求产生出新的道德价值与行为规范。儒学由讲求外在强制

① 参看范文澜《中国通史简编》第三编第七章第三节《儒学由旧的汉学系统开始转向新的宋学系统》，人民出版社 1965 年版。
② 《马克思恩格斯选集》第 1 卷，人民出版社 1972 年版，第 10 页。

的训诂名物的汉学系统转向讲求内在自觉的穷理尽性的宋学系统，正是对新人际关系与社会生活的一种适应（理学对此种"自觉"的促成，其功尤著）。儒学转向的成功，对中国后期封建社会的发展方向，有着巨大的影响。在文化目的选择过程中，儒学的指向不容忽视。

"安史之乱"使士大夫面对现实，追溯历史，进行了较深刻的反思。贾至《议杨绾条奏贡举疏》抓住了政教未能合一这个要害，说：

> 今试学者以帖字为精通，而不究旨义，岂能知迁怒贰过之道乎？考文者以声病为是非，而惟择浮艳，岂能知移风易俗化天下之事乎……夫先王之道消，则小人之道长；小人之道长，则乱臣贼子由是生焉。臣弑其君，子弑其父，非一朝一夕之故，其所由来者渐矣！渐者何？谓忠信之陵颓，耻尚之失所，末学之驰骋，儒道之不举。四者皆由取士之失也！（《全唐文》卷三六八）

末学驰骋，儒道不举，整个统治阶级都在寻找新的凝聚力。中唐此类意见并不少见，从李华、元结、独孤及、梁肃、柳冕诸人著作中我们听到了寻求新凝聚力的呼声。然而，能竖起儒家大旗，力排释、道"异教"，企图建立儒学理论体系，并接触到封建一体化结构问题的，是韩愈。

许多研究者曾指出，韩愈的理论，无论"道"和"气"，无论"气"和"言"，许多概念、见解都是"古已有之"，甚至抄袭了同时代的先辈。诚然如此，韩愈企图借前人现成的"砖"，来搭起儒学的新大厦。也就是说，他着力于建立一个完整的儒学理论体系，以对抗当时已相当完整的，儒、道二教所无法匹敌的释教的哲学体系。韩愈非佛的实质，是排斥"夷狄之道"，目的在维护中国封建传统文化，包含有反对藩镇割据以加强中央集权的意义①。

韩愈的理论体系的框架是"五原"：《原道》、《原性》、《原人》、《原鬼》、《原毁》。其中《原道》是总纲，尤可注意的是"道统"的建立与君权社会结构的描述。韩愈首先通过对"道"的辨析，树起儒家"道"的大纛。他认为，释、老之"道"是"道其所道，非吾所谓道"。他认为儒家之道就是仁义的实践：

> 博爱之谓仁，行而宜之之谓义，由是而之焉之谓道……古之欲明明德于天下者，先治其国；欲治其国者，先齐其家；欲齐其家者，先修其身；欲修其身者，先正其心；欲正其心者，先诚其意。然则古之所谓正心而诚意者，将以有为也。今也欲治其心，而外天下国家，灭其天常，子焉而不父其父，臣焉而不君其君，民焉而不事其事。（《全唐文》卷五五八）

韩愈一方面指出儒家之道首先是"将以有为"，痛斥释、老的"外天下国家"的"出世"主义，这在中唐有振起士气以图"中兴"之功，是"古文运动"得人心之所在。另一方面，又在批判中将儒家心性之学与佛教心性之学相沟通，并将禅宗"直指人心"引入儒家自省之学中，使彼为我所用，仍归于"君君臣臣"之礼教。在此基础上，建立了宗教式之"道统"。儒家本来就重视师承渊源，但尚未以此为宗教派别的组织形式。盛唐以来，佛教（特别是禅宗）特重"祖统"，以之为组织形式，具有很强的排他力。韩愈摹仿"祖统"形式建立了"道统"。《原道》：

> 斯吾所谓道也，非向所谓老与佛之道也。尧以是传之舜，舜以是传之汤，汤以是传之文武周公，文武周公传之孔子，孔子

---

① 详任继愈《韩愈的历史地位》"排佛"一节，陶芾主编《韩愈研究论文集》，广东人民出版社1998年版，第2—3页。

传之孟轲。轲之死,不得其传焉。

　　言外之意是孟轲传之韩愈了。这只要看看他的《师说》,就知道不是"厚诬古人"了。这一手果然厉害,从此后儒家"正统"思想成为中国人认方向、辨是非的最重要的标准。谁是"正统",谁就有号召力。反之,就会失去人心,曹操脸上的白粉便是明证。宋代"古文运动"与中唐"古文运动"的联系,首先就是建立在这一点上。

　　《原道》的另一独创之处是将孟子"劳心者治人,劳力者治于人"的言论结构化,使之成为绝对君权的封建等级社会模式:

　　　　是故君者,出令者也;臣者,行君之令而致之民者也;民者,出粟米麻丝作器皿通财货以事其上者也。君不出令,则失其所以为君;臣不行君之令而致之民,则失其所以为臣;民不出粟米麻丝作器皿通财货以事其上,则诛!

　　孟子的思想被明确地法律化,成为稳定的封建社会统治者的政治思想的基本结构。于是韩愈进一步将"道"与社会结构结合起来,解决了贾至诸人提出的"政教合一"的问题:

　　　　夫所谓先王之教者,何也? 博爱之谓仁,行而宜之之谓义,由是而之焉之谓道,足乎己无待于外之谓德,其文《诗》《书》、《易》《春秋》,其法礼乐刑政,其民士农工贾,其位君臣、父子、师友、宾主、昆弟、夫妇,其服麻丝,其居宫室,其食粟米果蔬鱼肉,其为道易明,而其为教易行也。是故以之为己则顺而祥,以之为人则爱而公,以之为心则和而平,以之为天下国家,无所处而不当。

　　在这里,韩氏将儒家伦理学与社会结构、典章制度结合起来了。

所谓"先王之教",无非就是将儒家仁义道德的教条化作君、臣、民各安其位的现实社会的秩序,使之成为由国家到个人的规范。"新儒教"正从这里出发。然而韩愈将路标仍指向中唐人梦寐以求的盛唐世界,并非历史老人将缓步前往稍事憩息的下一站——北宋。将路标的指向掉转向头的,是他的学生李翱。

李翱的哲学思想主要集中在三篇《复性书》。《复性书》的要害就在韩愈所批评的"杂佛老而言"(《原性》)。更确切些说,当是"援释入儒"。韩愈的排佛偏重外在形式,甚至只是"算经济账",主张佛教徒要还俗,"人其人,火其书,庐其居"(《原道》),并未触及佛家哲学,充其量只是"排僧"而已①。李翱能入室操戈,摄取佛学禅宗中有利于建立封建极权政治的成分,整合入"新儒学",从而使在韩愈手中初具规模的"新儒学"理论体系更趋于完整。从韩的反佛到李的援佛,其精神仍是一致的,即在于实现一体化,建立绝对皇权,完成"礼"的最终形式。问题的关键在于李翱将韩愈所阐明的"道"的指针,从向外拨回向内。此举之成功颇得力于禅宗。

禅宗是中国化了的佛教宗派,它的宗教气氛比较淡,而人生的意味比较浓。它还有一套自我超脱取得"禅悦"的方法。这一切对于中唐既存"中兴梦"又面对帝国江河日下现实,而人格日渐分裂的士大夫来说,是一服清凉可口的退烧药。"古文运动"先驱如独孤及、梁肃都与禅宗有颇深的关系。韩愈《送高闲上人序》称:"是其为心,必泊然无所起;其于世,必淡然无所嗜。"(《全唐文》卷五五五)柳宗元《送僧浩初序》亦称"浮屠""泊焉而无求",他好与僧人游正因为此(《全唐文》卷五七九)。"淡泊"的心态正是中唐士大夫"兼济"与"独善"之间必需的自调机制(下节专论之)。"新儒学"的建立不能无视这一现实。这也就是李翱将韩愈"将以有为也"的

---

① 《韩昌黎诗系年集释》卷二《送灵师》:"佛法入中国,尔来六百年。齐民逃赋役,高士著幽禅。官吏不之制,纷纷听其然。耕桑日失隶,朝署时遗贤。"另参看《原道》。柳宗元《送僧浩初序》指出韩愈"所罪者其迹也"、"忿其外而遗其中"(《全唐文》卷五七九)。

"正心诚意"之道拨转向日趋空谈的"心性"之学的原因。

　　李翱与西堂智藏、鹅湖大义、药山惟俨诸禅师相往还,其《复性书》颇受禅学影响。高观如《唐代儒家与佛学》第三节曾就《复性书》与《圆觉经》、《起信论》之异同详加比较,足资参考①。本文只就"外向"转"内向"的问题略作分析。《复性书》首先还将"情"与"性"对立起来。《复性书》中篇云:

　　　　问曰:"凡人之性犹圣人之性欤?"曰:"桀、纣之性犹尧、舜之性也,其所以不睹其性者,嗜欲好恶之所昏也,非性之罪也。"曰:"为不善者,非性邪?"曰:"非也,乃情所为也。情有善不善,而性无不善焉。"(《李文公集》卷三)

于是"情"成为万恶之源,非灭不可。于是孟子的"性本善"加上释家的"灭欲","存天理,灭人欲"的极端文化专制的理论由此滥觞。要使"情不作,性斯充",就要"复性",而"复性"又"非自外得者也"于是他将孟子的内省养气功夫与道家"心斋"、释家"斋戒"结合起来,提出去情复性之方:"弗虑弗思,情则不生。情既不生,乃为正思。正思者,无虑无思也。"然而"无虑无思"难免要"外天下国家",不是最高境界。最高境界是"动静皆离",做到"视听昭昭而不起于见闻者,斯可矣"。这就要有"格物致知"的功夫。《复性书》中篇说:

　　　　格者,来也,至也。物至之时,其心昭昭然明辨焉,而不应于物者,是致知也,是知之至也。知至故意诚,意诚故心正,心正故身修,身修而家齐,家齐而国理,国理而天下平。此所以能参天地者也。

――――――
① 张曼涛主编《佛教与中国文化》,上海书店 1987 年影印本,第 308—313 页。

出世主义的释家"斋戒"于是乎化为入世的儒家"心性"之学。然而，外向为主的讲究事功的儒学也转为内向的空谈心性的理学。其目的是明确的："循礼法而动，所以教忘嗜欲而归性命之道也。"（上篇）如果说，此前的儒者把注意力主要地集中在规讽君主，以求清明政治；那么，李翱的僧侣主义则主要地将精力集中在对付"臣民"，要他们自动"忘嗜欲而归性命之道"，也就是主动放弃生存权利，从根本上保证韩愈那已法律化的等级社会图式的稳定性。

这里有必要谈到"古文运动"另一分支，即与韩愈齐名的柳宗元。柳氏在意识形态上与韩氏似乎是对立的，只是在做古文这点上互相支持。现代论者多有这么认识的。我认为，韩、柳所致力的都是世俗地主的事业，都为建立绝对君权的宗法一体化的封建社会而努力。不过柳宗元（与王叔文、刘禹锡诸人）所偏重在世俗地主的近期利益，韩、李所从事的似更长远些。因此，有些主张两家似龃龉，实相合。如上所引，韩愈是主张君、臣、民各安其位的。李翱《正位》更说得严格：

> 善理其家者，亲父子，殊贵贱，别妻妾、男女、高下、内外之位，正其名而已矣。古之善治其国者，先齐其家，言自家之刑于国也。欲治其家之治，先正其名而辨其位之等级。（《李文公集》卷四）

这里认为"殊贵贱"云云是理家治国的首要手段，事实上它是儒家宗法伦理思想的根本，而柳宗元对"所谓贱妨贵，远间亲，新间旧"进行反驳。《六逆论》云：

> 若贵而愚，贱而圣且贤，以是而妨之，其为理本大矣，而可舍之以从斯言乎？此其不可固也。夫所谓远间亲，新间旧者，盖言任用者之道也。使亲而旧者愚，远而新者圣且贤，以是而

> 间之,其为理本亦大矣,又可舍之以从斯言乎? 必从斯言而乱
> 天下,谓之师古训可乎? 此又不可者也。(《全唐文》卷五八二)

其意似乎是反对封建等级,其实不然,他只是反对士族等级。《封建
论》认为要"使贤者居上,不肖居下",天下才能理安①。《永州铁炉
步志》更明确地将矛头指向士族:

> 今世有负其姓而立于天下者,曰: 吾门大,他不我敌
> 也……位存焉而德无有,犹不足以大其门,然(世)且乐为之
> 下……大者桀冒禹,纣冒汤,幽、厉冒文、武,以傲天下,由不知
> 推其本,而姑大其故号,以至于败,为世笑僇,斯可以甚惧。
> (《全唐文》卷五八一)

柳宗元针对中唐现实,为庶族地主跻身上层而呐喊,所重在此;韩
愈、李翱欲为一体化封建社会画蓝图,从哲学、伦理学上论证其合理
性,是"长远规划",所重在彼。因此,后人一旦要接触实际改革政
治,就多采柳说;欲建政教之大本,则多采韩、李说。但是无论韩、
柳,对绝对皇权之建立是一致拥护并为之尽力的。因之,尽管柳宗
元与韩愈在政治思想乃至文学观诸方面有许多反差颇大的不同看
法,仍能在这一合于文化目的要求的统一动机指导下,在"古文运
动"中取得一致的步调。

　　历史之果在未成熟时也是苦涩的。在中晚唐向下的斜面上,
韩、柳文风健康的一面未能得到充分发展,其"陈言务去"的一面却
因皇甫湜、来无择、孙樵一脉的片面理解放大了内容不新而形式求
新的倾向,走上趋奇险怪异的一路。李肇《唐国史补》卷下云:"元
和已后,为文笔则学奇诡于韩愈,学苦涩于樊宗师。"韩愈之子韩昶

―――――――――

① 《柳河东全集》卷三。

学樊氏为文,竟连樊氏也读不通! 这股风一直刮到宋初。《全唐文纪事》卷五八引元吴师道《绛守居园池记注》载:"后来有学韩愈氏为文者,往往失其旨。尝有人以文投陈尧佐。陈得之,竟月不能读。"陈尧佐为北宋前期人,可见此风不断。正是这派人将中唐"古文运动"引向死胡同。不过,直到晚唐,也还有另一派人,仍能继承韩、柳"文以载道"、"文以明道"的精神,使古文运动熻火不息。皮日休《请韩文公配飨太学书》称:

> 夫孟子、荀卿翼传孔道,以至于文中子。文中子之末降及贞观、开元,其传者䆳,其继者浅……文中之道,旷百祀而得室授者,惟昌黎文公(韩愈)焉。文公之文,蹴杨、墨于不毛之地,蹂释、老于无人之境,故得孔道巍然而自正。夫今之文,千百士之作,释其卷,观其词,无不裨造化,补时政,繫公之力也。[1]

可见至皮日休时,还有"千百士"是学韩愈"文以载道"的。然而,从这段话里,我们还看到韩愈所倡言的"道统"与"文统"正趋合一。韩愈《原道》提出的"道统"是尧、舜、禹、汤、文、武、周公、孔子、孟轲一脉;《送孟东野序》则提出"文统"有庄周、屈原、司马迁、司马相如、扬雄、陈子昂、李白、杜甫、李观、孟郊等人[2]。至皮日休,则言道统而实指文统,二者已见混淆。至北宋石介作《怪说(中)》,更明确地将"周公、孔子、孟轲、扬雄、文中子、吏部(指韩愈)之道"与西昆体主将"杨亿之道"对举,诚如郭绍虞所断:"石介继承韩愈的精神,却把道统与文统看作是两位一体。"[3]是否还可以说,是道统代替、

---

① 萧涤非等整理《皮子文薮》,上海古籍出版社1981年版,第88页。
② 见《全唐文》卷五五五。
③ 上引《怪说(中)》与郭绍虞云云,均见郭绍虞主编《中国历代文论选》第2册,第246—247页。

蚕食了文统。在道统威压下,文统日渐失去独立性,沦为道统之附庸。道统与文统这一观念模糊、混一的迹象,正反映了中唐—北宋士大夫深层意识中,伦理学逐渐入主文学的重要事实。关于这一点,有详加讨论的必要。

如上所论,李翱将韩愈"将以有为也"的"正心诚意"之道拨转向内思维的心性之学,这是中晚唐人往内心退避情绪在哲学上的反映。如果说白居易仅仅是将"兼济"与"独善"作为处世原则(下节专论),是中唐以后士大夫人格分裂的有效调节;那么李翱则进一步将求事功的"外王"纳入重个体人格修养使之归一的"内圣"之中,是后期封建社会士大夫由个体自由的追求转向个体规范化的建立的一个关键。侯外庐主编《中国思想通史》第四卷页345指出:"李翱的《复性书》,一方面阐述《学》、《庸》,继承思、孟的唯心主义传统,另一方面又输入禅学的内容……它是宋、明道学,特别是二种'理学'的先声。"试看程颐《颜子所好何等论》:"凡学之道,正其心养其性而已。中正而诚,则圣矣。"(《河南程氏文集》卷八)实在是李翱文的概括而已,随着宋代绝对君权的建立与官僚体制的完善,士大夫已失去盛唐人那种独当一面在相当范围内实现自己的政治抱负的历史条件。君主高度集权所需要的不是"贤臣",而是"忠臣"。士大夫在官僚化的政体中更加异化为国家机器的零件,士大夫明白,只有自觉顺从社会秩序才能有所作为。于是乎宋代伦理学以中唐所不可比拟的巨大势力君临一切。王夫之《读通鉴论》卷二六将唐、宋二代士大夫的个体修养作了比较,对唐人竞为奢侈、传觞挟妓之习加以挟击,然后说:

延及有宋,膻风已息,故虽有病国之臣,不但王介甫(安石)之清介自矜,务远金银之气[1];即如王钦若、丁谓、吕夷甫、

---

[1]　与王介甫政见不合的黄庭坚也在《跋王荆公禅简》中说:"然余观其风度,真视富贵如浮云,不溺于财利酒色,一世之伟人也。"(《豫章集》卷二〇)

章惇、邢恕之奸，亦终不若李林甫、元载、王涯之狼藉，且不若姚崇、张说、韦皋、李德裕之豪华；其或毒民而病国者，又但以名位争衡，而非宠赂官邪之害。此风气之一变也。

讲究个体人格修养的确为宋人所长。反映于文学，则宋人着意表现的非事功与意气，而是心境与修养。① 自中唐到北宋的文论，也体现了这一由外视转入内视的思维方式的演变。

演变的第一步是：将作家的人格修养与作品的评价、创作等直接联系起来。这就是所谓"文章务本"论。

隋末名儒王通（文中子）是第一个以"君子"、"小人"论文的。《中说·事君》：

> 文士之行可见：谢灵运小人哉，其文傲，君子则谨。沈休文小人哉，其文冶，君子则典。鲍照、江淹古之狷者也，其文急以怨。吴筠、孔珪古之狂者也，其文怪以怨……

这种偏激的做法在盛唐反响不大。杜甫天宝末所作《进雕赋表》自称："臣之述作，虽不能鼓吹六经，先鸣数子，至于沉郁顿挫，随时敏捷，扬雄、枚皋之徒，庶可企及也。有臣如此，陛下其舍诸？"（《杜诗详注》卷二四）将文学独立于"六经"之外，并引为自豪，已经是与王通绝不相属的另一种观点了。然而，中唐儒学的中兴又使将文学附属于伦理学的论调得以抬头。李华《杨骑曹集序》批评盛唐人说："开元、天宝间，海内和平，君子得从容于学。以是词人材硕者众。然将相屡非其人，化流于苟进成俗，故体道者寡矣。"（《全唐文》卷三一五）《赠礼部尚书崔沔集序》又说："屈平、宋玉，哀而伤，靡而不返，六经之道遁矣。"（《全唐文》卷三一五）"六经"又成为最高典范。

---

① 葛兆光《禅宗与中国文化》第99页提到宋人将"气——豪迈之气却与'酒'、'色'、'财'并列，成为一种害人误人的毛病"，是一个有趣的例证。

在此文中，他又明确提出："文章本乎作者……本乎作者，六经之志也。"文章、作者、六经，三点一线，这就是"文章务本"之论了。嗣后，梁肃在《独孤及集后序》中引独孤及的意见说："必先道德而后文学。"(《全唐文》卷五一八)《补阙李君前集序》又说："文之作，上所以发扬道德，正性命之纪，次所以财（裁）成典礼，厚人伦之义。"(《全唐文》卷五一八)这也就是柳冕所归结的："圣人养才而文章生焉。"(《全唐文》卷五二七《答杨中丞论文书》)柳氏由强调文教合一进而以儒家仁义道德为教化之本。于是乎"似曾相识"，我们又看到了王通的面影：

> 文章本于教化，形于治乱，系于国风。故在君子之心为志，形君子之言为文，论君子之道为教。《易》云："观乎人文，以化成天下。"此君子之文也，自屈宋以降，为文者本于哀艳，务于恢诞，亡于比光，失古义矣。虽扬、马形似，曹、刘骨气，潘、陆藻丽，文多用寡，则是一技，君子不为也。(《全唐文》卷五二七《与徐给事论文书》)

不过这些议论都"语焉不详"，至韩愈才比较全面地阐明了文与道之关系。他首先表白学古文主要是为了学古道。《题哀辞后》说："愈之为古文，岂独取其句读不类于今者耶？思古人而不得见，学古道则欲兼通其辞。通其辞者，本志乎古道者也。"(《全唐文》卷五六八)李翱也在他的《答朱载言书》中说："吾所以不协于时而学古文者，悦古人之行也；悦古人之行者，爱古人之道也。"(《李文公集》卷六)"道"被置于古文之上，仁义道德被视为文章为本。韩愈《答李翊书》说得明白：

> 将蕲至于古之立言者，则无望其速成，无诱于势利，养其根而俟其实，加其膏而希其光。根之茂者其实遂，膏之沃者其光

煜,仁义之人,其言蔼如也。(《全唐文》卷五五二)

"仁义之人,其言蔼如"是孔子"有德者必有言"的变相。这种以仁义为文章之根本的看法,与白居易"诗者:根情,苗言,华声,实义"(《与元九书》)的提法是有所不同的。白氏"实义"的提法仍属以文为教化之具的"致用"范围,"情"才是诗之根本。韩氏的提法则以仁义为根本,是由"致用"转向"务本"的关键一步。"致用"不妨以情动人,"务本"则将情纳入仁义的规范,"行之乎仁义之涂,游之乎诗书之源"(《答李翊书》),重点已由"情"转至"仁义"。这一作文的前提条件的得来又全在个人的修养,即"养气"功夫,只有善养气,然后才能"气盛则言之短长与声之高下者皆宜"。韩愈用孟子"养气"的内修养功夫将文与道一气贯通了。所以清人刘熙载《艺概·文概》说:"昌黎(指韩愈)接孟子知言养气之传,观《答李翊书》学、养并言可见。"可谓知言。李翱继承了韩氏的观点,《答朱载言书》亦称:"故义深则意远,意远则理辩,理辩则气直,气直则辞盛,辞盛则文工。"(上引)只是李翱要比韩愈说得斩绝。韩愈虽说"仁义之人,其言蔼如",但仁义与文之间的关系只是"根之茂者其实遂"的根与实的关系而已,并未将仁义等同于文,也并不排斥仁义之人无言、无文的可能性。李翱则不然,其《寄从弟正辞书》:"夫性于仁义者,未见其无文也;有文而能到者,吾未见其不力于仁义也。"(《李文公集》卷八)两个"未见"几乎在仁义与文之间画上了等号。李翱更进一步用"性"来解说孔子的"有德者必有言"。其《复性书》说得明白:"情者性之邪",要"性于仁义"。这就不但与白居易的"根情实义"的思维方向相反,而且与韩愈"根之茂者其实遂","养其根而俟其实",养气行仁义毕竟是为了作好文的思维方向也相反。仁义,成为目的。养气不是为作文,而是为"性于仁义"。故《复性书》又说:圣人与天地合德,"此非自外得者也,能尽其性而已矣"。这就导致宋理学家"道至则文自工",甚至以文为妨道的"闲言语",取消文学独立性的偏激说法了。不妨说,韩愈开宋文学家如欧阳修辈之文论,李翱则开宋代理学家如程颢、程颐辈之文论。

现代文史研究者对宋代文学家之文论与理学家之文论的异同议论比较一致。约略言之,就是文学家虽然也承认道为文之本,但道毕竟不是文,代替不了文。因此,他们的骨子里还是要"肤浅于经,烂熟于文"(陈亮语)。唐之韩柳、宋之欧苏,莫不如是,特别对优秀作家,还有一层:丰富的创作实践使他们不能不感觉到现实生活对于文学创作的重要性,所以他们虽然也从理性出发,认儒家伦理学为创作之泉源,也说是要"文章务本";但同时也会不由自主地认为"不平则鸣"、"穷而后工",不知不觉地与"道至则文自工"唱了反调。道学家们以文学为"闲言语",从根本上否认文学的独立性,但作为一个社会的人,他们尚未麻木到不直觉到"情"的存在,并且直觉到文学"根情"的必然性。正因其如此,他们想要"去情复性",就必然会认为"作文害道"。程颐的言论最典型,《程氏遗书》第十八伊川先生语四:"问:'作文害道否?'曰:'害也!凡为文不专意则不工,若专意则志局于此,又安能与天地同其大也?……古之学者,惟务养情性,其他则不学。'"二家文论可谓"二水分流"了,但在价值取向上终于合流。由于新儒学的价值系统日益为北宋人所认同,儒家伦理道德规范也就必然日渐成为宋人文学价值选取的标准。从宋人对唐人及其作品的评价可看到这一事实。

文学家如苏舜钦,在《上孙冲谏议书》中说:"道德胜而后振。"(《苏学士文集》卷九)欧阳修在《答吴充秀才书》中说:"然大抵道胜者,文不难而自至也。"(《欧阳文忠全集》卷四七)于是伦理学的标准凌驾于文艺学的标准之上。试看欧阳修《世人作肥字说》:

> 使颜公(真卿)书虽不佳,后世见者必宝也。杨凝式以直言谏其父,其节见于艰危;李建中清慎温雅,爱其书者,兼取其为人也。(《欧阳文忠公集》卷一二九)

该文从读者接受心理的角度点明时人价值选取的标准是以道德为第一。颜真卿诸人有高尚的品德，所以哪怕"书虽不佳，后世见者必宝"！这一价值取向使宋人在风度、胸襟诸方面远不如盛唐人的广阔（如唐玄宗下令编敌对阵营人物上官昭容的集子），甚至不如中唐人的通达（如当时人鄙弃元稹的为人，却学其文体）。他们斤斤于封建道德规范的计较，求全责备：

> 荆公（王安石）次第四家诗（即杜甫、韩愈、欧阳修、李白），以李白最下，俗人多疑之。公曰："白诗近俗，人易悦故也。白识见污下，十首九说妇人与酒，然其才豪俊，亦可取也。"①（《苕溪渔隐丛话》前集卷六引《钟山语录》）

> 唐之文子，固无出退之（韩愈）者，其入王庭凑军也，视若轩渠乳儿，则足以知其气矣。若夫持正（皇甫湜）褊中，禹锡浮躁，元稹缘宦人取宠，吕温便僻规进，而宗元戚嗟于放废之湘南，皆其气之不完者，故其文章终馁于理，亦其势然也。（刘弇《龙云集》卷一八《上运判王司封书》）

> 子厚（柳宗元）得韩（愈）之奇，于正则劣矣，以党王叔文，不得为善士于朝。（李觏《直讲李先生文集》卷二八《答李观书》）

> （孟）郊耿介之士……起居饮食，有戚戚之忧，是以卒穷而死。而李翱称之，以为郊诗高处在古无上，平处犹下顾沈、谢。至韩退之（愈）亦谈不容口，甚矣！唐人之不闻道也……（颜）回虽穷困早死，而非其处身之非，可以言命，与孟郊异。（苏辙《栾城三集》卷八《诗病五事》）

更有甚者，是南宋道学家朱熹对杜甫的批评，可谓吹毛求疵：

---

① 宋人对李白人格之非议甚多，如苏轼兄弟、葛立方、陆游等。为省繁琐，兹不备引。

　　杜陵此歌(指杜甫《同谷七歌》),豪宕奇崛,诗流少及之
者。顾其卒章。叹老嗟卑,则志亦陋矣。人可以不闻道哉!
(《晦庵先生朱文公文集》卷八四《跋杜工部同谷七歌》)

　　总之,在宋人眼中,"唐人工于为诗而陋于闻道"(苏辙语)。这
正道出盛唐人与北宋人价值选取标准的差异①。

　　将伦理道德作为价值选取的首要标准,并非宋人的发明。一似
源远流长的九曲黄河,它的一端深入到那茫茫渺渺的远古时代。黄
土高原上的农业生产规定了华夏民族求稳定的、秩序井然的文化类
型。作为这一文化类型的代言人,儒家学派也必然要以维护这一社
会的秩序性为己任。也许,胡姬、胡帽、胡马、胡床,强有力的西域文
明曾使唐帝国一度沉浸在向外寻找世界奥秘的兴奋之中;但"安史
之乱"迅速地将士大夫从梦中拉回。黄河又回到了故道。士大夫重
温了先儒的教导:"凡人之所以为人者,礼义也。"(《礼记·冠
义》)参照物是不齿于人类的禽兽。"无别无义,禽兽之道也。"(《礼
记·郊特牲》)就这样,不容置疑地比出了人的价值。作为个体的人
生,还容许有别的选择吗? 个体的存在,其意义仅仅是社会秩序这
张人伦关系的大网之中,找到自己适当的位置。董仲舒这个汉代的
大儒曾对这张大网做过描绘:"人有父子兄弟之亲,出有君臣上下之
谊,会聚相遇,则有耆老长幼之施,粲然有文以相接,欢然有恩以相
爱,此人之所以贵也。"(《汉书·董仲舒传》)如上所论,韩愈、李翱
都曾在《原道》、《正位》等文章中再版过这一君君臣臣的社会结构
蓝图。在这张伦理等级之网中,个体充其量只不过是一个微不足道
的零件,只有维护这一秩序的义务。人们"相率于途"追求的并不是
个体的价值,而是个体的规范化——符合这张网所必需的规范。于
是,自觉地修身养性,以完成人的最高价值——封建伦理道德的自

---

①　道德准则本身也是个变量,不同时代有不同的道德律令。在宋人看来不合乎道德者,盛
　　唐人却未必以为然。如李白的"说妇人与酒",便是显例。为使讨论集中,兹不深论。

我完善,献身于社会秩序的稳定,便成为个体唯一合法的追求了。这也就是由一度在盛唐闪现过的个体自由的追求,转为中唐以后日渐自觉,至北宋终成个体规范化自觉追求的历史之潮。我将这股思潮称为:"人与文学的再自觉。"

第二节　自我调节机制与文学二元

个体规范化进程首先要解决的问题是:在规范化的同时,如何适度地保留士大夫的独立意志?盖士大夫有双重责任:既是政府雇员的"吏",又是独立思考、出谋划策的"师",在某种程度上超越所依附的集团、阶级的利益,"以天下为己任",起着协调全社会的作用——此士之为士者也。其实,这正是历史的老课题。

"三月无君则皇皇如也"的孔夫子,一开始就将儒学的构筑置于入世的基石上。门人子夏说得最透彻:"学而优则仕。"(《论语·子张》)以"经世济民"为标帜,出将入相成为封建时代知识分子普遍的追求自不待言。问题只在于:孔孟之学中高扬个体人格的成分与随着一体化带来的君权日甚之间,有着难于调和的矛盾。

> 子曰,三军可夺帅也,匹夫不可夺志。(《论语·子罕》)
>
> 富贵不能淫,贫贱不能移,威武不能屈。(《孟子·滕文公下》)

这是孔、孟所树立的完善的个体人格。然而,秦皇汉武以来的帝王,却往往视文人为"俳优蓄之"。想为"帝王师"的理想与俳优般待遇的现实,在心灵中如何得以平衡?于是乎求"帮忙"与"不得帮忙的不平"便成为千年古国文人的主题歌①。孔夫子本人就有过不得帮忙的不平,甚至想索性出国去:"道不行,乘桴浮于海。"(《论语·公冶长》)不过孔夫子到底还是想出自控法:"天下有道则见,无道则隐。"(《论语·泰伯》)"邦有道则仕,邦无道则可卷而怀之。"(《论语·卫灵公》)"用之则行,舍之则藏。"(《论语·述而》)然而,这种"待价而沽"的态度远不能使内心平衡,心里还是要揣着个兔子,还是要"三月无君则皇皇如也"。

由自控引向自调的,是孟子。《尽心上》说:"故士穷不失义,达不离道……古之人得志,泽加于民;不得志,修身见于世。穷则独善其身,达则兼善天下。"有机会就"帮忙",实现济世的理想;没机会时也要修身独善,不可随波逐流。既存理想,又可保人格。于是乎"兼济"与"独善"成为后世儒者自控而又自调的处世原则。

然而,唐以前长期封建社会中,这一原则尚未形成可转换的关系;也就是说,兼济与独善并未形成一种对立而又互补的可转换的真正自调机制。二者由对立走向互补,乃至可转换的关系,是在六朝至盛唐这一漫长历史时期内酝酿而成的。王瑶《中古文人生活》一书曾对文人隐逸动机作过颇为详尽的研究。他指出,自汉魏到南北朝,隐逸动机是由对政治的忧患曲避到欣羡隐逸生活的崇高,逐渐成为士大夫精神生活的寄托。也就是说,隐逸本是与政治对立的产物,在历史发展过程中逐渐泯町畦而通骑驿,成为一种可转换的互补关系。我认为这一过程要到盛唐方告完成。从所谓"正史"的《晋书》与《唐书》隐逸传的对照中,我们可以窥见不同时代的隐逸者不同的心理。

残酷的政治迫害与晋人的隐逸动机有着直接的因果关系。《晋书》隐逸传载:范粲不愿仕景帝,三十六年不发一言;杨轲、霍原身为隐士还难免一死;孙登、董京、夏统、鲁褒、陶淡、古垣等"不知所

---

① 参看鲁迅《且介亭杂文二集·从帮忙到扯淡》,《鲁迅全集》第6卷,人民文学出版社1981年版,第344页。

终"。所以《晋书》说:"彼达人之善觉,乃逃禄而归耕。""逃禄"二字说尽仕、隐的隔阂。庾峻上书晋武帝说:"莫若听朝士时时从志山林,往往间出,无使人者不能复出,往者不能复反。"(《晋书》卷五○)朝士一旦归隐便不可"复反",正说明仕、隐之鸿沟。谁要是"复反",谁就会受舆论的嘲弄。《世说新语·排调》载:

> 谢公(安)始有东山之志,后严命屡臻,势不获已,始就桓公司马。于时人有饷桓公药草,中有远志。公取以问谢:"此药又名小草,何一物而有二称?"谢未即答。时郝隆在坐,应声答曰:"此甚易解,处则为远志,出则为小草。"谢甚有愧色。

郝隆语带双关,将"处"(隐)称为"远志",将"出"(仕)称为"小草"。而谢安之所以有愧色,就因为他是由隐而仕的。孔稚珪的名篇《北山移文》正是为此辈发。这就是仕与隐在当时的不可转换性。

时至盛唐,隐逸动机由"藏声"一变为"扬名"。《新唐书·隐逸传》指出:时人谋隐是为"使人君常有所慕企","使人常高其风","假隐自名,以诡禄仕"。王昌龄《上李侍郎书》就说是:"昌龄岂不解置身青山,俯饮白水,饱于道义,然后谒王公大人,以希大遇哉?"(《全唐文》卷三三一)可见"置身青山"的"隐",是为"谒王公大人,以希大遇"的"仕"做准备。吴筠举进士不第,索性当道士去,再由"终南捷径"直取宫廷,便是成功的例子。于是乎仕、隐"往往间出"了,之间的鸿沟由求仕者的脚给踩平了。然而,这种以隐求仕的关系称不上互补关系,也还不算是士大夫心理平衡的自我调节。宋人葛立方《韵语阳秋》卷十一说:

> 意在退处者,虽饥寒而不辞;意在进为者,虽昏贪而不顾;皆一曲之士也。高适尝云:"吾谋适可用,天路岂寥廓。不然买山田,一身与耕凿。"可仕则仕,可止则止,何常之有哉?

高适诗中有愤懑,未必是豁达语。葛氏以后人眼光揣摸盛唐人心事似未达一间,但道出了自调机制的关键:"隐"应是士大夫取得心理平衡的自觉退路,这才是互补关系。盛唐人有意识地以"隐"补"仕"的,是王维为代表的一批"亦官亦隐"者。这些人"迹崆峒而身拖朱绂,朝承明而暮宿青霭"[1],一边当官,一边悠游在田庄里,内心取得某种平衡。王维《赠裴十迪》诗称:

> 风景日夕佳,与君赋新诗。淡然望远空,如意方支颐。春风动百草,兰蕙生我篱。暧暧日暖闺,田家来致词:欣欣春还皋,淡淡水生陂。桃李虽未开,夷蔓满其枝。请君理还策,敢告将农时。

日暖蕙生,水淡蓴满。恬静中,我们看到一位"如意支颐"的田园主。他没有陶潜的安贫乐道[2],也没有谢灵运的雍容华贵,而只是一种内心近乎无冲突的自在。然而,"自在"是田庄经济自给自足在其精神状态上的反映,即黑格尔所谓"处于自由独立,心满意足的自觉状态"[3],正是这种独立自足的神情与心态,直接影响了王维的诗歌风格。而王维这种生活,就是钱穆所谓"释道山林之趣",它与"进士场屋之业"构成盛唐人静穆的观照与热烈的追求这生命的二元。也就是说,仕与隐此期已构成士大夫生命运动的形式,好比动脉与静脉,其转换关系便是其生命的节奏。所以美学家宗白华先生说:"李、杜境界的高、深、大,王维的静远空灵,都植根于一个活跃的、至动而有韵律的心灵。"[4]只是李、杜、王均未能将这样的生命的逻辑

---

① 《王右丞集笺注》卷十九《暮春太师左右丞相诸公于韦氏逍遥谷宴集序》。
② 王维甚至嘲笑过陶潜的安贫。《王右丞集笺注》卷十八《与魏居士书》说:"近有陶潜,不肯把板屈腰见督邮,解印绶弃官去。后贫,乞食诗云:'叩门拙言辞。'是屡乞而多惭也。尝一见督邮,安食公田数顷。一惭之不忍,而终身惭乎!"
③ 〔德〕黑格尔《美学》第3卷下册,朱光潜译,商务印书馆1981年版,第189页。
④ 《美学散步》,第74页。

形式——静穆的观照与热烈的追求纳于一身。特别是王维一派人缺乏对"兼济"执着热烈的追求,缺乏以天下为己任的弘毅气象,缺乏孔、孟所高扬的那种"独善"的个体人格,所以很难成为后期封建社会"有意于为生民建政教之大本"的士大夫的典范。朱熹就曾经批评王维、储光羲诗非不翛然清远,但因不能讲究杀身成仁,"失身"于安禄山的伪朝,"则平生之所辛勤而仅得以传世者,适足为后人嗤笑之资耳"①。顾亭林也说:"古来以文辞欺人者,莫若谢灵运,次则王维。"②

真正能在廊庙与山林相沟通的基础上,进一步将"达则兼济,穷则独善"的原则化为自身生活的实践,自觉地将它改造成心灵的调节器的,有待于重建宗法一体化过程中的白居易。

白居易的诗论在文学批评史上有着崇高的地位,特别是他主张"文章合为时而著,歌诗合为事而作",大力提倡写讽谕诗,更是广为人知。然而,令人惊奇的是,在提出以上主张的《与元九书》之前,白氏写下《秦中吟》、《新乐府》、《观刈麦》等大量讽谕诗,而此论一出,他的讽喻之作反而骤减,几乎不作。此后所写多是闲适、感伤一类③。这是一个值得重视的文学史现象,姑称之为"白氏现象"。

要解释白氏现象,首先必须揭示白居易诗论的内在矛盾性。白氏在《新乐府序》中说:

> 篇无定句,句无定字,系于意不系于文,首句标其目,卒章显其志,诗三百之义也。其辞质而径,欲见之者易谕也;其言直而切,欲闻之者深诫也。其事核而实,使采之者传信也;其体顺

---

① 《晦庵先生朱文公集》卷七六《向芗林文集后序》。
② 顾炎武《日知录》卷十九"文辞欺人"条。
③ 据顾学颉校点《白居易集》附《白居易年谱简编》,《新乐府》系于元和四年,《秦中吟》系于元和五年,《与元九书》系于元和十年,并称:"自此以后,居易避祸远嫌,居官常引病自免,不复谔谔直言。作诗态度,亦有所转变,讽喻之作渐少。"可资参考。本书所引白居易诗文经注出处者,咸用顾校本,中华书局1979年版。

> 而肆,可以播于乐章歌曲也。总而言之,为君为臣为民为物为事而作,不为文而作也。

这段话表明白氏有很明确的创作目的。其结构要求是:每篇以内容需要决定字数、句数,取首句为标题,结尾处阐明主题。其语言方面的要求是:质朴、直截、易懂、激切,使读者容易领会,达到教育人的目的。其取材方面的要求是:所描写的内容要核实,能取信于人。其形式要求是:通体要流畅,合乎韵律,以便配乐传播。然而,无论结构、语言、题材、形式,都从属于"为君为臣为民为物为事而作"的总目的。白氏《寄唐生》诗有更简明的概括:"唯歌生民病,愿得天子知。"为君与为民不是并列关系,"为民"从属于"为君"。二者在封建社会一定条件下,有其统一的一面,但更主要的是斗争的一面。由于白氏将"为君"置于"为民"之上,所以造成了"白氏现象"。容下文剖析之。

白居易以"唯歌生民病"为己任,所以"闻见之间,有足悲者,因直歌之"(《秦中吟序》)。《道州民》、《缭绫》、《盐商妇》、《卖炭翁》及《秦中吟十首》等,不愧"为民"的佳作。为此,他甚至不顾"执政柄者扼腕","握军要者切齿",表现了"为民请命"的大义大勇。这一面已为研究者所阐明,恕我从略。必须提请注意的是,白氏要"歌生民病"的目的在于"愿得天子知",写乐府不过是手段。这一面往往为研究者所忽略,而"白氏现象"的症结恰恰就在这里。白氏《策林六十八》说:

> 且古之为文者,上以纫王教,系国风,下以存炯戒,通讽喻:故惩劝善恶之柄,执于文士褒贬之际焉;补察得失之端,操于诗人美刺之间焉。

《策林六十九》又说:

> 圣王酌人之言,补己之过,所以立理本,导化源也。将在乎

选观风之使,建采诗之官,俾乎歌咏之声,讽刺之兴,日采于下,
岁献于上者也。

白氏认为应当恢复古代的采诗制度,让诗歌成为惩恶劝善、补察得
失的工具,将诗歌的社会功能提高到治国平天下的高度。这在中唐
朝野上下尚未失去"中兴"希望的时代,不能说完全是空想。《资治
通鉴》卷二三八载:"李绛或久不谏,上辄诘之曰:'岂朕不能容受耶?
将无事可谏也?'"唐宪宗还鼓励臣下"事有非是,当力陈不已,勿畏
朕遣怒而遽止也"。《旧唐书》本传称白居易"所著歌诗数十百篇,
皆意存讽赋,箴时之病,补政之缺;而士君子多之(称美他),往往流
闻禁中"。于是被宪宗赏识,"召入翰林为学士"。白氏大多数讽喻
诗写于此时,特别在元和三至五年左拾遗任上,可谓讽喻诗的全盛
期,不妨说是白氏"采诗"理想在某种程度上另一种形式的实现。近
年来一些研究者称白氏此类诗为"谏官诗",不无道理。

既然"为君"是第一义,那么讽喻之兴衰就系于皇帝的纳谏态
度上。如果"圣王"不"酌人之言,补己之过"呢? 为此,白氏一直小
心翼翼,如履薄冰:"君不见左纳言,右纳史,朝承恩,暮赐死。"(《太
行路》)他反反复复强调"言者无罪":

　　言者无罪闻者诚,下流上通上下泰。(《采诗官》)

　　所谓言之者无罪,闻之者足以诚。(《策林六十九》)

　　言者无罪,闻者足诚,言者、闻者莫不两尽其心焉。(《与元
九书》)

　　言之者无罪,击之者有时。(《敢谏鼓赋》)

由此可知中唐时专制的寒气已日觉逼人了。大凡一个皇帝在政权
尚未巩固时,总是比较地能纳谏,也就能较好地发挥其调节政府的

功能,遏制官僚机构的腐化;一旦皇权得以稳固(或自以为稳固),专制也成正比发展,"圣王"也就不易纳谏了,于是乎日渐失去调节功能,乃至成为腐化的核心。唐宪宗自平淮西以后,日见骄侈,李绛、裴度等著名谏臣先后去位,韩愈因谏迎佛骨几招杀身之祸。"言者有罪","直而切"的讽喻诗还写不写? 白居易必须作出选择。他在《序洛诗》中作了回答:

> 予历览古今歌诗,自《风》、《骚》之后,苏、李以还,次及鲍、谢之徒,迄于李、杜辈,其间词人,闻知者累百,诗章流传者巨万。观其所自,多因谗冤谴逐,征戍行旅,冻馁病老,存殁别离,情发于中,文形于外,故愤忧怨伤之作,通计今古,什八九焉……(予)在洛凡五周岁,作诗四百三十二首。除丧朋哭子十数篇外,其他皆寄怀于酒,或取意于琴,闲适有余,酣乐不暇;苦词无一字,忧叹无一声,岂牵强所能致耶? 盖亦发中而形外耳。斯乐也,实本之于省分知足。

这段话可谓"如人饮水,冷暖自知"。白氏自觉地将自己与李、杜等优秀作家的创作态度作了比较:屈原、李白、杜甫诸人在谗冤谴逐、冻馁病老的逆境中愤忧怨伤之作愈力;而白氏自己在谪江州以后的逆境中,虽未必"苦词无一字",但有意避而不写讽喻诗,大写其"知足省分"的闲适诗,却是事实。南宋爱国诗人陆游曾指出:"杜甫、李白激于不能自已。"(《淡斋居士诗序》)屈原的自沉,李白的流放,杜甫的漂泊,是血肉之躯对生存意义的自我选择:"虽体解吾犹未变兮!""吾庐独破受冻死亦足!"而白居易与李、杜的差别恐怕就在力图"自已"(自我克制),即有意识地进行自我调节,追求内心的平衡("省分知足")①。这就是"白氏现象"背后一带有普遍意义的深层

---

① 宋人张舜民《史说》指出,白居易"知其不可为而一舍之。危行而放其言,怀卷而同其尘,可谓晦而明,柔而立者也。故终其身而不辱"(《宋文鉴》卷一〇八)。可谓得白氏心事者。

意识。

"白氏现象"明白无误地表明白氏以"兼济"、"独善"为调节器的自觉性。就在提出"文章合为时而著,歌诗合为事而作"这一口号的同时,他还说:

> 古人云:穷则独善其身,达则兼济天下。仆虽不肖,常师此语。大丈夫所守者道,所待者时。时之来也,为云龙,为风鹏,勃然突然,陈力以出;时之不来也,为雾豹,为冥鸿,寂兮寥兮,奉身而退。(《与元九书》)

"时之来"与"时之不来"的两种处理方法,正是他在《君子不器赋》中概括的:"审其时,有道舒而无道卷。"显然承诸孔子的"邦有道则仕,邦无道则可卷而怀之"(《论语·卫灵公》),是一种待价而沽的态度。只是孔子是孜孜以求的积极态度,而白氏的"奉身而退"显然有明哲保身的成分。孟子"独善"重在"士穷不失义"的人格,白氏"独善"重在"奉身"。还在当翰林学士积极创作"讽喻诗"的当时,他就在《松斋自题》中提醒自己要"形骸委顺动,方寸付空虚,持此将过日,自然多晏如。昏昏复默默,非智亦非愚"。也就是说,白氏将释道空无的思想引进儒家"独善"的原则之中,冲淡其"威武不能屈"的内容。在《效陶潜体诗十六首》中,他将屈原与刘伶作了对比,说:"一人常独醉,一人常独醒。醒者多苦志,醉者多欢情,欢情信独善,苦志竟何成!"这里的"欢情信独善"与上引《序洛诗》自称"闲适有余,酣乐不暇;苦词无一字,忧叹无一声"是一致的。也就是说,白氏是颇为自觉地"修正"儒家"独善"的原则。正是白居易自己,解开"白氏现象"之谜:

> 三十为近臣,腰间鸣珮玉。四十为野夫,田中学锄谷。何言十年内,变化如此速? 此理固是常,穷通相倚伏。为鱼有深

> 水,为鸟有高木;何必守一方,窘然自牵束?化吾足为马,吾因
> 以行陆;化吾手为弹,吾因以求肉。形骸为异物,委顺心犹足。
> (《归田》)

这里使用了《庄子·大宗师》的武器,来解决"穷"、"达"的关系。他主张可进可退,"何必守一方",无论穷、达,都要"委顺"、不执着,将孔子的有待化为无待。他抽掉孟子"独善"中"穷不失义"的高扬个体人格的内核,注入道家唯天命是从的思想。在《赠杓直》诗中更添上南禅宗一味:

> 早年以身代,直赴《逍遥》篇。近岁将心地,回向南禅宗。
> 外顺世间法,内脱区中缘。进不厌朝市,退不恋人寰。自吾得
> 此心,投足无不安。

此诗写于元和十年,时四十四岁。是年,被贬为江州司马,正处于一生重要的转折点上。"外顺世间法,内脱区中缘"表明他是靠"委顺"于他所不满的外部世界来泯灭内心的愤懑,而取得心理平衡的。一个封闭的自调系统于是乎形成。

那么,白氏与王维又有何区别?区别在于:白居易"兼济"之志虽不断弱化,却是至死未泯。《开龙门入节石滩诗》:"七十三翁旦暮身,誓将险路作通津。"他实现了自己的誓言,施家财凿开石滩险路,解除了舟人楫师在"大寒三月,裸跣水中,饥冻有声,闻于终夜"的痛苦。在《新制绫袄成感而有作》诗中,又表白了自己民胞物与的济世之心:"争得大裘长万丈,与君都盖洛阳城!"而对"世间法"也还是不能去怀,仍有所讽刺,如《池鹤八绝句》便是。综观白氏一生,无论前、后期,都是兼济、独善并存,仅仅是双方之比例根据外部世界的"有道"或"无道","时之来"与"不来"而互为消长。兼济与独善的原则,在白氏的生活实践中,已成为无可置疑的行之有效的自

调机制。

　　带有浓重退避情绪的白居易式的自调机制,在中晚唐是比较典型的。中晚唐文人在不同程度上大都具有这种自调机制。略早于白氏的元结、顾况是如此,同时代的排佛不遗余力的韩愈,也同样有其权宜应变的一面,有以求仙作乐为退路的一面①;到晚唐的杜牧、皮日休、陆龟蒙诸子,也都表现出既主动干预生活,又消极退避的二重性格。后期封建社会士大夫除了为气节、伦理而死的烈士之外,少有为了个体人格与理想,而作屈原式的自我选择,应与此自调机制的形成有关。特别是白式自调机制经北宋苏轼之手,更发展为一种与“儒道互补”相表里的心态。具有更为复杂的功能。李泽厚《美的历程》将封建前期的美学代表作如钟嵘《诗品》和刘勰《文心雕龙》与封建后期的美学代表作如旧题司空图《二十四诗品》和严羽《沧浪诗话》作了比较,指出:“前者是人格理想的树立,后者是人生态度的追求。”(页158)白式自调机制到苏式自调机制的发展过程,正是人格理想让位于人生态度的过程。作为促变的力量,是文化专制的强化。终北宋之世,文字狱屡兴。庆历五年有石介、王益柔之狱,元丰二年有“乌台诗案”,元祐四年有“车盖亭诗案”。北宋重要诗人如苏舜钦、苏轼、黄庭坚辈都曾身受其害。正是这股压力使苏轼的文风不得不变,而苏轼又以其独具个性的变,对专制作了消极的反拨,成就了封建社会后期与“漠然自定”的人生态度相应的“韵外之致”的审美理想,随着北宋中央集权的日益稳固而来的高度封建专制在这里充当了新文学体制产生的催生婆。而苏轼又以其天才参与了新文化构型的建构。容下文详述。

　　苏轼的生活经历与白居易有相似之处,苏轼自己就曾在诗题中自称“平生自觉出处老少粗似乐天”(《宋诗钞》)。他们都在贬谪后

---

①　韩愈的门生张籍在《上韩昌黎书》中就劝过韩愈:“然欲举圣人之道者,其身亦宜由之也。”可知韩愈的言行有不一致之处。书中还劝韩不要“为博塞之戏,与人竞财”,正指的是韩愈有寻欢作乐的一面。张文见《五百家注音辨昌黎先生文集》卷十四附录。

思想上有很大的震动,创作手法、风格有显著的变化。著名的"乌台诗案",是君主专制强化与诗人"美刺"之间的第一次剧烈冲突。早期苏轼在政治斗争中以诗文为利器,舒亶劄子所举数例颇典型:"陛下发钱以本业贫民,(苏轼)则曰:'赢得儿童语音好,一年强半在城中';陛下明法以课试群吏,则曰:'读书万卷不读律,致君尧舜知无术';陛下兴水利,则曰:'东海若知明主意,应教斥卤变桑田';陛下谨盐禁,则曰:'岂是闻韶解忘味,尔来三月食无盐。'触物即事,应口所言,无一不以讥谤为主。"(王文诰《苏文忠公诗编注集成总案》卷十九元丰二年条)政敌的摭摘固然多牵强附会、深刻求之(如对《塔前古桧》诗的解释,连宋神宗亦不以为然),但参之《宋诗纪事》卷二一所列"乌台诗案"中诸作,多涉政事,影射讥评,并非全然无据。《后山诗话》亦称:"苏诗始学刘禹锡,故多怨刺",可为定论。然而,中唐人由于面对唐玄宗由"开元之治"跌入"安史之乱"的现实,痛心疾首于君主的昏昧,以为"补察得失之端,操于诗人美刺之间"(白居易《策林六十八》),故诗多主比兴,偏在讽喻,重在社会现实之反映,使"圣王酌人之言,补己之过,所以立理本,导化源也"(白居易《策林六十九》)。所以郑覃对唐文宗:"夫《诗》之《雅》、《颂》,皆下刺上所为,非上化下而作。"(《旧唐书》卷一七三本传)强调诗"下刺上"非"上化下"的功能。至若北宋人,由于身处绝对君权控制下的官僚体制之中,君主所要的是"忠臣",而不是"谏臣",诗的功用也就不主"下刺上",而主"上化下"了。所以宋人言诗多主温柔敦厚,重在世道人心的收拾。孙明复《答张洞书》认为后人作文"但当左右名教,夹辅圣人而已"①,实在是很知趣之论,虽说是也要"陈亡政之大经"、"写下民之愤叹",但那口气比起白居易的"补察得失之端,操于诗人美刺之间"来,要小多了。而北宋诗文革新先驱梅尧臣干脆就用"其辞至乎静正,不主乎刺讥"来称赞林逋的诗(《林和靖

---

① 《四库全书》本《孙明复小集》。

先生诗集序》)。在这样的"太平盛世","满肚皮不合时宜"的苏轼写讽喻诗自然要碰壁。严酷的现实逼使苏轼进行反思,使之与后期的白居易亲近。苏轼贬黄州后不但取白居易诗意自号"东坡居士",并对白式自调机制有重大发展。其实质就是由人格理想的树立到人生态度的追求之转变。也就是说,苏东坡虽然继承了白居易的"达观",并不采取白居易明哲保身式的"苦吟无一声",而是将"满肚皮不合事时宜"化作"漠然自定"的人生态度,以特殊的形式保留"威武不能屈"的内容。这样,既能在险恶的政治环境中适者生存,又可在内心深处保持个体人格。关键在于:个体必须有超越时空、自我的内修养。

日本学者吉川幸次郎《宋诗概说》序章第七节认为:"宋诗好谈哲学道理",对人生采取一种达观的态度,"这种达观的态度产生了对人生的新看法",而"新的人生观最大的特色是悲哀的扬弃"①。"这种扬弃悲哀的态度,从此就一直支配着后代的诗人。"(页56)我们不能不佩服这位日本学者深刻的眼光。吉川氏所标举的这种态度的"中坚诗人"是苏轼:"他把人生视为长久的延续,视为冷静的挑战过程。像这样从容不迫的人生观,也许只有博大的人格如苏轼者,才能水到渠成,化为巨流。"(页34)然而这种态度并非吉川氏所赞赏的:"宋人广阔的视界,终于洞察了悲哀绝不代表人生的全部。这种新的积极的见解,如再经过哲学的验证,也可以变成一种乐观的信念。"(页33)国内前贤长期以来也视苏轼这种人生态度为"乐观"、"豪放",似有一辩之必要。尼采从叔本华的悲观主义中发现"酒神精神","笑一切悲剧",也就是在承认人生悲剧性的前提下肯定人生。然而尼采这种冷静地咀嚼自己悲哀的"强力意志",骨子里还是一种悲观主义,甚至是更深刻的悲观主义。这一点已得到人们的认知。那么,宋人呢?以苏轼论,在他的放达与豪放之中,透出的

① [日]吉川幸次郎《宋诗概说》,郑清茂译,台湾联经出版事业公司,第26页。本节所引吉川氏该书,只标页码。

也还是一股漠视社会人生的冷气。且看其《迁居临皋亭》诗：

> 我生天地间，一蚁寄大磨。区区欲右行，不救风轮左。虽
> 云走仁义，未免违寒饿。剑米有危炊，针毡无稳坐。岂无佳山
> 水，借眼风雨过。归田不待老，勇决凡几个？幸兹废弃余，疲马
> 解鞍驮。全家占江驿，绝境天为破。饥贫相乘除，未见可吊贺。
> 淡然无忧乐，苦语不成些。

左旋的磨子上却忙碌着右行的蚂蚁，这就是人生的象征。对此悲
剧，苏轼采取了"淡然无忧乐"的态度，而不愿作出《楚辞》那样凄苦
的带"些"字尾的诗句来。这里使的是庄子"齐物论"的理想武器，
以此对抗逆境。作于贬黄州时期的名著《赤壁赋》、《念奴娇·赤壁
怀古》，也都流露出同一情调。在《赤壁赋》中，对着游客"寄蜉蝣于
天地，渺沧海之一粟。哀吾生之须臾，羡长江之无穷"的悲哀，苏东
坡的解答是：

> 客亦知夫水与月乎？逝者如斯，而未尝往也；盈虚者如彼，
> 而卒莫消长也。盖将自其变者而观之，则天地曾不能以一瞬；
> 自其不变者而观之，则物与我皆无尽也。而又何羡乎？[①]

客的悲哀在于不能超越时空，不能摆脱个人的情绪，站在历史与人
生之外来观照生命现象。如果将生与灭当作相互转换的关系，即事
物无不生生不息，是个永恒变化的运动，物我皆无尽。经苏轼的指
拨，众人于是都进入泯灭悲哀的境界，"不知东方之既白"。苏轼的
成功，与其说是语言艺术的成功，毋宁说是人生态度上的成功。他
善于将哲学融入生活情感之中，在生活上取一种"漠然自定"的态

---

① 《经进东坡集事略》卷一。

度。对此,另一首作于黄州的词《定风波》有更精彩的表现:

> 莫听穿林打叶声,何妨吟啸且徐行。竹杖芒鞋轻胜马,谁怕? 一蓑烟雨任平生。　　料峭春风吹酒醒,微冷,山头斜照却相迎。回首向来萧瑟处,归去,也无风雨也无晴。①

人生、社会的风风雨雨似乎都泯灭在诗人的"漠然"之中。他既没有杜甫晚年"落日心犹壮"的执着,也没有刘禹锡碰壁之余犹唱"前度刘郎今又来"的倔强。他只是用"人生空漠之感"来淡化悲哀。《避暑录话》卷上载:

> 子瞻在黄州病赤眼,逾月不出……未几,复与数客饮江上,夜归,江面际天,风露浩然,有当其意,乃作歌辞所谓"夜阑风静縠纹平。小舟从此逝,江海寄余生"者,与客大歌数过而散。翌日,喧传子瞻夜作此辞,挂冠服江边,拏舟长啸去矣。郡守徐君猷闻之,惊且惧,以为州失罪人,急命驾往谒,则子瞻鼻鼾如雷,犹未兴也。然此语卒传至京师,虽裕陵(宋神宗)亦闻而疑之。

如果此事属实,则可见郡守、皇帝都不了解苏轼为人。苏氏"漠然自定"的处世法,是在自我超越中取得心理平衡,不但退隐山林,连白居易的进舒退卷也已是多余。诗词,成为他排泄情绪的主渠。"行于所当行,止于所当止",只要在艺术中创构一个"江海寄余生"的境界,其愿望便可得到补偿,于是乎心平如水,"鼻鼾如雷,犹未兴也"。不妨说,苏轼是个"隐"于文艺创作的"隐士"。正是这种审美的生活态度,使他在后期将仿效的对象由白居易转向陶渊明。

---

① 《东坡乐府》卷上。

促变的关键是岭南之谪。元祐九年(1094),新党再起,但王安石的革新精神已被代之以报私怨的党争——章惇诸人必欲置旧党于死地而后快。苏轼被逼入死胡同,不再对政治抱任何幻想。其《乐天烧丹》乃云:

> 白乐天作庐山草堂,盖亦烧丹也。欲成而炉鼎败。明日,忠州刺史除书到。乃知世间、出世间事不两立也。仆有此志久矣,而终无成者,亦以世间事未败故也。今日真败矣!《书》曰:"民之所欲,天必从之。"信而有征。(《东坡志林》卷一)

绝望让人彻悟,彻悟使人心安。苏轼不再将"兼济"与"独善"打成两截子,他只能在"独善"中安顿自己的心灵,舔吮自己的创伤。由是,七百年前旷达的陶渊明成了他的知己,谪岭南后写下大量的和陶诗。

我们在第二章第二节曾讨论过陶渊明的人生观:"纵浪大化中,不喜亦不惧。"这种人生态度的特点是:既承认现实的不可改变,又要在审美中获得超越,使现实经其心理净化而获得生机与诗意。然而苏轼的处境要比陶潜艰难,而苏轼作为"不可救药的乐天派"(林语堂语),其思想似乎也要比陶潜复杂。清末的林纾看到苏、陶之间的差距,在评苏轼《超然台记》文中乃云:

> 东坡之居惠、居儋耳,皆万无不死之地,而东坡仍有山水之乐。读东坡之《居儋录》,诗皆冲淡,拟陶虽不似陶,鄙见以陶潜之颓放疏懒,与东坡易地以居,则东坡不死,而陶潜必死。盖陶潜虽有夷旷之思,而诗中多恋生恶死之意。东坡气壮,能忍贫而吃苦,所以置之烟瘴之地,而独雍容。(《畏庐论文》)

说到底,苏轼是"置之死地而后生",索性想开去,取庄生的"游心"(心灵的自由活动),与儒家的"孔颜之乐"(仁者不忧),加上佛家的随缘任运、无分别心,形成自家无地不乐的审美心态①。《苏海余识》卷四引《苏长公外纪》云:

> 吾始至海南,环视天水无际,凄然伤之曰:"何时得出此岛耶?"已而思之,天地在积水中,九州在大瀛海中,中国在少海中,有生孰不在岛者? 覆盆水于地,芥浮于水,蚁附于芥,茫然不知所济。少焉水涸,蚁即径去,见其类,出涕曰:"几不复与子相见!"岂知俯仰间有方轨八达之路乎? 念此可为一笑。

不必转变客观世界,只需转变一下参照系,以大观小,便能化郁结为通达。所以苏轼在《和陶桃花源》诗序中另创一"仇池"梦境,以取代陶渊明那半虚半实的桃花源:"梦至一官府,人物与俗间无异,而山川清远,有足乐者。顾视堂上,榜曰'仇池'。"②官府俗世间便是桃源,只要"下一转语"便得解脱,其中大有佛教自性清净、即世出世的意味。苏轼在"和陶"之际悄悄地改造了陶渊明。《苕溪渔隐丛话》前集卷四引东坡云:

> 然吾之于渊明,岂独好其诗也哉? 如其为人,实有感焉。渊明临终疏告俨(渊明之子)等:"吾少而穷苦,每以家弊,东西游走。性刚才拙,与物多忤。自量为己,必贻俗患,俛俛辞世,使汝等幼而饥寒"。渊明此语,盖实录也。

苏轼对陶潜的把握是准确的,所引《与子俨等疏》颇能发露其内心。《感士不遇赋》说:"密网裁而鱼骇,宏罗制而鸟惊。彼达人

---

① 王水照《苏轼传——智者在苦难中的超越》第十一章称:"苏轼无论走到哪里,都有非凡的自信和本领,把'地狱'变成'天堂'。"极是。天津人民出版社2000年版。
② 王文诰辑注《苏轼诗集》卷四十,中华书局1982年版,第2196页。

之善觉,乃逃禄而归耕。"①陶潜的退隐,是对杀夺政治的退避,"是从几许辛酸苦闷中得来的"冲淡②！在陶潜的骨子里,还是孔、孟所高扬的个体人格。如上所引,苏轼是了解陶潜归隐的苦衷的,但《东坡题跋》卷二五《书李简夫诗集后》却说:"渊明欲仕则仕,不以求之为嫌;欲隐则隐,不以去之为高。"又《诗眼》引东坡《和贫士诗》:"渊明初亦仕,弦歌本诚言。不乐乃径归,视世嗟独贤。"似乎仕隐来去自由,唯心是问。事实上,苏轼所赞叹的,只是苏轼自己所渴望的。就这样,陶潜以"苏化"了的面目为宋人所接受,由当日的"中品"升为宋时的"逸品"。究其时代的原因,在于宋代士大夫一面高倡儒家入世精神,以天下为己任,所以在诗坛上选出"诗圣"杜甫为极则(下文详论);另一面又在君主专制的高压下,想透一口气,挣扎着在内心深处留几分"自留地",以取得内心的平衡,是以推出苏化的陶潜,作为诗坛"亚圣"。可以说,杜甫与陶潜,也是"互补"的。

然而必须提请注意的是:这种苏轼自调机制并非一味躲入内心深处,它还有寓"济世"于"独善"那积极的一面。无论处何等逆境,苏轼都能以其"上可陪玉皇大帝,下可陪卑田院乞儿"的心态,融入世俗社会,泯灭出处,因势利导,在"罪人"的位子上或修水利,或施医药,或兴教育,总能为民办点实事。苏轼"漠然自定"的"漠然",只是对逆境所形成的压力而言,并非浑浑噩噩之"漠然"。苏轼于惠州贬所曾作《纵笔》诗云:

　　白头萧散满霜风,小阁藤床寄病容。报道先生春睡美,道人轻打五更钟。③

据说诗中乐观的情调激怒了政敌章惇,曰:"苏子瞻竟然如此快

---

① 　逯钦立校《陶渊明集》卷五。
② 　《朱光潜美学文集》第 2 卷,上海文艺出版社 1982 年版,第 214 页。
③ 　《苏轼诗集》卷四十。

活！"乃再贬海南。可见这种"漠然自定"是无可奈何中的抗争，是中国古代知识分子保持个体人格的特殊形式。它使有良知的"士"一似水中的气球，你似乎很容易将它捺入水的深处，但一松手，它就随之蹦出水面。那倔脾气真叫人哭笑不得。

在第六章第二节，我们曾论及苏轼记起司空图，与世俗地主的"雅化"运动有关。现在我们还要就他们之间的关系进一步对"漠然自定"的人生态度与"韵外之致"的审美理想作内在的探索。王夫之《薑斋诗话》卷二《夕堂永日绪论内编》云：

> 《小雅·鹤鸣》之诗，全用比体，不道破一句，《三百篇》中创调也……诗教虽云温厚，然光昭之志，无畏于天，无恤于人，揭日月而行，岂女子小人半含不吐之态乎？《离骚》虽多引喻，而直言处亦无所讳。宋人骑两头马，欲博忠直之名，又畏祸及，多作影子语，巧相弹射，然以此受祸者不少。既示人以可疑之端，则虽无所诽诮，亦可以罗织。观苏子瞻（轼）乌台诗案，其远谪穷荒，诚自取之矣。

又，王夫之《唐诗评选》卷二曹邺《和谢豫章从宋公戏马台送孔令谢病》诗评云：

> 代和意深，所以代和意益深。长庆人徒用谩骂，不但诗教无存，且使生当大中后，直不敢作一字，元、白辈岂敢以笔锋试颈血者？使古今无此体制，诗非佞府则畏途矣！①

王夫之论白、苏，至严至酷，竟不许诗中有讽刺，可见后期封建专制日甚。然而，我们尤感兴趣的是：他有意无意之间点出《鹤鸣》

---

① 曹诗原文："碧树杳云暮，朔风自西来。佳人忆山水，置酒在高台。不必问流水，坐来日已西，劝君速归去，正及鹧鸪啼。"

诗"不道破一句",如曹邺不痛不痒似有似无地"自寓己情",这才是后期封建社会文人既忠君又爱民且能保持个体人格的唯一可行的作诗途径。否则,"使古今无此体制,诗非佞府则畏途矣"!懂得此中苦衷,方能了悟何以中唐后"比兴"日渐为"韵外之致"的追求所替代。

　　讲究"韵外之致"并非肇始宋人,亦并非有些论者所云纯是道家产物,它倒是儒家学说与封建体制日趋完善的产物。其中道、释的影响只能算"引进",并非主体。《周易》说:"书不尽言,言不尽意。"又说:"其称名也小,其取类也大。其旨远,其辞文。其言曲而中,其事肆而隐。"这与儒家诗教所谓"风人之旨"是契合的。南北朝时刘勰《文心雕龙·隐秀》云:"是以文之英蕤,有秀有隐。隐也者,文外之重旨者也。"(说出的是一层意思,还有没说出的另一层意思,故称"重旨"。)钟嵘《诗品·序》:"文已尽而意有余,兴也。"颜之推《颜氏家训·文章》云:"至于陶冶性灵,从容讽谏,入其滋味,亦乐事也。"颜之推还总结历代文士多处危履险的教训,告诫:"讽刺之祸,速乎风尘。深宜防虑,以保元吉。"至盛唐,由于反对齐梁"采丽竞繁,兴寄都绝"(陈子昂语),在创作注重"兴象",讲究情景交融。特别是王、孟诗派的创作,更为后世讲究韵味的理论提供了成功的例证。中唐皎然《诗式》"重意诗例"云:"但见情性,不睹文字,盖诗道之极也。"不过,以上诸家讲究的含蓄多多少少与比兴还是相关联的。至唐末司空图《二十四诗品》,不但集大成,将所谓象外象、景外景、味外味提炼为"不着一字,尽得风流"的"韵外之致",而且将属于技巧性质的,依附于"比兴"的含蓄,提高到艺术哲学、人生哲学的高度上来。这主要体现在《二十四诗品》对人生态度与诗歌风格之间内在联系妙机其微的表述。

　　《二十四诗品》中多次出现"高人"、"幽人"、"畸人",以欣赏的笔调写他们的神态:"脱巾独步,时闻鸟声"(《沉著》)[1];"筑室松下,

---

[1]　本文所引司空图《诗品》,咸用孙昌熙、刘诠校点本《诗品臆说》,下不另注。《诗品》是否为司空图所作,近来学术界有争议,今仍用旧说。

脱帽看诗"(《疏野》);"落花无言,人淡如菊"(《典雅》);"倒酒既尽,杖藜行歌"(《旷达》);"幽人空山,过雨采苹"(《自然》)。透过这些神态,我们感受到一种人生态度。《飘逸》品"高人惠中,令色缊缊"(和于中,自韵于外)一语,将人生态度与诗歌风格融为一体,互为表里。正是这一点,对宋人苏轼有着深刻的影响。

近年来,美学家们颇喜引用苏轼《送参寥师》诗,云:"欲令诗语妙,无厌空且静。静故了群动,空故纳万境。"但少有人连及下句:"阅世走人间,观身卧云岭。"①而这二句恰恰是苏轼"空且静"的前提:在"阅世"之后超越自身乃至社会人生,达到"空且静"的境界。这一超越,苏轼主要是靠"漠然自定"的人生态度来取得的。这就是司空图所标举的"大用外腓,真体内充"、"超以象外,得其环中"(《雄浑》)。如果说,"韵外之致"的一端是与道、释出世哲学相联系,那么另一端却深深植根于儒家的入世人生观。六朝时玄风大炽,但钟嵘《诗品》指出:"于时篇什,理过其辞,淡乎寡味。"可见只凭道家的"无"、象教的"空",都不能形成文学上的"韵外之致"。诗的性命在乎情。若夫道释二家,贵尚空无,近于无情,便无真文学。所以刘勰《文心雕龙·明诗》称:"人禀七情,应物斯感。感物吟志,莫非自然。"文学离不开七情六欲的。情之大者,又莫过于生死。生与死是莎士比亚戏剧的深刻主题,而在中国封建士大夫中,生死往往化为"出处",即入世与出世的问题。没有入世的眷恋与出世的向往,便没有心灵平衡的追求,便没有诗歌不可或缺的一往情深,又焉能成为诗家射雕手? 由此,我们可以解释文学史上一个颇为奇特的现象:被视为"隐逸诗人"、"韵外之致"的代表者,陶(潜)、王(维)、韦(应物)、柳(宗元),无一不曾具济世之雄心。近代思想家龚自珍《定庵文集补·杂诗》说:"陶潜酷似卧龙豪,万古浔阳松菊高。莫信诗人竟平淡,二分《梁甫》一分《骚》!"此评可谓入木三分。大凡

①　《集注分类东坡先生诗》卷二一,《四部丛刊》本。

成功的"隐逸诗人",多从繁华中来,豪气不除,而又能自调者。司空图《白菊》诗所谓:"自古诗人少显荣,逃名何用更题名。诗中有虑犹须戒,莫向诗中着不平。"首句便是不平,他只是强调要自我调节:"莫向。"不平人偏作平淡语,故佳。王维少年时出入王公贵主门庭,曾得名相张九龄的提拔。其《不遇咏》说:"济人然后拂衣去,肯作徒尔一男儿!"①韦应物天宝末曾充唐玄宗侍卫,《温泉行》自称:"身骑厩马引天仗,直入华清列御前。"②似乎还颇有点劣迹:"少事武皇帝,无赖恃恩私。身作里中横,家藏亡命儿。"③至于柳宗元,青年时就是王叔文革新集团的中坚分子之一。他们后期从人生态度到诗风的"冲淡",都是从"几许辛酸苦闷中得来的"。他们逃避现实而眷恋现实,其中还有几分看透现实的自我超越。这就是苏轼所谓的"阅世走人间,观身卧云岭"。因此,苏轼对"韵外之致"的理解颇为辩证,不落空疏。《东坡题跋》卷二评韩柳诗:"所贵乎枯淡者,谓其外枯而中膏,似淡而实美,渊明、子厚(柳宗元)之流是也。"《书黄子思诗集后》:"独韦应物、柳宗元发纤秾于简古,寄至味于淡泊。"④将对立的风格统一起来,方能取得韵外之致。这一美学风范比起封建社会前期旌帜高张的"比兴"来,要更丰富些。如果说,"比兴"、"美刺"与事功有更多的联系,那么"韵外之致"则与社会退避的人生态度更为无间。被视为司空图《诗品》重大发展的南宋严羽的《沧浪诗话》,更明确地将韵外之致与传统的比兴、美刺拉开了距离。《诗辨》篇云:

> 诗者,吟咏情性也。盛唐诸人惟在兴趣,羚羊挂角,无迹可求。故其妙处透彻玲珑,不可凑泊,如空中之音,相中之色,水

---

① 《王右丞集笺注》卷六。
② 《韦苏州集》卷九,《四部丛刊》本。
③ 《韦苏州集》卷五《逢杨开府》,《四部丛刊》本。
④ 《经进东坡文集事略》卷六十。

中之月,镜中之象,言有尽而意无穷。

这就不是简单而古老的"比者,附也;兴者,起也"所能规范的了。《福建通志》称"(严)羽以妙远言诗,扫除美刺,独任性灵",一矢中的,点明后期封建社会一种新的审美意识正在兴起。这就是后来王夫之所意识到的"新体制"。在专制日甚的封建社会后期,他痛感到"使古今无此体制,诗非佞府则畏途矣"。然而,王夫之是否还意识到,在"不道破一句"的体制之外,"骑两头马"的宋人还进行着一场规模甚巨的感情的"走私"?这就是下文所要论及的"诗余"。

在重建一体化过程中的宋代士大夫,一方面不断按时代的要求强化忠君意识,如范仲淹在其名篇《岳阳楼记》中,已明确提出"居庙堂之高,则忧其民;处江湖之远,则忧其君"的号召,无论进退出处,无论兼济独善,都应以国事君亲为重。甚至连"诗可以怨",也被陈师道解释为事君之道,认为路人则不怨,昏主则不足怨,"故人臣之罪莫大于不怨。不怨则忘其君,多怨则失其身"①。真真是"一饭未尝忘君"了。但另一方面,又未能忘情,在被认定为"政教之具"的诗之外,又为七情六欲安排了一条新的退路——词。于是乎宋诗中久违了的儿女嬖昵私情,又在宋词中一眼瞥见。

词这一体裁兴起于中晚唐,主要是为了便于歌唱,所以中唐词与诗并无明显区别。然而词的句法参差,比诗要灵活得多,颇适用于表达内心情绪的曲折。晚唐五代词人极力发挥词的这一特质。缪钺论词之特性,其四曰"境隐":"若论'寄兴深微',在中国文学体制中,殆以词为极则。"②词人灵心善感,词体要眇宜修,这就为如上所论处于礼教大倡时代"砥励名节"的宋代士大夫,提供了一个七情六欲飘零之舟的避风小港。于是以温柔敦厚的诗言志,以浅斟低唱的词言情,成为宋人颇为普遍之现象。甚至儒臣如范仲淹、司马光

① 《后山集》卷十一《颜长道诗序》,《四部备要》本。
② 《诗词散论》,第60页。

辈,也要来几首绮怨小词呢。欧阳修《六一诗话》称:"退之笔力,无施不可,而尝以诗文为文章末事,故其诗曰'多情怀酒伴,余事作诗人'也。"立功在立言之上,文章又在诗之上,诗又在词之上。词可谓余事之余事了。然而,收在《欧阳文忠公近体乐府》与《醉翁琴趣外篇》中的词,竟有二百首之多,这些经世济时言志谈道之外的"余事",大多是些艳曲。未收入正集的更是些"鄙亵之语",乃至被视为"仇人无名子所为"(《直斋书录解题》)。反之,被唾为"好为淫冶之曲"的柳永,却有与"彩线慵拈伴伊坐"的艳词截然不同的诗风。所传《鬻海歌》关心民病,叙述了盐民的辛苦:"周而复始无休息,官租未了私租逼。驱妻逐子课工程,虽作人形俱菜色!"(《宋诗记事》卷一三)诗词的"分工",是专制压力下人格分裂的反映。而这种"分工"又使原来活跃在民间有着极其丰富内容、广阔题材的词①,在文人手中专司言情,路子日见其窄。后来苏、辛以其"重、拙、大"的"豪放词",才部分地恢复了词原有的疆域——却又反而被视为"变调"、"非本色"。通观《全宋词》,所谓"婉约词"要比"豪放词"占压倒多数,正说明在后期封建社会中,作为泄情孔道的词,已是一个不可或缺的存在。而作为世俗地主近亲的市民阶层的兴起,也使道学家文论往往成为具文。宋话本小说的崛起是最雄辩的证明。然而,可悲的是中国封建体制已形成超稳定结构,"存天理,灭人欲"的封建礼教或早或迟总有一天要来收拾叛逆者。活泼泼的、颇无顾忌的话本至明代日见衰落,告诫连篇,终于毫无生气,以封建专制下常见的文坛悲剧收场。此是后话。

---

① 从敦煌民间词可见,其中有写边塞、商旅、闺怨、佛教,乃至医家汤头歌诀者。

第八章　文学的"再自觉"

第一节　"诗史"到"诗圣"的整合过程

如果说魏晋是"文学的自觉"时代,那么北宋则是文学的"再自觉"时代。杜诗的接受史,可谓"一叶知秋"。

文化整体为自身的目的,选择事物能为该目的所用的特质,舍弃那些不可用的特质,同时改造了其他一些特质,使之合乎文化目的要求,这就是文化整合的过程。杜甫由"诗史"到"诗圣"(南宋人所谓"诗圣"乃"圣于诗者"的意思,本文借指北宋人以杜甫为"诗中圣哲"的意思),便是一个文化整合的过程。

也许是我民族发祥地的自然环境过于艰苦的缘故,先民们在不断与自然搏斗中求生存,所以与西方"罪恶感"文化不同,与日本"耻辱感"文化也不尽相同,中华民族的"史官文化"的核心是"忧患意识"。该意识使人少空想而重实际,尤重经验及其总结。一部《资治通鉴》说尽"史"与"官"结合的"史官文化"的反思致用的性质。史,是反思之产物。从这一角度看,我民族虽然少有荷马史诗那样的叙事长篇,却有着比任何民族都多的带经验性的有史的反思特质的诗篇。我们也应当从这一角度来看待杜甫"诗史"的内涵。

综观杜诗,其"诗史"的特质主要体现在两个方面。一是有史的取材与笔法;二是充满史的反思致用的性质。关于第一点,几乎已是文学史常识了,仅举《北征》一例足以明之。该诗以陈述时事为主,记自凤翔归鄜州探亲见闻。诗中既有朝廷借兵回纥、玄宗诛杀杨氏的"大事记",也有山果丹漆、娇女朱铅的细节。诗取材如史,笔法也如史,不但夹叙夹议,且头两句一上来就书:"皇帝二载秋,闰八月初吉。"与结句"煌煌太宗业,树立甚宏达"相呼应,极见郑重严肃,且寓"春秋笔法"。《公羊传》隐公元年传:"何言乎'王正月'?大一统也。""大一统"也正是"臣甫愤所切"的兴奋点所在。诸如此类在杜诗中颇多见,前期如《兵车行》、《丽人行》,中期如"三吏"、"三别",后期如《观公孙大娘弟子舞剑器行》、《八哀诗》等。然而,"少陵(杜甫)知诗之为诗,未知不诗之为诗"(赵秉文《与李孟英书》)。也就是说,杜甫是很重视诗歌自身的艺术规律的,即使以史的题材入诗,也仍然要将它诗化,好比米之酿而为酒。就以上列史传体的《八哀诗》为例,诚然是有意以诗作传,开辟一条新路子而与早期的《饮中八仙歌》迥异其趣;然而他并未囿于史的"信而有征",而是发扬史有诗心,即据往迹、按陈编而补阙申隐、寓情于事的一面。钱锺书《管锥编》页166称:

> 史家追叙真人真事,每须遥体人情,悬想事势,设身局中,潜心腔内,忖之度之,以揣以摩,庶几入情合理。盖与小说、院本之臆造人物、虚构境地,不尽相同而可相通。

"悬想事势"云云,是史家据事理而推知人物心理,想当然而未必然。如《左传》宣公二年记鉏麑自杀前的独白,读者有既是独白"又谁述之耶"之问,正是史家由迹入神求实得真的诗心所在。试以《八哀诗》之李光弼篇论之,光弼平叛之功最著,述其战功是新、旧《唐书》重点所在,而杜甫却突出写其受谗时的矛盾内心:

> 异王册崇勋,小敌信所怯。拥兵镇汴河,千里初妥贴。青绳绥营营,风雨秋一叶。内省未入朝,死泪终映睫!

　　光弼受谗畏祸,拥兵不敢入朝,以是内省惭恨。"死泪终映睫",二《唐书》均未之见,也是"又谁闻而谁述之"之类。然而,正是这段传神之笔,写出复杂的内心,也就写出当日复杂的形势,非前期创作《酒中八仙歌》的明快所能比拟。诗心,是其神;史笔,是其骨。杜甫力图以史传的形式以达其"伤时怀人"之情。也就是说,杜甫用心处不在时事之纪实,而在诗人之寄思,是萧涤非先生所指出的:"希望大臣们都能像张九龄、王思礼、李光弼等,所以写了《八哀诗》。"①仇兆鳌作笺注不明此理,纯以史家求之,引郝敬说:"《八哀》诗雄富,是传记文字之用韵者。"循是以求,则认为张九龄篇对张预见安禄山"有反相",是"一生大节",诗中略而未详,"其历叙官阶,详记文翰,颇失轻重之体",并引杨升菴(慎)的补作,以为是"格整辞茂"。然而,此篇取舍,正见杜甫用心处不在时事之纪实,亦步亦趋,而在写出心目中理想之大臣,警醒当世。诗中推重的是张九龄的人格、风度与学术:"乃知君子心,用才文章境("境"或作"炳")。"之所以如此,恐怕是有感于玄宗重用张说与张九龄,以文治致盛世;后来却转用素无学术、仅能秉笔(竟将"弄璋"写作"弄獐")的李林甫之流,由盛入衰②。在此武人跋扈的年代里,"详记文翰"是有深意的。仇氏以为"颇失轻重"处,正是杜甫用心处,这就是:对人的反思。而对人的反思正是史官文化的重心所在。后期的杜甫创作之所以仍具"诗史"的特质,关键就在此"反思"的精神。

　　杜甫在夔州时期是创作的丰收期,所存诗占现存总数约百分之三十。萧涤非先生指出,此期诗在内容上的特征是"把过去一切经历,从国家大事到个人生活细节,来一番'反刍',写成不少传记体的回忆诗。有的是自传,如《壮游》、《昔游》、《遣怀》、《往在》等;有的是记人,如《八哀》等"③。反刍,便是反思。因此,这些传记体的回

① 《杜甫研究》,第12页。
② 参看《汪籛隋唐史论稿·唐玄宗时期史治与文学之争》,第196页。
③ 《杜甫研究》,第33页。

忆诗虽然有纪实的"史"的一面，但重点仍在回忆的幻境之创造，是通过回忆将往年的现实变形为今日的情感与思想的幻象。陈寅恪《读哀江南赋》称庾信"用古典以述今事。古事今情，虽不同物，若于异中求同，同中见异，融会异同，混合古今，别造一同异俱冥，今古合流之幻觉，斯实文章之绝诣，而作者之能事也"①。此段所发明，也正是老杜当日之心事。杜甫夔州诗多"反刍"，正是以往事今情别造一同异俱冥之艺术幻境。史家往往喜欢征引杜甫《忆昔》（"忆昔开元全盛日"）诗，以证开元盛世，虽然开元、天宝之世在中国封建社会中堪称"海内富安"，但未必就是"公私仓廪俱丰实"、"男耕女桑不相失"。韩国磐先生曾据敦煌和吐鲁番发现的物价资料分析而得出结论：当时"一般农民较好者勉强可以维持衣食，稍免冻馁，或者从中分化出极小部分富裕的人；差些则衣食不赡，以至借债、卖田、破产、逃散四方"②。就以诗人自己在诗中所表露的看，二年洛阳、十年长安，他的生活并不富裕："长安苦寒谁独悲，杜陵野老骨欲折！"（《投简咸华两县诸子》）"骑驴十三载，旅食京华春。朝扣富儿门，暮随肥马尘。残杯与冷炙，到处潜悲辛。"（《奉赠韦左丞丈二十二韵》）乃至一次病后，"肉黄皮皱命如线"，承友人王倚请他吃了一餐，竟"令我手足轻欲旋"，感叹道："但使残年饱吃饭，只愿无事长相见！"（《病后过王倚饮赠歌》）因此，可推知杜甫后期诗中所向往的"开元盛世"，更大的成分是艺术幻觉，是寻找那失落了的昔日太平之梦，是对太平世界一往情深的感情之意象化。"神尧旧天下，会见出腥臊！"（《避地》）杜甫在艰难辗转之中不失中兴信心，实在得力于此艺术幻象之鼓舞不少。如此，则老杜何以在战乱频仍中好以丽句写哀思，将故国之思写得如此哀怨缠绵而又如此华丽不尽如《秋兴八首》，也就不难理解了。叶嘉莹教授对杜甫这种"意象化之感

① 《金明馆丛稿初编》，第 209 页。着重号为引者所加。
② 韩国磐《隋唐五代史论集·唐天宝时农民生活一瞥》，生活·读书·新知三联书店1979 年版，第 232 页。

情"有独到的认识。她说：

> 杜甫入夔，在大历元年，那是杜甫死前的四年，当时杜甫已
> 经有五十五岁，既已阅尽世间一切盛衰之变，也已历尽人生一
> 切艰苦之情，而且其所经历的种种世变与人情，又都已在内心
> 中，经过了长时期的涵容酝酿，在这些诗中，杜甫所表现的，已
> 不再像从前的"穷年忧黎元，叹息肠内热"的质拙真率的呼号，
> 也不再是"朱门酒肉臭，路有冻死骨"的毫无假借的暴露，杜甫
> 在这些诗中所表现的，乃是把一切事物都加以综合酝酿后的一
> 种艺术化了的情意，这种情意，已经不再被现实的一事一物所
> 拘限，正如同蜂之酿蜜，虽然确实自百花采得，却已经并不受百
> 花中任何一种花朵的拘限了。（《迦陵论诗丛稿》第 93 页）

"诗史"之有别于"诗"与"史"，绝非"传纪文学之用韵者"，其要害当
在能将史料酿而为诗，往事今情，别造幻境。循是以求，则岂止《北
征》、"三吏"、"三别"是"诗史"，《秋兴》、《诸将》、《咏怀古迹》诸组
诗亦无往而非"诗史"了。这就是浦起龙所谓的"少陵之诗，一人之
性情而三朝（玄宗、肃宗、代宗）之事会寄焉者也"（《读杜心解·目
谱》）。这就是杜甫"诗史"的特质，也是至今发掘的杜诗的一部分
潜在意义。文化目的选择，就在这一视野中进行。

　　如前所论，庶族地主的参政使"士族文化"为之解体。闻一多
曾敏锐指出，"盛唐之音"乃是门阀贵族诗的最高成就。他将汉建安
五年至唐天宝十四载，计五百五十年间的文学，划为门阀贵族文学；
将唐天宝十四载后至民国九年"五四运动"，计一千一百多年的文
学，划为"士人文学"[1]。这一划法是符合两种文化构型嬗变的实际
的。世俗地主以其完成政治结构与意识形态结构一体化的追求，成

---

[1]　郑临川《闻一多先生说唐诗》（上），《社会科学辑刊》1979 年第 4 期。

为前期封建社会美学风范到后期封建社会美学风范转变的驱动力。而处该时期之文学,以其功能性而接受文化整合,或同化,或顺化,形成文学效应史。杜诗显晦应循是以求。

大历年间,经"安史之乱"而惊魂未定的文人尚沉湎于寻找失落了的开元、天宝之梦。当时人皎然在《诗式》卷四"齐梁条"称:

> 大历中,词人多在江外,皇甫冉、严维、张继素、刘长卿、李嘉祐、朱放,窃占青山白云春风芳草以为已有,吾知诗道初丧,正在于此,何得推过齐梁作者?

除了江东这群诗人外,以长安、洛阳为中心的另一批诗人如"大历十才子"的钱起、卢纶辈,也都爱"窃占青山白云"(虽然也多少有些反映现实生活中的苦难之作)。当时诸如"山明残雪在,潮满夕阳多"、"长乐钟声花外尽,龙池柳色雨中深"之类"体尽流畅,语关清空"的诗作俯拾皆是。就在这些温馨的"太平梦"里,读者、作者在现实中不能实现的愿望得以实现。因此,当时作为"一代文宗"的不可能是杜甫,而是代表往年雍容气象的王维①。而杜诗,据同代人樊晃称:"文集六十卷,行于江汉之南……属时方用武,斯文将坠,故不为东人之所知。江左词人所传诵者,皆君之戏题剧论耳,曾不知君有大雅之作,当今一人而已。"(《杜工部小集序》)这条材料至少说明杜诗当时只在较小范围内("江汉之南"),甚至以部分面目("戏题剧论")进入文学交流系统,尚未被时人所充分认识。关于这一点,下文将另作阐述。问题是:寻找失落之梦的大历之风并未延续太久,肃宗、代宗并非"中兴主",唐王朝继续走下坡。这就使痛定思痛的士大夫开始对由盛世跌入乱世的历史事实进行深刻的反省。

---

① 自称"起自至德(肃宗年号)元首,终于大历暮年"的高仲武《中兴间气集》,就不收当时已进入创作高峰期的杜甫的诗,而以"理致清赡","文宗右丞(王维)许以高格"的钱起,及"右丞以往,与钱更长"的郎士元辈为"中兴"代表作家。这是当时有代表性的意见。

尤其至贞元末，王叔文集团的革新运动虽未直接造就新文学，但它强烈地振起统治阶级中有识之士挽狂澜于既倒之志，扫除异化力量重建政教一体化的封建帝国成为士大夫普遍的追求：无论柳宗元的"明道"说，无论韩愈的"载道"说，无论白居易的"采诗"说，都是试图以文学为重建封建秩序的手段。大凡国家衰亡与国家初安之时，形式主义往往得势；而国步艰难而尚存"中兴"希望之际，或国家向上之时，"致用"之学则往往占上风。这就是现实左右文学的巨大力量。中唐最有力的两大文学潮流，即元、白为中心的"新乐府运动"，与韩、柳为中心的"古文运动"，正体现了当时文学的主潮是属于重视文学的社会功能的所谓"致用"之学。关于这一点，第七章已详论，兹不赘。这里只想提请注意：白居易恢复汉儒"美刺二端"的诗教在中唐是有代表性的，而杜诗"比兴"的一面于是得到再认识。杜诗正是以其"以时事入诗"的社会功能性进入新时代读者的"期待视野"（即读者对作品进行接受的全部前提条件，包括思想感情、道德、文化诸方面的修养所形成的阅读定势），而获得"诗史"的地位。

　　杜甫晚年特重比兴。当他在夔州看到元结《舂陵行》与《贼退后示官吏作》二首诗后，感叹道："不意复见比兴体制，微婉顿挫之词"，称二诗是："两章对秋月，一字偕华星。"（《同元使君舂陵行》）因有意于比兴，有时未免写得生硬，如《种莴苣》序云："既雨已秋，堂下理小畦，隔种一两席许莴苣。向二旬矣，而苣不甲拆（当作"甲坼"，见《易》），独野苋青青。伤时君子，或晚得微禄，辗轲不进。因作此诗。"[1]这类"比兴"体在杜诗中算不得成功，却颇能反映杜甫对传统所认识的诗歌社会功能性的追求。汉以后，"比兴"与"美刺"的概念往往混同。白居易《与元九书》批评李白诗"索其风雅比兴，十无一焉。杜诗最多，可传者千余首"，"然撮其《新安》、《石

---

① 《杜诗详注》卷十五，中华书局排印本。

壕》、《潼关吏》、《芦子》、《花门》之章,'朱门酒肉臭,路有冻死骨'之
句,亦不过三四十"。可见白居易所称"比兴"者,是合乎他所标举
的"歌诗合为事而作"的记事诗,而不是《种荑苣》之类的"比兴"诗,
元稹《乐府古题序》亦列杜甫的《悲陈陶》、《哀江头》、《兵车行》诸篇
为"刺美见(现)事"、"即事名篇"之例。可见杜甫"以时事入诗"、反
思致用的"史"的特质为中唐人对历史进行反思的意识所认同。王
谠《唐语林》卷二引李珏奏语说:"臣闻宪宗为诗,格合前古。当时
轻薄之徒,摘章绘句,聱牙崛奇,讥讽时事,尔后鼓扇名声,谓之元和
体。"可知杜甫"以时事入诗"的一面经元、白诸人的发扬,曾成为一
时的风尚。且如第六章第二节所述,杜甫以口语入诗、通俗化的一
面经白居易之手得到片面的发展,成为"浅切"的风格。无论社会功
能性,无论通俗性,对初兴的世俗地主来说,都是颇对胃口的。于
是,在这两个方面走得更远的白居易被尊为"广大教化主"(张为
《诗人主客图》),其影响至宋初不少衰①。

　　然而,杜诗好比是个多面的水晶体,"尽得古今之体势,而兼人
人之所独专"(元稹语),对后人的影响也是多方面的。"专以道得
人心中事为工"的张(籍)、王(建)乐府,"以文为诗"的韩愈,苦心提
炼语言、意境的李贺,善写律诗、好学民歌体的刘禹锡,以清词丽句
言时事、抒愤懑的李商隐,以长律、吴体酬唱的皮日休、陆龟蒙,乃至
罗隐、杜荀鹤、韦庄辈,无不从杜诗中得其一端,发展为自家风格。
甚至与杜甫风格迥异的姚合、贾岛,孙仅《读杜工部集序》犹称:"姚
合行其清雅,贾岛得其奇僻。"(《草堂诗笺》传序碑铭)中、晚唐至五
代、宋初人学杜甫,各有推重,尚未有模式化的倾向,更无推为宗主
的迹象。对"诗史"特质的认识,也多停留在"以时事入诗"的层次
上。晚唐人孟启《本事诗》首次称杜为"诗史",而对"诗史"意义的
认识也最具典型,兹录于下:

①　宋人不但学白体的浅切,还有学白氏的讽谏时事,如《宋史·西蜀世家》犹载欧阳迥拟白
　　氏《讽谏诗》五十首。

　　杜逢禄山之难,流离陇蜀,毕陈于诗,推见至隐,殆无遗事,故当时号为"诗史"。

写到这里,我们有必要插入对一项被忽略了的事实作点醒的工作。杜诗版本流传一向是受文史工作者重视的课题,可是少有人将它与杜甫由"史"入"圣"的过程联系起来考察。对杜诗流传的考察使我们明白:杜诗在不同的历史条件下并非等量进入文学交流系统。也就是说,杜诗或存或逸,或以此类作品在此地区流布或以彼类作品在彼地区流传,不同时期、不同地域流布情况不一。而文学作品在没有阅读时,并不是完全的文学作品,还不能算是文学作品的实现。接受美学的代表人物姚斯说得有理:"它不是一尊纪念碑,形而上学地展示其超时代的本质。它更多地像一部管弦乐谱,在其演奏中不断获得读者新的反响。"①如是,则杜诗的不等量流传于各地,势必影响同时代人因地域之别而对杜诗本文价值作出较一致的判断。也就是说,中晚唐人因杜诗流传的不完整性,各地读者只能根据该地流传的部分杜诗作出判断,很难从整体上认识杜诗,这是当时人们对杜甫"诗史"特质的认识存在差异的一个不可忽视的因素。为此,循杜诗流传轨迹进行思索,无疑是有必要的。

　　流行说法是:杜诗在唐受冷遇,至宋方被发现而显赫起来。如上所述,这至少是一种错觉。无论如何,杜诗在中晚唐是颇有影响的,白居易、元稹、李商隐、皮日休、罗隐、杜荀鹤受其影响是明显的,而韩愈以文入诗,李贺以丽句写哀思也颇受其影响。但在宋以前,少有将某家风格捧为楷模、推为宗主的风尚,大都是兼收并蓄,不主一家,至少不以字规句模为尚。宋以后儒家"定于一"的思维方式掌握了知识阶层,反映于文学则是极力摹仿某家典范,推为宗主。因此,宋以前的杜甫虽广为人称道、学习,却并不显赫,未"定于一"。

①　周宁、金元浦译《接受美学与接受理论》,第26页。

引起错觉的一个重要原因是：现存《唐人选唐诗(十种)》中，仅韦庄《又玄集》收有七首杜甫诗，而与杜甫同时代的《河岳英灵集》、《国秀集》、《中兴间气集》咸未收杜诗。且不说现存这十种唐人选唐诗远不足当时的实际数目(单现存唐宋各种书志提及的唐人选唐诗，就近五十种之多)，仅以当时的历史条件下选家所能具有的信息量而言，这些选本所选的作家作品所具代表性就大成问题。《河岳英灵集》是唐人选集中的佼佼者，是所谓"既闲新声，复晓古体；文质半取，风骚两挟"者。但殷璠是在地僻江南的丹阳编此集的①，以当时的条件，未睹杜甫大量诗作并不奇怪，不能据以判定杜诗不合殷璠"风律兼备"的标准。这只要看上文所引樊晃《杜工部小集序》便可推知。

樊晃编《小集》，据陈尚君《杜诗早期流传考》称，当在杜甫逝世(大历五年)后二、三年间②。杜甫的正集有六十卷，只"行于江汉之南"，千里外的"江左词人所传诵者"，却只是一小部分"戏题剧论耳"。同代人郭受《杜员外兄垂示诗因作此寄上》诗称杜甫"新诗海内流传遍"(《杜诗详注》卷二二)。以上例析之，在杜甫死后二三年间，樊晃已能在千里之遥的润州"采其遗文凡二百九十篇"。据陈尚君考证，其中所收晚年湖南之作达十首。杜诗流布之速、之广，诚如郭受所誉。只是应当指出，因当时诗集尚未有刊行者，杜诗只能以抄写者所选择的部分面目进入各地的文学交流系统。"江左词人"只知杜甫的"戏题剧论"，不知杜甫有"大雅之作"，便是一证。距杜时代不远，曾受杜甫之孙杜嗣业请托撰写杜甫墓铭的元稹，虽然极口称扬杜诗集古今之大成，但也自谓"得杜甫诗数百首"而已(《叙诗寄乐天书》)。白居易以杜甫为楷模，亦称"杜诗最多，可传者千余首"(《与元九书》)，所见并非全集可知。元、白去杜不远，且爱杜

---

① 《全唐诗》卷六八四吴融《过丹阳》诗"藻鉴难逢耻后生"句下注："殷文学于此集《英灵》。"

② 该文收入陈尚君《唐代文学丛考》，中国社会科学出版社1997年版。

甫,所见尚且如此,中、晚唐人各以所见部分杜诗来认识、评价杜甫,好比瞎子摸象各执一端,也就不奇怪了。这种情况至宋犹然。王洙集杜诗十八卷,序云:"甫集初六十卷,今秘府旧藏,通人家所有,称大小集者,皆亡逸之余,人自编摭,非当时次第矣。"(《钱注杜诗·附录》)王琪重编王洙本刊行,后记云:"又人人购其亡逸,多或百余篇,少数十句,藏弆矜大,复自为有得。"(《钱注杜诗·附录》)可见中唐至宋初人,虽总体上所见杜诗要比后人多;但个别地说,由于杜诗当时尚未经大力整理与收集,中唐至宋初人分别只看到杜诗某些部分面目,互有参错,不及后人易见同一整体:进入文学交流系统的一千四百余首杜诗——虽是"亡逸之余",但已超过白居易所能见的杜诗数。我们只要看洪业《杜诗引得·序》,万曼《唐集叙录·杜工部集》,就不难明白宋人是花了多大力气来恢复、重建杜诗这一座艺术宝刹的。如果不是科技的发展使杜诗在五代时便得以刊布流行①;如果没有宋人不懈地大规模地进行杜诗的收集、整理工作,形成"千家注杜"的壮观;那么,杜诗在宋代知识分子中普及,逐渐取得相对一致的认识与评价,并进而模式化,都是不可想象的。之所以要强调这一点,正是因为这一要点过去曾被考据所淹没,好比肥皂沫淹没了被洗涤的主体。在杜诗的整合过程中,杜诗整体的重建是同向、同时进行的,是世俗地主知识化运动中杜甫由"史"入"圣"的物质前提。

晚唐、五代长期战乱最终扫荡了士族门阀残余,世俗地主全面取代了士族地主,北宋建立了大一统的中央集权的帝国,自古文运动以来矻矻以求的"政教一体化"得以实现。而政教一体化又向世俗地主提出"知识化"的新要求。于是"由雅入俗"的运动转为"化俗为雅"的运动。在这场运动中,世俗地主的文化教养、道德观念、审美趣味、价值系统都发生了变化。总之,世俗地主在

---

① 五代晋开运官本杜集,是我国最早刊印书籍之一。

宋代的期待视野变了。杜甫诗歌艺术中忠君、爱国、病民、省身的潜在意义经长期的接受过程,终于显露在北宋人的视野中,得到认同与强化。

宋初人对杜甫的认识,尚囿于中唐人之所见,多称其风格的多样性与奇博。如王禹偁《小畜集》卷九《日长简仲咸》诗称:"子美集开诗世界";孙仅《读杜工部诗集序》称:"公之诗支而为六家:孟郊得其气焰,张籍得其简丽"云云①。宋祁《景文集》卷四五《南阳集序》追述近世之诗,多祖前人,"不丐奇博于少陵,萧散于摩诘(王维);则肖貌乐天(白居易),祖长江(贾岛),而摹许昌(薛能)也"。可见时人尚未集中注意于杜诗,对其"诗史"的特质也尚未重视。然而,"由雅入俗"运动至晚唐已烂熟,宋初世俗地主毕竟已开始转入"化俗为雅"的新运动,这就需要有一个新的典范,新的权威。对典范的尊崇是中国文学的重要特色,也许还是中国人的一种思维模式。中国提倡某种文学主张,不就是往往要靠创作本身——如各式各样的选本——的示范吗?明显如陈子昂,虽无多少理论,却能以其成功的创作影响于一代文风,是杜甫所谓"终古立忠义,《感遇》有遗篇"(《陈拾遗故宅》)。反之,柳冕因不长于创作,自知"志虽复古,力不足也"②,古文运动不得不有待于韩、柳。因之,自中唐至北宋,诗人们一直在寻找本时代的最高典范,而北宋人的自立精神就寓于遴选乃至改造这一典范之中。宋人晁说之《成州同谷县杜工部祠堂记》称:

> 本朝王元之(禹偁)学白公(居易),杨大年(亿)矫之,专尚李义山(商隐);欧阳公(修)又矫杨而归韩(愈)门,而梅圣愈(尧臣)则法韦苏州(应物)者也。(《嵩山文集》卷一六)

---

① 《草堂诗笺·传序碑铭》。
② 《全唐文》卷五十七《答荆南裴尚书论文书》。

此文颇为简要地概述了北宋前期人们寻找典范的过程①。在这一过程中，作为选择规范的，是世俗地主上升为统治阶级后，以"俗"为底子，又继承士族文化"雅"的遗产，则"化俗为雅"的审美意识，及上文所论反映其伦理结构与价值系统之"务本"、"致用"的哲学观与社会观。以王禹偁为代表的学白居易一派，与学晚唐姚合、贾岛之流的所谓"九僧"一派，都是晚唐五代以来诗风的延续。白诗的浅切，强调诗的社会功能性，一直受到宋人的重视，后来的苏轼仍颇推崇。徐复观《宋诗特征试论》称："自徐铉兄弟及王禹偁们的'白体'后，因白乐天诗的风格与时代新精神相合，他在宋诗中，不知不觉地有如绘画的粉本，各家在此粉本上，再加笔墨之功。""我怀疑北宋诗人，都有白诗的底子。"②徐先生的怀疑是不错的，白诗风格合于世俗地主"俗"的底子，故其风格也就成为北宋诗人的底子。然而，在世俗地主知识化运动已发展到"由雅入俗"转为"化俗为雅"的历史时期，白诗的"浅切"便失去号召力。北宋诗文革新运动的领袖人物欧阳修的一则记载颇见几微：

> 仁宗朝，有数达官，以诗知名，常慕白乐天体，故其语多得于容易。尝有一联云："有禄肥妻子，无恩及吏民。"有戏之者云："昨天通衢遇一辒辌车，载极重，而羸牛甚苦；岂非足下'肥妻子'乎？"闻者传以为笑。

这种尚停留在"由雅入俗"时代的审美意识，便是晚唐司空图已抨击

---

① 宋人对此看法比较一致，如《苕溪渔隐丛话前集》卷二二引蔡宽夫《诗话》："国初沿袭五代之余，士大夫皆宗白乐天诗，故王黄州(禹偁)主盟一时。祥符、天禧(真宗年号)之间，杨文公(亿)、刘中山(筠)、钱思公(惟演)专喜李义山，故崑体之作，翕然一变；而文公尤酷嗜唐彦谦诗，至亲书以自随。景祐庆历(仁宗年号)后，天下尚古文，于是李太白、韦苏州诸人，始杂见于世。"
② 《中国文学论集续编》，台北学生书局1981年版，第31页。

过的所谓"都市豪估"的俗气①。魏泰《临汉隐居诗话》称：

> 杜甫善评诗,其称薛稷云:"驱车越陕郊,北顾临大河。"美
> 矣……若白居易殊不善评诗,其称徐凝《瀑布诗》云:"千古长
> 如白练飞,一条界破青山色。"又称刘禹锡"雪里高山头白早,海
> 中仙果子生迟","沉舟侧畔千帆过,病树前头万木春"。此皆
> 常语也。禹锡自有可称之句甚多,顾不能知之尔。

从所举具体例子看,杜甫的确要比白居易更能欣赏质朴古雅的风
格。白居易不少诗写得平浅,缺少杜甫那种开阖顿挫之气。杨大年
(亿)所要"矫之"的,就是白氏"语多得于容易",即"俗"的一面。应
当承认,西昆体是北宋第一次雅化运动,但西昆体自有其不合潮流
之处,这就是：西昆体浮艳的文风有背于世俗地主政教合一的追
求。石介《怪说(下)》说得明白：

> 佛、老以妖妄怪诞之教坏乱之,杨亿以淫巧浮伪之言破碎
> 之,吾以攻乎坏乱破碎我圣人之道者,吾非攻佛、老与杨亿也。
> (《徂徕石先生全集》卷五)

石介将杨亿与佛、老同视为"圣教罪人",把文与道当成一回事。而
把文与道当成一回事正是北宋政教合一的总趋势。文一旦跟不上
"道",甚至想自个儿走,就不合于时务。这一趋势恐怕正是宋真宗
下诏禁止文体浮艳的"幕后策划者"。西昆体小集团抬出李商隐作
典范遭到失败。欧阳修《记旧本韩文后》:"是时天下学者,杨、刘之
作,号为'时文',能者取科第,擅名声,以夸荣当世,未尝有道韩文
者……其后天下学者,亦渐趋于古,而韩文遂行于世。"以"载道"说

---

① 《全唐文》卷八〇七《与王驾评诗书》。

闻名的韩愈继"美文派"的李商隐之后被推上了文坛。

事实上,韩愈是北宋诗文革新运动中最有影响的典范人物。如前所论,北宋诗文革新运动是在"务本"与"致用"两大思潮的交汇处发生的,唯有二者兼优的文学家才是当代典范的最佳人选。为古文而又有志乎古道的韩愈便是一个这样的人选。韩氏还有一点优势:他所提倡的"道统"与"文统"结合的师弟子相承的组织形式,使儒学得以在宗族制社会中深深地扎下根,对宋人有巨大的影响①。黄节《宋代诗学》对"师友讲习"这一形式的意义颇为重视:"前乎苏、梅者,有王禹偁,欲变之而未能,盖王无师友讲习也。至苏、梅稍变之,而和者尚寡。至欧阳修出而尽变之。自欧公以后,宋诗之源流,可得而述,侧存乎师友讲习故也。"所谓苏、梅,是指苏舜钦与梅尧臣,他们应纳入欧阳修诗文革新集团。梅尧臣《依韵和永叔(欧阳修)澄心堂纸答刘原甫》诗称:"退之(韩愈)昔负天下才,扫淹众说犹除埃。张籍、卢仝斗新怪,最称东野(孟郊)为奇瑰。当时辞人固不少,漫费纸札磨松煤。欧阳今与韩相似,海水浩浩山嵬嵬。石君(曼卿)苏君(舜钦)比卢籍,以我拟郊嗟困摧。"(《宛陵先生集》卷三五)俨然以"韩门"再版自居。韩文风行千年,事实上已取得"文圣"的地位,何以在诗坛上却终逊杜甫一筹?《苕溪渔隐丛话》前集卷二二引蔡宽夫《诗话》:

> 景祐、庆历后,天下知尚古文,于是李太白、韦苏州(应物)诸人,始杂见于世。杜子美最晚出,三十年来,学者非子美不道,虽武夫女子皆知尊异之。李太白而下,殆莫与抗。文章隐显,固自有时哉!

从"文章隐显"中,蔡宽夫已直观感悟到"时"的威力。杜甫"最晚

---

① 参见任继愈《韩愈的历史地位》第三节《建立道统说》,韩愈学术讲座组织委员会编《韩愈研究论文集》,广东人民出版社1998年版,第5—8页。

出",却立定了脚跟,当上了"诗圣",这应与景祐、庆历后的时代精神密切相关。蔡氏的敏感不无道理。苏舜钦《题杜子美别集后》称:杜诗"盖不为近世所尚,坠逸过半"(《苏学士文集》卷一三),而王琪《杜工部集后记》却云:"近世学者,争言杜诗。"(影宋本《杜工部集》)苏舜钦题在景祐三年,而重新编定王洙本杜诗的王琪,后记写于嘉祐四年。其间不过二十余年,而杜诗骤由冷门爆为热门,不可谓非革新时势之功。盖此间经历了"庆历新政",而王琪写后记之明年,即嘉祐五年,王安石上万言书,开始变法。杜甫的呼声日高,韩愈诸人的终于落选,都应与此期读者的期待视野联系起来考察。

所谓的"期待视野",说到底无非是指读者的接受能力,是由阅读经验构成的思维定式,它取决于读者的道德观念、审美趣味、思想意识等方面的水平。各时代、各层次的人,都有自己的期待视野。这里只就北宋能左右文学主潮的读者,即世俗地主为主体的"士大夫"这一层次进行概括,抽象出某些共同的倾向。那么,北宋世俗地主知识分子在景祐、庆历前后的期待视野如何呢? 这是世俗地主全面转入"化俗为雅"的关键时期,是"致用"与"务本"两大思潮交汇处。作为时代精神的体现者,"为王先驱"的是范仲淹、欧阳修、梅尧臣诸人,而归宿人物却是嘉祐以后的王安石。兹分二步阐述之。

宋诗树立的第一步是体现"致用"之学的"古淡"风格的形成。"西昆体"之所以失败,主要在"浮艳",不合于当时以儒家入世致用之学为价值选取标准的世俗地主中有识之士的期待视野。范仲淹《奏上时务书》称:"臣闻国之文章,应于风化……故圣人之理天下也,文弊则救之以质,质弊则救之以文。""文"与"质"是以"理天下"为目的的,所以李复《答人论文书》称:"夫文犹器也,必欲济其用。苟可适于用,加以刻镂之,藻绘之,以致美焉,无所不可;不济于用,虽以金玉饰之,何所取焉!"李觏《上李舍人书》称:"贤人之业莫先乎文,文者岂徒笔札章句而已,诚治物之器焉。"在当时,这种致用的思想很普及。既然以致用为指归,则文风不主华丽,而主"平淡造理

者"。欧阳修知贡举最具典型。韩琦《安阳集》卷五十载:"嘉祐初,
(欧阳修)权知贡举,时举者务为险怪之语,号太学体;公一切黜去,
取去平淡造理者,即预奏名。"韩琦与范仲淹、富弼诸人与欧阳修同
属一个政治集团,都是当代"名臣",他对欧阳修持赞同态度,认为
"文格终以复故者,公之力也",应当说是代表当时"庆历新政"这一
权力集团的意见,当时造成风气是不难想见的。欧阳修对"险怪之
语"不满,自己的创作也力纠韩诗、韩文中这一偏向,化险怪为平夷,
即《宋诗抄·欧阳文忠诗抄序》所说:"昌黎时出排奡之句,文忠一
归之于敷愉。"因此,在当代诗人中,他最推崇的是梅尧臣与苏舜钦。
《宋诗抄·宛陵诗抄序》引龚啸云:"去浮靡之习于昆体极弊之际,
存古淡之道于诸大家未起之先。"《宋诗抄·沧浪集抄序》:"刘后村
(克庄)谓其(苏舜钦)歌行雄放于圣俞(梅尧臣)……及蟠屈为吴
体,则极平夷妥贴。盖宋初始为大雅,于古朴中具灏落渟蓄之妙,二
家所擅。"欧阳修所推崇的,就是"古淡"的风格。《六一诗话》说得
明白:"圣俞平生苦于吟咏,以闲远古淡为意。"欧阳修还对此风格作
了贴切的比喻:"有如妖韶女,老自有余态。"这种欣赏"徐娘半老"
的审美观,便是前文所论的"绚烂归于平淡"的宋人独具的审美理
想。如与宋画的清雅瘦劲,宋瓷的沉静无饰,乃至宋人的嗜茶赏梅
综合起来思考,便可领会"古淡"正是北宋人的期待视野。韩文诚如
陈寅恪所论,是"名虽复古,实则通今,在当时为最便宣传,甚合实际
之文体"①,颇合宋人"致用"的价值选取规范。韩诗情况有所不同,
在李、杜后想别开生面,就难免要流于险怪,"以不诗为诗",于儒家
"温柔敦厚"的诗教不尽相合。因此,虽然宋诗人颇受韩诗沾溉,却
仍有微词,乃至苏轼谓"退之于诗,本无解处"(《后山诗话》)。简言
之,韩愈"以文为诗"、"以议论为诗"合于宋人"致用"的一面,但因
涩硬仍未臻完善。更重要的是不合宋人的审美理想,于淡雅风格有

① 《金明馆丛稿初编》,第294页。

所缺憾。这就是以韩愈再世自命的欧阳修何以另抬出苏、梅为诗家楷模的原因。梅尧臣《答裴送序意》诗自说:"辞虽浅陋颇剀苦,未到二雅未忍捐。安取唐季二三子,区区物象磨穷年!"(《宋诗抄》)《沧浪集抄》也引苏舜钦诗:"笔下驱古风,直趋圣所存"、"会将趋古淡,先可去浮嚣"。二人将"古淡"的风格与"致用"的目的联系起来了。然而,他们所追求的并非晚唐、五代乃至宋初那种"语得于容易"的"白体",而应是《六一诗话》所赞赏的"必能状难写之景,如在目前;含不尽之意,见于言外"、"又如食橄榄,真味久愈在"。反之,"诗句义理虽通,语涉浅俗而可笑者,亦一病也"。然而,韩愈未达到的境界,梅尧臣也没达到。钱锺书《宋诗选注》页16说:"梅尧臣反对这种(指西昆体)意义空洞语言晦涩的诗体,主张平淡……不过他'平'得常常没劲,'淡'得往往没有味。"相形之下,陶潜、杜甫在这方面的造诣要比韩、梅高明得多,这就为宋人后来弃韩而就陶、杜留下余地。综上所论,在宋诗树立的第一步,宋人尚未找到臻善臻美的典范。那么,此期宋人又是如何以其期待视野来看待杜甫的呢? 如前所论,中唐后的知识分子因现实的剧变而颇注重史的反思,杜诗"史"的特质正是在当时被认识,而得了"诗史"之称的。至此,北宋正处于外族威胁日甚,国内农民起义不断的特殊情况下,故士大夫有识之士从"致用"出发,在历史反省中求更新。当时欧阳修、宋祁诸人撰写《新唐书》,稍后司马光、刘恕诸人撰写《资治通鉴》,可见对史的重视。杜诗在这一期待视野中,"诗史"的意义得到再认识。宋祁就在《新唐书·杜甫传》中重申了杜甫"诗史"的特色:"甫又善陈时事,律切精深,至千言不少衰,世号诗史。"王洙《杜工部集记》称:"观甫诗与唐实录,犹概见事迹,比新书列传,彼为踌驳。"(影印宋本《杜工部集》)此后,吕大防为杜诗编了年,"以次第其出处之岁月,而略见其为文之时,则其歌时伤世,幽忧切叹之间,粲然可观"(《分门集注杜工部诗》载《杜少陵年谱后记》)。胡宗愈《成都草堂诗碑序》云:"凡出处、动息劳佚、悲欢忧乐,忠愤感激、好贤恶恶,一见于诗,读之可以知世。学士大夫谓之诗史。"
(《草堂诗笺》传序碑铭)至此,宋人比中唐人更进一步地认识到杜
甫诗史的特质不但在"以时事入诗",还在于投入式地将自身溶解
于现实之中,以自己的一举手一投足反映时代的风情。这应当说
是宋人高明之处。然而,至此期,宋人尚未将杜甫与"内省"挂钩,
奉为圣人。穆修《唐柳先生集后序》称杜诗"其才始用为胜,而号
雄歌诗,道未极浑备"(《河南穆公集》卷二)。宋祁《杜甫传》甚至
说:"甫旷放不自检,好论天下之事,高而不切"、"性褊躁傲诞"。
时人所欣赏的,是杜诗"雄豪"的一面。范仲淹《祭石学士文》称:
"曼卿之诗,气雄而奇,大爱杜甫,独能嗣之。"(《范文正公文集》
卷十)田锡《贻宋小著书》称:"李白、杜甫之豪健。"(《咸平集》卷
二)欧阳修《堂中画像探题得杜子美》称:"杜君诗之豪。"(《乐全
集》卷二)苏舜钦《题杜子美别集后》称:"(杜诗)皆豪迈哀顿。"
(《苏学士文集》卷一三)大体上说,至此期宋人对杜甫诗史特质的
认识,基本上尚停留在本节开篇所论的第一个层次,即"以时事入
诗"的层次。

　　宋诗树立的第二步是体现与"致用"之学相表里的"务本"说的
精严深刻的风格。如前所论,"务本"论兴盛于韩愈之际,随着大唐
中兴梦的幻灭,士大夫日渐失去自信力;在这种心态下,儒学"事功"
的一面("外王")被抑制,而"修身"的一面("内圣")被发扬,由于
中唐以后的封建社会是个向下的斜面,所以儒学继续沿着以"内
圣"为第一义的方面滑行。因之,"致用"也日渐隶属于"务本"。
这就是石介所谓:"道德,文之本也";"功业,文之容也"(《上蔡副
枢书》)。欧阳修、苏舜钦也有"道胜者,文不难而自至"、"道德胜
而后振"之类的言论。不过,欧、苏仍是文学家,不是理学家,持论
尚平正。如欧阳修的崇尚李白,自己还写颇为绮丽的小词可证。
至理学家如二程者出,道德要求压倒一切,文学处于奴婢地位。
程颐将杜诗"穿花蛱蝶深深见"视为"闲言语"便是有名走极端的

例子①。处于二者之间,对宋诗自立于唐诗有深刻影响的人物是王安石。这是个奇特的矛盾人物。一方面,他颇急于事功,有"新法"为证;另一方面,他又高谈道德性命,开宋道学之先河。赵秉文《滏水文集·原教》称:"自韩子(韩愈)言仁义而不及道德,王氏(安石)所以有道德性命之说也。然学韩不至,不失为儒者,学王不至,其蔽必至于佛老,流而为申韩。"可见王安石发展了韩愈的学说,顺从北宋儒学与释(禅)道合流的趋向,企图将"外王"与"内圣"协调起来,由"务本"而有"致用"的实效。不过,王安石行"新法"并不顺利,故前后心态颇不一致。这就是钱穆氏《中国近三百年学术史·引论》所说的现象:"北宋学术,不外经术政事两端。大抵荆公(王安石)新法以前所重在政事,而新法以后,则所重尤在经术。"王氏本人也有前重"致用",后偏"务本"的不同心态。反映在诗歌创作风格的差异,正如《宋诗抄·临川集》序中所说:

　　安石少以意气自许,故诗语惟其所向,不复更为涵畜。后从宋次道尽假唐人诗集,博观而约取,晚年始悟深婉不迫之趣②。然其精严深刻,皆步骤老杜……安石遣情世外。其悲壮即寓闲淡之中,独是议论过多,亦是一病耳。

王安石"致用"之学是通过"以意气自许"的个性体现出来的。他是有名的"拗相公",王夫之称其"清介自矜,务远金银之气"(《读通鉴论》卷二六),且又博极群书,以"君辈坐不读书耳"骂人(见《邵氏闻见后录》卷二〇)。投射于诗风上,便是议论风发,眼光深刻,文字表达斩截干净,"不复更为涵蓄"。如颇负盛誉的《明妃曲二首》:"意态由来画不成,当时枉杀毛延寿"、"君不见咫尺长门闭阿娇,人生失意无南北"、"汉恩自浅胡自深,人生乐在相知心"。议论深刻大胆,

① 见《二程全书》遗书第十八《伊川先生语录》四。
② 此段删节《石林诗话》而成,但续以下文"精严深刻"云云,更觉稳妥,精神全出。

可谓发聋振聩。晚年的王安石阅尽沧桑,致力经术,意气锋芒渐内敛,但仍能志坚不移,于是由内而外地形成一种拗峭而又淡雅的独特风格,是上引小序所谓"悲壮即寓闲淡之中",既"精严深刻",又有"深婉不迫之趣"。宋人叶梦得《石林诗话》卷上对此已有所觉察:

> 王荆公晚年诗律尤精严,造语用字,间不容发。然意与言会,言随意遣,浑然天成,殆不见有牵率排比处。如"含风鸭绿鳞鳞起,弄日鹅黄袅袅垂",读之初不觉有对偶。至"细数落花因坐久,缓寻芳草得归迟",但见舒闲容与之态耳。而字字细考之,若经櫽括权衡者,其用意亦深刻矣。

王安石的诗风反映了宋人对诗歌从价值观到审美理想的全面要求;即:熔议论、学问、诗律于一炉,达到"致用"与"务本"融一,以精严深刻见长,且能以闲淡出之。宋诗特征于是乎大备。尤其使我们感兴趣的是,王安石诗歌风格是形成于对杜诗典范的选择与学习这一过程中。也就是说,王安石以其典型的宋人的期待视野选择了杜诗作为典范,又在对杜诗本文潜在意义的再认识过程中深受影响,在不断双向建构的合力作用下,完成宋诗自己独特的风格。如果说欧阳修、梅尧臣诸人洗削西昆,为宋诗自立铺平道路;那么,到了王安石才以积极的开创者的姿态,以其铁腕造就了全新的诗风。苏轼、黄庭坚诸人继起,使"古法荡然",无论宋诗成败,都可在王安石诗风中寻其滥觞。

王安石对杜甫及其诗歌的再认识大致有二:其一是以宋人的价值观对杜甫及其诗歌进行再认识;其二是对杜诗的艺术特征进行再认识。如上所论,在欧、梅时期,人们大都只注意到杜诗"史"的一面,尚未将杜甫与"内省"、"务本"挂钩,奉为圣人,如宋祁的以杜为"性褊躁傲诞"。至王安石,始揭出杜甫的忠君爱国。《临川先生文集》卷九《杜甫画像》说：

> 吾观少陵诗,为与元气侔：力能排天斡九地,壮颜毅色不
> 可求。浩荡八极中,生物岂不稠,丑妍巨细千万殊,竟莫见以何
> 雕锼。惜哉命之穷,颠倒不见收,青衫老更斥,饿走半九州,瘦
> 妻僵前子仆后,攘攘盗贼森戈矛。吟哦当此时,不废朝廷忧,常
> 愿天子圣,大臣各伊周,宁令吾庐独破受冻死,不忍四海寒飕
> 飕！伤屯悼屈止一身,嗟时之人我所羞。所以见公画,再拜涕
> 泗流！

由上引可见,王安石不但看到杜诗能容巨细万殊,更重要的还在"饿
走半九州"的困境中能"不废朝廷忧"。他将杜诗中吟咏个人悲哀
而能推己及人的仁学内涵发掘出来,并提到治国平天下的高度、广
度上来认识。如上引杜句："吾庐独破受冻死亦足",便由王安石阐
释为忠君、爱国、病民的责任感。这与范仲淹《岳阳楼记》发出的
"先天下之忧而忧,后天下之乐而乐"的呼声是同一调子的,也是世
俗地主执政后"天下兴亡,匹夫有责"的一种自觉的社会责任感。自
此后,论杜者无不注意到杜诗中的"仁"与"忠"义。如苏轼以"一饭
未尝忘君"称杜,孔武仲以"尊君卑臣"称杜可为典型①。至是,杜诗
的潜在意义又积淀为后人的期待视野,可以说宋人已接触到杜诗诗
史特质的第二个层次,即反思致用的性质。杜甫由"史"入"圣",此
为关捩点。

　　这里似有必要插入几句：杜诗本文是否有"忠君"的潜在意义？
我看这是无须讳言的事实。如《哀王孙》称"高帝子孙尽隆准,龙种
自与常人殊",还有《杜鹃》诗的整个情绪,都证明杜甫的确有其忠

---

① 苏轼《东坡集》卷二四《王定国诗集叙》："古今诗人众矣,而杜子美为首,岂非以其流落饥
寒,终身不用,而一饭未尝忘君也欤！"孔武仲《宗伯集》卷十六《书杜子美哀江头后》称杜
诗"褒善贬恶,尊君卑臣,不琢不磨,阖与经会"。

君的一面。至如《槐叶冷淘》"君王纳凉晚,此味亦时须"的感情,真真是所谓"一饭未尝忘君"了。只是中唐人所重多不在此,经王安石发露后,杜诗的"忠君"才成为热点,而无视杜诗中"上感九庙焚,下悯万民疮"(《壮游》),以民生为重的前提(下节当详论之)。由于王安石将伦理规范引入文学批评,韩愈不得不退出"竞选"。钱锺书《谈艺录》"宋人论昌黎(韩愈)学问人品"条,言宋人集矢于韩氏之人品颇详。如程颐谓:"退之(韩愈)正在好名中。"又谓:"有德然后有言,退之却倒学了。"显然,他是将"有德"当第一义的,不容"倒学"。苏轼正是以此来比较杜甫与韩愈的优劣。《苕溪渔隐丛话》前集卷一六引苏轼说:"退之示儿皆利禄事,老杜则不然,所示皆圣贤事。"①杜甫首先通过了宋人的价值选取,适应于新儒学"伦理——心理"模式,为宋人的"期待视野"所接受。

王安石对杜诗艺术特征的再认识,主要体现在由用字造句入手,对杜诗"新奇"一面的发露。王安石曾亲手编成一部杜诗集——《杜工部诗后集》,收有当时不传杜诗二百余篇。在序中自称:"予考古之诗,尤爱杜甫氏作者,其辞所从出,一莫知究极……然每一篇出,自然人知非人所能为,而为之者惟其甫也,辄能辨之。"(《临川先生文集》卷八四)可见他对杜甫的艺术特征相当熟悉,故"每一篇出,辄能辨之"。又《诸家老杜诗评》卷一引《钟山语录》:"'无人觉来往,疏懒意何长',下得'觉'字大好。足见吟诗要一字、两字工夫也。"《石林诗话》卷上说:"王荆公(安石)晚年诗律尤精严,造语用字,间不容发。"卷中又说:"荆公诗用法甚严,尤精于对偶。尝云,用汉人语止可以汉人语对,若参以异代语,便不相类。如'一水护田将绿去,两山排闼送青来'之类,皆汉人语也。"而这种造语用字工夫,又是以杜诗为准则。卷上引蔡天启说:"荆公每称老杜'钩帘宿鹭起,丸药流莺啭'之句,以为用意高妙,五字之模楷。他日

---

① 此为钱先生删节之引文,见《谈艺录》,中华书局1984年版,第84页。

公作诗,得'青山扪虱坐,黄鸟挟书眠',自谓不减杜语,以为得意。"
前人诚然有崇尚杜甫的,但绝少如此句规字模的。王安石对杜诗细
密体味的方法对后人的审美心理是有深远影响的。《苕溪渔隐丛
话》前集卷三五引《西清诗话》:"熙宁初,张揆以二府初成,作诗贺
荆公,公和曰:'功谢萧规惭汉第,恩从隗始诧燕台。'以示陆农师,农
师曰:'萧规曹随,高帝论功,萧何第一,皆摭故实;而请从隗始,初无
"恩"字。'公笑曰:'子善问也。韩退之《斗鸡联句》:感恩惭隗始①,
若无据,岂当对"功"字也!'"这就将后人的眼光引向"无一字无来
处",黄庭坚主张"以故为新"、"点铁成金",当滥觞于此。而"以学
为诗"的风气自有其物质的依据:我国雕板印书兴于五代,先是印
经史,嗣见少量诗文集。宋代私人书肆大兴,印售既多,藏书者亦随
之增多。士大夫家往往有家藏万卷者,如何维琪《宋史新编》举王
洙、王钦臣父子为例,家藏数万卷,手自雠正;宋敏求家藏三万卷,
皆略诵习云云。此类记载俯拾皆是,可知雕板印书技术使作品达
到前所未有的流通量,也使士大夫可以逞博,究心于"无一字无
来处"。

综上所述,王安石对杜诗艺术特征的再认识对宋人有深刻的
影响。他还曾经通过选杜甫、欧阳修、韩愈、李白四家诗,将杜甫
推上第一把交椅。从此,诗坛虽有盛有衰,而杜甫"诗圣"的地位
却颇稳固。究其原因,就在于杜甫不仅以其诗歌的丰富性、多向
性,适应了"化俗为雅"的时代要求,而且通过了宋人向内收敛的
价值选取,适应于宋代新儒学"伦理——心理"模式,超越于白居
易、韩愈、李商隐之上,如上引蔡宽夫所称:"杜子美最晚出,三十
年来,学者非子美不道……李太白而下,殆莫与抗。"这就是文化
选择的力量。

胡应麟《诗薮》外编卷五:"至介甫(王安石)创撰新调,唐人格

---

① "感恩惭隗始",当作"受恩惭始隗",为孟郊句。参看钱仲联《韩昌黎诗系年集释》。

调,始一大变。苏(轼)、黄(庭坚)继起,古法荡然。"真正以文学为生涯,掀起大潮,使古法荡然的是苏、黄。此二人对杜诗的认识自然不可不论。

如果说,每颗种子都同时包含着继承与变异的基因;那么,苏轼该是一颗变异大于继承的"孽种"。苏轼特异之处在于:他的变异是寓于继承之中,即"寓变于常"。这是一种外看似顺世间法,骨子里却是对现世间法持否定的社会观。如第七章第二节所讨论的,苏轼在长期宦海波涛的升沉之中,逐渐形成"漠然自定"的人生态度。他将陶潜惟求融合精神于运化之中,即与大自然为一体的一面改造为对时空、自我的超越的人生态度,在某种程度上脱离儒家正统轨道,这就形成苏轼似乎"表里不一"的文艺观。一方面,苏轼强调了与时代走向一致的"致用"说与"务本"说,《凫绎先生诗集叙》说:

> 先生之诗文,皆有为而作,精悍确苦,言必中当世之过,凿凿乎如五谷必可以疗饥,断断乎如药石必可以伐病。(《苏轼文集》卷十)

又,《范文正公文集叙》说:

> 其于仁义礼乐,忠信孝悌,盖如饥渴之于饮食,欲须臾忘而不可得。如火之热,如水之湿,盖其天性有不得不然者。虽弄翰戏语,率然而作,必归于此。(卷十)

苏轼将作文视同日常生活中必不可少的饮食,而且应当是归于仁义礼乐之"天性"。因此,他将仁义礼乐分为两个层次:情与性。《王定国诗集叙》说:

> 太史公论《诗》,以为"《国风》好色而不淫,《小雅》怨诽而

不乱"。以余观之，是特识变风、变雅耳，乌睹《诗》之正乎？昔先王之泽衰，然后变风发乎情，虽衰而未竭，是以犹止于礼义，以为贤于无所止者而已。(《苏轼文集》卷十)

苏氏认为"怨诽而不乱"是不得已的事，所以《三传义》又说："当周之衰，虽君子不能无怨，要在不至于乱而已。"(《苏轼文集》卷六)这只是"变风、变雅"，不是"《诗》之正"。"正"，就要比"止于礼义"更进一层。《王定国诗集叙》接着说：

若夫发于情止于忠孝者，其诗岂可同日而语哉！古今诗人众矣，而杜子美为首，岂非以其流落饥寒，终身不用，而一饭未尝忘君也欤。

"忠孝"比外在的"礼义"更重要，是由情而及于性。《韩愈论》说：

儒者之患，患在于论性，以为喜怒哀乐皆出于性，而非性之所有。夫有喜有怒，而后有仁义，有哀有乐，而后有礼乐。以为仁义礼乐皆出于情而非性，则是相率而叛圣人之教也。(《苏轼文集》卷四)

苏氏认为仁义礼乐不应出自外在的一时之情，而应出自内在的由衷的本性。这与孔子将"礼"的基础直接诉诸心理依靠的原始教义是比较相近的。所以他批评韩愈对"圣人之道"只是"好其名矣，而未能乐其实"，更推崇那出于"本性"、"一饭未尝忘君"的杜甫。然而，强调"性"的结果，便要崇尚自然，产生离心力，向道家靠拢。因此，他在"致用"、"务本"之外，更有任真适意的追求。这就是钱锺书指出的："在苏轼的艺术思想中，有一种以艺术作品为中心转变为以探讨艺术家气质为中心的倾向。"①《书朱象先画后》诗说:"文以达吾心,画以适吾意。"他承认文艺除社会功能外,还有达心适意的功能。因之,他不但称赞杜甫的"一饭未尝忘君",还欣赏那些"可以见子美清狂野逸之态"的诗②。他一面极口推崇"诗至于杜子美,文至于韩退之,书至于颜鲁公,画至于吴道子,而古今之变,天下之能事毕矣"(《苏轼文集》卷七〇《书吴道子画后》);一面又觉得有所缺憾:"予尝论书,以谓钟(繇)、王(羲之)之迹,萧散简远,妙在笔画之外,至唐颜(真卿)、柳(公权),始集古今笔法而尽发之,极书之变,天下翕然以为宗师,而钟、王之法益微。至于诗亦然。苏(武)、李(陵)之天成,曹(植)、刘(桢)之自得,陶(潜)、谢(灵运)之超然,盖亦至矣。而李太白、杜子美以英玮绝世之姿,凌跨百代,古今诗人尽废,然魏、晋以来高风绝尘,亦衰矣。"(卷六七《书黄子思诗集后》)苏氏所追求的最高境界是近乎本性(气质)自然的"真",人工极致则落第二义。他甚至说:"书之美者莫如颜鲁公(真卿),然书法之坏自鲁公始;诗之美者莫如韩退之,然诗格之变自退之始。"(《诗人玉屑》)他另推出王维画、陶潜诗作为理想的风范。《王维吴道子画》诗:"吴生虽妙绝,犹以画工论。摩诘(王维)得之于象外,有如仙翻谢笼樊。吾观二子皆神俊,又于维也敛衽无间言。"他认为王维画之所以高出吴道子,就在于"得之于象外",已摆脱人工规矩的"笼樊"。对于诗,他更重视作家的气质。《书李简夫诗集后》说:

> 陶渊明欲仕则仕,不以求之为嫌,欲隐则隐,不以去之为

---

① 见[英]克拉克(Cyril Drummond legros Clark)《苏东坡的赋》,纽约1964年第2版,钱锺书序。转引自陈幼石《韩柳欧苏古文论》,上海文艺出版社1983年版,第111页。

② 《苏轼文集》卷六七《书子美黄四娘诗》:"子美诗云:'黄四娘家花满蹊,千朵万朵压枝低。留连戏蝶时时舞,自在娇莺恰恰啼。'东坡云:此诗虽不甚佳,可以见子美清狂野逸之态,故仆喜书之。"又,《书子美屏迹诗》:"'用拙存吾道,幽居近物情。桑麻深雨露,燕雀半生成。村鼓时时急,渔舟个个轻。杖藜从白首,心迹喜双清。晚起家何事,无营地转幽。竹光曲野色,山影漾江流。废学从儿懒,长贫任妇愁。百年浑得醉,一月不梳头。'子瞻(苏轼字子瞻)云:此东坡居士诗也。或者曰:此杜子美《屏迹》诗也,居士安得窃之? 居士曰:……今考其诗,字字皆居士实录,是则居士诗也,子美安得禁吾有哉!"

高,饥则扣门而乞食,饱则鸡黍以延客,古今贤之,贵其真也。

这种发自内在气质(本性)的"真",与上引《王定国诗集叙》所谓"发于情,止于忠孝者"是一致的,也就是上引《范文正公文集叙》所说的"天性"。于是"质"与"绮"、"癯"与"腴"这二对矛盾的风格便由"任真"统一起来得到内在协调。《苕溪渔隐丛话》前集卷四引苏轼说:"渊明作诗不多,然其诗质而实绮,癯而实腴,自曹、刘、鲍(照)、谢、李、杜诸人,皆莫及",根本还在"古今贤之,贵其真也"。而苏氏强调的这种"真",如第七章第二节所论,是重自身内心的自如,是对社会环境的漠视。说到底,还是苏轼自调机制"漠然自定"的外射。对环境的漠视毕竟不是对环境的抗争,是"怠工"而不是"罢工"。因此,苏轼要求的不是取消规矩,而是从容于规矩。这就叫:"出新意于法度之中,寄妙理于豪放之外。"(卷七〇《书吴道子画后》)内在人格的丰富与对外在环境的漠视,便构成"发纤秾于简古,寄至味于淡泊"(《书黄子思诗集后》)的审美理想。陶渊明以"任真"的气质、"质而实绮,癯而实腴"的诗歌风格成为苏轼心目中最理想的诗人。苏轼这一审美意识很快便为宋人所认同,陶渊明便以苏化的面目作为第一流大诗人为宋人所接受。苏轼的门生,另一宋诗风格的建立者黄庭坚也接受了这一审美的意识,只是他以此期待视野对杜诗的潜在意义进行了再认识,却发现最理想的诗人还是杜甫。

黄山谷(庭坚)颇受苏东坡的影响,所追求的最高境界也是近乎本性(气质)自然的"真",人工极致则落第二义。《题意可诗后》说:

　　宁律不谐而不使句弱;用字不工,不使语俗。此庾开府之所长也,然有意于为诗也。至于渊明,则所谓不烦绳削而自合者。虽然,巧于斧斤者多疑其拙,窘于检括者辄病其放。孔子曰:"宁武子其智可及也,其愚不可及也。"渊明之拙与放,岂可为不知者道哉……说者曰:"若以法眼观,无俗不真;若以世眼观,无真不俗。"渊明之诗,要当与一丘一壑者共之耳!(《豫章黄先生文集》卷二六)

作为陶渊明风格之核心的,还是一个"真"字。无论雅、俗,无论拙、放,皆出自"真",是"不绳削而自合"。以此衡书法,则说:"今其(指李白)行草殊不减古人,盖所谓不烦绳削而自合者欤!"(上引书卷二六《题李白诗草后》)以此衡诗文,则曰:"观子美到夔州后诗,韩退之自潮州还朝后文章,皆不烦绳削而自合矣。"(上引书卷一九《与王观复书》)黄氏将视点从陶潜气质的"任真"轻轻地转移到该气质所体现的"不烦绳削而自合"的外在效果;又从陶潜的"不烦绳削而自合"再转移到杜甫的"不烦绳削而自合"。《与王观复书》又说:"所寄诗多佳句,犹恨雕琢功多耳。但熟观杜子美到夔州后古律诗便得句法,简易而大巧出焉,平淡而山高水深,似欲不可企及。"所谓"简易而大巧出"云云,与苏东坡称陶诗"外枯中膏"云云相类。于是乎,苏轼所赞赏不置的陶潜的独特气质与诗风,至此便与杜甫共有了。《朱子语类》卷一四〇说:"杜诗初年甚精,晚年横逆不可当,只意到处便押一个韵。"又说:"人多说杜子美夔州诗好,此不可晓。夔州诗却说得郑重烦絮,不如他中前此有一节诗好。今人只见鲁直(黄庭坚)说好,便都说好,矮人看场耳。"朱熹所"不可晓"处,怕就在于他的不喜欢苏轼,因而难于理解黄山谷以苏轼的眼光发现了苏轼本人所未发现的杜甫夔州以后诗最合乎质而绮、癯而腴的审美理想。同时,黄庭坚还受王安石"精严深刻,皆步骤老杜"的影响,更明确意识到陶、杜之间的互补关系。《赠高子勉四首》说:"妙在和光同尘,事须钩深入神","拾遗(指杜甫)句中有眼,彭泽(指陶潜)意在无弦"。杜诗句中有眼,合于"事须钩深入神";陶诗意在无弦,合于"妙在和光同尘"。至于"愈老愈剥落"的夔州以后诗,"钩深入神"与"和光同尘"两能兼之,所以黄庭坚只教人"熟观杜子美到夔州以后古律诗"。

综上所述,杜诗经过北宋人长期的接受过程,通过北宋人的期待视野,几经整合,终于被北宋人认识到:杜甫兼白居易、李商隐、韩愈、陶潜诸家之所长,是最合乎本时代价值观、社会观与哲学观的理想典范。

第二节　内观照的"山谷模式"

文化整合不仅是个选择与淘汰的过程,同时是个修正与改造的过程。因此,杜甫的由"诗史"入于"诗圣",也还有一个面临着"请杜就范"的问题。

如前所论,宋诗从唐诗的影响下摆脱出来,与儒学的重建有关。"新儒学"之要,在仁在礼,在以人性论重建伦常秩序,即:一方面要求群众自觉地服从,一方面统治者也应讲"亲亲",以伦理化的情感去维系封建秩序。应当说,这对刚登上历史舞台的世俗地主士大夫来说,并非骗局。北宋中叶的确不乏兢兢业业自觉反省、在人伦日用之间体现儒家"仁"的理想人格的士大夫之精英。如范仲淹、欧阳修、王安石、张载、二程、三苏便属此辈。他们是世俗地主跻身政治舞台后痛感内忧外患的社会现实,欲振起一代士风,而将儒家"乐以天下,忧以天下"(孟子语)的入世精神推向至极者,体现了"以天下为己任"的新风范。因此,杜甫诗中"民胞物与"的"仁"的情感因素为北宋士大夫所认同,也就不奇怪了。然而,杜诗中还有不合于重建绝对皇权的新儒学的一面。涤非师指出:

> 他(指杜甫)不是"为尊者讳"、"为贤者讳",而是无情的尽情的揭露。差不多所有当时统治阶级以及统治阶级的爪牙的罪恶,在杜甫诗中都得到铁案如山般的记录,都得到他们应得

的惩罚……所以封建历史家说杜甫为人"性褊躁,无器度"
(《旧唐书·杜甫传》),正因为他违反了儒家的中庸之道。
(《杜甫研究》第46页)

这些不合之处,宋人自然要"取彼斧斨,以伐远扬"了。谁来当"斧
斨手"? 王安石是首唱杜甫的忠君爱国关心民瘼,并曾以宋人的价
值选取批评过李白的人,由他来强杜就范不无可能。然而,王安石
是一位政治家兼文学家,对杜甫有较全面的理解,故未见对杜有过
苛之论。苏轼将杜甫的忠君爱国归结为"一饭未尝忘君",似乎已有
"取彼斧斨"之意了。然而,苏氏以其杰出横放的个性,颇能欣赏杜
诗的开阖超旷的意境,不以一字一句绳杜诗;更主要的是苏氏以"仁
义"出乎"性",更强调"任真",因此难免偏离儒家轨道,又岂能以新
儒学来检点杜诗? 能排除杜诗所提供的向"美刺"发展可能性(像
白居易曾经做过的那样),使杜就范于宋人之期待视野,从而创宋诗
自家模式者,为黄山谷(庭坚)其人。

　　山谷的身世颇近东坡,都因为新、旧党争而屡遭贬谪。因此,他
俩的诗都由前期的讲究"致用",乃以诗为"讽刺"之具,转入后期讲
究"务本",即建构诗歌的"补偿机制"。然而,黄山谷既不采用"白
式自调机制",退而写"闲适诗",来个"苦词无一声";也未采用他的
老师苏轼的自调机制,即化"一肚皮不合时宜"为"漠然自定"。他
建构了自家社会退避的新模式。

　　黄䎖《山谷年谱》卷一据赵北山《中外旧事》认为:黄庭坚的外
甥洪炎据乃舅之志,编黄山谷的集子"以退听为断,以前好诗皆不
收"云。所谓的"退听",是堂名,是绍圣元年"待罪陈留"后的事了。
当年黄山谷因为修《神宗实录》,被"新党"认定"所修先帝实录,类
多附会奸言",被勒令在陈留听候勘问。这是一个特定的时间,特定
的环境。朱东润《黄庭坚的政治态度及其论诗主张》一文曾对此时
此地编此集的黄山谷的心态做了分析。他说:"庭坚在编定退听堂

诗的时候,有一种沉重的恐惧心理。因此他要把早年在叶县、大名、德州德平镇所作诗删去。"①这一心理分析是有说服力的。检《山谷诗外集》《外集补》,可看到熙宁、元丰间山谷诗文对朝政颇持异议。如《山谷诗外集补》卷一录其叶县尉任内《按田》诗序:

> 近者朝言多在民事,欲化西北之麦陇,皆为东南之稻田……夫土性者自先王所不能齐,而一切不问,薙夫故苗,灌为新田,茫茫水陂,邱垄平尽,其君子威以法刑,其小人毒以鞭扑,有举斯有功,有功斯有赏……夫听言之道,必以事观之,夺民之故习而强以所未尝,其利安在?兴利者受实赏,力田者受实弊,郡邑行空文,朝廷收虚名,名为利民,其实害之。议者谓之有意于民乎,吾不知也;以为有功于民乎,今既若是矣!

且不论新法利弊,当年山谷以诗歌为民请命之勇气实在不减东坡。然而,面对外在的压力,二人态度的转变不尽相同。苏东坡是化"一肚皮不合时宜"为"漠然自定",以其超越时空、超越自我的追求,形成"出新意于法度之中,寄妙理于豪放之外"的文风。故其诗文横放杰出,行于所当行,止于所当止,从容于法度而又有言外之意,是所谓"比兴"的新体制。然而这种"理趣"并不能瞒天过海,既有"弦外音",就有"知音人"。朱熹就深感苏轼的危险性,而黄山谷则以其"恐惧心理"也对此深感不安,说:"东坡文章妙天下,其短处在好骂,慎勿袭其轨也。"(《豫章集》卷十九《答洪驹父书》)山谷化解矛盾的方法是:将理学家的内省功夫与禅宗的自我解脱结合起来,追求一种内心的恬淡与宁静。这在当时士大夫中是较普遍的现象,并不新奇,"其新奇不同之处在于以精神修养的方法观照古

---

① 朱东润《中国文学论集》,中华书局 1983 年版,第 260 页。着重号为引者所加。

诗"①。黄氏在《书旧诗与洪龟父跋其后》文中说：

> 龟父笔力可扛鼎，它日不无文章垂世。要须尽心于克己，
> 不见人物臧否，全用其辉光以照本心，力学有暇，更精读千卷
> 书，乃可毕兹能事。(《豫章黄先生文集》卷三〇)

克己、不见臧否，是宋人向内收敛的最高境界，尚属儒家内省功夫；而"用其辉光以照本心"，就入于禅悦的境界了。于是"克己"不再是外力作用下的不得已的克制，而是一种近乎自然本性的内适应了。宋明儒学是所谓"身心之学"。其要在通过"格物"，即经验地去理解被认识的事物，以"致知"，即验证儒家的所谓真理。这一过程并非从物中产生，而是先在地有古圣贤的"知"在，后人只是通过自己的体验去印证这一存在。也就是说，内省的本质就在于向古人认同。宋人从禅宗中学会内化的技巧，用来制造与古人认同的氛围，在"心印"中与古人默契，并从中得到无限的愉悦，所以读书竟也成为一种印证手段。体现于审美理想，便是所谓的"不烦绳削而自合"，这一理想与苏轼的"出新意于法度之中，寄妙理于豪放之外"貌同心异。苏轼强调的是形在法度中，而神在法度外；黄庭坚强调的却是"自合"于法度。在恐惧心理作用下求自合于法度，正是黄庭坚从做人到做诗的出发点。《书王知载朐山杂咏后》：

> 诗者，人之性情也，非强谏争于廷，怨忿诟于道，怒邻骂坐之为也。其人忠信笃敬，抱道而居，与时乖违，迂物悲喜，同床而不察，并世而不闻；情之所不能堪，因发于呻吟调笑之声，胸次释然，而闻者亦有所劝勉……其发为讪谤侵陵，引颈以承戈，

---

① [美]刘若愚《中国文学理论》，杜国清译，台北联经出版事业公司1981年版，第68页。着重号为引者所加。

> 披襟而受矢,以快一朝之忿者,人皆以为诗之祸,是失诗之旨,
> 非诗之过也。(《豫章黄先生文集》卷二六)

此段论之前半"情之所不能堪"云云,与钟嵘《诗品·序》所谓"使穷贱易安,幽居靡闷,莫尚于诗矣"颇相近,是作家对"缓解不满足愿望"的追求。但后半段则又对"呻吟调笑之声"严加限制,反对以诗为讽刺之具,反对"引颈承戈",要回到儒家"温柔敦厚"的诗教中去。也就是说,山谷追求的是"不怨之怨"。《胡宗元诗序》说得明白:"士有抱青云之器而陆沉林皋之下与麋鹿同群,与草木共尽,独托于无用之空言,以为千岁不朽之计。谓其怨邪,则其言仁义之泽也;谓其不怨邪,则又伤亡不见其人。然则,其言不怨之怨也。"这种闪烁其词似有似无的"不怨之怨"绝不是明讥暗骂弦外有音,而是要靠"克己","不见臧否"的内省功夫,将"怨"化为乌有,使"胸次释然"。好比理学家程颢有诗云:"未须愁日暮,天际乍轻阴",被誉为"闻之者自然感动"的"温厚"的好诗(见《龟山先生语录》)。这种"无用之空言"才是"不怨之怨"。也就是说,诗人有"情之所不能堪"的"怨"时,可借诗自行消化,达到心理上的平衡。山谷的社会退避意识与东坡同,而表现形式迥异。东坡在专制压力下,比欧阳修、梅尧臣要更多地说些"凡人文字,务使平和"一类的话,实在属于"人云亦云"。他将"一肚皮不合时宜"化作"漠然自定",好比是痰化而为涕,病根未除,而且,他愈是多说此"务使平和"之类的话,就愈令人疑心是害了这个病便偏爱讲这个病。山谷则好比发低烧,有时会喃喃自语。在他诗中,蚁柯蝶梦是常见的意象:"蝴蝶双飞得意,偶然毕命网罗! 群蚁争收坠翼,策勋归去南柯。"(《题画屏六言》)其中的"怨",只是自怨自艾,无妨天下太平。这种"不怨之怨"的社会退避形式与东坡的"漠然自定"相比较,使人想起林光朝《读韩苏黄集》所说:"苏、黄之别,犹丈夫女子应接;丈夫见宾客,信步出将去,如女子则非涂泽不可。"(《艾轩集》卷五)然而"恐惧心理"的

压抑更深刻地体现在黄山谷对诗这一形式的认识。他认为诗本来就不是强谏怒争之具，因此而得罪"是失诗之旨，非诗之过也"。好比挨了打还得赔小心，是内在的悲剧。因此，他所谓"东坡文章妙天下，其短处在好骂"云云，与理学家杨时所谓"如子瞻（苏东坡）诗多讥玩，殊无恻怛爱君之意"（《龟山先生语录》），似乎同调，却是从被动与主动两个相反的方向显示了封建文化专制的巨大压力。只有理解这一苦衷，我们才能理解黄庭坚对杜甫的"修正"。

山谷以精神修养的方法观照古诗，以为"诗者，人之性情"，反对以诗为讽刺之具，显然与中唐人"欲开壅蔽达人情，先向歌诗求讽刺"（白居易《采诗官》）的认识大相径庭。准山谷之标准以绳苏东坡诗，则东坡诗"短处在好骂"。那么以此绳杜诗又该得出什么样的结论呢？有否"失诗之旨"的地方？山谷对这位"性褊躁，无器度"的大诗人似乎从未有过腹诽。不过，从乃甥洪炎（玉父）那里，倒走漏了一点风声。《豫章黄先生文集后序》：

> 若察察言如老杜《新安》、《石壕》、《潼关》、《花门》之什，白公（居易）《秦中吟》、《乐游园》、《紫阁村》诗，则几于骂矣！（《豫章黄先生文集》卷三〇）

山谷与洪氏四甥的关系非同一般，山谷认为四甥"皆能独秀于林者也"（《书倦壳轩诗后》），其集子的编订就是"洪炎玉父专其事"。由此可探知山谷于杜诗未必一概推重的消息。虽然他也说："千古是非存史笔，百年忠义寄江花"（《次韵伯氏寄赠盖郎中喜学老杜诗》），但这是早期（元丰二年）说的话，是时人的普遍看法。晚年山谷重视的不是杜甫自己怀恋不已的"忆在潼关诗兴多"的前期作品，而是特重杜甫夔州以后诗。《刻杜子美巴蜀诗序》："自予谪居黔州，欲属一奇士而有力者，尽刻杜子美东西川及夔州诗，使大雅之音久湮没而复盈三巴之耳。"（《豫章黄先生文集》卷一六）这一愿望后来是实现了。他所以力倡学夔州以后诗,固然是因为自己的贬巴蜀正与杜甫经历相似,更觉夔州诗的亲切;更重要还在于:杜甫夔州以后诗更合乎黄氏的主张。《跋高子勉诗》:

> 高子勉作诗,以杜子美为标准,用一事如军中之命,置一字如关门之键,而充之以博学,行之以温恭,天下士也。(《豫章黄先生文集》卷一九)

他将杜诗的"标准"归结为:用事、置字、博学,处于统摄地位的是:温恭(这恰好并非杜甫所长)。与其说是"以杜子美为标准",毋宁说是要杜子美以宋人为标准!《与王观复书》其一:

> 好作奇语,自是文章病,但当以理为主,理得而辞顺,文章自然出群拔萃。观杜子美到夔州后诗,韩退之自潮州还朝后文章,皆不烦绳削而自合矣。(《豫章黄先生文集》卷一九)

所谓"不烦绳削而自合",便是指"理得而辞顺"。何以"杜子美到夔州后诗,韩退之自潮州还朝后文章"才"自合"于此标准?难道二家前此之作都不算是"理得而辞顺"?如结合上引"引领承戈"、"短处在骂"云云,便可明白,二家诗文在后期更成熟,更无"火气"。以杜诗论,如本章第二节所述,后期杜诗较少率直的呼号,大都是几经酝酿后"意象化之感情"。这种比较内敛的风格近乎山谷所谓"温恭"的要求。《与王观复书》其二:

> 所寄诗多佳句,犹恨雕琢功多耳。但熟观杜子美到夔州后古律诗,便得句法,简易而大巧出焉,平淡而山高水深。(《豫章黄先生文集》卷一九)

显然,他欣赏的是夔州后诗简易平淡的风格——虽然夔州诗风格最多变,并非止此一端。从内容的"温恭",到句法的简易平淡,便是"理得而辞顺"了。"江西派"后劲方回说:"大抵老杜集,成都时诗胜似关辅时,夔州时诗胜似成都时,而湖南时诗又胜似夔州时,一节高一节,愈老愈剥落也。"(《瀛奎律髓》卷十注)所谓"剥落",山谷《别杨明叔诗》有云:"皮毛剥落尽,惟有真实在。"看来是见质朴之真性情的意思,只是方回将黄氏的意思夸大了,引向极端。大凡开创者的一些特征,后继者总要极力加以强化,一直放大到不合适的地步。不过,黄山谷将读者的注意力引向杜甫夔州以后诗,是一个事实。杜诗几经"剥落",焦点便集中在夔州后古律诗的句法上。《潘子真诗话》说:

> 山谷尝谓余,言老杜虽在流落颠沛,未尝一日不在本朝,故善陈时事,句律精深,超古作者,忠义之气,感发而然。

说杜甫"善陈时事",是中唐以来的老生常谈,"忠义之气",也经过二苏的宣扬;唯有"句律精深",这才是山谷标举的学杜新方向。

"句律精深"是符合杜诗后期的艺术特征的。杜甫自许"晚节渐于诗律细"(《遣闷戏呈路十九曹长》)、"为人性僻耽佳句,语不惊人死不休"(《江上值水如海势聊短述》)、"律比昆仑竹,音知燥湿弦"(《秋日夔府咏怀一百韵》)、"陶冶性灵存底物,新诗改罢自长吟"(《解闷》五首)。此期杜甫对形式的探索付出巨大的劳动,写下大量律诗、"拗格律诗",还有不少"连章体"的律诗的组诗。此期对句律的要求已不停留于"遣词必中律"(《桥陵诗三十韵》),而是"老去诗篇浑漫与"(《江上值水如海势聊短述》),诚如朱熹所谓"晚年横逆不可当,只意到处便押一个韵"(《朱子语类》卷一四〇)。这正合于黄山谷"句法简易而大巧出焉,平淡而山高水深","不烦绳削而自合"的审美理想。而且,杜甫晚年在形式上不断探索的创新精神,也颇合于黄山谷"文章最忌随人后"(《赠谢敞王博喻》)、"听它下虎口著,我不为牛后人"(《赠高子勉》其三)的自立精神。然而,问题乃在黄庭坚对杜诗的认识,更着重于作文的关键布置上。《答洪驹父书》有云:

> 凡作一文,皆须有宗有趣,终始关键,有开有阖,如四渎虽纳百川,或汇而为广泽,汪洋千里,要自发源注海耳。(《豫章黄先生文集》卷一九)

实际上黄山谷是由王安石上溯至西昆体。朱弁《风月堂诗话》卷下已看出道道来:

> 李义山(商隐)拟老杜诗云……置杜集中亦无愧矣,然未似老杜沉涵汪洋笔力有余也。义山亦自觉,故别立门户成一家。后人挹其余波,号西昆体,句律太严,无自然态度。黄鲁直(庭坚)深悟此理,乃独用昆体工夫,而造老杜浑成之地,今之诗人少有及者。

北宋后期的世俗地主,完成了宗法一体化的基本建设,使皇权得以强化,"新儒学"应运而生。世俗地主造成的形势反过头来又迫使世俗地主自身进一步"雅化",即在新文化构型中进一步规范化。道学家文论与苏轼的文艺观正从左的和右的两个侧面显示了这一运动的存在。黄山谷总结了"西昆体"第一次雅化运动以来的种种经验教训,铸成适应于封建专制的新模式。这就是:"用昆体工夫,而造老杜浑成之地。"所谓"昆体工夫",便是"雅化"的工夫,所谓"老杜浑成之地",便是"化俗为雅"的完美境界。也就是说,杜甫被推上典范的地位,而从句法形式入手的"昆体工夫"方是"造"此境界的梯航。为此,山谷旗帜鲜明地提出"以故为新,以俗为雅"及

"点铁成金,夺胎换骨"的创作方法。这也是历来论山谷者所集矢的二事,至今犹然。

"以故为新,以俗为雅"并非山谷的专利。《后山集》卷二三《诗话》:

> 闽士有好诗者,不用陈语常谈,写投梅圣俞(尧臣字)。答曰:"子诗诚工,但未解以故为新,以俗为雅尔。"

苏东坡《题柳子厚诗》亦称:

> 诗须要有为而作,用事当以故为新,以俗为雅;好奇务新,乃诗之病。(《东坡题跋》)

然而,梅、苏只是将"以故为新,以俗为雅"作为使熟者生、野者文的一种技巧提出,是从属于"有为而作"的,故应当适可而止,"好奇务新,乃诗之病"。只是北宋后期的世俗地主随着一体化之实现而渐坠暮气之中,北宋政治革新亦至王安石而止,代之而起的只是党争;儒学也已改装为"儒表佛里"的"新儒学",所思考的"乃纯在绍绍灵灵不可捉摸"的所谓"心性之学"(梁启超《清代学术概论》),但求身心安宅,鲜及于用世。于是,"以故为新,以俗为雅"在山谷手中也就不再是"致用"之具,而是带纲领性的东西,不妨说成了与现实的"隔热板"。如果说,韩愈"以文为诗",将散文句法引入诗的行列,梅、欧、王、苏又因"致用"转而"内省",转而"以学问为诗",终于又盘旋在"西昆体"的上空。《山谷诗内集》卷一二《再次韵杨明叔》引:

> 试举一纲而张万目。盖以俗为雅,以故为新,百战百胜如孙吴之兵,棘端可以破镞,如甘蝇飞卫之射,此诗人之奇也。

实际上山谷所谓"以俗为雅,以故为新"更偏重后半句。而"点铁成金"、"夺胎换骨"也无非是"以故为新"的手段。"以故为新"才是总纲,作诗的技巧翻然成为作诗的材料来源！这就是《答洪驹父书》所称:

> 古之能文章者,真能陶冶万物,虽取古人之陈言入于翰墨,如灵丹一粒,点铁成金也。(《豫章黄先生文集》卷一九)

这就是吕居仁所赞赏不致的"死蛇弄得活"手段①!"陈言"便是"故",所以要"以故为新"就必须先存些"陈言",也就必须先读书。这是黄山谷教人作诗的门径。言论甚多,只摘几则以见其概:

> 东坡道人在黄州时作,语意高妙……非胸中有万卷书,笔下无一点俗气,孰能至此? (《豫章黄先生文集》卷二六《跋东坡乐府》)

> 读书不虚用,日多得古人着意处,文章雄奇,能转古语为我家物。(《沈氏三先生文集·云巢集》卷八附)

> 词意高胜,要从学问中来。(《山谷别集》卷六引家传)

这种读书以资为诗的方法,同代人魏泰在《临汉隐居诗话》中已颇有非议:"黄庭坚喜作诗得名,好用南朝人语,专求古人未使之事,又一二奇字,缀葺而成诗,自以为工,其实所见之僻也。故句虽新奇,而气乏浑厚。"这种不是从生活中来,而是从读书中来的"以故为新",当然要显得单薄,"而气乏浑厚"了。这是不必讳言或翻案的事实,连"一见黄豫章,尽焚其稿而学焉"的陈师道,也看出山谷这

---

① 张戒《岁寒堂诗话》卷上:"余问:'鲁直得子美之髓乎?'居仁曰:'然'。'其佳处焉在?'居仁曰:'禅家所谓死蛇弄得活。'"

种新奇是"过于出奇,不如杜之遇物而奇"(《后山诗话》)。"遇物而奇"当然是从生活中来。另一江西派重要人物吕本中也感到"鲁直诗有太尖新、太巧处"(《吕氏童蒙训》)。黄山谷自己也似乎有所觉察,所以说:"好作奇语,自是文章病。"(《与王观复书》)但他们并未找到真正的病根,反以为不及古人的"从容中玉佩之音,左准绳右规矩",其原因"意者读书未破万卷,观古人之文章未能尽得其规摹。"(《豫章黄先生文集》卷二六《跋书柳子厚诗》)所以他说:"少加意读书,古人不难到也。"(同上书卷一九《答洪驹父书》)《后山诗话》引山谷与方蒙书也说:"然近世少年,多不肯治经术及精读史书,乃纵酒以助诗,故诗人致远则泥。"愈气乏浑厚就愈要读书,愈读书便愈气乏浑厚。二者于是乎产生恶性循环。难怪南宋的严羽要冷冷地说:"夫诗有别材,非关书也。"(《沧浪诗话·诗辨》)固然读书与生活并非冰炭,二者本可相容(杜甫就是破万卷书、行万里路的人),然而一旦以读书代生活,以"昆体功夫"想去"造老杜浑成之地",就难免要南辕北辙了①。

关键就在这里。山谷正是以"熟观杜子美到夔州后古律诗,便得句法"的提倡,借助于杜夔州以后诗简易而大巧、平淡而高深,与宋人"绚丽归于平淡"的审美趣相投合这一桥梁,不知不觉地将读者的热点由"诗史"引渡向"诗圣";又从而"充之以博学,行之以温恭",终于将"以杜子美为标准"的"标准"定为"用一事如军中之命,置一字如关门之键,而充之以博学,行之以温恭。"(《跋高子勉诗》)这就是山谷"请杜就范"的过程。如果说宋人眼中的陶渊明是苏东坡化了的陶渊明,那么宋人眼中的杜甫不妨说是黄山谷化了的杜甫②。或者说,黄山谷的诗在一些宋人眼中,是更标准的"杜诗"

---

① 金王若虚《滹南诗话》卷三云:"予谓用昆体功夫必不能造老杜之浑全;而至老杜之地者,亦无事乎昆体功夫,盖二者不能相兼耳。"此语似有所悟。但王氏将二者对立起来,未能看到二者之间的联系。"不能相兼"原因终未道出。
② 宋代张戒《岁寒堂诗话》卷上已指出:"韩退之之文,得欧公而后发明。陆宣公(贽)之议论,陶渊明、柳子厚之诗,得东坡而后发明。子美之诗,得山谷而后发明。"

呢！就像卓别林，曾在一场拟摹卓别林演技的比赛中竟然得了第二名一样，在一些宋人的心目中，真正的"诗圣"怕是黄山谷。南宋刘克庄《江西诗派小序》说得明白：

> 豫章(山谷)稍后出，会粹百家句律之长，究极历代体制之变……遂为本朝诗家宗祖，在禅学中比得达摩，不易之论也。(《后村先生大全集》卷九五)

《后山诗话》：

> 黄诗韩文，有意故有工，左(左丘明，著《左传》)、杜则无工矣。然学者先黄后韩，不由黄、韩而为左、杜，则失之拙易矣。

《苕溪渔隐丛话》前集卷四九：

> 近世学诗者，率宗江西，然殊不知江西本亦学少陵者也。故陈无己(师道)曰"豫章之学博矣，而得法于少陵(杜甫)，故其诗近之。"今少陵之诗，后生少年不复过目，抑亦失江西之意乎？

《苕溪渔隐丛话》成书于南宋初，则北宋末风气当已如此，难怪钱锺书《宋诗选注》页135要说："北宋末南宋初的诗坛差不多是黄庭坚的世界。"

任何一位开宗立派的"宗祖"，都难免要像疾驰下坡的马车一样身不由己。在这"黄庭坚的世界"中，"领导新潮流"的倒不是黄庭坚，而是三股不容忽视的力量。那就是：江西诗派的形成，"千家注杜"的浩大声势，以及丛起的宋诗话。

"江西诗派"之称始于吕本中，曾作《江西宗派图》。《云麓漫抄》卷一四载其语:"歌诗至于豫章始大出而力振之,后学者同作并和,尽发千古之秘,亡余蕴矣;录其名字,曰江西宗派,其源流皆出豫章也。"并列出陈师道以下二十五人的名单①。后来的人又附上各人的诗,据《文献通考·经籍考》知,所录有一百三十七卷之多。可见"江西诗派"在当时是一股大势力。有人怀疑所谓"江西宗派图"乃吕氏"少时戏作耳"(清张大来《江西诗社宗派图录》),从而连"江西诗派"的存在也予否定。事实上,此种诗派尽可不必如今人文学团体之组织落实。《苕溪渔隐丛话》前集卷四八存有吕氏《宗派图序》:"惟豫章始大出而力振之,抑扬反复,尽兼众体,而后学者同作并和,虽体制或异,要皆所传者一。"说明此派形成的标志在"所传者一",有共同的宗旨而已。何者为共同的宗旨?吕本中《夏均父集序》:

> 学诗当识活法,所谓活法者,规矩备具,而能出于规矩之外;变化不测,而亦不背于规矩也。是道也,盖有定法而无定法。知是者,则可以与语活法矣。谢玄晖有言:"好诗流转圆美如弹丸",此真活法也,近世唯豫章黄公首变前作之弊,而后学者知所趣向,毕精尽知,左规右矩,庶几至于变化不测。(刘克庄《江西诗派小序》引)

这段话点出黄山谷的精神就在"左规右矩","变化不测,而亦不背于规矩"。这就是"不烦绳削而自合"于规矩。方孝岳《中国文学批评》指出:"于是效法黄、陈(师道)的那班江西社里的人,就捉着黄庭坚做一种格式,铸定了宋诗的模型。"②所谓"山谷模式"是成于江西社里人之手的。当然,要作为连庸才也能遵循的"规矩",山谷的"有定法而无定法"还嫌太玄,有必要再简明些。《后山诗话》:

---

① 陈振孙《直斋书录解题》则说他所录的是"黄山谷而下三十五家"。
② 刘麟生主编《中国文学八论》,北京市中国书店1985年版,第76页。着重号为引者所加。

> 学诗当以子美为师,有规矩故可学。退之(韩愈)于诗本
> 无解处,以才高而好尔。渊明不为诗,写胸中之妙尔。学杜不
> 成,不失为工。无韩之才与陶之妙,而学其诗,终为乐天尔。

这段话还不失山谷精神。山谷《跋唐道人编余草稿》云:"入则重规
迭矩,出则奔逸绝尘。"(《山谷题跋》卷四)虽是论书法,也是论诗
法。然而,这段话有云"学杜不成,不失为工",已是"不得已而求其
次",作退一步想了①。而这"工"是与陶渊明的"妙"对举的,无其
"妙"而学其诗,"终为乐天尔",可见是指勤苦锻炼,即刘克庄《江西
诗派小序》所谓"虽只字半句不轻出"。想追求"工",又自觉才力不
如山谷,不敢想有"不烦绳削而自合"的境界,只好从勤苦锻炼入手,
而"有规矩故可学"的"规矩"也就难免成为死法了。故《后山诗话》
称王安石"暮年诗益工,用意益苦",将"工"与"苦"连在一起而有悖
于山谷的精神②。《后山诗话》虽真赝相杂,但这种"苦吟"精神是与
陈师道的为人相吻合的。黄山谷就有诗称"闭门觅句陈无己"(《病
起荆江亭即事》),时人也有陈师道得句即急卧一榻,以被蒙面,谓之
"吟榻"的传说。陈氏又为人倔强、耿直,虽长年贫病而不愿折腰,甚
至不屑服赵挺之衣,以寒疾而死。这样的个性加上"表达得很勉强,
往往格格不吐"、"减省字句以求'语简而益工'"(钱锺书《宋诗选
注》),于是形成一种枯淡瘦硬的诗风。录一首此种风格的成功之作
于兹,以见其概:

> 去远即相忘,归近不可忍。儿女已在眼,眉目略不省。喜
> 极不得语,泪尽方一哂。了知不是梦,忽忽心未稳。(《示
> 三子》)

---

① 《山谷老人刀笔》卷四《答赵伯充》:"学老杜诗,所谓刻鹄不成尚类鹜也。"山谷似乎也有
　危机感,但更多的还在于勉励后学。
② 《彦周诗话》载黄山谷嘲郭功甫云:"公做诗费许多气力做甚?"可见山谷不主张"苦"做。

　　黄、陈二人创作风格的差异也反映在诗论上。试比较下面二段话：

　　　宁律不谐，不使句弱；用字不工，不使语俗。此庾开府（信）之所长也，然有意于为诗也。至于渊明则所谓不烦绳削而自合者。虽然，巧于斧斤者多疑其拙，窘于检括者辄病其放。孔子曰："宁武子其智可及也，其愚不可及也。"渊明之拙与放，岂可为不知者道哉！（黄山谷《题意可诗后》，《豫章黄先生文集》卷二六）

　　　宁拙毋巧，宁朴毋华，宁粗毋弱，宁僻毋俗，诗文皆然。（《后山诗话》）

黄山谷很明确指出"宁律不谐"云云只是庾信的境界，他追求的是大巧若拙、不烦绳削而自合的陶渊明境界。《后山诗话》则退一步说，他宁可追求一种拙朴粗僻的境界。这是江西派诗人因才力学问之高下"等而下之"的审美理想。因此，真正能成为江西派切实可行的宗旨的，不是高才如山谷的"不烦绳削而自合"的理论，而是陈后山"宁拙"、"宁朴"、"宁粗"、"宁僻"的这套"简化太极拳"。甚至那个说作诗要有"活法"如弹丸流转的吕本中，也要说："初学作诗，宁失之野，不可失之靡丽；失之野不害气质，失之靡丽不可复整顿。"（《童蒙诗训》）江西派后学因才力不能企及山谷，遂以粗野为代价保住瘦硬的倾向。事实上江西派末流创作也正坠入粗豪生硬一路，这正是元好问"论诗宁下涪翁（山谷）拜，未作江西社里人"（《论诗绝句》）的原因，也是经"简化"后的"山谷模式"易于效法而能风靡北宋末南宋初的原因。郭绍虞《宋诗话考·江西诗派小序》："克庄《后村诗话》中云：'元祐后，诗人迭起，一种则波澜富而句律疏，一种则锻炼精而情性远，要之不出苏黄二体而已。'但才情出于天赋，非可强致；工夫出于学力，易见功效。故学苏者少而宗黄者多，此江西诗派之所由形成也。"这段话可说是看透了江西派诸人的共同心理。
而对杜甫的学习,也由山谷所倡"熟观杜子美到夔州后古律诗,便得
句法",退到模仿时则"一句之内至窃取数字",阐释时则讲究"无一
字无来处"。后者在现存宋人注杜的文字中看得最清楚。

首倡"杜诗无两字无来历"的是孙莘老(觉)。任渊《山谷诗集
注》卷一《古诗二首上苏子瞻》首联注:

> 山谷诗律妙一世,用意高远,未易窥测,然置字下语皆有所
> 从来。孙莘老云:老杜诗无两字无来历①。刘梦得论诗,亦言
> 无来历字,前辈未尝用。山谷屡拈此语,盖亦以自表现也。

山谷又进一步将"无两字无来历"改为"无一字无出处"。《豫章黄
先生别集》卷六论作诗文云:"作诗句要须详略用事精切,更无虚字
也。如老杜诗字字有出处,熟读三五十遍,寻其用意处,则所得多
矣。"笺释家深受"杜诗字字有出处"的影响,诚如王夫之《薑斋诗
话》卷二所说:"宋人抟合成句之出处,役心向彼掇索,而不恤己情之
所自发,此之谓小家数,总在圈缋中求活计也。"如果说宋代经术经
王安石手而义理之学兴,传注之学废;那么宋代阐释学则反之,经山
谷手而字字求出处之风盛,退至郑玄笺注《诗经》的"汉学"。从集
北宋至南宋初杜诗注家之大成的郭知达《九家注》中,不难看到当时
"宋人抟合成句之出处,役心向彼掇索"之苦心。如卷二《饮中八仙
歌》"天子呼来不上船"句下引薛梦符、鲍彪的意见,认为"船"是衣
襟,"不上船"就是披襟之意。而薛、鲍之注也是大有来头的。《苕
溪渔隐丛话》前集卷十引山谷说:"蜀人谓柂师长年三老,谓衫领为
舡,杜诗皆用之。"这大概就是所谓的"化俗为雅"。北宋末南宋初
大注家赵次公曾笑旧注释"腊"字三百余言,"却成伏与腊门类之

---

① 林希逸《竹溪鬳斋十一稿》续集卷三十也录有北宋末南宋初杜诗注家赵次公语云:"余喜本朝孙觉莘老之说,谓:杜子美诗无两字无来处。"

书"云①。但赵注本身也犯同样的病，如引《晋书》、《北史》证"姨弟"出处，引《史记·张良传》证"多病"出处，颇近无谓。《又呈吴郎》"无食无儿一妇人"注引《庄子》证"无食"，引古谚证"无儿"，引《高唐赋》证"一妇人"；并认为此句暗用《汉书·王吉传》的故事②。如此注杜诗，在宋是颇为普遍的现象。而山谷"点铁成金"、"夺胎换骨"之论也时见于注家之书。如《旅夜书怀》"月涌大江流"句赵次公注："东方璆尝与卢照邻分韵，有云'泅涌大江流'。公换一'月'字，点铁成金矣。"③又《复愁十二首》之二注云："'昏鸦接翅稀'，变何逊之语……何逊云：'昏鸦接翅归'。然今改一'稀'字，意义遂与逊诗不同矣。"④读者通过注家的阐释来认识杜诗，难免要将注意力集中到字法、句法上来，由"以学问看诗"到"以学问为诗"，走上江西派的路子。

　　"字字求出处"与"穿凿附会史实"是对连体儿。宋王得臣《增注杜工部诗》注亡而序存，有云："逮至子美之诗……非特意语天出，尤工于用字，故卓然为一代之冠，而历世千百，脍炙人口。予每读其文，窃苦其难晓。如《义鹘行》'巨颡拆老拳'之句，刘梦得初亦疑之，后览《石勒传》，方知其所自出。盖其引物连类，掎摭前事，往往而是。韩退之谓'光焰万丈长'，而世号'诗史'，信哉！"（《分门集注杜工部集》附）由"字字有出处"推及"引物连类，掎摭前事"是"诗史"，其思路犁然可见。宋代"千家注杜"虽不复存，但从仅存的赵注本《杜诗先后解》残帙⑤，及各集注本所引宋人之论看来，将杜诗比附于史实，各家虽有程度深浅之别，而少能跳出圈缋。典型如南

---

① 国家图书馆藏《新定杜工部古诗近体诗先后并解》残卷戊帙卷六《秋日夔府咏怀一百韵》"伏腊"注。
② 同上书戊帙卷五。
③ 同上书己帙卷八。
④ 同上书戊帙卷八。
⑤ 现在我们能见到的赵注抄本《新定杜工部古诗近体诗先后并解》残卷，一为国家图书馆藏之明抄本，一为成都杜甫草堂藏之清抄本。

宋陈禹锡《杜诗补注》(后改名《史注杜诗》),刘克庄《再跋陈禹锡杜诗补注》:

> 禹锡专以新、旧《唐史》为按,诗史为断,故自题其书曰《史注诗史》。此其所以尤异于诸家欤？然新、旧史皆舛杂,或采摭小说杂记,不必皆实,前辈辨之甚详。而禹锡于三家书研寻补缀,必欲史与诗无一事不合,至于年月日时,亦下算子,使之归吾说而后已……虽极研寻补缀之功,要未免于迁就牵合之疑乎？然杜公所以光焰万丈,照耀古今,在于流离颠沛,不忘君父。(《后村先生大全集》卷一〇六)

刘克庄道出宋人对"诗史"认识的两个层次:一是将杜诗直认作唐史,"必欲史与诗无一事不合";一是如胡宗愈《成都草堂诗碑序》所称:杜"以诗鸣于唐,凡出处、动息劳佚、悲欢忧乐、忠愤感激、好贤恶恶,一见于诗,读之可以知其世"(《草堂诗笺》传序碑铭)。要从诗中见刘克庄所谓"流离颠沛,不忘君父"者。所以宋人注杜重编年、重出处、重史实(以史证诗)。由此形成千百年来人们认识杜诗的定势,广而言之,也是中国传统的判定文学作品的一个最重要的价值标准。李白、杜甫、李贺、李商隐创作中那种如梦如幻的虚构的路数,宋以后日见萎缩,后继乏人,其原因是多绪的,但无疑与宋人"千家注杜"在这一意识的积淀过程中所发生的相当大影响有关。而究其渊源,则与"山谷模式"的形成有直接的联系。

与"山谷模式"的形成有关涉的另一股潮流是丛起的宋诗话。唐人重实践,少谈艺。宋人自欧阳修首创《诗话》,便广泛使用这一形式谈艺。一时丛脞迭起,蔚为大观。只要浏览一下北宋胡仔的《苕溪渔隐丛话》与南宋魏庆之的《诗人玉屑》,大体上就可了解到宋人诗话可谓无书不谈杜,也几乎无书不见江西派的影子。就北宋至南宋初现存诗话而言,存其异,求其同,可绅绎出相近的倾向:由不废雕琢的形式的自觉,到归于自然的审美理想的追求。大抵六朝以来道家美学思想漫入文坛,故诗人多以"天然去雕饰"为鹄的。至中唐皎然《诗式》始揭竿而起,公然说"不入虎穴,焉得虎子?取境之时,须至难至险,始见奇句;成篇之后,观其气貌,有似等闲,不思而得,此高手也"。自此后,由雕琢入手而臻于自然,便成为人们的审美理想。宋人在这一发展锁链中,是重要的一环。欧阳修推崇梅尧臣的"意新语工"。王安石用事琢句而能浑成,苏轼逞博而能行云流水不着痕迹,黄山谷讲究字法、句法,而又要求"不烦绳削而自合",都体现了宋人由形式的自觉到归于自然的审美理想追求。北宋至南宋初诗话也大多讲究炼字、用事、点化的工夫,体现这一追求。明显地代表或倾向江西诗派论的《后山诗话》、《冷斋夜话》、《竹坡诗话》、《王直方诗话》、《潘子真诗话》、《洪驹父诗话》等等,自不必说,甚至被《四库总目提要》视为"于欧阳修、苏轼诗皆有所抑扬",与苏、黄在政治党派上对立的叶梦得的《石林诗话》,其论诗旨趣也在这一点上与山谷不谋而合。因此,于兹对《石林诗话》稍事分析,尝海一勺,便可推见宋人诗话在由形式的自觉到归于自然的审美理想的追求上有其共同的倾向。

综观《石林诗话》,最推崇的是王安石,又集中在发露其诗法之精严而能深婉不迫。卷上说:

> 王荆公晚年诗律尤精严,造语用字,间不容发。然意与言会,言随意遣,浑然天成,殆不见有牵率排比出。如"含风鸭绿鳞鳞起,弄日鹅黄袅袅垂",读之初不觉有对偶。至"细数落花因坐久,缓寻芳草得归迟",但见舒闲容与之态耳。而字字细考之,若经熔括权衡者,其用意亦深刻矣。

"诗律尤精严,造语用字,间不容发","而字字细考之,若经熔括权衡者",与山谷力主句法用字,讲究"无一字无来处"又何尝不一致!

故卷中又说：

> 王荆公编《百家诗选》，尝从宋次道借本，中间有"暝色赴春愁"，次道改"赴"字作"起"字，荆公复定为"赴"字，以语次道曰："若是'起'字，人谁不能到！"次道以为然。

> 王荆公诗用法甚严，尤精于对偶。尝云，用汉人语，止可以汉人语对，若参以异代语，便不相类。如"一水护田将绿去，两山排闼送青来"之类，皆汉人语也。此法惟公用之不觉拘窘卑凡。

叶梦得所倡用字、对偶之法与山谷同源，而所追求之审美理想复更相类。卷中：

> 王荆公少以意气自许，故诗语惟所向，不复更为涵蓄……晚年始尽深婉不迫之趣。

叶氏所许可者，在王安石晚年"深婉不迫之趣"，与山谷尤嗜杜甫晚年"剥落"之诗用意相似。《石林诗话》卷中有：

> 诗人以一字为工，世固知之，惟老杜变化开阖，出奇无穷，殆不可以形迹捕。如"江山有巴蜀，栋宇自齐梁"，远近数千里，上下数百年，只在"有"与"自"两字间，而吞纳山川之气，俯仰古今之怀，皆见于言外。《滕王亭子》"粉墙犹竹色，虚阁自松声"，若不用"犹"与"自"两字，则余八言凡亭子皆可用，不必滕王也。此皆工妙至到，人力不可及，而此老独雍容闲肆，出于自然，略不见其用力处。

所举例皆杜甫入蜀后作品，而所追求"出于自然，略不见其用力处"

与山谷所谓"不烦绳削而自合"亦复相同,故卷中又说:

> "池塘生春草,园柳变鸣禽。"世多不解此语为工,盖欲以奇求之耳。此语之工,正在无所用意,猝然与景相遇,借此成章,不假绳削,故非常情所能到。诗家妙处,当须以此为根本,而思苦言难者,往往不悟。

这也就是山谷所谓"无意而意已至"的最高境界。正因其所追求之审美理想一致,故其论诗语往往与江西派诸人所论不谋而合。如卷下:

> 古今论诗者多矣,吾独爱汤惠休称谢灵运为"初日芙渠",沈约称王筠为"弹丸脱手"两语,最当人意。

此段与上引吕本中《夏均父集序》以"好诗流转圜美如弹丸"为"活法"一段如合符契。所谓"新党"之诗话家竟与"旧党"人物同调,足见时代意识如此,非政治党派所能割断的。因此,"作诗贵雕琢,又畏有斧凿痕"(《王直方诗话》)、"篇章以含蓄天成为上,破碎雕镂为下"(《珊瑚钩诗话》)之类诗论俯拾皆是也就不奇怪了。值得注意的是,黄山谷"以精神修养的方法观照古诗"的方法在一些诗话中也颇露端倪。也就是说,山谷那种以"克己"的儒家内省功夫入于禅悦的境界,体现为"不烦绳削而自合"的审美理想,在后来一些诗话中有不同程度的呼应。以忠义论杜首见于诗话的,是苏辙的《诗病五事》,后来黄彻的《䂬溪诗话》颇承其端绪。黄彻虽不满于山谷"诗非怒邻骂坐"之论,力主讽谏,但仍以克己、忠厚评杜诗。卷四:

> 老杜云:"扁舟空老去,无补圣明朝。"又云:"报主身已老。"以稷、契辈人,而使老弃闲旷,非惟不形怨望,且惓惓如此。

能比较系统地将儒家诗教输入"由雕琢入手而归于自然"这一审美理想之中的,当推张戒《岁寒堂诗话》。《四库总目提要》称是书"始明言志之义,而终之以无邪之旨"。因此而对颇注重艺术形式的苏、黄均表不满。卷上:

> 苏、黄用事押韵之工,至矣足矣,然究其实,乃诗人中一害,使后生只知用事押韵之为诗,而不知咏物之为工,言志之为本也,风雅自此扫地矣。

他甚至痛诋山谷为"邪思之尤者":

> 国朝黄鲁直(庭坚字),乃邪思之尤者。鲁直虽不多说妇人,然其韵度矜持,冶容太甚,读之足以荡人心魄,此正所谓邪思也。

苏辙曾以"不知义理之所在"责李白,山谷又以"其短处在骂"责苏轼,今者张戒又以"邪思"责山谷。螳螂捕蝉,黄雀在后,正见专制日甚,而立论愈严。然而深究其用心,与山谷并无不同,评杜诗仍用山谷口吻;

> 子美笃于忠义,深于经术,故其诗雄而正。
>
> 山谷晚作《大雅堂记》,谓子美诗好处,正在无意而已至。若此诗(指《洗兵马》)是已。

如果说黄山谷《书王知载朐山杂咏后》从反面提出"诗者人之情性也,非强谏争于廷,怨忿诟于道,怒邻骂坐之为也"(上引);那么,张戒则从正面提出作诗当"主文而谲谏":

　　子曰:"不学《诗》,无以言。"又曰:"《诗》可以兴,可以观,可以群,可以怨,迩之事父,远之事君。"《序》曰:"先王以是经夫妇,成孝敬,厚人论,美教化,移风俗。"又曰:"上以风化下,下以风刺上,主文而谲谏,言之者无罪,闻之者足以戒。"子美诗是已。若《乾元中寓居同谷七歌》,真所谓主文而谲谏,可以群,可以怨,迩之事父,远之事君者也。(卷下)

由"主文而谲谏"的宗旨而力倡一种"微而婉"的诗风:

　　《国风》云:"爱而不见,搔首踟蹰。""瞻望弗及,伫立以泣。"其词婉,其意微,不迫不露,此其所以可贵也。(卷上)

这种"不迫不露"的微婉诗风,正是"无意而意已至"的"不烦绳削而自合"的境界。张戒多处以"皆微而婉,正面有礼"、"其词婉而雅,其意微而有礼"赞扬杜诗,甚至认为此"乃圣贤法言,非特诗人而已",所重不在"史",而在"圣"了。只要稍不合于"微而婉"者,不必说是山谷的"奇",就是杜甫本人也要受抨击:

　　子美自以为孔雀,而以不知己者为牛……渊明之穷,过于子美,抵触者固自不乏,然而未尝有孔雀逢牛之诗,忘怀得失,以此自终,此渊明所以不可及也欤!(卷下"赤霄行"条)

　　连一点牢骚也不许发,比起山谷"情之所不能堪,因发于呻吟调笑之声,胸次释然"(《书王知载朐山杂咏后》)的立论来,要严得多。由此可见,诗话以其颇广泛的舆论,在杜诗整合过程中,也是不可忽视的"斧斤手"。

　　综上所述,大体上可看出:江西派众人出于力学工夫易见功效的心理,求作诗有"规矩",从而以创作实践卓著的黄山谷做一种格式,姑称之为"山谷模式"。注家则通过"千家注杜"的声势,注杜诗而字字求出处,乃至穿凿附会史实,与江西派创作实践相呼应,通过阐释学调整了读者的期待视野。如果说二者面向的主要是较低层次的读者,那么诗话则相对地面向较高层次的读者。因此,它不仅是对山谷的诗论、审美理想有所宣扬,还有所批评与修正。无论宣扬,无论批判,总的倾向是在新的历史条件下推进了儒家诗教在诗坛中的地位,扩大其影响。陈贻焮先生曾说,带规律性的东西,往往是"草色遥看近却无"。这里所谓以内观照为特色的"山谷模式",也只能是"观其大略"。大略言之,所谓的"山谷模式",是指以宋人阐释过的杜诗为规范形式的一种诗歌模式。这种模式重视个体精神修养的观照,反对以诗作为讽刺之具,主张皈依儒家温柔敦厚的诗教。作为一种艺术,特别引起我们注意的还在于这种模式讲究通过历史文献的研习而获得意象,又往往通过这种意象来表现自己对永恒的"道"的新鲜感受——以故为新。正是这一表现形式最本质地代表了北宋诗歌乃至"宋学"的倾向。

钱锺书《宋诗选注》反复抨击宋人"资书以为诗"的习气,这种"把末流当作本源的风气仿佛是宋代诗人里的流行性感冒"(《宋诗选注序》)。"资书以为诗"可视为宋代的普遍现象。从西昆体的挦扯典故到王安石的诗"往往是搬弄词汇和典故的游戏、测验学问的考题;借典故来讲当前的情事"①;苏轼在诗中铺排典故成语,"窒、积、芜";黄庭坚提倡"老杜作诗,退之作文,无一字无来处"……这一连贯的并非偶然的普遍现象包孕着"宋学"精神。文艺作为文化的同形结构,最能完整地代表文化。宋人好用典这一语言模式也是宋人思维方式的集中表现。由于北宋科技的发展,宋人重"理"成一特色。可惜宋儒并未将此"理"引向实证的自然科学的方向,而是引向伦理心性之学,为建立后期封建社会的伦常秩序服务。理学家的任

---

① 钱锺书《宋诗选注》,人民文学出版社 1982 年版,第 48 页。

务是将宇宙之万殊归于一理，即现世间的三纲五常。因此，他们的"格物致知"就不是提倡对客观世界的了解，而是从儒家经典与历代文献中去领悟所谓的道、器、理、气等儒家的抽象概念。钱穆《中国近三百年学术史·引论》认为："北宋学术，不外经术政事两端。大抵荆公（王安石）新法以前，所重在政事，而新法以后，则所重尤在经术。"重在政事，故"以文为诗"、"以议论为诗"；重在经术，则"以故为新"、"以学问为诗"。北宋诗文革新运动正处在"重在政事"的北宋中叶，士大夫"以天下为己任"，振起一代士风，杜甫"诗史"的特质得到再认识。"以文为诗"、"以议论为诗"不足为宋人病。此期间出现了一批优秀作家，与中唐作家群相辉映，是中国文学史星河中的两团璀璨的星云。然而，这些士大夫所致力的绝对皇权的新秩序本身，又驱使他们由"外王"转入"内圣"，从事功转向修养。"新儒学"曾使这些世俗地主知识分子站在历史的新峰巅，开拓了视野，同时又在反省中由外视转入内视，在"内观照"中萎缩了视力。中国士大夫从此丧失了唐人"登高壮观天地间"的视野。文学的"再自觉"曾使北宋文人从"个体解放"走向"人际关怀"，强化文学的社会功能，而"内观照"的思维方式也曾培养了宋人新的审美趣味：从牡丹到梅花，从酒到茶，从唐三彩到哥窑瓷，从金碧楼台到水墨山水，从颜体字到"瘦金书"，从《花间集》到《漱玉词》……无一不是"绚烂归于平淡"的过程。这种沉静之美不仅是士大夫的雅趣，也影响了全民族，成就了一种东方的美的风格。然而，它的代价也是够沉重的。由于理学将宋人因该时代科学技术空前发展而重"理"的倾向导向内向的伦理心性之学，坐失走向实证科学之良机，并图科举的指挥棒作用，致使士大夫潜心于儒家经典及历史文献的研讨——"讨生活"，搜罗历史意象以取代主体对客体活生生的独特感受。经过长期积淀，终于形成相当稳定的强调继承而排斥变异、创造的保守的思维方式。从这一意义上说，"山谷模式"不正是典型地体现了宋代士大夫的精神实质，并表露了新儒学价值取向的深层危机吗？

结　语

　　作为个体的人,同时具备着自然属性与社会属性,这是人类行为的根本出发点。作为"人学"的文学,也必然或隐或显地体现这两者的矛盾统一。东汉末至北宋,是士族文化构型向世俗地主文化构型嬗变的全过程,也是与文化同构运动的文学由张扬个体意识的"文学自觉"到有意合乎社会规范的"再自觉"的全过程①。高扬个体独立意识,偏在人之自然属性;自觉遵从社会之规范,偏在人之社会属性。由是东汉末至北宋文学史颇为典型地演示了这对矛盾的动力意义,它是本书双线张力结构的内在依据。文学之二元与生命之二元相呼应,不但体现了中世"文学自觉"的一体两面,且由于二者虽互补而各趋一端的不均衡性,影响于文学,乃促成后世相当长一段文学史那"钟摆式"演进的总体趋势(本书第一节所引周作人文学史S形连绵不断的图式可作参照)。这是一个未了的课题。

　　我有条件地同意卡尔·波普的意见:"趋势不是规律。"②人类现有的知识尚不足以把握大树根系般复杂错综的因果之网,不能奢谈社会科学的"普遍规律"。然而,我们已有能力从事物的变化过程中发现并追踪分析其存在条件,寻绎乃至把握其总体趋势。趋势虽

---

① 　北宋周、张开创的理学对这种"自觉"的促成,具有无可比拟的影响力,本书未能深论,其得失功过及对文学史进程之左右的讨论,尚待来哲。

② 　[英]卡尔·波普《历史决定论的贫困》,杜汝楫等译,华夏出版社1987年版,第91页。下引只标页码。

然不等于规律,但趋势与规律有联系,或者说趋势中有带规律性的东西。但是我们要清醒地意识到趋势是个变量,使其存在的各个条件是在不停地变化的,而每一个变量(哪怕是当初显得如此微不足道)在新形势下都可能嬗变为牵动大局的因素,而使原来的趋势改道。这就好比数一池子倏息万变的游鱼,任何静止的观点都不成立。我们需要一种"以大观小"的整体性的观察方法。我认为"文化模式"论较好地处理"变"与"不变"的矛盾统一,是"整体性"的方法论,它成为本书指导理论的首选。

于此,我们不能忽视波普对"整体主义"的严肃批评。所谓"整体",不应当指事物的"全部",或各个组成部分之间的"所有"联系,而是波普所确认的:"该事物的某些特殊性质或方面使该事物表现为一个有机的结构而不是一个'纯粹的堆积'。"(上引书第60页)正是基于这一认识,本书述及文学趋势不作"十面埋伏"式的综述,或存将文学史诸现象一网打尽的意图,而是将焦点投放在那些能体现该段文学史特质并使之融贯为一个有机整体的因素上,特别是那些具有连续性的"基因"式的因素上,以及那些促变的动因上。问题还在于:哪些才是真正带有"基因"性质的因素?哪些才是真正促变的因素?是的,对一只蝎子进行最仔细的观察也不能使我们预见它变成蝴蝶,只有对一只真正的毛毛虫进行仔细的观察,才可能把握蝴蝶蜕变的过程。关键还在研究者的眼光。

我不知道这回捉到的是只蝎子还是只毛毛虫?我期待读者诸君的批判。

　　　　　　　　　　　　　　　　　　　甲申端午完稿

跋

或曰：炼金者本指望炼出金子，可得到的却是另类有价值的东西，如火药、化学原理等等。

我羡慕这种幸运。然而，我并不想以此表白我已经歪打正着地发现了些什么有价值的东西，我只是想借此表明：探索本身自有其不为目的所囿的价值与乐趣。

从 1989 年 8 月写完中唐至北宋《文化建构文学史纲》（即本册子之下卷的前身），至今已有 16 个年头。其间干了些行政杂活，而未能移师攻下魏晋至盛唐部分（即今之上卷）。幸而炉灰下火种尚存，终于在去年再作冯妇，于今年 6 月完成了上卷，又乘兴将下卷旧版也修订一过，与上卷合为一册，庶几较完整地体现了本人的文化建构文学史观。

遗憾的是：心想做的未必就是手所能做的。"眼高手低"是自嘲，也是解嘲。

感谢吾友赵昌平君肯为本册子作序；感谢陈伯海先生多年来对本课题的关怀；感谢乔征胜先生对本书出版的大力支持。

2004.8.7 于面壁斋

文学史新视野

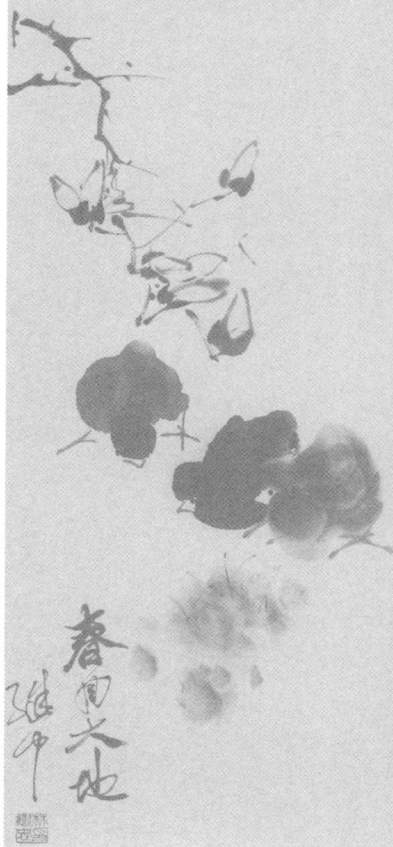

第一章　中国文学史主流模式及其变异

第一节　"知人论世"模式之流变

据称,截至 1994 年,海内外中国文学史著作已达 1600 种以上。崛起于二十世纪初之文学史新学科,其繁荣昌盛不言而喻。不少学人对此进行评估、总结,其意义也是不言而喻的。本文则拟从中国文学史模式演进之角度观察这一现象,进而探求文学史研究的新视野。

模式,并非公式或套路。所谓模式,是指在某种文化系统作用下的运思方式与结构行为。无论承认不承认,有意或无意,文学史撰写者总是以某种模式为出发点,去运作。它既反映了作者对前此有关经验的继承、理解与实践,又表现其对此模式的应用、调整与创新。对批评者而言,把握撰写者使用的基本模式,是按察其血脉、观照其整体的直捷手段。由于中国文学史作为一个新生学科是从国外移植过来的,所使用的模式大多参照产生于西方文化系统背景下的西方模式,以彼种文化系统所决定的运思方式来阐释此种文化系统所决定的文学现象,势必有扦格之处,隔膜之处。所以一开始,就有个相互认同的问题,中西结合的问题。本册子兴趣所在,正在于斯。因之我们不必逐一罗列、评述各类模式,只拟理出主流模式及其流变,并对其中有价值的变异做些重点考察。

在传统的文学批评中,占主流地位的是"知人论世"的模式。《孟子·万章》云:

> 颂其诗,读其书,不知其人,可乎?是以论其世也。是尚友也。

朱自清《诗言志辨》指出,孟子的"知人论世","并不是说诗的方法,而是修身的方法",即"尚(上)友古人"的途径。然而,"知人论世"自身具有的广阔的内涵空间却使后人得以不断充实,使其发展为我国最具影响的传统的文学批评方法。而这种批评方法之产生,首先与儒家对文学作用——"诗言志"的认识有关。诗是表达内心感情世界的工具。然而,古人早已意识到语言表达思想感情的局限性,所谓"诗无达诂"、"言不尽意"、"意在言外",都是针对这一现象而发。所以《孟子·万章》又说:

> 故说诗者不以文害辞,不以辞害志,以意逆志,是为得之。

就暗示了作者与读者之间的距离,与作为两者之间津梁的诗歌语言本身所具有的"未确定性"。因之,"志"还须读者去"逆"(即文本意义的实现过程)。这种逆不是任意的,而是据文本的提示、指向去揣摩作者本意。清人吴淇《六朝选诗定论缘起》将此过程阐述得颇为分明:

> "世"字见于文有二义:从(纵)言之,曰世运,积是而成古;横言之,曰世界,积人而成天下……我与古人不相及者,积时使然;然有相及者,古人之诗书在焉。古人有诗书,是古人悬以其人待知于我;我有诵读,是我遥以其知逆于古人。是不得徒诵其诗,当尚论其人……然未可以我之世例之,盖古人自有古人

之世也……苟不论其世为何世,安知其人为何人乎?

也就是说,要准确搜寻作者志之所在,就要先求乎诗人之心;要得诗人之心,就要知乎其人;而要知其人,就要知其人所处之世,"尚友古人",以便设身处地体味其人其境,进而逆得其志。就孟子本意而言,"知人论世"重点在通过与古人"相及"的诗书的诵读去"尚友古人",而不在乎"世"对诗人及其志、其诗之塑造。然而,由于知人论世法有个合理的内核,即作品与人与世被视为息息相关的三要素,所以三者之间存在着多种组合关系,其内涵有极大的可拓展性。历代优秀文论家在不同程度上对"知人论世"法有所补充与修正。其中对知人论世内涵作出重大拓展的是刘勰。《文心雕龙·时序》提出"歌谣文理,与世推移","文变染乎世情,兴废系乎时序"的观点,指出文学受社会现实制约这一事实,对知人论世的内涵是个极重要的补充。而与"知人论世"、"以意逆志"法相应的,是汉以来长期形成的颇有民族特色的年谱、笺释与本文紧密结合的治学形式。王国维《玉谿生诗年谱会笺序》说:"及北海郑君出,乃专用孟子之法以治诗。其于诗也,有谱有笺。谱也者,所以论古人之世也;笺也者,所以逆古人之志也。"特别是宋人以"诗史"目杜诗,使知人论世与年谱配套的批评方法更完善,直至今日,仍是学人治学的重要手段。然而此法颇有流弊,"诗无达诂"、"不以辞害意"是既通达又含糊的说法。其流弊主要有二端,一是在儒家功利目的性很强的"诗教"导向下,"知人"这一极为复杂的运作过程在"明礼义而陋于知人心"的儒者手中,往往被简单化为一种道德评价;"论世"则视"世"与"诗"之间不过是线式因果关系,无论"以史证诗"抑或"以诗证史",都缺乏中介系统,形成十足机械的社会政治决定论。由此引出第二种弊端:将文学史过程视为与王道盛衰同步的循环,即所谓"正变"论。应当说明的是,这只是就总体主流趋势而言,事实上由于古人最重视对诗文的涵咏,在反复诵读中,有其直接的审美感受,并不因道德评价而全废其审美评价。尤其是在特定的环境(如登岳阳楼读范仲淹之文),特定的时间(如南宋李纲于国难当头时诵杜诗),作者、读者灵犀交感,共构作品之美感,可谓无间然,是"知人论世"的最高境界①。而晋以后出现的"诗缘情"说,使情志并立互补,对以政教论诗实在是起着纠偏的作用。至若"正变"论,自萧子显《南齐书·文学传论》提出"若无新变,不能代雄",刘勰《文心雕龙·通变》提出"文律运周,日新其业,变则其久,通则不乏",至唐渐渐形成"正、变、复"的文学史观,在一定程度上接触到文学发展的自身规律。总之,"知人论世"模式将作品与人与世视为息息相关的三要素,有其合理的内核,且留下极大的可拓性空间,因此欧风美雨袭来时,仍有其生命力。近百年来文学史学的事实证明,许多"舶来"模式是嫁接在"知人论世"模式之上(文学社会学各流派尤其如此),经过不断改制的"知人论世"模式仍然是二十世纪中国文学史的主流模式。

对知人论世模式之改造,首先是从文学观念改变入手。受西方文学观之影响,传统上不登大雅之堂的戏曲、小说被重视,乃至扶为"正宗"。如1915年王国维《宋元戏曲史》出版,作者不无骄傲地宣称:"世之为此学者自余始。"虽然其"一代有一代之文学"观,实承自"风雅正变"说,但视野之开拓是无前的。嗣后,胡适《白话文学史》、郑振铎《中国俗文学史》等诸多文学史也都以新文学观念大大开拓了文学史的视野。

与王著的以组织材料为主不同,胡著有其"一以贯之"的东西。大凡"知人论世"之关键在史观,以不同观念去"知"之,去"论"之,便有面目全非的不同文学史。"五四"以来,"进化论"的发展史观,西方理性主义基础的"二分法"思维方式,以及"平民文学"的民主

---

① 李纲是南宋民族英雄,其《重校正杜子美集序》云:"杜子美诗,古今绝唱也……其忠义气节,羁旅艰难,悲愤无聊,一见于诗。句法理致,老而益精。平时读之,未见其工,追亲更兵火丧乱之后,诵其诗如出乎其时,犁然有当于人心,然后知其语之妙也。"

意识,相当深刻地影响了新一代知识分子。胡著将中国文学史视为白话文与古文的对立史,他"要人人都知道国语文学乃是一千几百年历史进化的产儿"①,便是这种影响的典型体现。而其撰写模式,仍不脱乎作家、作品加背景的"知人论世",考证仍然是其重要手段。

郑著受胡著启发是明显的,其视野超越胡著也是明显的。主要表现在:一、将研究对象从"白话文"改为"俗文学"("就是民间文学"),概念更明确,范围更广。也因此而疆界分明,不必费心于维系"白话"与"古文"的对立,尽可明白指出:"'俗文学'有她的许多好处,也有许多缺乏,更不是像一般人所想象的,'俗文学'是至高无上的东西,无一而非杰作,也不是像另一般人所想象的,'俗文学'是要不得的东西,是一无可取的。"②二、不但材料更丰富,而且在结构上很大程度突破了以王朝为序,"作家、作品加背景"的组合模式。不过俗文学之于文学史,毕竟好比蚌壳只有其一瓣,是"半边文学史",如果与雅文学合为有机整体,那互动的写法恐怕就有很大的难度了。

胡著以后,以二元对立为贯穿文学史发展全过程线索的文学史模式,成较为常见的模式。如1932年出版的周作人《中国新文学的源流》,就是以"言志派"与"载道派"二元对立,由"这两种潮流的起伏,便造成了中国的文学史"③。姑不论"言志"与"载道"是否对立,周著想从中国文学传统中觅新文学运动之源,而不是一味委诸外来文化的冲击,这一意图是可取的。而在写法上是用文学思潮的起伏、变迁之"流"代"作家、作品加背景"的"块",所以对"知人论世"模式自然是种变异。可惜这本小册子是讲演稿,是"史纲"式的粗线条,如真要写成通史,其影响就会大得多。

"二元对立"模式的全盛期当在中华人民共和国成立以后。以

---

① 胡适《白话文学史·引子》,东方出版社1996年版,第1页。
② 郑振铎《中国俗文学史》,东方出版社1996年版,第4页。
③ 周作人《中国新文学的源流》,华东师范大学出版社1995年版,第18页。

"现实主义"与"非现实主义"对立、"贵族"与"布衣"对立、"人民"与"统治阶级"对立、"封建"与"反封建"对立、"儒家"与"法家"对立等等,不一而足。更由于统编教材的需要,集体编写的倡扬,"作家、作品加背景"的撰写方式得以普遍被采用。此期主流模式大致可以概括为:在二元对立思维方式指导下,用社会学方法充实、改造传统的"知人论世"模式,建立起基本上以王朝更迭为序的作家作品加背景的稳固模式。

我们说"稳固模式",并不等于说该时期文学史都是用一个模子印出来的。由于撰写者思想水平、学力功底,尤其是撰写时的政治气候等等差异,各本文学史仍然表现出良莠不齐。如游国恩诸人编写的《中国文学史》,即使以今日的眼光看,也是较为清晰、客观地反映中国文学史大致情况的好书。事实上对"知人论世"模式的改造,还有"二分法"以外的源头,容下文续论。

与主观设定两条路线,然后让作家、作品各就各位的二元对立模式不同,另有一些文学史家以原始材料的组织为主,编者则以"客观"的姿态略作按语,意在让结论从材料中显现。1920年出版的刘师培《中国中古文学史》可视为此派成功的开山之作。"竭泽而渔"式的占有资料与卓有识见的案断使这部篇幅不大的文学史备受赞誉。这种方法最大的优点是将相互牴牾的材料也尽行列出,在很大程度上制约了编者的随意性。这种写法还要求编撰者注重学力,要有宽阔的视野与超卓的识力。它让人想起文史大家陈寅恪,他那种"十行高,一行低",同样是以资料为主,案断为次的论史方式,正与之相映成趣。刘著是部讲义,上课之际想必会有所发挥,不应只作短短的按语,可惜未见实录。鲁迅对刘著有很高的评价,在其著名的演讲《魏晋风度及文章与药及酒之关系》中,称:"我今天所讲,倘若刘先生的书里已详的,我就略一点,反之,刘先生所略的,我就详一点。"固然,刘著以为建安文学特点是"清峻、通脱、骋词、华靡";而鲁迅只稍作调整:"清峻、通脱、华丽、壮大"。然而只要二者对照,则鲁迅是更上一层楼,好比生物学家将恐龙骨架复原为有血肉的恐龙,甚至还让它活在当时的环境中。我们从鲁迅文中看到的是活的文学史。由此亦可反证,刘著只是基础工程,虽必不可少,但不是终结。鲁迅向来强调知人论世要顾及全人、全部作品,万不可断章取义。他的"客观性"并非只依据材料,须知无论如何"竭泽而渔",现存原始材料只是九牛一毛,远不能"客观"反映当时的全部情况。所以鲁迅更重视活的文学现象,"知人"则重表象后真实的心理活动(如分析嵇康内心矛盾);"论世"则重特殊生活场景的修复(如吃药饮酒),让"全人"在特殊生活环境中复活。总之,他注重的是人、世、文的有机整体性。刘、鲁二著合读,则文质彬彬矣!

沿着这条路子走的人不少,其中如王瑶便自认深深受鲁迅《魏晋风度及文学与药及酒之关系》一文的影响,于 1942—1948 年编写汉魏六朝文学史讲稿,并于 1951 年分别以《中古文学思想》、《中古文人生活》、《中古文学风貌》为题刊行。他曾总结鲁迅的方法说:"他能从丰富复杂的文学历史中找出带普遍性的、可以反映时代特征和本质意义的典型现象,然后从这些现象的具体分析和阐述中来体现文学的发展规律。"[1]重视人、世、文之间复杂的中介系统,无疑是对传统的"知人论世"模式最重大的补充与改造。

值得一提的还有刘大杰著于 1939 年出版于 1949 年的《中国文学发展史》。在该书第六章第一节,他主张:"在文学史的叙述上,你必得抛弃自己的好恶偏见,依着已成的事实,加以说明。"与刘师培的"客观派"相似,他也非常重视原始材料的组织,"辩章学术,考镜源流",继承了传统的治学方法。同时,他也引进以法国进化论和社会学派为主的一些西方新思想,形成自己的一套文学史看法。他在自序中说:"文学的发展,必然也是进化的,而不是退化的了。文学史者的任务,就在叙述他这种进化的过程与状态,在形式上,技巧

----

① 　王瑶《中古文学史论集·重版后记》,上海古籍出版社 1982 年版,第 207 页。

上，以及那作品中所表现的思想与情感。并且特别要注意到每一个时代文学思潮的特色，和造成这种思潮的政治状态、社会生活、学术思想以及其他种种环境与当代文学所发生的联系和影响。再其次，文学史者集中力量于代表作家代表作品的介绍，省除繁琐的不必要的叙述，因为那些作家与作品，正是每一个时代的文学精神的象征。"这一看法应当说是相当周匝无弊的，其实践也是成功的，尤其是将文学思潮与文体发展联系起来，颇能演示文学史发展的轨迹。朱自清1947年序林庚《中国文学简史》说：

> 这二十多年来，从胡适之先生的著作开始，我们有了几部有独见的中国文学史。胡先生的《白话文学史》上卷，着眼在白话正宗的"活文学"上，郑振铎先生的《插图本中国文学史》，着眼在"时代与民众"以及外来的文学影响上。这是一方面的进展。刘大杰先生的《中国文学发展史》上卷，着眼在各时代的主潮和主潮所接受的文学以外的种种影响。这是又一方面的发展。这两方面的发展相辅相成，将来是要合而为一的。

按我的理解，胡、郑注重"俗文学"，刘注重作为主潮的"雅文学"，二者要合而为一，这才是完整的中国文学史。这件事新中国成立以后本可以做好的，可惜因历史的种种原因，几十年过去了，我们尚未见到一部合璧的文学史。关键在于对马克思主义的理解是否全面正确。以"经济基础决定上层建筑"这一基本原则的应用为例，本来这是对文学史视野的极大开拓，深化我们的思路，但幼稚的理解使其实践简单化了，"作家、作品加背景"的方式进一步强化为可套用的公式。当然，留下的并不尽是遗憾，其间仍有许多可宝贵的经验。笔者曾在一篇学习萧涤非先生《杜甫研究》的札记中说："如果说，顾及全篇、全人是近现代优秀学者的共识，那么，作为萧先生体悟最深、最有个人心得的，当是将'社会状态'聚焦于'人民生活'

这一新视角的采用,我认为这是对知人论世内涵的又一拓展。"①对历来被忽视的生活实践,特别是历史上某些作家与人民之间在生活中的联系这一中介环节郑重地提出来,并加以研究,无疑是文学史研究的进步。二十世纪八十年代的思想解放更是为学术带来春天。文学史探索空前大胆、多元,其中如程千帆《唐代进士行卷与文学》、王钟陵《中国中古诗歌史》,或对风尚与文学关系考索详尽,或对民族文化心理尽情发露,都带有超越前人的性质。总之,我坚信,只要正确地加强对中介系统的研究,不断吸收当代的科学成果调整我们的研究方法,历史唯物主义的基本原则必然有助于我们对真理的探求。马克思这段话很值得我们回味:

> 从前的一切唯物主义——包括费尔巴哈的唯物主义——的主要缺点是:对事物、现实、感性,只是从客体的或者直观的形式去理解,而不是把它们当作人的感性活动,当作实践去理解,不是从主观方面去理解。所以,结果竟是这样,和唯物主义相反,唯心主义却发展了能动的方面,但只是抽象地发展了,因为唯心主义当然是不知道真正现实的、感性的活动本身的。②

第二节　"以诗为诗"模式的尝试

有的研究者指出,二十世纪前七八十年间所用的基本上是"他律"的文学史模式,注重外部条件,而疏于"心灵史"与文学形式的内部研究,笔者颇有同感。然而传承中总有变异,从众多的文学史著作中归纳出特殊的东西,也就是变异的种子,或许将是我们新的起点。

---

① 拙作《"知人论世"批评方法的升华》,《文史哲》1992 年第 2 期(收入本《文集》第一册)。
② 《马克思恩格斯选集》第 1 卷,第 16 页。

　　人们曾说：有两个真懂文学又有兴趣准备写文学史的人，一是鲁迅，一是闻一多①。二人虽然未及写成一部较为完备的文学史，但事实上已各自提供了具有理论意义的文学史研究的新视角。闻一多文学史研究虽然大略说来也还是"以史证诗"的类型，但是所重在文化，似乎也不忽视"心灵史"，并力图"进入"文学本体。我们今天研究他的文学史观，主要是指其二十世纪二十年代末到四十年代初这段时期的文学史观。

　　闻一多在《神话与诗·匡斋尺牍》中有这样一段话：

　　　　汉人功利观念太深，把《三百篇》做了政治的课本；宋人稍好点，又拉着道学不放手——一股头巾气；清人较为客观，但训诂学不是诗；近人囊中满是科学方法，真厉害。无奈历史——唯物史观的与非唯物史观的，离诗还是很远。明明一部歌谣集，为什么没人认真的把它当文艺看呢！

于是提出自己的方法：

　　　　如果与那求善的古人相对照，你便说我这希求用"《诗经》时代"的眼光读《诗经》，其用"诗"的眼光读《诗经》，是求真求美，亦无不可。

那么如何用诗的眼光读诗？他在《楚辞校补·引言》中"给自己定下了三项课题：（一）说明背景；（二）诠释词义；（三）校正文字"。在《风诗类抄·序例提纲》中说得更具体：

　　　　缩短时间距离——用语体文将《诗经》移至读者的时代用

① 　参看季镇淮《来之文录》，北京大学出版社 1992 年版，第 425 页。

下列方法带读者到《诗经》的时代

    考古学　　关于名物尽量以图画代解说

    民俗学

    语言学

    声韵　　摹声字标者以声见义（声训）训正字不理借字

    文字　　肖形字举出古体以形见义（形训）

    意义　　直探本源

注意古歌诗特有的技巧

    象征廋语　　Symbolism

    谐声廋语　　puns

    其他

以串讲通全篇大义

以上纲领表明闻一多是用朴学的手段，文化学的方法，审美的眼光去研究中国文学史，去探求"这民族，这文化"。闻一多的挚友朱自清先生在《闻一多全集·序》中非常强调闻一多研究中国古代文学所用的文化视角。事实上，闻一多是将中国文学史放在整个世界文明史中来考察的。所以在《神话与诗·文学的历史动向》一文中，他这么描绘人类文明的进程：

> 人类在进化的途程中蹒跚了多少万年，忽然这对近世文明影响最大最深的四个古老民族——中国，印度，以色列，希腊——都在差不多同时猛抬头，迈开了大步……从此，四个文化，在悠久的年代里，起先是沿着各自的路线，分途发展，不相闻问，然后，慢慢的随着文化势力的扩张，一个个的胳臂碰上了胳臂，于是吃惊，点头，招手，交谈，日子久了，也就交换了观念思想与习惯。最后，四个文化慢慢的都起着变化，互相吸收，融合，以至总有那么一天，四个的个别性渐渐消失，于是文化只有

　　一个世界的文化。

　　朱自清将闻一多对中国文学史发展的认识概括为：本土文化接受"外来影响"与"民间影响"，而最终的发展是"世界性的趋势"。我们唯有认识、理解了闻一多这一博大的胸襟与宏伟的规划，才能正确评估他已做出的古典文学研究的成绩。事实上闻一多《诗经》、《周易》、《庄子》、《楚辞》研究，乃至唐诗大系，这些卓有成效的研究也只不过是其规划中的初级阶段。诚如季镇淮所说："总的看起来，闻先生的研究的主要还在朴学阶段，尚未到文学阶段。"①但仅从这露出地面的基础工程，我们已可窥见闻一多的文学史模式。

　　闻一多首先重视的是在文化视角下文学环境的复原工作。他在《匡斋尺牍》中提醒我们："你该记得《诗经》的作者是生在起码二千五百年以前。用我们自己的眼光，我们自己的心理去读《诗经》，行吗？""你如何能摆开你的主见，去悟入那完全和你生疏的'诗人'的心理！"恢复文学环境的目的还是为了沟通古今那差异极大的审美心理结构。如释《芣苢》，揭示远古妇女急切求子的心理；释《野有死麕》，则揭示远古人们对性欲"蔽之即所以彰之"的心理等等。这种方法不但用于鉴赏，还用于"知人论世"。闻一多《少陵先生年谱会笺》与《杜甫》(片断)为我们留下了如何由恢复文学环境进而悟入诗人心理的轨迹。傅璇琮《闻一多与唐诗研究》曾指出《少陵先生年谱全笺》"眼光的非同一般"，说："宋代以来，为杜甫作年谱者不下几十家，但都没有像闻先生那样，把眼光注射于当时的多种文化形态。"②的确，《年谱》不但辑入政治背景，还辑入音乐、绘画、文献典籍、宗教等资料。更重要的是，通过这些资料，他尽量恢复杜甫当时所处的文化环境，由此推断诗人的性格与诗心。所以我们在《杜甫》中看到那些资料复活了！看到杜甫四岁时骑在爸爸肩上看

①　《来之文录》，第 422 页。
②　《国学今论》，辽宁教育出版社 1991 年版，第 210 页。

著名的艺人公孙大娘舞剑器;我们还看到杜预、杜审言、杜升、崔行芳,还有杜甫的姑母,这些血亲如何用血性铸造着杜甫那高傲的性格,如何影响着他那刚健诗风的形成。于是我们对杜诗中凤凰的意象,对"饮酣视八极,俗物皆茫茫"的诗句,有了更亲切的感受。再如《唐诗杂论·孟浩然》一文中,闻一多极力描绘襄阳的人杰地灵,为的是表明孟浩然向往家乡先贤的心理,"是襄阳的历史环境促成孟浩然一生老于布衣的"。从而将隐居提升为规律来认识,因为在士大夫生活中,"几千年来一直让儒道两派思想维持着均势,于是读书人便永远在一种心灵的僵局中折磨自己,巢由与伊皋,江湖与魏阙,永远矛盾着,冲突着,于是生活便永远不谐调,而文艺也便永远不缺少题材"。闻一多文学史观难能可贵之处,就在于将审美趣味与生活方式联系起来。据郑临川《闻一多先生说唐诗》所载①,闻一多曾说:一般人爱说唐诗,我却要说"诗唐"。懂得诗的唐朝,才能欣赏唐朝的诗。其一方面原因是,唐人的生活是诗的生活,或者说他们的诗是生活化了的。闻一多这一非凡的见解使其与朴学拉开距离而近于历史唯物主义。接上面的话题说,闻一多因此而意识到王维为代表的田园山水诗派的意义。他认为此派之风格与六朝贵族诗是一脉相承的。就在那种生活里,诗律、骈文、文艺批评、书、画等等,才可能相继或并时产生出来。要没有那时养尊处优的贵族生活条件,谁有那么多时间精力创造出这些丰富多彩的文艺成绩? 他进而指出:王维替中国诗定下了地道的中国的传统,后代中国人对诗的观念大半以此为标准,即调理性情,静赏自然,他的长处短处都在这里。这种真正的文学史家才具有客观、透辟的见解,既不陷于"道德评价",也不迷于"惟艺术论",是深知中国文化者言,至今仍属难得。由此又可见恢复文学环境不但是为沟通古今之审美心理,更是为了"这民族,这文化"!

---

① 郑临川《闻一多先生说唐诗》(上),《社会科学辑刊》1979 年第 4 期;《闻一多先生说唐诗》(下),《社会科学辑刊》1979 年第 5 期。

　　《唐诗杂论》还为我们提供了文学环境是如何化入文学形式内部的分析样本。如《类书与诗》一文，便是从唐太宗时期大量出现类书这一特殊的文化现象入手，指出"它既不全是文学，又不全是学术，而是介乎二者之间的一种东西，或者说兼有二者的混合体。这种畸形的产物，最足以代表唐初的那种太像文学的学术，和太像学术的文学了"。于是由此切入，展开论证，描画出六朝以来"沉思翰藻"的文风，唐太宗重实际的文艺政策，通过"学术化"潜入文学的内部机制，促成了初唐诗"堆砌性"的总体风格，这样的一道运动轨迹。在《宫体诗的自赎》一文中，则专注于文学形式是如何由于内容的变更而变更。"宫体诗"本属讲究辞藻与声律美的一种新体式，但由于内容的病态而成为"一个污点"。庾信北上入周，给这一形式注入新的内容，于是"比从前在老家作的同类作品，气色强多了"。至初唐卢照邻手中，内容更有所不同："似有劝百讽一之嫌。"而在"宫体诗中讲讽刺，多么生疏的一个消息"！卢照邻《长安古意》之成功，首先是"在思想上的成功"，"他是宫体诗中一个破天荒的大转变"。卢照邻与骆宾王因思想内容变更的需要，改造了宫体诗，形成大篇幅、大气势，使之血脉贯通，一改过去贫血的病容。刘希夷则以其健康的爱情内容使这一形容趋于正常的健康的状态，至张若虚手，则升华为一种"夐绝的宇宙意识"，于是乎造成"一个更深沉，更寥廓更宁静的境界"，使这一形式有了质的变化，这就是"诗中的诗"——《春江花月夜》的出现。由上述线索，我们可以归纳出如是的图式：

　　　　文化视野中文学环境的复原——→审美意识的沟通、把握——→文学内部机制（内容、形式之变化）

　　在这一探索的基础上，再去发现、总结文学史发展的规律。虽然对文学史规律的总结在《贾岛》一文中，对不同时代对贾岛的接受状况上,已露出端倪,但闻先生完整的思路毕竟已不可复见,其生命过早的终结使我们痛失了这一机会。是的,闻一多留给后人更多的是启发,他的一些思路也的确在后来一些研究者手中得到强化、补充,乃至某种程度的完善。但闻先生的启发是多端绪、多走向的,其影响也是多方面的,本文只能选择与论题相关较密切的方面继续进行探讨。

林庚对中国文学史的大体看法与闻一多有相通之处,这一点从林著《中国文学史》目录与闻著《中国文学史稿》中《四千年文学大势鸟瞰》所列分期大纲的比照中,可以明了①。闻著始于"黎明",林著则始于"启蒙";闻著结于"伟大的期待",林著则结于"文艺曙光"。中间都以建安至盛唐为诗歌之"黄金时代",都以宋为文学史转折期,此后乃小说戏剧之时代。总体框架相似,且细读内容,林著也是循闻一多以"民间影响"与"外来影响"为"本土文学"发展的"二大原则"。而更本质之相似还在于:都注重与生活之关系。如林著之第三章"女性的歌唱",指出"诗经为生活中最古的一声歌唱"。引《卫风·淇奥》,并评曰:"这里物与人与生活,整个在美化中打成一片。"他将许多风诗归结为"生活的美趣",并总结道:"这些可喜悦的诗篇,却往往出诸女子之手,'女曰观乎,士曰既且','折柳樊圃,狂夫瞿瞿',活跃在纸上的,都以女子为主。国风中有名的篇章像《风雨》、《子衿》、《绸缪》、《苤莒》、《君子阳阳》、《山有扶苏》,以及长篇的《谷风》、《氓》,都莫非女性的歌唱,汉魏乐府偶有以女子口吻作为篇章的,像曹植的《弃妇篇》,甄后的《塘上行》,但都是客观的描写,而缺少真正的情操,是男子写女子的口吻,或者女子学男子的笔法,而没有直接的强烈的表现……农业社会的田园的家的感情,乃是女性最活泼的表现。"②这里所强调的"女性的歌

---

① 闻一多《中国文学史稿》,民国三十三年(1944)在昆明中法大学讲义,尚待整理,下引文转引自《闻一多全集》朱自清序,生活·读书·新知三联书店1982年版。
② 林庚《中国文学史》,厦门大学1947年版,第27页。

唱"、"家的感情",在后来的《中国文学简史》及其修订本中已淡出,但恰恰是在这一点上,最神似闻一多解读《国风》,试读《匡斋尺牍》中对《芣苢》的讲解便知①。可以说,闻一多正是抓住"女性"对"家的感情"来剖析二千五百年前"都完全和你生疏的'诗人'的心理"的。不过,两人神似之处也仅此而已,在对具体的文学史现象的处理上,林庚有其独得之处。

闻一多处理生活与诗的关系,着力点是再现诗的环境,用一切方法"带读者到诗经的时代"(《风诗类抄·序例提纲》),通过审美理解诗的本质,沟通古今;林庚处理生活与诗的关系,则偏重揭示时代精神如何透过生活进入诗的语言形式促成其演进,从而沟通古今。殊途而同归焉。

以唐诗为例。如上节所论,闻一多强调"诗唐",即唐人的生活是诗的生活,唐诗是生活化了的诗。林庚在这一思路上继续拓进,对唐诗之语言形式尤为重视。其《中国文学史》专辟第十三章"主潮的形式",大纲如下:

> 楚辞为七言的先河——三言与七言并行的时期——五言的倾向与七言的陌生——庾信继鲍照完成主潮的形式——歌行的盛行——七言诗的天下

此后两版《中国文学简史》虽然不再有这样的专章,但基本思想得到保留,并有明显发展。如原认为"二二二一"是七言的节奏,且"三言本身不是一个节奏",后来转而认识到七言的"本质是三字节奏"。1964 年在《文学评论》第二期上发表的论文《唐诗的语言》所论甚详②,是重要的补充资料,我们将在此基础上展开讨论。

闻一多对诗歌语言形式的演进有过两个重要的意见,一是认为

---

① 《闻一多全集·神话与诗》,生活·读书·新知三联书店 1982 年版,第 343—350 页。
② 此文后来收入林庚《唐诗综论》,人民文学出版社 1987 年版。

"诗与乐一向是平行发展着的。正如从敲击乐器到管弦乐器是韵律的音乐发展到旋律的音乐，从三四言到五七言也是韵律的诗发展到旋律的诗。音乐也好，诗也好，就声律说，这是进步"（《诗与批评·时代的鼓手》）。又说："诗的所以能激发情感，完全在它的节奏，节奏便是格律。"（《诗与批评·诗的格律》）在他看来，节奏是关键，四言诗到五言、七言诗的演进，是从韵律向旋律的演进。"韵律"如敲击乐，节奏较短促，且节奏之间的顿挫比较明显；"旋律"如管弦乐，节奏较为舒缓，节奏之间过渡从容些，易造成行云流水的效果。二是认为《楚辞》中的"兮"字是"一切虚字的总替身"。他认为"诗的语言之异于散文，在其弹性，而弹性的获得，端在虚字的节省。诗从《三百篇》、《楚辞》进展到建安（《十九首》包括在内），五言句法之完成，不是一件了不得的大事，而句中虚字数量的减少，或完全退出，才是意义重大"（《神话与诗·怎样读九歌》）。也就是说，诗的语言的演进与虚字的减省有关。林庚丰富、发展了闻一多这一意见，认为"诗歌是语言的艺术，而艺术的主要特征就是富于形象……诗歌语言为了适应这个要求，因此形成它自己特殊的语言形式：一种富于灵活性、旋律性的语言……也正是这内在的要求，才形成它外部完整统一而有节奏感的形式"（《唐诗的语言》）。他同样抓住《楚辞》这个关键，指出它是四言发展到五七言之间的桥梁：

> 它一方面打破原有的四言，一方面则促进了未来五七言的发展。《楚辞》因此既有散文化的过程，又有诗化的过程；散文化是为了打破四言旧有的局面，使之与当时的日常的生活语言更为接近；诗化是为了在这新的语言基础上重新建立统一的有普遍意义的诗行……一方面在语言上出现更为丰富的形象性，骈俪性；一方面也出现了全新的通篇形式完整的《国殇》、《山鬼》的诗行；这诗行的本质是以"三字尾"代替四言诗的"二字尾"，也就是说它的本质是"三字节奏"。（《唐诗的语言》）

"诗化"是个重要的概念,它使演进过程更加明晰。归纳起来,"诗化"有以下三个要点:

(一)语言的形象化。这个诗化过程自魏晋至南北朝,当时的文以及赋都随着逐渐与诗相近。六朝骈文是文的诗化,赋从王粲的《登楼赋》到庾信《哀江南赋》,渐近歌行。而诗歌语言的诗化最重要的是形象性的丰富,展开对形象的捕捉。从曹操《观沧海》起,诗歌开始将内心思想感情通过景物集中地表现出来。在用典上,也能将原来并没有形象的老典故非常新鲜地形象化了。甚至无足轻重的数字,也都起了鲜明的作用等等。

(二)形成诗歌自己的特殊语言。突出表现在散文中必不可缺的虚字,自齐梁以来的五言诗中,已经可以一律省略。如"妖童宝马铁连钱"这类诗中常见句法甚至省略了动词。像"一洗万古凡马空",也只能是诗中语法。

(三)从日常语言中来,又回到日常语言中去。唐诗语言是唐文化生活中最有代表性的组成部分,它是诗的,也是生活的。唐诗语言高度诗化,基础是唐人的现实生活,其语言是日常生活的。唐诗具有丰富而健康的生活气息,反映着时代的生活本身就近于诗。所以唐诗语言不可及处在于"深入浅出"。

"唐代是七言诗的天下",这同样体现了"从日常语言中来,又回到日常语言中去"的原则。五言介于四言与七言之间,七言比五言更显俚俗而易上口。门阀全盛期的东晋,玄言诗多用文雅的四言;宋之寒门素族诗人鲍照,则通过俚俗的《行路难》推动七言诗的发展。北朝民歌以其从生活语言中来的新鲜活力促成七言的发展。"北斗七星横夜半"、"一贵一贱交情见",这么接近于生活口语而又如此形象的语言,便是唐诗语言最不可及之处。

这第三点尤为重要,它既是闻一多"诗唐"认识的继承,更是深化。这一认识之形成反映林庚文学史观质的进步。(我们将回到这一问题上来。)在中华人民共和国成立前出版的《中国文学史》自序中,林先生在提出一些问题后说:"这些乃都必须有一个一贯的解释,而要解释这一大串问题,又绝非一条线索所可以说明。把许多条线索搓成一根巨绳,这便是一个文学史上主潮的起伏。"但事实上林著此时并未给我们提供这几条"一以贯之"的明晰的线索。《中国文学简史》(上卷)则如作者后记所云,"是参照苏联《11世纪至17世纪俄罗斯古代文学教学大纲》拟定的"。其中"爱国主义精神"、"民主成分的发扬"等线索仍嫌不能融贯贴切。当历史又翻开新的一页,林庚则完成了《中国文学简史》上、下卷的全面修订工作,并于后记中说:

> 主要是加深描述了寒士文学的中心主题,语言诗化的曲折历程,这与浪漫主义的抒情传统,无妨说乃正是先秦至唐代文学发展中的三个重要组成部分,理应多费些笔墨。

这三个组成部分的确立,标志着林庚文学史观的成熟,它已走完一个正、反、合的全过程。

"寒士文学"早在《中国文学史》中已出现,但尚未成为重要线索。至《中国文学简史》上卷,导言中已列为专题讨论,在魏晋南北朝这段文学史的论述中,是条重要的线索,但这一概念是与"平民"、"民主性"、"人民性"乃至"布衣感"同在的。下引这段文字最集中典型:

> 我们如果以为在封建时代中,人民所有的只是痛苦的呻吟声,那么我们就不会了解李白,而且我们也同样不会了解唐代那么壮丽飞动的壁画、雕刻等,是从哪里来的;事实上我们是在这里听见了古代人民胜利的声音。而人民在社会发展中原是不断胜利的,否则社会就不会一天一天进步;"美"正是孕生在人民的胜利之中,这就是我们所永远引为骄傲的。那从贵族文

　　学中解放出来的平民的生动的歌唱,那从封建礼教中解放出来
　　的自由的个性的歌唱,那与统治阶级不断斗争中的寒士阶层的
　　歌唱;这些人民的骄傲,民主的思想,就是李白诗歌中的骄傲,
　　这些统一为李白的布衣感,集中为一个政治的要求。(《中国文
　　学简史》上卷页 289)

在该书出版的当年,作者又在《光明日报》的《文学遗产》专栏发表
了《诗人李白》,对李白的"布衣感"作了详尽的发挥,引起争鸣,甚
至"批判"。然而,在修订本中,作者对李白的看法并没什么改变,上
引文字几乎原封不动再版。这说明作者仍坚持用"寒士"、"人民
性"、"布衣感"、"民主思想"、"浪漫主义"等概念来解释李白。我并
不想在此讨论用这些概念解释中国古代文学现象的得失,而只是想
指出:这种方法对作者而言,并非特定时代一时的风气的影响乃至
"强加",它完全是作者自己的选择。我们必须尊重作者的选择。

　　用今天的眼光看来,作者成功之处还不在于三个组成部分的确
立,更在于无论"寒士文学"还是"浪漫主义"都是通过"生活"为中
介进入文学形式而起作用这一深刻的认识。我们有必要回到上文
关于"诗化"的论述上去。

　　在《北京大学学报》1958 年第 2 期上发表的《盛唐气象》可视为
林庚的代表作。在这里,作者"求解放"的一贯精神,相信"那能产
生优秀文艺的时代,才是真正伟大的",因此"只要求那能产生伟大
文艺的社会"的理想,都得以充分展开,呈露其诗人兼文学史家的情
怀。在这里,作者将"诗的唐代"归结为一种时代精神,用历史的眼
光重新审视了"建安风骨"与"盛唐气象"之间的内在联系。二者虽
处于一乱一治截然不同的社会中,但都处于一个"解放的时代",从
礼教束缚之下解放出来,从贵族文学中解放出来,从六朝门阀势力
下解放出来……他认为"盛唐气象是一个具有时代性格的艺术形
象",唐诗浑厚而开朗的风格乃"植根于饱满的生活热情、新鲜的事

物的敏感"。所以"盛唐气象所指的是诗歌中蓬勃的气象,这蓬勃不只由于它发展的盛况,更重要的乃是一种蓬勃的思想感情所形成的时代性格"。由于作者将形式与艺术风格放在"时代精神"的大格局下考察,所以论及个体作家如陈子昂,具体风格特征如"深入浅出",都有极精彩的意见。《唐诗的语言》正是在这一宏观认识的基础上撰写的。两篇连读,可归纳出如是的图式:

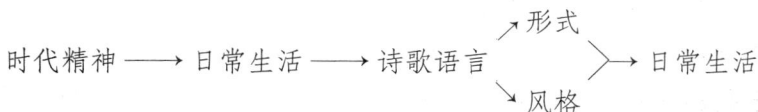

时代精神 ——→ 日常生活 ——→ 诗歌语言 〈 形式 / 风格 〉——→ 日常生活

如果以上归纳成立,则可看出林庚对"诗唐"的理解,既与闻一多有联系,又有其独到之处。首先是:林庚所称"时代精神"是一个历史形成的过程,如唐的时代精神是建安以来数百年历史渐进的过程,故唐诗成为这一整个潮流的高峰——"诗国高潮"。其总体特征"盛唐气象"于是有两个层次的内涵:(一)它包含了"建安风骨"乃至六朝"诗论"的丰富内容;(二)它包含了蓬勃的精神面貌、七言为主流的形式、雄浑明朗的风格等多方面特征,是个统一体。这就将内容与形式、外部因素与内部因素有机地结合起来。也正是由于对这一段历史理解的透彻,建安至盛唐文学史也就成为林著文学史中最系统最精彩的一段。

林庚与闻一多一样,"用诗人的锐眼看中国文学史"(林著《中国文学史》朱自清序),但在"一以贯之"的文学史规律的探索方面有更大的投入,特别是在生活与语言形式关系上有新发现,使闻一多模式轮廓更为清晰,层次更加丰富。

李泽厚《美的历程》虽是美学史①,但其中四、五、七、八、十诸章

---

① 李泽厚《美的历程》,文物出版社 1981 年版。

连贯起来，也不失为一部文学史纲要。正是这位美学家，在新历史时期站出来呼吁回到闻一多的文学史模式上去，以审美趣味和审美范畴的变更作为观察文学史发展一以贯之的因素。

在第一节我们曾提到闻一多为沟通古今差异甚大的审美心理结构所做的努力，他所做的恢复文学环境的工作在很大程度上是为了使今人能悟入前人的心理，领会古人的审美情趣。比如"领如蝤蛴"（《卫风·硕人》）、"卷发如虿"（《小雅·都人士》），脖子细长像白色的幼虫，头发式样像蝎子尾巴往上钩，用这些吓人的意象去歌颂诗人所爱慕的女子正是现代人不可思议的古人的审美趣味。从审美趣味上去把握文学史现象，进而寻觅其中隐藏的逻辑关系，更是闻一多努力的方向。在《唐诗杂论·贾岛》一文中，他已开始尝试以此解释"贾岛现象"：他指出贾岛曾一度是僧无本，他形貌上是儒生，骨子里还有个释子，"所以一切属于人生背面的，消极的，与常情背道而驰的趣味，都可溯源到早年在禅房中的教育背景"。晚唐颓败的"时代相"正是通过他的个性，他的经历，他的趣味而起作用。他对那几乎狞恶的时代相"只感着一种亲切，融洽"，"于是他爱静，爱瘦，爱冷，也爱这些情调的象征——鹤，石，冰雪。黄昏与秋是传统诗人的时间与季候，但他爱深夜过于黄昏，爱冬过于秋。他甚至爱贫，病，丑和恐怖"。也就是说，贾岛诗风之形成与其特殊的审美心理结构有关，而这一结构又与时代、个人的生活内容有关。再进一步讲，其诗风体现出来的审美趣味又投合了时代的读者，使晚唐没落士大夫换了个口味，"正在苦闷中，贾岛来了，他们得救了"！其影响之广，"我们不妨称晚唐五代为贾岛的时代"。还要再深一层："每个在动乱中灭毁的前夕都需要休息，也都要全部地接受贾岛。""几乎每个朝代的末叶都有回向贾岛的趋势。"文学史的某种规律性的东西不是已呼之欲出了吗？李泽厚正是从这里出发，化入陈寅恪、宗白华的一些成果，吸收闻一多、林庚的一些观点方法，完善了这一文学史模式。必须强调的是，这种吸收不是"鱼纹的象征意义"

或"少年精神"之类的个别、枝节的东西，而是一种整合。比方，李泽厚用陈寅恪士族与庶族斗争的基本观点①，取代、改造、充实了闻一多关于"盛唐之音"乃是贵族诗的最高成就，以及林庚关于"寒士文学"、"布衣感"、"盛唐气象"论述的具体内容；用宗白华中国人的"空间意识"是节奏化、音乐化了的宇宙感，"节奏是中国艺术境界的最后源泉"的观点②，重新解释了"盛唐之音"，指出音乐性的表现力渗透盛唐各艺术部类，"成为它的美的魂灵"。尤为重要的是，他将林庚关于七言形式的意见提到"反映了世俗地主阶级知识分子上升阶段的时代精神"这一层面来认识，指出中唐以后"贵族气派"让位于"世俗风度"，此后的整个走向是"走向世俗"。而中唐以后形式的规范要求恰好是这一时代精神的体现。由于李泽厚用审美理想、审美趣味的变化为线索来把握文学史发展过程，并从盛唐向中唐过渡的诸现象中抓住"走向世俗"这一线索，所以这一段文学史、美学史的论述便更觉新鲜，更觉融贯。林庚虽然在《中国文学史》中已提出"晚唐为文坛的彩绘时代"，词为"彩绘的自由园地"；在《中国文学简史》中又进一步指出孟郊有些诗已"开始了强调感官的彩绘的笔触"，但点到辄止，尚未成为"一以贯之"的因素。李泽厚则指出李商隐、温庭筠诸人诗所表现的审美趣味完全不同于盛唐，"而是沿着中唐这一条线，走进更为细腻的官能感受和情感彩色的捕捉追求中"③，并对这一审美趣味的形成从时代精神的变换等诸多方面予以解释；同时循此以求，追踪诗向词形式嬗变的轨迹。总之，在李泽厚手中，"审美心理"、"审美趣味"已成为揭示文学史规律的重要线索，从而补足了闻一多模式最后一环。

上述几种文学史虽然大量吸收了"他律"的文学史模式的手段

---

① 参看陈寅恪《唐代政治史述论稿》，上海古籍出版社 1982 年版。
② 参看宗白华《美学散步》中《中国诗画中所表现的空间意识》、《中国艺术意境之诞生》二文。
③ 李泽厚《美的历程》，文物出版社 1981 年版，第 155 页。

与成果,但始终将目标指向文学形式内部。它既是所谓"诗——史范式"的继承,又是其变异,或许可以成为我们一个新的起点。然而,从各个不同角度切入文学史,无论是用社会学方法、文化人类学方法、接受美学方法,还是原型批评方法,等等,都只能说是盲人摸象而各得一端——当然所得有大小之辨。然而盲人摸象虽不能认识其整体,毕竟是对其局部有所认识。要完整地再现文学史是不可能的,但采用尽量大的视野、尽量多的角度去认识文学史的方方面面,便是对文学史整体认识的逼近,就好比正多边形,当边数 n 趋向无穷大时,周长的极限是圆。八十年代以来文学史研究呈现出多元并存的繁荣局面,正预示了这一趋势。也因其如此,从不同角度切入文学史的各种模式都有其存在的意义。

第二章 象外之象：文学史永恒的追求

第一节 心与物之中介——情感结构

中西文化既相通又互殊,因此西方文学史模式既可参照又必须有所改造,方能适应中国文学史现实。总体而言,西方文学观是建立在反映论的基础上,故有"镜子"之喻;而中国传统的文学观却是建立在感应论的基础上,虽然也有"镜花水月"之譬,重点却不在"镜",而在"镜中花",倒与当代西方符号论者所谓"艺术幻象"相近。《易传》贲卦之象传云:

> 观乎天文,以察时变;观乎人文,以化成天下。

刘若愚认为"天文"与"人文"的类比分别指天体与人文制度,"而此一类比后来被应用于自然现象与文学,认为是'道'的两种平行的显示"①。故刘勰《文心雕龙·原道》云:

> 仰观吐曜,俯察含章。高卑定位,故两仪既生矣。唯人参之,性灵所钟,是谓三才,为五行之秀,实天地之心。心生而言

---

① 〔美〕刘若愚《中国文学理论》,杜国清译,台湾联经出版事业公司1981年版,第30页。

立,言立而文明,自然之道也。

这种"人心通天"的感应关系便是中国传统审美方式的基础,由此影响一系列文学思想及其创作实践。刘勰将这种感应关系归纳为心物交融说,《文心雕龙·物色》称:

> 是以诗人感物,联类不穷,流连万象之际,沉吟视听之区。写气图貌,既随物以宛转,属采附声,亦与心而徘徊。

心物之间是融汇交流的关系。王元化指出:"随物宛转"与慎到的"因势"学说有关,可将此句解释为"顺物推移而不以主观妄见去随意篡改自然"。也就是以作为客体的自然对象为主,作家思想活动服从于客体。接下来,王元化先生认为:"相反的,'与心徘徊'却是以心为主,用心去驾驭物。换言之,亦即以作为主体的作家思想活动为主,而用主体去锻炼,去改造,去征服作为客体的自然对象。"①用心去驭物的解释是准确的,但未必有"征服"的意思。故刘勰于《物色篇》赞中又云:"目既往还,心亦吐纳","情往似赠,兴来如答"。主客心物之间是往还、赠答的礼尚关系,追求的是"思与境偕"的境界——虽然这话要到晚唐司空图才说出来。所谓"与心徘徊",物之声采皆著我之颜色是也,仍然是"人心通天",而非"人定胜天"。至于"物"者,不但指自然界,亦应包括社会事物。钟嵘《诗品·序》说得更明白:

> 若乃春风春鸟,秋月秋蝉,夏云暑雨,冬月祁寒,斯四候之感诸诗者也。嘉会寄诗以亲,离群托物以怨。至于楚臣去境,汉妾辞宫;或骨横朔野,魂逐飞蓬;或负戈外戍,杀气雄边;寒客

---

① 　王元化《文心雕龙讲疏》,上海古籍出版社 1992 年版,第 91 页。

衣单,嬬闺泪尽;或士有解佩出朝,一去忘返;女有扬蛾入宠,再盼倾国。凡斯种种,感荡心灵,非陈诗何以展其义? 非长歌何以骋其情?

感荡心灵的"凡斯种种"中,就有大量社会生活事物。成复旺在《神与物游》一书中指出:中国古代的宇宙观视万物为一气,既包括自然,也包括社会。故钟嵘《诗品·序》一开头便提出:"气之动物,物之感人,故摇荡性情,形诸舞咏。"不仅钟嵘,"整个中国古代美学就没有把自然美与社会美区分开来、各别研究"。这种解释颇合于中国古代以直觉体悟来整体把握世界的思维方式。所以对心物之关系,成复旺的解释是:"人的性情、心灵是感物而生的;但生成之后,又会成为感物的心理基础,决定着感物的选择性和结果。"[①]这让人记起皮亚杰的发生认识论。

主体与客体双向建构是皮亚杰发生认识论的哲学前提,在这一点上与中国传统的认识论有着某些相似之处。时下流行着一种论辩方式,如果有人提到中西某种理论相似之处,则冠以"攀比"、"阿Q主义",要人从此噤声。然而理论总是落后于现象,好比打井得泉,"是发现也,非发明也",泉早蕴藏于地下,并非打井然后有此泉。西方某些理论只要是接触到普遍规律,就有可能在中国得到印证。诚如钱锺书所说:"在某一点上,钟嵘和弗洛伊德可以对话,而有时候韩愈和司马迁也会说不到一处去。"[②]而中国以自己特有的方式早于西方表述了某些带规律性的东西,也不是什么稀罕的事。比如皮亚杰认为,主体与客体之间的界限是不稳定的,而知识在本原上既不是从客体发生的,也不是从主体发生的,而是从主体和客体之

---

① 上引成复旺云云,咸见其《神与物游》第三章《缘心感物(下)》,中国人民大学出版社1989年版。
② 钱锺书《七缀集·诗可以怨》,上海古籍出版社1985年版,第106页。

间的相互作用中发生的①。这个道理宋人苏轼在《琴诗》中是这样表达的：

>　若言琴上有琴声，放在匣中何不鸣？若言声在指头上，何不于君指上听？

理趣自然不等于理论，更不能取代理论体系，但我们说中国人对主客体间的相互作用已有体悟又有何"攀比"之处？然而这种相似也仅此而已。中国传统的直观体悟的思维方式使人们对心与物之关系不作割裂式的分析，而是关注二者浑融的关系，可转换的关系；不是非此即彼式的关系，而是即此即彼式的关系。孟子"知人论世"、"以意逆志"的批评模式正是将作家、作品、背景三者视为一个整体来考察。这一批评模式之所以历久不衰，其合理内核正在于斯。由于直观体悟的思维方式缺少"分析——综合"的过程，对心与物转换关系缺少中介环节的研究，所以局限也是明显的。如果我们以皮亚杰发生认识论的方法反观中国文学史现象，或可补"知人论世"模式之不足。

皮亚杰有个著名的公式：

$$S \Longleftrightarrow R \quad 或 \quad S \longrightarrow (AT) \longrightarrow R$$

S 是刺激，R 是反应。AT 是同化刺激 S 于结构 T。这就是说，主体与客体双向建构的途中，有个中介环节——认知结构。客体通过这一内部结构的中介作用才被认识的，而认知结构是通过个体不断学习得来的。客体产生刺激被整合进个体原有的认知结构中，就

---

① ［瑞士］皮亚杰《皮亚杰的理论》，收入《皮亚杰发生认识论文选》，华东师范大学出版社1991年版，第3页。

好比进入消化系统而被吸收,这叫"同化";同时,主体要调整自身原有的结构以适应客体,这种适应就是"顺化"。同化与顺化不断双向运动,使主体的认知结构由简单到复杂,由初级向高级发展。这也就是认识的建构过程,它同时既包含着主体,又包含着客体,即此即彼。同化能将经验的内容化作主体的思想形式,或者说逻辑是结构的形式化。但是同化不能使结构发生变化,只有自我调节才能促使原有结构变化与创新,以适应新环境。

心物交融说合理之处就在于意识到心与物双向建构的关系。对于中介环节的结构,虽然尚未明确,但已有所触及,这就是"缘心感物"说。现在让我们回到上引成复旺的解释:

> 人的性情、心灵是感物而生的;但生成之后,又会成为感物的心理基础,决定着感物的选择性和结果。

成复旺这一解释是符合中国古代文学实际的。所云"感物的心理基础"相当于皮亚杰的认知结构,而作为中国文论的特色,所强调的则是情志。刘勰《文心雕龙·明诗》云:"人禀七情,应物斯感;感物吟志,莫非自然。"所谓"七情",也就是成复旺所说的"感物的心理基础",外部刺激要通过"七情"这个中介才能引起反应,诗人才会"感物"而后"吟志"。我们不妨将情志这一中介称为"情感结构"。

外部世界须被诗人个体同化于认知结构,并经由诗人情怀之酿造,方得入诗。情感结构是外部事物诗化的"车间"。这一诗化过程,我们的先民很早就有所悟入。先录几则文献材料:

> 诗言志,歌永言,声依永,律和声。八音克谐,无相夺伦,神人以和。(《尚书·虞书·舜典》)
>
> 诗,言其志也;歌,咏其声也;舞,动其容也:三者本于心,

然后乐器从之。是故情深而文明,气盛而化神,和顺积中而英华发外,唯乐不可以为伪。(《礼记·乐记》)

诗者,志之所之也。在心为志,发言为诗。情动于中而形于言,言之不足故嗟叹之,嗟叹之不足故永歌之,永歌之不足,不知手之舞之,足之蹈之也。(《毛诗序》)

先人们认为诗是志的表现,志本于心,情志是一回事,发为诗是为了天人感应,达到"神人以和"的目的。自陆机提出"诗缘情"以来,开始有些人注意到情与志之间的异同,如邵雍《伊川击壤集序》称:"怀其时则谓之志,感其物则谓之情。"大略言之,志偏重在对社会事件的反应,情则多个人情绪。但无论如何,诗与情志的关系是明确的。然而先贤对情志如何同化外部世界使之进入文学世界,主体情志又是如何顺化、适应外部世界而进行自我调整,则语焉不详,我们应对此做进一步的探索。

情志因时、因地、因人而异,即使同一主体,也在心物交感中不断调整自身的情感结构。为便于比较,兹取同处天宝年间的诗人王维、李白、杜甫为例,略事说明。

三人中王维成名较早,开元年间已进士及第。在同辈诗人中,王维是一位政治嗅觉颇为敏锐的特出人物,早在开元中已主动靠拢名相张说、张九龄,表现出他的政治倾向①。开元至天宝实际上是个盛极而衰,胎孕着巨变的历史过程,其间有一个若隐若现的文学与吏治之争的问题,即以二张为代表的文学集团与以李林甫为代表的吏治集团的斗争。历史学家汪籛《唐玄宗时期吏治与文学之争》于此有详论②。对这一斗争,张九龄是自觉的。他在《唐国公墓志铭》中指出:

---

① 关于王维靠拢二张的论述参看拙作《王维情感结构论析》,《文史哲》1999年第1期(收入本《文集》第六册)。
② 《汪籛隋唐史论稿》,中国社会科学出版社1981年版。

始公(指张说)之从事,实以懿文,而风雅陵夷已数百年矣!时多吏议,摈落文人……及公大用,激昂后来,天将以公为木铎矣![①]

从反对边将张守圭、牛仙客入相,排斥"素无学术,仅能秉笔"的李林甫及"伏猎侍郎"萧炅,而大力奖拔文士等事迹看,张九龄是继张说之后主张文治的第一人。二张倡导文学,实际上造成尊崇文学之士的人才环境,增强了文士用世的热心。李白、高适、杜甫、岑参诸人可以说是间接受益者,而孟浩然、王昌龄、王维等,则直接受到鼓舞。在《献始兴公》诗里,王维一反过去的含蓄,毫不含糊地表示要投在张九龄帐下:

侧闻大君子,安问党与仇。所不卖公器,动为苍生谋。贱子跪自陈:可为帐下不? 感激有公议,曲私非所求!

王维强调投身帐下,是由于张九龄用人大公无私。史载,张说主持封禅时,多引亲近的人登山,遂加阶超升。九龄进谏说:"官爵者,天下公器,先德望,后劳旧。"[②]可见王维的政治倾向是很清楚的。这点火种,无论后来有多少积灰掩盖,在其内心深处一直是燃烧着。后来王维任右拾遗与张九龄的汲引有关,惜不久张在与李林甫的斗争中失败,贬荆州长史。王维有《寄荆州张丞相》诗:

所思竟何在? 怅望深荆门。举世无相识,终身思旧恩。方将与农圃,艺植老丘园。目尽南飞鸟,何由寄一言。

寄望愈殷者,失望愈深。王维带着对朝廷政治失去希望的心情

---

① 《全唐文》卷二九二,中华书局影印本,第 2965 页。
② 《新唐书》卷一二六《张九龄传》。

进入天宝年间,于时购买田庄,实现其"方将与农圃,艺植老丘园"的计划。然而在退避中,其内心仍保留着是非观,甚至以"局外人"的身份注视着政治。据陈铁民考证,王维与房琯、严武、李揖、贾至、杜甫、韦陟、韩朝宗等人都有交谊。这些大小官员都是当时较进步的政治势力的热心人,而为李林甫、杨国忠辈所忌[①]。从《裴仆射济州遗爱碑》中,又可看到他倾心于济世及其向风慕义之情怀。对此认识不足,就很难体会天宝年间王维政治热情骤退而从容于亦官亦隐的山水生活这种消极中的积极意义了。而在王维认知结构的建构过程中,佛教思想则起着重要作用。

王维因为受母亲的影响,早岁便信奉佛教,但对其佛教体验不能一概而论。王维对佛教有较为深刻的体验,应在名相张九龄下台,王维政治热情受挫,不久即遇南禅宗创始人慧能的弟子神会,听其说教,并为其撰写《能禅师碑》以后。也就是说,王维对佛教有独特体验是在开元末到天宝年间。至若"安史之乱"后,由于被迫受伪职而内疚,终于走上饭僧、念经的一般宗教徒的道路,反倒没有什么个人独到的体验了。而《与魏居士书》则是探知王维开元末至天宝年间心迹的重要文献,应引起我们足够的重视[②]。

《与魏居士书》之所以重要,就在于它引佛学入儒家"达则兼济天下,穷则独善其身"的处世原则之中,为"亦官亦隐"的生活方式找到哲学的依据。"苟身心相离,理事俱如,则何往而不适"是整篇文章的"眼"。

中国士大夫总是将生与死的终极关怀化为"出"(出仕)与"处"(退隐)的日常矛盾来思考。也就是说,如何处理"兼济"与"独善"是中国士大夫永恒的课题。对于已经入仕的士大夫,很难因为"青山白云之想"而走到陶渊明"不为五斗米折腰"挂冠而去那一步。作为儒

---

① 　详陈铁民《王维新论》,北京师范学院出版社1990年版,第72页。

② 　或以王维《与魏居士书》作于乾元元年,笔者则认为当作于天宝末年,详见拙作《王维情感结构论析》。《与魏居士书》见赵殿成《王右丞集笺注》卷一八。

家兼济独善的准则，"独善"只是"兼济"的补充与调节而已，出仕本来就是儒家的正面目的。王维的"身心相离"无非是用般若"空空"的理论处理出处关系，将出世、入世统一起来，作为其亦官亦隐行为的依据。

禅宗是一种颇为士大夫化的佛教宗派，在"空"的根本问题上也要照顾到士大夫的情绪。禅宗是聪明的，它并不着意去否认人们用感官可以体察到的客观世界，而是强调其不断变化的"无住性"，所以《坛经》说要"立无念为宗，无相为体，无住为本"，"无相者，于相而离相"①。相，事相；离，也就是不执着。只要"形神相离"，也就能"不染万境，而常自在"。这就是王维"身心相离，理事俱如，则何往而不适"之所本了。由于强调对事物持一种无可无不可的态度，所以行为、形式已不重要，关键只在"心"；"心不住法即通流，住即被缚"，因此"若欲修行，在家亦得"②。官不官，无所谓，要紧的只是无所系怀，"居官无官官之事，处事无事事之心"；士大夫可官可隐，亦官亦隐，权宜方便得很。有了不执着的态度，甚至能如《维摩诘经·方便品》所云，维摩诘"入诸淫舍，示欲之过，入诸酒肆，能立其志"③，怎么做都行，恶即是善，烦恼即菩提。反之，执着于清净，执着于空无，执着于修身养性，便是不超脱。《神会禅师语录》曾记王维与神会和尚的一段问答：

于时王侍御问和尚言：若为修道得解脱？答曰：众生本自心净，若更欲起心有修，即是妄心，不可得解脱。④

这就是说，真正透彻之悟应当是泯灭一切差别，所有的事物都是"空"，连"空"也是空，净与染同，皆是空故。既然如此，又何必去

① 郭朋《坛经校释》，中华书局1983年版，第31—32、28、71页。
② 同上。
③ 幼存等《维摩诘经今译》，中国社会科学出版社1994年版，第113页。
④ 石峻等编《中国佛教思想资料选编》第2卷第2册，中华书局1983年版，第90页。

执着于官与隐呢？故曰："知名空而返不避其名"，许由、嵇康、陶潜，太执着于清高绝尘，反而忘大守小而受其累。

　　然而王维的"泯灭"一切差别之中并非一味"空空"，仍隐隐然有其执着之所在。这就是书信中强调的："圣人知身不足有也，故曰欲洁其身，而乱大伦。"大伦指什么？指君臣间的必要关系。《论语·微子篇》记子路的话说："不仕无义。长幼之节，不可废也；君臣之义，如之何其废之？欲洁其身，而乱大伦。"杨伯峻的译文是："不做官是不对的。长幼间的关系，是不可能废弃的；君臣间的关系，怎么能不管呢？你原想不玷污自身，却不知道这样隐居便是忽视了君臣间的必要关系。"①士大夫自幼读"圣贤书"，儒学已成为原具有的认知结构的一部分，所以即使是王维这样"居常蔬食，不茹荤血"的居士，在事关"君臣大伦"的问题上，仍不敢轻易越雷池一步。王维在作于开元二十五年的《暮春太师左右丞相诸公于韦氏逍遥谷宴集序》中也说："逍遥谷天都近者，王官有之。不废大伦，存乎小隐。迹崆峒而身拖朱绂，朝承明而暮宿青霭，故可尚也。"②这是从正面提出亦官亦隐才是"不废大伦"的"隐"，嵇康、陶潜则是"欲洁其身而乱大伦"，不可效法。由此认识王维的亦官亦隐，就不但是释家消极的出世，还有儒家"大伦"的制约在内，是二者张力中的平衡状态。也就是说，儒、释价值系统的某种平衡是王维认知外部世界的重要中介③。

　　综上所述，并结合其怀时感物的实践，我们约略可以推知王维天宝年间情感结构的建构过程。面对天宝年间唐帝国极盛外表下孕育着危机的社会现实，王维以上述儒释取得某种平衡的价值系统观照社会，一方面是看透朝廷的日趋腐败而不抱希望，因之而"超

---

①　杨伯峻《论语译注》，中华书局 1980 年版，第 196 页。

②　赵殿成《王右丞集笺注》卷一九。

③　事实上王维的佛教思想有很大成分是得自禅宗，而禅宗思想是佛、道二家思想的化合物，故严格地说，王维拥有的儒、释价值系统已包含了道家的某些价值观。

脱"；另一方面又因"不废大伦"之制约,更因保留相当程度的是非观与正义感而不能真正远离现实社会。二股合力决定了王维的反应是：采取不即不离的态度,亦官亦隐的生活方式。王维天宝年间的情感波澜便是起伏于这种生活方式之中。

天宝五、六载间,李林甫的亲信苑咸曾作诗嘲弄王维久未升迁云："应同罗汉无名欲,故作冯唐老岁年。"王维答云："仙郎有意怜同舍,丞相无私断扫门。扬子解嘲徒自遣,冯唐已老复何论！"①丞相指李林甫。称结党营私声名狼藉的李林甫"无私"不受请托,自然是给"有意怜同舍"的苑咸一个软钉子,与上引投献张九龄诗云"贱子跪自陈：可为帐下不",成鲜明的对比。但与开元年间所作《济上四贤吟》、《寓言二首》直斥权贵"须识苦寒士,莫矜狐白温"等语相较,则对挑战之反应方式绝不相同。这是开元末张九龄下台以来社会现实促使王维进行自我调节的结果。而这一新建构的心理基础又指导诗人感物的选择性及情感反应。从现存王维诗文集看,天宝间王维似不再写《济上四贤咏》一类抨击社会不平现象的诗作,甚至也少有开元年间那种意气风发的边塞诗,更多的是些田园山水之作。经王维的选择与情感酝酿,田园生活更是只呈露其平和富足的一面,如《赠裴十迪》：

> 风景日夕佳,与君赋新诗。淡然望远空,如意方支颐。春风动百草,兰蕙生我篱。暖暖日暖闺,田家来致词：欣欣春还皋,淡淡水生陂。桃李虽未开,荑萼满其枝。请君理还策,敢告将农时。

顾可久评曰："流彩中复冲古,景与兴会。"无论是如意支颐的诗中主人公,还是春风中欣欣然的万物,都呈现出一派自足的气象,是

---

① 　本节王维诗编年参照陈铁民《王维集校注》,中华书局 1997 年版。

王维情感的投射。试读《田园乐》七首：

出入千门万户，经过北里南邻。蹀躞鸣珂有底，崆峒散发何人！

再见封侯万户，立谈赐璧一双。讵胜耦耕南亩，何如高卧东窗。

采菱渡头风急，策杖村西日斜。杏树坛边渔父，桃花源里人家。

萋萋芳草春绿，落落长松夏寒。牛羊自归村巷，童稚不识衣冠。

山下孤烟远村，天边独树高原。一瓢颜回陋巷，五柳先生对门。

桃红复含宿雨，柳绿更带春烟。花落家僮未扫，莺啼山客犹眠。

酌酒会临泉水，抱琴好倚长松。南园露葵朝折，东谷黄粱夜舂。

如此田园，只是士大夫世界。真正的农村社会早已隐去，"与心徘徊"的都是些经王维精心选择的场景及化装为农夫渔父的隐士们。这一整个艺术幻境，是由王维独特的情感结构配制出来的，其中每一个细节真实都成为构建王维情感化的艺术世界的材料。昔人评右丞之妙，就在能"抟虚成实"。也就是善于让缥缈无形之"情"能"执之有象"，使情皆可景，如《杂诗》：

君自故乡来，应知故乡事。来日绮窗前，寒梅著花未？

思乡之情种种，却只字不提，只就寒梅著花事略作点染，而绮窗前赏梅所勾起的故乡往事自然历历矣。我将王维这种情感特征概括为"冷眼深情"，也就是看似无情的背后有热爱生活、关心世道的深情在；而在表露情感时却又透出一股近乎漠然不动的"局外人"的"客观"冷静的神态。出世而入世，无情而有情，如名篇《酬张少府》：

> 晚年唯好静，万事不关心。自顾无长策，空知返旧林。松风吹解带，山月照弹琴。君问穷通理，渔歌入浦深。

首联往往被引为王维消极人生的铁证，殊不知颔联起着"随画随抹"的作用，"自顾无长策"是"正话反说"，弦外之音是"长策无人用"。接下"空知"二字，表达了一种无可奈何的心情。如果联系《献始兴公》诗所云"宁栖野树林，宁饮涧水流，不用食粱肉，崎岖见王侯"，以及《寄荆州张丞相》诗"举世不相识，终身思旧恩，方将与农圃，艺植老丘园"，我们不难明白王维何以"晚年唯好静，万事不关心"了。"松风"一联则心随物以婉转，物与心而徘徊，心物浑然一体无间，将诗人从无奈何中解脱出来。但我们咀嚼全诗，那股报国无门的无奈（不是怨气）仍是余味永在。实景在诗人的情怀中酿造，便是心境，再以个人独特的语言风格表达出来，就是艺术幻境。这个过程不但是情感内容向艺术形式转换的完成，也是王维宗教体验向审美体验转化的完成。其超脱人生而又入世情深的丰富感情，都融入笔墨有无间。《萍池》诗云：

> 春池深且广，会待轻舟回。靡靡绿萍合，垂杨扫复开。

萍水离合是眼前常景，又是所谓"因陀罗网"之示现。释家认为，千差万别之事物在因缘离合之网中亦生亦灭。《终南别业》之名句"行到水穷处,坐看云起时",最省净而又最丰富地表现了这种情境。其中既表现了诗人随缘任运的平和的人生态度,又饱含着诗人对大自然生命律动的热爱,但总的来说,是冷静深刻的观察,而非沉溺其中的陶醉。至是,王维的宗教体验已通过生活方式的中介转化而为审美情趣。其间"冷眼深情"的情感结构所起的作用,恰似艾略特所喻,是催化氧与二氧化硫化合并产生硫酸的那根白金丝①。

再看看李白。

痛苦与狂喜参错在天宝年间一直交流电也似地激发着李白的创作灵感。笃信道教的李白天宝元年已四十二岁②,但在政治上仍是天真的,不似王维经历过开元年间的政治斗争,已看透朝廷的腐败。特别是这一年秋天,他接到皇帝的诏书,应征召入长安,魏阙峨峨,在他眼前是一片灿烂!虽然不久他就被排挤出长安继续其浪迹天涯的生活,但这段"君臣际遇"的经历使他"愿为辅弼"的情结终生不解。总的说来,在李白的认知结构中,同化客体的主观能力要比顺化、适应客体的能力强得多。就创作而言,则李白的情感结构有很强的"消化"能力,"真力弥满,万象在旁"(《诗品·豪放》),对万象颐指气使,随心招来挥去。当他快活时,就说"百年三万六千日,一日须倾三百杯"(《襄阳歌》);当他心有阴霾时,就说"一风三日吹倒山"(《横江词》);当他要排除郁结时,就说"划却君山好,平铺湘水流"(《陪侍郎叔游洞庭醉后》);当他发狠时,就说"黄河捧土尚可塞,北风雨雪恨难裁"(《北风行》)。与其说他是在"夸张",毋宁说他是自我内心在膨胀。有人说他"跌宕自喜"(《诗辨坻》),很准确。因此他对社会现实更多的不是去反映,而是去感受,根据情感的需要去选择、改造材料。试读《公无渡河》:

---

① [英]托·斯·艾略特《艾略特文学论文集》,李赋宁译,百花洲出版社1994年版,第5—6页。
② 本节李白诗系年、年谱参考安旗主编《李白全集编年注释》,巴蜀书社1990年版。

　　黄河西来决昆仑，咆哮万里触龙门。波滔天，尧咨嗟。大禹理百川，儿啼不窥家。杀湍埋洪水，九州始蚕麻。其害乃去，茫然风沙。披发之叟狂而痴，清晨径流欲奚为？旁人不惜妻止之，公无渡河苦渡之。虎可搏，河难冯，公果溺死流海湄。有长鲸白齿若雪山，公乎公乎挂胃于其间。箜篌所悲竟不还。

　　这是对一个古老的小悲剧的改写。李白删去原故事中白首狂夫之妻为之悲歌，曲终亦投河死的细节，增加了大禹治河的大背景①。删去其妻投河的细节，是为了突出白首狂夫这一形象；增加大背景则是为了加强原故事的悲剧效果。黄河劈面而来以压倒一切之势决昆仑触龙门令人震慑，继之是大禹治水的悠远传说，这样无疑使匹夫匹妇的"小灾小难"具备了干系天下国家的大灾大难的氛围，朱光潜《悲剧心理学》（张隆溪译）认为：

　　　　观赏一部伟大悲剧就好像看一场大风暴。我们先是感到面对某种压倒一切的力量那种恐惧，然后那令人畏惧的力量却又将我们带到一个新的高度，在那里我们体会到平时在现实生活中很少能体会到的活力。

　　这也是欣赏李白《公无渡河》不难有的感受。正是李白这样的处理，使狂夫有了一个全新的面貌。白首狂夫的悲剧并不在于黄河之为害，恰恰相反，是狂夫主动乱流而渡，其悲剧在于自己的"狂痴"，是自己与自己过不去。这绝不是一个弱者自杀的形象，而是一个藐视黄河狂暴的狂夫之形象！不妨说，这是一个知其不可为而为之的勇者的形象。用夸张笔调写出的黄河气势适成狂夫勇于乱流而渡的衬托。陈沆《诗比兴笺》以为此诗是对"无量力守分之智，冯

----

① 《古今注》称：有一白首狂夫，披发提壶，乱流而渡，其妻随呼止之，不及，遂堕河死。其妻乃作《公无渡河》之歌，声甚惨怆，曲终，亦投河死。

河暴虎，自取覆灭"的永王璘的讥刺，其失不但在于硬要"以史证诗"，更在于对李诗的悲剧感无所会心。表现"大不幸"题材的名篇尚有《远别离》：

> 远别离，古有皇英之二女。乃在洞庭之南，潇湘之浦。海水直下万里深，谁人不言此离苦？日惨惨兮云冥冥，猩猩啼烟兮鬼啸雨，我纵言之将何补？皇穹窃恐不照余之忠诚，雷凭凭兮欲吼怒。尧舜当之亦禅禹。君失臣兮龙为鱼，权归臣兮鼠变虎。或云：尧幽囚，舜野死，九疑联绵皆相似。重瞳孤坟竟何是？帝子泣兮绿云间，随风波兮去无还。恸哭兮远望，见苍悟之深山。苍梧山崩湘水绝，竹上之泪乃可灭。

诗写得很急促紧张，似乎诗人只顾驾着感觉奔驰，而无暇顾及格律音韵语法与情节之连贯。或三言、四言，或五言、七言，乃至六言、八言、十言，参错变化极其突兀，诚如范梈《李翰林诗选》所云："断如复断，乱如复乱，而辞意反复行乎其间者，实未尝断而乱也。"如果我们不斤斤于语法逻辑，而是全面地去把握诗中特殊的氛围，则我们无异面临着一场情感的风暴，由生离直卷进死别，尧幽囚，舜野死。山崩水绝，血泪迸洒。惨烈的权力之争使人震骇，诗人忧患之心可扪。"君失臣兮龙为鱼，权归臣兮鼠变虎。"这不仅是发生在唐玄宗与肃宗父子之间，或玄宗与李林甫之间的个别事件，更是屡屡发生在历代封建统治者之间带有规律的悲剧。尤为醒目的是：李白毫不留情地让这一悲剧就在"圣君"尧、舜、禹之间上演。这无疑极大地震动了封建时代臣民们的灵魂，也有力地强化了权力之争的悲剧效果。这就是李白对社会特有的感应形式。如果客观环境让他感到不适应，他更多的不是去调整自己，使之适应环境，而是在艺术幻境中另造一个他的世界。如写梦境的名篇《梦游天姥吟留别》：

　　海客谈瀛洲，烟涛微茫信难求。越人语天姥，云霞明灭或可睹。天姥连天向天横，势拔五岳掩赤城。天台四万八千丈，对此欲倒东南倾。我欲因之梦吴越，一夜飞度镜湖月。湖月照我影，送我至剡溪。谢公宿处今尚在，渌水荡漾清猿啼。脚著谢公屐，身登青云梯。半壁见海日，空中闻天鸡。千岩万转路不定，迷花倚石忽已暝。熊咆龙吟殷岩泉，慄深林兮惊层巅。云青青兮欲雨，水澹澹兮生烟。列缺霹雳，丘峦崩摧。洞天石扉，訇然中开。青冥浩荡不见底，日月照耀金银台。霓为衣兮风为马，云之君兮纷纷而来下。虎鼓瑟兮鸾回车，仙之人兮列如麻。忽魂悸以魄动，恍惊起而长嗟。唯觉时之枕席，失向来之烟霞。世间行乐亦如此，古来万事东流水。别君去兮何时还，且放白鹿青崖间，须行即骑访名山。安能摧眉折腰事权贵，使我不得开心颜！

　　诗的主体部分是一场"白日梦"。李白以其神驰八极之笔描画了一幅炫惑心目的神仙世界图景。据心理学家的说法，梦的内容在于愿望的达成，其动机在于某种愿望。李白此"梦"，也应是其"出世"愿望的达成。然而，这仅仅是"梦"的显义，还有其深藏不露的隐义。"安能摧眉折腰事权贵"这句醒后的独白透露其中消息：本诗强烈的出世愿望其实是更强烈的入世愿望的反弹。由于李白入世被挫，尤其是"不屈己，不干人"处世原则在现实中被践踏，由此产生逆反心理，从"求入世"弹向"求出世"，其间情感作用是明显的。

　　与李白"跌宕自喜"型的情感结构不同，杜甫是"沉郁"型的情感结构。此种类型的情感结构往往使诗人感情并不因创作而得到宣泄，反而是蝴蝶陷入蛛网似地越挣扎就越掼得慌。沉郁风格是不可化解的感情郁结之产物。沉郁的诗人将因其创作而愈见痛楚不可排遣，乃至为诗中感情伏流所裹带而不能自已。诚如荣格所言：

不是歌德创造了《浮士德》,而是《浮士德》创造了歌德!①

杜甫困守长安十年(天宝五载至天宝十四载),正是建构其沉郁型情感结构的关键时期。其时,杜甫三十五到四十四岁之间。

杜甫建构其沉郁型情感结构的二大要素是:儒家传统价值观念与天宝年间的社会现实。杜甫有很强烈的家族观念,自称其家世是"自先君恕、预以降,奉儒守官,未坠素业"(《进雕赋表》),儒学对杜甫深刻的影响为王维、李白所不能及。而在儒家价值观中,忧患意识有其突出的地位。《孟子·告子》云:

> 孟子曰:"舜发于畎亩之中,傅说举于版筑之间,胶鬲举于鱼盐之中,管夷吾举于士,孙叔敖举于海,百里奚举于市。故天将降大任于是人也,必先苦其心志,劳其筋骨,饿其体肤,空乏其身,行拂乱其所为,所以动心忍性,曾益其所不能……入则无法家拂士,出则无敌国外患者,国恒亡。然后知生于忧患而死于安乐也。"

孟子将人生忧患与社会忧患、个体忧患与群体忧患结合起来思考,从而将忧患意识提升到关系国家存亡的历史规律来认识。忧患意识被视为士大夫个体必备的修养,由此将忧患意识化为个体人格内在的历史责任感,从而体现了儒家个体皈依于群体的价值观。儒家是以"仁"作为最高境界,而"仁者爱人"是由己及人亲亲疏疏的人伦感情。这是一个一系列个体皈依于不断扩大的群体的无穷过程,是以群体为本位的价值取向。清人浦起龙《读杜心解·发凡》云:"老杜天姿惇厚,伦理最笃,诗凡涉君臣父子兄弟夫妇朋友之间,

---

① ［瑞士］荣格《人·艺术和文学中的精神》,卢晓晨译,工人出版社1988年版,第112页。

都从一副血诚流出。"事实上杜甫"民胞物与"的古代人道主义精神是以儒家"仁学"为出发点的。杜甫正是以沉郁情怀来观察天宝年间的社会现实，又从天宝年间的社会现实中得到"渐悟"，调整个人的情感结构，使其忧患意识日渐由"九庙"扩大到"万民疮"。(《壮游》："上感九庙焚，下悯万民疮。")下面我们集中来讨论杜甫"长安十年"情感结构的自调过程。

天宝年间唐帝国的强大只是表面现象，而杜甫长安十年有较大量的干谒游宴之作所给人的"雅歌咏治象"的印象也是表面现象。对杜甫干谒之作，连古人也不满。爱杜极深的王嗣奭在《杜臆》卷一评《奉赠太常张卿垍》中，就曾责怪他"语涉诡谀"，"后面陈情，亦觉过于卑屈"。然而近年来研究文章已探明："干谒"是唐代士子求仕的普遍风气，是当时社会心理之反映。就杜甫而言，则典型地体现了本阶级的引力对一个知识分子的作用。杜总念念不忘他那"传之以仁义礼智信，列之以公侯伯子男"的光荣家世，杜预的文治武功，杜审言的文学渊源等等，他概括为一句话："奉儒守官，未坠素业。"(《进雕赋表》)使杜甫自觉到负有"致君尧舜上"与家族中兴的双重使命。所以杜从事干谒，实在有其积极向朝廷靠拢的主动性，他是以本阶级的"肖子"自居的：

老骥思千里，饥鹰待一呼！(《赠韦左丈济》)

自谓颇挺出，立登要路津。致君尧舜上，再使风俗淳。(《奉赠韦左丞丈二十二韵》)

然而朝廷却不需要他这样的"肖子"，十年碰壁，使杜甫深感屈辱，他愈是靠拢朝廷，愈是分明地嗅到一股尸臭。《奉赠韦左丞丈二十二韵》又云：

骑驴十三载，旅食京华春。朝扣富儿门，暮随肥马尘。残杯与冷炙,到处潜悲辛。

杜甫不得不面对社会现实。他不但向小官诉穷:"饥卧动即向一旬,敝衣何啻联百结"(《投简咸华两县诸子》);"荒岁儿女瘦,暮途涕泗零。主人念老马,廨署容秋萤"(《桥陵诗三十韵因呈县内诸官》);向大官也诉穷:"江湖漂短褐,霜雪满飞蓬"(《奉寄河南韦君丈人》);"有儒愁饿死,早晚极平津"(《奉赠鲜于京兆二十韵》)。甚至向皇帝也诉穷:"顷者卖药都市,寄食友朋"(《进三大礼赋表》)、"退尝困于衣食"(《进封西岳赋表》),这对太平盛世无疑是个嘲讽。更重要的是:杜甫正是通过困守长安的切身体验,感受到阶级对立——尽管当时不可能使用"阶级"这一概念。"朱门酒肉臭,路有冻死骨"绝不是"顿悟"语,而是目睹身受的"渐悟"语。这种贫富对立在其早期干谒游宴诗中多有反映:

纨袴不饿死,儒冠多误身。(《奉赠韦左丞丈二十二韵》)

赤县官曹拥才杰,软裘快马当冰雪。长安苦寒谁独悲,杜陵野老骨欲折。(《投简咸华两县诸子》)

甲第纷纷厌粱肉,广文先生饭不足。(《醉时歌》)

正是生活现实的逻辑力量使杜甫靠拢朝廷的干谒活动适得其反:愈接近这一统治集团,就使他在感情上远离这一集团。而与统治集团保持一定距离又使杜甫能在"盛世"的光环中保持清醒的认识,有着强烈的忧患意识。正是杜甫与当时人不同的情感结构使之能"同行而独见,同见而独领"(王嗣奭语),对天宝社会本质有愈来愈清醒的认识。作于天宝十一载(752)秋的《同诸公登慈恩寺塔》,便是一个人们所熟知的"独见独领"的典型例子。其中洞察盛世所蕴藏的危机而"登兹翻百忧"的情怀,要比高适、岑参、储光羲辈高出一筹，历来为人们所称道。天宝十载(751)作《兵车行》，痛斥玄宗的穷兵黩武；天宝十二载(753)作《丽人行》，讽刺权贵杨国忠兄妹的荒淫奢侈①；都是"独见独领"，言人所未言、不敢言、不能言。最值得注意的是：杜甫情感结构中有一对矛盾，即"穷年忧黎元"与"致君尧舜上"之间的矛盾。一方面是"穷年忧黎元"的实践使杜甫"致君尧舜上"的理想升华为古代人道主义，使之在幻灭、徘徊的同时能不陷于一己哀怨之中，而是由己及人地更关怀社会现实；另一方面是"致君尧舜上"的价值观念使之徘徊未能跳出士大夫圈子，在感情上陷入苦闷忧郁。由这两种感情的碰撞而激成情感的旋涡，最易形成"沉郁顿挫"的艺术风格。试读作于天宝十四载(755)的《自京赴奉先县咏怀五百字》的第一部分，可以说这是杜甫长安十年从事求仕活动的思想矛盾之总结：

> 杜陵有布衣，老大意转拙。许身一何愚，窃比稷与契。居然成濩落，白首甘契阔。盖棺事则已，此志常觊豁。穷年忧黎元，叹息肠内热。取笑同学翁，浩歌弥激烈。非无江海志，萧洒送日月。生逢尧舜君，不忍便永诀。当今廊庙具，构厦岂云缺？葵藿倾太阳，物性固莫夺。顾惟蝼蚁辈，但自求其穴。胡为慕大鲸，辄拟偃溟渤？以兹误生理，独耻事干谒。兀兀遂至今，忍为尘埃没。终愧巢与由，未能易其节。沉饮聊自遣，放歌破愁绝。

其中徘徊反侧、纡徐纠结的情感不难感受。一方面是"葵藿倾太阳"和天性使之"不忍便永诀"；另一面是诗后半部分展示的"彤庭所分帛，本自寒女出。鞭挞其夫家，聚敛贡城阙"的社会现实使之不能不意识到向朝廷靠拢的错误："独耻事干谒。"他说："当今廊庙

---

①　本节杜诗系年据萧涤非《杜甫诗选注》，人民文学出版社 1979 年版。

具,构厦岂云缺",是反语,与后来《去蜀》云"安危大臣在,不必泪长流"一样,是痛绝语。感情的纠结纡徐使这首诗体现出杜诗特有的沉郁风格。这也是情感结构与艺术风格之间的母子关系。"安史之乱"后所作"三吏"、"三别",其中对战乱中无助百姓之同情与对朝廷之体谅、维护的复杂情感,更是纠结杂糅,出于同一机杼。

以上三例表明,客观世界是经过诗人情感结构的过滤、酝酿之后,才进入文学的形象世界;文学所表现的其实不是客观世界本身,而是主体对客体的经验。这正是下文所要进一步探讨的问题。

第二节　情志的物象化、符号化——"兴象"

心物徘徊的另一中介是语言。

有鉴于语言对表达情感的局限,人类总是在寻求一种超越语言的表达方式。现代西方符号论者认为,这就是艺术符号。苏珊·朗格将艺术定义为:艺术即人类情感符号的创造①。也就是说,艺术就是把人类情感转变为直观的可听可见形式的手段。这一创造过程是借用具体真实的情感来进行情感概念的抽象,但其抽象物不是概念,而是体现情感结构的可感形式。这一形式的特性是直接呈现情感,离开它便无从把握所表达的情感,故艺术形式是"这一个",没有同义词,不可替代,它并不把欣赏者带出超乎自身之外的意义中去。然而由于艺术符号所要传达的不是纯粹个人的情感,而是普遍情感,所以艺术抽象创造的是一个既不脱离个别,又完全不同于经验中的个别,是具有普遍意义的有意味的形式。

西方符号论者的这些新见解并不使我们感到特别新奇,因为类似的意见在中国古文论中并不罕见,只是用的是另一套自成体系的

① 关于[美]苏珊·朗格的理论,参看其著作《情感与形式》,刘大基等译,中国社会科学出版社1986年版;《艺术问题》,滕守尧等译,中国社会科学出版社1983年版。

话语。《易·系辞上》有云：

> 子曰：书不尽言，言不尽意。然则圣人之意，其不可见乎？
> 子曰：圣人立象以尽意……

寥寥数语，已将先人寻求超越语言的表达方式的过程道出。以象为桥梁，沟通心、物，利用认知结构同化、顺化的双向功能，让"象"具有即此即彼的丰富内涵，从而达到超越语言的目的。这的确是先人颇为高明的语言策略。然而这是一个发生、发展的认识过程。由哲学之"象"的暗示性到文学之"象"的韵味性，这一不断深化的认识、实践过程贯穿了整个中国古代文学史。

据赵沛霖的研究，哲学之象与诗歌之象出自同一源头，即宗教观念。他用下式表示：

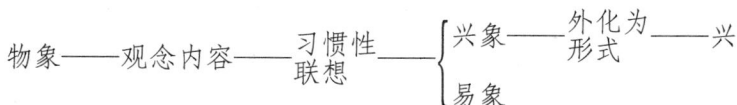

物象——观念内容——习惯性联想——{兴象——外化为形式——兴, 易象}

具体说，《诗经》中鸟类兴象与鸟图腾崇拜有关，鱼类兴象与生殖崇拜有关，等等。在口耳相传的漫长历史过程中，诗的内容不断被搁置增删改动，而由观念内容和物象间的习惯性联想所外化的形式也不断被模仿、借鉴，宗教观念的内容则逐渐淡化。失去宗教观念内容的习惯性联想逐渐只剩下一般的抽象联想模式，即"以他物引起所咏之词"的兴的形式之滥觞①。兴的产生当然是中国诗歌史上一次意义重大的飞跃，因为"情志"终于找到物象化的出路。

"兴"从宗教观念中摆脱出来以后，便与文学另一要素"比"连

---

① 参看赵沛霖《兴的源起》第二章第一节，中国社会科学出版社 1987 年版。

用,称"比兴"。按汉儒的解释:"比者,比方于物也;兴者,托事于物也。"①心与物之间是一种类比的关系,所以郑玄说:"比,见今之失,不敢斥言,取比类以言之;兴,见今之美,嫌于媚谀,取善事以喻言之。"②王逸正是以这种观点注楚辞的:"《离骚》之文,依诗取兴,引类譬喻。故善鸟香草,以配忠贞;恶禽臭物,以比谗佞。"③与宗教观念的"兴"相似。汉儒所谓的"比兴"也具有与人事相对应的象征意义,其中的兴象只是善恶的象征物,故曰:"托物言志。"

　　突破汉儒藩篱的是魏晋玄学。宗白华称:"晋人向外发现了自然,向内发现了自己的深情。山水虚灵化了,也情致化了。"④与物对应的不只是善恶,而是"七情",齐梁间刘勰总结道:"比者,附也;兴者,起也。附理者切类以指事,起情者依微以拟议。"又说:"人禀七情,应物斯感,感物吟志,莫非自然。"⑤情志与物的关系不仅是一一对应的类比关系,而且是"感应"关系。这就使心与物之间的关系更虚灵化了,物象也因此获得独立自足的美学意义。在六朝山水诗的创作实践中,山水兴象已不只是"引子"或"附着物",而是"道"的显现,"目击道存"、"寓目理自陈"、"以玄对山水"、"山水以形媚道",在山水诗中的山水,甚至是独立的处于中心位置的主体。玄学孕育了山水,山水摆脱了玄学。谢灵运《初去郡》诗云:

　　　　负心二十载,于是废将迎。理棹遄还期,遵渚鹜修垌。溯溪终水涉,登岭始山行。野旷沙岸净,天高秋月明。憩石挹飞泉,攀林搴落英。战胜臞者肥,止监流归停。即是羲唐化,获我击壤声。

① 《周礼·春官·大师》郑玄注引郑众说。
② 同上,郑玄注。
③ 王逸《离骚经序》。
④ 宗白华《美学散步》,上海人民出版社1981年版,第183页。
⑤ 分别见刘勰《文心雕龙》之《比兴篇》、《明诗篇》。

　　诗中景象不是"引子"，也非某种理念的象征，而是退职还乡途中诗人所见之实景，但在诗人眼中又与忘情无累之"道"合拍，相感应。"目既往还，心亦吐纳"，"情往似赠，兴来如答"①。心与物、人与自然，发展为礼尚往来的"对话"关系，是物我的双向建构。就诗中景象而言，野旷天高、花落泉飞要比《诗经·黍离》"彼黍离离，彼稷之苗。行迈靡靡，中心摇摇"中稷黍的形象更具整体感，更有其独立的美感。再看一首意境相似的唐人孟浩然绝句《宿建德江》：

　　　　移舟泊烟渚，日暮客愁新。野旷天低树，江清月近人。

　　同样是野旷天净、烟渚舟行，但孟诗删去所有说理，甚至无心叙说自己的心绪，只是孤立出几个画面，而"低"字、"近"字轻轻一点，使空间距离缩小了，自然与人更亲近了，诗人之情便在不言之中。如果说谢诗主体与客体是"对话"关系，各自分明；那么孟诗则主体借助感受（"低"、"近"皆非客观如此，而是主观感受如此耳），潜入客体之中，即情即景。这就是唐诗情景交融的境界，在唐诗中具有典型性与普遍性。殷璠"兴象说"便是对这一创作实践的总结。

　　拈出"兴象"二字以评诗，首见于盛唐人殷璠的《河岳英灵集》。检全集，可得三处：

　　《叙》曰："夫文有神来、气来、情来……然挈瓶庸受之流，责古人不辨宫商徵羽，词句质素，耻相师范。于是攻乎异端、妄穿凿，理则不足，言常有余，都无兴象，但贵轻艳。虽满箧笥，将何用之！"

　　评陶翰曰："历代词人，诗笔双美者鲜矣！今陶生实谓兼之：既多兴象，复备风骨。"

　　评孟浩然曰："浩然诗，文彩丰茸，经纬绵密，半遵雅调，全削凡体。至如'众山遥对酒，孤屿共题诗'，无论兴象，兼复故实。"②

①　刘勰《文心雕龙·物色》。
②　本节所引《河岳英灵集》，见《唐人选唐诗（十种）》，上海古籍出版社1978年版。

　　"兴象"与"轻艳"对立,与"风骨"并举,又可与"故实"兼容。殷氏虽未回答"这是什么",却已告诉我们"这不是什么"。与轻艳对立,则兴象应指不轻艳的一种文风;与风骨并举,则该是刚健之外的一种风格的内在质素。作为实例的是孟浩然诗:"众山遥对酒,孤屿共题诗。"殷氏称之:"无论兴象,兼复故实",只要排除用谢灵运的"故实",剩下的"对景即兴"便有"兴象"。据此大致可圈出"兴象"之范围:指一种刚健之外而又不流于轻艳文风的诗歌内在的质素,其形成与对景即兴有关。从殷氏所举实例看来,我们还可以进一步推导:兴象是诗人幽远情趣与实景之遇合,是对景即兴的创作过程及其富有意味的艺术效果①。然而殷氏兴象说之活力,还在于"兴"与"象"的并列,两端确定,之间关系则不确定,从而留下很大的空间,有很大的容量。于是"兴象"超越了殷氏的原意而获得长生。与此前的陈子昂"兴寄"说相比,则子昂本为倡兴体而斥齐梁之用比,但"寄"字倾向太甚,往往使人忽略形象独立的重要性,而成为义理之宅,误入"附理"之区;与后来的"神韵"说相比,则不致虚化太甚而魂不守舍。总之,殷氏拈出"兴象"二字,既保留了"兴",又独立了"象",使兴与象不做寄居蟹式的组合,可免"附理"之弊,又存"遇合"之趣。其中包含着"天人合一"的思想,既不是由人向物的"移情",也不是物成为人意念化的"象征",人与物是互相感应的关系,是《文心雕龙》所称:"诗人比兴,触物圆览。"玄学孕育了山水,山水摆脱了玄学;山水用以起兴,山水又从比兴中独立出来。然而山水景物却又从"兴"与"目击道存"的双亲那里获得"遗传",而具有多重启发性与象外指向性的品格。这种自足性与指向性的品格在晚唐诗论家司空图的"三外"说("韵外之致"、"象外之象"、"味外之旨")中获得划时代的超升。

　　司空图所云"象外之象",第一个"象"指什么? 或以为指现实

---

① 　详参拙作《兴象发挥》,《文艺理论研究》1992 年第 3 期(收入本《文集》第六册)。

中事物的真相，或以为指诗歌中易于感知之具体形象，或以为当指包括无形的事件在内的诗歌意象，等等。明确第一个"象"何所指，是准确阐述"象外之象"的前提。

论者多以为司空氏《诗品》只作类比①，是以境喻境，无迹可求。然而仔细看去，草蛇灰线，依然有其逻辑在。《二十四诗品》往往有三个组成部分：一是言该品作者应有之心态；二是言此品似何种境界；三是言欲得此品须注意之事项。试以《劲健》品为例：

> 行神如空，行气如虹。巫峡千寻，走云连风，饮真茹强，蓄素守中，喻彼行健，是谓存雄。天地与立，神化攸同。期之以实，御之以终。

"行神如空"二句言创作者应进入的精神状态。"巫峡千寻"二句，言劲健风格正当如斯，是类比。"饮真茹强"二句，言创作修养，是平日积蓄来，存之胸中。"喻彼行健"四句，重点辨明"劲健"之含义。"期之以实"二句，则言及创作方法（正如书法用笔，讲究中锋浑圆，一贯到底），是提醒作者应注意的事项。上述三个组成部分都具备了。再如《绮丽》品：

> 神存富贵，始轻黄金。浓尽必枯，淡者屡深。雾余水畔，红杏在林。月明华屋，画桥碧阴。金尊酒满，伴客弹琴。取之自足，良殚美襟。

"神存富贵"二句，言此品作者应有之心态；不以富贵萦怀却

---

① 近年来学术界正讨论陈尚君诸君所提出的《二十四诗品》归属问题，至今尚未定论。即使《二十四诗品》非司空图所作，但其取向并不与司空氏"象外之象"的观点相乖，对于讨论中国诗学中的"象外之象"问题，似无大碍，故笔者于此暂不深究《二十四诗品》归属问题。

自有富贵人家景象。"浓尽必枯"二句提醒作者求绮丽不可着笔
太浓,须知淡而能绮。"雾余"六句是类比。"取之自足"二句总结
绮丽风格不假外求,当自所取之意象中自足,是苏东坡后来发明
之"质而实绮"、"发纤秾于简古"的意思。当然,并非各品都具备
这三个组成部分,如《典雅》品,前十句是以各种情景来烘托作者
应有之心态:"人淡如菊。"在此心境下的创作,便可自然达到"典
雅":"书之岁华,共曰可读。"事实上只言心态。但无论如何,总体
说来,《二十四诗品》绝非只是"以境喻境"的"好诗",它对创作方
法是有所指示的。譬如对于"象",司空图有较明晰的认识,它并
不等同于实相,故《诗品》强调要"取象"。《含蓄》品明确提出,取
象无论浅散如空尘、深聚似海沤,都应当做到"万取一收",精心
筛选之。而且这一筛选过程本身便是创作,其《形容》品进一
步说:

> 绝伫灵素,少回清真。如觅水影,如写阳春。风云变态,花
> 草精神。海之波澜,山之嶙峋。俱似大道,妙契同尘。离形得
> 似,庶几斯人。

这是对"取象"较集中的表述。首二句言创作时当进入凝神壹
志、存心慕想的精神状态,才会有灵感。"如觅水影,如写阳春",是
对取象的要求:犹如水中觅影,阳光中感受春天。显然,所取之象
已非客观实相了。(《洗炼》品也明确指出"流水今日,明月前身",
今日水中月,前身天上月。这正是意象与客观形象之关系。)以下四
句遍举山水风云花草,归结为最后四句:无论取什么样的象,都应
当做到"离形得似",即不求形似,但求神似。

还有《缜密》品,其实是很重要的一品,遗憾的是向来少有人重
视。此品讲取象更入微:

是有真迹，如不可知。意象欲出，造化已奇。水流花开，清露未晞。要路愈远，幽行为迟。语不欲犯，思不欲痴。犹春于绿，明月雪时。

"意象欲出"，即"将然未然之际"，它与"真迹"的关系如何呢？从"如不可知"、"造化已奇"看来，是说在作者眼中，此时此际之客观事物已不是一般的、普通的事物，而是已带上主观感情色彩的"象"了。"语不欲犯，思不欲痴。犹春于绿，明月雪时"，是要求意象之生发，要与客观事物不粘不脱：形象不可太泥，思路不可停滞。二者之间的关系好比春色与绿色之关系（即《与极浦论诗书》所谓"良玉生烟"），又好比月光与雪光之交映，都达到交融浑化的境界。这才是作者创造意象时缜密的态度与方法。

当然，各品取象、造象的要求并不雷同。如《冲淡》品强调取象要无心遇之，"犹之惠风，荏苒在衣。阅音修篁，美曰载归。遇之匪深，即之愈稀。脱有形似，握手已违"。冲淡之风格首先要具备萧散之人格，无意于功利，随遇而安，此境可遇不可求，如存心求之，即使偶有形迹之似，必一握手间翻失之。取象而强调取象者的精神状态，也就是物象与情意结合时强调情意一方，这是司空图论"取象"独到之处。再如《豪放》品，则强调"真力弥满，万象在旁"，主观性强，则万象如罗列其旁，随其颐指气使而不能以不豪。《高古》品则要求"虚宁神素，脱然畦封"，以超然的态度取象，敢于摆脱一切凡俗规矩，方能抗怀千古，得高古之气象。

综上所论，可见司空图所谓"象外之象"，第一个"象"绝非客观事物之实相，而是对客观事物进行"万取一收"的筛选（此筛选与作者当时之精神状态直接相关联），并经"离形得似"的创造而来的诗歌意象。它不但指易于感知的具体形象，也包括无形的不易捕捉的事象与心象。意象之生成，要"取"（"万取一收"），还要"离"（"离形得似"）。"离"，是"取"能否成功之关键。

先让我们回到司空图所说的"意象欲出,造化已奇"上来。此言"象"将离其母体客观实相而为独立之意象的将然未然之际,其母体"造化"非一般"造化",而是打上主观烙印发"已奇"的"造化"。这是从创作感受的角度来表述意象的产生与客观事物之间母子般的关系。西方人对此有另一个角度(更多的是读者方面的感受)的描述。美国符号论美学家苏珊·朗格对韦应物《赋得暮雨送李曹》诗的分析代表了一种看法。韦诗如下:

> 楚江微雨里,建业暮钟时。漠漠帆来重,冥冥鸟去迟。海门深不见,浦树远含滋。相送情无限,沾襟比散丝。

苏珊·朗格将中国古代诗人所写的"提及实人实地的雅致而凝炼的诗"归诸"接近普通经验的诗歌"一类(页 245)①。她认为上引诗有"简明而精确的陈述",但仍然是一首"创造了一个全然主观的情况"的诗,而绝非报导。以下分析是很精彩的:

> 雨水淋沐着整首诗,几乎每行都染上了雨意,结果其他细节如钟声、依稀难辨的飞鸟、视野之外的海门,均溶入雨中,最后又一并凝成全诗为之泪下的深情厚谊。而且,那些显然为局部性的偶发事件——它们星散于雨意浓重的诗行之间——是使离别成为伤心事的友谊的象征。建业的钟声在鸣响。征帆沉重,航行艰难;远去的鸟儿在慢慢地飞,模糊的如影子一般;遥远的海门——李曹的目的地望也望不见,因为眼前的"浦口的树木"挡住了对于这次远行的注视。于是,浅近简明的描述袒露了人类的感情。(《情感与形式》页 246)

---

① 本文引朗格文如不另注出处者,均见《情感与形式》,刘大基等译,中国社会科学出版社1986 年版。下引不另注出处,只注页码。

的确,诗中出现的都是常见事物,但都经诗人的筛选,已被"孤立"出来,割断它与原来环境的诸多联系——如"楚江"除了与"微雨"相联系外,还跟鱼鸟、堤沙、岸柳之类无限多事物相联系,现在只孤立地写出它与微雨之间的关联:帆之"重",鸟影之入"冥冥",海门之"不见",浦树之"含滋",都与"微雨"相关。物象正是如此被诗人从大自然无穷交织着的因果之网中抽取出来。朗格在另一书中指出,欣赏者要有"从日常需要中抽象出纯视觉表象的艺术态度",而意象的创造需要"将视觉经验中的某些元素来达到,这样一来,我们就可以除了这种虚幻空间的表象之外,再也看不到别的东西"①。我将这一"删除"过程称为"孤立",筛选后的意象关系变"纯粹"了,于是被诗人重新安排出新的秩序,按其意愿据实构虚地组合成新的虚幻的空间,形成虚幻的经验。使"几乎每一行都染上了雨意"。我们只能通过诗人留给我们的孔洞去观察世界,无形中接受了诗人的倾向。

让我们借助这种抽取纯表象的过程,来理解司空氏"离形得似"的"离"字。我认为司空氏于此是有所会心的,试读《洗炼》:

> 如矿出金,如铅出银。超心炼冶,绝爱缁磷。空潭泻春,古镜照神。体素储洁,乘月返真。载瞻星气,载歌幽人。流水今日,明月前身。

"洗炼"与其说是一种"风格",毋宁说是创作要求。前四句言取象之艰,接下"空潭"二句,形容筛选后之"象"如是澄明。以下四句用类比法加强这一印象。末二句点明意象来自美好之现实。强调澄明素洁的形象,事实上就是从对意象效果的要求这一角度来说明"离形",是对抽取纯表象的一种感悟。在《与李生论诗书》(《司

---

① [美]苏珊·朗格《艺术问题》,滕守尧等译,中国社会科学出版社1983年版,第30—31页。

空表圣文集》卷二)中,司空氏以"右丞(指王维)、苏州(指韦应物)"为"澄淡精致"之准的。清人许印芳在《跋》中加以发挥道:"人但见其澄淡精致,而不知其几经淘洗而后得澄淡,几经熔炼而后得精致。"(《诗法萃编》卷六下)何谓淘洗熔炼? 即"眼光所注之外,吐糟粕而吸菁华,略形貌而取神骨,此淘洗之功也"(引同上)。此论可发明《洗炼》之用意,即取象必以"澄淡精致"为准的,有所吐纳。这种"几经淘洗而后得澄淡",便是提纯。克莱夫·贝尔在《艺术》中指出:"没有简化,艺术不可能存在,因为艺术家创造的是有意味的形式,而只有简化才能把有意味的东西从大量无意味的东西中提取出来。"[①]司空图、许印芳所说的"洗炼"、"淘洗",是否可以为便是这种"简化"的中国式表达? 对淘洗后的意象,要求达到澄明的境界,不正是对排除"大量无意味的东西"的要求? 所以许印芳又说:"而其妙处皆自现前实境得来,表圣(司空图字)所云'直致所得,以格自奇'也。"直致,就是直取诸实境。"真境逼而神境生"(笪重光语),中国艺术家一向重视据实构虚,淘洗是重要手段。然而淘洗后之意象已非造化原有之形象,故司空图强调"意象欲出,造化已奇"。其所举得意句如"松凉夏健人"、"树密鸟冲人"、"棋声花院闭"之类,莫非是现前实境筛选得来,但已"孤立"(或云"简化")出一种澄明的境界,其纯粹的表象与诗人之情感合拍,是谓"思与境偕"。这就是"离形——得似"的过程。

　　然而,"离"字还有更深一层的要求。司空图倡所谓"三外","象外之象,景外之景"、"味外之旨"、"韵外之致",便是要求"离"要有"外"的效果。即意象不但要"离"实相,还要有感发人之情思的效应。朗格认为:"每一件真正的艺术作品都有脱离尘寰的倾向。它所创造的最直接的效果,是一种离开现实的'他性'。"(页55)中国人早就注意到这一倾向,并用"兴发"、"触物起兴"来动态地表达

---

① ［英］克莱夫·贝尔《艺术》,周金环等译,中国文联出版公司,第149—150页。

这种"他性"（叶嘉莹称之为"重视感发的传统"①）。司空图的前辈诗人皎然已提出"诗情缘境发"（《秋日遥和卢使游何山寺……涅槃经义》）、"采奇于象外"（《评论》），可见诗歌意象之"他性"对中国古诗人并不神秘，司空图更是以倡"三外"来强调诗歌意象必须有此"脱离尘寰"之倾向。《与极浦论诗书》引戴叔伦语云："诗家之景，如蓝田日暖，良玉生烟，可望而不可置于眉睫之前也"（《司空表圣文集》卷三），圆美地表达了意象与实相之间的关系。"玉"，是经筛选、淘洗后之"象"，经诗人熔炼为"良玉"，便具有"生烟"（不妨视为"美的联想"）的能耐，"烟"是从"良玉""离"出来的，是已虚化了的经验。李商隐名句"沧海月明珠有泪，蓝田日暖玉生烟"释者纷纷，不管怎么说，用来形容意象创造时情感的凝聚与经验之虚化，是再妙不过了。

现在让我们来讨论"象外之象"的第二个象。这一"象"，是否为另一更空灵飘忽之象？是否为读者联想创造的新象？也许可以这么说。但司空图似乎意不止此，《雄浑》品有云："超以象外，得其环中。""象外之象"还应当"得其环中"。何谓"环中"？或曰："喻空虚之处。"如果我们回到该品前四句："大用外腓，真体内充。返虚入浑，积健为雄"；便不难体会到这一品实在是体现了我民族"体用不二"的思想方式：内容与形式不可分离的整体性，韵味从此整体中发生。那么按我的理解，"环中"便是"返虚入浑"的"浑"之所在；"真体内充"的"充"之所往，是第一个"象"所圈定的范围。关键在"返"字。创作时应据实构虚，而欣赏则当虚而返诸"实"（此"实"已非"造化之实"，乃"造化之奇"）。也就是说，作者由实相虚化为意象，感发人联想；读者则应由虚返"实"，联想而非乱想，需不离意象，思考萦绕于表象，此方为"得其环中"。画论家往往言之历历，如方士庶《天慵庵笔记》云：

① 参看《中国古典诗歌中形象与情意之关系例说》，《古代文学理论研究》第6辑。

山川草木,造化自然,此实境也。因心造境,以手运心,此虚境也。虚而为实,是在笔墨有无间……故古人笔墨,具见山苍树秀,水活石润,于天地之外别构一种灵奇。

虽说是"于天地之外别构一种灵奇",而此种"别构"却是"虚而为实",虚境实境两相重叠,山苍树秀正在笔墨有无间。这就是"据实构虚"的操作过程。诗歌意象正似画中笔墨,是虚境实境叠加处。以上节所引韦应物诗为例,则云帆雨树暮钟种种意象,是"几经淘洗熔炼"得来,它们好比虚线圈出图景,读者感发联想必在此圈中——至于组合成何种具体画面,则因人而异。好比室内家具如此,随人摆设可也。所以诗歌意象与哲学之象不同,不得随意"登岸舍筏",正如钱锺书所云:"牛耳湿湿"岂可易为"象耳扇扇"? 诗乃依象成言,"舍象忘言,是无诗矣"(《管锥编》第 1 册页 122)! 所以司空图言"不著一字,尽得风流",并非叫人写"无字经";言"象外之象",也并非抛开第一个"象"随你胡想,故叮咛再三:云"返虚入浑",云"得其环中",云"所思不远",云"期之以实",云"真与不夺",云"忽逢幽人,如见道心",云"高人惠中,令色絪缊",都暗示二象离而即的关系,何尝教人以"脱空经"? 当然,一千多年前东方古国的诗人司空图不能替西方现代符号论美学家朗格作如是明晰的表述:

诗中的每一件事都有双重性格:既是全然可信的虚的事件的一个细节,又是情感方面的一个因素。(页 246)

有趣的是,朗格这一论点正是从司空图特别赞赏的韦应物诗的分析中得出。从"离形得似"、"超以象外,得其环中"、"近而不浮,远而不尽"、"高人惠中,令色絪缊"等议论总体看来,"象外之象"所表达的也是对诗歌意象二重性格的感悟。而且应当说,对意象二重性格作如是表述,给人的印象更鲜明,但同时也容易引起错觉,似乎象外另创一象，从而过多地突出了读者的自由联想。为此有必要点醒这个"返"字。不过在中国人的实践中却颇善于把握二象之间那种若即若离、离而实即的关系，前"象"好比强力磁场，总是吸引着后"象"，不让它脱去。试以王维《辋川闲居赠裴秀才迪》诗为例，中间两联的画面是：

> 倚杖柴门外，临风听暮蝉。渡头余落日，圩里上孤烟。

山中群息万千，诗人只让我们"听暮蝉"。一个"余"字，又将渡头的万象隐去，孤立出"落日"，好比舞台上灯光只打在主角儿身上，我们只感到山中落日的余晖。接着，圩里升起一股袅袅的炊烟，吸引了我们的目光。山中暮色的万千景象，经诗人的淘洗，只剩如此明净的几件，都以其宁静的一面呈现在我们耳目之前。正因为诗人以其倾向性筛选意象，所以不觉中我们随诗人的暗示而"见"到、"听"到他要我们感受的事物。就诗人而言，其意象的创造富有感发力，可启人想象；就读者而言，根据我们不同程度的审美经验与阅读水平，以及心绪、修养等，我们接受着诗人的审美情趣，将他呈露给我们看的画面重新组合成自己的画面——但我们并没有企图离开诗人提供的意象，抛弃柴门、落日、暮蝉、孤烟，去另起炉灶，另建场景，我们实际上仍落入诗人（高明的诗人）的圈套，自以为离去了，其实并没走出多远。王夫之曾称"右丞之妙，在广摄四旁、环中自显"（《唐诗评选》卷三），诗人不说出的地方正是要读者落入的"圈套"。也就是说，"象外之象"应是后象与前象重叠，两镜相摄，离而复返。叶维廉曾引禅宗一段话头来说明人们感应或感悟外物的三个阶段：

> 老僧三十年前参禅时，见山是山，见水是水。及至后来亲见知识，有个入处，见山不是山，见水不是水。而今得个体歇

处,依然是见山只是山,见水只是水。①

　　我倒是想借这段公案来说明"实相——意象——象外之象"之间的关系。在未形成诗歌意象之前,我们当然"见山是山,见水是水",看到的无非实相;淘洗熔炼中的意象,如司空图所说:"意象欲出,造化已奇",我们心眼中带着强烈的主观情思,真所谓"见山不是山,见水不是水";至乎意象已成功,富有感发力,使读者得"象外之象",而此象却有"逼真"之魔力,使读者与诗人共创的虚幻之经验,又被读者以想象力"还原"为似乎充荷着现实的表象。

　　如果说,朗格关于诗歌意象的双重性格的提法是准确的;那么,"象外之象"便应当是重合着的一个象。然而,朗格这一提法似乎尚未充分估计读者的参与作用,远不如上引禅家机锋的圆活。以上引公案喻"象外象",读者也有这么个"三部曲":先感受到的是诗人真实的生活经验;通过的媒介是诗中虚幻的经验,于是引起自家联想,糅进自家生活经验;终于返照诗中的意象,体味其意味与美感。这回看似"依然见山是山,见水是水","象"似乎是原来的"象",但早掺和着自己的经验与情感,是诗人、读者共同创构的"象",是之谓"象外之象"。我们虽然尚无法证实司空图就是这样想的,但他的诗论的确留给我们这样阐释的余地——上引方士庶"于天地之外别构一种灵奇"云云,不是近乎如是观吗? 综上所述,我们可对"象外之象"做如下阐释:

　　　　所谓"象外之象",第一个"象"指诗歌意象,来自诗人对客观事物进行"万取一收"的筛选与镕炼。此象应当是富有感发力,启发读者之想象;同时,应当是具有强大的"磁场",能吸引读者的想象绕着它转。而"象外之象"则是读者得到启发后与

———————————

①　温儒敏等编《寻求跨中西文化的共同文学规律——叶维廉比较文学论文选》,北京大学出版社 1987 年版,第 92 页。

诗人共同创构之象,每个读者所获得的"象外之象"好似"卫星"绕着诗中意象运作,二象如两镜对悬而相摄,不同的读者又各人有各人的"轨道",与意象的叠合面之大小也因人而异。

我们之所以花这么多笔墨来论析"象外之象",是因为它实质上是一种符号化的追求,而且的确存在于我国古文论之中,而且其表述要比现代符号论者在某种程度上更空灵、更圆融。以苏珊·朗格《情感与形式》为例,她的符号论突出感情因素,却难以覆盖文学艺术的各种功能,如认识功能、教化功能等;而中国古文论总是"情志"并举,"情理"连用,覆盖面要大得多。周亮工《尺牍新钞》载邹祗谟云:"作诗之法,情胜于理;作文之法,理胜于情。乃诗未尝不本理以纬夫情,文未尝不因情以宣乎理。情理并至,此盖诗与文所不能外也。"李渔亦于《闲情偶寄·词曲部》云:"凡说人情物理者,千古相传;凡涉荒唐怪异者,当日即朽。"梁廷柟《曲话》引万树云:"曲有音有情有理,不通乎音弗能歌,不通乎情弗能作。"无论诗文小说戏曲,都要言情志,通情理。不妨说,从"比兴"到"象外之象"的符号化追求不仅是中国诗学的追求,也是中国文学史的追求;"兴象",不但是中国诗学的思维方式,也是中国多种文学体裁内在的共通的思维方式。

第三节　作者、读者共构的时空——境界

值得重视的是:司空图在提出"象外之象"的同时,又提出"味外之旨"、"韵外之致"。显然,这是为了"破"人们只泥于"象"而忽略情意韵味之"执"。他追求的不仅是"尽意莫若象"的信息传递,更是文学所特有的意味。这不能不让人记起克莱夫·贝尔的"有意味的形式"。所谓"意味",是指一种特殊的审美感情,"一切审美方

式的起点必定是对某种感情的亲身感受,唤起这种感情的物品,我们称之为艺术品"①。这是从鉴赏者的角度审视艺术品的。从创作者角度说,则作者必须从大量无意味的东西中抽取出有意味的形式来激活读者的审美情感。也就是说,作者先要通过其创作准确地表现自己的感受,将其感受形成情感意象传递给读者,唤起类似的情感联想,即自身的感受,而油然生发出审美感情。这是一个"心心相印"的过程。沟通情感的关键是"情感意象","当一个艺术家的头脑被一个真实的情感意象所占有,又有能力把它保留在那里和把它'翻译'出来时,他就会创造出一个好的构图"。所谓"构图",就是"把各种形式组织成一个有意味的整体活动"②,也就是对形式的组织。

感受──→情感意象──→构图──→审美感情

以上模式就是有意味的形式之发生过程,其中显示双重感应:一是作者对外部事物之感应,借以产生情感意象;一是读者对作品的感应,借以唤起自身的审美情感。何者能于同一时空中起着这种交互感应的"场"的作用? 中国古文论有之,即"境界"是也。

日本留学生遍照金刚于中唐所著《文镜秘府论》南卷"论文意"引盛唐诗人王昌龄论曰:

> 夫作文章但多立意。令左穿右穴,苦心竭智,必须忘身,不可拘束。思若不来,即须放情却宽之,令境生。然后以境照之,思则便来,来则作文。如其境思不来,不可作也。夫置意作诗,即须凝心,目击其物,便以心击之,深穿其境。如登高山绝顶,下临万象,如在掌中。以此见象,心中了见,当此即用。如无有

---

① ［英］克莱夫·贝尔《艺术》,周金环等译,中国文联出版公司 1984 年版,第 3 页。
② 同上,第 156 页。

不似，仍以律调之定，然后书之于纸。会其题目，山林、日月、风景为真，以歌咏之。犹如水中见日月，文章是景，物色是本，照之须了见其象也。

王氏从作者角度立论，已接触到情感意象的问题。境，是借用佛家语，指心灵空间，境生自心，是外物"内识"的结果（"犹如水中见日月"）。然而王氏沿用的还是传统的心与物之关系，其间起转化作用的中介仍是情志。所以"置意作诗"就必须"目击其物，便以心击之"，"思若不来，即须放情却宽之，令境生"。这里的"境"，还只是心境，也就是情感意象，所以要"以境照之"，"照之须了见其象"，也就是"兴发意生"。只有情感意象形成了，并统摄创作过程，才能有诗思，"来即作文。如其境思不来，不可作也"。具体讲就是要"登高山绝顶，下临万象"，并且要深有感受，"心中了见"、"以心击之"，然后才能进入"构图"。

如何才是"以境照之"、"照之须了见其象"？同卷又一节云：

> 诗贵销题目中意尽，然看当所见景物与意惬者相兼道。若一向言意，诗中不妙及无味；景语若多，与意相兼不紧，虽理道亦无味。

"意"与"景"结合不紧，诗便"无味"。"所见景物与意惬"，也就是"思与境偕"之意。这也就是以心境"照"实景的结果。用图式表示这一创作过程，便是：

目击其物——→心境生——→以境照之——→景与意惬

王氏高明之处就在于发现并重视"心境生"，且须"以境照之"这一环节。在创作实践中，王氏已体悟到外境要成为诗境，就必须通过作者的情感结构,形成情感意象,以统摄创作过程。如果外境未能使情感结构有所反应("兴发意生"),就叫"境思不来",这时只有"放情却宽之",直到有所会意,形成情感意象("境")。在《诗格》中,王昌龄又称:

> 诗有三境:一曰物境,欲为山水诗,则张泉石云峰之境极丽绝秀者,神之于心,处身于境,视境于心,莹然掌中,然后用思,了然境象,故得形似。二曰情境,娱乐愁怨,皆张于意而处于身,然后驰思,深得其情。三曰意境,亦张之于意而思之于心,则得其真矣。

外物及诗人情志,都可先触物起兴成为心境,再外化为审美对象的诗境(物境、情境、意境)。这就使得王氏之论上与言志、缘情、比兴、意象的传统诗论接轨,下又开创了整体把握诗歌创作的新思路。回顾上节关于"象外之象"的讨论,不难发现二者是相通的,都意识到外部事物与文学幻象之间"情志"的作用。但王氏强调的是情感意象对创作过程的统摄意义及"境"的整体性,而司空氏则强调文学作品应有的审美效果及"象"的双重品格。二者结合,便是作品意味之发生。中唐刘禹锡《董氏武陵集记》曾提出"境生于象外",惜未及细论。继而倡合二者而言意味的诗论家有严羽。《沧浪诗话·诗辨》云:

> 夫诗有别材,非关书也;诗有别趣,非关理也。然非多读书多穷理,则不能及其至。所谓不涉理路,不落言筌者,上也。诗者,吟咏情性也。盛唐诸人唯在兴趣,羚羊挂角,无迹可求。故其妙处透彻玲珑,不可凑泊,如空中之音,相中之色,水中之月,境中之象,言有尽而意无穷。近代诸公乃作奇特解会,遂以文字为诗,以才学为诗,以议论为诗,夫岂不工,终非古人之诗也。

叶维廉《严羽与宋人诗论》认为，严羽否认以储藏字词、语汇、典故为创作之途，而强调"诗可以企图超越语言并把语言转化为指向或显示语言以外的物态物趣的符号"。"空中之音"云云，"那就是说，语言文字在诗中的运用或活跃到一种程度，使我们不觉语言文字的存在，而一种无言之境从语言中涌出"①。的确，严羽的"兴趣说"与司空图"象外之象"一脉相通，都有追求符号化的倾向，所谓"兴趣"，也就是感发出意味，所以严羽同时又倡"妙悟"。《沧浪诗话·诗辨》云：

> 大抵禅道唯在妙悟，诗道亦在妙悟。且孟襄阳学力下韩退之远甚，而其诗独出退之之上者，一味妙悟而已。唯悟乃为当行，乃为本色。

妙悟，就是审美直觉，是对事物深入体验而突然达成的洞察力，是情感、想象、感知的同时感发，是集成电路也似的综合反应能力。由于感受、推导、判断几乎同时到达终点（如苏珊·朗格所云"直觉是逻辑的开端和结尾"②），所以严羽更强调意象的"无迹可求"、"透彻玲珑，不可凑泊"，是由形式整体焕发出意味，"如空中之音，相中之色"云。在强调整体意味这一点上，又颇近于王昌龄的"境"，值得注意的是，无论司空图、严羽，还是后来倡"神韵"的王士禛，都以盛唐诗人王维为意境说的典范作家。我们要探明境与象的关系，还应回到王维的诗歌创作实践中去，事实上也是回到盛唐人注重情景交融的创作实践中去。

王维《山居秋暝》有云：

---

① 叶维廉《从现象到表现》，台湾东大图书公司1994年版，第195—196页。
② ［美］苏珊·朗格《情感与形式》，刘大基等译，中国社会科学出版社1986年版，第379页。

　　明月松间照，清泉石上流。

　　松月泉石并非什么"高洁的象征"，而是月、松、泉、石共构成一片澄明的氛围，整个儿蕴含着意味。《诗人玉屑》云："唐僧多佳句，有琢句法，比物以意而不指一物，谓之象外句。"所谓"比物以意而不指一物"，就是不同于线式的比兴，是用意象群共构一意境，从整体到整体，即境示人，好比给你一个饱含水分的梨，圆满自足。其中关键在于让景物独立自足，从比附、象征中解放出来，自然呈露，从而获得生命。所谓"自然呈露"，并非杂草丛生式的自生自灭，而是作者不动声色地让物象按其意愿呈露某一面来示人，如王维《田家》：

　　　　旧谷行将尽，良苗未可希。老年方爱粥，卒岁且无衣。雀乳青苔井，鸡鸣白板扉。柴车驾羸牸，草屩牧豪豨。多雨红榴折，新秋绿芋肥。饷田桑下憩，旁舍草中归。住处名愚谷，何烦问是非！

　　红榴绿芋、雀乳鸡鸣，分别来看，无非农村平常事物，似乎不经意的罗列，但"物虽胡越，合则肝胆"，仔细品味，样样都呈露其简朴自足与世无争的一面，隐去具体事物的不谐调的方面（如旱涝租蝗之类），诸事物都指向诗人所向往的富足闲适与世无争，作为整体构成了诗人内心向往的世界——却未必是现实的世界。红榴绿芋诸多意象群共构了一个整体的意境——它不但是诗人从"田家"中感应得来，是其"心境"所"照"的产物，而且其指向正是作者留给读者去感应的空间，须读者去"悟"，从而发生感应，生出"象外之象"来。"境生象外"的"境"，要靠读者的"悟"最后完成。这就是传为司空图所作《二十四诗品》所称道的"超以象外，得其环中"。作者留下的"环中"还要读者去"得"，是司马光《温公续诗话》所云："古人为诗，贵于意在言外，使人思而得之。"事实上作者能做到的只是创造意象及安排其组合,能否形成意境还须读者从容涵泳,有会于心。
王夫之《薑斋诗话》卷二有云:

> "池塘生春草"、"胡蝶飞南园"、"明月照积雪",皆心中目
> 中与相融浃,一出语时,即得珠圆玉润,要亦各视其所怀来而与
> 景相迎者也。

池塘春草诸意象是诗人"心中目中与相融浃",经过自家情感
结构过滤、着色,然后创造出来的诗歌意象。就作者方面而言,"一
出语时,即珠圆玉润",其表达已臻完美;但最后形成什么样的意境,
还要"各视其所怀来而与景相迎者也"。戴鸿森笺曰:

> 就是说:你是抱着怎样的情怀来看取这个景象的呢? 作
> 者的情怀应该结合全篇乃至全人看,问题是何以许多读者对这
> 几句特加称赏,其原因是句中所表现的鲜明活跃的景象,可以
> 就不同的情怀触发各种联想,引起共鸣。①

作者"所怀来"与读者"所怀来"是二重感应:作者感受于实景,
读者感悟于诗之意象。作者以其情感结构迎之,读者以其期待视野
迎之。作者之所以能以有限之象造无限之境,关键还在于能否留出
"环中",与不同时代不同类型的无数读者共创新的意境。胡应麟
《诗薮》内篇称:"盛唐绝句,兴象玲珑,句意深婉,无工可见,无迹可
寻。"唐人的确注重意象组合的整体性,让意境成为作者与读者情感
交流的"场"。我国古文论虽然尚未能就此作进一步论析,但从整体
上把握作品,通过感应寻求作品意味,已成为对读者颇为明确的要
求。如王夫之《薑斋诗话·诗译》有云:

---

① 王夫之著、戴鸿森笺注《薑斋诗话笺注》,人民文学出版社 1981 年版,第 51 页。

"采采芣苢",意在言先,亦在言后,从容涵泳,自然生其
气象。

"意"首先要在"言先",是作者感应外物的心理基础,如同书卷
二所云:"意犹帅也……烟云泉石,花鸟苔林,金铺锦帐,寓意则灵。"
意统帅群象,便是王昌龄所谓"以境照之"。然而意境之最终形成,
还要读者去"从容涵泳",直到有所会心,"自然生其气象",所以意
"亦在言后"。其《夕堂永日绪论》内编又云:

"新朋无一字,老病有孤舟。"自然是登岳阳楼诗。尝试设
身作杜陵,凭轩远望观,则心目中二语,居然出现,此亦情中
景也。

黄子云《野鸿诗的》亦云:

当于吟咏之时,先揣知作者当日所处境遇,然后以我之心,
求无象于窅冥惚怳间,或得或丧,若存若亡,始也茫然无所遇,
终焉元珠垂曜,灼然毕现我目中矣。

这就是读者与作者通过诗境而来的心灵感应,也是意境的最后
完成。要整体把握作品意味者,莫如"境"、"意境"、"境界",故宋元
明清以来,意境作为审美范畴广泛被应用于诗词、书画乃至戏曲诸
多文艺门类的鉴赏批评。如郭熙《林泉高致·画意》称:"境界已
熟,心手已应,方始纵横中度,左右逢源";笪重光《画筌》称:"神无
可绘,真境逼而神境生";揭傒斯《诗法正宗》称:"语少意多,句穷篇
尽,目中恍然别有一番境界意思";叶燮《原诗》称:"苏轼之诗,其境
界皆开辟古今之所未有";陈廷焯《白雨斋词话》评容若词云:"然意
境不深,措词亦浅显";况周颐《蕙风词话》评韩持国词云:"词境以

深静为至。韩持国《胡捣练令》……境至静矣，而此中有人，如隔蓬山。思之思之，遂由浅而见深"；汤显祖评点《红梅记》云："境界迂回宛转，绝处逢生，极尽剧场之变"；祁彪佳《远山堂曲品·剧品》评《八仙庆寿》云："境界是逐节敷演而成"；梁启超《饮冰室文集》卷十《论小说与群治之关系》称："小说者，常导人游于他境界，而变换其常触常受之空气者也"；樊志厚《人间词话·序》云："文学之工与不工，亦视其意境之有无与其深浅而已。"以境、意境、境界评文学艺术作品，几于无所不能矣！原其究竟，就在于它的直观与整体把握，且能同时涵盖作者、读者两方面的感应，具有诗学思维方式的普遍意义。可惜这些"点到辄止"式的传统批评只是些零散的吉光片羽，要待到近代学者王国维《人间词话》，始开宗明义地拈出"境界"二字作为评词的标准，且注入西方一些文学观念，再度引起人们的重视。

叶嘉莹《对〈人间词话〉中境界一辞之义界的探讨》认为："《人间词话》中所标举的'境界'，其含义应该乃是说，凡作者能把自己所感知之'境界'，在作品中作鲜明真切的表现，使读者也可得到同样鲜明真切之感受者，如此才是'有境界'的作品。"[①]这里将二重感受及其整体性表述得很清晰，证之《人间词话》，有云：

　　故能写真景物、真感情者，谓之有境界。否则谓之无境界。

　　"红杏枝头春意闹。"著一"闹"字，而境界全出；"云破月来花弄影。"著一"弄"字，而境界全出矣。

　　词忌用代字。美成《解语花》之"桂华流瓦"，境界极妙，惜以"桂华"二字代"月"耳。

　　问"隔"与"不隔"之别，曰：陶谢之诗不隔，延年则稍隔矣；东坡之诗不隔，山谷则稍隔矣。"池塘生春草"、"空梁落燕泥"

① 该文收入姚柯夫编《〈人间词话〉及评论汇编》，书目文献出版社1983年版，第154页。

等二句,妙处唯在不隔。词亦如是。即以一人一词论,如欧阳公《少年游》咏春草上半阕云:"阑干十二独凭春,晴碧远连云。千里万里,二月三月,行色苦愁人。"语语都在目前,便是不隔。至云"谢家池上,江淹浦畔",则隔矣。

大家之作,其言情也,必沁人心脾;其写景也,必豁人耳目。其辞脱口而出,无矫揉装束之态,以其所见者真,所知者深也。诗词皆然,持此以衡古今之作者,可无大误矣。

以上云云,无非要求作者要有真切的感受,并以鲜明的形象示人,尽量使境界澄明,让读者能直观把握。所以作者不但要"所见者真,所知者深",还要想尽办法表达真切的感受,使之"境界全出",绝不可用有碍境界之澄明的"代字"。"隔"与"不隔"是衡量境界是否澄明的尺度。许多学者都注意到王国维"境界"说与严羽"兴趣"说、王士禛"神韵"说之关系,却罕有提及与王夫之"情景"说之关系。兹列数则以供比较:

始终五转折,融成一片。天与造之,神与运之。呜呼,不可知已!"池塘生春草",且从上下前后左右看取,风日云物,气序怀抱,无不显著。较"蝴蝶飞南园"之仅为透脱语,尤广远而微至。(《古诗评选》卷五评谢灵运《登池上楼》)

无论诗歌与长行文字,俱以意为主。意犹帅也;无帅之兵,谓之乌合。李杜所以称大家者,无意之诗十不得一二也。烟云泉石,花鸟苔林,金铺锦帐,寓意则灵。若齐梁绮语,宋人抟合成句之出处,役心向彼搜索,而不恤己情之所自发,此之谓小家数,总在圈缋中求活计也。(《夕堂永日绪论》内编)

"僧敲月下门",只是妄想揣摩,如说他人梦,纵令形容酷似,何尝毫发关心?知然者,以其沉吟"推"、"敲"二字,就他作想也。若即景会心，则或推或敲，必居其一，因景因情，自然灵妙，何劳拟议哉？"长河落日圆"，初无定景；"隔水问樵夫"，初非想得：则禅家所谓现量也。(《夕堂永日绪论》内编)

身之所历，目之所见，是铁门限。(《夕堂永日绪论》内编)

家辋川诗中有画，画中有诗，此二者同一风味，故得水乳调和，俱是造未造、化未化之前，因现量而出之。一觅巴鼻，鹞子即过新罗国去矣。(《薑斋诗集·夕堂戏墨》卷五《题芦雁绝句序》)

王夫之虽然未用"境界"的字眼，但主张真景真情、直观整体把握的方式与王国维并无二致。王国维的"隔"与"不隔"，与王夫之"现量"的主张也是相通的，都是要求"即景会心"、"语语都在目前"。不过，王国维的"隔"与"不隔"偏重在读者的审美感受，王夫之的"现量"则偏重在作者的审美感受。何谓"现量"？王夫之在《相宗络索》中解释道："现者有现在义，有现成义，有显现真实义。现在不缘过去作影，现成一触即觉，不假思量计较；显现真实，彼之体性本自如此，显现无疑，不参虚妄。"也就是王国维所云"其辞脱口而出，无矫揉装束之态，以其所见者真，所知者深也"的意思。实质上"境界"论的核心还是"情景"论。应当说，王夫之论情景之关系似比王国维要更详尽、更深刻些。王国维称："境非独谓景物也，喜怒哀乐亦人心中之一境界。"又称："昔人论诗词，有景语情语之别，不知一切景语皆情语也"；"词家多以景寓情，其专作情语而绝妙者，如牛峤之'甘作一生拚，尽君今日欢'……求之古今人词中，曾不多见。"而王夫之则云：

情景名为二，而实不可离。神于诗者，妙合无垠。巧者则有情中景，景中情。景中情者，如"长安一片月"，自然是孤凄忆远之情；"影静千官里"，自然是喜达行在之情。情中景尤难曲

写,如"诗成珠玉在挥毫",写出才人翰墨淋漓、自心欣赏之景。(《夕堂永日绪论》内编)

> 不能作景语,又何能作情语邪?古人绝唱多景语,如"高台多悲风"……以写景之心理言情,则身心中独喻之微,轻安拈出。谢太傅于《毛诗》取"于谟定命,远猷辰告",以此八字如一串珠,将大臣经营国事之心曲写出次第,故与"昔我往矣,杨柳依依;今我来思,雨雪霏霏",同一达情之妙。(《夕堂永日绪论》内编)

"情中景"也就是相当于王国维所说的"喜怒哀乐亦人心中之一境界"。二人都说到情景的统一性,而王夫之更强调情景的互相激发:

> "青青河畔草"与"绵绵思远道",何以相因依,相含吐?神理凑合时,自然拈得。(《夕堂永日绪论》内编)

> 情景相入,涯际不分,振往古,尽来今,唯康乐能之。(《古诗评选》卷五评谢灵运《邻里相送至方山》)

> 谢诗有极易入目者……言情则于往来动止缥缈有无之中得灵蠁,而执之有象;取景则于击目经心、丝分缕合之际貌固有;而言之不欺。而且情不虚情,情皆可景;景非滞景,景总含情。(《古诗评选》卷五评谢灵运《登上戍石鼓山诗》)

神理凑合,情景相入,情皆可景,景总含情;王夫之将情景之关系辨析得淋漓尽致。而这种情景关系之母,则是比兴:

> 兴在有意无意之间,比亦不容雕刻。关情者景,自与情相为珀芥也。情景虽有在心在物之分,而景生情,情生景,哀乐之

触，荣悴之迎，互藏其宅。

正是"比兴"的诗学思维方式使情景关系发展至"互藏其宅"的血肉关系，懂得这层意义再反照境界说，才能更深刻理解其直观、整体把握的意义。所以王国维的境界说乃是传统比兴说的发展结果。或云王国维受西方文学观之影响，故有"无我之境"、"有我之境"、"理想家"、"写实家"云云。然而作为"境界"说之核心，还是源于"比兴"说的"情景"说。《人间词话》又曰：

> 尼采谓"一切文学余爱以血书者"，后主之词真所谓以血书者也。宋道君皇帝《燕山亭》词亦略似之，然道君不过自道身世之戚，后主则俨有释迦、基督担荷人类罪恶之意，其大小固不同矣。（卷上）
>
> "君王枉把平陈业，换得雷塘数亩田。"政治家之言也。"长陵亦是闲邱陇，异日谁知与仲多。"诗人之言也。政治家之眼，域于一人一事，诗人之眼，则通古今而观之。（卷下）
>
> 自然中之物，互相关系，互相限制。然其写之于文学及美术中也，必遗其关系、限制之处。故虽写实家，亦理想家也。（卷上）

我们如果不以当代人的眼光深究其"释迦"、"基督"、"政治家"云云是否准确，则不难看出王国维受西方文学观之影响，主张文艺要超越个人利害关系，反对作品的个人情绪化。事实上这一观点与本土传统的儒家诗教也可以打通。王夫之有云：

> 诗言志，非言意也。诗达情，非达欲也。心之所期为者，志也；念之所觊得者，意也；发乎其不自已者，情也；动焉而不自待

者,欲也。(《诗广传》卷一论《北门》)

　　经生之理不关诗理,犹浪子之情无当诗情。(《古诗评选》卷
五评鲍照《登黄鹤矶》)

　　王夫之将诗理与经生之理,诗情与浪子之情严格分开,而与"诗
言志"相关联。王国维也许将诗情理解得更广泛些,但反对将诗情
囿于个人利害关系与王夫之是一致的。这一点之所以重要,就在于
它表明"境界"说是开放的系统,并未与社会生活隔绝。

　　英年早逝的陈植锷博士曾试图从文学内部探寻出一些基本构
成及其发展的共同因子来,他选择的第一个对象便是"意象",《诗
歌意象论》是其成果①。他认为"落花"、"春"、"暮"、"雨"等具有特
定含义的意象,是存在于中国古代诗歌中的共同的基本结构单位,
是使用共同语言的人类的共同感情在深层意识中的长期积淀,是一
些具有相对稳定性的独立的艺术符号系统。从意象的创造及发展
演变中,可透视中国诗歌发展史。海外学人周英雄也认为:"研究中
国诗词,若能以兴为枢纽,进而循历史的一轴,追踪此一修辞与文学
观之演化,则或能将中国诗词的精义,作更精确的界定。"②如是卓
识表明,用中国自家的理论来阐释中国文学的发展史,正日渐成为
新一代学人的追求。从其实践中又可看到,这一努力并不排斥借助
西方文学观念与研究方法来发明、完善中国固有的理论体系。如陈
植锷之论意象,就与符号论相发明。他认为,"在符号中有没有'感
情'出现,不仅是艺术语言表现同日常语言表现的区别所在,而且是
一切艺术表现同自然表现的区别所在。日常语言的词汇,强调反映
事物的共性,追求概念的确定性,即使同一事物有一个统一、明确的

――――――――――

① 　陈植锷《诗歌意象论》,中国社会科学出版社 1990 年版。本节所引陈氏文,咸见该书,只
　　标页码。
② 　周英雄《赋比兴的语言结构》,见《结构主义与中国文学》,台湾东大图书公司 1983 年版,
　　第 122 页。

价值规定,而排除一切主观的感情因素。"(页47)由此进一步阐述
了意象之更新与诗歌发展的关系,指出:"诗歌是语言的艺术,作为
意象外壳的语词,应当是那些具有表象性的词汇。而我们之所以把
这种与一定的意象对应语词称为表象性的语词以区别于其他概念
化的语词,就是因为它们带有形象性、具体性和情感性。但这种东
西使用多了、久了,他们所具有的感情特点也就慢慢地减薄,一旦被
赋有一种固定的公式化的意义,其与所谓概念性语词的差距也就逐
渐消失了。"(页298)也就是说,意象的符号化是其生命力,不具有
艺术符号的"意象"是死的意象。这一推断直探文学的本质。俄国
形式主义者曾将文学史视为陌生化与自动化的相互交替的过程,也
就是新形式不断取代旧形式的过程,有其合理性。然而为什么要不
断"陌生化",却语焉不详。如果用意象的老化与死亡从而失去艺
术符号的生命力这一观点来解释,则对诗史而言是一通途。陈植锷正
是以唐宋之际意象老化亟待更新的观点指出诗的形式向词的形式
转移是"一次重大的历史性转移"(页367)。明代胡应麟《诗薮》内
编卷一亦曰:

> 诗至于唐而格备,至于绝而体穷。故宋人不得不变而之
> 词,元人不得不变而之曲。词胜而诗亡矣,曲盛而词亡矣!

以此反观"比兴"说不断向"兴象"说、"意境"说、"情景"说、
"境界"说发展的趋势,当可揣测古人之用心,是对"言外之意"、"象
外之象"、"韵外之致"即诗歌语言对情感世界表现力的不断向上的
追求。陈植锷已直觉到这一趋势,在该专著最后一节论及诗词形式
之区别时认为,"从文学方面讲……其区别不在意象本身,而在于它
们的组合方式"。具体讲宋词在继承唐诗的意象组合艺术时,有三
个方面的发展和变化,其一是:"以杂言的形式取代齐言,成意象错
落之美,并进而使意象的密集化程度更高。"(页370)我认为这"意

象的密集化"便是"境界"的追求,也就是对意象组合整体性把握的自觉性。倒过来说,是词的形式要求词人更注重意象组合的整体性把握。让我们来比较一下诗与词两种形式的基本构成。

高友工《律诗的美学》论律诗对联时指出:"作为一个完整的乐句,它的展现与应和构成了一个独立自足的回环体。"又说:"一联对偶就为我们提供了互相对应的两幅同时出现的画面,而且更重要的是,对偶中的画面有其自身的完整性,它可以被视为一幅长卷中自成一体独立部分。即使将它从上下文中抽取出来,这一联对句还能保持其本身的美学价值。"①正因其如此,所以诗歌往往以一联而流传。词则通常要一阕才能表达一个完整的意境,较难句摘。以李清照《声声慢》为例:

> 寻寻觅觅,冷冷清清,凄凄惨惨戚戚。乍暖还寒时候,最难将息。三杯两盏淡酒,怎敌他晚来风急! 雁过也,正伤心,却是早时相识。　　满地黄花堆积,憔悴损,如今有谁堪摘? 守着窗儿,独自怎生得黑! 梧桐更兼细雨,到黄昏点点滴滴。这次第,怎一个"愁"字了得!

开头三句的叠字极负盛名,但单独列出并无意义,也无美感。整首词层层渲染,最后浓缩为一个百般无奈的"愁"字,而这个"愁"字的丰富内容是由全首词的每一个意象沉积而成的,不可句摘。以意境论画,以境界论词,也正是顺应对该形式审美时须整体直观把握的要求。明白这一点,有助于我们理解王国维为何与苏轼的意见不一致。《人间词话》云:

> 少游词境最为凄婉,至"可堪孤馆闭春寒,杜鹃声里斜阳

---

① ［美］高友工《律诗的美学》,收入《美国学者论唐代文学》,上海古籍出版社1994年版,第28、40页。

暮",则变而凄厉矣。东坡赏其后二语,犹为皮相。

秦观《踏莎行》词如下:

　　雾失楼台,月迷津渡,桃源望断无觅处。可堪孤馆闭春寒,杜鹃声里斜阳暮。　　驿寄梅花,鱼传尺素,砌成此恨无重数。郴江幸自绕郴山,为谁流下潇湘去?

苏轼之所以激赏末尾二句,大概是从诗的角度看,这一联行云流水有言外之意。但王国维要论境界,自然特重氛围。"杜鹃声里斜阳暮"要比末二句更能营造气氛,放在上片末尾起着过渡作用,使上下片都笼罩在这一氛围之中,故尔为王国维所激赏。一个成功的意象的形成,往往要经过长期的积淀(如菊、梅),所以成功的意象是有限的。然而意象的组合却是千变万化的(如"关山月"、"晓风残月"、"西江月"……),几于无穷。重视意象的重新组合,无疑是防止意象老化的有效途径。从这一层意义上讲,由"兴象"走向"境界"也是"陌生化"必然的进程。

　　小结:心与物之关系的研究,是中国传统文论中颇为一贯且卓有成效的研究。本章参照西方某些文论体系对这一研究重新进行描述,力图显现其自身的逻辑性。从根本上讲,心物论是建立在感应论的基础上,即心与物是双向建构的关系,"感物吟志",心与物的交汇点在"情志"。"情志"是中国文学的出发点。以"象"为桥梁,以情志统摄"象",从而达到超越语言的符号化目的,则是我国文学传统的语言策略。从"比兴"到"兴象",再到重视意象组合的"意境"、"境界",便是这一策略的发展轨迹。虽然这一策略典型地体现在诗史的进程中,但它乃是中国文学的灵魂,是中国文学思想的内在主线,也是我们观察中国文学史新视野的中轴线。

第四节　从工具性到构建性——象言

本节拟从语言的角度审视上述问题。

中国传统文论对语言的认识固然不脱工具说之范围,但有其特殊性而与西方摹仿说不尽相同,不妨称之为"象言"说。

先民对语言的局限性早有觉察,所以另立"象"以"尽意"。故《周易·系辞上》称:"圣人有以见天下之赜,而拟诸其形容,象其物宜,是故谓之象。"老子《道德经·虚心》亦云:"道之为物,唯恍唯惚。惚兮恍兮,其中有象;恍兮惚兮,其中有物。"以象尽意,事实上就是对意义整体的追求,企图以"象"涵盖在场者与隐蔽者。王弼《周易略例·明象》说得透彻:

> 夫象者,出意者也。言者,明象者也。尽意莫若象,尽象莫若言。言生于象,故可寻言以观象;象生于意,故可寻象以观意。意以象尽,象以言著。

言、意、象三者的关系很明确,言不是直接表意,而是"明象",象是言与意之间的中介。这与西方摹仿论有重大区别。而以象形性为根基的汉字,又促成了这种整体直观的意会思维。有人将汉字比作集成电路,含有最大的信息量,其"孤立语"的一词一义性质可灵活地组合,又强化了汉字的直观形象性,使汉语思维过程呈现出"卡通"式的图景跳跃,在思维过程中超越了语词[1]。汉语及其思维的特性一旦与"文学的自觉"相结合,就可能使中国文论走上以"情景论"为核心的特殊道路。处于"言意之辨"与"文

---

[1]　参看王树人、喻柏林《传统智慧再发现》上卷,作家出版社1996年版,第43—47页。

学自觉"交叉点上的中古时期,由是引起我们的关注。

让我们从文笔之辨切入。

据郭绍虞《文笔与诗笔》之考析①,文笔之分起于六朝,当时文笔分言有两类,一是专就文章体制而言者,如《文心雕龙·总术》云:

> 今之常言有文有笔,以为无韵者笔也,有韵者文也。

一是兼就文学性质而言者,如萧绎《金楼子·立言》云:

> 不便为诗如阎纂,善为章奏如伯松,若此之流,泛谓之笔。吟咏风谣,流连哀思者,谓之文……笔退则非谓成篇,进则不云取义,神其惠巧,笔端而已。至如文者唯须绮縠纷披,宫徵靡曼,唇吻遒会,情灵摇荡。

罗宗强认为,后者所认为的"文"的特征,可概括为词采、声韵、情感三方面。并认为,这是一个反映文的观念变化的极重要讯息,即要划分出纯文学来的想法②。所言是。尤值得重视的我认为还在于对文学语言本身的重视。萧统《文选序》述其去取标准,将经、子、史排除在外,又云:

> 至于纪事之史,系年之书,所以褒贬是非,纪别异同,方之篇翰,亦已不同。若其"赞论"之综辑辞采,"序述"之错比文华,事出于沉思,义归乎翰藻。故与夫篇什,杂而集之。

对此有二种解析,一种以为"沉思翰藻"应是昭明《文选》之总

---

① 郭绍虞《照隅室古典文学论集》上编,上海古籍出版社1983年版,第158页。
② 罗宗强《魏晋南北朝文学思想史》,中华书局1996年版,第372—378页。

体标准,朱自清则主此说,并在《〈文选序〉"事出于沉思义归乎翰藻"说》一文中详加考析,得出结论称:"合上下两句(即'事出于沉思,义归乎翰藻')浑言之,不外'善于用事,善于用比'之意。"①另一种解析是认为二句应指史传中的赞论、序述而言,并非总标准,罗宗强主此说,并称:"'翰藻',即'综辑辞采'、'错比文华'。"总之是"看重深思与辞采,特别是辞采之美"②。无论如何,两种说法都认为《文选》去取标准重视语言的文学性,"辞采之美"不必论,"善于用比"也是强调语言的文学意味,盖比喻是"文学语言之根本"。对文学语言自在性的重视无疑是文学史的一大进步。

　　问题还在于对文学语言与象之关系的认识。该时期值得重视的文论有钟嵘《诗品》,他提倡"巧构形似之言",如果与他的"文已尽而意有余,兴也"、"观古今胜语,多非补假,皆由直寻"的主张合看,则所谓的"巧构形似之言",也就是"象言"。即以言明象,以象尽意。言之所以能有余味,就在于能构建出艺术之象,感发读者整体直观的意会思维,通过在场者("直寻"出的"象")逗出隐蔽者("意义整体")。上数节言及殷璠"兴象"说,王昌龄"意境"说,司空图"象外之象"说,王夫之"情景"说,无不循此以求。尽管诗论家极力强调象外之味,但其实都看重象言本身,兴象并举。对此,钱锺书有点睛之笔焉。钱氏强调艺术之象与哲学之象的区别,在《管锥编》中称:"诗也者,有象之言,依象以成言;舍象忘言,是无诗矣,变象易言,是别为一诗甚且非诗矣。"又说:"是故《易》之象,义理寄宿之蓬庐也,乐饵以止过客之旅亭也;《诗》之喻,文情归宿之菀裘也,哭斯歌斯、聚骨肉之家室也。"③所以无论

---

① 　朱自清《朱自清古典文学论文集》,上海古籍出版社1980年版,第50页。
② 　罗宗强《魏晋南北朝文学思想史》,中华书局1996年版,第403页。
③ 　钱锺书《管锥编》第1册,中华书局1979年版,第13—15页;陈子谦《钱学论》第十四章第六节对钱氏此说有详尽发挥,可参看(四川文艺出版社1992年版,第534页)。

诗人将话说得多么绝："不著一字，尽得风流"，但毕竟不是禅家棒喝，他们还是要炼字、炼句，执着于象言本身。以此反观中古时期"文笔之分"与"沉思翰藻"诸说，或可明白其时先觉者已悟及语言的构建性，开始自觉到语言的诗性使用，并力图建立诗歌的特殊语言。林庚教授以其诗人的敏感觉察到这一动向。在《唐诗的语言》一文中他指出："语言的诗化，具体的表现在诗歌从一般语言的基础上，形成了自己的特殊语言。"[1]如"妖童宝马铁连钱，娼妇盘龙金屈膝"之类句法，一律没了动词，"一洗万古凡马空"也只能是诗中的语法。但语言诗化的更重要标志是形象化，如庾信诗赋乃至文章中的语言："霜随柳白，月逐坟圆"、"一寸两寸之鱼，三竿两竿之竹"、"雪高三尺厚，水深一丈寒"，"一<u>丛</u>香草足碍人，数尺游丝即横路"等，连数字也有鲜明的形象性了。至如杨炯《骢马》"夜玉装车轴，秋风铸马鞭"，李白《长相思》"昔日横波目，今作流泪泉"等，都是诗国特有的语言。

然而诗歌语言还有其更深层的特殊性。作为"孤立语"的汉语，并没有印欧文字性、数、格、时态的变化，其词义是借词序变化形成的语境来显示。因此，汉字的组合一旦与对偶、声律结合，构成律诗，则具有某种"语言转向"的意义。

杜诗的语言便是一种创构情感意象的典型语言。

先看其字词的特殊组合。杜诗组词往往将景物与情志紧密结合到"化合"的程度。如《秋兴八首》名句："香稻啄余鹦鹉粒，碧梧栖老凤凰枝。"此联千古聚讼，甚至有认为"简直不通"、"全无文学价值"者。而辩之者则云是"倒装句法"，是"语序颠倒"云云。萧涤非师曾在《杜甫研究》中指出：此联"并不是什么倒装句"，而是"以名词作形容词用"[2]。"鹦鹉粒"便是一个组合的整体。再如《秋尽》云："篱边老却陶潜菊，江上徒逢袁绍杯。""陶潜

---

① 　林庚《唐诗综论·唐诗的语言》，人民文学出版社 1987 年版，第 86 页。
② 　萧涤非《杜甫研究》，齐鲁书社 1980 年版，第 105 页。

菊"、"袁绍杯"为何物？它只能是艺术世界中才有的特殊"品种"，是诗人用语言创构出来的"象"。至如"天畔登楼眼"、"画图省识春风面"、"岸风翻夕浪"云云，"登楼"与"眼"，"春风"与"面"，"岸"与"风"，"夕"与"浪"铸成诗的"合金"。而"影著啼猿树"、"听猿实下三声泪"、"清江锦石伤心丽"云云，竟是情与景的有机化合物了。"影著啼猿树"固然可释为：身羁峡内，每依于峡间之树，而峡间之树多著啼猿。但如此分解，"啼猿树"之意味又何在哉！"伤心丽"三字更是混沌不可凿，是"壮丽"、"清丽"、"华丽"……诸多"丽"之外的又一新品种，是诗人独特感受与"清江锦石"化生而成的一个独立的生命！

再看其句中词序。杜诗语序多"以意为之"，如《放船》云：

青——惜峰峦过，黄——知橘柚来。

由第一眼的印象到引起感受的情绪，再到理性的判断，不正是所谓"意识流"所追求的效果？《春日江村五首》有句云："经心石镜月，到面雪山风。"这样的语序，难道不是惟妙惟肖地绘制出诗人因感受的强烈才引起对事物的关注的思维轨迹？杜甫善用汉字的视觉性，恰恰就表现在他似乎不经心地将这些客观上无序的共时画面组合成有序的诗的语法，从而精确地表达了自己的感受，并尽量减少耗散地传递给读者。《曲江对酒》云：

桃花细逐杨花落，黄鸟时兼白鸟飞。

在自然界，桃花杨花本是错杂纷下，而黄鸟白鸟也无所谓谁伴谁飞。经杜甫组织入诗，"兼"字、"逐"字化无序为有序，人情便在其中：律诗的结构使读者自然而然地与下联"纵饮久判人共弃，懒朝真与世相违"形成对比，人弃世违之感不由升上心头。可见词序之变化使诗化语言具有摹仿心理轨迹的能力,进而具有塑造心理形象的能力。

叶燮《原诗·内篇下》曾对杜诗语言的这种创构能力表示惊叹:

> 昔人云:王维诗中有画。凡诗可入画者,为诗家能事,如风云雨景象之至虚者,画家无不可绘之于笔,若"初寒"、"内外"之景色,即董、巨复生,恐亦束手搁笔矣!

杜诗《冬日洛城北谒玄元皇帝庙》有云:"碧瓦初寒外。"无象无形之"初寒"如何能在有形有质的碧瓦之"外"?这是"不可能图形",但就感受而言,却是可能。仰视巍巍玄元寺,觉碧瓦之高置,俨然超乎充塞人间之寒气,故非"外"字不可。它将作者对高华壮丽的玄元寺的感受,借碧瓦之实体传达给读者,是所谓"呈于象,感于目,会于心"者。此类在杜诗中俯拾皆是,如"星临万户动,月傍九霄多","晨钟云外湿","高城秋自落"云云。月光之"多",钟声之"湿",秋之"自落",都是用语言创构之象,是为"象言"。

然则杜诗意象高妙之处还在于整体的构建,意象之间相互作用,幻化出无穷之意味。试读胡应麟誉为"古今七言律第一"的名篇《登高》:

> 风急天高猿啸哀,渚清沙白鸟飞回。无边落木萧萧下,不尽长江滚滚来。万里悲秋常作客,百年多病独登台。艰难苦恨繁霜鬓,潦倒新停浊酒杯。

律诗好比一座拱桥,借助对偶、声律、语序,使字与字之间,词与词之间,句与句之间,联与联之间产生张力,共构一个整体语境。此诗"万里"一联含八九层意,或云他乡作客一可悲,经常作客二可悲,万里作客三可悲,况当秋风萧瑟四可悲,登台易生悲愁五可悲,亲朋凋零独去登台六可悲,扶病而登七可悲,此病常来八可悲,人生不过百年,病愁中过却九可悲。这八九层意,正是来自万里、悲秋、作客、百年、多病、独、登台等字词的交错组所产生的多重意象。可以下图示意:

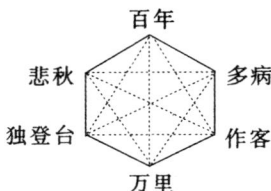

如图所示,各种意象交互组合,你中有我,我中有你,如镜镜相摄,意味迭出焉。整首诗中风急、天高、渚清、沙白、猿啸、鸟飞,萧萧落木、滚滚长江……互为斗拱,交织共时,是秋的和弦,秋的场景,秋的气息。至此,诗中秋景已非夔州实景,而是"离形得似"之艺术幻境,是读者无须亲临夔州即可感受到的一个秋景;诗中悲秋之情也不仅是杜甫个人情绪,而是从个人生活经验中提取的具有普遍意义的审美经验,也就是以诗语象言组合而成的一种感人形式。诗歌语言的构建性至此已不必有太多的凭证了,而诗歌语言的构建性正是本章上三节所示情景论演进之基础,没有这种构建性的语言,意象、境界的创构便要落空。我深信,文学史的进程便是语言诗化的进程。散文如张岱《陶庵梦忆》,其语言的诗性使用,已臻圆美,如《湖心亭看雪》一节:

> 雾凇沆砀,天与云、与山、与水,上下一白,湖上影子,唯长堤一痕、湖心亭一点,与余舟一芥、舟中人两三粒而已。

其语言的形象性不让唐诗。再如小说《红楼梦》,百回连绵,不就是一首缠绵悱恻的抒情长诗? 其中自有取不尽的诗情画意。语言的诗性使用是文学家永恒的使命。

最后,我想对"典故"这一特殊的语言现象作一"切片"式探究,以期窥见语言由工具性向构建性转换的奥秘。

典故,本是浓缩了的叙事语言,当它进入诗国,便有"隔"与"不隔"之别,其实也只是诗化程度之别。好比食物,对人是否有营养,还要视其被消化的程度。

文学史家大都注意到赋的诗化,却于诗的赋化着墨不多。但六朝至盛唐的文学史进程都表明这是二者交互作用的过程,而典故由工具性转向构建性则宜置诸二者互动之中来观察。或云:"汉以后无赋。"就赋的发展而言,两汉以来一直在演进,至宋方入衰微;就其骈辞大赋的"巨丽"精神而言,则奠定了中国文学的某种基本特质,流行于各种文体而不衰。所谓赋的巨丽精神,体现在艺术上便是"铺采摛文"的手法,秀错绮交地造成包罗繁富气势宏阔的形式美。六朝各种文体中讲究铺采摛文的形式美,应视为赋的精神之渗透。马积高《赋史》曾指出:庾信后期文风"由华艳新巧变为沉郁秾丽";又认为,庾信在梁时作赋与沈约、萧纲诸人同类之作并没有什么根本区别,"但也有某些细小的差别:一是用典多,如《春赋》开头十二句就用了八个典",云云[1]。"用典更多"是一个重要信息,在其晚期有更充分的展现。陈寅恪《读哀江南赋》中有一段深刻的论述云:

> 兰成(庾信小字)作赋,用古典以述今事。古事今情,虽不同物,若于异中求同,同中见异,融会异同,混合古今,别造一同异俱冥,今古合流之幻觉,斯实文章之绝诣,而作者之能事也。[2]

用典虽是"古已有之"的手法,但善用古典以述今事,有意通过古典与今事的异同对比,别造一同异俱冥的完整的艺术世界,应自

---

① 马积高《赋史》,上海古籍出版社 1987 年版,第 239—240 页。
② 陈寅恪《金明馆丛稿初编》,上海古籍出版社 1980 年版,第 209 页。

庾信始,而《哀江南赋》则堪为典范。试读下文:

> 下江余城,长林故营。徒思㧏马之秣,未见烧牛之兵。章
> 曼支以毂走,宫之奇以族行。河无冰而马渡,关未晓而鸡鸣。
> 忠臣解骨,君子吞声。章华望祭之所,云梦伪游之地。荒谷缢
> 于莫敖,冶父囚于群帅。硎谷折拉,鹰鹯批攒。冤霜夏零,愤泉
> 秋沸。城崩杞妇之哭,竹染湘妃之泪。①

　　前四句引田单守即墨反败为胜故事,"徒思"、"未见",反用其
事也。征诸史实,梁将王琳所部甚盛,又得众心,为元帝所忌,迁于
岭外。故武宁之战,征王琳赴援不及,遂失江陵。倪注云:"言此武
陵郡下江、长林本可固守,惜无良将,所以见败也。"反用田单故事亟
见叹惋之情。接下来又用一连串典故摹拟了江陵败亡之日,士大夫
及无辜百姓奔走、受杀戮的惨状。其中用章曼支、宫之奇流亡故事,
不但指世家大族难逃此劫,更是抒发"忠臣解骨,君子吞声"之愤懑,
对梁元帝猜忌王琳、陆法和、谢答仁诸人,拒谏孤行,致使国事不可
挽回,表示了强烈的不满与愤恨!"折拉"、"批攒"更是活现了当日
的人间地狱。倪注引《元帝纪》,载当时帝王将相被俘被戮之惨状,
且魏军"乃选百姓数万口,分为奴婢,小弱者皆杀之"。荒谷之缢,冶
父之囚,拉胁折齿云云,就不再是古人受难,而是千百万当时人民的
受难!如果我们联系到庾信《伤心赋序》中提及的二男一女死于金
陵丧乱,而其老母妻子亦在被掳北上的难民流中,则"冤霜夏零,愤
泉秋沸。城崩杞妇之哭,竹染湘妃之泪"所迸发的就不是什么典故,
而是自家的血泪之情!尤能见庾氏"别造一同异俱冥,今古合流"之
境界者,当推下面一段文字:

---

① 本文所引庾作,咸见倪璠注《庾子山集》,中华书局 1980 年版。

　　水毒秦泾，山高赵陉。十里五里，长亭短亭。饥随蛰燕，暗逐流萤。秦中水黑，关上泥青。于时瓦解冰泮，风飞电散。浑然千里，淄、渑一乱。雪暗如沙，冰横似岸。逢赴洛之陆机，见离家之王粲。莫不闻陇水而掩泣，向关山而长叹。况复君在交河，妾在青波。石望夫而逾远，山望子而逾多。才人之忆代郡，公主之去清河。栩阳亭有离别之赋，临江王有愁思之歌。别有飘飘武威，羁旅金微。班超生而望返，温序死而思归。李陵之双凫永去，苏武之一雁空飞。

　　北地之黑水白山与古事今情浑然一体，绵丽之辞，哀怨之情，虚虚实实，恍兮惚兮，是一艺术幻境，却使人感到真实。自"逢赴洛之陆机"以下，种种生离死别之典故层见叠出，似十面埋伏，又似铁网珊瑚钩，疏而不漏，务使不可言状之情绪在博喻中显现。诸多故典从不同视角照明同一心理形象，或夫妻离散，或才人下嫁，或公主落难，或壮士去国；班超、温序，生生死死；陆机、王粲，有家难回；李陵更是屈身事敌有国难奔。庾氏正是以这些不同视角的诸多典故，极力摹拟了自身在亡国破家时那万端的愁绪与矛盾心态。事实上庾氏遭际，是任一单向典故所难穷尽的，其中既有妻离子散之悲苦，又有公主才士落难之委屈，更有羁臣降将的无奈与尴尬，实在是非博喻不足达其情。而就读者方面说，诸多事典又为之留下广阔的联想空间。"作者未必然，读者未必不然"，如班超、温序、苏武之忠贞，想来庾氏未必敢攀附，但读者则尽可联而系之，使原文更增一层悲壮苍凉之色彩。加上"水毒秦泾，山高赵陉"、"饥随蛰燕，暗逐流萤"之类似用典似写景，清词丽句穿插其间，更使读者如置身黑水白山，感受亲切。层积，可成沉郁；绵丽，更见悱恻。这又是以抒情为主，淳漓缠绵情调的屈赋的复归。如果说汉赋是以铺叙实物造成繁富阔大之气象，那么庾赋则以敷陈事典层积而成沉郁苍凉之风格。庾信有意将这一敷陈事典的手法移植至诗中，却未臻厥美。

　　《拟咏怀诗二十七首》是庾信成就最高的一组诗,倪注称其:"皆在周乡关之思,其辞旨与《哀江南赋》同矣。"不但辞旨同,有相当一部分诗手法亦与赋同。如下引这首:

　　　　周王逢郑忿,楚后值秦冤。梯冲已鹤列,冀马忽云屯。武安檐瓦振,昆阳猛兽奔。流星夕照镜,烽火夜烧原。古狱饶冤气,空亭多枉魂。天道或可问,微兮不忍言。

　　所写境遇与上引《哀江南赋》"下江余城"一段相类,也都用敷陈事典的手法,但诗的效果似较次,原因在于诗自有体,贵在"不隔",与读者相感应而共构意境,太多的事典易窒息读者的想象力。如何使古事溶于今情,典故化为意象,这一课题还有待唐人杜甫来解决。

　　高友工《律诗美学》对盛唐晚期杜甫之宇宙观做了研究,认为:

　　　　简单意象的叠置不再适于表达复杂的意义。他(指杜甫)有意通过用典来建造一个意象世界,因为事典可以引入简单意象无法表达的复杂的意义维度。①

　　认为这正是杜诗对庾赋进行改造的出发点,在敷陈事典之外,更着力于用古典述今事,古事今情,化为具有丰富的历史文化内涵的意象、意境。且读其《登楼》诗:

　　　　花近高楼伤客心,万方多难此登临。锦江春色来天地,玉垒浮云变古今。北极朝廷终不改,西山寇盗莫相侵。可怜后主还祠庙,日暮聊为《梁甫吟》。

――――――――

① 乐黛云等编选《北美中国古典文学研究名家十年文选》,江苏人民出版社1996年版,第99页。

前六句的结构好比古建筑的"斗拱"，勾心斗角，相互扶持。浦起龙《读杜心解》卷四之一，该诗笺云：

> "花近高楼"，春满眼前也。"伤客心"，寇警山外也。只七字，函盖通篇。次句中说醒亮，三从"花近楼"出，四从"伤客心"出，五从"春来天地"出，六从"云变古今"出。论眼内，则三、四实，五、六虚。论心事，则三、四影，五、六形也。而两联俱带侧注，为西戎开示，恰好接出后主祠庙来。

简言之，全篇由首句辐射出，正、反相承，互为虚实。"锦江春色"是天地自然，是永恒，是"正"；"玉垒浮云"是暂时性的，是"变"。"北极朝廷"，朝廷似北极之永恒也，是"正"；"西山寇盗"则是猖獗一时者，是"变"。由此引出尾联，同样是：后主虽昏庸，但代表"正统"，只要有能吟《梁甫吟》的诸葛亮一流人物在，事仍可为。故浦注又云：

> "后主还祠"，见帝统为大居正，非么麽得以妄干矣，是以"梁甫"长"吟"，"客心"虽"伤"而不改其浩落也。于正伪久暂之间，勘透根源，彼狡焉启疆者，曾不能以一瞬，不亦太无谓哉！

我认为此解颇得杜诗心。也由此可见其用典已不仅是"暗示"些什么（如钱注所云"托讽于后主之用黄皓"），它蕴涵着更为复杂的历史文化的意义，不妨看作一个文化符号，体现着历史文化的历时性与共时性。如何使事典转化为具有深刻意蕴与鲜明形象性的历史文化符号，正是杜甫晚期所致力的诗学课题。

庾信在事典的意象化方面有成功的经验。《哀江南赋》云"饥随蛰燕，暗逐流萤"，云"石望夫而逾远，山望子而逾多"。既用典故，又具形象。《小园赋》云"龟言此地之寒，鹤讶今年之雪"，用典叙今事不但贴切,且具鲜明的形象性。倪注"龟言"用苻坚事,"客龟"言:"我将归江南,不遇,死于秦。"解梦云为亡国之征。"鹤讶",用《异苑》寓言,二鹤语于桥下:"今兹寒不减尧崩年也。"言梁元帝死,若尧崩。从中我们既感受到庾信之处境与情绪,又感受到北地之寒气。杜甫在这方面更有突破性的进展。且读其《禹庙》诗:

> 禹庙空山里,秋风落日斜。荒庭垂橘柚,古屋画龙蛇。云气嘘青壁,江声走白沙。早知乘四载,疏凿控三巴。

浦起龙笺曰:

> 三、四,孙莘老云:苞"桔柚"、驱"龙蛇",皆禹事。愚按:妙在只是写景,有意无意。"青壁",谓庙外崖壁,正在"白沙"之上。"嘘"之"走"之,造物之气势,即神禹之气势也。神理与结联叹颂禹功一片。

浦注云云,无非是说杜诗已将大禹事迹化入实景中。高友工对此有精辟的见解,他认为此诗有两层意义:"第一层,每句诗都是围绕禹庙或其周围景物的描写,并以这种对具体事物的描写统一全诗;第二层,每句诗都提到了禹王那些流传至今的丰功伟绩,在这些业绩的衬托下,禹王的形象显得格外高大,因此而成为统一全诗的另一个中心。"[①]他将这种现象称为"整体性典故"。我认为这种"整体性"意味着事典已完成其意象化。也就是说,杜甫以特殊的用典方式实现了艺术幻象的创造。

综上所述,语言的诗性使用,使之由工具性走向构建性,由"明象"进而"造象"。"意境"可视为象言所构建的艺术世界。据说,一

___

① 　[美]高友工、梅祖麟《唐诗的魅力》,上海古籍出版社1989年版,第165页。

秀才读李白《梦游天姥吟留别》诗，神往之至，乃游天姥。但一到实地则大失所望，盖"一小丘耳"！原因就在李诗之天姥，非天造地设之天姥，乃经过诗歌语言所加工者也。中国传统文论走上与西方摹仿说不同的道路，自有其对"象言"认识的基础。

小结：本章着重讨论建立在感应论基础上的一些传统文学观。通过与西方文论之比较，对情志、兴象、境界及象言诸范畴进行再认识，认为这是一套自成体系的话语，经过现代阐释，以之反观中国文学史现象，自可增进认识，加深理解。而与汉语特性及其诗性使用密切相关的"情志——兴象——境界"这一"创作——接受"过程，则是中国文学史不可忽视的深层结构，关涉到整个中国诗学的思维方式。然而，要宏观地把握中国文学史演进规律，单靠对传统文论的再认识是不够的，我们还必须有个大的脚手架，也就是新的认知模式。容下章续论。

第三章 母子之间：文化 建构的整合力

本章拟将上章讨论的传统文论嵌入现代世界文学思潮，通过对话，获取新视角，以反观中国文学史现象。

第一节 心灵的通道

二十世纪西方最具影响力的文学批评家艾略特，在《传统与个人才能》中提出"非个性化"的著名论点，声称：

> 诗歌不是感情的放纵，而是感情的脱离；诗歌不是个性的表现，而是个性的脱离。①

那么，诗还要不要有个人情感？回答是：

> 诗人的任务并不是去寻找新的感情，而是去运用普通的感情，去把它们综合加工成为诗歌，并且去表达那些并不存在于实际感情中的感受。(《艾略特文学论文集》页10)

---

① ［英］艾略特《艾略特文学论文集》，李赋宁译，百花洲文艺出版社1994年版，第11页。

　　艾略特要求诗人"脱离"的是一己的私情，而去"寻找"人皆有之的"普通的感情"。苏珊·朗格对此有更明确的看法。朗格也认为"纯粹的自我表现不需要艺术形式"①，虽然她将艺术视为情感的符号。她还进一步认为，人类普遍的情感是一种关于情感的概念，个人情感只是把握普遍情感的中介，可以通过对自身情感的体验去感悟普遍情感，借用具体真实的情感进行情感概念的抽象，抽象出的形式即为情感符号。"用这一形式表达的感情既非诗人的或诗中主角的，又非我们的。它是符号的意义。"②

　　按西方的思维习惯，无论艾略特，无论朗格，都一刀将"个人情感"与"普遍情感"划开。然而个人情感与普遍情感好比血与肉的关系，要从活体上只割一磅肉都不许带血是做不到的。在一种话语中不易表白的东西，有时在另一种话语中却可以得到较圆满的表述。让我们回到"情志"上来。

　　情志是有交叉的两个概念，因其有交叉，故有云："情、志，一也。"③但儒者言志，是有其特定涵义的，一般是指与教化相关的思想，如《荀子·儒效》云："圣人也者，道之管也。天下之道管是矣，百王之道一是矣，故《诗》、《书》、《礼》、《乐》之道归是矣。《诗》言是其志也。"诗言志是指向政教目的④。故尔晋人陆机又提出"诗缘情"说，以适应日益自觉的文坛的需要。而传统的"诗言志"的内涵也不断扩大，如陆游《曾裘父诗集序》云：

　　　　古之说诗曰"言志"。夫得志而形于言，如皋陶、周公、召

————————

① ［美］苏珊·朗格《哲学新解》，1953 年英文版，第 216 页。转引自《情感与形式》译者前言。
② ［美］苏珊·朗格《情感与形式》，第 240 页。
③ 《左传·昭公二十五年》孔颖达疏，《春秋左传正义》卷五一。
④ 李泽厚、刘纲纪主编《中国美学史》第 1 卷第 579 页云："在古代，'诗言志'是和祭祀、典礼、庆功、战争、政治、外交等等活动直接联系在一起的。所谓'言志'的'志'，包含着对重大的社会政治历史事件和行动所发表的要求、命令、看法、评论，具有极为严肃的意义，个人情感抒发的成分非常少。"可供参考。无论如何，'志'体现的感情是明显倾向群体利益一面的。

公、吉甫,固所谓志也。若遭变遇谗,流离困悴,自道其不得志,是亦志也。然感激悲伤,忧时悯己,托情寓物,使人读之至于太息流涕,固难矣。关于安时处顺,超然事外,不矜不挫,不诬不怼,发为文辞,冲淡简远,读之者遗声利,冥得丧,如见东郭顺子,悠然意消,岂不又难哉!

"兼济"如周公是"志","独善"如陶渊明也是"志"。得志是"志",不得志也是"志"。至若儿女情思,心灵感荡,则归乎"情"。以"情志"来概括"凡斯种种"的感情世界,要比泛泛的"感情"二字更具体、更明确。有人批评朗格的符号论,认为以"情感"作为唯一尺度来定义艺术是片面的。这是事实。情感表现并非艺术的全部目的,还有认识作用等,如孔子所谓"兴、观、群、怨",既表现人的感情,也表现人的意志、思想。"情志"的不断互补,不断从政教指向中解放出来,这一历程表明"情志"存在的合理性与生命力。其中有二点值得讨论:一是情志的开放性;二是情志的普遍性与独特性。

先讨论情志的开放性。白居易《与元九书》称:"故仆志在兼济,行在独善……谓之'讽喻诗','兼济'之志也;谓之'闲适诗','独善'之义也。"邵雍《伊川击壤集序》云:"是知怀其时则谓之志,感其物则谓之情。"无论怎么说,"志"有其明显的关心社会时事的倾向。这就使"志"成为普遍情感与个人情感的连通器,通过它,二者交融一体。宋人胡宗愈《成都草堂诗碑序》称杜诗云:"凡出处、动息劳佚、悲欢优乐、忠愤感激、好贤恶恶,一见于诗,读之可以知世。"[1]清人浦起龙《读杜心解》目谱云:"少陵之诗,一人之性情而三朝之事会寄焉者也。"正符合《诗大序》所谓"一国之事,系一人之本"的风诗标准。杜甫个人的情志与时代普遍的情感会通,人所共知。由此我们可进一步讨论情志的普遍性与独特性。

---

① 　见《草堂诗笺·传序碑铭》。

与西方文艺理论强调形象的塑造不同，我国古文论强调的是情志的抒发，所以评诗论文都讲究内在的气、韵、意，而不是典型形象。最早提出"文以气为主"的是曹丕《典论·论文》。后来刘勰、钟嵘也以之评诗衡文。正因为诗文都讲究"气"，彼此沟通，所以相当多的议论文（如贾谊《过秦论》、苏洵《六国论》）都被视为正宗的文学作品，与西方所谓"纯文学"实在是格格不入。究其原因，未必是今人所不屑的"蒙昧"，而是衡文以"情志"，能以"气胜"者便入文学耳。何者为文中之气？刘永济《十四朝文学要略》称：

> 文帝所谓气，即彦和所谓风。风者，文中所述之情思，有运行流畅之力者也，亦即文家所谓意。意者，志也。志亦兼情思为言，故在人则为情思，为气质，为意志；在文则为气，为风，为力。①

张戒《岁寒堂诗话》卷上称"杜子美诗，专以气胜"，正是因为杜诗中饱含的情志"运行流畅"，有感发力。试以《北征》后半之议论为例，这一大段议论承首段"乾坤含疮痍，忧虞何时毕"而来。此时杜甫因救房琯忤旨，被肃宗放还鄜州省家。但他欲去不忍，既行犹思，时时以苍生社稷为念。而至德二年八月前，正是睢阳危急，广平王李俶与郭子仪借助于回纥，大军将收西京，两军对峙的关键时刻。杜甫这段四十余句二百余字的议论一气呵成。先极言回纥的勇决无前，再言奸臣就戮，终言中兴在即。既是对时局的评论，亦是对来日"中兴"的渴望；既是对未来战局准确的判断，亦是激扬群情的个人抒情，是沈德潜《说诗晬语》卷下所说的"议论须带情韵以行"。而这股"气"，实来自杜甫爱国爱民之情志。是情志使议论诗化，而诗化之过程也就是诗人主观思想感情客观化、对象化的过程。它必

---

① 刘永济《十四朝文学要略》，黑龙江人民出版社1984年版，第137页。

然使诗化了的议论饱含个人的真实感情,是个性化了的语言,使之有诗人自家面目。叶燮《原诗·外篇上》指出:"作诗有性情,必有面目。"他还特别指出杜诗的面目:

> 如杜甫之诗,随举其一篇,篇举其一句,无处不可见其忧国爱君,悯时伤乱,遭颠沛而不苟,处穷约而不滥,峙岖兵戈盗贼之地,而以山川景物、友朋杯酒抒愤陶情,此杜甫之面目也。我一读之,甫之面目,跃然于前。

"甫之面目"便是个性化。看来,诗人要表现"普遍情感",不一定要"继续不断的个性消灭"①。杜诗个性化表现在深层的,是其心理形象的塑造。《凤凰台》诗便是以比兴杂议论的手段展现了诗人丰富的内心世界:

> 我能剖心血,饮啄慰孤愁。心以当竹实,炯然无外求。血以当醴泉,岂徒比清流。所重王者瑞,敢辞微命休。坐看彩翮长,举意八极周。自天衔瑞图,飞下十二楼。图以奉至尊,凤以垂鸿猷。再光中兴业,一洗苍生忧。深衷正为此,群盗何淹留!

这是诗人比干剖腹式地掏出肺腑示人之作。《杜诗镜铨》卷七引张上若评曰:"亦只是杜老平生血性,奇情横溢,兴会淋漓。"将一己的哀乐升华为悲天悯人的情怀,是个人情感通向普遍情感的坦途。如果无视情志的对象化是中国古典诗歌的重要内容,而以西方"纯文学"的尺度排斥此类作品(如今人之不以陈子昂《感遇》为艺术作品者),那无异于削足以适履,不合乎中国文学史实际。

个性化与"非个性化"之统一还有一条途径,即以独特之感受

---

① 《艾略特文学论文集》,第5页。

表现共同之感情。"采菊东篱下，悠然见南山"是陶渊明独特的感受；"青山淡吾虑，杨柳散和风"是韦应物独特的感受，表现的是人在大自然中陶然的共同感情。"鸡鸣茅店月，人迹板桥霜"是温庭筠独特的感受；"枯藤老树昏鸦，小桥流水人家，古道西风瘦马"是马致远独特的感受，表现的是羁旅之思的共同感情。要表达独特的感受，诗人可以创造出属于自己的意象群，如李后主的"一江春水向东流"，贺铸的"一川烟草，满城风絮，梅子黄时雨"。反之，作家也可以用相同的意象表现各异的感受，如钱锺书所指出：李白《侍从宜春苑赋》云"东风已绿瀛洲草，紫殿红楼觉春好"，丘为《题农父庐舍》云"东风何时至，已绿湖上山"，王安石《泊船瓜洲》云"春风又绿江南岸，明月何时照我还"，"绿"的意象三者同一机杼[1]。然而，三者感受之差异也是一目了然的。看来艾略特如下的意见是可取的：诗人的经验可分为二类：感情和感受[2]。诗人的感情传递必须依靠意象，而意象传递感情的方式则往往是摹拟出感受，将其感受通过意象传递给读者，激发读者联系自己的类似感受，再"还原"为感情，完成作者的感情传递——当然，此时的感情已是读者参与的感情了。就以上引王安石句为例，"绿"字是王安石对江南春在当时最深刻的印象，通过这一感受，读者可想象其思念钟山之情。再如宋之问《渡汉江》[3]：

> 岭外音书绝，经冬复立春。近乡情更怯，不敢问来人。

诗中表现的是"近乡"时的感受，因长时间"音书绝"所带来的惶恐心理，在极其独特的感受中表达了人们非常普遍的共同感情。至是，我们也许可以将本节开头所引朗格关于情感抽象出形式的话

---

① 钱锺书《宋诗选注》，人民文学出版社1982年版，第57页，注2。
② 《艾略特文学论文集》，第7页。
③ 一作李频诗。

做如下改动:

> 用这一形式表达的感情既是诗人的,或诗中的主角的,又
> 是我们(读者)的。它是符号的意义。

然而问题不止于此。作为艺术符号的形式,它所表现的远不止
是作者与读者的情感,它还是历史形成的情感。陈植锷曾称其《诗
歌意象论》为"微观诗学",意在"探寻出一些决定文学内部基本构
成及发展的共同因子来"。他选中的因子是"落花"、"流水"等具有
特定含义的意象,因为"从心理学的角度讲,它们是使用共同语言的
人类的共同感情在深层意识中的长期积淀"云云。该书辟专章论述
意象的递相沿袭性。他用帕利-劳德理论颇成功地解释了"雁"作为
一个递相沿袭的意象,在诗歌中出现并非实有之景。如卢纶《塞
下曲》:

> 月黑雁飞高,单于夜遁逃。欲将轻骑逐,大雪满弓刀。

数学家华罗庚曾以诗质疑云:

> 北方大雪时,辟雁早南归。月黑天高处,怎得见雁飞?

陈植锷指出这是"现成思路","雁"与"雪"组合表示沙场征战
之苦,而"雁"与"夜"组合表示征人思妇两地之愁云云[1]。事实上陈
植锷已触及意象中的文化积淀问题。如桃、柳诸意象与华夏民族生
存环境有关;胡姬、宝马则与某种生活方式相联系;而鸥鸟、游侠、书
剑等等,都有其特定的文化内涵。如果从文化积淀的角度展开意象

_____

① 详陈植锷《诗歌意象论》第八章《意象的艺术特征之二:递相沿袭性》。

研究，"微观诗学"当与"宏观诗学"接轨。这是陈植锷留给我们的一个有意义的课题。下文我们还会回到这个问题上来。

文化心理的积淀的确是探寻文学史秘奥的一条重要途径。兹以"沉郁"风格之形成为例，略事分析。

中国传统的审美趣味并不以西方所称道的"悲剧"为最高境界，而是以"沉郁"为美的极则。《史记·屈原贾生列传》称：

> 余读《离骚》、《天问》、《招魂》、《哀郢》，悲其志。适长沙，观屈原所自沉渊，未尝不垂涕想见其为人！

屈原作品不以悲壮的情节、高度集中的矛盾冲突等西方典型的悲剧性来感人，而是以如茧抽丝般的郁闷、往而复还、不可排遣的忧思来折磨读者心灵。感人垂涕的正是那以个人哀乐与国家民族安危融为一体的情感内容所构成的情志，以及由此焕发出的沉郁之风格。

要了解富有民族特色的沉郁风格之形成，就有必要上溯我民族先民共同的生活经验。从根本上说，黄河流域那并不裕如的生存环境与"靠天吃饭"的农业活动，决定了我们这个民族是个具有深广的忧患意识的民族。《诗·小旻》所谓的"战战兢兢，如临深渊，如履薄冰"，《易》乾卦九三爻辞所谓"君子终日乾乾，夕惕若"，反映的便是这种普遍存在的忧患心态。固然，举凡人类都有忧患意识，但从此意识引出的哲理思考，各民族却不尽相似。总体说来，忧患意识使我民族更执着于现实，更注重经验，形成一整套对个人与宇宙形而上的独特理解。方东美《中国形上学中之宇宙与个人》一文指出，中国本体论立论特色有二："一方面深植根于现实界，另一方面又腾冲超拔，趋人崇高理想的胜境而点化现实。"[1]本着这种入世的超越

---

[1]　论文收入刘小枫编《中国文化的特质》，生活·读书·新知三联书店1990年版。

精神,中国士大夫更多的不是向往那来生再世的幸福,或木乃伊、舍
利子这类的"永恒",而是立足于现世间,追求与自然融洽、化入历史
的永恒,即"时间人"的永存。尤其值得注意的是儒家价值观念所起
的整合作用。上文曾引用过的《孟子·告子》一段话颇有代表性:

　　孟子曰:"舜发于畎亩之中,傅说举于版筑之间,胶鬲举于
士,孙叔敖举于海,百里奚举于市。故天将降大任于是人也,必
先苦其心志,劳其筋骨,饿其体肤,空乏其身;行拂乱其所为,所
以动心忍性,曾益其所不能。人恒过,然后能改;困于心,衡于
虑,而后作;征于色,发于声,而后喻。入则无法家拂士,出则无
敌国外患者,国恒亡。然后知生于忧患而死于安乐也。"

　　在这段话里,孟子将人生忧患与社会忧患、个体忧患与群体忧
患结合起来思考,从而将忧患意识提升到关系家国存亡的历史规律
这一层面来认识。他认为,治国者无内忧外患的危机感,国家往往
败亡,所以做出"生于忧患死于安乐"的结论。而个体也必须有"困
于心,衡于虑"的忧患意识,才能成为"天将降大任于是人"的"法家
拂士"。(朱熹《四书章句集注》云:法家,法度之世臣也。拂士,辅
弼之贤士也。)忧患意识已被视为士大夫个体必备的修养,由此将忧
患意识化为个体人格内在的历史责任感。孟子对忧患的思考,体现
了儒家个体皈依于群体的价值观。儒家是以仁的追求为最高境界
的,而所谓"仁者爱人",是由己及人亲亲疏疏的人伦感情。所以儒
者的"自我实现",就是一系列个体皈依于一个不断扩大的群体的无
穷过程,是以群体为本位的价值取向。正是这种价值观的整合作
用,使忧患意识成为个体人格内在的东西。而这一价值取向一旦与
上述那种"入世的超越"精神相结合,便形成中国士君子将个体消融
于历史,消融于群体的生命选择。这就是《左传》襄公二十四年叔孙
豹所说的:"大上有立德,其次有立功,其次有立言,虽久不废,此之

谓不朽。"

立德、立功、立言,依次为中国士大夫所追求的精神境界。"立言"虽是"不得已而求其次"的追求,但它使中国古代的文学家与思想家、政治家、道德家们有了一个共同的文化心理的基础——因对"不朽"的追求而具有沉重的历史责任感。同时,又因为"立言"毕竟有别于行动性很强的"立德"、"立功",所以其中所含的历史责任感更多的只是一种意绪,通过作家的酝酿,可外化为审美情趣。屈原便是将此意绪外化为个人沉郁风格的大诗人。

后人常借用屈原《九章·惜诵》"发愤以抒情"一语来说明屈原的创作动机。愤,积也,懑也,引申为郁结、憋闷①。故王逸《楚辞章句》注云:"愤,懑也;杼(抒),泄也。"司马迁在《报任安书》中也是以"意有所郁结,不得通其道"解释"发愤著书"说的。这就是说,屈原的创作动机是要宣泄心中的郁结。

然而屈子的忧患是深广的,不可排遣的。有的论者认为,屈原的宗法观念战胜了他的历史责任感,终于自投汨罗②。似乎屈原的宗国之情与历史责任感是对立的。否。屈子深沉的宗国之情正是基于对楚国人民沉重的历史责任感。诚如林云铭《楚辞灯·离骚》所云:

> 屈原全副精神,总在忧国忧民上。如所云"恐皇舆之败绩"、"哀民生之多艰",其关切之意可见。

正是这种感情的纠结使之形成一种悱恻缠绵的风格,既曰"心犹豫而狐疑兮,欲自适而不可",复曰:"欲从灵氛之吉占兮,心犹豫

---

① "愤"非"愤怒",详辨见袁定坤《屈原"发愤以抒情"新探》,《华中师大学报》社会科学版1993年第5期。
② 关于屈原之死及历来的种种有关议论,请参看赵沛霖《屈赋研究论衡》,天津教育出版社1993年版。

而狐疑。"这种不可排遣的忧郁情绪越拨越紧:"心挂结而不解兮,思塞产而不释!"(《哀郢》)终于逼迫诗人走上绝路。这种"剪不断,理还乱"的情绪,造就了似往已回、悱恻缠绵的风格。青年鲁迅在《摩罗诗力说》中指出,屈原"抽写哀怨,郁为奇文","中多芳菲悱恻之语而反抗挑战则终其篇未能见"。的确,屈原为"沉郁"定的调子就是"芳菲悱恻",是怨不是怒。

《东坡先生志林》卷十一载苏东坡一段妙语,颇能解颐:

> 仆尝问:荔枝何所似? 或曰:"荔枝似龙眼。"坐客皆笑其陋。荔枝实无所似也。仆云:"荔枝似江瑶柱。"应者皆怃然,仆亦不辨。昨日见毕仲游,问杜甫似何人? 仲游曰:"似司马迁。"仆喜而不答,盖与曩言会也。

的确,有些看似不相关的事物,却能以其"不似之似"而得其神似。文学上不相同的文体,也往往可以在风格上相互间发生深刻的影响,而这种影响又往往只是间接的、感应式的,故很难凿实言之。古人每每凭着直觉,于作品的浸润与作家品格的体味之际,悟出这种"不似之似"来。在古人看来,不但诗家杜甫似史家司马迁,而且史家司马迁又似《楚辞》之父屈原。刘熙载《艺概》云:"太史公文,兼括六艺百家之旨。第论其恻怛之情,抑扬之致,则得于《诗三百篇》及《离骚》居多。"又云:"学《离骚》得其情者为太史公。"我们只要细细品味一下《史记·屈原贾生列传》与《报任安书》,便不难感受到其中抑郁之气与《离骚》是如何相通。难怪鲁迅会称《史记》是"无韵之《离骚》"(《汉文学史纲要》)。通观屈、马、杜,在身世遭遇、人格品性与悲天悯人情怀诸方面,都有极相似之处,由此可见共同的文化心理是不同时代、不同文体作家风格相似的基础。推而广之,则贾谊、扬雄与杜甫在沉郁风格方面的内在联系也是可索求的了。

贾谊是位忧患意识特强的文士，只要看他的《治安策》中有那么多"可为痛哭者"、"可为长太息者"就可以明白。扬雄虽然是个比较纯粹的学问家，与屈、贾的悲天悯人不可同日而语，但其个人遭际寂寞，郁郁终生，使其赋隐曲深藏着许多沉郁的情绪，所以早期的杜甫与之同气相求，在《进雕赋表》中说：

> 臣之述作，虽不能鼓吹六经，先鸣数子，至于沉郁顿挫，随时敏捷，扬雄、枚皋之徒，庶可企及也。

杜甫这里说的是其"述作"与扬雄之间的某种联系。我认为这种联系主要是：扬雄赋以学力见长，其铺叙富赡，而这种汉赋所特有的"厚"，对杜甫是有直接影响的（不论早期的赋，还是后来的诗）。事实上，从宋玉的《九辩》，到贾谊的《鹏鸟赋》、《治安策》，乃至扬雄之赋，都有一种如漆一般的层积的厚重之美。如刘歆《与扬雄书》所称："非子云淡雅之才，沉郁之思，不能经年锐积，以成此书。"汉文、汉赋之厚，是不厌其烦的铺陈，直至形成"苞括宇宙，总揽人物"的气势。而这与沉郁那种积愤难消的心理构成颇有相类之处，所以有着潜在的影响，使"沉郁"于屈原的"悱恻缠绵"之外，又增一着重学力的层积、厚重之美。

在长期动荡的岁月里，人们苦闷郁积，百端交集，遂将忧患意识聚焦于"人生不满百"的整个人生的感叹上，发而为动人心魄的五言诗，这就是产生于东汉末的文人之作——《古诗十九首》。由此引发了魏晋人对个体生命的沉思。以"三曹"为领袖的建安文人，其建功立业的愿望在人生的咏叹中不但没有消减，反而更显迫切、强烈。曹操诗云："烈士暮年，壮心不已"（《神龟虽寿》），曹植诗云："烈士多悲心，小人偷自闲"（《杂诗》），便是这种心情的抒发。大凡庸人易自得其乐，而志士因其对人生价值的追求总是多忧患而易伤悲。然而，这种伤悲又因其对人生价值的不舍的追求而具有激昂的情调。为沉郁风格输入这种情调的,正是这批建安诗人。

《敖陶孙诗评》称:"魏武帝如幽老将,气韵沉雄。"《古诗源》则称:"子恒(曹丕)以下,纯乎魏响,沉雄俊爽,时露霸气。"事实上,"沉雄"是建安时代的基本风格。诚如《文心雕龙·时序》所说:"观其时文,雅好慷慨,良由世积乱离,风衰俗怨,并志深而笔长,故梗概而多气也。"是环境的巨大压力使个体的情志与群体的利益紧密关联,而情志的合一又使个体的感伤具有了广阔的背景与深厚的内容。魏武的沉雄自不待言,曹植沉郁而能慷慨也显而易见,举《送应氏》一首,可概其余:

> 步登北邙阪,遥望洛阳山。洛阳何寂寞,宫室尽烧焚。垣墙皆顿擗,荆棘上参天。不见旧耆老,但睹新少年。侧足无行径,荒畴不复田。游子久不归,不识陌与阡。中野何萧条,千里无人烟。念我平常亲,气结不能言。

胸中郁塞乃至"气结",其间宫焚垣颓、畴荒烟断,多少忧患层积于心中,是为"沉";而颓垣荒畴背后隐藏着古代志士仁人那点悲天悯人的人文精神,爝火不息,是为"雄"。于是个体之"情"与皈依群体利益之"志"合而为一,经多少人的实践,终于积淀为士大夫的一种文化心理。乱世中形成的"建安风骨"之所以能再现于治世之"盛唐气象",此为传薪之火。

然而,在忧患中真正能沉浸于个体生命之思、之体验者,为晋宋间人。盖此间玄风炽盛,而"玄学与美学的内在的联结点则主要在于个体在人格理想上,在内在的自我精神上超越有限达到无限。"而这种超越,注重"在情感中去达到对无限的体验,进入一种超越有限的、自由的人生境界"①。也就是说,玄风使人在自我精神上不同程

————————

①　李泽厚、刘纲纪主编《中国美学史》第2卷,中国社会科学出版社1987年版,第109页。

度地从对群体的依附中,相对地独立出来,在人生境界中取得"自由"。这一美学的玄学在方法上的特征是:"论人事则轻忽有形之粗迹,而专期神理之妙用。"①这是一个将人生体验化实为虚的过程,它不但引发了陶渊明式的在田园日常生活中物我同化的自我实现,而且造就了阮籍式的心神远举,从"礼法"的名实之辩中超越出来的自我实现。

阮籍是位充满矛盾的人物,在其胸中,儒、道思想并存、对抗而相持不下,所以在《咏怀八十二首》中,两种思想并陈杂出。其独到者,在于善"轻忽有形之粗迹",化实为虚,将矛盾对抗淡入无际而永恒的时空,化忧患为寂寞,在寂寞中体验这忧患的人生。所以钟嵘《诗品》称其诗为"颇多感慨之词,厥旨渊放,归趣难求"。试读其《咏怀》:

> 夜中不能寐,起坐弹鸣琴。薄帷鉴明月,清风吹我襟。孤鸿号外野,翔鸟鸣北林。徘徊将何见,忧思独伤心!(其一)

此诗历代注家纷纷,皆欲以史实相印证,企图刺取其中"微言大义"。还是何焯评得好:"籍之忧思所谓有甚于生者,注家何足以知之!"阮籍的忧患是"情伤一时,而心存百代"(黄节语),具有形而上的宇宙意识,故起而弹琴,反增寂寞。而清风明月、孤鸿林野,适足成为充塞其寂寞之空间。是的,阮籍是很善于将"殷忧令志结,怵惕常若惊"的郁塞化为空旷的寂寞的。他对一时之情伤不作整体描述,而是用时空来表达其寂寞感:"独坐空堂上,谁可与亲者";"绿水扬洪波,旷野莽茫茫";"开轩临四野,登高望所思,丘墓蔽山冈,万代同一时"……何义门《读书记》称:"阮嗣宗《咏怀诗》,其源本诸《离骚》。"不错,但可以进一步讲,阮籍是将屈子的情感结构与《古诗十

---

① 《汤用彤学术论文集》,中华书局1983年版,第214页。

九首》的人生印象、建安诗人的激昂情绪，一股脑儿都揉进蓬蓬松松的时空里去，化为深邃的寂寞：

> 昔余游大梁，登于黄华颠。共工宅玄冥，高台造青天。幽荒邈悠悠，凄怆怀所怜。所怜者谁子？明察应自然。应龙沉冀州，妖女不得眠。肆侈陵世俗，岂云永厥年。（其二十九）

这首诗实在是陈子昂《登幽州台歌》的先声。陈诗云：

> 前不见古人，后不见来者。念天地之悠悠，独怆然而涕下！

陈子昂提炼出阮诗中的宇宙生命意识，强化其时空心理，凸显了个体的寂寞感。至是，"沉郁"于厚重之外，又多一层深邃之美。

沉郁风格至"诗圣"杜甫，可谓圆成。其重大贡献是于"厚"、于"深"之外又拓之使"阔"，沉郁风格之"三维"于是乎大备。盖杜诗境界阔大，古人早有定论。所谓"阔大"，不但指如"吴楚东南坼，乾坤日夜浮"、"锦江春色来天地，玉垒浮云变古今"之类气象雄浑、俯仰古今的意境，且指"上感九庙焚，下悯万民疮"（《壮游》）的胸襟与视野。也就是说，杜甫的"阔大"，是眼界能溢出"君臣之际"，及乎百姓；这就使文人诗的疆土得到大幅度的开拓，且升华为一种审美意识："或看翡翠兰苕上，未掣鲸鱼碧海中。"（《戏为六绝句》）杜甫所道出的也正是盛唐以壮阔为美的时代特征，而这种审美特征在杜诗中又得到最典型的印证。它使杜诗的沉郁风格获得了与传统相区别而与时代相呼应的个性。

以上所论表明，个人的情志是条四通八达的心灵通道，它通向普遍情感，通向民族的文化心理，通向历史。它是文学与文化之间的脐带，是诗人"随物宛转"、"与心徘徊"的轴心，人们通过它建造自己的情感结构，通过它去感受世界，去创造意象、意境，去创造情感符号。反过来说，外部世界是通过感受去影响诗人的情志，调整其情感结构，因此它同时又是外部世界进入主观内心世界，普遍情感进入个人情感，民族文化心理进入个体心理的通道，文化通过这条脐带为之输送养分，滋润养育着文学。然而问题在于：须知只有合力才能左右文学史发展的进程。这正是本文要进一步探讨的问题。

第二节　同构运动中的情志与意象

恩格斯有一段著名的"合力论"，可以帮助我们理解个人情志是如何汇入文学史进程的：

> 历史是这样创造的：最终的结果总是从许多单个的意志的相互冲突中产生出来的，而其中每一个意志，又是由于许多特殊的生活条件，才成为它所成为的那样。这样就有无数互相交错的力量，有无数个力的平行四边形，而由此就产生出一个总的结果，即历史事变，这个结果又可以看做一个作为整体的、不自觉地和不自主地起着作用的力量的产物。①

这里揭示了认识论的一个真理：在历史因与果之间有一个不容忽视的中介环节，这就是交互冲突产生合力的诸多因素。而这些因素"又是由于许多特殊的生活条件，才成为它所成为的那样"。固然，历史是人创造的，但并不是随心所欲地创造，每个人的意志都受制约于所处的"特殊的生活条件"，即政治地位、经济地位、社会环境、文明程度，乃至婚姻、家族、交游、学养、性格、病情，甚至地理环

---

① 《马克思恩格斯选集》第 4 卷，人民出版社 1972 年版，第 478 页。

境等等。而这些因素大部分可用"大文化"的概念概括。诸多因素在文化大容器中碰撞,产生合力。这就是文化趋势,也就是一个社会在情感和理智上的主导潮流。处于潮流核心地位的是价值选择与追求。观念与价值取向是构成一种文化独特风格的要素,也是影响审美趣味与判断的要素。这是文化史与文学史同构运动最关键的契合点。丹纳曾用"精神气候"说解释文艺的演进,举中世纪欧洲风行四百年的哥德式建筑为例,认为当时战争和饥荒频仍,苦难使人厌世而耽于病态的幻想。哥德式建筑形式上的富丽、怪异、大胆、纤巧与庞大,正好投合了人们病态的审美趣味,成为苦闷的象征而发展为教堂、官堡、衣着、桌椅、盔甲的共同风格特征①。这是静态的选择。本尼迪克特进一步动态地解释:哥德式建筑起初只不过是地方性的艺术和技巧中一种稍带倾向性的偏好——如对高度与光亮的偏好,而由于这一偏好投合了中世纪社会情感与理智上的主导潮流,所以被确定为一种鉴赏规范,愈来愈有力地表现出来,并剔除那些不融贯的元素,改造其他元素以合乎文化目的,最后整合为一种愈益确定的标准而形成哥德式艺术②。在文化目的的驱动下,文化选择与文化整合形成艺术史的选择、修正、适应的全过程。这就是文化与文艺的同构运动。

　　作为文学史的特殊性,文化整合是通过文本被接受的过程而起作用的。也就是说,观念与价值取向不但影响作者的创作,也影响着读者的接受,由此形成张力,文坛的兴衰、流派的起伏,都因此而展开。

　　我们还要讨论的是文化整合力与个体创造性的关系问题。作为社会网络中的个体,个人行为无疑受制于所处社会的制度与习俗,然而并非该社会中千千万万种个体行为都一一从属于那些制度与习俗,许多个体行为并不符合该社会秩序的规范要求。也可以这

---

① [法]丹纳《艺术哲学》,傅雷译,人民文学出版社 1983 年版,第 39 页。
② [美]本尼迪克特《文化模式》,张燕译,浙江人民出版社 1987 年版,第 46—47 页。

么说，文化目的代表了该时代社会在情感和理智上的主导潮流，但并不囊括所有的个体的情感与理智上的倾向。合力只是矛盾斗争的结果。文学史表明，任何时期总有一些人不肯入俗，老要出轨，甚至成为"异端"。事实上他们都是些富有创造性的变异的种子。然而，个人行为必须成为影响某一群体的现象才是有意义的，纯粹的个人行为只是个人行为而已，与社会并无干涉。群体，可以是某个圈子，或社会某阶层，乃至民族。一旦个体行为被社会某阶层所接受，就有可能扩大其影响，为文化选择所吸收，融入新传统。反之，不为社会所接纳的个体行为，将很快为潮流、时尚所湮灭，虽然它或许仍将作为一种历史的价值而存留在历史材料之中。

现在让我们以魏晋至盛唐这一处于士族文化构型中的特定历史阶段作为考察对象，看看文化与文学同构运动中情志、形式、意象之间的动态关系。

自魏晋至盛唐，其间王朝更迭频繁，但王朝的更迭从未造成文学史的间隔。如将看似琐碎的宋、齐、梁、陈文坛现象置诸文化构型大视野中考察，不难发现其联系之一贯性与整体性。究其原因，就在于"魏晋——盛唐"的文化是一个相对完整的综合体，六朝开的花往往要到盛唐才结果，谢灵运、鲍照、沈约辈的得失，也是要到唐代才分明。无怪乎闻一多要说：盛唐之音乃是门阀贵族诗的最高成就①。而此间"情志"也完成其"正、反、合"的历程，即由情志合一到情志分离，再返回情志的合一，与文化建构是同构运动的关系，并由此对形式、意象之选择、创造、演进发生有力的导向性的影响。

要说情志，先论才性。这"才性"二字，虽不是魏晋文学之初始，却实在是"魏晋风度"之滥觞。盖魏晋风度之魅力，在个性美；个性美之核心，在才情风貌。故言魏晋风度之形成，不得不言才性。两汉用人，标举"重德"，以"经明行修"为衡尺。至曹操用人，始倡"唯

① 郑临川《闻一多先生说唐诗》(上)，《社会科学辑刊》1979 年第 4 期。

才是举”乃至“不仁不孝”而能经邦治国用兵者,亦要举用。这是新、旧用人制交替的时代,“九品中正制”之确立,“才性之辩”成清谈的重要论题,都出于这一现实斗争的需要。然而,我们尤感兴趣的是:高唱“唯才是举”的九品中正制及相关的清谈客观上究竟倡导了什么风气? 因为这才是影响文学史现象的有效中介。

《世说新语·文学》“钟会撰四本论”条刘孝标注云:

> 《魏志》曰:“会论才性同异,传于世。”四本者,言才性同、才性异、才性合、才性离也。尚书傅嘏论同,中书令李丰论异,侍郎钟会论合,屯骑校尉王广论离,文多不载。

陈寅恪《书世说新语文学类钟会撰四本论始毕条后》认为:言才性同、才性合的傅、钟皆司马氏之死党,其持论与东汉士大夫理想相合,则儒家体用合一之旨;言才性异、才性离的李、王乃司马氏之政敌,其持论与曹操“唯才是举”之旨合①。陈氏之论原本不错,但在才性问题的实践上,历史却与曹操开了个玩笑:政治上与曹氏相联系的一派人,实际上正日渐背离曹氏“唯才是举”之初心。当初言“才性离”,无非是为了摆脱礼教的羁束,将“才”从“性”的阴影下解放出来,但由于九品中正制的评选权实际上落在地方门阀之手,故其结果不但使“才”离开了“性”,也离开了“能”,唯经邦治国之才是举之初心反而落空了。《通典·选举》云:

> 州郡皆置中正,以定其选,择州郡之贤有鉴识者为之,区别人物,第其高下。

---

① 详陈寅恪《金明馆丛稿初编》,上海古籍出版社1980年版,第41—47页。侯外庐等《中国思想通史》第三卷第二章第三节则以言才性异、才性离的李丰、王广为“依违骑墙派”,但同样是将“四本”与政治上的派系联系起来。

然而，当时历史条件下，"州郡之贤"只能是那些高门大族。梁代沈约就说过：

> 汉末丧乱，魏武始基，军中仓卒，权立九品，盖以论人才优劣，非为世族高卑。因此相沿，遂为成法，自魏至晋，莫之能改。州都郡正，以才品人，而举世人才，升降盖寡，徒以凭借世资，用相陵驾。都正俗士，斟酌时宜，品目少多，随事俯仰。刘毅所云"下品无高门，上品无贱族"者也。（《宋书·恩幸传序》）

州都郡正虽然依然打着"以才品人"的旗号，实际上只是"随事俯仰"。其"俯仰"的重要手段之一是：不再把"人才优劣"的考察重点放在"立功兴国"、"堪为将守"的才能上，而是重风貌，重谈吐，重神情。诚如汤用彤《言意之辨》所指出："月旦品题，乃为士人之专尚。然言貌取人，多名实相乖，由之乃忽略'论形之例'而竟为'精神之谈'（《抱朴子·清鉴篇》），其时玄风适盛，乃益期神游，轻忽人事，而理论上言意之辨，大有助于实用上神形之别。"[1] "轻忽人事"正是清谈与品藻人物的要害。品藻而"轻忽人事"，清谈而流于空谈，自然会鼓励士风倾向浮华，不涉世务。于是乎辨才、文才、怪才取代了经邦、治国、堪为将守之才。侯外庐等著《中国思想通史》第三卷页64列了一张汉末魏晋以来早熟夙悟代表人物表。从表中看，自何晏以下倾向曹氏一派人物如夏侯玄、嵇康、王弼诸人，多属"行步顾影，以神自况"、"尚玄远"、"事物雅非所长"、"旷迈不群"的名士。倒是亲司马氏一派人如傅嘏、钟会、山涛者流，尚能"达治好正"、"有才数技艺"、"有器量"，与曹操唯才是举之初心反而较近。不过我们感兴趣的是："才性离"引起"情志分"。

门阀士族自其成为独立的利益集团起，就先天地带来两重性

---

[1] 《汤用彤学术论文集》，中华书局1983年版，第226页。

格,盖其所代表的自给自足的地域宗法性庄园经济的利益,与皇室所代表的大一统中央集权的利益是不可能取得基本一致的。二者互相斗争又互相利用,由此引发历时久远的统治阶级内部尖锐的斗争,形成六朝的杀夺政治。士族与皇室之间必须保持某种若即若离的适当距离,否则随时会祸起萧墙。这就使士族中人在追求个体存在价值时,往往要处于两难的境地,即一面在精神上追求无限的超越,一面不得不顾及其现实利害关系。而皇室也有意鼓励士族"清高",促使其"才性离",成为一群无能的(或不敢表露才能的)空谈之士。由此造成士族普遍存在的人格分裂,是所谓的"心迹不一"。这在《世说新语》中不乏例证。如倡"越名教而任自然"的阮籍,无论如何做"白眼",如何佯狂任诞,也不能不在维护封建纲常的"名教"的钳制下"至慎"①。事实上"名教"一直是士族身上脱不下的一件湿衣服。于是晋人标一个"孝"字,在伦理上取代"忠";又标一个"情"字,企图在心理上从象征伦理政教的"志"当中挣扎出来。

　　情志分立应引起我们足够的重视。盖"志"固然在汉儒手中有强烈的伦理政教的意味,但它在长期的历史形成过程中,又与关心群体利益的忧患意识结下不解之缘,是诗文中"风力"、"骨力"之所在。没有"志",就好比人缺了钙。远离"志"的"情",也要弱化与萎缩。文学史表明,六朝"情"与"志"日渐分离与士族的日见衰败同步。

　　自曹孟德倡"唯才是举",虽"不仁不孝"而能经邦治国用兵者往往举而用之。所以此期士大夫无论得志不得志,多"慷慨以任气,磊落以使才",在艺术上"造怀指事,不求纤密之巧"②。可以说,建安是"情志合一"的时代,个体的"情"总是溶在关心群体利益之"志"中。至晋代而门阀士族地位已确定,"九品中正制"用人"徒以凭借世资",人才优劣的考核重点不再是在立功兴国堪为将守的才

---

① 　刘义庆《世说新语·德行》。本文所引咸用上海古籍出版社影印思贤讲舍刻本。
② 　刘勰《文心雕龙·明诗》。

能上,而在乎风貌与才藻。《世说新语·文学》载:

> 支道林、许掾诸人共在会稽王斋头。支为法师,许为都讲。支通一义,四坐莫不厌心;许送一难,众人莫不抃舞。但共嗟咏二家之美,不辨其理之所在。

人们甚至不在乎"理之所在"而"共嗟咏二家之美",这种"唯美"倾向,无疑鼓励了文人对辞采的追求。此时文坛如《文心雕龙·明诗》所称:"晋世群才,稍入轻绮,张潘左陆,比肩诗衢,采缛于正始,力柔于建安;或析文以为妙,或流靡以自妍。"力柔的原因主要在于"志"的弱化,陆机在这一历史关捩点上提出"诗缘情而绮靡",就不是偶然的了。

晋代陆机《文赋》提出"诗缘情而绮靡",后人对此有不同的阐释①。大体上可归为二类:一是认为与"诗言志"是继承关系,并不具有对立的意义;一是认为"缘情"说与"言志"说有重要区别,甚至有某种对立的意义。王运熙先生曾折衷其说,认为《文赋》李善注云:"诗以言志,故曰缘情。"李周翰注:"诗言志,故缘情。"都符合陆氏原意。但陆氏没有提出"止乎礼义",而强调诗的美感特征,所以清人纪昀看出"诗缘情而绮靡"与传统儒家诗教有所不同,只知"发乎情"而不知"止乎礼义",故在《云林诗抄序》中将宫体诗之形成归咎于陆机云:"自陆平原'缘情'一语引入歧途。"②重要的并不在于陆氏是否有意识地将"缘情"与"言志"对立起来,重要的乃在于他的确代表了某种倾向,而这种倾向为南朝士族所接受,并形成文化选择,终于形成一股与"诗言志"对立的思潮。

这种倾向就是"采缛于正始,力柔于建安;或析文以为妙,或流

---

① 张少康《文赋集释》,上海古籍出版社1984年版,第71页,本节所引《文赋》原文及注文,咸见此本,不另注。
② 详参王运熙等《魏晋南北朝文学批评史》,上海古籍出版社1989年版,第101—105页。

靡以自妍"(上引)。这里所谓"采缛"与"流靡",与陆机"缘情绮靡"有其深层的联系。虽然陆机所说的"绮靡",诚如注家所释,只是"细好"之意,是以织物喻文细而精耳;但历史地看,仍与浮艳、侈丽不无关联。除了上文所论,取人以才藻不以才能,鼓励了文士对辞采的追求这个原因外,就文学形式自身的演变而言,也是惯性使然。盖以"铺采摛文,体物写志"为特征的汉赋,其"钜丽"的形式在魏晋时已开始瓦解,而其穷变声貌、讲究辞采的精神在"文学的自觉时代"却得到发扬。人们更有意识地追求语言形式美及文学的表现力。所以,符合汉字、汉语特点的对偶、声律被推向极致,而"体物写志"也更精细化,并因情志的分离而由"体物"偏向"咏物","缘情"则走向"寄情",从客体获取灵感转而为借客体以喻情怀;"兴"转向"比",因而"巧构形似"要比"神似"更普遍地成为作者的追求①。瞿兑之《中国骈文概论》曾以"用绵丽的色彩,写幽怨的情绪"来概括南朝抒情赋的特点,无意间点明了诗、赋的共同走向,也无意间点明了南朝人对陆机"诗缘情而绮靡"的理解。事实上,赋的精神已扩散到各种文体中去,"凡是写景写情之文,用之于记序书启的无往不然"。鲍照就是"以作赋的气局来作书(书信)"的②。新兴的独特的"骈文"最典型地代表了"赋化"的潮流。可知追求"缛采"与"巧构形似"已成为一种文化心理,与情志的分离交织而形成文化选择。

下文简述玄言诗——山水诗——宫体诗的文化选择过程。为避免对文学史已有成果过多的复述,我们只把重点放在南朝士族衰败对诗史嬗变之影响上。

西晋诗坛虽以"结藻清英、流韵绮靡"为主潮,但仍然是多元化的,情、志虽并列却相去不远,"缘情"未必"绮靡",如陆机的弟弟陆

① 王文进《咏怀的本质与形似之言》认为,"形似之言"的出现是六朝诗确立自家风貌的关键。我同意这种观点。详见《意象的流变》,生活·读书·新知三联书店 1992 年版,第 117—151 页。
② 刘麟生主编《中国文学八论》,北京市中国书店 1985 年版,《中国骈文概论》,第 18—19 页。

云,重缘情却又崇"清省"。当时重要诗人除倾心于"浮藻联翩"、"炳若缛绣"的陆机外,还有"情调悲苦"的潘岳、"巧构形似之言"的张协,及不失建安梗慨之气的左思、刘琨诸人。这是文学史的一个"十字街头"。东晋南渡的士族并未马上选中"诗缘情而绮靡"的路子,而是如刘彦和《文心雕龙·明诗》所指出:"江左篇制,溺乎玄风,嗤笑徇务之志,崇盛忘机之谈。"前两句是说东晋兴起玄言诗,后两句是点明其社会原因。

自士族南迁,元气大损,而政治上的"近亲繁殖"——用人只在"上品"中打转,又使其生命力日见衰退。《颜氏家训·涉务》云:

> 晋朝南渡,优假士族,故江南冠带有才干者擢为令仆已下,尚书郎、中书舍人已上,典掌机要。其余文义之士,多迂诞浮华、不涉世务……所以处于清高,盖护其短也。[1]

《陈书·后主本纪》史臣论曰:

> 自魏正始、晋中朝以来,贵臣虽有识治者,皆以文学相处,罕关庶务。[2]

这二则材料可为"嗤笑徇务之志"的注脚。士族自身的日见无能,使之不能在经邦治国的事务上与寒门庶族一争高低,便摆出一副"忘机"的神情,"与文学相处",以才藻代才能,"盖护其短也"。东晋之所以从西晋诗坛种种倾向中,独挑出张协诸人显露的玄理倾向为首选,就因为借助玄言诗的翅膀,可以在精神领空上处得地翱翔,进入"忘机"的境界。这也是"嗤笑徇务之志"的反映。

学界近来多以入俗趋势解释诗歌由"玄言"一落而至"山水",

---

① 颜之推《颜氏家训·涉务》,上海书店 1987 年影印《诸子集成》第 8 册。
② 姚思廉《陈书》卷六,中华书局 1972 年版,第 120 页。

再落而至"永明体"、"宫体"的文学史现象。文学史由雅而俗,由俗而雅,可以说是一个循环不尽的外在规律。然而好比潮汐,只看到涨落循环的现象是不够的,更要紧的是要解释何以有潮来汐去这样的循环规律。南朝文学的入俗趋势背后,有个审美趣味转换的问题。

　　晋、宋间是士族发生深刻危机的转折点。士庶区分的确定,带来的并不是士族的繁荣。士族由于自身的无能而采取"嗤笑徇务"、"罕关庶务"的不现实态度,使非世族性地主(所谓"寒人")趁机钻进权力圈子,南朝实际政权逐渐落入寒人之手。如上文所提及,士族与皇室有着与生俱来的不可克服的利益矛盾,士族"罕关庶务"也与皇室有意抑制有关,所以寒人的介入成为皇室新的依靠力量,使士族对中央政权操纵力骤降。此时的士族不能不从精神上空的翱翔降回地面,做些心理调整:

　　一是严士庶之别,以壁垒鸿沟自保。这一外部因素是循着诗文讲究用典隶事之风的路径进入文学形式内部的。盖乱世教育不易,多由家学承传,士族利用其学问优势以博学相炫耀自别于庶族。愈是危机愈要严士庶之别,也就愈要逞博。故士族与寒人对抗尤甚的宋、齐时代,也正是钟嵘《诗品》所谓"文章殆同书抄"的时代①。而隶事一旦与对偶、"采缛"、"巧构形似"相胶合,便凝定为中国古典诗歌形式的一个特色。

　　二是士族对个体存在价值之追求变得愈来愈"实用",不再浪漫地追求什么精神上的超越,而是只想落实现世的享受,能引起感官愉快的东西愈来愈受欢迎②。在这种"新口味"面前,"淡乎寡味"

---

① 钟嵘《诗品·序》,人民文学出版社1961年版,第4页。
② 士族对个体存在价值认识的变迁是个历史过程。自魏晋以来,儒学长期受玄学与佛教的冲击,儒家"立德、立功、立言"的价值追求逐步被淡化了,道教纵欲任情则流为风尚,而佛教又教士人追求超脱而不必放弃享乐的"不二法门",即维摩诘式的"入诸淫舍,示欲之过。入诸酒肆,能立其志"(《维摩诘经·方便品》)。下文提及梁简文帝所谓"立身先须谨重,文章且须放荡",也是这一观念的文论上的示现。

的玄言诗自然要一降为"山水"，再降为"宫体"，因为"竹不如丝，丝不如肉"，后者的题材要比前者更具体，更带感官的刺激性。于是"诗缘情而绮靡"重新被认识、被接受，表现手段又回到"采缛"与"巧构形似"上来。然而经过心理调整以后的士族，与"志"的距离更拉大了，"情"也萎缩了，从"游仙"退到山水，又从山水退到了闺阁，吟咏身边的琐事乃至杂物，甚至将女人也当成"物"来咏。梁朝人萧子显所著《南齐书·文学传论》有一段总结性的文字，道出时人对"缘情绮靡"的新认识：

> 今之文章，作者虽众，总而为论，略有三体：一则启心闲绎，托辞华旷，虽存巧绮，终至迂回。宜登公宴，本非准的。而疏慢阐缓，膏肓之病，典正可采，酷不入情。此体之源，出灵运而成也。次则缉事比类，非对不发，博物可嘉，职成拘制。或全借古语，用申今情，崎岖牵引，直为偶说。唯睹事例，顿失清采。此则傅咸五经，应璩指事，虽不全似，可以类从。次则发唱惊挺，操调险急，雕藻淫艳，倾炫心魂。亦犹五色之有红紫，八音之有郑卫。斯鲍照之遗烈也。

山水诗大家谢灵运被认为是"酷不入情"，而"缉事比类，非对不发"的讲究隶事、对偶的咏物倾向也被认为是"顿失清采"，唯有犹"八音之有郑卫"的"雕藻淫艳"一派最入时，也最合乎"缘情绮靡"了。然而具有讽刺意味的是，这一派的鼻祖被指定为鲍照。恰恰就是这位诗人，被大声疾呼"绮丽不足珍"的盛唐诗人奉为楷模。

我们有必要从"士族文化构型"的整体，"以大观小"来认识这一文化选择。盖自晋至盛唐，历史才走完"正、变、复"的全过程，情志之间的关系则由建安时代的"情志合一"经六朝"情志分离"，终至盛唐的"情志复合"。而"齐梁"正是这一历程的中点，是文学史的又一个"十字路口"。其间不但涌现了一批像谢朓、沈约、何逊这样的优秀诗人,还出现《文心雕龙》、《诗品》以及《文选》这样几部文评史上的"重量级"著作。文学史表明,"文学的自觉时代"至是已提供了诗歌发展的多样选择。只是由于士族的衰落与腐败将诗坛拉向梁、陈颓靡的泥潭。萧纲《诫当阳公大心书》云:"立身之道与文章异,立身先须谨重,文章且须放荡。"①这位梁朝皇帝道出了士大夫的软弱性:他们已从晋人的"心迹不一"直落至只以文学为宣泄口,不再有晋人任诞佯狂以"越名教"的勇气与行动,他们只能谨守"立身"之道,在文章上"放荡"耳。"诗缘情而绮靡"经南朝而流为"文章且须放荡",实在是"颐情志于典坟"的陆机始料所未及。不妨说,并非"陆平原'缘情'一语"将南朝诗"引入歧途"(纪昀《云林诗抄序》),而是南朝士族的衰败将"陆平原'缘情'一语引入歧途"。而准确地讲,是士族文化心理的衰变与情志的分离交织而形成一股趋俗趋艳的潮流。正是这种倾向性导致梁、陈宫体诗的产生。

或曰:永明体走向宫体,与梁、陈两朝皇室的提倡有关,而其时皇室"寒人"与士族正处于尖锐矛盾中,宫体与士族衰败无关。是的,"寒人"与士族有矛盾,但重要的是:"寒人"并未自成一阶级,也并未想摆脱士族而自立。历史学家唐长孺《南朝寒人兴起》有云:

　　他们(指寒人)虽然按照当时婚宦标准业已符合于士族身份,但在门阀贵族面前还是寒人,而他们的最高愿望不是打破这种士庶等级区别,相反的是想挤入士族行列,乞求承认。②

正是这种处卑心理的驱使,出身军伍的皇族与出身土豪的寒人,都不自觉地向士族文化认同。永明体走向宫体,只是士族文化在内容上进一步向声色的堕落,并无本质上的变化。所以南朝的

---

① 严可均辑《全上古三代秦汉三国六朝文・全梁文》卷十一。
② 唐长孺《魏晋南北朝史论丛续编》,生活・读书・新知三联书店 1985 年版,第 109 页。

"入俗"并非文学走向民间，而是走向庸俗。士族也罢，皇族也罢，他们只是从世俗间选择一些合其口味的东西加以同化、改造，使之成士族文化的一部分。以南朝乐府论，现存者多是情歌。此类情歌本自蕴含市井商旅民众丰富的生活内容与情感，南朝文人多有拟作，至梁、陈为盛。但诚如先师萧涤非先生《汉魏六朝乐府文学史》所示："模拟乃成为极普遍之现象。形式内容，皆与民歌无大差异。寖假而影响于当时之全诗坛，而有所谓'宫体诗'之产生。"也就是说，梁、陈文人对民歌并无继承发展，只是按他们自己的口味接受乐府民歌。如梁武帝萧衍《子夜冬歌》：

> 寒闺动黻帐，密筵重锦席。卖眼拂长袖，含笑留上客。

还是宫体诗的面目。其中绝无民歌的真情，只是玩赏女性的态度。正是这种玩赏的心态鼓荡成风，将"永明体"推向"宫体"。我们不能认为这是诗歌走向俗世间，是"平民化"；反之，它是螺蠃养螟蛉式地改造了乐府民歌。宫体诗还是士族文化的一部分，只流行于局部。因此，梁、陈宫体虽自标榜为"新变"，却并非对整个士族文化的反动，宫体诗形式究其本质，仍是晋、宋以来某些倾向，尤其是永明体的延伸。刘师培《中国中古文学史》有云：

> 宫体之名，虽始于梁；然侧艳之词，起源自晋。晋、宋乐府，如《桃叶歌》、《碧玉歌》……均以淫艳哀音，被于江左，迄于萧齐，流风益盛。其以此体施于五言诗者，亦始晋、宋之间。[1]

刘氏所揭示者，六朝文坛走势之整体性与一贯性也。

---

[1] 刘师培《中国中古文学史》，人民文学出版社1984年版，第90页。

盛唐文学与建安文学，一属模范的治世，一属典型的乱世，但许多学者都认为二者之间有着神似之处。那就是：情与志的复合。也就是说，个体之情与关心群体利益之志，处于重合、统一的关系。正是这一内在的联系使两个不同时代文学呈现了某些类似的特征。当然，盛唐文学所表现的情志复合，远比建安文学要热烈、普遍，色阶更丰富，涵盖面也更广阔。它既包涵了"梗概多气"的建安风骨，也包含了"缘情绮靡"的六朝声律，诚如盛唐文评家殷璠《河岳英灵集叙论》所云："言气骨则建安为传，论宫商则太康不逮。"文学上丰富不尽的盛唐气象正来源于对建安六朝文学的整合，首先是情志合一促成文人性格、气度及其追求的变化，直接影响于文学创作。

唐人也重风貌，重谈吐，重神情，重门第；仍讲究才藻、才情、才气，其品藻人物亦多有与魏晋人相似之处：

秦王府仓曹李守素，尤精谱学，人号为"肉谱"。虞秘书世南曰："或任彦升善谈经籍，时称为'五经笥'，宜改仓曹为'人物志'。"（《隋唐嘉话》）

象先清净寡欲，不以细务介意，言论高远，雅为时贤所服。（崔）湜每谓人曰："陆公加于人一等。"（《开元天宝遗事》）

然而，唐人更重意气。"意气"比"才情"更倾向于一种外露的昂扬的精神面貌，如《酉阳杂俎》前集卷十二载："李白名播海内，玄宗于便殿召见，神气高朗，轩然霞举，上不觉忘万乘之尊，与之如知友焉。"这种飞扬的意气有时近于狂傲：

许敬宗性轻傲，见人多忘之。或谓其不聪，曰："卿自难记，若遇何、刘、沈、谢，暗中索著，亦可识。"（《隋唐嘉话》）

宋璟劾张昌宗等反状，武后不应。李邕立阶下，大言曰：

"璟所陈社稷大事，陛下当听。"后色解，即可璟奏。邕出，或让曰："子位卑，一忤旨，祸不测。"邕曰："不如是，名亦不传。"（《唐语林》）

这种狂傲令人记起魏晋人的"任诞"，但唐人的狂傲往往只是恃才傲物而已，并无"越礼"的意思。唐人于"容止"不但重其潇洒飘逸，同时也兼重其严整规范。《唐语林·容止》载：

> 郑珣瑜为河南尹，送迎中使皆有常处，人吏窥之，马足差跌不出三五步。议者以珣瑜为河南尹，可继张延赏，而重厚坚正，前后莫有及。

> 魏仆射元忠每立朝，必得常处，人或记之，不差尺寸。太子太师卢钧年八十，自乐县南步而及殿墀，称贺上前，举止中礼，士大夫叹之。

尤应重视者，《世说》颇记时人与帝王的不合作态度，唐人却津津乐道于君臣之"遇合"：

> 贞观中，蜀人李义府八岁，号神童。至京师，太宗在上林苑便对，有得乌者，上赐义府，义府登时进诗曰："日里扬朝彩，琴中伴夜啼，上林多许树，不借一枝栖。"上笑曰："朕今以全树借汝。"后相高宗。（《唐语林·赏誉》）

这则故事中的比喻很生动地表现了士大夫主动靠拢皇室，皇室亦有意礼遇士大夫的"君臣相得"关系。《开元天宝遗事》亦载："明皇于勤政楼，以七宝装成山座，高七尺，召诸学士讲议经旨及时务，胜者得升焉。唯张九龄论辩风生，升此座，余人不可阶与。时论美之。"此例可为上引比喻的注脚。这种相得的关系与晋文王求阮籍作九锡文而阮欲以酒醉搪塞之,山涛欲荐嵇康而嵇乃与书告绝,相去不啻万里。个中隐情颇值得回味。

　　林庚教授曾指出武则天时代与建安时代的相似性,说:"曹操要打击贵族集团,就下'求贤令''求逸才令',武则天要打击关陇集团,也采取了类似的步骤(如科举制等)。在这些措施上曹操是进步的,武则天也是进步的,这就是比那表面阴影更为本质的东西。"①事实上最高统治集团只要不是透底昏聩,总是要用些人才为之效力的,而人才是否真能为其所用,则是另外一个问题,任继愈《从佛教到儒教》一文有段话很深刻:

　　　　秦汉建立了中央集权的大一统的国家。从结构上看,存在着一对矛盾:一方面中央政府要有高度集中的权力,政权不集中,这样广大的领域就无法统一;另方面广大小生产者要有生产的能力和兴趣,否则政权集中统一无从说起。政治上,中央拥有高度集中的权力;经济上是极端分散的个体小农经济。高度集中的政治,极端分散的经济,构成贯串二千年对立统一的矛盾。中央集权,总希望越集中越好,小农经济、自给自足,它的本性是分散自主,它不要求政府过多的干预。这两者互相离不开。历代政治家、思想家都要面对这种现实提出因时制宜的方案。两者关系处理得好,天下就太平,号称治世;反之,就是乱世。②

魏晋南北朝就是两者关系处理得很糟的乱世。作为身份性地主的士族,有庄园经济为后盾,"封略山湖,妨民害治"(《宋书·蔡兴宗传》),"百役不及,高卧私门"(《通典·乡党》),形成与中央对抗的离心力,如《南齐书》卷二三萧子显所说:"世禄之盛,习为旧准,羽仪

---

① 　林庚《唐诗综论·陈子昂与建安风骨》,人民文学出版社 1987 年版,第 10 页。
② 　任继愈《从佛教到儒教》,《中国文化》1990 年第 3 期,第 1 页。

所隆,人怀羡慕。君臣之节,徒致虚名。""九品中正制"事实上成为士族巩固其地位的工具。因此,从根本上说,士族"人才"是难为皇室所用的。而士族在主观上因"平流进取"所养成的"轻忽人事"的风尚,又使自身走向无能,终于成为肤脆骨柔、体羸气弱的废物,"治官则不了,营家则不办",除了"熏衣剃面,傅粉施朱"又有何能?

反之,大一统的唐朝,因"均田制"而加强了中央集权,从经济上带根本性地粉碎了旧有的社会结构,让整个士族阶级失去依存条件。继之,均田制瓦解,又使新兴地主及部分生产者对生产感兴趣,将盛唐经济推向顶峰,反过来又加强了中央的力量。强大的国力不但增强了皇室的自信心,敢于放手用人,而且增强了整个民族的自信心,爱国主义情绪高潮,形成了对作为国家象征的李氏皇朝的向心力。唐中央政府通过科举、从军、入幕、为吏、隐士征召、门荫、荐举等多门纳用人才。武则天用人之滥,至有"补阙连车载,拾遗平斗量"之讥,正从反面说明中央"政由己出",可以随意用人而不受地方势力的牵制。盛唐以前历朝皇帝均能用人,而"英贤亦竞为之用",并非纯属偶然,实在是历史的机缘。同时,士子"借一枝"的心态又与皇室"全树借汝"的政策默契,使"用人"与"被用"二者在封建社会的历史条件下取得难能的协调。在这一前提下,士子于是展开激烈的奔竞。

仕途奔竞不但使庶族士子的才能有机会显山露水,也逼使士族中人不得不改变其"轻忽人事"的习尚,将"才"与"能"挂上钩。正是这种竞争机制对传统价值观进行了整合,创造了唐人特有的生命情调。

汉末以来士大夫的生命情调大体上可归纳为:建功立业、追求精神自由、及时行乐。三曹七子,左思鲍照,当属于建功立业一流人;玄言山水田园,则可视为对精神自由之追求;《古诗十九首》的一部分至南朝宫体,应归诸及时行乐。三者又互相交错,阮籍咏怀诗便包涵三者的情绪。与魏晋风度以才情为核心相对应,晋以来是

"情"占了上风,故有"诗缘情"说。

唐代士大夫的性命情调仍是这三者,但由于已改变六朝以来"徒以凭借世资"的人才僵局,所以士子的性命情调更多地体现为建功立业。在当时,"布衣干政、平步青云"并非纯属幻想。马周"少孤贫","落拓不为州里所敬",却因代主人家上书言得失合旨,"太宗即日召之,未至间,遣使催促者数四。及谒见,与语甚悦,令直门下省",终成名臣(《旧唐书》本传)。魏元忠"志气倜傥,不以举荐为意,累年不调",后"赴洛阳上封事",为高宗所赏识,"甚叹异之,授秘书省正字,令直中书省",武则天时为相(《旧唐书》本传)。姚崇为"濮州司仓,五迁夏官郎中。时契丹寇陷河北数州,兵机填委,元崇剖析若流,皆有条贯。则天甚奇之,超迁夏官侍郎",后为玄宗时名相(《旧唐书》本传)。郭元振"任侠使气,不以细务介意","则天闻其名,召见与语,甚奇之。时吐蕃请和,乃授元振右武卫铠曹,充使聘于吐蕃,"后为名将(《旧唐书》本传)。张九龄"幼聪敏,善属文。年十三,以书干广州刺史王方庆,大嗟赏之,曰:'此子必能致远。'登进士第……玄宗在东宫,举天下文藻之士,亲加策问,九龄对策高第,迁右拾遗"。后为玄宗名相(《旧唐书》本传)。这些不同的人才同样都因受到皇帝的重视而平步青云。在上文所论国力强大,民族自信心增强,爱国情绪高涨,形成士大夫对皇室的向心力等前提下,由是产生了二种效应:一是"重才能"的价值观在社会上广泛得到认同;一是促使"意气"与"言志"挂钩,"情"与"志"日趋复合。

重才能的价值观在唐代社会广泛取得认同,首先体现在最高统治者的"爱才",甚至对敌对集团中人也有所表示。《唐语林》卷二载武则天读骆宾王的讨武曌檄,至"一抔之土未干,六尺之孤安在",乃不悦曰:"宰相因何失如此之人!"盖有遗才之恨云。《次柳氏旧闻》载唐明皇擢用源乾曜,喜其容貌言语类萧至忠。高力士曰:"至忠不尝负陛下乎? 陛下何念之深也?"上曰:"至忠晚乃谬计耳。其初立朝,得不谓贤相乎?"明皇这种"爱才宥过"的大度,据称,"闻者无不感悦"。在官僚中，有才能者也往往为同事所见赏。《隋唐嘉话》下载：

> 崔湜之为中书令，汉东公张嘉贞为舍人，湜轻之，常呼为"张底"。后曾商量数事，意皆出人右，湜惊美久之，谓同官曰："知无？张底乃我辈一般人，此终是其坐处。"

由"轻之"到"惊美久之"契机就在发现其才能。流风所及，乃至豪商、仆夫也见赏才子：

> 长安富民王元宝、杨崇义、郭万全等，国中巨豪也，各以延纳四方多士，竞于供送。（《开元天宝遗事》"豪友"条）
>
> 萧颖士性异常严酷，有一仆事之十余载，颖士每以捶楚百余，不堪其苦。人或激之择木。其仆曰："我非不能他从，迟留者，乃爱其才耳！"（《唐摭言》"贤仆夫"条）

诸如以上材料，未必都是事实，但因屡见诸正史、笔记、集序，（如人们熟知的李阳冰《草堂集序》云明皇召见李白，"以七宝床赐食，御手调羹以饭之"；魏颢《李翰林集序》亦云李白以布衣身份而"所适二千石郊迎"都是当时人记当时事。）所以从总体上可反映当时"重才能"的价值取向已在社会上得到普遍认同这一事实。当然，在实际上能否做到人尽其才，还要有其他条件，本文不拟深论。本文要讨论的是：这样的人才环境会将唐代士子导向何方？

先让我们反观上节提及的唐人"恃才傲物"的现象。如前所论，意气是比才情更倾向外露的昂扬的精神面貌，这种昂扬的意气在唐才子中又往往流为"恃才傲物"的习气。如名相张说，"有宰辅之才"，却又"好面辱人"，"每中书议事，乃众僚巡厅，或有所忤，立便叱骂"（《开元天宝遗事》"言刑"条）。同是名相的张九龄，"以才鉴见推"，玄宗想望其风度，却"性颇躁急，动辄忿詈"（《旧唐书》本传）。只要翻检一下《唐才子传》，便会发现"恃才傲物"简直成了对才子的褒美之辞：

（王勃）"倚才陵籍，僚吏疾之。"

（杨炯）"显庆六年举神童"，"恃才凭傲，每耻朝士矫饰，呼为'麒麟楦'"。

（杜审言）"恃高才傲世见疾"，自称"吾文章当得屈、宋作衙官，吾笔当得王羲之北面"。

（陈子昂）"任侠尚气弋博"，"貌柔雅，为性褊躁"。

（王翰）"少豪荡，恃才不羁"，"发言立意，自比王侯"。

如此类例，举不胜举。重要的是，这种普遍存在于唐才子中的"恃才傲物"习气，不但可视为重才能价值观的折射，且其深层往往隐藏着强烈的用世之志。如诗坛巨子李白，其恃才傲物已达到"一醉累月轻王侯"的地步，但其志却在"申管晏之谈，谋帝王之术，奋其智能，愿为辅弼，使寰区大定，海县清一"（《代寿山答孟少府移文书》）。而"性褊躁傲诞"的杜甫，其志亦在"致君尧舜上，再使风俗淳"（《奉赠韦左丞丈二十二韵》）。"四杰"、陈子昂、王昌龄、高岑辈莫不如是，甚至"风神散朗"如孟浩然，也会有"不才明主弃"的牢骚。这些都说明唐才子们用以体现其个性的才情意气，已在很大程度上是与体现社会整体利益的建功立业之志相联系的。更由于这一性命情调普遍得到认同，终于成为一种群体意识，而与强大国力相辉映，形成所谓"盛唐气象"这一从物质到精神的境界。魏晋风度与盛唐气象的转换于是乎完成。

这一转换对文学创作起着质的影响。首先是给传统的"诗言志"注入新的活力，使六朝一度分离的情志在更高层次上得以复合，更接近时代精神。盛唐人选盛唐诗的典范之作《河岳英灵集》最集中地体现了盛唐人情志复合的意识。该集《序》开宗明义提出选诗标准：

> 夫文有神来、气来、情来，有雅体、野体、鄙体、俗体。编纪者能审鉴诸体，安详所来，方可定其优劣，论其取舍。

殷氏不言"神、气、情"，而特标"神来、气来、情来"，是要强调把握诗文的主导方面，注意倾向及创作方法，而不仅仅是指构成诗作的质素。故其"神来"之论，偏重的是才气、学力而来的那股感发力。所以他虽未标举何谓"神来"，却一再言及诗人之"志"与学力、修养。如云李白"志不拘检，常林栖十数载，故其为文章率皆纵逸"。云储光羲"正论十五卷，九经外义疏二十卷，言博理当，实可谓经国之大才"。志与学，是"神"之所以"来"。可以说，情志便是神之舍。然而"三来"之核心乃在"气来"①。殷氏此说上承刘勰、陈子昂，如下式所云：

刘勰〈比兴／风骨 —→ 陈子昂〈兴寄／骨气 —→ 殷璠〈兴象／气骨

殷氏气骨说上承刘、陈，都是发端于对轻艳文风之不满，故《序》云："理则不足，言常有余，都无兴象，但贵轻艳，虽满箧笥，将何用之！"他重视的不但是语言表现上的刚健雄劲，而且重视作品的社会思想内容。《文心雕龙·时序》评建安文学时说："观其时文，雅好慷慨，良由世积乱离，风衰俗怨，并志深而笔长，故梗概而多气也。"在刘氏看来，建安风骨是发自文士经国济世之志的，故《明诗》篇又云："暨建安之初，五言腾踊，文帝陈思，纵辔以骋节；王徐应刘，望路

---

① 详参拙作《释"神来、气来、情来"说》，《古代文艺理论研究》第11辑，上海古籍出版社1986年版（收入本《文集》第六册）。

而争驱;并怜风月,狎池苑,述恩荣,叙酣宴,慷慨以任气,磊落以使才。"可见只要有经国济世之志,则酣宴之际也可以"慷慨任气"的,不一定要在乱离中。盛唐太平景象却高唱建安风骨,原因在此。盛唐人继承的不是建安时代的感伤乱离之具体内容,而仅仅是建安诗人"慷慨陈志"的才情,即"慷慨以任气"的"气"。如高适,被殷氏许为"兼有气骨",其《淇上酬薛三据兼寄郭少府微》云:"故交负灵奇,逸气抱謇谔。隐轸经济具,纵横建安作。"将"建安作"与"经济具"直接联系起来。又《宋中别周梁李三子》云:"周子负高价,梁生多逸词。周旋梁宋间,感激建安时,白雪正如此,青云无自疑。"这里则与高逸志向相联系。由深远的志趣,形成诗的语言,表现为高逸的格调,这就是由"志"到"气"的"气来"。"气来"与"气骨"不全等,就在于"气来"说侧重了以"志"为内在力所流出的劲健风格这一过程本身。由于殷氏"气来"说重视作家气质与社会风气之间的内在联系,高倡饱含时代、民族、个人高昂情绪的"气骨",所以能比较准确地把握这一段诗史的规律,给传统文论注入新内容。

再看"情来"。"情来"说之核心是"兴象"。《序》批评"掣瓶庸受之流"说:"理则不足,言常有余;都无兴象,但贵轻艳。"殷氏特拈出"兴象"二字,既说出"兴",又落实了"象"。我们回顾一下刘勰、陈子昂,于倡"风骨"时则兼倡"比兴",倡"骨气"则兼倡"兴寄",就会领悟殷氏倡"气骨"时何以兼倡"兴象"。盖"风骨"、"骨气"、"气骨",虽然与"志"有密切的关系,但"志"说到底仍然是个人的一种情感,它的表达仍然要通过个人的具体感受而与客观事物相结合,才能创造出艺术符号。所以高明的文论家总是在力倡对社会的关怀之同时,不忘文学形式自家的规律。正因其如此,所以情志的离合与意象的流变总是相互感应的。至此,我们不能不重提上文论及的心与物之中介——情感结构。

情感结构,是心与物之间的中介,一切外物都必须通过它过渡至文学本体。应提请注意的是,中介不只是一个静止的环节,它还往往是主体与客体在动态中互相作用而取得同一的过程。主体是通过中介建立认知结构去认识客体的，有怎样的认知结构，就有怎样的对象世界。如科学史家库恩在《科学革命的结构》所说：

> 规范改变确实使科学家们用不同的方式去看待他们的研究工作约定的世界……在一次革命以后，科学家们是对一个不同的世界在作出回答。①

当化学家拉瓦锡发现氧之后，他获得了新视角，在同代人只看到原始土的地方看到了化合物！与此相类，诗人是通过情感结构去感受世界的，有怎样的情志，就有怎样的意象世界！不是吗？当晋宋人从玄学中获取新视角以后，在古人只看到"劳动对象与生活环境"的地方看到了"以形媚道"的山水！他们以欣赏山水自然之美为解脱，"万虑一时顿渫，情累豁然焉都忘"（谌方生句）。这也就是宗白华赞叹的："晋人向外发现了自然，向内发现了自己的深情。"②我深信闻一多于此早有所悟，其《唐诗杂论·宫体诗的自赎》便是一篇窥探此中奥秘的力作。无论唐人张若虚的《春江花月夜》本身是否属"宫体"，二者在摹仿民歌而言情这一点上是相类似的。如前所论，由于士族文化心理之衰变，文学走向声色，南朝文人按自己的口味接受民歌，其仿作仍是宫体面目。在这种情感结构作用下，他们拥有自己的意象群，如闻一多在该文所指出："于是绣领、袙腹、履枕、席、卧具……全都有了生命，而成为被玷污者。推而广之，以至灯烛、玉阶、梁尘，也莫不踊跃的助他们集中意念到那个荒唐的焦点，不用说，有机生物如花草莺蝶等更都是可人的同情者。"总之，这些意象群只适合表现一己的情欲，缺乏"普遍的情感"。更要命的是，这些"意象"往往不是自家亲切感受得来，只是袭用的一些字符，

---

① ［美］库恩《科学革命的结构》，上海科技出版社 1980 年版，第 91 页。

② 宗白华《美学散步》，上海人民出版社 1981 年版，第 183 页。

充其量是一些枯萎了的"意象"。而张若虚的《春江花月夜》摹仿民歌而能得其真情实感,全无套语,其意象十分新鲜灵动:"空里流霜不觉飞,汀上白沙看不见";"昨夜闲潭梦落花,可怜春半不还家,江水流春去欲尽,江潭落月复西斜";"不知乘月几人归,落月摇情满江树"。这些真切的意象清新自然,是后来王国维所谓"不隔",是王夫之所谓"现量"。林庚《唐诗的语言》曾指出,"唐诗语言是高度诗化的,又是日常生活的"①。如"关山月"三字连在一起,就会令人产生形象的联想。林庚所说的唐诗语言的特征,在很大程度上是其意象的特征。盛唐人也自有其喜爱的意象群,如骏马矫鹰、书剑诗酒、游侠胡姬等,自然与宫体诗中常见的绣领枕席之流迥异其趣。即使是传统的意象,也必注入时代的新意绪。如"柳"的意象,自《小雅·采薇》"昔我往矣,杨柳依依",《古诗十九首》"青青河畔草,郁郁园中柳",到庾信《侯莫陈道生墓志铭》"霜随柳白,月逐坟圆",已有相当深厚的文化积淀。盛唐人在此基础上,创出自家的意象:

> 相逢意气为君饮,系马高楼垂柳边。(王维《少年行》)
>
> 不知细叶谁裁出,二月春风似剪刀。(贺知章《咏柳》)
>
> 忽见陌头杨柳色,悔教夫婿觅封侯。(王昌龄《闺怨》)

诗中之柳,只能是盛唐人眼中之柳,与其生活情调是融为一体的,也有一股"意气"。回头来看张若虚的《春江花月夜》,就会发现,其中意象不但鲜活,而且组合成开阔的境界,不但为南朝"蜣螂转丸"式的宫体诗所不可比拟,且为隋炀帝同题之作所望尘莫及。隋炀帝诗云:

> 暮江平不动,春花满正开。流波将月去,潮水带星来。

---

① 林庚《唐诗综论》,人民文学出版社 1987 年版,第 94 页。

张若虚诗一开头就气势不凡，无比开阔：

> 春江潮水连海平，海上明月共潮生。滟滟随波千万里，何处春江无月明。

中间更有一段表达其深邃的"夐绝的宇宙意识"的佳句：

> 江畔何人初见月？江月何年初照人？人生代代无穷已，江月年年只相似。不知江月待何人，但见长江送流水。

诚如闻一多所揭示，一些宫体诗是属没落者的变态心理反映，而唐诗则是健康的、正常的心理反映。盛唐虽然仍属士族文化构型，但庶族已经崛起，科举制取代九品中正制，新文化构型正在孕育之中。唐代士子有憧憬，有其新的追求，如上所述，表现的是情志复合，其眼界越出一己私情，有了广阔的社会视野。这就是唐诗境界开阔、意象鲜活的情感背景。虽然情志的离合与意象的流变之间关系还有待我们深入研究，但二者之间的联系是不容忽视的，应当纳入我们文学史研究的新视野中。

第三节　文学的文化建构

文化不仅是文学与客观世界或经济基础之间的中介，它与文学还是互涵互动的系统与子系统的关系。于是文学便具有系统的特性，即既受文化大系统的制约，服从文化的总体规律，与其他各文化因素交互作用而产生整体效应，同时又相对地独立，有自身的发展规律。这就是文学同时具备的开放性与封闭性。如果不看到这一特性，只强调文化对文学的影响，就会将文学视同其他文化因素，只看到一般而忽视特殊,不可能发现文学自身真正的发展规律;反之,只强调文学"自身"的主体性,甚至排斥其他文化因素的介入,力图进行"纯文学"的研究,也同样要犯片面性的错误而不可能发现文学真正的自身规律。兹以五言律诗之建构为例说明文学这一既开放又封闭的两面性。

五言律大致经历了这样的历程:诗经、楚辞中已有五言句,至汉出现五言古诗,六朝始逐渐讲究声律对仗,至唐则定型为五言八句的讲究粘对的格律形式。这一进程是按文学形式内部规律进行的,并不因王朝治乱而进止,可视为封闭系统。但它又是开放的系统,受制于文化大系统,诸多文化因子交互作用介入五律的建构过程。如对偶,由于中国语言的特点,字词与章节的同步关系,所以两句诗之间要整齐对称是容易的。《诗经》中就有这样的句子:

> 溱与洧浏其清矣,士与女殷其盈矣。(《溱洧》)
>
> 鳣鲔发发,葭菼揭揭。(《硕人》)

也许这只是一些对语言特别敏感的诗人"妙手偶得",可是一旦这种趣味与华夏"和而不同"的美学原则结合,就会成为一种倾向。这种倾向要求捉对儿表现事物或心象,要求相似或相反的对称美。在对称中求变化,同中有异,异中有同,得和谐之美。汉赋将这种倾向推向极致,整齐、对称形成一种建筑般堆砌之美。不过,堆砌毕竟板滞少变化,远未达到"和而不同"的境界。东汉末逐渐流行五言古诗,为这种倾向提供了新形式。五言隔行押韵,两句成一联,成为相对独立的对称的整体,这是很重要的变化。第一,五言诗"二——三"节奏比四言诗"二——二"节奏富有变化,而两句对称又使之同步而整齐;第二,两句并列容易造成时空对应,使十字的容量最大化。这又为诗人在整齐、对称中提供了腾挪跳掷的可能。也就是说,五言诗对联形式是与和而不同美学原则相适应的——只要诗人能正确使用它。至如声律，则与佛教传播有关，正是随着佛教东渐，在中印文化交流中，印度语言学启发了中国诗学家对声律之研究，才有"四声八病"说①。声调与对偶是五律两大经纬，唐人以此交织出锦绣般完整的美的形式。兹举一式为例：

仄仄平平仄，平平仄仄平。
平平平仄仄，仄仄仄平平。
仄仄平平仄，平平仄仄平。
平平平仄仄，仄仄仄平平。

不难看出规律是：二句内平仄交替；一联间对应字平仄相反；两联间互"粘"，不至于雷同；全篇则由两组相"粘"的四联诗句组成，后四句的平仄格式与上四句的平仄格式是重复的。这正暗合了中国文化"和而不同"的美学精神，平仄交替、对立、回旋，形成对抗过程间的复杂平衡，造成一种中国文化特有的整体的和谐。陈伯海先生曾用"起承转合"的模式讲解五律的美学功能与效果，如王勃《送杜少府之任蜀川》：

城阙辅三秦，风烟望五津。(起)
与君离别意，同是宦游人。(承)
海内存知己，天涯若比邻。(转)
无为在歧路，儿女共沾巾。(合)

首联点明送别，颔联写别情，腹联拓开一步，转入知交之间的深相期许和自我宽慰，尾联归结到无须临歧泣别的劝勉。这种模式颇有利于拉开前后各联之距离，给诗人以盘马弯弓的空间。律诗定型于四

① 陈寅恪认为"四声"实依据及摹拟中国当时转读佛经之三声创造的，详见《金明馆丛稿初编·四声三问》，上海古籍出版社 1980 年版，第 328—341 页。

联八句,恐与此体制能以最经济的笔墨实现"起承转合"的需求有关①。我还认为,这也暗合于中国美学中"往而复返"的审美情趣。中国人是讲究"情往似赠,兴来如答"的,"中国人于有限中见到无限,又于无限中回归有限。他的意趣不是一往不返,而是回旋往复的"②。五律通篇结构与此精神意趣相合,不但"起承转合",每联也都重复着"二——三"节奏,"鲜明地显示出一联诗就是一个单位。从而这两行诗读起来就像带有领唱与和唱的赞美诗的两个部分。作为一个完整的乐句,它的展现与应和构成了一个独立自足的回环体"。而一联中的对仗,"犹如镜中的影像两两相对……如果你能用彩色将这些格式的安排画出来,一种视觉上的平衡感随即就能显现。这种封闭的样式,每一部分都被它的对立物所平衡,创造出一个完整、自足的象征"③。由此可见,五律形式之构建有文化因素的介入。其过程固然由声韵音节等规律当家,但其所处时代的文化心理还要当你的家,五言八句声律的安排并非随意,而必须是符合于中国人当时的文化心理,这就是封闭与开放并存的两面性。

　　文化的中介作用及其与文学的系统、子系统关系,最深刻地体现为文化自身的建构制约、驱动着文学的建构,促成其演进;而文学又以其自身的变革参与文化建构,二者形成双向同构的运动。由于文化构型是随着经济基础和社会生活方式的变迁而变迁,不断处于转型的运动之中,作为文化有机组成部分的文学势必随之运动。在整个运动过程中,文化整合作用是关键。

　　所谓构型,就是各种因素的综合整体。文化构型指文化的内在整体结构。文化构型内部诸多因素是变量,它们交互作用,产生合力,驱动文化构型的嬗变。本尼迪克特认为:

① 详见陈伯海《唐诗学引论》,知识出版社 1988 年版,第 156—157 页。
② 宗白华《艺境》,北京大学出版社 1987 年版,第 215 页。
③ ［美］高友工《律诗的美学》,收入［美］倪豪士编《美国学者论唐代文学》,上海古籍出版社 1994 年版,第 45 页。

一组最混乱地结合在一起的行动,由于被吸收到一种整合完好的文化中,常常会通过不可思议的形态转变,体现该文化独特目标的特征。①

这就是说,每种文化构型内部产生的合力,具有整合的作用,选择或强化某些行为因素,排除或抑制其他因素,从而给"最混乱"的文化行为予某种秩序。对文艺来说,也就是确立某种鉴赏规范。而纷呈杂陈的诸多文艺形态则在新鉴赏规范的制导下接受文化整合的选择、淘汰,并因之或适应或消灭,或强化或蜕变。

中唐至北宋新鉴赏规范之确立及其制导作用是个范例。陈寅恪《金明馆丛稿初编·论韩愈》曾指出：

唐代之史可分前后两期,前期结束南北朝相承之旧局面,后期开启赵宋以降之新局面,关于政治社会经济者如此,关于文化学术者亦莫不如此。

我们将前此的魏晋至盛唐的文化类型划归士族文化构型,后此之中唐至北宋的文化类型划归世俗地主文化构型。由此形成中唐以后社会情感与理智的主潮,而该时期纷至沓来的文学现象则在两种文化构型嬗变过程中被整合,并体现了世俗地主文化的一些特征。大体言之,这一整合过程有二大线索,一是世俗地主对"政教合一"的追求引发"古文运动","文章务本"成为新规范;一是世俗地主通过科举入主上层建筑,由此引发"由雅入俗"到"化俗为雅"的螺旋运动,唐诗沿此向宋诗嬗变。兹举古文运动一端,以资隅反②。

马克思在《〈黑格尔法哲学批判〉导言》中说："理论在一个国家

① ［美］鲁思·本尼迪克特《文化模式》,张燕等译,浙江人民出版社1987年版,第45页。
② 详参拙著《文化建构文学史纲(中唐—北宋)》第二章,海峡文艺出版社1993年版(收入本《文集》第四册)。

的实现程度,决定于理论满足这个国家的需要的程度。"①儒学在中唐的复兴,正是由于这个国家对它急切的需要。中唐是新土地制度与地租形态确立的时代,它需要一种理论来保证这种新确立的经济生活,而儒家宗法伦理的多功能性正合其选。首先,无论是士族地主为主体的,或是以庶族地主为主体的宗法社会,都是以血缘亲属关系为单位的社会结构,二者都可以用儒家的"三纲五常"作为稳定统治秩序的行为规范。"修身、齐家、治国、平天下"的儒家学说仍然可以成为新兴庶族地主稳定等级社会的程序。特别是中唐时期的土地制与地租形态的变化减轻了人身的依附关系,带有奴隶制残余的宗族组织进一步向封建家庭制转变。在这种新的人际关系与社会生活中,有可能产生出新的道德价值与行为规范。儒学由讲求外在强制力量的训诂名物的汉学系统转向讲求内在自觉反省的穷理尽性的宋学系统,正是对新人际关系与社会生活的一种适应。儒学转向的成功,对中国后期封建社会的发展方向,有着巨大的影响。在文化目的的选择过程中,儒学的指向不容忽视。

　　"安史之乱"使士大夫面对现实,追溯历史,进行了较深刻的反思。末学驰骋,儒道不举,整个统治阶级都在寻找新的凝聚力。唐肃宗时的刘峣也曾提出过类似的意见,其《取士先德行而后才艺疏》,主张取士当以德行为先,"至如日诵万言,何关理体;文成七步,未足化人"。明确要求"必敦德励行,以仵甲科"②,实行政教合一。中唐此类意见并不少见,从李华、元结、独孤及、梁肃、柳冕诸人著作中我们听到了寻求新凝聚力的呼声。然而,能树起儒家大旗,力排释、道"异教",企图建立儒学理论体系,并接触到封建一体化结构问题的,是韩愈。

　　韩愈的理论体系的框架是"五原":《原道》、《原性》、《原人》、

①　《马克思恩格斯选集》第 1 卷,人民出版社 1972 年版,第 10 页。
②　《全唐文》卷四三三。

《原鬼》、《原毁》。其中《原道》是总纲。《原道》的独创之处是将孟子"劳心者治人，劳力者治于人"的言论结构化，使之成为绝对君权的封建等级社会模式：

> 是故君者，出令者也；臣者，行君之令而致之民者也；民者，出粟米麻丝作器皿通财货以事其上者也。君不出令，则失其所以为君；臣不行君之令而致之民，则失其所以为臣；民不出粟米麻丝作器皿通财货以事其上，则诛！

孟子的思想被明确地法律化，成为稳定的封建社会统治者的政治思想的基本结构。于是韩愈进一步将"道"与社会结构结合起来，解决了贾至、刘峣诸人提出的"政教合一"的问题：

> 夫所谓先王之教者，何也？博爱之谓仁，行而宜之之谓义，由是而之焉之谓道，足乎己无待于外之谓德，其文《诗》、《书》、《易》、《春秋》，其法礼乐刑政，其民士农工贾，其位君臣、父子、师友、宾主、昆弟、夫妇，其服麻丝，其居宫室，其食粟米果蔬鱼肉，其为道易明，而其为教易行也。是故以之为己则顺而祥，以之为人则爱而公，以之为心则和而平，以之为天下国家，无所处而不当。

在这里，韩氏将儒家伦理学与社会结构、典章制度结合起来了。所谓"先王之教"，无非就是将儒家仁义道德的教条化作君、臣、民各安其位的现实社会的秩序，使之成为由国家到个人的规范。"新儒教"从这里出发。然而韩愈将路标仍指向中唐人梦寐以求的盛唐世界，并非历史老人将缓步前往的下一站——北宋。将路标的指向掉转回头的，是他的学生李翱。李翱能入室操戈，摄取佛学禅宗中有利于建立封建极权政治的成分，整合入"新儒学"，从而使在韩愈手中初具规模的"新儒学"理论体系更趋于完整。从韩的反佛到李的援佛,其精神仍是一致的,即在于实现一体化,建立绝对皇权,完成"礼"的最终形式。问题的关键仅在于李翱将韩愈所阐明的"道"的指针,从向外拨回向内。其成功颇得力于禅宗。

李翱与西堂智藏、鹅湖大义、药山惟俨诸禅师相往还,其《复性书》颇受禅学影响。《复性书》首先还将"情"与"性"对立起来。《复性书》中篇云:

> 问曰:"凡人之性犹圣人之性欤?"曰:"桀、纣之性犹尧、舜之性也,其所以不睹其性者,嗜欲好恶之所昏也,非性之罪也。"曰:"为不善者,非性邪?"曰:"非也,仍情所为也。情有善不善,而性无不善焉。"①

于是"情"成为万恶之源,非灭不可。于是孟子的"性本善"加上释家的"灭欲","存天理,灭人欲"的极端文化专制的理论由此滥觞。要使"情不作,性斯充",就要"复性",而"复性"又"非自外得者也"。于是他将孟子的内省养气功夫与道家"心斋"、释家"斋戒"结合起来,提出去情复性之方:"弗虑弗思,情则不生。情既不生,乃为正思。正思者,无虑无思也。"然而"无虑无思"难免要"外天下国家",不是最高境界。最高境界是"动静皆离",做到"视听昭昭而不起于见闻者,斯可矣"。这就要有"格物致知"的功夫。《复性书》中篇说:

> 格者,来也,至也。物至之时,其心昭昭然明辨焉,而不应于物者,是致知也,是知之至也。知至故意诚,意诚故心正,心正故身修,身修而家齐,家齐而国理,国理而天下平。此所以能参天地者也。

---

① 《李文公集》卷三。

　　出世主义的释家"斋戒"于是乎化为入世的儒家"心性"之学。然而，外向为主的讲究事功的儒学也转为内向的空谈心性的理学。其目的是明确的："循礼法而动，所以教人忘嗜欲而归性命之道也"（上篇）。如果说，前此的儒者把注意力主要地集中在规讽君主，以求清明政治；那么，李翱则主要地将精力集中在个体规范化的要求。

　　这里有必要谈到"古文运动"另一分支，即与韩愈齐名的柳宗元。柳氏在意识形态上与韩氏似乎是对立的，只是在作古文这点上互相支持。我认为，韩、柳所致力的都是世俗地主的事业，都是为建立绝对君权的宗法一体化的封建社会而努力。不过柳宗元（与王叔文、刘禹锡诸人）所偏重在世俗地主的近期利益，韩、李所从事似更长远些。因此，有些主张两家似龃龉实相合。如上所引，韩愈是主张君、臣、民各安其位。李翱《正位》更说得严格：

　　　　善理其家者，亲父子，殊贵贱，别妻妾、男女、高下、内外之位，正其名而已矣。古之善治其国者，先齐其家，言自家之刑于国也。欲治其家之治，先正其名而辨其位之等级。①

　　这里认为"殊贵贱"云云是理家治国的首要手段，事实上它是儒家宗法伦理思想的根本，而柳宗元对"所谓贱妨贵，远间亲，新间旧"进行反驳。《六逆论》：

　　　　若贵而愚，贱而圣且贤，以是而妨之，其为理本大矣，而可舍之以从斯言乎？此其不可固也。夫所谓远间亲，新间旧者，盖言作用者之道也。使亲而旧者愚，远而新者圣且贤，以是而间之，其为理本亦大矣，又可舍之以从斯言乎？必从斯言而乱天下，谓之古训可乎？此又不可者也②。

――――――――――――

① 《李文公集》卷四。
② 《全唐文》卷五八二。

其意似乎是反对封建等级,其实不然,他只是反对士族等级。柳宗元针对中唐现实,为庶族地主跻身上层而呐喊,所重在此;韩愈、李翱欲为一体化封建社会画蓝图,从哲学、伦理学上论证其合理性,是"长远规划",所重在彼。因此,后人一旦要接触实际改革政治,就多采柳说;欲建政教之大本,则多采韩、李说。

历史之果在未成熟时也是苦涩的。在中晚唐向下的斜面上,韩、柳文风健康的一面未能得到充分发展,其"陈言务去"的一面却因皇甫湜、来无择、孙樵一脉的片面理解,放大了内容不新而形式求新的倾向,走上奇险怪异一路。李肇《唐国史补》卷下云:"元和已后,为文笔则学奇诡于韩愈,学苦涩于樊宗师。"韩愈之子韩昶学樊氏为文,竟连樊氏也读不通!这股风一直刮到宋初。

如上所论,李翱将韩愈"将以有为也"的"正心诚意"之道拨转向内思维的心性之学,这是中晚唐人内心退避情绪在哲学上的反映。如果说白居易仅仅是将"兼济"与"独善"作为处世原则,是中唐以后士大夫人格分裂的有效调节;那么李翱则进一步将求事功的"外王"纳入重个体人格修养使之归一的"内圣"之中,是后期封建社会士大夫由个体自由的追求转向个体规范化的建立的一个关键。随着宋代绝对君权的建立与官僚体制的完善,士大夫已失去盛唐人那种独当一面在相当范围内实现自己的政治抱负的历史条件。君主高度集权所需要的不是"贤臣",而是"忠臣"。士大夫在官僚化的政体中更加异化为国家机器的零件。进不能"治平",便退而"修齐"。于是乎宋代伦理学以中唐所不可比拟的巨大势力君临一切,讲究个体人格修养的确为宋人之所长。反映于文学,则宋人着意表现的非事功与意气,而是心境与修养。自中唐到北宋的文论,也体现了这一由外视转入内视的思维方式的演变。

演变的第一步是:将作家的人格修养与作品的评价、创作等直接联系起来。这就是所谓"文章务本"论。

隋末名儒王通(文中子)是第一个以"君子"、"小人"论文的。

但他的偏激的做法在盛唐反响不大。杜甫天宝末所作《进雕赋表》自称："臣之述作，虽不能鼓吹六经，先鸣数子，至于沉郁顿挫，随时敏捷，扬雄、枚皋之徒，庶可企及也。有臣如此，陛下其舍诸?"①将文学独立于"六经"之外，并引为自豪，已经是与王通绝不相属的另一种观点了。然而，中唐儒学的中兴又使文学附属于伦理学的论调得以抬头。李华《杨骑曹集序》批评盛唐人说："开元、天宝间，海内和平，君子得从容于学。是以词人材硕者众。然将相屡非其人，化流于苟进成俗，故体道者寡矣"②。在此文中，他又明确提出："文章本乎作者……本乎作者，六经之志也。"文章、作者、六经，三点一线，这就是"文章务本"之论了。不过这些议论都"语焉不详"，至韩愈才比较全面地阐明了文与道之关系。韩愈《答李翊书》说得明白：

　　　　将蕲至于古之立言者，则无望其速成，无诱于势利，养其根而俟其实，加其膏而希其光。根之茂者其实遂，膏之沃若其光煜。仁义之人，其言蔼如也。③

　　"仁义之人，其言蔼如"是孔子"有德者必有言"的新版本。这种以仁义为文章之根本的看法，与白居易"诗者：根情，苗言，华声，实义"（《与元九书》）的提法是有所不同的。白氏"实义"的提法仍属以文为教化之具的"致用"范围，"情"才是诗之根本。韩氏的提法则以仁义为根本，是由"致用"转向"务本"的关键一步。"致用"不妨以情动人，"务本"则将情纳入仁义的规范，"行之乎仁义之涂，游之乎诗书之源"（《答李翊书》），重点已由"情"转至"仁义"。李翱继承了韩氏的观点，《答朱载言》亦称："故义深则意远，意远则理辩，理辩则气直，气直则辞盛，辞盛则文工。"只是李翱要比韩愈说得

① 《杜诗详注》卷二四。
② 《全唐文》卷三一五。
③ 同上书卷五五二。

斩绝。韩愈虽说"仁义之人,其言蔼如",但仁义与文之间的关系只是"根之茂者其实遂"的根与实的关系而已,并未将仁义等同于文,也并不排斥仁义之人无言、无文的可能性。李翱则不然,其《寄从弟正辞书》:"夫性于仁义者,未见其无文也;有文而能到者,吾未见其不力于仁义也。"①两个"未见"几乎在仁义与文之间画上了等号。李翱更进一步用"性"来解说孔子的"有德者必有言"。其《复性书》说得明白:"情者性之邪",要"性于仁义"。这就不但与白居易的"根情实义"的思维方向相反,而且与韩愈"根之茂者其实遂","养其根而俟其实",养气行仁义毕竟是为了作好文的思维方向也相反。仁义,成为目的,养气不是为作文,而是为"性于仁义"。故《复性书》又说:圣人与天地合德,"此非自外得者也,能尽其性而已矣"。这就导致宋理学家"道至则文自工",甚至以文为妨道的"闲言语",取消文学独立性的偏激了。虽然宋代文学家之文论与理学家之文论有区别,前者并未否定"情"的存在,但也都不同程度地接受了"务本论"。由于新儒学价值系统日益为北宋人所认同,儒家伦理道德规范也就必然日渐成为宋人文学价值选取的标准。从宋人对唐人及其作品的评价可以看到这一事实:

> 荆公(王安石)次第四家诗(即杜甫、韩愈、欧阳修、李白),以李白最下,俗人多疑之。公曰:"白诗近俗,人易悦故也。白识见污下,十首九说妇人与酒,然其才豪俊,亦可取也。"(《苕溪渔隐丛话》前集卷六)

> 唐之文子,固无出退之(韩愈)者,其入王庭凑军也,视若轩渠乳儿,则足以知其气矣。若夫持正(皇甫湜)谝中,禹锡浮躁,元稹缘宦人取宠,吕温便僻规进,而宗元戚嗟于放废之湘南,皆其气之不完者,故其文章终馁于理,亦其势然也。(刘弇

---

① 《李文公集》卷八。

《云龙集》卷一八《上运判王司封书》)

> (孟)郊耿介之士……起居饮食,有戚戚之忧,是以卒穷而死。而李翱称之,以为郊诗高处在古无上,平处犹下顾沈、谢。至韩退之亦谈不容口。甚矣! 唐人之不闻道也。(苏辙《栾城三集》卷八《诗病五事》)

由于主张文章"务本"与"致用",所以北宋古文运动先驱者比较一致地主张为文的平易,不事怪怪奇奇。如柳开《应责》云:

> 古文者,非在辞涩言苦,使人难读诵之;在于古其理,高其意,随言短长,应变作制,同古人之行事,是谓古文也。(《河东先生集》卷一)

王禹偁《答张扶书》亦云:

> 夫文传道而是民心也……姑(当作"如")能远师六经,近师吏部(指韩愈),使句之易道,义之易晓,又辅之以学,助之以气,吾将见子之文显于时也。(《小畜集》卷一八)

特别是欧阳修,以其成功的创作实践更是开一代新风。欧阳修虽极推崇韩愈,但对其文风却毫不客气地摒弃其艰深好奇的一面,使文风一归于平畅敷愉。欧阳修之文如苏洵所称,"条达疏畅",最适合"急言竭论",是"致用"之利器,符合初入上层建筑的世俗地主阶级的需要①,因此为文化选择所青睐。欧阳修还充分利用科举指挥棒,大力推行其平易之文风。尤其是王安石、苏轼、苏辙、曾巩这些古文大师都受过他的奖拔,接受其平易的主张,造成了文坛的大

---

① 苏洵语见《嘉佑集》卷一八《上欧阳内翰第一书》。

趋势。其中苏轼不但以其独异的天才创作使北宋诗文改革取得决定性的胜利,而且将"古淡"的诗风与"闲易"的文风提高到美学的高度来认识,妥善处理了"俗"与"雅"之矛盾,使"务本"、"致用"的精神有了美的载体,提出"绚烂归于平淡"这一合乎北宋文化目的的审美理想,深刻地体现了中唐至北宋这一历史阶段中文化对文学的整合力。

我们回头再看看个体在文化整合中的主动性与被动性。这当然是个很复杂的棘手问题,我不敢抱说清该问题的妄想,但它又是个不能回避的问题,我不能不就此略陈管见。

优秀的作家好比多面体的水晶,具有丰富性与多向性。以韩愈为例,他不仅有力倡儒学的一面,还有好奇的一面,如其门客刘叉斥责的"谀墓"的一面,宋人鄙视的贪禄位的一面,于排佛的同时却服药求长生的一面。其文风也是多方面的,畅达、排奡、尚险、驳杂并存。这些方面在当时都有一定的影响,如"陈言务去",李翱发展其平易畅达的一面,皇甫湜、樊宗师等则发展其矜奇的一面。这一脉传来无择、孙樵诸人,其中樊宗师甚至将它推至艰涩到不通的地步,而直至北宋陈尧佐,还颇为欣赏此类作品,其影响不可谓不广[①]。然而时间跨度一拉大,文化选择的整合力就明显了:北宋人最终发扬的还是韩愈力倡儒学,主张文章务本,行文畅达有气势这一面,因为它毕竟最符合该历史时期的文化目的。而韩愈文风矜奇尚险乃至艰涩的一面终于不为人所重而不再发生大的影响(樊宗师更是从此淡出)。这就是个体处于被选择的被动性的一面。反过来,由于文化选择既确立了韩愈这一典范,学韩文者势必多多少少仿佛韩愈的面目——也包括那些不尽合乎文化目的的诸多方面。个体于融入文化总趋势之际,对文化总趋势同样发生影响,其影响大小则视个体生命力而定。这也就是个体以其丰富性、多向性影响于文学史的

①　《全唐文纪事》卷五八引吴师道《绛守居园池记注》载:"后来有学韩愈氏为文者,往往失其旨。尝有人以文投陈尧佐。陈得之,竟月不能读。"

主动性的一面。

那么，有些似乎并不那么"多向性"的文学作品又何以能对文化总趋势发生影响？如上节提及的张若虚《春江花月夜》，则以"孤篇横绝，竟为大家"。从文学与文化的坐标看，最要紧的一点是如前所论，《春江花月夜》虽是孤篇，但它恰好安营扎寨在该时期的"十字路口"，且代表的正是新方向、新视角，是"情志合一"的情感结构之产物。连类所及，我们也可以理解范仲淹《岳阳楼记》何以具有大影响，原因也正在于它是文章"务本"、"致用"的典范之作。

将复杂问题单挑出来讲是讲不清楚的，我们希望在下一章能以整体的方式对此进一步说明。

小结：本章在新的框架中重新讨论了情志与意象在文学中的作用，进而论述了文化与文学的系统与子系统的关系。由于情志的开放性及文学要表现普遍情感的特性，决定了文学必然要通过情志的脐带向文化大系统吸取养分；而文化大系统则以其建构为驱动力，对文学子系统形成整合力，使文化史与文学史发生同构运动。情志、意象在这一运动中嬗变，而个体也以其丰富性、多向性参与了文学的文化建构。

第四章　蔓状生长：文学史的
生命秩序

文学史有规律,但这个规律并非"命定",而是随着与文学史相关的诸因素之变化而变化。本章拟就其中最重要的几种倾向性进行讨论,以便拟摹出一种文学史演进的动态图式。

第一节　传统、外来、时尚

钱锺书在《中国诗与中国画》中有一段关于传统的妙语:

> 一时期的风气经过长时期而能持续,没有根本的变动,那就是传统。传统有惰性,不肯变,而事物的演化又迫使它以变应变,于是产生了一个相反相成的现象。传统不肯变,因此惰性形成习惯,习惯升为规律,把常然作为当然和必然。传统不得不变,因此规律、习惯不断地相机破例,实际上作出种种妥协,来迁就演变的事物……它一方面把规律定得严,抑遏新风气的发生;而另一方面把规律解释得宽,可以收容新风气,免于因对抗而地位摇动……传统愈悠久,妥协愈多,愈不肯变,变的需要愈迫切;于是不再能委屈求全,旧传统和新风气破裂而被它破坏。新风气的代兴也常有一个相反相成的表现。它一方面强调自己是崭新的东西,和不相容的原有传统立异;而另一

方面更要表示自己大有来头，非同小可，向古代也找一个传统
作为渊源所自。①

传统好似生命的遗传，本身就包含有变异的因子，而且恰恰是
变异性使之能适应新环境，保证了生命的遗传。我国古文论中的
"正变"论，对此有一个不断深化的认识。《毛诗序》有云：

> 至于王道衰，礼义废，政教失，国异政，家殊俗，而变风、变
> 雅作矣。国史明乎得失之迹，伤人伦之废，哀刑政之苛，吟咏情
> 性，以风其上，达于事变而怀其旧俗者也。故变风发乎情，止乎
> 礼义。发乎情，民之性也；止乎礼义，先王之泽也。

这就是所谓"风雅正变"。汉儒将诗歌正变与国家治乱联系起
来，从外部原因解释文学史演变，是中国文学史观之滥觞②。同时也
触及文学的最根本要素："发乎情，民之性也"。变，是因为民情变；
民情之变，是因为民感受到世之变。在《诗大序》作者看来，变风变
雅是合理的，只是要"止乎礼义"，由"变"回到"正"上来。后来儒者
多主张"伸正黜变"，不同程度地压抑新风气而有明显的复古倾向，
陷入一变一复的循环论不能自拔。六朝人在不断变化出新的创作
实践中，提出相应的"新变"论。萧子显《南齐书·文学传论》称：
"若无新变，不能代雄。"明确指出只有新变才能推动文学史前进。
然而由于六朝文风趋于浮华，流而忘返，与传统造成断裂，所以唐人
又沿着刘勰《文心雕龙·通变》的方向，进一步以自己成功的创作为
坚实的基础，提出"以复古为通变"的路线。唐人的"复古"，不好说
是"要表示自己大有来头"，是"野孩子认父母"；而是"隔代传承"，

---

① 钱锺书《七缀集》，上海古籍出版社 1985 年版，第 2 页。
② 关于"正变"说，参看陈伯海《中国文学史之宏观》，中国社会科学出版社 1995 年版，第
　150—170 页。

以恢复传统来整合新风,是盛唐人殷璠《河岳英灵集·集论》所云:"既闲新声,复晓古调;文质半取,风骚两挟;言气骨则建安为传,论宫商则太康不逮。"唐人于恢复建安诗歌言气骨的传统之同时,也整合了六朝人的讲究声律辞藻的新变,这是否定之否定。元稹《唐故工部员外郎杜君墓系铭并序》称赞杜甫有云:"上薄风骚,下该沈宋,言夺苏李,气吞曹刘,掩颜谢之孤高,杂徐庾之流丽,尽得古今之体势,而兼人人之所独专矣。"事实上唐人在复古的旗帜下,总是兼收并蓄,将"新变"纳入传统,造就新传统。即使是批判六朝不遗余力的陈子昂、李太白,也莫不如此。可惜唐人的实践与理论有时并不相称,以复古为通变的路线在理论上尚未明确,传统与新变关系之探究也止于此。应当承认,这是中国文论往往只是点到辄止的弊病。

新变固然来自文学内部的活力,但这内力往往需要通过外部契机来激活。由于文化模式具有塑造某种类型精神气质的功能,其核心部分的社会价值取向尤具稳定性,所以由此形成的思维定势仅靠内部自发的变异因子是不易突破的。特别是中国长期封建社会形成的超稳定结构,愈到后期就愈要依靠外来因素的大力撞击,才能使之"出轨"。如中国文化中的"伦理本位",就具有超常的统摄功能,几次外来文化的冲撞,只能使其稍作移位,但不久又黄河复故道般地依然故我,直至"五四"新文化运动借助"德先生"与"赛先生"之大力,才有了改变的希望①。作为文化的子系统的文学,自然也受文化模式的统摄,其新变往往出现在文化转型与外来文化涌入期,也就不奇怪了。对此乐黛云教授有一段言简意赅的论述:

"离异"则表现为批判的扬弃,即在一定时期内,对主流文化否定和怀疑,打乱既成规范和界限,对被排斥的加以兼容,把

---

① 参看王宏维《社会价值:统摄与驱动》,人民出版社 1995 年版,第 216—219 页。

被压抑的能量释放出来，因而形成对主流文化的批判，乃至颠覆。这种"离异"作用占主导地位的阶段就是文化转型时期。在这种时期，人们要求"变古乱常"，在一定程度上中断纵向的聚合，而以横向开拓为特征。横向开拓也就是一种文化外求，外求的方向大致有三：第一是外求于他种文化，如文艺复兴时期西欧文化对希腊文化的借助，汉唐之际中国对印度、西域文化的吸收；第二是外求于同一文化地区的边缘文化（俗文化、亚文化、反文化），如中国文学发展史中，词、曲、白话小说的成长都是包容了俗文化的结果；第三是外求于他种学科，如弗洛伊德学说与达尔文进化论对文学观念的刷新。①

第三种外求姑置勿论，第一种外求如汉唐之际，第二种外求如词、曲、白话小说，的确是中国文学史之显例，为文学史家所普遍认同。然而值得一议的是：无论外来文化或俗文化，往往要通过时尚，这才能迫使"不肯变"的传统"以变应变"，作出妥协。须知"时尚"如风，横扫一时社会心理，可谓所向披靡；另一方面，外来文化、俗文化等，则通过时尚大规模打入旧传统，"冬虫夏草"式地改造旧传统。容我以小说变迁为例，稍事说明。

小说缘起，无论脱胎神话传说，出自巫者方士，抑街谈巷语，稗官寓言，俳优戏谑，总之是与诗教相平行的另一支，先天的与主流相乖，其谐谑性、娱乐性、叙事性，正与抒情的、表现的、严肃的诗文相辅而行。更要紧的是它与社会下层有天然的联系，其服务对象总是倾向大众，所以通俗性一直是它内在的生命。

六朝时出现大量志怪小说，一开始就表现出"不经"的特点，"子不语怪力乱神"，它却偏偏要专门来"志怪"！《神异经》、《搜神记》、《列仙传》等等，都是要"发明神道之不诬"，与当时道教、佛教

---

① 叶舒宪主编《文化与文本·序二》，中央编译出版社 1998 年版。

之兴盛有直接关系。这是"发乎情,止乎礼义"的儒家诗教以外的另一传统。这一传统至唐而为"传奇",传奇小说继承六朝传统,也是讲些奇人异事,仍是驳杂无实之说,但重点已从海外仙窟转向人间巷陌,尤其是通俗性一面非常突出。正是这一特征促成唐传奇摆脱史传杂说,独立出来,成为真正意义上的小说体裁。

　　中唐至北宋是士族文化向世俗地主文化转型的关键时期,由雅入俗是整个文化系统的总体倾向。对文学史而言,世俗地主取道科举跻身封建统治的上层,其重要性首先就在于:处较下层的世俗地主将"俗气"带进文坛,使文学也染上"俗气"。当时最具典型意义的不是"讽喻诗",也不是"千字律",而是"自颈下遍刺白居易舍人诗"的"白舍人行诗图";是"以称致相夸"的骈文"三十六体",是"禁省、观寺、邮候墙壁之上无不书,王公妾妇、牛童马走之口无不道,至于缮写模勒衒卖于市井,或持之以交酒茗"的白居易俗体诗,"元轻白俗"的诗风所向披靡。当时的俗文学如讲经、变文、话本、词文、俗赋等等,十分流行。韩愈《华山女》诗形容讲经之盛云:"街东街西讲佛经,撞钟吹螺闹宫廷。"不但士庶男女尘杂于寺观听俗讲,甚至深宫中的统治者也来到市井赏此俗文艺。《资治通鉴》卷二四三载唐敬宗于宝历二年"幸兴福寺,观沙门文淑俗讲",卷二四八载万寿公主于大中二年在慈恩寺观戏场。俗讲加上傀儡戏、参军戏,俗文艺风靡一时,从市井漫向朱门,乃至漫向宫廷。俗文艺已不是什么街头流浪汉,它是时尚,是能将传统文学撞出轨道的新浪潮!元稹《元氏长庆集》卷十《酬翰林白学士代书一百韵》诗:"翰墨题名尽,光阴听话移。"下注:"乐天每与予游从,无不书名屋壁。又尝于新昌宅(听)说《一枝花》话,自寅至巳犹未毕词也。""光阴听话移"道尽当时士大夫的好尚,俗文艺以其生动性、通俗性首先从心态上征服了士大夫,进而成为他们乐于采用的新形式。《一枝花》话,就是李娃故事,白居易的弟弟白行简据此写成传奇小说《李娃传》。而白居易写《长恨歌》,韩愈著《毛颖传》,乃至王建《宫词一百首》,李昌符婢仆诗五十首等等,无不深受俗文艺之影响。其中外来文化及时尚的作用是十分显而易见的。外来文化主要是佛经故事、变文,及其说唱形式,轮迴思想也有深刻的影响。而时尚对文人社会生活的影响体现在"行卷",关于这一行为,程千帆《唐代进士行卷与文学》及后来诸多研究成果已做了详尽的发明,兹不赘。

时至两宋,传奇一脉虽对散文如《岳阳楼记》、《醉翁亭记》等犹有内在的影响[1],但自身则已衰竭,而"说话"一脉经五代至南宋则蔚成大宗。"说话"的底本"话本",其创作主体与传奇不一样,不是文人士大夫,而是"说话人",往往即兴发挥,众手而成,经文人润色编定。创作者因职业关系,其重点放在引起"看官"的兴趣之上,也就是说,我们要从读者群所从属的文化系统去把握创作动向。不是"以意逆志",而是"从俗"。事实上自此后,这一路线成为小说的新传统。元代外族入主中原,对中原传统文化又是一次大冲击。元代统治者喜欢戏曲,戏曲形式在元代发展迅猛。儒家诗教对当时文坛失去控制,"离经叛道"的思想及非传统手法得以解放。尤其是文人沦为社会下层,剧作家乃至粉墨登场,与艺人相处无间,其审美趣味更接近听众了。这段文学史对后来包括小说在内的文学创作有内在的深刻影响。就形式而言,章回小说的出现便是说书人的职业需要,是为"看官"做出的时间安排。章回的结构反过来使内容庞大化,诸多头绪、众多人物情节,可以从容地穿插进行。《三国》、《水浒》的章回结构所容纳的复杂内容与情节变化、人物头绪,实在是西方小说所难能者。这股思潮运行至晚明,已成燎原之势。明后期俗文艺之繁荣,可谓空前。民歌、评弹、戏曲、小说咸有大师。《今古奇观》、"三言二拍"、《西游》、《三国》,特别是《金瓶梅》的出现,标志着小说与"雅文学"已能分庭抗礼。其时士大夫文人普遍喜欢俗文学,

---

[1] 《后山诗话》称:"范文正公为《岳阳楼记》,用对语说时景,世以为奇。尹师鲁读之,曰:'传奇体尔!'"欧阳修《醉翁亭记》也是"用对语说时景",似骈非骈,似散非散,与《庐山远公话》敦煌话本手法相似。

徐渭、李贽、汤显祖、公安三袁,无不与俗文学有缘。至如冯梦龙、凌濛初,更是以整理俗文学为事业。他们不但喜欢,而且自觉地以小说做抒愤懑之具。如周清源《西湖二集》第一回称:

> 叵耐造化小儿,苍天眼瞎,偏锻炼得他一贫如洗,衣不成衣,食不成食,有一顿没一顿,终日拿了这几本破书,"诗云子曰,之乎者也"个不了,真个哭不得,笑不得,叫不得,跳不得,你道可怜也不可怜?所以只得逢场作戏,没紧没要,做部小说,胡乱将来流传于世。

由此可见当时小说作者的创作动机已不是唐传奇文人作者那样,只是为了消闲或以之行卷见"史才",而是将自己的喜怒哀乐寄托在小说上,与正统"诗言志"有着同等的功能。冯梦龙《古今小说序》云:

> 大抵唐人选言,入于文心;宋人通俗,谐于里耳。

夏咸淳《晚明士风与文学》有一段很好的阐释:"唐人传奇与宋人话本的一个重要区别就是:前者是给缙绅大夫看的,故用'选言',意为经过选择藻饰的书面语言;后者主要是说给大众听的,或给大众看的,用的都是大白话、口头语。前者合乎文人雅士的口味,'入于文心',后者才合乎里巷平民的耳朵,'谐于里耳'。"[1]这里接触到文学史的一个总趋势。也只有生在这种文化环境下的汤显祖才能描画出这一总趋势。他在万历汤评本《花间集》序中说:

---

[1] 夏咸淳《晚明士风与文学》,中国社会科学出版社1994年版,第291页。

自三百降而骚、赋，骚赋不便入乐，降而古乐府；古乐府不入俗，降而以绝句为乐府；绝句少宛转，则又降而为词。

事实上词还要降为曲，降为明传奇，降为小说演义，降为电影电视。通俗化与文化传播最大化通过文化选择之手，驱动了从俗的总趋势。而这一趋势并非直线而下，而是与雅文学的干预、提升夹缠而行。朱自清《论雅俗共赏》中有一段关于宋人"新标准"形成的论述：

原来唐朝的安史之乱可以说是我们社会变迁的一条分水岭。在这之后，门第迅速的垮了台，社会的等级不像先前那样固定了……王侯将相早就没有种了，读书人到了这时候也没有种了；只要家里能够勉强供给一些，自己有些天分，又肯用功，就是个"读书种子"……到宋朝又加上印刷术的发达，学校多起来了，士人也多起来了，士人的地位加强，责任也加重了。这些士人多数是来自民间的新的分子，他们多少保留着民间的生活方式和生活态度。他们一面学习和享受那些雅的，一面却还不能摆脱或蜕变那些俗的。人既然很多，大家是这样，也就不觉其寒碜；不但不觉其寒碜，还要重新估定价值，至少也得调整那旧来的标准与尺度。"雅俗共赏"似乎就是新提出的尺度或标准，这里并非打倒旧标准，只是要求那些雅士理会到或迁就那些俗士的趣味，好让大家打成一片。当然，所谓"提出"和"要求"，都只是不自觉的看来是自然而然的趋势。①

自孔子办私学"有教无类"以来，"知识产权"就已经不是极少

---

① 朱自清《论雅俗共赏》，生活·读书·新知三联书店1983年版，第1页。

数贵族专利了。对知识的控制是不断地由少数人流向多数人,由士族转向庶族,由贵族走向平民。宋朝以后这一步子更加快了。文学史在这一层意义上可以说是"雅人多少得理会到甚至迁就着俗人"的历程。"俗"有复杂的内涵,但它总是站在"多数"这一边。"从俗",也就是文学流向多数人这一边。许多大作家也不能免俗,如曹操的名篇《蒿里行》与《薤露》,用的竟然是挽歌的形式!崔豹《古今注》称:

> 《薤露》、《蒿里》,泣丧歌也⋯⋯《薤露》送王公贵人,《蒿里》送士大夫庶人。

曹操正是利用这种挽歌的形式言志,请看二者之间的联系:
《薤露》古辞:

> 薤上露,何易晞。露晞明朝更复落,人死一去何时归?

《蒿里》古辞:

> 蒿里谁家地?聚敛魂魄无贤愚。鬼伯一何相催促,人命不得少踟蹰。

曹操《薤露行》:

> 惟汉二十世,所任诚不良。沐猴而冠带,知小而谋强。犹豫不敢断,因狩执君王。白虹为贯日,己亦先受殃。贼臣持国柄,杀主灭宇京。荡覆帝基业,宗庙以燔丧。播越西迁移,号泣而且行。瞻彼洛城郭,微子为哀伤。

曹操《蒿里行》：

> 关东有义士，兴兵讨群凶。初期会盟津，乃心在咸阳。军
> 合力不齐，踌躇而雁行。势利使人争，嗣还自相戕。淮南弟称
> 号，刻玺于北方。铠甲生虮虱，万姓以死亡。白骨露于野，千里
> 无鸡鸣。生民百遗一，念之断人肠。

余冠英《三曹诗选》指出："《古今注》说古《薤露》是王公贵人出殡时用的，《蒿里》是士大夫庶人出殡时用的。曹操这两篇，《薤露行》是以哀君为主，《蒿里行》则是哀臣民，似乎也有次第。"甚是。曹操之所以采用哀歌言志，是有其时代的心理依据的。《后汉书·周举传》载大将军梁商大会宾客，"酣饮极欢，及酒阑倡罢，续以《薤露》之歌，座中闻者皆为掩涕"。又，应劭《风俗通》称："时京师殡、婚、嘉会，皆作魁儡，酒酣之后，续以挽歌。"难怪曹丕《与朝歌令吴质书》会说："高谈娱心，哀筝顺耳。"在那"世积乱离，风衰俗怨"的时代，所谓"乱世之音怨以怒"，挽歌以其哀怨的情调投合乱离人特有的审美趣味，成为时人喜闻乐见的形式。如果再考虑到曹操同时将古辞杂言改为时兴的整齐的五言，则可推见曹氏是充分考虑到世俗的爱好而有意识地选择了以哀歌言壮志的特殊表达方式。这不但是个人爱好而与世俗同步，也是曹氏为使其"志"能最大限度地取得人心，以达到"周公吐哺，天下归心"之目的。未必所有作者都有曹操般的野心，但争取更多读者的共鸣却是人之常情，所以从俗，倾向多数，便成了大势所趋。

向俗的方向降的实质是向多数人一边靠拢，这又有什么深层的意义呢？文化进化论的一些观点对我们很有启迪。如果我们能接受"文化是人类为生存而利用资源的有效方法"这一观点，那么下列意见就不再是难于理解的了：

进化是朝使总能量最大化地流通过[有生命]系统的发展过程。

文化象生物那样向能源开发量的最大限度运动。

达尔文的"趋异原则"(即结构变异越大,生命总量也就愈大),亦可相应地应用于文化。

文化通过适应而变异成多种文化使得人类有可能利用地球上的各种资源。①

无论是"最大化流通",还是"变异成多种文化",文化进化的总原则是为人类更好地生存与发展。文学作为文化的敏感部位,也必然具有文化的这种品格。反映于文学演进史,便是不断向俗处降,朝多样化发展。也就是说,不管从作者方面讲,还是从读者方面讲;不管从环境适应方面讲,还是从文本自身积极参与方面讲,文化选择总体上必须是有利于文化不断地朝最广泛传播这一方向演进。从这样的宏观的视野看文学史的演进,则无论审美趣味的导向、新评价体系的确立、文化心理定势之形成、文化整合之运作、文本多向功能性的适应等等,都可以最终归纳为雅与俗这对矛盾的不断互相转化。"雅"是文学样式的专化与相对稳定,"俗"是使之变异而适应新环境的绝对运动。原来的"俗"在适应过程中得到雅化,上升为新的范式;在新的文化环境下,旧文化环境下的"雅"不再适应,通过文化选择,一些具有文化优势的变异便是"俗",打破"雅"的一统天下,综合成新的特点,形成新的评价体系,成为新的文化心理定势,驱动文学的演进。"俗"的定型便是"雅",而"雅"的变异便成"俗"。如上古民歌原是俗,定型为"诗经"便是雅;五言古诗原是相对于四言诗的"俗体",建安以后经过整合便是"雅体"。词是诗的变异,

① 上引文咸见[美]托马斯·哈定等著《文化与进化》,韩建军译,浙江人民出版社 1987 年版,第 6、7、41 页。

"诗余"是"俗"，经文人创作终于成为"雅"。志怪小说本是俗，经文人参与写成"传奇"，便归雅化，至如今小说已是文学史上坐交椅的正统形式了。总之，雅与俗不断转化，"俗"总处于动态，是车头。莱斯利·怀特认为："文化是朝着更为蓬勃的功利方向发展。"[①]人类要生存，要发展，就得讲功利。文学是文化的一部分，就其总方向而言，虽不必是直线，也必然朝更为蓬勃的功利方向发展。只要文化仍在扩大其传播，文学就还会继续向"俗"的方面滑落，不管你喜不喜欢，它总得夺路而前，不可遏止。

不过我们仍要提请注意者，一是在这一过程中，雅化是不可或缺的。没有"雅化要求"的不断提升，"俗"的品格就会落至"庸俗"的线下（如南朝一些宫体诗，晚唐一些打油诗）；二是这一过程并非一种风格或文学样式取代另一种风格或样式，而是"大家打成一片"，雅与俗不断调整，不断融合。至于各种样式、风格的并存，我们将在下一节继续讨论。

第二节　历时、共时、间歇

艾略特曾就传统发表过极精彩的意见。在《传统与个人才能》一文中，他说：

> 传统是一个具有广阔意义的东西。传统并不能继承。假若你需要它，你必须通过艰苦劳动来获得它。首先，它包括历史意识……这种历史意识包括一种感觉，即不仅感觉到过去的过去性，而且也感觉到它的现在性。这种历史意识迫使一个人写作时不仅对他自己一代了若指掌，而且感觉到从荷马开始的

---

① 《文化与进化》，第5页。

全部欧洲文学,以及在这个大范围中他自己国家的全部文学,构成一个同时存在的整体,组成一个同时存在的体系……当一件新的艺术品被创作出来时,一切早于它的艺术品都同时受到了某种影响。现存的不朽作品联合起来形成一个完美的体系。由于新的(真正新的)艺术品加入到它们的行列中,整个完美体系就会发生一些修改。在新作品来临之前,现有的体系是完整的。但当新鲜事物介入之后,体系若还要存在下去,那么整个的现有体系必须有所修改,尽管修改是微乎其微的。于是每件艺术品和整个体系之间的关系、比例、价值便得到了重新的调整;这就意味着旧事物和新事物之间取得了一致。①

这段话至少包含三层意思:一是作品的历时性,好的作品往往体现"从荷马开始的全部欧洲文学,以及在这个大范围中他自己国家的全部文学";二是共时性,历史存在的与现存不朽作品构成一个同时存在的整体;三是变异性,当真正的新的艺术品加入现存的体系时,"这个完美体系就会发生修改"。每一件作品,既体现传统的历时性,也体现其现在性,"过去决定现在,现在也会修改过去",二者互动,发生变异。问题是:过去如何决定现在? 现在如何修改过去? 这些变化冲突是否只是作品的"内部事务"?

钱锺书选宋诗时曾有过这样一条规矩:"当时传诵而现在看不出好处的也不选,这类作品就仿佛走了电的电池,读者的心灵电线也似的跟它们接触,却不能使它们发出旧日的光焰来……假如僻冷的东西已经僵冷,一丝儿活气也不透,那么顶好让它安安静静的长眠永息。"②这段妙语再生动不过地道出历时性的生命力来自共时性,不被"现时"所接受者无异死去。由此,我们不得不引进新的主体:读者。"现在修改过去",是借读者之手完成的。接受美学对此

① ［英］艾略特《艾略特文学论文集》,李赋宁译,百花洲文艺出版社 1994 年版,第 2—3 页。
② 钱锺书《宋诗选注·序》,人民文学出版社 1982 年版,第 25 页。

有详尽的论证。接受美学的研究成果告诉我们，读者是通过"期待视野"的"滤色镜"去阅读文本的，也就是说，文本并非整体进入文学交往，读者并非随心所欲地接受文本。文本与读者实质上也并非电池与电线也似的单向直接沟通的关系，文本仍有其被动中的主动，那就是它由其多层面的未完成的图式结构所决定的多义性及其"召唤功能"，对读者产生不同程度的影响，调整其"期待视野"，这就是"过去决定现在"的途径。历时性与共时性的转化关键乃在期待视野。

所谓期待视野，可以说就是一种"成见"，即读者由全部经验所形成的感知文本的主观性。它包括读者的观念、教养、直觉、趣味等等。这是一个开放的体系，传统、时尚、外来文化等外部因素循此道而影响读者的审美判断。对一般读者而言，这种影响还往往是"二手货"。也就是说，他们在许多情况下是从评选家那里感受到传统、时尚、外来文化的影响的。批评家、选家，往往通过评价、阐释、选本、树典范等手段来培养读者的趣味，塑造其期待视野。而作者则通过其文本的"召唤功能"、"意义空白"等策略，磁石般吸引读者，不让他们离文本太远，从而传递作者的情感信息，打破"成见"，形成新的期待视野。然而一个个的读者，一部部作品，都有其自身的个别性，在文学交往中势必呈现出各各不尽相同的倾向，面对不可克服的差异性，这些恒河沙数的作品与读者，其交往将是一场混乱的无序的运动；又如何形成合力，表现出某种有序的总体倾向呢？恰恰是后者，才是对文学史有意义的运动。

现在我们不得不再次请读者诸君回到上文。我们在第三章陈述了文化与文学的系统与子系统的关系，并引用了文化人类学家本尼迪克特下面这段话：

　　一组最混乱地结合在一起的行动，由于被吸收到一种整合完好的文化中，常常会通过不可思议的形态转变，体现该文化独特目标的特征。

据此,我们又论述了在文化目的的驱动下,鉴赏规范的确立及
其整合作用。简言之,由于作为个别的作品与读者,毕竟只是整个
文学运动中的一个因子,因而势必退居次要地位;而整体大于部分
之和的原则又使文化选择、整合制导下的具有时代的普遍意义的文
学鉴赏规范上升到主导地位,使文学诸现象呈现出有序的总体趋
势。其图式是:由经济基础所决定的文化目的通过传统、时尚及外
来文化形成文化心理,同时作用于作者的情感结构与读者的期待视
野,二者交汇于文本而共构作品,并因二者的交往而使期待视野发
生演变,反过来又对文学进行文化选择与整合,形成以形式嬗变为
标志的文学史运动。其间不同时代的文化构型又有其不同的文化
目的追求,于是形成落差,增大文化选择与整合的力度。对以抒情
为主的中国古代文学而言,作家的情感结构是以"情志"为核心,而
文本与读者的交往,则体现为意象、意境的共构,由此形成符号化追
求。于是我们便有了如下图式:

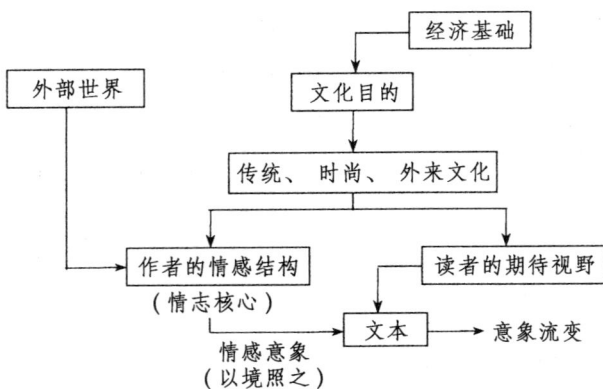

有人将形式比作河床,作者的心理形式便是河水;河水冲刷出
河床,河床使河水长流。我们也不妨套用一下:文学史是河床,文

学作品是河水；文学作品"冲刷"出文学史，文学史使作品永存。河水趋下，文学史则趋俗（通俗化、最大化传播）。然而经过沙地的河水会渗漏，走红一时的作品也会湮没。可它并非消灭，也许只是成了伏流，在某个历史空间会突然冒出来。如赋这一形式，从两汉直走红到六朝，至盛唐却只是科举考试的"练习题"，至晚唐又一度走红。甚至汉代"巨赋"，也并非"小品化"以后就成为绝响，在历千百年之沉寂后，于明代又趵突泉也似地涌现出来。又如贾岛诗，诚如前引闻一多所说："几乎每个朝代的末叶都有回向贾岛的趋势。"这种间歇性的发作令直线上升的"进化论"头痛。某些"精神气候"的相似性与社会需求的重复性使文学史路线更趋复杂。文学史似乎更像藤蔓，其延伸带有很大的随机性。它有许多芽骨朵，都可能生长为分支，每个分支也都可能发展为主干。主干呢，则由于内部病变或外部干扰而生命衰竭，由主干萎缩为无足轻重的分支，甚至死亡。类此，文学史上的各种形式、风格、流派，都可能发展成为文学史上某种分支，其自身的生命在文化整合作用下，选择、淘汰、适应、强化、变异，一种形态引出另一种形态，或存或亡，或停滞或猛长，或异化或孪生，各领风骚若干年，做着如下图所示的蔓状延伸：

让我们具体地演示一下宋以前的文学主流形式生长的轨迹，如下图一。

如果我们单独抽出其中诗形式嬗变的轨迹，以蔓状图式表示，则如下图二。

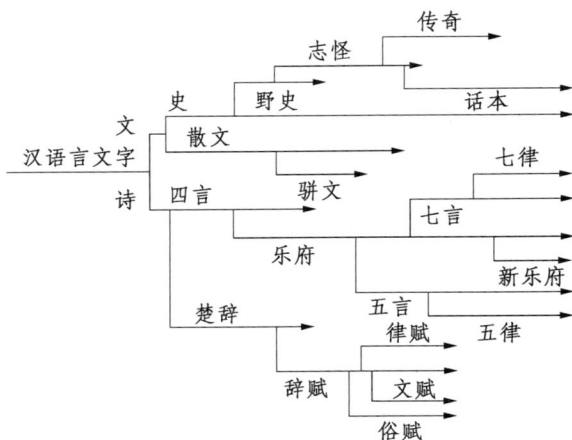

（图一）

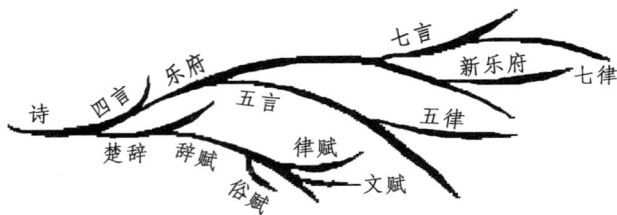

（图二）

这就是我所理解的文学史生态。

当然,任何现象总是要比理论生动得多、丰富得多、复杂得多。就说随机性与必然性的关系吧,它好比优良品种的培育,某颗变异的种子有着某些优势,被发现了——这纯属偶然,接着被专家所培育,不断强化其变异的部分,直至满意,然后推广,于是成为主流。这培养过程就是"必然"了。《诗经》沉寂三百年后,"自铸伟辞"的屈赋如平地一声雷,突然出现了,它是传统比兴手法与楚文化奇异的结合,对中原诗教无疑是变异,是偶然性。这种神奇瑰丽的风格随着汉帝国的建立而风靡一代。如果建立汉帝国的不是酷爱楚辞的楚人，那么屈赋能否风靡一代是很可怀疑的。然而时尚又改造了屈赋，橘过淮则为枳，汉帝国时空中的楚辞终于衍生为汉赋。这一过程则由文化整合所制约，属"必然"性了。值得注意的是，屈原所创生的"香草美人"的比兴手法与意象，以及极富想象的意境，则成为一种文学"基因"，流传下来。不但李白、李贺乃至鲁迅、毛泽东诗词中有这种"基因"，诸如散文、戏曲、小说等门类的文学作品中，也有这种"基因"。诚如陈植锷《诗歌意象论·引言》所指出，它是属于"一些决定文学内部基本构成及发展的共同因子"，也是文学史中流衍不息的生命之所在。这些包孕着文学生命的种子，随风飘落，在某种"精神气候"下它萌发了，在某种"精神气候"下它又"冬眠"了，这就是文学史上何以有间歇现象的根本原因。再如陶渊明诗，其特有的旷逸风格在当时并不引人注目，如果不是被《文选》主编萧统的慧眼相中了，陶诗要穿越茫茫时空，至宋代经苏轼之手广为流传，恐怕也就无从谈起了①。许多作家、作品未能如此幸运，他们被湮没了，在文学史上没留下痕迹。可是他们所创造的意象、意境却与屈、陶的作品所创造的意象、意境一样，化入他人的作品之中，成为意象流变中的一分子而永存。这也是"作家、作品加背景"的文学史模式无法代替意象流变研究的一条重要理由。而这种不同枝蔓之间同源共质的关系，在蔓状图式中是难以表现的，这也是任何图式所难以克服的局限性。不同文学形式吸收着同一文化土壤中的"水"和"养分"，它们之间不能不互相影响、互相渗透而带有某些相似性。以赋的演进为例，郭绍虞《试从文体的演变说明中国文学之演变趋势》认为：

　　　　赋体的演进以受南方楚声的影响而成为"骚赋"，以偏于

---

① 王钟陵《文学史新方法论》第七章第二节曾详论作品进入文学流传的重要性，第九章第一节详论总集在文学史发展中的作用，足资参考。

> "铺采摛文"的作用而成为"辞赋",在于骈文时代则成为"骈赋",在于近体诗的韵律确定以后复创为"律赋",最后以文体偏于单行的方面而成为"文赋"。①

这段话简明地指出了赋的演进是与各种文体之演进相互感应而深受影响的。而其中"辞赋"则因为"渐渐减少抒情的分子,于是更一变其形制,而为有韵的祭文或哀辞"②。从"辞赋"又孳生出有韵的祭文、哀辞来。这些内在变化都难以在蔓状图式中直观示现。

还有个时空坐标的问题。各种文学形式,在同一时空中(如建安或元和时期),其发展状况并非一致,或进或停,或迟或速,或广或狭,各各不同。在图式中,我们也很难按比例用"长短"、"粗细"来加以呈现。

总之,文学与文化诸因子间的关系远非描述中那么清晰明了而且确定。不断变幻着的文学外部条件与幽微窅妙的文学内部条件错综复杂、即此即彼的关系远远超过一棵大树发达的根系。而且从现代的观点看,事物性质的显现,是由参照系决定的。不同的参照系可以使事物显示不同的性质,参照系的不断引入,能使事物不断显现新的性质,使我们对事物的认识不断深入。从这一层意义上看,任何文学史模式都注定要死亡。但总会有新模式出现。文学史研究的视野永无边界。经过多年努力,我又回到原来的出发点上:研究者要不断开拓自己的视野,这也许是不断逼近文学史"真相"的有效途径。

---

① 郭绍虞《照隅室古典文学论集》上编,上海古籍出版社 1983 年版,第 35 页。
② 同上,第 36 页。